必也正名

中国古代小说书名研究

李小龙 著

生活·讀書·新知 三联书店

Copyright © 2020 by SDX Joint Publishing Company.
All Rights Reserved.

本作品版权由生活・读书・新知三联书店所有。
未经许可，不得翻印。

图书在版编目（CIP）数据

必也正名：中国古代小说书名研究/李小龙著. —北京：
生活・读书・新知三联书店，2020.7
ISBN 978 - 7 - 108 - 06663 - 3

Ⅰ.①必… Ⅱ.①李… Ⅲ.①古典小说－小说研究－中国
Ⅳ.① I207.41

中国版本图书馆 CIP 数据核字（2019）第 167984 号

责任编辑	王海燕	
装帧设计	刘　洋	
责任印制	宋　家	
出版发行	生活・讀書・新知 三联书店	
	（北京市东城区美术馆东街 22 号 100010）	
网　　址	www.sdxjpc.com	
经　　销	新华书店	
印　　刷	北京新华印刷有限公司	
版　　次	2020 年 7 月北京第 1 版	
	2020 年 7 月北京第 1 次印刷	
开　　本	720 毫米 × 1015 毫米　1/16　印张 31	
字　　数	437 千字	
印　　数	0,001 - 3,000 册	
定　　价	69.00 元	

（印装查询：01064002715；邮购查询：01084010542）

目 录

"必也正名乎"——《中国古代小说书名研究》序（郭英德） …… 1

导　论 …… 7
第一节　文言小说正名 …… 10
第二节　白话小说正名 …… 27
第三节　文言小说与白话小说概念之融通 …… 41

第一章　中国古代小说命名的渊源与分化 …… 49
第一节　从《汉书·艺文志》看文言小说命名的子史渊源 …… 50
第二节　《史记》诸体对文言小说命名的垂范 …… 55
第三节　记传体与说话体：文言小说命名的两极分化 …… 64
第四节　中国古代小说传、记二体的源流 …… 76

第二章　文言小说集命名例考 …… 99
第一节　《世说新语》命名的渊源、演变及定名困境 …… 101
第二节　《聊斋志异》异名、异称的嬗递及其意义 …… 123
第三节　《子不语》的作者命名与时代选择 …… 144

第三章　文言小说单篇作品命名例考 …… 161
第一节　《燕丹子》的命名策略与叙事建构 …… 163
第二节　唐单篇传奇命名考——以《异闻集》为中心 …… 179
第三节　《虬髯客传》异名辨析及其命名的史传渊源 …… 205
第四节　《祁禹传》的文本流传、作者身份及创作命意考论 …… 224

第四章　演义体与传、记体命名格局的建立 …… 247
第一节　《三国演义》命名的演变与定型 …… 248
第二节　《水浒传》命名的含义及其演化 …… 269
第三节　《西游记》命名的渊源 …… 284

第五章　世情小说命名的试探与独立 …… 307
第一节　艳情小说命名的试探 …… 309
第二节　《金瓶梅》命名的渊源及意义 …… 324
第三节　《金瓶梅》式命名的转移与衰落 …… 341
第四节　《红楼梦》命名的叙事策略及多重内涵 …… 356

第六章　小说命名的共时性研究 …… 373
第一节　中国文言小说命名"怪""奇"考 …… 374
第二节　白话小说三字名经典地位探究 …… 384

第三节　文言小说白名例考 …… 394

第七章　中西小说命名方式比较与互译 …… 405
第一节　中国章回小说与西方长篇小说书名比较研究 …… 407
第二节　从汉化到欧化——西方小说书名中译策略演化例考 …… 420
第三节　中国小说书名英译例考 …… 448

参考文献 …… 461

索　引 …… 483

跋 …… 487

「必也正名乎」
——《中国古代小说书名研究》序

对于任何一个人来说，名字从表面上看都只是一个符号。这个符号有时甚至可以简化到不能再简的地步，或者以数字为序（称一、二、三、四等），以天干为序（称甲、乙、丙、丁等），甚至采用"虎儿""狗儿"之类的小名；或者像"老外"那样，直接借用祖父、父亲的名字，人们为了加以区别，在称呼时加上"老""大""小"的标签，如"老约翰""大约翰""小约翰"之类。

但是，也正因为名字是一个符号，它就不仅仅具有标识的作用，还蕴含着某种难以言明或者无须言明的特殊意味。用中国的老话说，任何一个名字都隐含着某种"微言大义"；用西方的新词说，任何名字都是一种独特的"有意义的形式"（form with meaning）。名字的确定、名字的称呼，乃至名字的更易，往往足以与一个人的性格、命运、遭际等发生种种神秘的关联，也足以从一个侧面反映人与人之间的微妙关系。比如，一位少女称一位男性为"叔叔"还是"哥哥"，其中也许就蕴含着相当微妙的情感因素或心理因素，难道不是这样吗？

尤其对于历史久远的汉字文化来说，"命名"更是形成一种源远流长的传统，有形无形地渗透到当下的文化传播或文化传承之中。在当今网络盛行的时代里，"起名网""取名网"之类的网站仍然大行其道，风光无限。人们约定俗成地认为，只要有一个"匹配"的、"合适"的名字，一个人就可以一生好运，一个组织（公司、学校、机构等）就可以飞黄腾达。而一个人或一个组织一旦遭逢坎坷，厄运频现，当事者往往不由自主地心生疑窦，是否因为名字不"匹配"或者不"合适"？于是就迫不及待地请相士测字算命、改名甚至更姓，祈求鸿运降临。

也许正因为历史上、社会上、文学上"名"和"实"之间一直存在着这种"扯不断，理还乱"的复杂因缘，所以孔老夫子早在两千多年前就语重心长地强调："必也正名乎？""名不正，则言不顺；言不顺，则事不成；事不成，则礼乐不兴；礼乐不兴，则刑罚不中；刑罚不中，则民无所措手足。故君子名之必可言也，言之必可行也。君子于其言，无所苟而已矣！"（《论语·子路》）在孔老夫子看来，"名"和"实"之间居然存在着一种车辕辘似的错综复杂关系，而且"名正"居然成为"言顺""事成""礼乐兴""刑罚中""民有所措手足"等所有社会行为的发端、基点，这怎能不慎之又慎呢？

著名作家张爱玲有一篇趣味盎然的短文《必也正名乎》，文中说道："除了小说里的人，很少有人是名副其实的（往往适得其反，名字代表一种需要，一种缺乏。穷人十有九个叫金贵、阿富、大有之类）。但是无论如何，名字是与一个人的外貌品性打成一片，造成整个的印象。因此取名是一种创造。"张爱玲提醒我们，"小说里的人"颇有"名副其实"的现象，这是因为社会上人名的由来一开始总是不由自主的，而小说中的人名则是作家有意的创造，就像李小龙博士这部书稿所说的，书的名字（当然也包括书中人物的名字）"可完全由作者支配，因而也就更能体现作者的意图"。

我不知道小龙博士在选择"中国古代小说书名研究"作为学术研究课题的时候，是否考虑到"名"和"实"之间存在着如此错综复杂的关系。但是我可以料想到，也许正是书名作为一种符号足以成为揭示中国古代小说叙事传统内在奥秘的切入点这一想法，引起小龙博士一探究竟的好奇和兴趣。而对历史现象和社会现象的好奇和兴趣，恰恰是学术研究最为有效的触媒。

当然，要将个人的好奇和兴趣转化成为有价值、有意义的学术问题，这并非一件轻而易举的事情，这里需要的是研究者探索的敏感、思维的活跃和论述的透辟。而这种探索的敏感、思维的活跃和论述的透辟，对于多年沉浸传统文化、精研古代典籍的小龙博士来说，恰恰是他的长项，因此他能够得心应手地将个人的好奇和兴趣转化成为有价值、有意义的学术问题。

在多年阅读和思考的基础上，小龙博士敏锐地揭示："小说书名虽然似乎不参与叙事世界的进展……却实实在在是叙事世界得以建构的入口。"从这一"入口"步入中国古代小说的叙事世界，入门既正，收获必丰。因此，在2010年，小龙博士就申请获批国家社会科学基金青年项目"中国古典小说命名方式与叙事世界建构之关系研究"，旨在于中外文化比较的视野中，抉发"中国古典小说命名方式"之"名"与"叙事世界建构"之"实"之间的复杂关系，以一斑窥全豹，考察中国古典小说不同于西方叙事传统的民族特征，为继承民族文化遗产打下坚实的基础。历时七年之久，小龙博士向学界奉献出《必也正名——中国古代小说书名研究》这部厚实的著作。

我认为，在中外文化比较的视野中，抉发"中国古典小说命名方式"之"名"与"叙事世界建构"之"实"之间的复杂关系，这一课题的提出和解答，实际上派生出两种不同角度、不同层面的追问方式：第一，中国古典小说作为一个整体的历史文化现象，与西方小说相比较，是否具有独特的命名方式？如果有，从何而来，如何呈现，有何价值？第二，每一部中国古典小说作为一个具体的历史文化现象，与其他小说相比较，是否具有独特的命名方式？如果有，从何而来，如何呈现，有何价值？要而言之，前者的提出和解答根基于一种宏观的中外文化比较视野，而后者的提出和解答则根基于一种微观的小说文本阐释方式。

恰恰是这两种不同角度、不同层面的追问方式，构成小龙博士这部著作的结构框架。全书共七章,第一章和第六章分别从历时性和共时性两个角度考察中国古代小说命名的渊源流变和体制特征,第七章为中外小说命名方式的比较,这三章采取宏观的中外文化比较视野,从整体上审视中国古代小说书名的形成、特征和价值,揭示其深厚的文化内蕴;第二章至第五章则采取微观的小说文本阐释方式,选择文言小说集、文言小说单篇作品、明代"四大奇书"、艳情小说、《红楼梦》等一些特色鲜明的个案,细致地考察古代小说的命名与其叙事世界建构之间的复杂关系。

我并不认为小龙博士这部著作的结构框架已经达到"无懈可击"或"完美无瑕"的地步。如果由其他学者来展开这一课题的研究,也可以尝试采用不同的结构框架。比如采用"先总论后分论"的结构框架,从中外小说命名方式的比较入手,揭示中国古代小说命名方式的独特现象,然后从历时性和共时性的不同角度分别加以考察,梳理出一些有价值的结论,接着选取一些个案进行文本阐释,借以支撑或深化由整体考察得出的结论。又比如采用"先分论后总论"的结构框架,从中国古代小说命名史上选取若干带有里程碑性质的个案,一一进行深入的文本阐释,抽绎、归纳出古代小说命名的一些带有共性的特征,进而在中外文化比较视野中考察这些特征的历史渊源,揭示这些特征的文化内涵。在学术研究中采用不同的结构框架,大而化之地从一个侧面显示出研究者不同的思考路径和不同的治学兴趣,而这恰恰构成一个成熟的研究者的精神素质和学术修养。我想,聪明的读者完全可以从小龙博士这部著作的结构框架中,体察到他的思考路径和治学兴趣,进而认知他的精神素质和学术修养。

而最让我欣悦的是,小龙博士在这部著作中拈出的众多学术问题及其巧妙的解答方式,鲜明地彰显出他探索的敏感、思维的活跃和论述的透辟,常常给读者以深刻的启发。

例如,中国古代小说脱胎于史书与子书,甚至可以说原本就蕴含于史书与子书之中,是史书与子书的一个有机组成部分,这早就已经成为小说研究界的共识。但是,从史书与子书的文化传统入手,深入透视小说命名的"胎记"乃至"基因",这却是前人未曾涉足的学术问题。小龙博士由此切入,撰写了

"从《汉书·艺文志》看文言小说命名的子史渊源"和"《史记》诸体对文言小说命名的垂范"两节文字，为我们展现了一片全新的天地。

又如，在中国古代白话小说命名史上，呈现出一种对"三字名"的强烈偏好和趋向，"三字名"占据了压倒性的优势，这是浏览中国古代小说史，尤其是浏览小说书目，就可以一目了然的一种文化现象。人们或许因为"熟视之若无睹"，从未将"三字名"及其生成渊源作为一个学术课题加以探究。而小龙博士偏偏将这一众人"习矣而不察焉"的现象作为一个学术问题提出来，撰写"白话小说三字名经典地位探究"一节，深入探讨，引发出一些有趣的话题。比如在中国传统中，人名、地名等大多是"三字名"，由自有含义的两个字再加上一个类似于"姓"的类名构成；而古书的书名，也多为"二字名"加上一个"体字"的组合，形成"三字名"。而且，古书的书名，与人名的命名方式"姓+名"相反，而与地名的命名方式"名+姓"相同，采用的是"类名后置"的方式。有的学者凭主观经验简单地断言，中国文化"姓在名前"，体现出对群体性的"第一关注"，而西方文化"名在姓前"，体现出对个体性的"第一关注"，这两种传统判然有别，"隐喻着中国人的家族性以及西方人的宗教性"。小龙博士仅举中国传统文化中人名与地名的不同命名方式，就足以解构这样的论断。其实，从命名方式前后易位的自如与自由，也足以从一个侧面看出中华传统文化的丰富性和包容性特征。

类似的例证在小龙博士的这部著作中在在皆是，无须我一一列举，细心的读者不难在阅读的过程中随时随处得到会心的体悟。

在数十年的学术研究实践中，我深深地体会到，发现问题远远难于解决问题。这是因为"提问"原本就隐含着"解答"，因此是一个从"有"到"有"的过程；而能不能发现问题，却是一个从"无"到"有"的过程。在某种意义上，"无中生有"可以说是一切学术问题的唯一来源与途径。因此，能不能"无中生有"，便成为考查一位学者的学术素养和研究能力的基本标准。

在多年的交往过程中，我清楚地了解到，小龙博士在学术研究中始终葆有探索的敏感、思维的活跃和论述的透辟，正是一位擅长于"无中生有"的优秀学者。继深得学界好评的《中国古典小说回目研究》之后，小龙博士又奉献出《必也正名——中国古代小说书名研究》这部丰厚的著作，学术道路在他的面前伸展得如此宽广、如此深远，而且还将继续宽广而深远地伸展开来。这的确让我由衷地欣慰，也由衷地钦佩。中华优秀传统文化的薪火传承、发扬光大，不正有赖于一批又一批像小龙博士这样的青年学者的自强不息、奋力精进吗？

是为序。

郭英德

2017年2月16日

导 论

  中国古典小说有着不同于西方叙事传统的民族特征，这些特征体现在许多方面，对其进行详尽且着眼于中外文化比较的研究将为深刻把握中西方叙事文学之异同，从而更好地继承民族文化遗产打下坚实的基础。

  中国文化特别重视命名，无论是人的名字，还是书的名字，都希望既文约义丰，又典雅端正。把中国古代小说的书名与中国人的姓名并置讨论亦有原因，据《汉书·艺文志》所载小说家类的书名来看，最早的小说命名实即以人名为书名（详参第一章第一节）。当然，这种相提并论有两方面的用意：一是可以将人名与书名在体制上的相通之处拿来类比，以助理解；二是亦可表明书名亦与人名一样，其间蕴有奥义可以挖掘。

  就第一点来说，中国人的姓名以三字为主，这与中国古代小说的书名相符（相关讨论参看本书第六章第二节）。中国人姓名中有一个字较为固定，那就是姓，因为每个人的姓氏都是从家族那里继承而来的，对于姓名的拥有者甚至他的父母来说，都是不可选择的；相对来说，中国古代小说的书名中也有一个字并不需要太费精力，那就是书名最后的那个文体标识用字（这也是与西方小说书名在体制上最大的不同，参见本书第七章），每位小说家都会根据自己作品的具体情况，加上一点自己的喜好与读音、字形之间的搭配在"录""志""传""记"之类字中选择一个，我们可以把这个字看作书名中的"姓"，本书将其称为"体字"。与此同时，很多小说尤其是文言小说的书名还多有一个与人取名相类的地方，即古时人名一般都会有一个字表示行辈，这个字大多在家谱中已经定好，世俗称之为"排行"，顾炎武《日知录》有"排行"一条即云"兄弟二名而用其一字者，世谓之排行，如德宗、德文、义符、义真之类"①，这里的"二名"指的是除姓之外用二字名者；文言小说集的书名也有类似的现象，那就是书名中除了体字以标识其书文体面貌之外，还会有一个字来表示其文的艺术倾向，我们可以相应地将其称为文言小说集命名的"谱字"（相关讨论参见本书第六章第一节）。

就第二点来说，古人的文集中，经常会有"字说"之类的文章，虽从功能上看只是冠礼的一部分，但实际上就是为别人的字号进行"笺注"，把隐含在字号里的微言大义发挥出来。其实，古代小说的书名也同样是古人精心择取的，也需要进行"字说"式的阐释与研讨。

正因如此，中国古典小说的命名方式也便深刻地体现出中国叙事文学的某些特征，值得我们深入研讨。当代英国著名小说家戴维·洛奇（David Lodge）在其《小说的艺术》中曾指出，"小说作品的名字也是文本的组成部分——事实上，这是读者接触文本的第一部分，因此，一部小说能不能吸引读者的注意，书名肩负有重大的责任"②。中国古代没有这样理论性的论述，但有大量的实例来证明书名的重要。如冯梦龙（1574—1646）《古今谭概》一书，其初刊本前有梅之熉序，隆重地解释书名由来，从"谭言微中，可以解纷"开始，做了一通

---

① ［清］顾炎武著，［清］黄汝成集释，栾保群、吕宗力校点《日知录集释》，上海：上海古籍出版社，2006，第1334页。
② ［英］戴维·洛奇著，卢丽安译《小说的艺术》，上海：上海译文出版社，2010，第229页。

发挥,然后引冯氏语云"世何可深谭,谭其一二无害者,是谓'概'",梅氏又对云"吾将以子之谭,概子之所未谭",可知作者与序作者对此名的认可度均很高。然而,据李渔为此书所改之《古今笑史》作序时说:"同一书也,始名《谭概》,而问者寥寥;易名《古今笑》,而雅俗并嗜,购之惟恨不早:是人情畏谈而喜笑也明矣,不投以所喜,悬之国门,奚裨乎。"① 知其原本因书名稍僻而颇受冷遇,改名后才大行于世。由此可见,小说书名虽然似乎不参与叙事世界的进展(在书籍贫乏的时候,很多人阅读的小说无头无尾,更不知其名,但却并不影响读者对其叙事世界的欣赏),却实实在在是叙事世界得以建构的入口。

不过,就目前的研究情况来看,学界对中国古典小说的命名还有一定程度的忽略,有些作品的命名得到了一些关注,如《水浒传》《金瓶梅》《红楼梦》等,却少有对所有中国古典小说命名进行梳理的研究,如果不从理论的高度来解析这一形式特征的话,就无法揭示出中国古典小说艺术中的诸多问题。而且,对这一课题的观照还必须贯注一种文化比较的目光和面向叙事世界建构的意识:因为如果没有前者,我们就不可能清楚地认识到自己的特点;没有后者,就无法透过命名的研究把目光投注到文体上去。

这一课题有着深远的理论意义,因为恰恰在命名这一文体特征上,包含着复杂的文体基因,对它们的研究自然会加深我们对叙事文体的认识,也可窥见中国古典小说文体的独特之处。

在讨论各种小说的具体命名之前,我们还有必要对"小说"这一文体本身的命名以及由此而派生的"文言小说"与"白话小说"命名进行一番梳理。其中,对"小说"命名的梳理有助于我们摆脱来自西方的"小说"观念,回归中华文化自身的小说传统中去理解古代小说的命名现象。至于"文言小说"和"白话小说",则共同组成本书对中国古代小说命名考察的框架。因此,我们在导论中,先对文言小说与白话小说的定名做一番理论上的梳理。

---

① 丁锡根编著《中国历代小说序跋集》,北京:人民文学出版社,1996,第 655—656、660 页。

第一节 文言小说正名

　　20世纪以来，中国文化的更革使我们对中国固有的传统文化拥有了新的目光，但在这种西方化的新目光下，传统的小说文体遭到了误解甚至歪曲——这对中国古典小说两大系统的影响各不相同，对于白话小说而言，暗中的改天换地却被表面的认同所遮蔽；而对于文言小说来说，则理所当然地被漠视、被边缘化，甚至被削足适履。所以，对于从事古代文学研究尤其是古典小说研究的学者来说，如何从中国小说发展的实际来理解并讨论文言小说是一个重大的理论视域问题，它制约着文言小说研究的方方面面。因此，本节力图为文言小说正名。

一、文言小说概念的确立

　　正如从鲁迅先生（1881—1936）以来的诸多研究者所称引的那样，在中国文化典籍中，第一次提到"小说"的是《庄子》，其《外物》篇中讲述了任公子的奇异故事，最后说明了"饰小说以干县令，其于大达亦远矣"的道理，其"小说"实即字面所示之含义，即与圣贤大道相对的街谈巷议、浅识小语。事实上，在《庄子》前后，许多先秦典籍都有大致相类之名，如《庄子》又以"小言"①称之，《荀子》则言"小家珍说"②，名虽不同，其实则一。于是我们可以知道，"小说"作为文体之名的被择用不过是它比众多备选的名称更幸运罢了。当然，在《庄子》这里，"小说"一词尚非文体指称，但其指称的现象却在后世逐渐演进为文体，因此这一名称也便标示了后世作为文体的"小说"的特征——可以说，在数千年的中国文化系统中，小说文体一直就没有摆脱"小说"原意的牢笼，而这其实也正是中国小说文体的核心特征。

庄子所言虽无文体之意，但就《庄子》一书而言，其风格已十分接近小说——就是任公子那一篇便有强烈的小说意味。过常宝先生认为庄子"三言""建构了《庄子》文体形态的基础"，并极具启发性地指出其最主要的"日出"之"卮言"实即"优语"，并找到《庄子》与"优语"在文献上的联系，即《逍遥游》中所提及"齐谐"之书，认为其为"俳谐之书"，亦即优语。③事实上，《庄子》原文云"齐谐者，志怪者也"，而"志怪"正为六朝文言小说之一体，裴松之（372—451）注《三国志》也曾引《魏略》云曹植（192—232）"诵俳优小说数千言"④，此外唐人刘知几（661—721）《史通》中亦有"街谈巷议，时有可观，小说卮言，犹贤于己"⑤之语，可知数者似二而一的关系。虽然，《庄子》此处的"志怪"未必具有文体意义，但数处互证，则可知当时文体概念虽未清

---

① ［晋］郭象注，［唐］成玄英疏，曹础基、黄兰发点校《庄子注疏》，北京：中华书局，2011，第483—484页。
② ［战国］荀况著，王天海校释《荀子校释》，上海：上海古籍出版社，2005，第925页。
③ 过常宝《先秦散文研究——早期文体及话语方式的生成》，北京：人民出版社，2009，第311、312页。
④ ［晋］陈寿撰，［南朝宋］裴松之注《三国志》，北京：中华书局，1971，第603页。
⑤ ［唐］刘知几著，［清］浦起龙通释，王煦华整理《史通通释》，上海：上海古籍出版社，2010，第254页。

晰，却已透露出对即将兴起的小说文体之昭示①。再到两汉，目录学中出现了"小说家"的类别设置，则可知这一文体已经建立并得到文化体系的认可（详参第一章第一节）。

二、学界对文言小说概念的厘定

对小说的研究首先基于对概念的界定，中国小说尤其是文言小说的研究在这一点上用的力气很大，但却总是众说纷纭，难有共识。最大的问题或许在两个层面上。一是"以西例律我国小说"②，即以为或者说误以为中国的"小说"与西方的那种我们以"小说"二字来译称的虚构性文学作品是完全相同的文体——这种误解已经被我们的文化语境所接受，少有人去反思，所以也便出现了诸多在概念辨析上以此例彼甚至以此律彼的现象。二是误以为古代有非常成熟且内涵与外延均甚清晰的小说概念，从而对丰富而驳杂的小说现象以偏概全——这归根结底仍基于西方小说观念的影响，因为西方小说文体的源流与文体矩矱是很清楚的，中国却并非如此：中国小说在椎轮大辂的时候，就是以"道听途说"之"丛残小语"面貌出现的，因而也成为中国古代文学各文体中最驳杂的一种，这一驳杂的文体在发展演化的过程中吸附力很强，从而使其文体界限更为复杂。

对小说概念界定的上述矛盾在学界两种类型的著作中即可见其端倪，即一般的学术著作、小说史与目录资料著作。前者多对文言小说采取了比较严格的态度，比如"将小说史研究从题材引向文体"的石昌渝先生《中国小说源流论》对小说概念有精辟的梳理，但只关注"作为散文体叙事文学的小说"，而排

---

① 事实上，不少研究者认为《庄子》即是小说，如孙乃沅《庄子在中国小说史上的地位和贡献》，《江淮论坛》1981 年第 6 期；赵逵夫《我国最早的一篇作者可考的小说——庄辛〈说剑〉考校》，《山西师大学报》1992 年第 4 期；陆永品《庄子是中国小说之祖》，《河北大学学报》1993 年第 3 期。
② 定一《小说丛话》，引自陈平原、夏晓虹编《二十世纪中国小说理论资料（第一卷）1897—1916》，北京：北京大学出版社，1989，第 83 页。

除了"唐以后凡追随班固所谓的小说学的后尘，以实录为己任的丛残小语、尺寸短书"①；不过，其主编《中国古代小说总目·文言卷》"采取宁宽勿缺的方针"，"将古代主要公私书目著录的'小说家类'作品也一概收录"②。此外，《中国古代小说百科全书》《中国文言小说总目提要》也同样在看似严格的标准之后小心翼翼地开了一道方便之门③。程毅中先生在古代小说的研究中向来注意对古代小说概念的还原，如其《古小说简目》，"以文学性较强的志怪、传奇为主，但适当地尊重历史传统，参照史书艺文志小说类著录的源流，兼收杂事、琐记之类的作品"④，但他的《唐代小说史》却对《明皇杂录》《开元天宝遗事》之类作品付之阙如⑤。更为遗憾的是，这一概念界定的矛盾也限制了一些重要学术成果的生命力。新时期以来，李剑国先生的文言小说研究成就很大，他对文言小说概念也有自己独到的理解，提出"应当采取不今不古、亦今亦古、今古结合的原则"，同时也提出判断小说的四个划分原则"叙事原则、虚构原则、形象原则和体制原则"⑥，其实，从确定此原则时他郑重引用福斯特（E. M. Forster, 1879—1970）对小说的理解就可看出，所谓的"不今不古、亦今亦古、今古结合"实不大可能，只能是误入西方小说的文体限定中去。他的《唐五代志怪传奇叙录》及《宋代志怪传奇叙录》两部大著是新时期以来文言小说研究方面最丰硕的收获，然只收录志怪与传奇二类，原因就在于这二类最像"小说"，而不收录《云溪友议》《本事诗》之类在程毅中先生《唐代小说史》中专节论列的作品，甚至

---

① 石昌渝《中国小说源流论》，北京：生活·读书·新知三联书店，1994，第12页。
② 石昌渝主编《中国古代小说总目·文言卷》凡例，太原：山西教育出版社，2004。
③ 参见刘世德等主编《中国古代小说百科全书》前言，北京：中国大百科全书出版社，1993；宁稼雨《中国文言小说总目提要》前言，济南：齐鲁书社，1996。
④ 程毅中《古小说简目》凡例，北京：中华书局，1981。
⑤ 程毅中《唐代小说史》，北京：人民文学出版社，2003。
⑥ 李剑国《文言小说的理论研究与基础研究——关于文言小说研究的几点看法》，《文学遗产》1998年第2期。此后，在他和陈洪主编的《中国小说通史》（北京：高等教育出版社，2007，第17—20页）中又重申了这四个原则。

刘知几之子刘悚那本曾名为《小说》的《隋唐嘉话》^①的作品也被排除在外，对于这"竭泽而渔"^②式的巨著而言，不能不说是个不小的遗憾（当然，这一体例就这两本著作本身而言却并无疑义，因为此二书以"志怪传奇"为名，倒也名实相符）。

再如李时人先生编校之《全唐五代小说》，在与西方短篇小说的对比中定下了十条相当严厉的标准，再以此标准取舍，这样收录了一千三百余篇之后，又以"'宁宽勿严'的态度""另设'外编'"，收录在第一次筛选中被淘汰的作品^③。这本来在体例上就矛盾了，但即便如此，仍有不少作品漏收，造成此书学术价值的损伤。而与此相应的是陶敏先生（1938—2013）《全唐五代笔记》的编纂，他指出："笔记作为一种著述体式，主要是随笔记录见闻，发表看法，多是'街谈巷语，道听途说者之所造'的残丛小语，所以古人给了它一个不无贬义的名称——'小说'。"^④"到了唐代，一方面，文言小说蓬勃发展并臻于成熟，单篇传奇和传奇集大量出现；另一方面，笔记类著作也日臻繁复多样，这就使现代意义的小说和笔记终于分道扬镳，产生了冲决旧的目录学的'小说'观念而各自独立的历史性要求。"从而顺理成章地把一部分杂事小说从"小说"的阵营中抽出，其思路之起点、方向与李时人先生针锋相对，但其逻辑却殊途同归，即以传奇这种"新兴的叙事文学"样式为"现代意义的小说"，其他体类包括多数研究者均认同的志怪与志人类作品也归于笔记之列，并云"北宋宋祁率先以'笔记'为自己的随笔著作命名，《京本通俗小说》之类却堂而皇之地打出了'小说'的旗号，就正反映着文体发展这种历史的趋势"^⑤。至于宋祁（998—

---

① 参见周勋初《唐人笔记小说考索》，《周勋初文集》第5卷，南京：江苏古籍出版社，2000，第188—189页。其实，"小说"不仅是此书的异名，刘氏自序云"系之小说之末"，此后李肇在《国史补》序中也说"昔刘悚集小说"，可知也是作者及时人对其文体的认定，且作为刘知几次子的刘悚，其言"小说"当非滥用。
② 参见张国风《"竭泽而渔"的基础工程》，《文学遗产》1995年第4期；程毅中《沙里淘金　追根溯源》，《文学遗产》1998年第2期。
③ 李时人编校，何满子审定《全唐五代小说》前言，西安：陕西人民出版社，1998。
④ 陶敏《论唐五代笔记——〈全唐五代笔记〉前言》，《湖南科技大学学报》2008年第3期。
⑤ 陶敏、刘再华《"笔记小说"与笔记研究》，《文学遗产》2003年第2期。

1061）之笔记与《京本通俗小说》是否具有文体昭示意义则并未考虑，更何况后者很可能是伪书。

经过仔细考量，笔者以为，20 世纪 80 年代初，袁行霈、侯忠义二位先生所编著之《中国文言小说书目》"不以今之小说概念作取舍标准，而悉以传统目录学所谓小说家书为收录依据"①的标准更为可取，虽然此书在当时有"小补于学术建设"的考虑，以传统为依据也或有易于操作的成分在内，但却是一个更合于中国文言小说文体实际的办法。此后，编者之一的侯忠义先生分别出版了《中国文言小说参考资料》及《中国文言小说史稿》，论述范围较宽，大体反映了中国古代文言小说的创作实际②。但遗憾的是他后来主持编纂大型古委会项目《全古小说》时再定标准，则"确定以叙事性为区分小说与非小说的标准，举凡具备一定情节和艺术趣味的创作性叙事故事，均视为小说作品"③。这样便再度滑回西方小说规范中去。

其实，对于上文提出的在小说概念辨析方面当今学界两个层面的失误，我们可以从两个方面来纠正。先看第二个层面，既然在中国文学系统中，"小说"曾经是一个变动不居的概念，既然今天的小说概念已与以往不同，也并非就此凝固，为什么我们一定要制定出一个永存不替的概念，然后再来以此框范古代的小说创作呢？而且，谁又能保证千百年后，如今的小说观念不会再有变化？所以，我们的小说理论家实不必给古代错综复杂的小说概念一个清晰整齐的厘定，其实，越清晰越完备便越可疑，我们要做的是承认每个时代的小说观念都有变化，并以此来理解当时小说创作的文学环境与文化生态，从而真正进入小说的艺术世界。至于第一个层面，我要说的是，如今的小说概念并非中国小说自身孕育的嫡子，而是从西邻过继的螟蛉之子，有学者颇为中西文化的相通所激励，称中西方"不约而同地创造了叙事文学的小说"，并以摩尔根"人类的经验差

---

① 袁行霈、侯忠义编《中国文言小说书目》凡例，北京：北京大学出版社，1981。
② 侯忠义编《中国文言小说参考资料》，北京：北京大学出版社，1985；侯忠义《中国文言小说史稿》，北京：北京大学出版社，1990。
③ 侯忠义《编辑〈全古小说〉的设想与文言小说的价值》，《吉林大学社会科学学报》1998 年第 6 期。

不多都是采取类似的路径而进行"之语来做注脚①，殊不知，此"小说"或非彼"小说"（更何况，彼本并不以"小说"为名），以此律彼的结果只能是以忽视中国古典小说自身的叙事智慧为代价。事实上，引进一个适当的参照便可清楚这一点：中西方在各自文化系统中都产生了舞台表演的艺术形式及相关的文学形式，但20世纪以来新的文化坐标中，引进的西方"文明戏"并未强执自己的文体规范切削中国传统的杂剧与传奇。直到现在，戏剧与戏曲仍是两种内涵与外延并不完全重合的文体。因此，除了有学者偶尔并不一定切当地套用一下西方悲剧、喜剧之类概念外，话剧、诗剧之类与杂剧、传奇仍能各行其道、并行不悖。

三、文言小说的起源

一种文体的起源往往极为复杂，难以说清，但对起源的追认又影响到对此种文体文化基因的确认与探究，因此，虽然这一研究常陷入臆断，却仍不得不为。

对于此，从胡应麟（1551—1602）、谢肇淛（1567—1624）开始，便有多种意见，然多荒诞不经。鲁迅先生指出，"探其本根，则亦犹他民族然，在于神话与传说"②，这一看法影响甚大，也正因此，载录了大量神话的《山海经》才会被现在的小说研究者视为中国小说的源头③。然而，"亦犹他民族然"是迹西方小说演进之途而比附者，究竟与中国小说创作实际在多大程度上吻合确实很值得探讨——因为非但中国小说与西方小说之文体并不能互涵，就是二者神话的存在形态亦大有差别④，所以，这一意见值得重新考虑。

李剑国先生则认为，"小说起源于故事"，而且认为"这个命题是建立在小

---

① 参见宁宗一主编《中国小说学通论》，合肥：安徽教育出版社，1995，第3页。
② 鲁迅《中国小说史略》，《鲁迅全集》第九卷，北京：人民文学出版社，2005，第19页。
③ 参见石昌渝《中国小说源流论》，第53—63页；刘勇强《中国神话与小说》，郑州：大象出版社，1997，第35—44页。
④ 可以参看美国学者浦安迪《中国叙事学》中的论述，北京：北京大学出版社，1998，第34—47页。

说的基本特性是叙事这个基点上的"①,不过,这仍有两个层面的问题:一是所谓"小说的基本特性是叙事"其实仍是西方小说的"基本特性",并不必然是中国小说尤其是唐前小说的基本特性;二是即便确以叙事为基本特性,那么这个基本特性就是源头吗?这也并不具有逻辑的必然。当然,李剑国指认故事仍需附丽于文字定型的作品才有效,他概括出五大类来,即"神话传说、地理博物传说、宗教迷信故事、历史遗闻、人物逸事",这正是近来无论认可与否,均在各种小说史乃至文学史中体现出来的小说起源的多元说,也即杨义先生所指出的小说的"多祖现象"②。

多元说与多祖现象都甚为合理,也都揭示出了中国古代小说的特点,很有启发性,但也都有一个理论的错位。王齐洲先生提出小说起源研究要区分"起源"和"来源"③,刘勇强先生也指出"小说起源问题其实涉及了三个方面的问题,一是小说观念的起源,一是小说化叙事的起源,一是小说的起源"④。而多元与多祖都是将来源当作了起源,将小说化叙事的起源当作了小说的起源。

为何会有多元、多祖的现象?原因其实还在于中国小说概念的特殊及小说起源的独特,即"街谈巷语,道听途说"之言,这些街谈巷语的传闻逐渐被各种文体所采用,于是最早的小说即在这些文体之中得到呈现。

事实上,最值得考虑的仍是《汉书·艺文志》所云"小说家者流,盖出于稗官"之说。此说鲁迅先生曾以稗官"职惟采集而非创作,'街谈巷语'自生于民间,固非一谁某之所独造也"而否定之⑤,刘勇强先生也认为"'稗官'还面对一个更大的群体,即'街谈巷语,道听途说者'",认为"在这个主语后还有一个'造'字,这可能才是真正的'小说家'"⑥。这些考虑都还有商榷的余地,因

---

① 李剑国、陈洪主编《中国小说通史》,第31页。
② 杨义《中国古典小说史论》,北京:中国社会科学出版社,1997,第9页。
③ 参见王齐洲《中国小说起源探迹》,《文学遗产》1985年第1期;《应该重视中国古代小说文体研究》,《明清小说研究》2006年第3期。
④ 刘勇强《中国古代小说史叙论》,北京:北京大学出版社,2007,第40页。
⑤ 鲁迅《中国小说史略》,《鲁迅全集》第九卷,第19页。
⑥ 刘勇强《中国古代小说史叙论》,第37页。

为从某种程度上说这其实是取消了问题,任何小说作品(无论是西方意义上的还是中国意义上的),其素材自然在于生活,而生活中的某些情节却并不是小说,经历了甚至是传述了那些情节的人也并不就是小说家,所以稗官的"采集"实即"创作"——正如中国古代小说尤其是白话作者署名的惯例一样,多云"编""集"之类,这自然并不能否认他们的著作权。余嘉锡先生(1884—1955)撰《小说家出于稗官说》一文依据文献进行辨析,认为稗官为"天子之士","稗官为小说家之所自出,而非小说之别名"①;此后袁行霈先生又认为稗官虽指小官,却非天子之士,而是指"散居乡野的,没有正式爵秩的官职。他们的职责是采集民间街谈巷语,以帮助天子了解里巷风俗、社会民情"②。此外,饶宗颐先生从云梦秦简中发现"令与其稗官分如其事"的记载,指出"可见汉志远有所本,稗官秦时已有之"③,并进一步考证,如淳注所言音"排",即"俳"也,亦即"偶语"④,这或者又与前文所言之"俳谐""俳优"相关。潘建国先生认为"稗官"之"稗"为"鄙野俚俗"之意,"'稗官'不是事实存在的职官名,而是泛指某种行政职能","即将'街谈巷语'及'道听途说者所造'说与王者听闻,以供其观风俗,知厚薄,因其内容'鄙野理俗',如同稗草,故以'稗'名"。并考察了颜师古注《汉书》时提及的《汉名臣奏》、唐林其人及同时并提的都官,证实"稗官"之说"并非出于刘向的随手生造,而是当时的惯用称法",且指出,"在周官中,它就是土训、诵训、训方氏,其职能专为王者诵说远古传闻之事和九州风俗地理、地慝方慝;在汉代,它就是待诏臣、方士侍郎一类人物,

---

① 余嘉锡《余嘉锡论学杂著》,北京:中华书局,1977,第265—279页。
② 袁行霈《〈汉书·艺文志〉小说家考辨》,《文史》第七辑,北京:中华书局,1979。
③ 事实上"汉志"是确"有所本"的,因为汉志之序说得很清楚,是以刘向、歆父子之《七略》为蓝本,"今删其要,以备篇籍"的,故至少也当是《七略》之文。清人姚振宗所辑《七略别录佚文》从荀悦《汉纪》中录出"小说家者流,盖出于街谈巷议所造"之语(参[汉]刘向、刘歆撰,[清]姚振宗辑录,邓骏捷校补《七略别录佚文 七略佚文》,上海:上海古籍出版社,2008,第18页),未言稗官,实荀"力求减省故也",非但汉志可证,且唐释慧琳《大藏音义》曾引如淳注《七略》云细米为稗,如淳是否注过《七略》不得而知,但《七略》唐时仍存于世,慧琳所见,自当亦提及稗官。
④ 饶宗颐《秦简中"稗官"及如淳称魏时谓"偶语为稗"说——论小说与稗官》,《文辙》,台北:学生书局,1991,第253—260页。

其诵说内容除古事、风俗之外，多为修仙养生之术"①。

所以，小说源出于稗官是合理的，因为小说的内容都是"街谈巷语、道听途说"，但"街谈巷语"却并不就是小说，因为小说起码要落实到文本之中，写定者正是稗官——而这，也正是了解中国古典小说的一把钥匙。

四、文言小说正名

事实上，给文言小说正名，与对文言小说概念进行辨析及厘定仍是同一个问题。

20世纪以来，无论是学者还是普通人，大都有意无意地将文言小说称为"短篇小说"，其实，这是一个建立在对西方小说文体误解基础上的文体名称。西方的叙事文体主要分为两类，即 story 与 novel，在近代化的文化对接中，人们用中国固有的"小说"一词来翻译 novel——这已经不合适了——又因此类文体篇幅较长，故在其前再加了"长篇"的修饰，同时也为 story 取了"短篇小说"的名目，似乎 story 与 novel 均为"小说"，只是一长一短而已，当时匆忙以西学为救亡图存稻草的人们并没有发觉在西方叙事文学传统中 story 与 novel 根本就是两种不同的文体，其差别也并不仅仅甚至并不主要在于篇幅的长短——正如虽然杂剧与传奇大体上一短一长，但却没有研究者会认为它们本质的特征就是长与短的区分一样——更何况我们为西方创造出了一种新的文体"短篇小说"（short novel），再以这种并不存在的文体来规范梳理中国古代的小说创作。当然，英语中也有 short novel 的用例，但那并非我们印象中的那种文体 short story，而是一个词组，表示篇幅稍小的 novel。虽然在西方，短篇小说也是一个难以定义的文体，正如法国人皮埃尔·蓬塞纳在《理想藏书》中质疑的，这种文体"是故事还是短篇小说？是短故事还是小型小说？是叙述作品还是虚构作

---

① 潘建国《"稗官"说》，《文学评论》1999年第2期。此外，罗宁在其《小说与稗官》（《四川大学学报》1999年第6期）一文中也提及汉代待诏和方士侍郎与小说的关系。

品？"并指出"英语同样在 tale, short novel 或者 short story 之间犹豫"①，但其与 novel 还是有比较清楚的文体界限。

　　笔记小说概念的辨析要稍复杂一些。现在学界一般认为本属"文言小说体裁"之一种，如《中国古代小说百科全书》便有"笔记小说"的条目，并认为其多以"笔记"为名者，"也有称笔谈、随笔、笔丛、笔余者"，"更多的以杂录、杂记、杂志、漫录、谈丛、丛说等为名"。此条目之下又有《笔记小说大观》一条，撰写者认为此书"收录过滥……把笔记小说的概念扩展得漫无边际，比传统的子部小说范围更广"②。其实，这两个条目正反映出学界在这一概念上的误解。一方面，指责《笔记小说大观》扩展了"笔记小说"的概念；另一方面，却并不知道所列"笔记小说"一体之名其实就来自这套书。事实上，古之"笔记"，并非一种文体，而是一种著述方式，本与"小说"无涉。为什么进步书局编此书要将二者强拉在一起呢？又为什么这个新产生的名字有如此强大的生命力，直到现在仍然被使用呢？

　　其实，这都要在中西方"小说"概念更迭的大背景下来讨论。自古以来，中国古代目录体制中，"小说"总是最庞杂的，几乎是中国目录格局中的调节阀和收容站，任何无法归类的文献都可以放在这里，这自然不是说"小说"就是我们一般分类之末必有的那个"其他"类，这其实是由小说自身的基因决定的。

　　然而，到了民国年间，"小说"的这一功能被缩减了。如前所述，从小说界革命开始，我们逐渐接受了西方的小说观念，将这一概念变成了当下人们认知中的纯文学、虚构性、叙事性文体。于是传统分类法中本当属于小说的那些庞杂的文献便被架空了，这种真空自然需要填补，理所当然地，"笔记小说"作为一个两者兼顾的概念便被提出并被用于影响极大的《笔记小说大观》之中。

---

① 〔法〕皮埃尔·蓬塞纳主编，余中先、余宁译《理想藏书》，上海：上海人民出版社，2012，第272页。
② 刘世德等主编《中国古代小说百科全书》，第13页。按：关于笔记小说，实有一部《中国笔记小说史》（吴礼权著，北京：商务印书馆国际有限公司，1997）的专著，其书对大量被小说研究者忽略的作品进行梳理，自有其价值，然其于"笔记小说"概念之界定上却不可据，正如作者自己所谦称的，是"在'无复依傍'的情形下所作的'臆见'"。

《笔记小说大观》的编者是王文濡（1867—1935），郑逸梅（1895—1992）《南社丛谈》中有他的一篇小传，传云：

  王均卿，名文濡，别署学界闲民，又号新旧废物，浙江吴兴人。前清明经，擅词章。寓居沪上，主进步书局、国学扶轮社辑政有年。后又为中华、文明二书局编刊各家诗文集及楹联尺牍甚多。尤以所刊《说库》、《笔记小说大观》、《香艳丛书》，考订周详，并加提要，费力更大……晚年购地吴中北寺塔东石塘湾，鸠工建屋，并辟场圃，名之为"辛臼簃"，无非自谓"半新半旧不新不旧不合时尚"而已。①

看其自号"新旧废物"，名其斋为"辛臼簃"，知其人确处于"半新半旧不新不旧"之间的生存状态，而其为所编丛书的命名也恰可做其自谓之注脚。他曾编《说铃》《说库》等丛书多种，对小说尤为关注，则此书所录，亦传统意义上的"小说"；但在民国初年，时代正在"半新半旧"之间，"新小说"概念亦为小说界所认可，故此书若径用"小说大观"之名，既显得名实不符，易受人之讥弹，同时也影响销售。所以他在"小说"之前再加"笔记"一词，以此来填补"小说"一词被圈限后留下的真空。由此可知，这只是小说概念被偷换之后不得已的做法，其所对应，仍然是《汉书·艺文志》所称之"小说"而已。
  所以，"笔记"只是一种创作方式而非文体概念，将它与小说联系起来只会把本来就茫无头绪的小说概念拖入泥淖之中。当然，前文所引陶敏先生的文章是努力想把笔记与小说两个概念区分开来，但这种区分却是规迹西方小说文体的，于是笔记便侵占了本应属于小说的内容。这自然也不合适。其实，以笔记小说来概括文言小说或者试图将其变为文言小说的一类对于本就界限模糊的文言小说而言无异于饮鸩止渴。
  此外，程毅中先生还分别提出了"古小说"与"古体小说"的概念。在

---

① 郑逸梅编著《南社丛谈：历史与人物》，北京：中华书局，2006，第114页。

《古小说简目》的凡例中，他指出，"古小说相对于近古的通俗小说而言，或称为子部小说，或称为笔记小说"，又说"古小说相对于白话小说，不仅时代较早，而且文体较古"①，可见他有以"古小说"来指称"文言小说"的意思。而且，在程毅中先生的主持下，中华书局从20世纪80年代开始，编辑出版了"古小说丛刊"，整理出了一批质量极高的文言小说作品集。不过，这一概念却给人一种止于唐前的印象，似乎唐以后的文言小说不在其内。或许正因如此，程毅中先生将此概念修正为"古体小说"，他认为"古代小说也和诗歌一样，可以分为古体和近体两大系统"，并将那套丛书更名为"古体小说丛刊"，可见这是参照古代诗歌的分法来划分小说的，这就避免了一种时代的虚假印象。但有两方面的不足。一是诗歌文体的划分是否适用于小说文体，比如说，无论古体诗抑或近体诗，其语体是基本一致的，其主要的不同在于体制；但所谓的古体小说与近体小说的语体便不相同，实难贯彻古诗分体的思路。二是他也承认"古体小说大体上相当于文言小说，近体小说大体上相当于白话小说"②，如果是这样，那创制新概念的意义就不大。当然，程毅中先生指出"文言小说却不完全等于古体小说，如《三国演义》还是用浅近的文言文写的"，事实上这都不是问题，因为"文言小说"其实是一个文体概念，作为文体概念，并不只是指语言的形态，而当有复杂的文体规范。所以笔者认为，还是以"文言小说"作为与"白话小说"对称文体名称较为合适。

五、文言小说的分类

本节论述虽先之以正名，继之以分类，但分类的意义也蕴含于正名之中。对于文言小说而言，其分类古人已多有尝试，有的分法影响还很大，比如

---

① 程毅中《古小说简目》凡例。当然，"古小说"的提法，或与鲁迅辑《古小说钩沉》(《鲁迅全集》第八卷，北京：人民文学出版社，1973) 有关，但鲁迅所辑者全为唐前作品，亦符合中国文学史中"古"字的大体范围。
② 程毅中编著《古体小说钞·宋元卷》前言，北京：中华书局，1995。

唐代刘知几云："是知偏记小说，自成一家。而能与正史参行，其所从来尚矣。爰及近古，斯道渐繁。史氏流别，殊途并骛。权而为论，其流有十焉：一曰偏记，二曰小录，三曰逸事，四曰琐言，五曰郡书，六曰家史，七曰别传，八曰杂记，九曰地理书，十曰都邑簿。"① 这一分类中被今人认可的大概只有逸事、琐言、杂记三种，其实，从中国古代小说观念来看，这十类也都较合适。后来明人胡应麟则云："小说家一类，又自分数种。一曰志怪，《搜神》、《述异》、《宣室》、《酉阳》之类是也；一曰传奇，《飞燕》、《太真》、《崔莺》、《霍玉》之类是也；一曰杂录，《世说》、《语林》、《琐言》、《因话》之类是也；一曰丛谈，《容斋》、《梦溪》、《东谷》、《道山》之类是也；一曰辨订，《鼠璞》、《鸡肋》、《资暇》、《辨疑》之类是也；一曰箴规，《家训》、《世范》、《劝善》、《省心》之类是也。谈丛、杂录二类最易相紊，又往往兼有四家，而四家类多独行，不可掺入二类者。至于志怪、传奇，尤易出入：或一书之中二事并载，一事之内两端具存，姑举其重而已。"② 这个分类是中国小说史上对文言小说最全备与合理的分类，而且有定名、有类例，并对易淆之处有辨订，十分精善，可惜的是这个分法中最为当代学者所承认的依然是志怪、传奇两类，其余仅杂录中的世说一体或入志人而存，或亦剔除。然如回归到古人小说传统中，亦可理解。

当然，我们现在的任务虽不是全然"以西例律我国小说"，但也并非全然回归古代的认识，只能是在尊重并对古人抱理解之同情的基础上，以现代眼光观照古代传统，尽可能在体认古代轨迹与投注现代目光之间找到切当的平衡。因此，当代学者的分类或许更值得参考。所以，笔者把自鲁迅先生以后对文言小说分类有参考价值的列表如下：

学者	类1	类2	类3	类4	类5	类6
鲁迅③	志怪	志人	传奇			
综录④	志怪		传奇	杂录	谐谑	

---

① ［唐］刘知几著，［清］浦起龙通释，王煦华整理《史通通释》，第253页。
② ［明］胡应麟《少室山房笔丛》，上海：上海书店出版社，2015，第282—283页。
③ 鲁迅《中国小说史略》，《鲁迅全集》第九卷。
④ 上海图书馆编《中国丛书综录》，上海：中华书局上海编辑所，1962。

续表

学者	类1	类2	类3	类4	类5	类6
程毅中①	志怪		传奇	杂史杂传		
侯忠义②	志怪	轶事（笑话类、琐言类、轶事类）	传奇			
吴志达③	志怪	志人	传奇	杂传体		
宁稼雨④	志怪	志人	传奇	杂俎	谐谑	
陈文新⑤	志怪	轶事（世说体、笑林体、杂记体）	传奇			
李剑国⑥	志怪	志人（志人、俳谐）	传奇	杂事		杂传
刘勇强⑦	志怪	志人（语林体、杂记体、笑林体）	传奇			

通观上表，无论是几分法，有两类是每种分法均有且名义相同的，那就是胡应麟所分之前两类：志怪与传奇，这也正是被当今大多数学者指认最合于小说概念的类别——此两类之所以异议最少，原因也恰在于此。

志怪一类不同的学者又有不同的小类划分，但都不越出志怪一体的畛域，不像志人体歧见那么多。

志人体分类越界者则期望以一体而涵其他，故全为三分法，把志怪、传奇之外的东西全放进志人的框架，而单纯设志人者则不得不在杂事之类上稍作补偿——不过，这也小有例外，如鲁迅先生，志人体这一名目正是他的创制，但却并未以杂事之属来平衡，可以看出，相对于后来的小说通史著作，他对文言小说的关注已经足够大，但不得不承认，他以西方小说观为参照清理中国小说史时仍忽略了中国小说文体最初的含义，所以他的选择便仍有遗漏。《中国丛书综录》的编者因为要在中国传统目录体系中安插小说，对文言小说的分类做出了适合于中国小说史实际的调整，即在志怪与传奇两大部类外另设了杂录与谐谑两类，前者与胡应麟所云杂录相合，实即包括了志人体，后者即笑话。这一

---

① 程毅中《唐代小说史》。另参考其《漫谈笔记小说及古代小说的分类》一文，《古籍整理出版情况简报》2003年第3期。
② 侯忠义《中国文言小说史稿》（上），北京：北京大学出版社，1990。
③ 吴志达《中国文言小说史》，济南：齐鲁书社，1994。
④ 宁稼雨《中国文言小说总目提要》。
⑤ 陈文新《文言小说审美发展史》，武汉：武汉大学出版社，2002。
⑥ 李剑国、陈洪主编《中国小说通史·先唐卷》，北京：高等教育出版社，2007。
⑦ 刘勇强《中国古代小说史叙论》。

分法把谐谑收入是合适的，前文已论，中国小说与俳谐之文大有关系耳。程毅中未设志人体，另设杂史杂传，虽然重视了大多数学者不甚重视的杂事体作品，但对志人体的轻视却仍是从情节、虚构之类小说必备之观念出发者。

余六家的分划区别就在于志人一体内涵的开纳新军还是固守阵地了。虽然侯忠义先生与陈文新先生改称"轶事"，而刘勇强先生仍袭"志人"，然其扩大了此一文体的内涵则是相同的。"轶事小说"名称之不当，刘勇强先生已有很好的分述①，把"志人"这一学界已经习惯使用的文体泛化理解似乎亦不妥当，因志人小说实是一种小说类型，而非题材。石昌渝先生曾指出"类型是文学的分类，题材是社会学的分类"②，所以不能把志人小说弄得大而无当，其实，它应该是狭义的，指这几位学者所论之"琐言类"、"世说体"和"语林体"。至于"笑林体"是单列为谐谑类还是归入志人，倒还可斟酌。鲁迅先生举《笑林》后论云"实《世说》之一体，亦后来诽谐文字之权舆也"③，以此为记人言之一类，似亦得宜。《世说新语》有《排调》一门，"排"即"俳"，可知类同。不过，我们也不得不指出，谐谑体作品在文体风格上与前述狭义志人体的确大有不同，志人体以人为主，谐谑体作品中人物却不过是符号而已，作家甚至都懒得为他们编造名字，常以"甲""乙"概称，这些人的作用在于制造笑料，而无性格。所以虽然此类作品比较少，但仍以单独设类较为妥当。

那么，最大的问题就在于是否设杂事类——或设了此类但并于志人体中，或干脆将其斥入史部之杂史。也恰恰在此类是否设置上体现出学者对待中国传统小说概念的态度。笔者认为，传奇之类据李剑国先生的意见，"传"字实当读为"传记"之"传"，有记录之意，故此"传奇"实与"志怪"同义④，此类作品

---

① 参见刘勇强《中国古代小说史叙论》，第86—87页。
② 石昌渝《明代公案小说：类型与源流》，《文学遗产》2006年第3期。
③ 鲁迅《中国小说史略》，《鲁迅全集》第九卷，第66页。
④ 李剑国《唐五代志怪传奇叙录》，天津：南开大学出版社，1998，第6页。此后，张进德《"传奇"辨》(《古典文学知识》1998年第1期)一文对此进行了细致考论。事实上，对于传奇文体源于史传文学的考辨更可佐证这一认识，参见孙逊、潘建国《唐传奇文体考辨》，《文学遗产》1999年第6期。

所敷演多为奇异之事，相对而言，杂事类的作品则更接近史实，其虚构并非积极性虚构，正如志人于志怪然，故可相对称之为"传事"小说。以此亦可概括李剑国先生不得已而置之"杂传"类型（李设置此类实是因为唐前一部分类传奇作品的存在）。从上表可以看出，凡是在第四类设置了体类的，其名虽不一，"杂"之一字是共用的，即便未列第四类的三位学者中，陈文新先生与刘勇强先生在志人小说里也列了杂记体，不过，无论杂记、杂传还是杂事，有此"杂"字便如同"笔记"小说之名一样，似乎成为杂体的收容站。刘知几以"逸事"称之，至《四库全书总目》则名之以"杂事"，李剑国先生沿用了后者①，而这些名称都带一"事"字，正如刘勇强先生所言"是一种以记录人物遗闻轶事为主的小说形态"②，那么以传事名之适得其宜。

以上所有的分类只针对具体作品的文体而不针对丛集，刘勇强先生已经指出在一些小说集中"存在着作品重出互见的情形"，事实上不仅如此，中国古代文言小说集多数内容纷杂，各篇文体也有错位，倒不仅仅在于重见者。正如钱锺书先生（1910—1998）论唐诗与宋诗之区别，"余窃谓就诗论诗，正当本体裁以划时期，不必尽与朝政国事之治乱盛衰吻合"，"唐诗、宋诗，亦非仅朝代之别，乃体格性分之殊"③，移彼例此，理即豁然。

---

① 李剑国虽在小说史中勉强列了杂事类，然其实他是"弃斥'杂事'"的，参其为王汝涛《全唐小说》所撰之序，见王汝涛编校《全唐小说》李剑国序，济南：山东文艺出版社，1993。
② 参见刘勇强《中国古代小说史叙论》，第93页。
③ 钱锺书《谈艺录》，北京：中华书局，1996，第1—2页。

第二节 白话小说正名

中国古典小说向来分为两大系统,这是小说界的共识。文言小说已如前揭,而白话小说则分为话本与章回。正如上文所说,西方移植而来的小说观念对于白话小说尤其是章回小说影响极大,而且此影响与对文言小说的影响不同——章回小说"荣幸"地被当作与西方 novel 恰好对应的文体,学术界也多认可了这一对应,但这却是以忽略或漠视章回小说文体自身特点为代价的。从这一点上来说,对白话小说尤其是章回小说的辨体工作更为急迫。

一、白话小说正名

首先,对于白话小说的总称需要进行一点辨析。时下对于白话小说有多种称法，其中长篇小说（指章回小说）与通俗小说两种约定俗成①，似乎不必讨论，但实际却并不合适。因此先需辨明。

所谓"长篇小说"的提法其实来自西方文体——而且还是来自对西方文体的误解，将这种误解加诸中国古典小说便有两处需要深思的地方：一是西方的 novel 与中国的章回小说是否指称了完全相同的文体；二是长篇小说的概念能否在学理上满足章回小说文体的要求。

对于第一个方面而言，认真阅读一下西方有关 novel（我们建议将其译为"长篇叙事文"）的文体研究就会发现，产生于西欧 18 世纪的 novel 有许多自身文化系统遗传下来的文体基因与内在文体规定性，与中国章回小说其实有着很大的差异②，并不能简单地把所有"具有一定长度之散文体虚构作品"③都称作 novel，福斯特很推崇这一定义实在是他只面对了欧洲文化传统，而自觉不自觉以欧洲文化为中心的学者并不知道或拒绝知道世界上还有其他类型的长篇虚构作品。辨明此点有着极为重要的理论意义，因为一个世纪以来，西方小说观念对中国小说观念的取代已经影响到了我们对中国古典小说的理解与欣赏，同时也影响到了对中国古代文化的体悟。第二个方面则与我们的误读有关，我们误解了 novel 的文体本质并以长篇小说指称它，然后再反过来用我们自己创造的这个并不完全合于原意的词来框范我们自己，然而我们的章回小说又总是突破这种框范，如所谓"长篇"就要有"一定长度"，这个篇幅多少合适呢？福斯特规定是五万个词，如果用中文换算的话则应在十万字以上④。根据笔者统计，中国的章回小说有七百五十四种，二十回以下的占四百三十五种，四十回以下则为六百零一种，一般二十回者均数万字而已，就是四十回以内者也不乏十万字以

---

① 关于这几类提法之源流，可参看刘晓军《"章回体"称谓考》，《上海大学学报》2006 年第 4 期。
② 参见美国学者浦安迪《中国叙事学》，第 8—13 页。
③ 这是英国小说家福斯特引用法国人舍瓦莱的定义，也成为现在西方研究界对 novel 的经典定义，参见〔英〕E. M. 福斯特著，冯涛译《小说面面观》，《福斯特读本》，北京：人民文学出版社，2011，第 305 页。
④ 《小说面面观》的多个中译本均译为"五万字"，其实原文之 words 自然当译为"词"而非"字"。

下者,也就是说,中国古代章回小说中,起码也有一半以上字数不到十万,由此看来,就是在篇幅上,章回小说与长篇小说二名也不可兼容。

不过,有学者为了解决这个矛盾又启用了另一个基于误解而创立的词汇:中篇小说。郑振铎先生(1898—1958)在1929年所作《中国小说的分类及其演化的趋势》一文中说"第四类是中篇小说",并解释云:"中篇小说之名,在中国颇为新鲜,其实像中篇小说一流的作品,我们是'早已有之'的了。中篇小说盖即短的长篇小说(novelette)。它们是介于长篇小说(novel)与短篇小说(short story)之间的一种不长不短的小说。"并认为"中国的中篇小说,其篇幅大都是在八回到三十二回之间(但也有不分回的,那是例外)"①。事实上,在西方学者看来,novel 和 novella 绝非以篇幅来划分的,美国学者韩南(Patrick Hanan, 1927—2014)曾经提及:"对于欧洲文学研究者来说,novel 和 novella 之间的区别是不成问题的。艾克亨堡曾说过:'novel 和 novella 并不是同质事物的不同形式;相反,两者相互间根本是陌生人。'这话代表了西方研究者一般的看法。"②所以把 novella 译为"中篇小说"本来就是错误的,更何况再以此来切分章回小说。其实,面对这样一种文体,在"中篇小说"异军突起、盛极一时的当代,批评家也无法摆脱"难言的苦衷",因为他们面临着"中篇小说是什么"那无法解脱的困惑③。

还有一种影响更大的提法是"通俗小说"。从"建立了科学的中国小说史学"④的孙楷第先生(1898—1986)开始,这已经成为一个通行的用法,但少有人考虑过这一名称的缺陷——它源于小说界革命的理论错位,因而附着了并不恰当的价值判断。

小说界革命的理论奠基者梁启超先生(1873—1929)在其纲领性文献《论

---

① 郑振铎《中国小说的分类及其演化的趋势》,《郑振铎全集》第六卷,石家庄:花山文艺出版社,1998,第230页。
② 〔美〕P. 韩南著,尹慧珉译《中国白话小说史》,杭州:浙江古籍出版社,1989,第23页。
③ 程德培《难言的苦衷——探讨中篇小说艺术的困惑》,《文艺争鸣》1986年第4期。
④ 胡适《〈日本东京所见中国小说书目提要〉序》,《胡适学术文集·中国文学史》,北京:中华书局,1998,第1198页。

小说与群治之关系》一文中,一方面宣称"小说为文学之最上乘",一方面又以小说为"中国群治腐败之总根源"。二语看似矛盾,实则统一:因为梁启超先生之"小说"所指非一,前所云为西方"小说"之体,后之"小说"则专指中国旧有的章回体作品,在此前的《译印政治小说序》中他就说过"中土小说……述英雄则规画《水浒》,道男女则步武《红楼》,综其大较,不出海盗海淫两端"。梁启超先生的这一态度鲜明地体现出近代小说变革时期理论界及创作界在复杂的社会文化背景下对小说文体的认定与抉择。也正是这种抉择,一方面使作者与读者双方都真诚地相信小说"足以唤醒国魂开通民智",从而可以"改良群治"①,并促使近代小说创作热情空前高涨;另一方面却又在变革过程中抑此扬彼,并逐渐将"通俗小说"的名称强加在其时的章回小说创作之中,并泛化为白话小说的通称。诚然,中国古典小说(尤其是章回小说)向来不登大雅之堂,但明代的四大奇书已经大大地提高了章回小说的文体地位②,再从清初才子书对章回小说的文人化试验,到清中期《儒林外史》《红楼梦》等作品的产生,章回小说已逐渐走出了下里巴人的泥淖③。虽然通俗小说之名古已有之,如《三国志通俗演义》包含了"通俗"二字,冯梦龙《古今小说序》中也有"家藏古今通俗小说甚富"④之语,不过一是此并不作为小说文体之专名⑤,二是其意义也与后人之使用有别——前人多指语言之"谐于里耳"(同上所引冯梦龙语),而经过小说界革命的设定,便成为一种艺术风格乃至价值的判定。问题在于,雅俗的

---

① 以上引文分别参见陈平原、夏晓虹编《二十世纪中国小说理论资料(第一卷)1897—1916》,第34、36、21、204、37页。
② 浦安迪便反复强调这四大奇书是"文人小说",并宣称"它们唯有被看作是反映了晚明那些资深练达的文人学士的文化价值观及其思想抱负,而不仅仅作为通俗说书素材摘要时,才会获得最富有意义的解释",参见其《明代小说四大奇书》序,北京:生活·读书·新知三联书店,2006。
③ 关于此,可参见袁进《中国小说的近代变革》,北京:中国社会科学出版社,1992,第1—22页。
④ 丁锡根编著《中国历代小说序跋集》,第774页。
⑤ 《京本通俗小说》似乎可以看作从文体的意义上使用的,但此书却很可能是伪书。参见苏兴《〈京本通俗小说〉辨疑》一文,《文物》1978年第3期,收入《苏兴学术文选》,上海:上海古籍出版社,2011,第15—22页。按:对《京本通俗小说》辨伪之文章在苏兴之前有马幼垣、马泰来兄弟二人撰写的《〈京本通俗小说〉各篇的年代及其真伪问题》,发表于台湾《清华学报》1965年第1期。

判断与文体的指认从来就不是一个层面的问题，雅俗的判断也并不能作为文体的标准。

美国学者浦安迪（Andrew H. Plaks）也不同意通俗小说的提法，为了绕过这个已被默许的概念，他提出了一个新的概念，即"奇书文体"①，他认为这种文体本质上是一种文人创作。他的提法自然还有可商榷的地方，但其思路却有合理的地方。

其实，对于话本与章回，我们可以有一个相对温和且容纳力强的名称，即白话小说，这一名称也如"通俗小说"的提法一样影响巨大，学界也或此或彼地随意使用着，如石昌渝先生主编《中国古代小说总目》"代表了学术界在小说目录学上所取得的最新成就"②，其书即以"文言"与"白话"分卷。不过，我们也不得不指出，以"文言小说""白话小说"来指称中国古典小说的两大系统也有误区，即大多数学者在使用这一分类概念的时候，下意识地以小说使用"文言"与"白话"两种语体的不同作为两大系统的标准，或者将语体面貌与文体概念掺杂使用，造成了分类标准的混乱。郑振铎先生在给孙楷第先生《中国通俗小说书目》作序时云："但专载以国语文写成的'通俗小说'而不录'传奇文'和文言小说，似仍留有一个阙憾在。"上举《中国古代小说总目》将两大系统之小说均行囊括，颇有弥补此憾之意，然郑氏云"国语文写成的'通俗小说'"有以语体为文体之嫌，《中国古代小说总目》也正是这样理解的，石昌渝先生即认为郑氏之意是"小说书目应当包括文言和白话两种语体的小说"③，正因如此，其书将以文言语体结撰而成的章回体小说《蟫史》置于文言卷，同样使用了文言的《吕祖全传》《绣云阁》《爱之花》仍列于白话卷④，自然是因为这几部作品从文体上看当属与文言小说相对之另一系统，这里又是以文体而非语

---

① 〔美〕浦安迪著，沈亨寿译《明代小说四大奇书》，北京：生活·读书·新知三联书店，2006。
② 李小龙《评〈中国古代小说总目·白话卷〉》，《明清小说研究》2007年第1期。
③ 石昌渝《关于〈中国古代小说总目〉》，《明清小说研究》2004年第3期。
④ 石昌渝主编《中国古代小说总目》，太原：山西教育出版社，2004，"文言卷"第608页，"白话卷"第1、223、459页。

体分了。可见以语体分卷其弊有二：一是这种分类看似清晰且易于操作，实则只是表面现象，个别作品之归属仍不妥当；二是以语体为基本的分类标准对于研究而言意义并不大，因为对一种文体而言，依郭英德师的划分，其结构层次有四，依次为体制、语体、体式、体性，语体仅为其一[①]，因此以语体为某一文体的基本划分标准显然是不合适的。

其他将两大系统熔为一炉的小说书目甚至小说论著也存在这个问题[②]，但单独以某一系统为断限的小说书目却可以避免[③]，因为后者主要注目于文体，而前者在以文言与白话分别指称两类文体的同时无形中混淆了二者本来不同的层次。

所以，如果中国古典小说仍以文言与白话为两大系统之名的话，就有必要对其概念重新认定：它们都是基于对中国古典小说两大文体类型的概括，并非仅在语体的分别。

二、说话伎艺与说话的家数

前节在论述中国"小说"概念的产生与确立时没有特别提出此"小说"即为"文言小说"，因为在唐以前就文本来看基本没有白话小说的存在。不过，由于"小说"一体"街谈巷语、道听途说者之所造"的特点，这种文体并不必然就是以文言为语体表现的，所以在追溯白话小说源头的时候，仍有坚实的材料可以看出中国古代小说两大系统并非以目下之小说观简单拼凑在一起的，而是有着其文体发展的必然性。

前节已指出先秦之优语、俳谐之书与小说的关系，《三国志》裴注引《魏略》记邯郸淳见曹植事更为重要，其云："植初得淳甚喜，延入坐，不先与谈。

[①] 参见郭英德《中国古代文体学论稿》，北京：北京大学出版社，2005，第1—22页。
[②] 如朱一玄、宁稼雨、陈桂声编著《中国古代小说总目提要》，北京：人民文学出版社，2005，第393、581、659页。
[③] 如江苏社科院明清小说研究中心等编《中国通俗小说总目提要》，北京：中国文联出版公司，1997，第893、350、718、584页。

时天暑热，植因呼常从取水自澡讫，傅粉，遂科头拍袒，胡舞五椎锻，跳丸击剑，诵俳优小说数千言讫，谓淳曰：'邯郸生何如邪？'"①这里曹植的表演正是"百戏"之范围②，"诵俳优小说"则不可否认是一种讲说行为。曹植对小说应该是很熟悉的，并曾认为"街谈巷说，必有可采"③，他面对邯郸淳的表演其实是用邯郸淳所长来展示自己的"天人"之"才"，那么邯郸淳所长为何呢？据《隋书·经籍志》载，其著有《笑林》一书，实亦"俳优小说"之类，这种"俳优小说"是以"诵"为传播方式的，其实就是我们所称的"说话伎艺"。这一点从被鲁迅先生称为《笑林》之"继作"的侯白《启颜录》就可以看得出来，杨玄感碰到他时说"侯秀才，可与玄感说一个好话"④，此所谓"说一个好话"自然是以当时的口头语来说的，我们仔细阅读《笑林》与《启颜录》都能感受到这一点，而这也正是说话伎艺在唐前的载录。

到了唐代，相关记载就更多了，如元稹（779—831）所载之"说一枝花话"⑤、《酉阳杂俎》所云之"市人小说"⑥，可知说话伎艺仍在发展。而此时，又有新的因素加入，即佛教之俗讲，印度是最具有故事传统的国度，产生于印度的佛教又是最善于用故事来宣扬自己的宗教⑦，所以，佛教传入中土后迅速本地化，它需要把自己的经文教义普及给更多的潜在教徒，也就更需要"俗讲"。至唐代，世俗文化趣味蓬勃兴起，也正期待着一种轻松通俗的娱乐，于是，唐代佛家俗讲便盛行起来：《酉阳杂俎》《乐府杂录》《卢氏杂说》均记载了有关情形，《因话录》的记载更为详尽，其云："愚夫冶妇，乐闻其说，听者填咽。寺舍瞻礼崇拜，呼为和尚。教坊效其声调，以为歌曲。"⑧其所宣讲连教坊也仿效，

---

① ［晋］陈寿撰，［南朝宋］裴松之注《三国志》，第603页。
② 参见胡士莹《话本小说概论》，北京：商务印书馆，2011，第20页。
③ ［三国魏］曹植著，赵幼文校注《曹植集校注》，北京：人民文学出版社，1998，第154页。
④ 旧题［隋］侯白撰，董志翘笺注《启颜录笺注》，北京：中华书局，2014，第116页。
⑤ ［唐］元稹撰，杨军笺注《元稹集编年笺注（诗歌卷）》，西安：三秦出版社，2002，第308页。
⑥ ［唐］段成式撰，方南生点校《酉阳杂俎》，北京：中华书局，1981，第240页。
⑦ 参见王晓平《佛典·志怪·物语》第一章《挈海移岳 引梵入夏——佛经翻译中的印度文学》，南昌：江西人民出版社，1990。
⑧ 分别参见王汝涛编校《全唐小说》，第1174、2103、2776、1965—1966页。

可见入俗之深之捷。

因此，中国传统的说话艺术与佛教俗讲及转变伎艺共同汇为新的说话伎艺①，唐人郭湜《高力士外传》之记载恰可为证："每日，上皇与高公亲看扫除庭院，芟剃草木。或讲经、论议、转变、说话，虽不近文律，终冀悦圣情。"②其中"讲经""转变"代表了佛教之形式，而"论议""说话"则为中国之传统。

唐代的说话艺术还只局限于宫廷官邸与寺院，到了宋代便真正进入市井，并蓬勃繁盛起来。这种盛况在《东京梦华录》《都城纪胜》《梦粱录》《武林旧事》等书中均有记载③。然而，关于宋代说话家数的辨析却成为学术界一个争论不休且迄今未能定义的问题，其复杂程度参看胡士莹先生（1901—1979）的综论即可知道④，更何况自《话本小说概论》出版之后，又产生了十数篇文章来各抒己见⑤，事实上，这些讨论可能大都存在一个误区，即大多数学者均承认了一个前提，宋代的说话家数各种概念从内涵到外延都相当清晰、家数的分类原本也当明了无误——然此前提本来是不存在的，因为说话伎艺是一种历史的动态形成过程，在这种过程中逐渐有了类的分化，界限却应不会那么清晰——这种概念与分类的模糊在前节所述文言小说中也很常见，更何况并不被文化大传统认真对待的民间伎艺了。另外，基于这一误区，还有另一个误区，就是受所谓"说话四家"之牢笼，暂不论"四家"之说仅仅当是宋代某一个历史阶段的说法而非说话历史的最终判定，就说在灌园耐得翁的时代里，他的概括也未必就合于当时说话的客观事实，如果不能确证他的四家之说在逻辑上的严密性，那学者们进一家则必退一家、要以拼凑四家为导向的讨论或许就没有意义。

---

① 有关佛教与中国说话艺术的影响，可参看潘建国《佛教俗讲、转变伎艺与宋元说话》，《上海师范大学学报》1999 年第 4 期；俞晓红《佛教与唐五代白话小说研究》，北京：人民出版社，2006。
② 见王汝涛编校《全唐小说》，第 35 页，标点稍有更动。
③ [宋]孟元老撰，伊永文笺注《东京梦华录笺注》，北京：中华书局，2006，第 461—462 页；[宋]灌园耐得翁《都城纪胜》，《东京梦华录（外四种）》，上海：古典文学出版社，1957，第 98 页；[宋]吴自牧《梦粱录》，杭州：浙江人民出版社，1984，第 196 页；[宋]周密著，李小龙、赵锐评注《武林旧事》，北京：中华书局，2007，第 180—182 页。
④ 参见胡士莹《话本小说概论》，第 133—141 页。
⑤ 相关篇目，可参考李孟霏《宋代说话四家研究评述》，《高等教育与学术研究》2009 年第 3 期。

相对来说，胡士莹先生的研究对这一问题更有助益，因为对于宋代说话的家数，无论哪些可以跻身于四家之荣榜，都应实事求是地对宋代文献所载录的所有说话门类进行梳理，从而尽可能全面地了解当时说话伎艺的方方面面，这才是有价值的。

当然，宋代说话中有些门类在小说史中并无后裔，而有些门类则流脉绵长，对于后者自然应该更重视一些。通过对上举文献的仔细研读，我们更认可胡士莹先生的分法，因为他的分法在两个方面都很切当：一是从文法角度看《都城纪胜》里那段稍嫌夹缠的记录，也只有这样划分才能使其不至于有语病，而对于此后之文献并无"说铁骑"的诘难，其实胡士莹先生已经给出了回答：因为所说多为本朝士马金鼓、英雄传奇之事，南宋之末便已随社会之变迁而衰落；二是其重要意义在所划分之"小说、说铁骑、说经、讲史"，隐隐约约与后世明代四大奇书所代表的中国章回小说四大类型正相对应："讲史"之于历史演义①、"说经"之于神魔小说②的导源之功已经得到学术界的认可，"小说"伎艺之经由话本而对世情小说产生重要影响也当成立③，而英雄传奇及其代表作《水浒传》则应与"说铁骑"之伎艺有密切联系④。因此，重视梳理说话四家的特征与流变也将对章回小说的研究深有助益。

三、话本小说的标目

中国古代文学向有尊体的传统，黄庭坚（1045—1105）曾言王安石（1021—1086）评文"先体制而后论文之工拙"⑤，即是真实写照。美国学者韩南

---

① 参见胡士莹《话本小说概论》，第 873—936 页。
② 详参张锦池《西游记考论》，哈尔滨：黑龙江教育出版社，1997，第 26—55 页。
③ 参见李小龙《清初才子书的逞才之目及其对叙事性的偏离》，《中国古代小说研究》第四辑，北京：人民文学出版社，2011。
④ 严敦易《水浒传的演变》，北京：作家出版社，1957，第 69—71 页。这一看法也得到了后来学者的支持，请参见李舜华《"说铁骑儿"与兴起时的章回小说》，《明清小说研究》2008 年第 4 期。
⑤ 见［宋］黄庭坚撰，刘琳、李勇先、王蓉贵校点《黄庭坚全集》，成都：四川大学出版社，2001，第 660 页。

认为中国古典小说中,"长篇和短篇小说的来源、叙述型式、历史,大体上相同,唯一的区别只在篇幅"①,这一看法在两个层面上都有问题。一是就其以"长篇和短篇"所指代的话本与章回而言,篇幅长短的标准并不完全有效。"三言二拍"本来是典型的话本小说,但篇幅已经变得曼长,《旌阳宫铁树镇妖》《张廷秀逃生救父》近四万字,古代章回小说中,六回以下者有七十余种,除去那些未完成者,也有三十余种,其字数大多不及上举篇目。二是话本小说与章回小说在文体上其实有着诸多的差异,篇幅之长短本来亦非主要的问题。

话本承说话之"小说"而来,而小说是说话四家中最为复杂者,据《都城纪胜》的记载,可以分为烟粉、灵怪、传奇、公案四类,这四种类型在此后的话本集中亦各有传承。然而,若论话本之体制,必须以宋元时期之话本为对象,但宋元小说家话本旧物目前只能看到一张元刻《新编红白蜘蛛小说》残页②,其余皆为明人所刻,难免失去旧貌,故程毅中先生辑《宋元小说家话本集》虽辑出四十篇,但有的篇目只能从"三言"录出,如上举"红白蜘蛛",元刻仅作样本,全文也只好录《醒世恒言》卷三一的《郑节使立功神臂弓》了③。

在所能看到的宋元话本名目中,当以《醉翁谈录》著录者最为可信④。其"小说开辟"引录一百零七种小说之目,可以看出,题目或以《太平广记》式之人名为目,如《杨元子》《崔智韬》《李达道》等;或简单概括情节如宋代类书之拟目,如《错还魂》《王魁负心》《崔护觅水》等。不过,《醉翁谈录》还有一个重要的特点:"小说开辟"引录之目与正文所录标目在体制上并不相同。前者的一百零七种名目里,多为三字简目,而正文所录多为七字与八字详目。可见,当时话本的标目体制非如"小说开辟"所举那么简单,从种种迹象可以知道,

---

① 〔美〕P.韩南著,尹慧珉译《中国白话小说史》,第23页。
② 参见黄永年《记元刻〈新编红白蜘蛛小说〉残页》,《黄永年古籍序跋论述集》,北京:中华书局,2007,第145—158页。
③ 程毅中辑注《宋元小说家话本集》,北京:人民文学出版社,2016,第1—48页。
④ 参〔宋〕罗烨编,周晓薇校点《新编醉翁谈录》,沈阳:辽宁教育出版社,1998,第3—4页。据李剑国《宋代志怪传奇叙录》(天津:南开大学出版社,1997,第376—379页)所论,此书之编成在宋理宗年间,故所录当为宋人话本无疑。

其标目当受《青琐高议》双名制影响,即当有简名与全名。"小说开辟"中所列为作品的简名,正文中的标目才是全名,而"小说开辟"所举与其书正文所录恰有数篇重合,亦前简而后全,可为确证。

在这里,简名当是说话人对所说故事的称呼,只为大致的区分。正因如此,对不同的说话人而言,简名也往往不同,这一点我们从各种书目及《清平山堂话本》与"三言"中都可钩稽出很多。如果把简名看作人名的话,全名则当类于文人自取之字号,而这"字号"其实就是"招子":在古代商业性的讲唱艺术中,表演前为了招徕观众,往往需要宣传,在宋元时代,"招子"就扮演了这个角色。关于说唱伎艺中招子的应用,在《水浒传》"插翅虎枷打白秀英"一回里有可靠的记录。而到了明代,话本小说的简目逐渐从"传""记"之类传奇小说常用的简陋题目向具有更强叙事意味的标目转化,这一历程从《清平山堂话本》其他各集与《欹枕集》标目之间的差别即可看出——后者也恰为明人自己的作品。

不过,从明末开始,由于章回小说一体的异军突起,成为白话小说中的新宠,话本小说也便有意无意地向章回小说靠拢。这一点从标目的变化上就表现得很突出,作为话本小说创作中的翘楚,"三言"创立了"取两回之不俾者,比而偶之"的"三言型"标目,这自然瓣香于当时已成熟定型的章回小说回目;此后凌濛初(1580—1644)更不示弱,明确提出"每回用二句自相对偶,仿《水浒》、《西游》旧例"的原则①,标目体制进一步回目化;而被认为可踵武"三言二拍"的《型世言》,干脆抛弃了此前话本小说集一直使用的"卷"而直接以章回体之"回"来序次全书四十篇相互之间并无联系的作品。另外,此时话本的篇幅也开始逐渐加长,从一回一事逐渐向五回甚至十回一事发展,章回化趋势越来越明显,这也使得"话本小说创作在康熙后期已显示出衰落迹象",雍正、乾隆朝近七十年间,仅出现四部作品,此后则更为稀少,体裁也产生了笔记化的倾向②。

---

① 以上二语皆见凌濛初《拍案惊奇》凡例,[明]凌濛初撰,石昌渝校点《拍案惊奇》,南京:江苏古籍出版社,1990,第743页。
② 参见王庆华《话本小说文体研究》,上海:华东师范大学出版社,2006,第126—128、146—148页。

四、章回小说之命名

章回小说已经成为中国古典小说中主要的一种类型,这一概念也得到学界公认,少有异词。不过,中国小说史向来实先而名后,章回小说亦如此。

在章回小说之名确立之前,古人一般以"演义"来作为这一文体的通名。这自然与章回小说开山之作《三国志演义》的文体垂范意义有关,而且在其影响下,嘉靖、隆庆年间出现了历史演义小说编创的高峰,产生了大量模仿《三国志演义》的作品[①],故在当时以此代称亦得其宜。后来随着章回小说领地的扩大,渐次产生了四大奇书中的另三部,而小说界仍未有相应的名目,只好仍以"演义"称之,如郎瑛《七修类稿》称《水浒传》为《宋江演义》[②],谢肇淛《文海披沙》中称《西游记演义》[③],清闲斋老人《儒林外史序》中称《金瓶梅》为《金瓶梅演义》[④],至此,"演义"一名已经泛化,自然需要新的命名来代替。

就在明末清初的时候,金圣叹(1608—1661)提出了才子书的概念。他把《庄子》《离骚》《史记》《杜诗》《水浒》《西厢》合称为"六才子书",而《水浒传》就是"第五才子书"。在金圣叹的本意里,"才子书"这个概念只是指代他所认定的天地之至文,并未与小说取得一一对应的关系。真正把才子书与小说联系起来的人是李渔(1611—1680)。现存最早的毛宗岗(1632—1709以后)评本《三国志演义》为康熙年间醉耕堂本,前有李渔的序,首次把"才子书"的概念拉到小说领域里来,后来出版的毛评本把李渔此序伪署为金圣叹序,并改此前王世贞(1526—1590)、冯梦龙有关四大奇书之论,换为金圣叹六才子书之论,最后归结《三国志演义》为"第一才子书",全书前的广告语也用了"第

---

① 参见陈大康《明代小说史》,北京:人民文学出版社,2007,第229—256页。
② [明]郎瑛《七修类稿》,上海:上海书店出版社,2001,第246页。
③ 参朱一玄、刘毓忱编《西游记资料汇编》,郑州:中州书社,1983,第119页。
④ 参[清]吴敬梓著,李汉秋辑校《儒林外史汇校汇评》,上海:上海古籍出版社,2010,第687页。

一才子书"①。这样，原来"六才子书"的提法便开始向通俗小说倾斜。清初产生了才子佳人小说的开山之作《玉娇梨》与《平山冷燕》，这两部书一名为"三才子书"，一名为"四才子书"，合刻为"七才子书"。于是，"才子"由作者而变为主人公，"才子书"也就变成了"才子佳人小说"。此后，又有人把这两部作品的数字变成了序数词，并补充了八才子《白圭志》、九才子《斩鬼传》、十才子《驻春园》，从而搭起了一个"十才子书"的系列。"才子书"也便成为当时章回小说的一种广告性代称。

还有奇书的称法，最早亦见于毛本《三国志演义》李渔序，序称"冯犹龙亦有四大奇书之目，曰《三国》也，《水浒》也，《西游》与《金瓶梅》也"②，冯梦龙的话不见于今存著作，所以难于指实；然李渔引此语并以第一奇书指《三国志演义》却为此序所证实。其后奇书也如才子书一样成为后代书坊的广告语。直到近来美国学者浦安迪再次启用这一名称。此外，尚有平话、传奇、词话之类的名目，但大都是从说话伎艺之名目而来，自然也并不妥当。

不过，在这个过程中，章回小说之名也开始慢慢流传，但却少有文献记录，正因如此，目前学界多认为以此代称古代小说之体为"近代的事"，并归于夏曾佑③，实未为切。其实，"章回"之称由来已久，虽然因其不登大雅之堂，故难得在目录学甚或理论文献中得到载录与表现，但于其他类型的文献中却可窥见其痕迹。比如论者均引用了《红楼梦》第一回"于悼红轩中披阅十载，增删五次，纂成目录，分出章回"之语，但大都认为这似乎类于庄子之言"小说"，仅为偶起之词，并无文体意义。曹雪芹此语较简，无法详论，但至少可知在当时的语境中，"章回"一词已经为大家所认可，并非一个突如其来的生造。那么，在章回小说流传的民间，对此类作品如何称呼呢？从光绪六年（1880）出版的

---

① 参见陈翔华《毛宗岗的生平与〈三国志演义〉毛评本的金圣叹序问题》，引自周兆新主编《三国演义丛考》，北京：北京大学出版社，1995，第13—21页。
② 陈曦钟、宋祥瑞、鲁玉川辑校《三国演义会评本》，北京：北京大学出版社，1986，前言第35页。
③ 参见陈美林、冯保善、李忠明《章回小说史》，杭州：浙江古籍出版社，1998，第1—6页；罗书华《章回小说的命名和前称》，《明清小说研究》1999年第2期。

宣鼎《夜雨秋灯续录》之记载即可佐证《红楼梦》之"章回",实即"章回小说"也,其书卷八有《韵小》一篇,中有"仿章回小说目云'孙三妹斜立勾魂帐,麻二郎巧遇寄香巢'"①之语;光绪二十二年(1896)邹弢《海上尘天影》第二回亦云:"你要著章回长书,须把各人姓名年貌性情先立一表,然后下笔。自始至终、各人性情,不至两样。且章回书不比段说容易立局,须将全书意思贯串,起伏呼应,灵变生动,既不可太即,又不可太离。起头虽难,做了一二回,便容易了。"②虽仅二例,但从书中人提及章回小说之情态及其对此文体之回目、人物、章法之熟稔可知,章回小说作为一种文体称呼,在宣鼎及邹弢时期,即19世纪末已经在民间约定俗成并为作者与读者共同接受。1903年,夏曾佑(1863—1924)发表《小说原理》云:"唐人《霍小玉传》、《刘无双传》、《步非烟传》等篇,始就一人一事,纡徐委备,详其始末,然未有章回也。章回始见于《宣和遗事》,由《宣和遗事》而衍出者为《水浒传》,由《水浒传》而衍出者为《金瓶梅》,由《金瓶梅》而衍出者为《石头记》,于是六艺附庸,蔚为大国,小说遂为国文这一大支矣。"③不过袭自民间习以为常的提法罢了。也有学者未及细察章回命名的来龙去脉,觉得"章回"二字中,仅"回"字落到了实处,而"章"字似无意义,故提议当改为"卷回小说"④;又有学者认为"'章'与'回'即小说的基本段落和单元,我国小说称'回',西方小说用'章','章回'的连称乃是基于对中西长篇小说的结构单元的比较和认同"⑤,这事实上或也只是一种创造性的误读。

---

① [清]宣鼎撰,项纯文校点《夜雨秋灯录》,合肥:黄山书社,1999,第846页。
② [清]邹弢《海上尘天影》,《古本小说集成》影印本,上海:上海古籍出版社,1994,第14页。
③ 参见黄霖、韩同文选注《中国历代小说论著选》(下),南昌:江西人民出版社,1985,第111—112页。
④ 皮述民《论"章回小说"应正名为"卷回小说"——明清长篇小说体制演进之考察》,1993年中国古代小说国际研讨会论文。
⑤ 罗书华《章回小说的命名和前称》,《明清小说研究》1999年第2期。

第三节 文言小说与白话小说概念之融通

前两节主要指出两类小说的不同,但为何二者皆以"小说"名之,为何人们总是将其视为一事?事实上,它们的内存逻辑颇为复杂,还当再进行补证。

一、两种"小说"分类的尴尬

据前两节所考,对于中国古代小说史而言,文言小说与白话小说迥非同类,文言小说虽甚被古人轻视,然终究在古代文献的分类中占一席之地,无论古人知识体系如何变动,"小说家类"总会有稳固的地位,据姚名达先生(1905—1942)《中国目录学史》所勒《四部分类源流一览表》所列可知,从《汉书·艺文志》开始,至《四库全书总目》,在分合变幻的类目设置中,"小说家类"一直存在①。

  相对来说，白话小说完全不同，首先其产生就非常晚，不像文言小说那样，虽然是街谈巷议之言，但毕竟在中华文化奠定之初期便已产生，源远流长。白话小说最早也只能追溯到唐代的变文与宋代的说话，而且还一直是下里巴人的伎艺。在古代文献分类中，除高儒《百川书志》、周弘祖（1559年进士）《古今书刻》、晁瑮（1507—1560）《宝文堂书目》外②，几乎没有其身影。这一点在当代文献规划中时常令主事者依违两难，如《中国古籍善本书目》，将"小说"分为笔记、短篇、长篇三类③，从而把话本与章回分别插入"短篇"与"长篇"之中，这是着眼于当下之"小说"观念将二者合而为一的结果。其实，笔者前文已经考论过，以"笔记"为传统"小说"之代称极不合理，而将白话小说分为短篇与长篇更属郢书燕说。何况"短篇"之中，《虞初新志》《聊斋志异》之类与"三言二拍"赫然并列，而大量仿效《聊斋志异》的作品却又被分列于"笔记"之下，体例不一；而长篇中既有《宣和遗事》《济颠语录》这样的材料汇集，又有大量四回或六回，字数在二三万言的作品（如《铁树记》《惊梦啼》《梅魂幻》之类），其中尤以收录《梅魂幻》为不可理解，因为此书实为话本集《都是幻》的第一篇，虽分六回，但只有两万余字，不过是向章回小说学习的多回制话本而已④，其性质并不难辨，因其在历来书目中均列于话本类，如孙楷第《中国通俗小说书目》即录其于"明清小说部甲"即话本集中⑤，或许著录者看到复旦大学图书馆有单行之《梅魂幻》便以其为章回小说了吧，而章回小说又等于"长篇"，所以便依例收入。

  另一个相反的例子是《续修四库全书》，其书在《凡例》中明确提出收录

---

① 姚名达撰，严佐之导读《中国目录学史》插页，上海：上海古籍出版社，2002。
② ［明］高儒《百川书志》、［明］周弘祖《古今书刻》，上海：上海古籍出版社，2005，第82、325页；［明］晁瑮《晁氏宝文堂书目》，上海：上海古籍出版社，2005，第108—109页。
③ 《中国古籍善本书目·子部》，上海：上海古籍出版社，1996。
④ 参见李小龙《中国古典小说回目研究》第四章第一节，北京：北京大学出版社，2012，第245页。
⑤ 孙楷第《中国通俗小说书目》，北京：中华书局，2012，第78页。

范围，其第五类为"《四库全书》所不收的戏曲、小说，取其有重要文学价值者"①。这里"文学价值"四字极重要，因为编者首先以"文学价值"为去取标准，则知当视白话小说为"文学"，而以西方文学观念核诸中国文献分划，集部是最具"文学"性之部分，故顺理成章地将从《清平山堂话本》至《孽海花》均收入了集部。事实上，四分法中的集部实源于七分法之"诗赋略"，余嘉锡先生曾指出，七分法与四分法"分合之故，大抵在诸子一部"②，"诗赋略"直接沿袭而下即为集部，未知与白话章回如何并列。更令人不解的是，这部分还收录了"虞初"系列、"剪灯"系列、"聊斋"系列的作品——把这些原本在子部小说家类的书另置于集部，大概就是编者所说的"文学价值"在起作用吧，但不知我们对《搜神记》《世说新语》乃至唐人传奇的"文学价值"又该如何评价。

其实，这个问题直到现在都没有解决，最新出版的《中国古籍总目》依《中国古籍善本书目》之例，仍将白话小说收于子部小说家类，分类较后者稍善，即以文言与白话为类，然文言中仍分笔记与短篇，白话中仍分以短篇与长篇。

当然，需要郑重说明，这些瑕疵的产生原因不在上述巨著的编者——事实上，上述三书编撰体例之谨严、收录之精确以及对学术研究之贡献早为学界所公认，之所以大醇之中有小疵，其原因理应追溯到文化变迁之错位上。

二、两种小说概念的融通

为什么会出现上述情况，原因较为复杂。一方面正如前数节所述，中西方文化的交汇造成了概念兼容的冲突，而由于近百年来文化地位的积弱，我们一直在用西方文化来"格式化"我们的原有文化，则出现这样的局面在所难免。但除此之外，我们还应该看到另一个原因，那就是中国古代最早的小说概念在演变

---

① 《续修四库全书》第一册《凡例》，上海：上海古籍出版社，2002，第1页。
② 余嘉锡《目录学发微　古书通例》，北京：中华书局，2014，第169页。

的过程中逐渐迁移到了白话叙事文学之中，文言小说与白话小说同称小说，从中西方文化交汇的角度看，是以西方叙事文学的概念框范中国叙事文化的结果，是认知错位的表现；但若从中国叙事文学发展的实际来看，却也是一种必然。可以说，当下将此二者划入同一范围，是诸多复杂因素之下歪打正着的结果。

要说明小说这个概念如何从文言延伸到白话将是一个复杂的话题，这里只能作一个简单的论述。

耐得翁《都城纪胜》记载了说话四家，"一者小说，谓之银字儿，如烟粉、灵怪、传奇。说公案，皆是搏刀杆棒，及发迹变泰之事"，又说"最畏小说人，盖小说者，能以一朝一代故事，顷刻间提破"[1]。南宋吴自牧《梦粱录》大概沿袭了此段话，也说"最畏小说人，盖小说者，能讲一朝一代故事，顷刻间捏合"[2]。这里的"小说"属于说话四家之一，并非此前意义上的小说。从这段引文亦可窥见此"小说"的特点。这里所谓的"一朝一代故事"并非朝代兴废，因为那属于"讲史"的范畴，而是指一个时代之内的事；"提破"指讲完整，因为讲史、说铁骑及说经都很长，但"小说"却可以在一个合理的时间内讲完，吴自牧所说"捏合"则指虚构，实际上指出"小说"与前三者最关键的不同在于：无论讲史、说铁骑还是说经，都要有历史依据，讲史自不用说，必须敷衍历史；说铁骑产生于特殊时代，也要有传说为据（此后特殊时代发生变化，忠义军的江湖消失了，所以说铁骑的后裔英雄传奇其实也无法自立，多阑入历史演义之中了）；即使是张皇鬼神的说经，也不可人天神鬼地虚构，无论是《西游记》《封神演义》还是《西洋记》，也都不可向壁虚构。

但小说却全非如此，看前边所列细目便可知道。其"烟粉"主要是爱情故事，这在前三类中都是没有的。最关键的是"灵怪、传奇"两类，这两类其实便是文言小说中的"志怪、传奇"两类，也正是胡应麟所分六类中至今最为学界所认可的小说门类。由此可见，说话之"小说"亦取材于传统意义之"小说"

---

[1] ［宋］灌园耐得翁《都城纪胜》，《东京梦华录（外四种）》，第98页。
[2] ［宋］吴自牧《梦粱录》，第196页。

中最有叙事性的两类来演说，在这个意义上，这两种小说便已经开始融通了。

不过，这种融通还并不彻底，只是两个类型中个别部类的移用。真正互通的证据来自罗烨的《醉翁谈录》。其卷一有《小说开辟》一篇，按理这里的"小说"自然是说话之一了，所以其云"有灵怪、烟粉、传奇、公案，兼朴刀、捍棒、妖术、神仙"，接下来对每一类都列出了数十种作品名目，一如胡应麟对文言小说分类时所做的一样。然而，在叙完上引八类后，他却继续说"也说《黄巢拨乱天下》，也说《赵正激恼京师》。说征战有《刘项争雄》，论机谋有《孙庞斗智》。新话说张、韩、刘、岳；史书讲晋、宋、齐、梁。《三国志》诸葛亮雄材；收西夏说《狄青》大略"，而这些其实都阑入了说话四家中的讲史一门，并不属于"小说"一类。然而，此篇之前还有一篇《小说引子》，较此篇走得更远，因其题下注云"演史讲经并可通用"，上举《小说开辟》还只加上了讲史，而这里的题注却还包括了"讲经"，这基本上便是说话家数的全部了（如前所言，说铁骑一门至此实已消亡，于此亦可知其端绪），所以，这里的"小说"一词当指称整个说话艺术了。继续分析，发现此引子先以《汉书·艺文志》的九流来"略为题破"，一直说到"小说者流"，此后却紧接着说"或名演史，或谓合生，或称舌耕，或作挑闪，皆有所据，不敢谬言"①，这样一来，知此书作者或者此书作者所代表的宋元说话人都已将这两种小说视为一体了。

此后二者融通便成为一种惯例，我们举一个最有代表性的例子便可明白。明天许斋本《古今小说》扉页有题词云："小说如《三国志》、《水浒传》，称巨观矣。其有一人一事可资谈笑者，犹杂剧之于传奇，不可偏废也。本斋购得古今名人演义一百二十种，先以三之一为初刻云。"② 这里，便直接把《汉书·艺文志》中小说的概念当作说话家小说的概念来使用，而且又进一步把说话家的讲史之类也并入小说之中，认为其区别，"犹杂剧之于传奇"，虽然杂剧与传奇也并不能简单以短长区分（从文体的四层面来看，其除以长短为表现特征之一的

---

① ［宋］罗烨编，周晓薇校点《新编醉翁谈录》，第1—4页。
② ［明］冯梦龙编刊，魏同贤点校《古今小说》，南京：江苏古籍出版社，1991，第645页。

体制之外，在语体、体式、体性上也都有着不小的区别），但最浅显的区别便是一短一长了，也就是说，识语作者认为《古今小说》与《三国演义》《水浒传》都是小说，不过前者是"一人一事"，而后者则"称巨观"罢了。这则识语甚至又用"演义"来指称收于其书的话本小说①，则可以知道，在当时，作者与读者已经把话本与章回混为一谈了。

  那么，这两种并不相侔的文体为何可以融通呢？或许一般理解会觉得因为它们都具有叙事性——这其实恰恰是西方小说观念施加给我们的影响。其实，在笔者看来，其之融通说来也简单，那就是此二类确实都是"小说"：即二者都有着《汉书·艺文志》所云"街谈巷语，道听途说者之所造也"②的共同特点。《世说新语·赏誉》第二则只有十二个字，云"世目李元礼谡谡如劲松下风"③，全篇只是一个描写句，而且只描述一种共时的状态，完全没有叙事性，但从中国概念出发便要承认，这是一则典型的"小说"；而长江大河一般的巨著《红楼梦》上百万言，有着极为复杂的情节与意旨，从叙事性上说自然没有任何问题，但回归我们自己的文化生态来看，它依然是"小说"，带有鲜明的"街谈巷语"特征，其作者在第一回中反复将这部作品与"理治之书"对比，说自己的书是"闲情诗词""适趣闲文"，可以"适趣解闷""悦世之目，破人愁闷""消愁破闷"④，从这些颇为重复的用词即可知作者有意使其书以"街谈巷语"之面貌出现的苦心，不论《红楼梦》的艺术成就达到何种地步，在中国文化传统之中，它

---

① 此例亦极多，如《清夜钟》第二回回末评云"常作《唐贵梅演义》，可足为世奇"（[清]陆云龙著，李汉秋、陆林点校《清夜钟》，南京：江苏古籍出版社，1991，第29页），学者多受此"演义"二字之惑，路工先生说"作者于鳞曾著《唐贵梅演义》，未见传本"（《明清平话小说选一》，上海：上海古籍出版社，1986，第84页），石昌渝先生亦云"作者还有小说《唐贵梅演义》，惜未见"（《中国古代小说总目·白话卷》，第276页），其实，此即指《型世言》第六回《完令节冰心独报
  全姑丑冷韵千秋》的话本而已。此论覃君于《型世言》点校本前言中已言之（北京：中华书局，1993），详参李小龙《〈清夜钟〉作者补证》（《明清小说研究》2008年第1期）一文。
② 陈国庆编《汉书艺文志注释汇编》，北京：中华书局，2006，第163页。
③ [南朝宋]刘义庆著，[南朝梁]刘孝标注，余嘉锡笺疏《世说新语笺疏》，北京：中华书局，2015，第457页。
④ [清]曹雪芹著，无名氏续，中国艺术研究院红楼梦研究所校注《红楼梦》，北京：人民文学出版社，2015，第1—6页。

仍是与圣贤大道相对的"小说"而已。这才是这两种文体最终融通的根基,而由此根基再生发出来的娱乐性、传奇性、说教性、假定性等特征的相类则都反为枝节了。

三、小结

综合前文的论述,简单来说,便是文言小说与白话小说在文体源流与体制规定上都并不相同,但由于两种文体最根本的内核是相同的,所以虽然诞生有早晚,语体有文白,篇幅有长短,艺术有精粗,但仍然有联结的基因,所以在漫长的发展中顺理成章地归一于小说的概念之下。

正因如此,笔者认为,在我们的文献分类中,要给这类作品以合理的名分,但一定要十分小心,要避免西方图书分类思维或者说西方文化划分思维的切割,那样的结果只会让这一部分新文献与此前文献的生态扞格难入。但同时也要明白,我们也不可能完全依从传统之四分法,无论如何,白话小说之崛起已是无可争辩的事实,分类法应当顺应这些事实,给这一庞大的作品群以合理的位置,而不是削足适履地将其塞进原本的某一部类之中去——这实际上是中国古典文献分类的本质规律,余嘉锡先生《目录学发微》便曾提出"夫古今作者,时代不同,风尚亦异。古之学术,往往至后世而绝,后之著述,又多为古代所无。四部之法,本不与七略同,史出春秋,可以自为一部,则凡后人所创作,古人所未有,当别为部类者,亦已多矣",又说"夫部类之分合,随宜而定。书之多寡及性质既变,则部类亦随之而变"[①],所言均为通达精审之见。其实,前举两种古籍总目均列有"丛书部",实已为五分法,这后加之部类却为张之洞(1837—1909)《书目答问》所新设,此亦传统之四分法所无,史部蔚兴便可独立于《春秋》之外而为乙部,则丛书之蔚为大国亦可自为部类。由此例反观白话小说之归类,以其语体与四部著述之异及其在当下文化中地位之高,完全可仿丛部之

---

① 余嘉锡《目录学发微 古书通例》,第169、162页。

例为其新设一部；如觉此议打破四部分法过甚，则前举两部古籍总目之于子部小说类增列新类亦不失为善法，只是千万不可用笔记、短篇、长篇等不合于中国小说实际的概念。传统小说家类都各安其位，不必更改，再新设白话类，与此前之杂事、异闻、琐语、谐谑并列，其下再分话本与章回即可。之所以可以将其并列于小说之下，其理据便是文言小说与白话小说逐渐融合的趋势。

这种一归于小说的趋势同时也正是本书将文言小说与白话小说的命名置于一书来论述的理论基础。当然，在我们强调二者共同内核的同时，还需要注意二者客观上的巨大差异，即其有着不同的渊源、不同的语体以及由此而来的不同的艺术建构。所以，本书对文言小说与白话命名的考察中，有时将二者合并讨论，但更多情况又不得不"花开两朵，各表一枝"，只有这样，才能既宏通又细致地把握中国小说命名的规律。

第一章 中国古代小说命名的渊源与分化

研究古代小说命名,首先需要讨论文言小说,因为根据《导论》第一节《文言小说正名》我们知道,中国古代的"小说"一词最早就只指文言小说。而早期的小说受子、史二部影响较大,正如鲁迅曾经指出的,此类作品"诸书大抵或托古人,或记古事,托人似子而浅薄,记事者近史而悠谬"[①],正因如此,此类作品在命名的时候,其实与子、史都有着密切的关系。本章我们便来探讨一下文言小说命名的渊源与流变。

---

① 鲁迅《中国小说史略》,《鲁迅全集》第九卷,第8页。

第一节 从《汉书·艺文志》看文言小说命名的子史渊源

正因为小说起源于街谈巷议，其从诞生起便一直被正统文化空间所忽略，所以，早期文献极为稀少。洎乎两汉之交，刘向（前77—前6）、刘歆（前50—23）父子对国家藏书进行大规模整理，撰《别录》及《七略》，其书虽佚，然自班固（32—92）《汉书·艺文志》可见一斑。其《诸子略》"所录凡十家，而谓'可观者九家'，小说则不与，然尚存于末，得十五家"①，在"小说家"后论曰："小说家者流，盖出于稗官，街谈巷语，道听途说者之所造也。孔子曰：'虽小道，必有可观者焉，致远恐泥，是以君子弗为也。'然亦弗灭也。闾里小知者之所及，亦使缀而不忘。如或一言可采，此亦刍荛狂夫之议也。"② 这一设置

---

① 鲁迅《中国小说史略》，《鲁迅全集》第九卷，第6页。
② 陈国庆编《汉书艺文志注释汇编》，第163页。有学者对此记录或不以为然，而事实上这有着非常郑重的意义，可参见杨义《中国古典小说史论》，第2—3页；潘建国《"稗官"说》，《文学评论》1999年第2期。

在中国古典小说史中显得如此意味深长,因为它表明小说这一刚刚萌生就处于边缘地位的文体终于得到了正统文化的认同,并且在大传统的文化分化中也拥有了自己的位置。此后桓谭(前23—56)《新论》亦有"若其小说家,合丛残小语,近取譬论,以作短书,治身理家,有可观之辞"①之言。从刘氏父子及桓谭之"小说家"三字连用可以见出,此时"小说"已经从庄子时代的原初意义发展而为某种类别的指称②。此外,他们也对其做出了经典的描述,如桓谭的界定与评价:"小语"与"短书"意味与"小说"同,皆指其客观形态及思想意蕴上的"短""小";而"丛残"则指其文体组织的随意性;"近取譬论"指其意蕴的呈现与言说方式。我们可以认为,小说作为一种文体,在这个时候已经大体形成了,而且这一文体的成立经过了史官目录的吸纳与认同。

所以,《汉书·艺文志》所录对于我们理解小说最初的形态有极为重要的作用。其所载十五家分别是:《伊尹说》《鬻子说》《周考》《青史子》《师旷》《务成子》《宋子》《天乙》《黄帝说》《封禅方说》《待诏臣饶心术》《待诏臣安成未央术》《臣寿周纪》《虞初周说》《百家》。

最后一家实为刘向取校中外杂书"其事类众多,章句相溷,或上下谬乱,难分别次序。除去与《新序》重复者,其余者浅薄不中义理,别集以为《百家》"③,知其名与他书体例不同。余十四家中,仅《周考》一家非以人名为书名者,其实即《周考》一书,亦有可说。章学诚(1738—1801)《校雠通义》云:"小说家之《周考》七十六篇,《青史子》五十七篇,其书虽不可知,然班固注《周考》,云'考周事也'。注《青史子》,云'古史官纪事也'。则其书非《尚书》所部,即《春秋》所次矣,观《大戴礼·保傅》篇,引青史氏之记,则其书亦不侪于小说也。"④所及二书,《青史子》一书实有可议。《文心雕龙·诸子》

---

① [汉]桓谭撰,朱谦之校释《新辑本桓谭新论》,北京:中华书局,2009,第1页。
② 有学者认为此处所及之"小说家",当为诸子之一家,而与小说文体无关,此论实未达一间,李剑国《早期小说观与小说概念的科学界定》(《武汉大学学报》2001年第5期)、孟昭连《"小说"考辨》(《南开学报》2002年第5期)对此有颇中肯綮之分述,可参看。
③ [汉]刘向、刘歆撰,[清]姚振宗辑录,邓骏捷校补《七略别录佚文 七略佚文》,第47页。
④ [清]章学诚撰,叶瑛校注《文史通义校注》,北京:中华书局,2014,第1221页。

云:"青史曲缀以街谈。"① 刘勰(465—520)当见过《青史子》,其以"街谈"称之,则正合《汉书·艺文志》"小说家者流,盖出于稗官,街谈巷语,道听途说者之所造也"的描述,其为小说可以无疑,故姚振宗(1842—1906)《汉书艺文志条理》引章氏之说后又云:"按刘勰谓'曲缀以街谈',此其所以为小说家言,安得以残文断其全书乎!"② 则章氏所论,仅《周考》确有疑问。

那么,十五种书中,十四种以人为名,则确合余嘉锡先生所说"古书多无大题,后世乃以人名其书"③ 的通例,另外,这种方式也算是最早对作者的标署吧。

不过,除此之外还有另外的讨论角度。鲁迅先生曾说这十五种小说"大抵或托古人,或记古事,托人者似子而浅薄,记事者近史而悠缪"④,此说暂不论是否"托人者"即"似子","记事者"即"近史",只其以子、史来作为小说一体的文体渊源便可称精深之见。

袁行霈先生《〈汉书艺文志〉小说家考辨》一文将此十五家分为三类,即"近似史书"四种,"近似子书"七种,"方士书"四种⑤。其实,从后代的目录分划来看,"方士书"亦属子部(章学诚云"《七略》以兵书、方技、术数为三部……至四部而皆列子类矣"⑥),则袁行霈先生亦等于将此十五家分为子、史二类。

"近似史书"的四部中,《天乙》一篇直接以人为名(班固注云"天乙谓汤"),没有体字,故不论。《周考》一书班固注云"考周事也",非但以事为核心,且有朝代之限制,更加"考"这样的体字,其近史的意味是不必说的(详参下节)。《臣寿周纪》与前书相仿,其以"纪"为体字,也同样源于史书体例。

---

① [南朝梁]刘勰著,范文澜注《文心雕龙注》,北京:人民文学出版社,1998,第308页。
② [清]姚振宗《汉书艺文志条理》,《续修四库全书》第914册,上海:上海古籍出版社,2002,第78页。
③ 余嘉锡《目录学发微 古书通例》,第213页。
④ 鲁迅《中国小说史略》,《鲁迅全集》第九卷,第8页。
⑤ 袁行霈《〈汉书艺文志〉小说家考辨》,《文史》第七辑,第179—189页。
⑥ [清]章学诚撰,叶瑛校注《文史通义校注》,第1147页。

《青史子》一书从书名来看，既有"史"字，则当入史部，又有"子"字，似又当入子部。其今存佚文三条①，袁行霈先生云"一条讲胎教之道，一条讲巾车教之道，一条讲鸡祀"，并承认"都是关于礼教的"，然则置于史部亦不确。或者其书正如书名所反映的，当在子史之间吧。

子部十一种中，《师旷》《待诏臣饶心术》《待诏臣安成未央术》《百家》四种从命名上看暂无可论，余七种可以分为两类。一类是以"子"为体字者，即《务成子》与《宋子》，此外，《鬻子说》与《青史子》也可以算作此中特例。这当然是子部命名的通例。另一类是以"说"为体字者，数量最多，有五种，占全部十五种的三分之一。其实，这里的"说"就是"小说"之"说"（具体论述请参看本章第三节）。

以"说"为名者与诸子的关系尚有可以申说之处。这五种以"说"为名者，除《封禅方说》和《虞初周说》之外，其余三种在《诸子略》的道家类中均有对应的名目。如《伊尹》五十一篇之于《伊尹说》二十七篇，《鬻子》二十二篇之于《鬻子说》十九篇，《杂黄帝》五十八篇之于《黄帝说》四十篇②。

其中《鬻子》与《鬻子说》可得而论。明人胡应麟曾云："读《汉志》小说家，有《鬻子说》一十九篇，乃释然悟曰：'此今所传《鬻子》乎！'盖《鬻子》道家言者，汉末已亡，而小说家尚传于后，人不能精核，遂以道家所列当之，故历世纷纷，名实咸爽，《汉志》故灼然明也。"又认为"然亦未必小说家之旧。大概后人掇拾残剩，而补苴缀辑之功亡万一焉"。③此说有一定道理，但却忽略了二书或有的亲缘关系，那就是《鬻子》原为子书，但先秦子书多有小说成分，如前引《庄子》所引多篇故事即有小说意味；再如《韩非子》更典型，其中甚至有《说林》《储说》诸篇，其实就是"小说之林""小说渊薮"的意思。那么，以此例彼，可知《鬻子》中亦有不少"说"的成分，后或单行而成为《鬻子说》——反观上文所列几部一一对应的关系，应该可以承认这种假设。若果如

---

① 鲁迅辑《古小说钩沉》，《鲁迅全集》第八卷，北京：人民文学出版社，2005，第123—125页。
② 分别参见陈国庆编《汉书艺文志注释汇编》，第118、119、126页。
③ ［明］胡应麟《少室山房笔丛》，第280、302页。

此，则此类"说"体小说家当多出于子部。

　　当然，从文体渊源来看，子、史二部对后世小说影响甚巨，而后世小说的命名也体现了这一点（关于此点，后两节会分别论述）。不过，后世却还有零星作品集的命名，仅从名目上看，还突破了子、史二部，突入了四部的领地。关于这一点，若以袁行霈、侯忠义二位先生编《中国文言小说书目》为对象统计，可以发现，除了后两节要详细讨论的史部、子部影响外，竟然也不乏直接以"经""史""子""集"四部为体字的作品集。其中以"经"为名者有十八种，如《山海经》《水经》《茶经》之类；以"集"为名者有五十五种，如《滑稽集》《群芳小集》《燕台鸿爪集》《徵应集》之类，当然，这两类命名并不是说就简单地来自经部与集部，其以"经"与"集"命名其实还有更复杂的逻辑，只是从命名上简单比附便可以看出，文言小说这种杂七杂八什么东西都往里装的文体，其本身的驳杂便可以与传统四部分庭抗礼了。

第二节 《史记》诸体对文言小说命名的垂范

中国的叙事文学最早起源于史书,《汉书·艺文志》所云"左史记言,右史记事"①的史官文化传统也便成为叙事文学的文化背景。然而"记事者,以一篇记一事,而不能统贯一代之全;编年者,又不能即一人而各见其本末。司马迁参酌古今,发凡起例,创为全史。本纪以序帝王,世家以记侯国,十表以系时事,八书以详制度,列传以志人物。然后一代君臣政事,贤否得失,总汇于一编之中。自此例一定,历代作史者遂不能出其范围,信史家之极则也"②。鲁迅先生对《史记》有两个极高的评价③。一为"史家之绝唱",这标出了其史学上的重要地位,以其书发凡起例之后,万古莫易,后世诸史,无不循迹。自此,历代正史便均为纪传体,其内容亦不出此《史记》五体:当然,世家

---

① [汉]班固撰,[唐]颜师古注《汉书》,北京:中华书局,1962,第1715页。
② [清]赵翼撰,王树民校证《廿二史札记校证》(订补本),1984,第2—3页。
③ 鲁迅《汉文学史纲要》,《鲁迅全集》第九卷,第435页。

一体仅《晋书》及以追摹《史记》为己任的《新五代史》（其原名为《五代史记》）偶一为之，在其他正史中早已绝迹——或者说均已并入列传一体之中；至于表，实际上在《史记》《汉书》之后也已中辍，从欧阳修（1007—1072）《新五代史》与《新唐书》重兴此体之后，才又成为此后诸正史不可或缺之部分；除此二者之外，最重要的是纪与传，这也是正史的核心，每史均有；而书（志）仅唯一以"志"为名的《三国志》无此体，余皆有（唐修齐、梁、陈、周、隋五代史之志皆并于《隋书》①，而《南史》《北史》亦五代史之羽翼）。二是"无韵之离骚"，这自然是盛赞其在中国文学上的影响，这种影响自然更多地体现在叙事文学之中。

　　有趣的是，《史记》诸体不仅对后世正史的内容产生了影响，而且也对正史的命名产生了影响。如前所言，表与世家二体或绝或辍，可以不计，其余各体则恰为后代正史命名所取则，如"纪"有《史记》（"纪""记"二字通用，参下文之论述），"书"有《汉书》等十三种，"志"（即书）有《三国志》，另外，还有九种以"史"为名，亦可认为来自《史记》之"史"吧②。

　　正如上文论及《史记》既影响了史书，也影响了小说一样，《史记》诸体既影响了史书的命名，同时也影响到了文言小说的命名。当然，这里所说的影响，主要在于《史记》诸体对后世小说命名显著的影响，即其大多成为后世小说书名的体字。

　　另外，需要说明的是，《史记》诸体对小说命名影响最著者为传、纪二体，因其贯通整个中国古代小说史，故此节暂不讨论，而改置于第四节详述。

---

① 参见黄永年《唐史史料学》，上海：上海书店出版社，2002，第39、33页。
② 正史中以"史"为名者即取法于《史记》，相关讨论参见杨联陞《二十四史名称试解》一文（《国史探微》，沈阳：辽宁教育出版社，2009，第257—263页）。按：关于杨氏所论二十四史名称之规律，辛德勇在未见杨氏论文时亦表达了相同的看法，并且更为周密，参看辛德勇《谈传言所说晚近存世金刻本〈旧五代史〉乃绝无其事》一文，原载《中华文史论丛》2008年第3辑，修订后改题《子虚乌有的金刻本〈旧五代史〉》，收入《困学书城》，北京：生活·读书·新知三联书店，2009，第184—221页。

一、"表"体的隐显

《史记》五体中,表"昉于周之谱牒,与纪、传相为出入。凡列侯、将相、三公、九卿,功名表著者,既为立传,此外大臣无功无过者,传之不胜传,而又不容尽没,则于表载之"①。可知表是为了补充历史细节从而展示历史更为细碎的全貌的。此体在《史记》中颇为重要,从卷数上看占全书十三分之一,从篇幅上看则几乎占到五分之一。后代史家对其亦有极高评价,如郑樵(1104—1162)便说:"史记一书,功在十表。犹衣裳之有冠冕,木水之有本原。"②但此体对后世正史的影响力却并不大,因为二十四史中竟然有三分之二无此体,由此可以看出,历代正史在书写选择上对于叙事的趣味超出了对于历史全貌记录的考量③,所以,表的存在便受到质疑④。而小说对于叙事较之史书尤为关注,因此表之一体在后世文言小说集题名方面的影响自然较为微弱。

因为导论中所论对文言小说概念认定的原因,我们据袁行霈、侯忠义先生所编著之《中国文言小说书目》来进行统计。此书中收录了十六种以谱为名的作品集,其中如《钱谱》《荔枝谱》等个别几种完全不符合当下的小说观念,所以从当代的各种小说目录中都消失了。但若准之古代"街谈巷议"之定义,则此类书本身便是"小说"一体的应有之义。因此,可以认为,此类以"谱"为名的作品其实便是"昉于周之牒谱"的表在小说领域的投射。

事实上,除了上举完全不符合当下小说观念的以"谱"为名者外,还有不少在当下的小说目录中亦收录的作品。对这些作品的讨论可以让我们看到表之一体对小说命名甚至小说叙述的影响,那就是清代数量极多的"花谱"类

---

① [清]赵翼撰,王树民校证《廿二史札记校证》(订补本),第4页。
② [宋]郑樵撰,王树民点校《通志二十略》,北京:中华书局,1995,总序第2页。
③ 请参看李小龙《中国古典小说回目研究》第一章第三节,第40—54页。
④ 《史通》便指其"烦费"而"无用",故有废表之议(见《史通通释》,第48—49页),然此篇之末又云"诸子小说""编年杂记","因表而作"等等,其所举之例如《洞纪》《帝王年历》又实仍为史书,故不论。

著作①。这些著作从《燕兰小谱》开始逐渐成为潮流，出现了很多作品，仅收入《中国文言小说书目》的就有《燕兰小谱》《三十六春小谱》《秦云撷英小谱》《群芳外谱》《海鸥小谱》《鸳鸯谱》等共二十一种（本节对《中国文言小说书目》所收作品集命名的统计全为手工操作，故或有误差，然大体可知其间之比例），还有不用"谱"而直接用"表"字的《燕台花表》。

事实上，花谱类著作在嘉庆、道光年间颇为兴盛，产生了大量的作品，形成一种风气，并且，这类作品还对章回小说产生了影响。比如《品花宝鉴》，整部大书正类一本花谱，开端便出史南湘所著《曲台花谱》（此书第一次出现用"谱"字，后来又用了"选"字），而且把其中的正文竟一一录下，恰占了首回一半的篇幅，末回也拟出十二人的《品花宝鉴》来，亦有与花谱争胜之意，所以苏蕙芳看后说"你看那些花谱花评，虽将那些人赞得色艺俱佳，究不免梨园习气。我们这一关倒可以算跳出了"②。其实，仅从本文论题看，此书名《品花宝鉴》便已经可以看出与花谱的关系了。事实上，早在花谱类著作兴盛之前，《儒林外史》中便已有了相类的情节了，杜慎卿"逞风流高会莫愁湖"一节的品花榜岂不正是一出"品花宝鉴"的大戏吗——对于此，卧评也看到了，他在回末总评中便说："明季花案，是一部《板桥杂记》；湖亭大会，又是一部《燕兰小谱》。"③

史书表谱的体例对后世小说的叙事方式也有潜在的影响。比如，中国章回小说多以榜来作为对全书的整理与总结④，其实便是史书中表谱的显现；事实上，表谱之体对章回小说的内容影响更大，后世有很多章回小说都会有某种排名表，如《水浒传》有三十六天罡、七十二地煞，《金瓶梅》有热结的十兄弟，《红楼梦》有金陵十二钗，《说唐》有天下十八条好汉等。只是这是另外的话题，此处暂且不论。

---

① 参见么书仪《试说嘉道年间的"花谱"热》，《文学遗产》2004年第5期。
② ［清］陈森著，尚达翔校点《品花宝鉴》，上海：上海古籍出版社，1991，第4—12、884页。
③ ［清］吴敬梓著，李汉秋辑校《儒林外史汇校汇评》，第378页。
④ 关于此点，可参看孙逊、宋莉华《"榜"与中国古代小说结构》，《学术月刊》1999年第11期。

二、"书"体的转化

司马贞（679—732）《史记索隐》在《史记·礼书第一》中注云："书者，五经六籍总名也。"① 这其实是以广义的"书"来解释《史记》之体，并不很妥当。其实，此处之"书"与"尚书"之"书"可能关系更近。不过，此体在后世史书中有了很大变化。

刘知几说："原夫司马迁曰书，班固曰志，蔡邕曰意，华峤曰典，张勃曰录，何法盛曰说。名目虽异，体统不殊。"② 此后宋人孙奕《履斋示儿编·文说一·史体因革》亦云："《史记》始制八书，《前汉》改为十志，《东观汉书》曰记，华峤《后汉》曰典，张勃曰录，何法盛曰说，《五代史》曰考，其实一也。"③ 其中《履斋示儿编》云"《东观汉书》曰记"，《史通》的明代刻本也多云"东观曰记"④，这其实是错的，所以浦起龙（1679—1762）在《史通通释》中用了"蔡邕曰意"的异文——据《后汉书》"奏其所著十意"及李贤（655—684）注⑤，这应该是对的。不过，据文廷式（1856—1904）的意见，这里用"意"并非书志的新体，不过是为了避汉桓帝刘志（132—168）的讳罢了，并引邵晋涵（1743—1796）《南江札记》论《史记·五帝本纪》"诗言意"一句实以"意"易"志"之论为证⑥，故此"意"字初仍为"志"，可以不论。华峤（？—293）之《汉后书》"又改志为典，以有《尧典》故也"⑦，此名颇有渊源，但在小说命名方

---

① ［汉］司马迁撰，［南朝宋］裴骃集解，［唐］司马贞索隐，［唐］张守节正义《史记》，北京：中华书局，2014，第 1365 页。
② ［唐］刘知几著，［清］浦起龙通释，王煦华整理《史通通释》，第 52 页。
③ ［宋］孙奕撰，侯体健、况正兵点校《履斋示儿编》，北京：中华书局，2014，第 106 页。
④ 参见［明］李维桢评、郭孔延评释《史通》（《四库全书存目丛书》史部第 279 册，第 36 页）及明万历三十二年郭孔延评释本（《续修四库全书》第 447 册，第 31 页）。
⑤ ［南朝宋］范晔撰，［唐］李贤等注《后汉书》，北京：中华书局，1973，第 2003—2004 页。
⑥ ［清］文廷式《纯常子枝语》，《续修四库全书》第 1165 册，上海：上海古籍出版社，2002，第 389 页。
⑦ ［唐］房玄龄等《晋书》，北京：中华书局，1974，第 1264 页。

面并无影响。

除了上述两种之外,刘、孙二人所提及的另五种体字在后世文言小说集命名中均有使用("说"体的讨论参见下节)。

其中,数量最少的是"考",仍以袁行霈、侯忠义二先生所编《中国文言小说书目》为统计样本,可知以"考"为名者有七种。最早的便是上节讨论过的《周考》,其余还有《臆见汇考》《续古今考》《竹素杂考》《物异考》《史乘考误》《丹铅续录考证》(后二书"误"与"证"并非体字,故算其前一字),这些书共同的特点是带有考证性质,这似乎与书志一体无直接关系——不过,书志一体正如赵翼(1727—1814)所说为"纪朝章国典"者,其对某些规章制度进行考证亦为必然之理,所以,此体被欧阳修命名为"考"亦有原因。

其次是《史记》所用的"书",刘知几在讨论《汉书》之名时曾指出"昔虞、夏之典,商、周之诰,孔氏所撰,皆谓之'书'。夫以'书'为名,亦稽古之伟称"。当然,他虽然讨论的是《汉书》之名,但也并不否定《史记》细目的贡献,所以紧接着便说"寻其创造,皆准子长"①。后世以此为名者共二十余种:有取"图书"之意者,如《大有奇书》《历朝美人纲目韵全书》《雪涛阁四小书》《雅趣藏书》之类;还有取书信之意者,如《与古人书》《开元御集诫子书》之类;而最多的却是用记录、书写之意,如《玉涧杂书》《南部新书》《野客丛书》《惊座新书》《愿丰堂漫书》《露书》之类。由此可见,最早用"书"做文言小说集书名时虽然可能是使用了图书的意义,但后世沿袭此义者却并不多,主要是使用其记录之义,一如下文的"志"与"录"一样。

紧接《史记》之"书"的便是《汉书》的"志"。其实,《汉书》用"志"以代"书"不过是为了避免与其总名的重复罢了,刘知几指出"子长《史记》别创八书,孟坚既以'汉'为书,不可更标书号,改'书'为'志',义在互文"②。此虽不得不改用者,但由于后世正史沿《汉书》断代之体,多以"书"为

---

① [唐]刘知几著,[清]浦起龙通释,王煦华整理《史通通释》,第20页。
② [唐]刘知几著,[清]浦起龙通释,王煦华整理《史通通释》,第85页。

名（二十四史中有十三部以"书"为名），故典章制度一体便多据《汉书》而为"志"了，甚至后来以"史"为名者亦用"志"字。所以，"志"之一体影响较大。据统计历来小说以此为名者有九十七种。最早使用"志"作为书名的是张华（232—300）《博物志》。不过，由于在早期的很长一段时期内以"志"为书名者极少，此书在后来的引用中又常常被不自觉地引为"博物记"，以至宋人周密（1232—1298）在《齐东野语》中认为《博物记》当是秦汉间古书，张茂先盖取其名而为志也"①，甚至杨慎《丹铅总录》"考《后汉书》注，始知《博物记》为唐蒙作"，后来清人孙志祖《读书脞录》方指出杨慎把《后汉书·郡国志》刘昭注《蜀都赋》注曰：'……斩凿之迹今存，昔唐蒙所造。'《博物记》：'县西百里有牙门山。'"错读为"昔唐蒙所造《博物记》"了②，以此亦可见"记"体力量的强大。

不过，"志"与"记"其实意思相类。张华在其书之前有一小序云："余视《山海经》及《禹贡》、《尔雅》、《说文》、地志，虽曰悉备，各有所不载者，作略说……其土地不可具详，其山川地泽，略而言之，正国十二。博物之士，览而鉴焉。"前云"作略说"，后去"略而言之"，则"志"即"说""言"也，以笔"说""言"，也就是"记"了。再向前追溯一下，《庄子·逍遥游》云："齐谐者，志怪者也。"成玄英（608—669）疏云："姓齐名谐，人名也；亦言书名也，齐国有此俳谐之书也。志，记也……齐谐所著之书，多记怪异之事。"③ 成疏便很能说明问题了。而紧接着《博物志》之后也恰恰出现了许多名为"志怪"的书，据袁目所录，便有《曹毗志怪》《殖氏志怪记》《孔氏志怪》《祖台之志怪》数种，这其实也可视为"志"体的变种。

还有一个"录"字。刘知几说"张勃曰录"，看来他认为张勃所著史书

---

① ［宋］周密撰，张茂鹏点校《齐东野语》，北京：中华书局，1983，第130页。
② 相关讨论，请参见［晋］张华撰，范宁校证《博物志校证·后记》，北京：中华书局，1980，第162—164页。
③ ［清］郭庆藩集释，王孝鱼点校《庄子集释》，北京：中华书局，2010，第4—5页。

以"录"名书志之体。但这实在是他的误解①，因为张勃所著之书名为《吴录》，"录"是全书的名字，并非其中"志"之一体的别名。此书已佚，但《太平御览》中明确录存《吴录·地理志》的片段甚多，据赵莉统计有二十七条②，并且明确以"地理志"称之，则其书当循《汉书》之例仍以"志"名之。不过，有趣的是，这里误解的"录"字虽非书志之异名，却仍然成为后世文言小说集命名的用字。目前所知最早使用"录"字的是刘义庆《幽明录》，然后有《古今刀剑录》，还有已佚的《神录》《神怪录》，到隋代又有了《启颜录》，而唐朝也是很晚才有了《龙城录》以及《玄怪录》《续玄怪录》。刘勰《文心雕龙·书记》云："夫书记广大，衣被事体，笔札杂名，古今多品。是以总领黎庶，则有谱、籍、簿、录……录者，领也。古史《世本》，编以简策，领其名数，故曰录也。"③可知"录"字其实与此前讨论过的"谱"字相类，都是书写、记录的意思。其实，有一些文言小说集用了此字为名，却没有把它放在体字的位置上，比如有《录异传》和《录异记》之类④，其体字变成下文要讨论的"传"与"记"了，由此"录异"的结合自可确定，此"录"的确为记录之意。

此字的使用有一点很奇异的地方，就是在唐以前使用率非常低，目前所知仅零星数种，但就总体统计来看却令人大吃一惊，因为在袁目中，使用"录"字为书名的文言小说集竟然近四百种，是使用率最高的，接近全部的五分之一。而第二名的"记"与第三名的"谈（谭）"则分别有三百种与二百种左右，远远落后于此字。

那么，为什么在这些字中，"录"字的使用率如此之高呢？或许有这样几个因素。

一是由于史官文化的影响，中国古代的文言小说作者总希望自己创作的作

---

① 《汉语大词典》亦据此误解在"录"字下设立了"史籍志书类"文体的词条，见汉语大词典编辑委员会等编纂《汉语大词典》第11册，上海：汉语大词典出版社，1986—1994，第1342页。
② 赵莉《张勃〈吴录〉考论》，宁波大学2013年硕士学位论文，第457—458页。
③ ［南朝梁］刘勰著，范文澜注《文心雕龙注》，北京：中华书局，2012，第350页。
④ 袁行霈、侯忠义《中国文言小说书目》，第29、85页。

品能取信于人,而"录"便隐含着不假雕饰、完全照录的意味,因此在书名上便给人一种实录的暗示。

二是中国文言小说早期的命名要么用"经""史""子"这样社会上公认的字(那时,文化系统中还没有生成集部),要么用"传""记"这样最擅长叙事的历史著作体制来命名,甚至也有用史书之一体的书志类字如"书"、"志"乃至"说"的。但在后世小说逐渐发展为独立的文体的时候,便需要以某种形式与母体区别开来,"录"字或许便是这种动向自觉不自觉的体现。因为在唐前此字使用还极少,远远落后于"传""记"甚至"志""说"之类的命名,但其后却蔚然兴起,成为使用频率最高的字,这种群体性选择或许说明了文言小说作者共同的诉求。

第三节 记传体与说话体：文言小说命名的两极分化

由于中国古代小说命名的体字使用非常广泛，而且分类明显，所以我们可以把体字看作一类小说命名的姓氏（虽然它们大多放在小说名称的最后一个字上），有相同"姓氏"的小说在叙事文体的辨析中总有着大致相类的基因。在统计中国古代文言小说"姓氏"之时，我们会发现，这些小说的"姓氏"甚至也分族群，记传体自然是一个相当大的族群，但还有一个族群，与记传体分庭抗礼。本节就专门来讨论文言小说命名中这两个族群。

一、文言小说命名概貌

我们以袁行霈、侯忠义二位先生所编《中国文言小说书目》一书为统计样本，对其所录的"共计两千余种"小说名目进行统计，结果如下。

记传体	用字	录	记	志	传	笔	事	合计
	数量	396	287	97	80	79	41	980
说话体	用字	谈（谭）	说	语	话	言	闻	合计
	数量	203	102	95	82	71	61	614

首先说明所谓的记传体实际上便是上节所论从《史记》诸体袭来之文体标识，"传"源于"列传"、"记"源于"本纪"均不必言，而以此二字为此族群的通名也主要是考虑到正史亦以此二体为重而以"纪传体"命名的原因。至于"录""志"二字，则均源于《史记》中"书"体的转化，后之"笔"亦有"录"之意，"事"则有"传"之意，故均属于记传体族群。这一族群相当庞大，仅选取上举六字，就计有九百八十种，若再加上前文所论之书、谱、考之类，数量几为全书所收总数之一半，由此可见记传体确为文言小说之主流。

然而，上表体现出更重要的一点是，在我们前文所举的史传影响之外，还有一个体系的命名，即与记传体族群相对的"说话体"族群。有趣的是，选取"说话"二字来指称这个族群与以"记传"二字指称上个族群一样，都并非本族群中使用率最高的字，都是第二和第四个字，这并非有意为之，前一族群是因为总体来说源于《史记》诸体的影响，自然以"记传"（纪传）为名更合理；而这个族群的命名则又以此二字使用最方便自然，若以"谈语"为名，则不辞矣。

二、记传体源于经学之注疏

要说明中国古代文言小说命名分化为这两个大族群，还得从根源说起。这个根源就是前文所云中国古代文言小说发源之时的子、史渊源。

我们首先来看史部渊源的部分。

《史记》一书中，以本纪、世家及列传最具叙事性。但"世家"一体主要功能是"以纪侯国"[①]，此后诸侯消亡，封建大一统政体形成，此体便再无存在的

---

① ［清］赵翼撰，王树民校证《廿二史札记校证》（订补本），第3页。

必要。于是，后之正史便成了名副其实的"纪传体"——也就是说，历代正史最具叙事性的部分便在纪、传二体之中。

"纪"字与"记"字多通用，从字形分析亦可看出，"纪，丝别也，从糹，己声"①，实为古时结绳记事的反映，而"记"字则当晚出，为以言记事之意。《史记》本身即以"记"为名：《史记》原名《太史公书》，但《汉书·杨恽传》中又称其为"太史公记"②，《风俗通义》之"正失"篇多次提及"《太史记》"③，可见在东汉时期此书本身也已开始以"记"命名了。而司马贞《索隐》在开篇便说"纪者，记也。本其事而记之，故曰本纪"。可知史书的"纪传体"与中国古典小说命名中的"记传"传统是相对应的。在史书中，本纪多以时间为线索，贯穿多种人物，此恰与文言小说集之编撰方式相合，因文言小说集多集合诸多人物事件，必不能专一，故以"记"为名是早期文言小说命名之通例。

至于传体，司马贞《索隐》云"列传者，谓叙列人臣事迹，令可传于后世"④，则"传"亦记述之意。在"传"体的来源方面尚需讨论一下《周穆王传》一书。此书一般认可为战国之书，成书自然在《史记》之前，故或有人以此用"传"字而指认后世小说以"传"为名非出《史记》，其理路或认为《史记》可能受此书影响。但事实却可能是相反的。杜预在《春秋左传注疏·后序》中说："大康元年三月，吴寇始平……会汲郡汲县有发其界内旧冢者，大得古书，皆简编科斗文字。发冢者不以为意，往往散乱。科斗书久废，推寻不能尽通。始者藏在秘府，余晚得见之，所记大凡七十五卷，多杂碎怪妄，不可训知。《周易》及《纪年》最为分了。"而孔颖达《正义》引王隐《晋书》注云"《束皙传》云，大康元年，汲郡民盗发魏安釐王冢，得竹书漆字科斗之文。科斗文者，周时古文也。其字头粗尾细，似科斗之虫，故俗名之焉。大凡七十五卷，《晋书》有其目录。其六十八卷皆有名题；其七卷折简碎杂，不可名题。有《周易》上

---

① [汉]许慎《说文解字》(附检字)，北京：中华书局，1992，第271页。
② [汉]班固撰，[唐]颜师古注《汉书》，第2889页。
③ [汉]应劭撰，王利器校注《风俗通义校注》，北京：中华书局，1981，第69、92、120页。
④ [汉]司马迁撰，[宋]裴骃集解，[唐]司马贞索隐，[唐]张守节正义《史记》，第2567页。

下经二卷,《纪年》十二卷,《琐语》十一卷,《周王游行》五卷,说周穆王游行天下之事,今谓之《穆天子传》。此四部差为整顿"①。据此可知,此书出土时当是有"名题"的,王隐《晋书》著录为"周王游行",并注明"今谓之《穆天子传》",已经说得十分清楚,那就是此书原名《周王游行》,后为时人整理,易以《穆天子传》之名。所以,此书的存在并不能削弱《史记》诸体对小说命名的影响——其实,很可能束晳或荀勖在整理此书并重为命名时反倒可能受《史记》传体的影响。

如果我们进一步追问,会发现"传""记"命名其实还有更远的渊源。

史部的"传"本源于经部的注疏,《公羊传》云:"主人习其读而问其传。"何休注云:"'读'谓经,'传'谓训诂。"②传体注疏完整流传下来最早且声名最著者是左丘明注《春秋》之《春秋左氏传》,因此,后世的传体更倾向于《左传》那种传述事实以证发文意的方式。

"记"体也发源于经部的注疏。如被称为"礼经"的《仪礼》一书,全十七篇中除《士相见礼》《大射礼》《少牢馈食礼》《有司彻》四篇外,其余均在篇末有"记",其内容"或说解礼义,或补充经文所无的仪节,或载礼的变异,或为传闻的记录,往往有与经义不同之处"③。与前举传体一样,记体注疏亦有流传下来且受者亦众的,即为众所熟知的《礼记》。王文锦先生《礼记译解》前言中便指出:"西汉时期立于学官的五经是《易》、《书》、《诗》、《礼》、《春秋》。所谓《礼》,指的是《士礼》,也就是晋代以来所称的《仪礼》。先秦礼学家们传习《仪礼》的同时,都附带传习一些参考资料,这种资料叫作'记'。所谓'记',就是对经文的解释、说明和补充。"④也就是说,事实上《礼记》即《礼经》之"记"。《仪礼·士冠礼》中的"记",便出现在《礼记·

---

① [周]左丘明传,[晋]杜预注,[唐]孔颖达正义《春秋左传正义》,李学勤主编《十三经注疏》,北京:北京大学出版社,1999,第1720、1722页。
② [汉]公羊寿传,[汉]何休解诂,[唐]徐彦疏《春秋公羊传注疏》,李学勤主编《十三经注疏》,第546页。
③ 彭林译注《仪礼》,北京:中华书局,2013,第33页。
④ 王文锦《礼记译解》,北京:中华书局,2013,前言第1页。

郊特牲》之中①；朱熹《仪礼经传通解》的做法便是以《仪礼》为经，再取《礼记》等文献分类附注于经文之下，则视《礼记》为《仪礼》之"记"也甚明。除"礼"之外，其他经学著作也有"记"，如"乐"就有《乐记》二十三篇（已佚），《论语》有《孔子三朝记》七篇也都属于"记"。

同为经学的注疏，"记"与前所云之"传"也有相通的地方，如《仪礼·丧服》一篇，其"'经'与'记'均分章分节，其下又有'传'"②。就是本来"传"为释经之体，而《丧服》一篇经下有"传"，"经"后又有"记"，并且"记"下同样有"传"。

"传"与"记"是经学注疏之大宗，在经学文献中，只有这两种注疏体著作以解经之体而直接进位为经书，与其所解之经并列，甚至超过所解之经的影响。《左传》即是显例，而更为典型的则是《礼记》，王文锦先生曾指出："到了唐朝，国家设科取士，把近二十万字的《左传》和近十万字的《礼记》都列为大经，五万字的《仪礼》和四万五千多字的《周礼》、近四万字的《诗经》等列为中经。由于《礼记》大部分文字比较通畅，难度较小，且被列为大经，所以即使它比《仪礼》的字数多近一倍，还是攻习《礼记》的人多。到了明朝，《礼记》的地位进一步被提高，汉朝的五经里有《仪礼》没有《礼记》，明朝的五经里则有《礼记》没有《仪礼》。"③也就是说，因为科举考试科目的设置及各经本身难易程度的不同，经过千年演变，《礼记》取代《仪礼》，成为礼学的核心。

这两种注疏之体也对史学发生了重要作用。刘知几说："夫纪传之兴，肇于《史》、《汉》。盖纪者，编年也；传者，列事也。编年者，历帝王之岁月，犹《春秋》之经；列事者，录人臣之行状，犹《春秋》之传。《春秋》则传以解经，《史》、《汉》则传以释纪。寻兹例草创，始自子长。"④此语对纪、传二体与经学著述的关系进行了类比，非常精到。但这只是类比，没有进一步论定。

---

① 参见彭林译注《仪礼》第33—36页及王文锦《礼记译解》第351—352页。
② 彭林译注《仪礼》，前言第4页。
③ 王文锦《礼记译解》，前言第3页。
④ [唐]刘知几著，[清]浦起龙通释，王煦华整理《史通通释》，第41—42页。

先看"传"。对于《史记》之"传"体,虽有学者看到了其与《左传》之间的关系,却均未能从《左传》之"传"在经学注疏中更侧重于"录人臣之行状"的角度来理解。《史记》从《左传》中继承的这一特点也成为中国史学的正宗,这从历代正史中"列传"所占比例之大便可了解,"二十五史"共三千七百六十五卷,其中列传占二千三百四十七卷,占比超过百分之六十二。也就是说,历代正史都以"传"来指称其核心的叙事部分,这一体例其实便是从《左传》开始的。

另外,经学中的"记"体之注也对史学中的"本纪"产生了重要影响。前文已云"纪"与"记"之关系。再来看《礼记》与《仪礼》的不同:"《仪礼》记的是一大堆礼节单子,枯燥乏味,难读难懂,又离现实生活较远,社会的发展使它日益憔悴而丧失了吸引力。而《礼记》呢?它不仅记载了许多生活中实用性较大的细仪末节,而且详尽地论述了各种典礼的意义和制礼的精神,相当透彻地宣扬了儒家的礼治主义。"① 对照来看史书中的本纪,亦记载了一位帝王政治生活中的"细仪末节",故与注疏之"记"颇有相通之处。

绾结而言,经部之传体偏重于记事,而记体则偏重于义理。史部从经部分化而出,则其固含经部基因,故在接受经学注疏传、记二体之时,承袭了其原本的行为方式与言说方式;但史部毕竟取得了相对于经部的独立地位,在承袭之外又有相应的变化:记体偏重于事件的罗列以体现事件中所蕴含的义理,故成为本纪;传体则偏重于事件的叙述与还原,需聚焦于人物,故成为列传。这一因革不仅影响到史部纪、传二体的面貌,也同样笼罩了中国古代小说传、记二体的艺术表达。

三、说话体源于子部之注疏

以上仅仅说明了中国文言小说命名多用"记传"为名的经学与史学渊源,

---

① 王文锦《礼记译解》,前言第3页。

而文言小说命名两极分化的另一族群即"说话"体其渊源则在子部，且与前所言相类，实为子部的注疏体制。

比如《墨子》一书，其书有"经上""经下"两篇，同时又有"经说上""经说下"两篇，《晋书·鲁胜传》引鲁胜《注墨辩叙》的话说："《墨辩》有上下经，经各有说，凡四篇，与其书众篇连第，故独存。今引说就经，各附其章。"① 则知其经与说之间的关系。当代治《墨经》者，亦无不遵循"引说就经"之法。

此种体例在其他子部书中亦常有之，只是会小有不同。如《管子》一书自《牧民》至《幼官图》九篇为"经言"，其中五篇在全书第六十三篇开始有"解"，即分别为《牧民解》《形势解》《立政解》《版法解》《明法解》②，此"解"实亦即"说"；而《吕氏春秋》每纪前之《月令》与其后的文章也起到了经与说的作用，其文章中多有"解在某某"之语，则亦与《管子》所用相同。

事实上，子书经说之体最为典型也最为后世熟悉的例子莫过于《韩非子》，其书有《说林》上、下篇，更有《储说》分内、外两部，内篇分上、下，外篇甚至又分左、右，每部中再分上、下。

其中，《储说》的体制最有说服力，其六篇《储说》，每篇均先列数条标为"经"，然后再以"说"明之，甚至其"经"便已注明"其说在某某"了。再仔细考察《储说》，"经"多为理论的判断，而"说"则多用历史故事或寓言来阐释"经"之义理，由此，此"说"从子书注释之体例逐渐被人理解为"故事传说"之义，从而成为后世小说以"说"为名之桥梁。

然而于此"说"字尚需辨析。王先慎《韩非子集解》于《储说》篇仅云其为"聚其所说"，未暇详解，而《说林》中则引司马贞《史记索隐》云："说林者，广说诸事，其多若林，故曰说林也。"③ 至张觉先生《韩非子校疏》解《储

---

① [唐] 房玄龄等《晋书》，第 2434 页。
② 参见黎翔凤《管子校注》，北京：中华书局，2004。按：此五篇"解"中，有四篇完全对应，唯"明法解"一篇，则与"经言"之"七法"不对应，或其对应为第四十六之"明法"篇。
③ [清] 王先慎集解，钟哲点校《韩非子集解》，北京：中华书局，1998，第 211、170 页。

说》亦云"说,指用来说明韩非学说的那些历史故事、民间传说和寓言",而其释《说林》时也说:"说林,就是传说的林薮",又云"说,指史书所记载的及口头所流传的历史故事与民间传说以及韩非收集创作的寓言"①。这些看法其实都过于直截。日人太田方(1759—1829)的说法较为合理,他说:"说者,篇中所云'其说在'云云之说也,谓所以然之故也。言此篇储若是之说以备人主之用也。"不过,其于《说林》则未详解②。陈奇猷先生(1917—2006)《韩非子新校注》于《储说》篇已引证太田氏之说,并云"太说是也"(按:此人简称宜云"太田"而不可云"太"),然其于《说林》篇仍以司马贞《索隐》之义释之③。

事实上,这里的"说"正如太田氏所注,为"其说在"之说,是"谓所以然之故"者,也就是注疏的一种。只是这种注解更多地用叙事来解释理论,其"说"又多有故事性,从而演化为"故事传说"。所以,《韩非子》此二处自然也可以用"故事传说"释之,只是需要了解其中间环节。

其实,从这里便可以看出,经学文献中的"传"体注疏与子学文献中"说"体注疏实有相通之处。周勋初先生便曾指出:"史学上的经传体,等于子学上的经说体。"④

四、命名与艺术旨趣的矛盾

从上面的论述我们似乎可以推论,记传族群源于经学注疏,并经由史部体制的中间环节而形成,所以其作品从艺术旨趣上应该更接近于史部,而说话体族群源于子书注疏,所以在艺术旨趣上理应更接近于子部。

但事实上却并非如此。

我们可以用一个简单的统计来感受一下。李剑国先生的《唐前志怪小说史》

---

① 张觉《韩非子校疏》,上海:上海古籍出版社,2010,第567、449页。
② 〔日〕太田方《韩非子翼毳》,日本文化五年(1808)木活字本,卷九、卷七。
③ [战国]韩非著,陈奇猷校注《韩非子新校注》,上海:上海古籍出版社,2000,第461、560页。
④ 周勋初《历历如贯珠的一种新文体——储说》,《周勋初文集》第1卷,第381页。

对唐以前志怪小说进行了全面的描述，他的《唐前志怪小说辑释》又对唐前志怪小说进行了深细的整理与校释，可称唐前志怪小说研究的双璧。前者论述小说集三十五种①，后者四十五种②，这些作品从内容上看全是记异语怪之书，而这些书中，没有一部以说话体族群中的字（谈、说、语、话、言、闻）为体字的。

作为比对，我们再以宁稼雨先生《中国志人小说史》章节目录来统计，其书共录四十九种作品。其中以"语"为名者十四种，以"说"为名者十二种（因两种名《世说新语》，故前各去一种），以"谈"或"谭"为名者四种，以"话"为名者一种，以"言"为名者一种，以"闻"为名者三种，计三十三种③，余十六种非说话体族群，但这十六种中有一些其实仍为近于子部的，比如《郭子》，从名字上看便知与子部接近，内容也是如此；再如《类林》，其名或与《韩非子》的《说林》有关，宁稼雨先生也指出其书"很可能它的成书和殷芸《小说》也是一样的，是把不合史书标准的故事另撰一书，是一本小说集"。其余如《西京杂记》《明皇杂录》《南部新书》《香祖笔记》《辍耕录》之类是否应当放在《中国志人小说史》中还可商榷。但无论如何，我们可以看出，此书与前截然不同，此书的命名说话体族群者占百分之七十以上，但其书所述却近于史实而远于怪异。

这一现象还可以再通过大数据来验证。宁稼雨先生《中国文言小说总目提要》一书收录作品时以类著录，其中最易判断者为志怪与志人两类。据其所录，对每个时代志怪与志人小说中使用记传体族群与说话体族群之"姓"的数量进行统计，制表如下：

	唐前	唐	宋金元	明	清	计
志怪	103—2	109—3	67—7	82—18	91—14	452—44
志人	22—14	57—16	90—30	130—40	90—23	389—123

本表中一字线前的数字是每类作品总数量，一字线后则是以说话体族群之

---

① 李剑国《唐前志怪小说史》，北京：人民文学出版社，2011年。
② 李剑国《唐前志怪小说辑释》（修订本），上海：上海古籍出版社，2011年。
③ 宁稼雨《中国志人小说史》，沈阳：辽宁人民出版社，1991年。

"姓"体字命名的数量。可以看到，在"志怪"一类中，以记传体族群之体字为名者占据压倒性优势，以说话体之体字为名者约为总数的百分之九；而在"志人"一类中，以说话体体字为名者则上升到了近百分之三十二。因为这一统计面对的几乎是中国古代文言小说的全部，所以其体现出来的倾向应该是可信的。也就是说，在记异语怪的小说中，九成以上的作品都以记传体命名（包括上表所列的录、记、志、传、笔、事等字）；而在更接近史实的志人小说里，则有三成的作品使用了说话体来命名。

通过上表的统计，我们还需要客观承认，中国古代文言小说集的命名毕竟还是以记传体族群为主，所以，就在志人小说类中，也还是有六成的书以记传体命名。当然，或许宁稼雨先生的目录把志人小说扩展得太大了，但这也并不妨碍记传体确实为文言小说集命名的基础这一判断。只是，我们需要在这一判断之下看到前述倾向的存在。

虽然这一现象可以确定是一种客观的存在，但问题是为什么会有这种现象呢？可以试着解释如下。

志怪类的小说之所以选择记传体命名方式，实际上是其所述为鬼神怪异不可信之事，但作者总要力求人信，于是以从正史袭来之记传体方式命名，有示人以真的意思，如《搜神记》《幽冥录》《神仙传》之类皆是。

至于说话体的命名与其艺术旨趣的矛盾则较复杂，前已言之，说话体作品就其渊源而言，皆类于子部，如本章第一节讨论《汉书·艺文志》中以"子"甚至以"说"为名的作品。但此类命名再度出现却已经到了魏晋时期了，确切地说，便是以《语林》为代表的志人小说，此书其实也带有清晰的子部色彩，如《世说新语·文学》第九十则刘孝标注引《裴氏家传》云："荣期少有风姿才气，好论古今人物。撰《语林》数卷，号曰《裴子》。"① 从其自名其书为《裴子》即可知——事实上，此后之《郭子》"亦与《语林》相类"②，命名

---

① [南朝宋]刘义庆著，[南朝梁]刘孝标注，余嘉锡笺疏《世说新语笺疏》，第296页。
② 鲁迅《中国小说史略》，《鲁迅全集》第九卷，第63页。

亦当有沿袭之意。然而，此书却因为谢安一语之评而消失了，《世说新语·轻诋》篇载：

> 庾道季诧谢公曰："裴郎云：'谢安谓裴郎乃可不恶，何得为复饮酒？'裴郎又云：'谢安目支道林，如九方皋之相马，略其玄黄，取其俊逸。'"谢公云："都无此二语，裴自为此辞耳！"庾意甚不以为好，因陈《东亭经酒垆下赋》。读毕，都不下赏裁，直云："君乃复作裴氏学！"于此《语林》遂废。

《语林》一书在魏晋清谈大兴的背景下产生，以纂辑当时名人言语为主，这一方面使其大为流行，另一方面却也种下了消亡之因：因为记录名人言语便与此前志怪不同，志怪无可对证，但名人之语是有的，所以，便有可能在真实性上自蹈险境。而据《世说新语》的记载也果然如此，而且，这并非孤证，此条下刘孝标注引《续晋阳秋》也说：

> 晋隆和中，河东裴启撰汉、魏以来迄于今时，言语应对之可称者，谓之语林。时人多好其事，文遂流行。后说太傅事不实，而有人于谢坐叙其黄公酒垆，司徒王珣为之赋，谢公加以与王不平，乃云："君遂复作裴郎学。"自是众咸鄙其事矣。安乡人有罢中宿县诣安者，安问其归资。答曰："岭南雕弊，唯有五万蒲葵扇，又以非时为滞货。"安乃取其中者捉之，于是京师士庶竞慕而服焉。价增数倍，旬月无卖。夫所好生羽毛，所恶成疮痏。谢相一言，挫成美于千载，及其所与，崇虚价于百金。上之爱憎与夺，可不慎哉！①

《续晋阳秋》的作者檀道鸾记录更为详细，而且对此事深致不满。可知此

---

① ［南朝宋］刘义庆著，［南朝梁］刘孝标注，余嘉锡笺疏《世说新语笺疏》，第931—932页。

事确为实情。谢安以"风流宰相"①"江表伟才"②的身份，对此书中的"不实"之词进行批判，并致"众咸鄙其事"。则其后循此书而作者，自然在真实性上要谨慎小心。于是，便反呈现出更近于子部之说话体却较记传体更为近史的现象。

---

① ［梁］萧子显《南齐书》，北京：中华书局，1972，第436页。
② ［唐］房玄龄等《晋书》，第2912页。

第四节 中国古代小说传、记二体的源流

中国古代小说有文言与白话二体,二者渊源不同,从文体各层次来看也差异甚大,但据笔者统计,无论文言还是白话,其小说书名都大量使用"传""记"二字作为书名的体字。

先看文言小说。笔者以袁行霈、侯忠义二位先生所编《中国文言小说书目》一书为统计样本,此书所录"共计两千余种"小说名目,经统计其命名的体字可以分为两大类,数量最多的一类是源于《史记》诸体的用字——以"录"为名者三百九十六种,以"记"为名者二百八十七种,以"志"为名者九十七种,以"传"为名者八十种,仅以此四字为体字的书名便几近占全部数量的一半了,其中"录"与"志"其实与"记"为同一体系(参下文),则其体字以传、记为主。

再看白话小说的命名。以拙著《中国古典小说回目研究》一书后附《中国古典小说回目情况统计表》为统计样本,原本收书九百五十五种,由于话本小

说之名为小说集题名，与章回小说命名方式不同，故剔除此类作品，余者统计数据如下①：

	作品数量	使用体字数量及比例	传体数量及比例	记体数量及比例
明代	86	81（94%）	46（53%）	10（12%）
清前期	310	205（66%）	81（26%）	10（3%）
清后期	450	210（47%）	34（8%）	56（12%）
总计	846	496（59%）	161（19%）	76（9%）

可以看到章回小说的命名中，有体字者近六成，比例很高。在体字的统计中，占据前两位的正是传、记二字。

总而言之，由以上统计可以看出，以"传""记"做小说书名文体标志的体字已成为中国古代小说（无论是文言还是白话）的惯例，这种表现其实蕴含了丰富的信息，需要从各个层面去探究。

一、文言小说传、记二名之分途及规律

由于文言小说最初为"丛残小语"，故早期文言小说多为丛集。经统计，早期文言小说集命名体字中，"传""记"均有，但最常用的是"记"。如以李剑国先生《唐前志怪小说辑释》一书为统计样本，全书共收四十五种小说集，以"传"为名者七种，以"记"为名者十九种（包括一种以"纪"为名者），其他不规则者十九种，可以看出，以"记"为名，确为当时文言小说集命名之通例。

由于文言小说专集命名与单篇命名颇有差异，所以我们还需细论单篇的情况。《中国古代小说百科全书》的目录在唐五代小说部分，以《广陵妖乱志》为界，前为单行作品，后为丛集②，收录较全，且便统计。故我们可以此目所收为

---

① 李小龙《中国古典小说回目研究》，第486—528页。
② 按：《广陵妖乱志》即为丛集，然此目录以时代排列，此条下之唐临卒于660年左右，为初唐人，《广陵妖乱志》为晚唐作品，却列于唐临之前，则此处或有小误。

样本进行统计分析①。此目共收录五十一种作品②，制表如下：

用字	作品名目
传 24种	《补江总白猿传》《杜鹏举传》《任氏传》《柳氏传》《李章武传》《柳毅传》《李娃传》《莺莺传》《崔徽传》《长恨歌传》《东城老父传》《南柯太守传》《庐江冯媪传》《谢小娥传》《霍小玉传》《崔少玄传》《冯燕传》《杨娼传》《无双传》《灵应传》《虬髯客传》《达奚盈盈传》《高力士外传》《邺侯外传》
记 17种	《古镜记》《兰亭记》《梁四公记》《离魂记》《枕中记》《梁大同古铭记》《三梦记》《燕女坟记》《周秦行纪》《秦梦记》《感异记》《秀师言记》《海山记》《开河记》《迷楼记》《唐宝记》《还魂记》
录	《异梦录》《东阳夜怪录》《冥音录》《南部烟花录》
述	《瞿童述》
其他	《游仙窟》《开元升平源》《古岳渎经》《烟中仙》《湘中怨解》

从表中统计可知，以"传"为名者二十四种，占比最大，以"记"为名者十七种（有一种用"纪"），位列第二，然后是四种以"录"为名者及六种其他类。

细察上表会发现，凡以"传"为名者，"传"字前基本为人名，而以"记"为名者则在"记"前全非人名，一般均为作品核心事件的概括，如《离魂记》之类，也有以叙事之主线为名者，如《古镜记》《兰亭记》之类。

关于传体有几例需稍加辨析。

《瞿童述》从篇名前二字为人名看，其实应当以"传"为名的，不过，其以"述"为名亦有原因，其文末有"长庆二年五月三日朗州刺史温造述，上清三洞道士陈通微传实"二语③，则知就作者温造而言，此书自然当名为"述"，因其所书，皆转述陈通微之语，然从陈通微角度来看则为"传"，故上所题有"陈通微

---

① 刘世德等主编《中国古代小说百科全书》，北京：中国大百科全书出版社，1993，目录第 4—5 页。按：此中个别篇名当非原名，笔者另文专论，此不阑入。
② 《梁四公记》下分别收录佚文三则，不再计入。
③ 按：《全唐文》卷七百三十收录此篇无此句，见［清］董诰等编《全唐文》，北京：中华书局，1983，第 7528—7530 页。此句见《知不足斋丛书》本《江淮异人录》，《四库全书》本《江淮异人录》无此篇。

传实"之字样。正因如此，李剑国先生论之曰"此文曰述，述者乃记述陈通微所语以传实，实亦传也"，"其文正为传体"①。李剑国先生指出《三洞群仙录》卷六《洞源鸣钟》节引此文作'本传'"，则可知将其看作《瞿柏庭传》的。与此相辅相成的是唐传奇名篇《柳氏传》，此名为《太平广记》所引，而《类说》所引却为《柳氏述》②，《类说》本当误。

  以上两例是比较容易辨析的，但传体中还有一些较复杂的例子。比如《长恨歌传》。此篇未用人名，依前所论之例不当以"传"为名，然此篇有特殊之处。众所周知此传与白居易之《长恨歌》相配而作，当时歌、传相配一般是歌以咏其情，传以记其事。在这种同名创作中，命名自然会受到另一文体的影响。具体到《长恨歌传》来看，很明显是先有《长恨歌》，再为其作记事之传，但不可能抛开原题而重为命名，所以其名便以《长恨歌传》的面貌出现。

  记体也有数例需辨析者。

  在上表无体字诸作中，有可证其当为记体者，如《开元升平源》。此作名目与一般唐传奇颇异，其题意实为开元年间天下升平之源头。但这种怪异的题目也让后来引用者莫衷一是。宋代官修书目《崇文总目》小说类便录为《开元平》③，可知著录者或据误本，或未解原题之意而抄误，即使是前一种可能，也证明误本的主持者亦误解了原题。不仅宋初《崇文总目》的编者王尧臣等人将书目弄错了，就是后来的史学大家司马光在《资治通鉴考异》卷十二中也同样不合理地将此名节为《升平源》④，可能他是据《会昌一品集》也常常称《一品集》的惯例将前之年号删去了⑤，但后者可删，前者不可删，因为前者的"开元"二字

---

① 参见李剑国《唐五代志怪传奇叙录》（增订本），北京：中华书局，2017，第522页。
② ［宋］曾慥辑《类说》，《北京图书馆古籍珍本丛刊》第62册，北京：书目文献出版社，1988，第468页。
③ ［宋］王尧臣等《崇文总目》，《中国历代书目丛刊》第一辑，北京：现代出版社，1987，第96页。
④ ［宋］司马光《资治通鉴考异》，《景印文渊阁四库全书》第311册，台北：商务印书馆，1986，第135页。
⑤ 范仲淹《述梦诗序》中即云"卫公有《一品集》"，［宋］范仲淹著，李勇先、王蓉贵点校《范仲淹全集》，成都：四川大学出版社，2007，第182页。

并非表示此作产生的时代,而是属于叙事内容的一部分。然而,晁公武的《郡斋读书志》却著录为《开元升平源记》①,则或其书名原本使用了体字"记",但由于书名过长且过于奇怪,流传过程中"记"字逐渐消失了。

前称以"录"为名及无体字之作品,从命名看,亦当为记体。然此仅从命名前是否有人名为据,就具体情况而言,尚当细论。

如《南部烟花录》,《郡斋读书志》著录时称其"一名《大业拾遗记》"②,而此篇末有无名氏跋,晁公武叙录当依此跋,知跋文甚早。其跋云此书为会昌中拆瓦棺寺阁所得,"中有生白藤纸数幅,题为《南部烟花录》,僧志彻得之……故编云《大业拾遗记》"③。最有趣的是,南宋曾慥所编《类说》卷六收录此书却以《南部烟花记》为名④,而且我们可以看到《类说》所收绝非刊误,《类说》之所以以"类"为名,就是其所收录之作,特别注意命名之末的体字,并以此为类而编排各卷,如卷一至卷三为"传",卷四至卷十为"记",卷十一至卷二十为"录",体例清晰,此书收于卷六,则其所据原书为"记"自无疑议。

另外,《唐宝记》一篇又可以给我们从相反的思路来看记体与录体之联系。此书《古今说海》说渊部收录,并改题为《宝应录》,此之更名无疑是明人所改,自不可信,但由"记"而改为"录",亦可见二者之相通。

《冥音录》一篇命名并无歧异,但此名却给人一种文言小说集而非单篇传奇的印象。其原因多在"冥音"二字。此二字本有具体的叙事指向,即女主人公梦中得已亡之姨母授曲,但古代文言小说集中有一类多以幽冥为对象的,其书名除体字之外,还有一个类似于古人姓名中的家谱用字的标识字,"冥"字也是常用的"谱字"之一,所以二者易混。而另一个原因就是其名使用了"录"字,"录"字本来就多为文言小说集的体字,不过,前表中的《异梦录》《东阳

---

① [宋]晁公武撰,孙猛校证《郡斋读书志校证》,上海:上海古籍出版社,2006,第250页。按:卞孝萱先生认为"'记'字乃衍文",但仅云"唐传奇《辛平公上仙》、《喷玉泉幽魂》都是五个字的标题"(《卞孝萱文集》第三卷,南京:凤凰出版社,2010,第619页),不足为据。

② [宋]晁公武撰,孙猛校证《郡斋读书志校证》,第244页。

③ 李剑国辑校《唐五代传奇集》,北京:中华书局,2015,第1645页。

④ [宋]曾慥辑《类说》,《北京图书馆古籍珍本丛刊》第62册,第109页。

夜怪录》《南部烟花录》并未给读者这种假象，原因在于这三个名字都比较具体或者说没有其他干扰：或有具体的情节如"异梦"，或有具体的指向如"东阳夜怪""南部烟花"。其实，如果此篇以"记"为名就不太会令人误解。

以上只是唐代单篇传奇命名的情况，其他时代也与此相似。后代没有唐代这样多的单篇传奇，可以专收单篇作品之丛集来统计，比如宋代之《青琐高议》、明代之《剪灯新话》（及《剪灯余话》《觅灯因话》等）、清代之《虞初新志》等[1]，均与前述情况略同，不再赘述。

当然，这里还有一个现象应予指出，即唐传奇在从单篇进入丛集模式后，丛集中所含之单篇篇名便不再包含体字，这一特点从《玄怪录》之类作品开始，一直到《聊斋志异》，均沿其例。这也可以理解，因为文言小说集的书名已经使用了体字，则其字已笼括全书，表明此书中所有内容都是集名体字所代表的行为方式的文辞化表达，丛集中每篇作品的命名便已经有了此种文体方式的背景，其中单篇便不必再重复标识了。

二、章回小说传、记二体的成立与流衍

据笔者的统计，中国章回小说命名的体字中，使用最多的是三个动词，即"传""记""演义"。中国古代文学史上最早的章回小说最后定名为《三国演义》[2]，其体字选择了"演义"一词，这使得此词成为后来讲史类作品的"共姓"，当然，这也使它多局限在演义体小说之中，并未泛化为标示章回小说文体的"共姓"，所以虽然数量也不算少，但基本没有生发能力，故可不论。

占据章回小说命名主流的体字是"传"字。以此字命名众所周知始于《水浒传》，但其实还可追溯到《三国演义》，因为后者版本系统中有所谓的"志传"

---

[1] ［宋］刘斧《青琐高议》，上海：上海古籍出版社，1983；［明］瞿佑等撰，周楞伽校注《剪灯新话（外二种）》，上海：上海古籍出版社，1981；［清］张潮辑，王根林校点《虞初新志》，《清代笔记小说大观》，上海：上海古籍出版社，2007。

[2] 参见李小龙《〈三国演义〉命名的演化》，日本京都外国语大学《研究论丛》第80辑。

本系统，其命名之意即为《三国志》所作的"传"。这个"传"字加得非常适当，可以从前文所述的两方面来看，既非常巧妙地沿用了史书的体例，又袭用了经部典籍注疏体例中的传体。这并非仅为推测，我们可以看一下刊刻者的夫子自道。叶逢春本卷首有署名钟陵元峰子的序，其开篇便云："《三国志》，志三国也；传，传其志；而像，像其传也。三国者何？汉魏吴也；志者何？述其事以为劝戒也；传者何？易其辞以遍悟。"① 刊刻者认为，"三国志"即记录三国之事的意思，而"传"则是用传体来为其书作注的，即"易其辞以遍悟"。有趣的是，裴松之注《三国志》其实也用了传体，与明代"三国志传"类命名颇为吻合。

《水浒传》的命名虽然受到了《三国演义》的影响，但论及对后世章回小说命名的影响，《三国演义》却已经远远比不上它了。我们可以章回小说体制发生、发展到成熟的明代为例。明代的章回小说共有八十六种，其中以《三国演义》《水浒传》《西游记》三大奇书之名为范本的作品数量如下：以"演义"命名的有十八种，以"记"命名的有十种，而以"传"命名的则达到四十六种，占总数的一半还多，远远超过"演义"体与"记"体②。

不仅如此，在《西游记》的版本系统中，还有《西游记传》这样已用"记"字又沿袭《水浒传》而凭空增入一个"传"字的标目，就如同在命名上受《三国志传》影响而产生的杂糅书名《水浒志传》一样，《西游记传》一名也是出于误解而产生的，但也可据此明显看出《西游记》受《水浒传》命名影响的痕迹。而且，入清以后，我们还可以看到《反唐演义传》和《莲子瓶演义传》这样的题目，这也是"传"体对"演义"体的整合，也就是说，把"传"字附在后边，则原本"演义"二字所含的文体意味消失了。

入清以后，踵武"水浒传"以"传"字命名的作品数量有一百一十五种，仍然位居第一，但不可忽视的是，其重要性也在慢慢下降，在全部作品中的比重从百分之五十三降到百分之十五。这一倾向不只在后世的章回小说中出现，

---

① 罗贯中撰，井上泰山编《三国志通俗演义史传》，上海：上海古籍出版社，2009，第1页。
② 参见李小龙《中国古典小说回目研究》附录一《中国古典小说回目情况一览表》，第486—528页。

就是在《水浒传》的版本系统中也有表现，1920年上海亚东图书馆初版的同汪原放标点的版本便名为"水浒"，把"传"字删去了——其实，汪氏标点此书极为认真，每次再版都会尽量修改前一版留下的疏误，甚至不惜重排，但却无缘无故地把"水浒传"变成了"水浒"而不做任何说明①，所以我们可以把这种行为看作小说界革命以后对传统小说体制不自觉的反拨。

但无论如何，在全部作品中，以"传"为名者仍然以一百六十一种、百分之十九的比例占据小说命名的第一位，中国的读者对于章回小说命名最清晰的印象或许即来自"传"体，也就是说，从某种程度上，"传"体成了章回小说文体的最常用的体字。为什么会出现这种情况，笔者认为有以下两个原因。

第一，我们多次强调中国古典小说与古代史官文化的关系，小说之所以被称为"稗史"其实也颇可透露此中信息。中国的史书是以纪传体为核心的，但最重要的是"传"，我们看前文统计历代正史中"列传"所占篇幅便可以知道这一点。列传正是一种十分关注个人故事的文体。从这个角度来看，小说叙事世界的建构与列传颇同，所以以"传"为名，也是理所当然的事——甚至，古代小说中就有直接以"列传"为名的作品，即《海上花列传》，其书作者在《例言》中也明确地说作品是"合传之体"②，则非但其命名，即其构架亦来自史家之列传了。

第二，传体被选择，很可能与说话四家中说铁骑一家的衰微有关。这一判断较为复杂，这里只能简略探讨。在说话四家由场上的"说—听"向书斋的"写—读"模式转变的过程中③，不同家数以其数百年叙事智慧的积累而催生出叙事文学上的惊世杰作：讲史以《三国演义》为龙头，说铁骑以《水浒传》为归结④，说经以《西游记》为代表，小说则潜形于话本并作用于《金瓶梅》等世情

---

① 参见汪原放句读《水浒》，上海：亚东图书馆，1920。
② ［清］韩邦庆著，典耀整理《海上花列传》，北京：人民文学出版社，2014，例言第3页。
③ 参看郭英德《"说—听"与"写—读"——中国古代白话小说的两种生成方式及其互动关系》一文，《学术研究》2014年第12期。
④ 说话四家中有一家众说纷纭，笔者认同"说铁骑"之说，详参郭英德主编《多维视角——中国古代文学史的立体建构》，第222—224页。

作品而开拓新面,总之,各家均纷纷在新诞生的章回小说文体中划疆分土。于是,其结果便是各家在作品命名方面由于体制认同的需求而趋于相同,并分别树起演义体、传体、记体的大旗——"小说"一体由于体制、篇幅以及叙事虚构等复杂原因,在体字方面尚无自己统一鲜明的用字(参见本书第五章)。然而,在章回小说文体发展愈发成熟之后,其门类的界限便不那么清晰,这个时候便需要一个使用范围更广的文体标识。但在前三体中,"演义"已经完全成为讲史的代称,普通读者看到《宋江演义》①或《唐三藏西游演义》②这样的名字会觉得有一种名实不符之感;而"记"体在明代后期也被普遍当作神怪小说命名的通例(参下文)。只有"传"体有可以泛化的空间,因为说铁骑这一门类本来便与讲史类有重叠的部分:讲史演说历史兴亡,说铁骑则以金国统治下的忠义军为背景,对南宋来说,说铁骑所演说者皆为当代事,而对后世来说,却仍然属于历史。正因为如此,说铁骑所产生的"传"体其实在《水浒传》产生不久便没有可以清楚划分出来的代表作了,比如在"英雄传奇小说"这一部分中,学者经常提到杨家将系列小说及岳飞系列小说,其实都很难与历史演义小说截然分开,就连这两个系列中最早的作品《杨家府演义》与《大宋中兴通俗演义》也还都用了"演义"的名目。原因就在于说铁骑这一伎艺与其他三家不同,它只是特定时代的产物,虽然在南宋那个时代,因为国仇家恨而使其盛况空前,但时过境迁,它还能否单独成为一家都成了问题,这也是南宋说话四家直到现在争论不清的症结所在。在这种情况下,反倒使得"传"体没有了规定性的标签,易于扩展其命名的适应性,从而可以容纳更多其他类型的作品。

如果说《水浒传》以"传"为作品书名的体字,开创了新的潮流,那么《西游记》则是第一部以"记"为体字的章回小说,也同样影响深远。也就是说,如果说"纪传体"中,"传"是《水浒传》的前源,那么,"纪"当为《西游记》之"记"体的前源。有趣的是,《西游记》故事最初的源头是玄奘本人所

---

① [明]郎瑛《七修类稿》,第 246—247 页。
② [清]钱大昕撰,陈文和编《嘉定钱大昕全集》第九卷,南京:江苏古籍出版社,1997,第 502 页。

著的《大唐西域记》及其弟子记录的《三藏法师传》，二书恰好将"记""传"二字各用其一，其差别也正类似于前述合集与专传的区别，这实际上也标示了《大唐西域记》与《三藏法师传》的差异——这两种书若非入子部释家类，则亦可入子部小说家类，与下文所述文言小说颇类。

不过，以上所论实为远源，论其近源，或当是杂剧与传奇的命名成例。

宋元两朝，市民阶层的叙事文学开始兴起。其中关键的便是杂剧与南戏。据《全元戏曲》所录，不计第十二卷残缺不全的"宋元戏文辑佚"，以"记"为名者共有三十种[①]，其他命名多无体制标志。可以明显地看出，元杂剧的命名中，如果没有体字则罢，若有便为"记"字，而南戏之名用"记"字的比例更高，这一点从明代传奇亦可得到印证。以郭英德师《明清传奇综录》所列为样本可知，以天启元年为界，此前作品现存一百六十六种传奇，仅十一种未用"记"字标称，余一百五十五种均为记体[②]。这个比例自然是压倒性的，这说明以"记"为名是当时传奇制名的惯例。而天启元年以后以"记"为名者开始急遽下降，至清亦然。

当然，这不只是仅仅以戏曲命名中"记"体的影响来附会到章回小说《西游记》上，而是有着非常坚实的中间环节，那就是在元杂剧中，有一种以唐僧取经故事为题材的作品，就命名为《西游记》，这也是唐僧取经故事的流传史中，第一次以"西游记"三字命名的。所以，我们可以看出，元杂剧《西游记》的作者在给这部作品命名时，自然受到元杂剧命名套路的影响，而后来百回大书《西游记》的命名也正延续了这部杂剧的命名[③]。

《西游记》是章回小说中第一个以"记"来命名的，而作为明代四大奇书之一，它也与其他小说一样，引起了一股模仿的潮流，这种模仿不但可以从内容上查知，就是从书名上也可以看到，明代章回小说中，以"记"为名的数量排

---

① 王季思主编《全元戏曲》，北京：人民文学出版社，1999。
② 郭英德《明清传奇综录》，石家庄：河北教育出版社，1997。
③ 参李小龙《〈西游记〉命名的来源——兼谈〈西游记〉杂剧的作者》，《北京师范大学学报》2016年第6期。

第三位，共十种①。这十种分别是《西游记》《西洋记》《北游记》《咒枣记》《飞剑记》《铁树记》《南游记》《东游记》《续西游记》《扫魅敦伦东度记》，可以看出，这里凡是以"记"为体字都是属于神魔小说，可见其择名与内容间存在联系。

入清以后到英人傅兰雅（John Fryer）1895 年 5 月发起之新小说竞赛之前②，现存以"记"为名的作品有十部，分别是《后西游记》《台湾外记》《海游记》《玉蟾记》《绣鞋记》《霞笺记》《钟情记》《奇缘记》《觅莲记》《双英记》，有三种可归于神魔小说中，则虽然命名与题材之结合没有明代时紧密，但仍有维系。

由上可知，"记"体从《西游记》产生后，因为此书巨大的艺术能量而使"记"字自动成为神魔小说的标志。当然，古代文言小说集的命名或许也是"记"体专用于神魔类小说的原因：唐前文言小说集的命名中，以"冥"为谱字的六部作品《洞冥记》《周氏冥通记》《冥验记》《冥祥记》《补续冥祥记》《续洞冥记》竟全部以"记"为体字，虽然这也是当时文言小说集命名中常见的方式，但以"冥"字表示所述之故事题材多为幽冥世界的小说集全部以"记"为名，似乎也可以看出在文言小说时期"记"字即与神奇之情节多有关联的事实。

三、文言小说传、记二体叙事重心与叙述方式的异途

传、记二体虽然只是命名用字的不同，却深刻地反映着这种体制最初行为方式的不同，这是选用体字的内在基因。郭英德师曾经指出，"中国古代文体的生成大都基于特定场合相关的'言说'这种行为方式"，"人们就用这种言说行为（动词）指称相应的言辞样式（名词），久而久之，便约定俗成地生成了特定

---

① 本文对小说题目的统计源于笔者《中国古典小说回目研究》附录一《中国古典小说回目情况统计表》。
② 中国小说系统受西方小说体制冲击而发生变化本应在梁启超 1902 年于日本横滨创办《新小说》杂志起，然 1895 年英人傅兰雅发起的新小说竞赛实便已为发端（参见美国学者韩南的重要论文《新小说前的新小说——傅兰雅的小说竞赛》，徐侠译《中国近代小说的兴起》，上海：上海教育出版社，2004，第 147—168 页），故以此为分界线。

的文体"①，中国古代小说以传、记为体字来标称其文体意义，最初正是一种行为方式，即司马贞所云"纪者，记也。本其事而记之"，"列传者，谓叙列人臣事迹，令可传于后世"，也就是说，这其实是史官的行为方式，最后逐渐成为文体标识，传、记二字也便从表行为之动词变为表文体之名词。所以，由行为方式沉积为言说方式，并最后落实到小说命名的传、记二体中，则其作品自然不能完全脱离基因的影响。

文言小说命名的传、记二体来自史部的纪传体，如前所述其以"传"为名者前均为人名的规律亦与此有关："传"体源于列传，列传以人为中心，故影响其命名的呈现面貌；反之，"记"体源于"本纪"，本纪并非人物传记，而是以时间为序之事件汇编，所以不像传体那样以人为名，而是以事为名。《通志·总序》说"纪则以年包事，传则以事系人"②，表达的正是这个意思。吴讷在《文章辨体序说》中引真德秀之语云："记以善叙事为主。"③这虽然主要指文章，但也可知其中叙事之基因。当然，这只是其外在表现，通过这一表现还可深究其由此基因获得的更为内在的特点。

第一，在史部，纪与传的叙述核心是不同的，纪以记事，传以传人，故而文言小说中的记体重事，传体重人。

如前所述，就文言小说尤其是唐代单篇传奇而言，传体命名在"传"前多为人名，记体则非人名。这种命名的体制特征其实隐含着作品叙事焦点的不同。即以"传"为名者重在人，以"记"为名者重在事。传体全篇多以人物形象为小说艺术世界之支撑，故其人物亦极出彩，如前表中之任氏、李娃、莺莺、淳于棼、谢小娥、霍小玉、冯燕、虬髯客等，莫不为唐传奇中最为光辉的形象，甚至其作品中的非主人公如韦崟、荥阳生、李益、李靖、红拂等，亦莫不光艳千古者；然记体则以记事为主，事（即情节）为小说艺术世界之筋骨，故其情节多有可述者，如王度述古镜之灵异、陈玄祐记倩娘之离魂、沈既济记卢

---

① 郭英德《中国古代文体学论稿》，第29页。
② [宋]郑樵撰，王树民点校《通志二十略》，总序第5页。
③ [明]吴讷著，于北山校点《文章辨体序说》，北京：人民文学出版社，1998，第41页。

生之黄粱一梦等，其情节之奇多过于前述作品，但不可否认，这些作品中的人物形象却并不饱满，无论是王宙、倩娘还是卢生、吕翁，甚至直接将自己写进作品的王度、沈亚之、牛僧孺（当然是依托的），形象的饱满程度终逊传体诸篇一筹。

关于此点，我们还可以通过一些有趣的例子来观察一下。比如说，沈既济同时创作了两篇经典的单篇传奇，巧合的是，这两篇杰出作品恰好一篇为传体的《任氏传》，一篇为记体的《枕中记》，我们可以这两篇作品为核心，对传、记二体在叙事艺术上可能的差异进行一些比较。

先看《枕中记》。李肇《国史补》云："沈既济撰《枕中记》，庄生寓言之类……真良史才也。"① 此话何意呢？再看看鲁迅先生的评价就更清楚了，他说："既济为史家，笔殊简质，又多规诲，故当时虽薄传奇文者，仍极推许。如李肇，即拟以庄生寓言，与韩愈之《毛颖传》并举（《国史补》下）。《文苑英华》不收传奇文，而独录此篇及陈鸿《长恨传》，殆亦以意主箴规，足为世戒矣。"② 程毅中先生称此记"比较简炼质朴，不太华艳，主要情节与碑传文的写法相近"③，李剑国称此传"运用史笔，行文精简，鲜事形容。叙述卢生经历，文字一如正史列传。插入疏、诏两通，亦为史家之法"④。以上诸家之评价，均指《枕中记》用"史家之法"而撰，无过多文学性的增饰，则其写人亦无力。这里的"史家之法"，程毅中先生明指"与碑传文的写法相近"，李剑国先生又提出其"插入疏、诏两通"，其实都是指正史中本纪"纪者，理也，统理众事，系之年月"的写法。

但对于同出沈氏之手的《任氏传》，各家评价即不同，程毅中先生赞叹其对任氏美貌的描写，"这样多方面的、多层次的描画，充分显出作者的艺术匠心，在唐人小说中是突出的"，又说"李肇称沈既济为良史才，实际上对他的估

---

① ［唐］李肇《唐国史补》，《唐五代笔记小说大观》，上海：上海古籍出版社，2000，第193页。
② 鲁迅《稗边小缀》，《鲁迅全集》第十卷，北京：人民文学出版社，2005，第95页。
③ 程毅中《唐代小说史》，第120页。
④ 李剑国《唐五代志怪传奇叙录》（增订本），第283页。

价还是不足的"①,这句话很有深意。而李剑国先生则称"唐人喜述狐精,此传堪称冠冕","任氏一出,遂成千古一狐","任氏形象颇动人","韦、郑形象亦佳,韦好色而义,郑好色而庸,皆具个性","其叙事绵密,笔触精微,颇能传情达意"。②

其实,我们还可以再拿受《枕中记》影响但以传体写出的《南柯太守传》来做对比。两个故事如出一辙,只是李公佐的作品为传体,以人为主,艺术展示也便有较大差异,评价亦自不同。鲁迅评云"其立意与《枕中记》同,而描摹更为尽致","非《枕中》之所及矣"。③李肇在《南柯太守传》末赞云"贵极禄位,权倾国都。达人视此,蚁聚何殊"④,然其又于《唐国史补》中说"有传蚁穴而称者,李公佐《南柯太守》……文之妖也"⑤,程毅中先生说"似乎对这种文体又有所非议,不像对《枕中记》那么高度评价"⑥。应该说,程毅中先生的判断实为巨眼,因李肇为史家,故其评价有其史家之立场,那么,从上举二文的文体角度来说,更为简质的记体更合于李肇的判断标准,而传体注目于写人,从而显得"叙述宛转,文辞华艳",他便颇有微词。

其实,像这样的例子还有很多。比如白行简同时有《李娃传》和《三梦记》⑦,沈亚之有《冯燕传》和《秦梦记》,甚至李公佐也有《南柯太守传》《谢小娥传》《燕女坟记》,与前述沈既济二作大致相同的是,这两位作家不同的传体与记体作品,也基本体现出与前相类的艺术风貌来。

第二,史部纪、传二体的叙述结构亦并不相同,纪之记事多以时间为序,

---

① 程毅中《唐代小说史》,第118页。
② 李剑国《唐五代志怪传奇叙录》(增订本),第275—276页。
③ 鲁迅《稗边小缀》,《鲁迅全集》第十卷,第78页。
④ 李剑国辑校《唐五代传奇集》,第695页。
⑤ [唐]李肇《唐国史补》,《唐五代笔记小说大观》,第193页。
⑥ 程毅中《唐代小说史》,第153页。
⑦ 《三梦记》一篇颇有疑其为伪者(参黄永年《〈三梦记〉辨伪》,《黄永年文史论文集》第三册,北京:中华书局,2015,第390—402页;方诗铭《唐白行简〈三梦记〉考辨》,《方诗铭文集》第二卷,上海:上海社会科学院出版社,2010,第728—742页),其实并无确证,一般而言,学界仍将其视为白行简的作品[参见李剑国《唐五代志怪传奇叙录》(增订本),第497—498页]。

列叙特定时间顺序下发生的事件,这些事件并不以内在联系的有机性为特征,故在文言小说之中,以记为名者情节可以散漫;而传之传人则因有传主存在,故所记之事必围绕传主组织,则其叙事必集中。

这一特点若求之于单篇传奇,则可以理解《古镜记》前后共历十二个并无关联之故事的设置;再看《三梦记》所录刘幽求、元稹、窦质三个梦,也完全应该是三篇小说中的内容。从这里便可以看出,单篇的记体由于辑录事件的叙述结构,使其更像一部小说集。

事实上也正是如此,记体对书名统辖下的内容在有机性方面并无企求,这就暗合了小说集命名的诉求,所以有很多以"记"为名者都是小说集。前文在统计文言小说体字使用情况时已经提及,大多数体字是源于《史记》诸体的用字,甚至传、记这两个体字更是直接来自《史记》的纪、传二体。但除此之外,还有源于《史记》"书"体的"录"和"志"(刘知几云:"原夫司马迁曰书,班固曰志,蔡邕曰意,华峤曰典,张勃曰录,何法盛曰说。名目虽异,体统不殊。"①),如果将传、记、录、志四体对比的话,恰如四个大小不同的集合:传体以传主为名,故事也围绕传主展开,最为集中,故集合亦最小,则最适于单篇传奇命名。其他三体则不同,记体集合稍大,其笔触不能完全聚集于一人,而要向更多的人物以及这些人物组成的事件上投射;录体更大,记体还当以事件为核心来辐射人物,录体则似可抛开事件,辑录并无逻辑关系的片段;"志"与"录"同样渊源于《史记》之"书",其集合亦类似。所以,如果简略划分阵营,则以人为主的传体独自成类,而以事为主的其他三体虽然也有不同,但相对于传体而言则可另归一类,于是,记体与录体、志体也就慢慢合流于记体一类了,也正因为这样,记体会有一部分单篇,也有《冥报记》《广异记》这样的小说集;录体的单篇更少,如《东阳夜怪录》(将其与《古镜记》对读,会发现二者的叙事方式非常相似)之类,但大部分是《龙城录》《前定录》《玄怪录》之类的小说集;而以"志"为体字的就几乎全是《异物志》《灵异志》之类的小

---

① [唐]刘知几著,[清]浦起龙通释,王煦华整理《史通通释》,第52页。

说集了。

四、章回小说传、记二体的沿与革

上述文言小说的命名方式当然也会影响到章回小说的命名——我们查看一下文言小说与章回小说的桥梁《青琐高议》《剪灯新话》及以《国色天香》《绣谷春容》等所收为代表的明代丽情小说（学界一般称其为中篇传奇），尤其是后者中许多最后演化为章回小说的例子，便可以知道这一点了。那么，章回小说传体与记体在艺术表现上又有什么样的特点呢？

从表面来看，传体命名仍当以人名（或人名代称）为主，这是其命名的基因规定的。所以，以"传"为名的作品中有一部分违背了这一命名原则，看起来便总有可疑之感，如《承运传》《征播奏捷传》《唐三藏西游释厄传》《三遂平妖传》《山水情传》《醒世姻缘传》《斩鬼传》《正德皇游江南传》之类，依前述体例，这些小说均当以"记"为名，因为记体多以事件或物象为主，则与这几部作品恰相吻合。我们看《唐三藏西游释厄传》一书，本为《西游记》之简本，然世德堂本开篇诗中有"须看西游释厄传"之语，故引起学者注意，有学者将"释厄"二字注为"释指唐僧，厄即灾难"①，其实此词是"解除厄难"之意，完全不用曲折附会，之所以如此，或许正是注者潜意识中对"释厄"加"传"的组合不能接受，所以一定要把"释"解释为人，才好与后边的"传"字相配。

当然，就章回小说而言，无论传体还是记体，其笔触都要全力集中到人与事上去，否则无法支撑起章回小说的巨大篇幅——虽然说起章回小说的篇幅，一般人那动辄百回大书的印象其实是错误的，笔者曾经统计过，中国古代章回小说大部分只有数回或十数回而已，但我们这里所讨论的就是百回大书，这毕竟代表章回小说体制特征与艺术极则。从这些大书中，可以考察到传、记二体在章回小说中的不同。

---

① ［明］吴承恩著，黄肃秋注释《西游记》，北京：人民文学出版社，2005，第1页。

第一，前文曾指出以记为名的章回小说多为神魔题材之作品，这当然与首部记体作品《西游记》即以"记"为名分不开，但也要考虑到传、记二体之不同。我们已经多次指出，传体以人为主，记体以事为主。以人为主者，情节设置核心或者说作者叙述的动力都来自对人物形象的关注，所以，情节的离奇与否会稍稍退居次席；而以事为主者则需要在情节的奇异上下功夫——这一点在文言小说中已为规律，这一规律也渗透到章回小说中，与说话艺术中的说经相结合，踵事增华，于是以记为名者多重事，并倾向于描写更神奇魔幻之事，也就成为神魔题材小说的文体标志用字。

第二，前论文言小说传体叙事集中，记体散漫，这一点对章回小说而言也依然有效。比如《西游记》一书，无论当下的研究者如何解读其情节安排，都不能不承认其情节相对松散的事实（至于如何评价这种松散则是另一个话题），这种松散甚至到《官场现形记》与《老残游记》都依然如故。

当然，文言小说传、记二体命名的另一规律在章回小说中也仍然生效，那就是传体多以人名或人名代称来命名，而记体则否。不过，由于章回小说情节展开更为复杂，所以，完全以人名为书名的传体作品反不多见，如在明代四十余种传体小说中，大约只有十种纯粹以人名或人名代称为书名的作品，如《痴婆子传》《牛郎织女传》等。更多的作品（大约近一半）则既要以"传"为体字，又要合于"传"前为人名之规律，便在书名与"传"字之间添加新的成分，比如加"全"字的《唐钟馗全传》《韩湘子全传》，这种基本上可以认定为是人名加"传"字的规范体制。另外再如加"出身"二字的《天妃济世出身传》《南海观音菩萨出身传》等，加动词的《于少保萃忠传》《岳武穆尽忠报国传》，还有既加动词又加"全"字的《孔圣宗师出身全传》《戚南塘平倭全传》，这几种便与前种稍有不同，一来书名中的核心成分仍是人名，但仅以人名似已不足展示作品的核心情节了，所以一定要添加动词来对主体情节进行叙述。通过数据统计可以看到，"全传"二字在传体小说中的使用率是极高的，超过传体命名的五分之一。"全传"的使用之所以这样高，原因在于，如前所言，"传"聚焦于主人公，所以范围最小，而章回小说的篇幅又要求其范围尽量扩大，所以在不违背传体基本规定的前提下，为"传"字前加一"全"字，其实就是要扩大传体的范围，从而使书名可以更全面地概括作品内容。

论述至此，我们还是不得不承认，其实就在传体成立的时候，也还有一些作品并不符合前述之命名规则，如确立传体地位的《水浒传》，自己却完全不合于传体规则。当然，一般来说，学者都倾向于把"水浒传"的命名增字而理解为"水浒英雄传"，我们看此书名的英译，无论是胡适的 The Bandits of the Marshes，唐德刚的 The Waterfront Guys，还是沙博理的 Outlaws of Marshes 或 Heroes of the Marshes，都如前所言增了字，那么"水浒"这个地名其实便是人物集团命名的代称，仍与前述规律相合。

从这里也可以看出，虽然传、记二体有其内在规定，但在小说艺术发展到一定阶段后，二者的差别便没那么明显了。就这一点来说，中国古代小说多数都有异名，很多小说的不同异名恰恰横跨了传、记二体，这也表明了二体在章回小说中有逐渐融合的态势。不过，虽然如此，绝大部分小说异名虽然使用了不同的体字，但大都仍遵循了此前所论之命名规则。

我们可以《台湾外记》为例来说明之，因为这是一部纠结于杂史与小说之间的作品，恰好为我们提供了多维的视角。此书最早的求无不获斋本题名即为《台湾外记》①，民国时期《笔记小说大观》本则定其名为《台湾外纪》——虽然其版心与卷端仍为"记"字②。无论如何，这是一部从命名到内容都非常典型的记体之作，作者在《凡例》中也声明："纪其一时之事，或战或败，书其实也；不似《水浒》传某人某甲状若何，战数十合、数百合之类，点写模样，炫耀人目，以作雅观。"③这段话表明的内容很丰富，一来所云"纪其一时之事"等，便是典型的"纪（记）"体之意，并且作者又将其与典型的传体作品《水浒传》比照，表示与其完全不同之写作设定。不仅如此，此书还有一个书名来加深这一

---

① 江日昇《台湾外记》，《古本小说集成》影印本第258册，上海：上海古籍出版社，1994。
② 江日昇《台湾外纪》，《笔记小说大观》第17册，扬州：江苏广陵古籍刻印社，1983，第83、86页。
③ 转引自石昌渝主编《中国古代小说总目·白话卷》，太原：山西教育出版社，2004，第369页。

设定：此书存世有数种抄本，如大连图书馆所藏嘉庆六年（1801）抄本，石昌渝先生认为其"底本可能早于求无不获斋刊本"，而这些抄本的名字都是《台湾外志》——由于这些抄本可能会更早，而且有更多的序文，所以很可能较刊行本更接近作者原本。本文前节已指出，以"志"为名亦源于《史记》所创诸体，并在小说命名中与"录"字一样，通于"记"字。

前引《凡例》表明作者有意将其与小说创作区别开来的意图，但又有人反感此书的小说气息，谢章铤《赌棋山庄所著书》的"课余续录"卷三曾云："予少读《台湾外记》，恨其弱没于小说家，词不雅驯。后得《台湾纪事本末》抄稿八本，首行题'闽珠浦江日升著，柳江叶二涯删定'，柳江未知何地，二涯亦未详何人。其书则以《外纪》为兰本。"① 可以看到，谢章铤"恨其弱没于小说家，词不雅驯"，应当也是叶二涯的想法，所以叶氏竟然将此书改为《台湾纪事本末》，这样一来，这部小说便成了一部纯正的纪事本末体作品。

此前所述无论对此书的小说面貌的看法是正还是负，总之都希望此书史料价值更高，更远离小说，但此书后来的题名却又有更近于传体小说者。如张俊《清代小说史》录其异名《赐国姓郑成功全传》②，丁锡根《中国历代小说序跋集》录其异名为《郑成功全传》③，则其名已纯为传体之名了。

不过随着西方小说文体的渗透，中国小说的写作也开始发生巨大的变化，小说命名也受到了影响。最明显的便是"传"体与"记"体的互相易位。"传"体在明代独占鳌头，以四十六种的数量几乎占明代白话小说数量的一半，而"记"体仅为十种；时新小说之前清代小说中"传"体数量为八十一种，只占全部的五分之一，这时的"记"体数量仍然很少，仍是十种；时新小说之后则突然发生变化，此前一直被广泛采用的"传"体这时只有三十四种，占全部数量的百分之七；而"记"字则突然成为这一时期使用最多的体字，有五十六种（其中两种用"纪"字），比重接近百分之十二。可以看出，在新的小说观念下，习

---

① 转引自卢维春《〈台湾外记〉的演变和著者考》，《文献》1983年第1期。
② 张俊《清代小说史》，杭州：浙江古籍出版社，1997，第107页。
③ 丁锡根编著《中国历代小说序跋集》，第1043页。

惯于传统小说命名法的作者希望自己的小说在题目上的特点，既要与传统小说相异，又不能过于突兀，于是，当初多被神魔小说所采纳的"记"体便成了这种平衡策略的最佳选择。

五、传、记二体的消失

中国小说以传、记二字为名虽然只是书名中一个体字的使用，似乎无关宏旨，却恰恰反映出中国古代小说在经学注疏传统以及史学纪传体制下的某种策略，由于这种策略附着了丰富的色彩与光影，使得这种体制大行其道，成为中国古代小说最重要的命名方式，同时，也成为极为深远的体制特征。这种影响可以从两个方面来观照。

一是小说翻译。同治十一年（1872）四月中旬，《申报》连载了斯威夫特《格列佛游记》（*Gulliver's Travels*）的第一部分，这几乎是最早被译入中国的西方小说，而其译名则给原本没有体字的书名增加了极富中国特色的体字，改为《谈瀛小录》。此后，被誉为"百部虞初救世心"的林纾也译了这部书，译名改为《海外轩渠录》，同样为其增加了体字。事实上，林译小说大多数都依传统小说命名体例加上了不同的体字，据刘宏照先生《林纾小说翻译研究》所附《林纾译作目录》[①]可知，共一百六十余种小说翻译中，译名附带体字的占大多数，其中使用"记"字的最多，有二十六种，"录"字其次，二十四种，"传"字再次，十五种。当然，他也有几部影响很大的译作未使用这几个体字，如《巴黎茶花女遗事》《撒克逊劫后英雄略》《块肉余生述》等，其中，"遗事"与"略"均可算作"记"的易名，虽然这两个书名主体都是人（尤其是前者），按中国小说书名的惯例这里当为"传"字，但译者在前者名中加了"巴黎"二字，则已努力将主人公的个体扩大为集体，所以更类于"记"；而"略"相当于"事略"（如《三分事略》）或"纪略"（如《中东和战本末纪略》）之省称，与林译另一

---

① 刘宏照《林纾小说翻译研究》，华东师范大学 2010 年博士学位论文，第 186—206 页。

部司各特的作品《十字军英雄记》同观可知，其将艾凡赫扩大为"撒克逊劫后英雄"，则亦类记体。至于《块肉余生述》与前及《柳氏述》参观，可知类于传体。

以上我们所举的两个代表性的翻译小说都非常巧合地使用了文言——而事实上，它们的影响反而都在白话小说中，至于前文反复论及的文言小说，可能因为语言的关系，其体制更为传统，所以命名在新文化运动之前并无太大变化。所以，以下探讨的主要是白话小说。

二是创作。新小说在翻译小说与传统小说双重影响下，其命名开始时并没有脱离传统的传、记体制，此后，随着西方小说体制影响越来越深，新的小说创作才完全摒弃了这一传统。

小说界革命的提倡者梁启超认为，"今日欲改良群治，必自小说界革命始；欲新民，必自新小说始"①，并创办《新小说》报，甚至亲自动手创作了其"小说界革命"的样板式作品，而这部新作品的命名却"名不符实"，叫作《新中国未来记》，但其命名思路仍为典型的传统体制。

或许是偶然，但偶然中也可能有必然，真正开创中国新小说时代的鲁迅先生最为重要的两部作品，若笼统来看，恰恰一为记体，一为传体。记体者，中国第一部现代白话文小说《狂人日记》是也，当然，会有人以此"日记"非"记"，其实，"日记"确为从西方引入的日记体小说样式，但并非不属于"记"，中国古代正史的本纪本来就是年记、月记甚至于日记的。至于传体者，则是鲁迅先生的代表作《阿Q正传》，其书开始便严肃地讨论自己小说的命名，先说"传的名目很繁多"，然后列举了"列传，自传，内传，外传，别传，家传，小传"，并一一析论，最后提出"总而言之，这一篇也便是'本传'，但从我的文章着想，因为文体卑下，是'引车卖浆者流'所用的话，所以不敢僭称，便从不入三教九流的小说家所谓'闲话休题言归正传'这一句套话里，取出'正传'

---

① 陈平原、夏晓虹编《二十世纪中国小说理论资料（第一卷）1897—1916》，第 53—54 页。

两个字来,作为名目"①,其前七类"传"的辨析当然是一种讥讽,但也可见鲁迅对小说以传为名的公例是了然的,其后更是出人意外地从小说套话中提出"正传"二字,既避免以古代小说命名惯例为名从而受制于古代小说艺术规范的可能;又以类似于古代小说命名之体例为名,使命名不至于距离普通人接受的小说命名太远;甚至,其名还来自古代小说家的套语,与中国古代小说叙事智慧遥相呼应:实是非常妥帖、精彩的命名。

然而,这也几为中国古代小说命名方式最后的绝响。紧接着,中国小说的创作迅速西方化,古代小说的命名连同其叙事智慧一起,被纯文学阵营摒弃,从而蜷缩于通俗文学的角落里。此后,以武侠为代表的通俗小说还部分地保留了中国古代小说命名的这一特点,如从还珠楼主到王度庐,甚至直到新派武侠的金庸和梁羽生,其作品都有不少以传、记为体字者,而且,也都基本遵从了前述的体例(如《蜀山剑侠传》与《云海争奇记》、《射雕英雄传》与《鹿鼎记》、《白发魔女传》与《萍踪侠影录》等)。至于以螟蛉而居正统的现代小说(novel),则几乎完全摒弃了这一传统。而且,这还只是就命名之形式而言,事实上,此种命名系统背后复杂的文化基因与叙事智慧就更被忽略,这又绝非搬来传、记二字放在书名中便可恢复的了。

---

① 鲁迅《鲁迅全集》第一卷,北京:人民文学出版社,2005,第512—513页。

第二章 文言小说集命名例考

古书命名有其历史发展的规律,关于此,余嘉锡先生在《古书通例》中专设一节《古书书名之研究》来讨论,并指出,"古书多无大题,后世乃以人名其书",同时也指出"古书多摘首句二字以题篇,书只一篇者,即以篇名为书名"①。也就是说,古书起初并无总括一书的书名,后人便只好以作者之名作为书的总名,而古书所包含篇目的篇名也多以首句二字为名。由此可见,古书名目中,一般而言是先有篇名,因为每书必包含若干篇,而每篇之名取首句二字即可,反倒是总括全书之名在一书流传既久之后,才会依相沿之惯例,以作者之名代之。

然而,古代文言小说的命名却与此通例不相符合。

首先,小说出于稗官,并非私人著述,故几乎没有单篇形态者,因为稗

---

① 余嘉锡《目录学发微 古书通例》,第213、211页。

官四处采撷"街谈巷说"的"细碎之言",故开始便以丛集的面貌行世。关于此,我们来看一下文言小说的目录便知道了。比如最早著录小说的《汉书·艺文志》,收小说家十五家,计"千三百八十篇"①,平均每家得九十二篇,数量并不少。当然其中《待诏臣安成未央术》仅一篇,此外诸书少则三篇,多则竟达九百四十三篇,十分惊人。即此可知,小说因为并非圣贤大道,均属小言短书,故为稗官辑录以观民风,而辑录则为丛集。

前一章,我们为了讨论中国古代小说命名的一般规律,没有特意区别小说集与单篇,因为在命名的渊源上,二者有相通之处。但具体分析,却仍有更多不同的地方。那么接下来的两章,我们便分别以小说集与单篇中具有代表性的作品命名为例,对两类不同作品的命名进行考论。

---

① 陈国庆编《汉书艺文志注释汇编》,第159—162页。

第一节 《世说新语》命名的渊源、演变及定名困境

在中国小说史上,《世说新语》不但为志人小说的代表,也影响到了后来一大批作品,仅在命名上亦牢笼百代。因此,我们更需要探究"世说新语"这个命名是如何形成的。

鲁迅先生《中国小说史略》中论《世说新语》云:"宋临川王刘义庆有《世说》八卷,梁刘孝标注之为十卷,见《隋志》。今存者三卷曰《世说新语》,为宋人晏殊所删并,于注亦小有剪裁,然不知何人又加'新语'二字,唐时则曰'新书',殆以《汉志》儒家类录刘向所序六十七篇中,已有《世说》,因增字以别之也。"[1] 则此书之名前后有三,那么,其命名的依据与名称的流变如何呢?这值得我们仔细探讨,并对理解古代小说命名的两极分化颇有帮助。

---

[1] 鲁迅《中国小说史略》,《鲁迅全集》第九卷,第63页。

一、《世说》：以其先世亡书之名以名之

《世说新语》一书由目录所载可知其名的使用历程，《隋书·经籍志》①《旧唐书·经籍志》②《新唐书·艺文志》③等史志目录均录为"世说"，《南史》④《晋书》⑤记载中提及者亦云"世说"，甚至敬胤注与刘孝标注也以"世说"或"刘义庆世说"称之，日本9世纪之藤原佐世《本朝见在书目录》亦称"世说"⑥：可以说，在唐代以前，可靠性较高的资料（如正史艺文志著录与正史载录）均以"世说"称其书，则其书早期流传当以《世说》为名。

宋人黄伯思（1079—1118）《东观余论》云："《世说》之名肇刘向，六十七篇中，已有此目，其书今亡。宋临川孝王因录汉末至江左名士佳语，亦谓之《世说》。"⑦明确指出《世说新语》之名源自刘向之《世说》。检《汉书·艺文志》《诸子略·儒家》部分有"刘向所序六十七篇"之目，下注云"《新序》、《说苑》、《世说》、《列女传颂图》也"，知刘向确有《世说》之书。

不过，对于《世说》一书的认定，后世学者各有歧异。王应麟（1223—1296）《汉书艺文志考证》云《世说》一书："未详。本传'著《疾谗》、《摘要》、《救危》及《世颂》，凡八篇，依兴古事，悼己及同类也'。今其书不传。"⑧直接将《世说》与刘向所著八文合一；王先谦（1842—1917）又说"《世说》不详，本传有《世颂》，疑即其书"⑨。则王应麟认为本传所提数篇文字均属《世说》之文，而王先谦则推测《世说》实为《世颂》。顾实先生（1878—1956）《汉书艺文志讲疏》进一步坐实了王应麟的说法："《疾谗》、《摘要》、《救危》、《世

---

① 魏徵等《隋书》，北京：中华书局，1973，第2450页。
② ［后晋］刘昫等《旧唐书》，北京：中华书局，1975，第3266页。
③ ［宋］欧阳修、宋祁《新唐书》，北京：中华书局，1975，第3769页。
④ ［唐］李延寿《南史》，北京：中华书局，1975，第2578页。
⑤ ［唐］房玄龄等《晋书》，第1123页。
⑥ 孙猛《日本国见在书目录详考》，上海：上海古籍出版社，2015，第16、1229页。
⑦ ［宋］黄伯思《宋本东观余论》，北京：中华书局，1988，第215页。
⑧ 陈国庆编《汉书艺文志注释汇编》，第114页。
⑨ ［汉］班固撰，［清］王先谦补注《汉书补注》，北京：中华书局，1983，第881页。

颂》,盖皆《世说》中篇目,即《世说》也。《隋志》'《新序》三十卷、《说苑》二十卷','卷'即是'篇',是五十篇;合《世说》八篇、《列女传》八篇,凡十六篇;又加《列女传图》一篇,恰符《汉志》六十七篇之数。今《世说》八篇亡。"①此论颇为细密。然而,篇数相合只是这一推论的必要条件而非充分条件,所以尚无说服力。

向宗鲁先生(1895—1941)《说苑校注》认为此《世说》即《说苑》:

予谓《世说》即《说苑》,原注《说苑》二字,浅人加之。考《御览》三十五引《世说》(汤之时大旱七年云云),不见义庆书而见《说苑·君道篇》。《书钞》百四十一引《世本》(载雍门伏事,"伏"乃"狄"之讹),其文与《世本》不类,《世本》乃《世说》之讹,今见《说苑·立节篇》。此所引皆中垒《世说》也。《初学记》十七引刘义庆《说苑》(人饷魏武云云),今见《世说·捷悟篇》。又卷十九引刘义庆《说苑》(郑玄家奴婢皆读《书》云云),今见《世说·文学篇》。黎刊《太平寰宇记》一百十八引刘义庆《说苑》(晋羊祜领荆州云云),今略见《世说·排调篇》。此所引皆临川《说苑》也。是则临川之《说苑》即《世说》,而中垒之《世说》即《说苑》审矣。②

向宗鲁先生所云《太平御览》与《北堂书钞》所引之《世说》与《世本》皆为《说苑》中事,这其实并非确证,因为刘向所著《新序》与《说苑》便有很多重复的文字,那么,《世说》与《说苑》有重复也是自然的事。向宗鲁先生又指出《初学记》《太平寰宇记》所引刘义庆(403—444)《说苑》实为《世说新语》之例也不能反向证明此前文献中的《世说》即《说苑》。

事实上,仔细考虑王应麟的说法与顾实的考证,会发现这种说法还是合理

---

① 顾实《汉书艺文志讲疏》,上海:商务印书馆,1929,第113—114页。
② [汉]刘向撰,向宗鲁校注《说苑校注》,北京:中华书局,1987,叙例第1页。

的。《汉书·艺文志》云"刘向所序六十七篇",下列"《新序》、《说苑》、《世说》、《列女传颂图》",依《汉书·艺文志》例,其下所附之书,合计篇数当与前举总数相符,如此条下"扬雄所序三十八篇"条,下附"《太玄》十九、《法言》十三、《乐》四、《箴》二",总数恰为三十八篇;再如道家类"《太公》二百三十七篇",后云"《谋》八十一篇,《言》七十一篇、《兵法》八十五篇"①,计数亦与前相符——《汉志》所录下有细目者似仅上举数处,其数目皆相符。则此"刘向所序六十七篇"亦当与下列总数相符,而《新序》《说苑》《列女传》的篇目是知道的,距"六十七篇"余九篇,顾实先生进一步认为《列女传图》当为单独一篇,所余八篇,正为刘向本传前文云其因周堪、张猛之卒而"依兴古事,悼己及同类",著书"凡八篇"者②,篇数恰合。若如向宗鲁先生之言,则违背了《汉书·艺文志》这样的规律,即其下仅列《新序》《说苑》《列女传颂图》三种(《世说》即《说苑》,为后人妄加),那么仅得五十九篇,与六十七篇数目不合。推翻《汉书·艺文志》的记录是要有切实证据的,不可以"浅人加之"的推测之词定谳。

王守亮先生《刘向〈世说〉考论》一文从《世颂》的产生背景与《世说》的文体特点入手,指出《世说》不可能是《世颂》,当然也不可能包括《世颂》③。并进一步认为《世说》完全佚失,其实也可商榷。首先,班固《汉书·艺文志》成书距刘向之世未远,不到百年的时间,更重要的是,其《艺文志》就是源自刘向《别录》与刘歆《七略》,我们细看《汉书·艺文志》,若前举八篇文章与《世说》无关的话,则"世说"一名仅此处提及,事实上,《汉书》刘向本传均已将其著作提及,"故采取《诗》、《书》所载贤妃贞妇,兴国显家可法则,及孽嬖乱亡者,序次为《列女传》,凡八篇,以戒天子;及采传记行事,著《新序》、《说苑》凡五十篇奏之"④,然于《艺文志》所列之《世说》本传却一语

---

① 陈国庆编《汉书艺文志注释汇编》,第115、118页。
② [汉]班固撰,[唐]颜师古注《汉书》,第1948页。
③ 王守亮《刘向〈世说〉考论》,《东岳论丛》2009年第4期。
④ [汉]班固撰,[唐]颜师古注《汉书》,第1957—1958页。

未及，不合逻辑。其次，从"颂"体来论《世颂》必非《世说》之文，亦走了偏锋。对此，徐复观先生（1903—1982）曾指出："'依兴古事'，乃刘向著书的体例。此后所著的《新序》、《说苑》、《列女传》，皆依兴古事。"① 此说极有道理。所谓"依兴古事"，便是以"古事"为"兴"起之"依托"，从这四字便可以看出，那八篇文章一定不会直接对当前的政治问题发表言论，所以与后来之《新序》或《说苑》亦同。

对于刘义庆依刘向《世说》著书的情况，清人姚振宗在《隋书经籍志考证》中云："《汉书·儒家》'刘向所序六十七篇'，《新序》、《说苑》、《世说》、《列女传颂图》也。《世说》久亡。临川王与刘向同出楚元王交之后，向为元王五世孙，义庆为向兄阳城节侯安民十八世孙。义庆是书仿裴启《语林》而作，而以其先世亡书之名以名之。"② 所论极精，宋武帝刘裕（363—422）自称为楚元王（？—前179）之后，这其实并不一定可靠，但刘裕及其后人当真心相信这种血统渊源。那么，刘义庆依其远祖之书以命其新著，确是再自然不过的了。

刘向《世说》一书早已佚失，无法具体讨论其与刘义庆《世说》在文本上的关系，但刘向《世说》与其《新序》及《说苑》应该同为"依兴古事"之作，所以在体例上也便有相似之处，即均采择古来之故事，并"以类相从"而成。杨义先生曾将《说苑》与刘义庆《世说新语》相提并论，指出："在小说依附子书发展的过程中，最值得注意的两部书是汉刘向编撰的《说苑》和宋临川王刘义庆的《世说新语》。前者代表小说在子书中寄生的状态，后者代表小说从子书（狭义）脱胎的状态。"③ 此论洵为巨眼。那么，在小说依附子书的两部关键性作品中，应该都可以看到《世说》的影子。

刘向既然有《世说》之书，则确如黄伯思所言，刘义庆之《世说新语》一书命名当来自此书。然而，刘义庆书初名"世说"还是"世说新书"却是学界

---

① 徐复观《两汉思想史》第三卷，上海：华东师范大学出版社，2001，第37页。
② ［清］姚振宗撰，刘克东等整理《隋书经籍志考证》，《二十五史艺文经籍志考补萃编》，北京：清华大学出版社，2014，第1292页。按：引文标点略有改动。
③ 杨义《中国古典小说史论》，第128—129页。

一个争论不休的话题。

《通典》引望梅止渴事①、《酉阳杂俎》引王敦澡豆事②，皆确引为《世说新书》，甚至宋初所编的《太平广记》共引《世说新语》五十一条，其中《王导》《庾亮》《桓温》《谢鲲》《顾和》《王敦》六条出处也均引为"世说新书"（有趣的是，其中一条与《酉阳杂俎》所引同为王敦澡豆事）③，可知李昉（925—996）等人所据之本亦有名"世说新书"者。

不过，依前所云，在唐代以前，可靠性较高的资料（如正史艺文志著录与正史载录）均以"世说"称其书，《通典》与《酉阳杂俎》反为少数之例外，这自然不能以"简称"来解释。至于宋编《太平广记》，其引用书目中其实便既有《世说》，也有《世说新语》，而且，其书中所标出处，除上述六处标《世说新书》外，还有三十七次标为"世说"的。这些资料都有力地证明，刘义庆原书名应该就是直接用刘向书名《世说》的。

刘义庆书原名即《世说》还修正了另一种看法。叶德辉（1864—1927）在《世说新语佚文》之序中所推论云："《世说新语》佚文引见唐宋人类书者，往往与《世语》相出入。按《世语》，晋郭颁撰，见《隋志·杂史类》。孝标作注时亦援引以证异同，则临川此书或即以之为蓝本也。"④他认为《世说新语》或仿自郭氏《世语》，不过，他举的例证说服力并不大，臆其理路，恐因"世说新语"似为"世语"扩充之名有关。但如果知道刘义庆原书实名"世说"，二名则可判定基本没有关系了。当然，这里尚需提及《新唐书·艺文志》，其录此书之名为"郭颁《魏晋代说》十卷"⑤，此"代"为"世"之讳字，与《旧唐书·经籍志》同，然此下一字为"说"，若将"代"还原为"世"，则其名当为"世说"，即与

---

① ［唐］杜佑撰，王文锦等点校《通典》，北京：中华书局，1992，第4014页。
② ［唐］段成式撰，方南生点校《酉阳杂俎》，第234页。
③ ［宋］李昉等编，汪绍楹点校《太平广记》，北京：中华书局，1986，第1014、1231、1246、1812页。
④ ［南朝宋］刘义庆撰，［南朝梁］刘孝标注《世说新语》影印本，上海：上海古籍出版社，1982，第541页。
⑤ ［宋］欧阳修、宋祁《新唐书》，第1465页。

刘向、刘义庆书完全同名。不过，此书前人所引均为《世语》，并无"世说"之名，故姚振宗已言其"'说'字误"①，不可为据。

二、《世说新书》产生的时间与原因

那么《世说》是如何变成《世说新书》的呢？

据前引鲁迅先生之文可知，他认为是后人为与刘向《世说》相区别而改，此论之误，前文实已辩之，即刘义庆原书即用《世说》之名流传，不待后人"增字以别之"也。余嘉锡先生认为，"刘向校书之时，凡古书经向别加编次者，皆名新书，以别于旧本。故有《孙卿新书》、《晁氏新书》、《贾谊新书》之名"，甚至在叙录他自己所著《说苑》时也说"臣向所校中书《说苑》，更以造新事十万言，号曰《新苑》"，故刘义庆"即用其体，托始汉初，以与向书相续，故即用向之例，名曰《世说新书》，以别于向之《世说》"②。此论则谓刘义庆原书即为与刘向之书区别而名为"世说新书"，此说在论"新书"之名时颇为精审，但指刘义庆即以"新书"为名，却不可信从。

我们可以试考一下《世说新书》这个命名出现的大致时间。

目前存世最早的《世说新语》刻本绍兴八年（1138）董弅刻本后附有南宋人汪藻（1079—1154）的《世说叙录》，其中曾引"顾野王撰颜氏本跋云：诸卷中或曰《世说新书》，凡号《世说新书》者，第十卷皆分门"③，顾野王（519—581）为南朝梁时人，其时代与刘孝标恰恰前后相及：刘孝标卒于普通二年（521），而顾野王生于天监十八年（519），所以顾氏的话自然是《世说新语》早期流传史上非常可信的资料。从顾野王说"诸卷中或曰《世说新书》"一语可以看出，"世说新书"一名当出现不久，尚非一个众人皆知的事

---

① ［清］姚振宗撰，刘克东等整理《隋书经籍志考证》，第627—628页。
② 参见余嘉锡《四库提要辨证》，北京：中华书局，2007，第1018—1019页。
③ ［南朝宋］刘义庆撰，［南朝梁］刘孝标注《宋本世说新语》第四册，北京：国家图书馆出版社，2017，第1页。

实,所以顾野王才在为颜氏本作跋时特意指出"或曰《世说新书》",且进一步指出以"世说新书"为名之本的版本特征。因此,此书得名"世说新书"当与顾野王同时而稍早。

其实,这一时间的推定还可以有版本的支持,那就是日本所藏古写本《世说新书》残卷。对这一古抄残卷,从杨守敬(1839—1915)开始,学界一般都认为是唐写本①。日本学者更以卷中避讳认定抄成于高宗之后②。其所指为《规箴》篇第十三条,中有"若府君复不见理"一语,传世版本均为"若府君复不见治",日本学者认定此为避唐高宗李治(628—683)之讳,中国学者亦如此认为,如白化文先生、李明辰先生《〈世说新语〉的日本注本》一文中也说:"避讳止于'治'字,估计为高宗时代的抄本。"③朱铸禹先生《世说新语汇校集注》便加校语云:"治,唐写本作'理'。案:避唐讳改耳。"④如果此字确为此抄本改"治"为"理",则此为高宗之后抄本无疑。但就连日本学者也有难以解决的矛盾在,上举松冈荣志便困惑地指出,此抄本虽有此字避高宗讳,但全篇却全不避太宗李世民(598—649)讳,若为高宗之后抄成,自是不可能的事。更何况,松冈氏仅指出残卷之末"世说新书第六"中使用了"世"字,其实范子烨先生《六朝古卷:"唐写本〈世说新书〉残卷"揭秘》一文指出,在残卷中另有两次用到"世"字、五次用到"民"字,均未避讳,且总体来说,残卷亦未避唐代十位皇帝的名讳,"时间跨度由初唐至晚唐",这完全说不通。所以范子烨先生认为此残卷绝非唐抄本,而应为六朝古抄本⑤。

不过,范子烨先生对此前学者提出"理"字却没有办法解释,他说《规箴》

---

① 参见[清]杨守敬撰,张雷校点《日本访书志》,沈阳:辽宁教育出版社,2003,第125页。另参严绍璗编著《日藏汉籍善本书录》,北京:中华书局,2007,第1251—1252页。
② [日]松冈荣志《〈世说新语〉原名重考》,《思想战线》1988年第5期。
③ 白化文、李明辰《〈世说新语〉的日本注本》,《文史》第六辑。
④ [南朝宋]刘义庆撰,[梁]刘孝标注,朱铸禹汇校集注《世说新语汇校集注》,上海:上海古籍出版社,2002,第482页。
⑤ 此处参见范子烨《六朝古卷:"唐写本〈世说新书〉残卷"揭秘》(《文献》1999年第2期)一文的统计。

篇第十三则中那句"若府君复不见治"中,"'残卷'作'理',于义为长",却没有更好地分析解释此字的问题。我们来看一下这句话的原文:

> 元皇帝时,廷尉张闿在小市居,私作都门,蚤闭晚开,群小患之,诣州府诉,不得理;遂至槌登闻鼓,犹不被判。闻贺司空出,至破冈,连名诣贺诉。贺曰:"身被征作礼官,不关此事。"群小叩头曰:"若府君复不见治,便无所诉。"①

从此段看,"若府君复不见治"一句其实原即当作"理",此段文字前云"群小患之,诣州府诉,不得理",此句之"理"各本皆同,且就语义而言绝不可反换为"治",那么"群小"再"诣贺",自然仍是望"理"而已。其前后用字实在同一层面,当亦相同。且前句云"诣州府诉,不得理",后句云"若府君复不见理,便无所诉",有一"复"字,实可玩味;且均以"理"与"诉"对文,知此之"理"字实即"申诉、辩白"之义。《世说新语》前云众人赴州府申诉,而未得辩白,再见贺,贺云"不关此事",众人云若贺不为辩白,则大家再无处申诉。理路通畅,语义完足。

如果仅分析此一字还无说服力的话,我们还可以从残卷中找出更坚实的证据,那就是残卷中其实还有三处用"治"字,如"吴治平未久"、"魏武征袁本初,治装"(前引范子烨先生文仅引此一处,但仍未与不避李治讳联系起来讨论)、"治戎大举,直指魏赵"②,若前之"理"字为避"治"字讳,则此三处(两处为正文,一处为注语)何以不讳?

据上可知,前之"理"字实为原文,后世此字皆改为"治",为后世校刻此书之人以此字为避唐高宗讳而回改者,实不可从。因此,仍当依范子烨先生的意见,据此残卷不避唐代诸帝之讳而将其定为六朝古抄本,甚至如范氏所考,

---

① [南朝宋]刘义庆著,[南朝梁]刘孝标注,余嘉锡笺疏《世说新语笺疏》,第621页。
② [南朝宋]刘义庆撰,[南朝梁]刘孝标注《宋本世说新语》第五册,第166、182、200页。

定其为"梁武帝普通三年(522)至大同六年(540)之间"的抄本。

据此,此名之产生当在梁之前中期。也恰在此时,产生了《世说》的刘孝标注本。其注本《隋书·经籍志》引为"《世说》十卷,梁刘孝标注",知魏徵等所见刘注本尚用刘义庆书原名,二书同名,不易区分,只能以卷数区别之;故至两唐书《艺文志》则改为"刘孝标《续世说》十卷"①。"续世说"其实是个不准确的书名,甚至有人误解这是刘孝标自己创作的另一本书,如明人胡应麟便据此云:"考隋、唐《志》,义庆又有《小说》十卷,孝标又有《续世说》十卷,今皆不传。怅望江左风流,令人扼腕云。"此下他自己加按语云:"《宋书·义庆传》不载,《世说》未详。"②可见只是推测而已。至晁公武(1105—1180)《郡斋读书志》又有"《重编世说》"之目③,这都是为了与原无注本相区别而产生的新名,只是这些新名都并不妥当。细审汪藻《世说叙录》,在引分别著录刘义庆原本与刘孝标注本的隋、唐二《志》后,以下著录皆不再提及原本与注本的分别,统以《世说新书》及《世说新语》称之,由此可知,此后二刘之书已合刊行世,自成一体。综合以上书名所产生的时代以及注本流传的客观要求来看,《世说新书》一名当为后人为不同于原书及注本的合刊之书所命之名,则其以"新书"二字以别之,亦得其宜。

当然,正如余嘉锡先生所论,"新书"二字也与刘向有关。

刘向所校之书常名以"新书",就是我们讨论的《说苑》也似有此名。《说苑》传世宋本上有刘向之别录云:"所校中书《说苑杂事》及臣向书、民间书,诬校雠。其事类众多,章句相溷,或上下谬乱,难分别次序。除去与《新序》复重者,其余者浅薄不中义理,别集以为《百家》。后令以类相从,一一条别篇目,更以造新事十万言以上,凡二十篇七百八十四章,号曰《新苑》,皆可观。"书明为"说苑",叙录中却称为"新苑",姚振宗的解释是"《新苑》疑

---

① [唐]魏徵等《隋书》,第2450页;[后晋]刘昫等《旧唐书》,第3266页;[宋]欧阳修、宋祁《新唐书》,第3769页。
② [明]胡应麟《少室山房笔丛》,第285页。
③ [宋]晁公武撰,孙猛校证《郡斋读书志校证》,第544页。

《新说苑》脱"说"字，犹重编《国语》称《新国语》也"①。然向宗鲁先生则认为："子政序奏称号曰《新苑》，是本书又名《新苑》也。序奏谓得中书《说苑杂事》，则子政之前，已有其书，子政校录，谓之《说苑新书》。新苑云者，《说苑新书》之简称也。"②这里"新书"二字实来自对此叙录中"新事"二字的校定，孙诒让（1848—1908）《札迻》一书指出："'新事'，当作'新书'，凡向所奏书校定可缮写者为新书，《荀子目录》载向奏题新书，是其证也。"他在《贾子新书》条下除《荀子》外还举了《管子》《列子》《晁错新书》等例，指出："盖《新书》本非贾书之专名，宋、元以后，诸子旧题删易殆尽，惟贾子尚存此二字，读者不审，遂以《新书》专属之贾子，校勘者又去贾子而但称新书，展转讹省，忘其本始。"③

可以认为，在刘孝标注本出现之后，后人又仿刘向之意将其改称"世说新书"，以与原无注之本区别。而此取"新书"二字则将正如本章第三节所讨论的《新齐谐》之于《齐谐记》一样。当然，由于《说苑》可能曾有《说苑新书》之名，我们似乎也可以认为《世说新书》一名或为集合刘向《世说》与《说苑新书》二名为一的新名。

三、《大唐新语》："新语"入杂史小说之始

前所论刘义庆之书最初名为《世说》，后在附注而行时为区别原书又命名为《世说新书》，但我们现在看到的却既非《世说》，亦非《世说新书》，而是《世说新语》，这是为什么呢？前引宋人黄伯思便提及这一问题："本题为《世说新书》，段成式引王敦说澡豆事以证陆畇事为虚，亦云'近览《世说新书》'。而此本谓之《新语》，不知孰更名之，盖近世所传。"④至鲁迅《中国小说史略》亦颇

---

① ［汉］刘向、刘歆撰，［清］姚振宗辑录，邓骏捷校补《七略别录佚文 七略佚文》，第47页。
② ［汉］刘向撰，向宗鲁校注《说苑校注》，叙例第1页。
③ ［清］孙诒让撰，雪克、陈野校点《札迻》，济南：齐鲁书社，1989，第255—256、220—221页。
④ ［宋］黄伯思《宋本东观余论》，第216页。

迷惑:"今存者三卷曰《世说新语》……然不知何人又加'新语'二字。"所以,我们首先需要考察"新语"二字从何而来。

这个问题看上去很简单,因为最早以"新语"二字名书的是西汉大名鼎鼎的陆贾(前240—前170),其著作《新语》亦极受后人推崇。王充(27—约97)《论衡·案书篇》即云:"《新语》,陆贾所造,盖董仲舒相被服焉;皆言君臣政治得失。言可采行,事美足观,鸿知所言,参贰经传,虽古圣之言,不能过增。"①不过,或许有人会认为陆贾《新语》一书距《世说新语》似乎有些遥远,二书之名是否真的存在联系呢?为了论述这一问题,我们需要引进一个中间环节,即刘向《新序》。

《晋书·陆喜传》云陆喜为陆机(261—303)之从父兄,"好学有才思",著书甚多,曾为自叙云:"刘向省《新语》而作《新序》,桓谭咏《新序》而作《新论》。余不自量,感子云之《法言》而作《言道》,睹贾子之美才而作《访论》,观子政《洪范》而作《古今历》,鉴蒋子通《万机》而作《审机》,读《幽通》、《思玄》、《四愁》而作《娱宾》、《九思》,真所谓忍愧者也。"②姚振宗在辑刘向《七略别录佚文》时,曾于《新序》条下云:"《晋书·陆喜传》喜自叙曰:'刘向省《新语》而作《新序》。'按:此必本于《别录》。然则旧有《新语》之书,省其浅薄不中义理及与《说苑》复重者以为《新序》,与《说苑》同例者也。"甚至直接判断说《新序》本名《新语》"③,则将陆喜所提之《新语》当作刘向校书时所面对"浅薄不中义理"之资料。姚氏文献造诣极深,此处却颇有智者之失。看陆喜原文,可以看出前举古人之例是为自己后来著作之张本,前二例与后自述之五条均为同构,即以前代名人之名作而引发后来之著述,所以才会有"真所谓忍愧者也"的谦虚之语。那么,前例之"省"便不可理解为"省其浅薄不中义理"之意,当与后文的"咏""感""睹""观""鉴""读"

---

① 黄晖《论衡校释》(附刘盼遂集解),北京:中华书局,1990,第1169页。
② [唐]房玄龄等《晋书》,第1486页。
③ [汉]刘向、刘歆撰,[清]姚振宗辑录,邓骏捷校补《七略别录佚文 七略佚文》,第46—47页。

同类。

另外，前举姚振宗以刘义庆《世说》乃"以其先世亡书之名以名之"，其实，这里陆喜首举《新语》也是有原因的。据林宝《元和姓纂》卷十"陆"姓条云："齐宣王田氏之后，宣王封少子通于平原陆乡，因氏焉。汉太中大夫陆贾子孙过江，居吴郡吴县，陆贾裔孙吴丞相逊，生丞相抗。抗生晏、景、机、云、耽。"① 当然，据《新唐书》卷七十三《宰相世系表》又知此居吴郡之陆氏后裔实陆贾之祖陆皋之兄陆万后人②，然仍可知陆贾自为陆喜之"先世"无疑，则其于自叙著作时以其"先世"之书为引，亦为常情。

将刘向《新序》作为中间环节引入，便为刘义庆《世说》与陆贾《新语》找到了联系，因为刘义庆《世说》不仅袭名于其"先世"刘向同名之作，而且也当多瓣香于《新序》《说苑》，所以刘义庆书名增入"新语"二字或当经由刘向之《新序》而源于陆贾之《新语》。

当然，"新语"二字首用于杂史小说，或为唐人刘肃《大唐新语》。

在论述之前，先要辨明《大唐世说新语》这个异名。有学者据刘肃为其《大唐新语》所作《自序》中云"今起自国初，迄于大历，事关政教，言涉文词。道可师模，志将存古，勒成十三卷，题曰《大唐世说新语》"之语为证③，认为刘肃直接将"世说新语"四字袭入书名，则其时此书之通名当如此④。此论实不妥。《四库全书总目》云："是书本名《新语》，《唐志》以下诸家著录并同。明冯梦祯、俞安期等因与李𫖮《续世说》伪本合刻，遂改题曰《唐世说》，殊为臆撰。商刻入《稗海》，并于肃自序中增入'世说'二字，益伪妄矣。《稗海》又佚其卷末总论一篇，及政能第八之标题，亦较冯氏姚氏之本更为疏舛。今合诸本参校，定为书三十篇。总论一篇，而复名为《大唐新语》，以复其旧焉。"⑤

---

① ［唐］林宝撰，岑仲勉校记，郁贤皓、陶敏整理《元和姓纂》，北京：中华书局，1994，第1407页。
② ［宋］欧阳修、宋祁《新唐书》，第2965页。
③ ［唐］刘肃撰，许德楠、李鼎霞点校《大唐新语》，北京：中华书局，1984，第1页。
④ 陈卫星《〈世说新语〉书名考论》，《天中学刊》2006年第1期。
⑤ 魏小虎《四库全书总目汇订》，上海：上海古籍出版社，2012，第4368页。

杨守敬《日本访书志》亦有相同论述，并认为此之改题"当是潘氏子所为"①，则知此名并不可靠，实为明人所增②。

事实上，明人给《大唐新语》之名中加入"世说"二字乃出误解，即以此书为承续《世说新语》之书，故于书名中再表而出之。但实际上此书正如清人曾钊（1793—1854）所言"所记多国典朝章，可为法戒，终与刘义庆《世说新语》不同"③，就连鲁迅先生《中国小说史略》中细举"《世说》一流，仿者尤众"，从刘孝标列至易宗夔，也绝口不提《大唐新语》④，亦可知其判断。然而，这一误解却由来已久，甚至可以说，宋人或许有路径相反但义理相同之误解，正因为有了这种误解，才使刘义庆之书反倒因刘肃之作而加入"新语"二字，并成此书的最终定名。

我们先来看看《大唐新语》的命名究竟如何得来。其实，在《大唐新语》写成之时（元和二年，807），刘义庆书仅有《世说》与《世说新书》两个命名，与《大唐新语》一名几乎全不相干，所以二者并无关系。刘肃为自己的书写了三百字的自序，并在全书之末写了近六百字的《总论》，此二文却全未及刘义庆之书。不过，对于自己的著作，他是有设计的，他在《总论》中说："昔荀爽纪汉事可为鉴戒者，以为《汉语》。今之所记，庶嗣前修。""庶嗣前修"四字其实已经表达得很清楚了，便是要以荀爽的《汉语》为榜样来进行自己的著述，那么，其书名中的"语"字便有了着落。正因如此，有学者甚至认为"根据作者的编纂意图和书中类目分析，他本当叫作《唐语》"，并进一步认为其体例实当仿自《国语》"⑤。那么，据《国语》《汉语》而著《唐语》，亦顺理成章。另外，

---

① 参见［清］杨守敬撰，张雷校点《日本访书志》，第135页。
② 近有学者以上所言之异名论此书为伪（参吴冠文《关于今本〈大唐新语〉的真伪问题》《再谈今本〈大唐新语〉的真伪问题》《三谈今本〈大唐新语〉的真伪问题》，三文均刊于《复旦学报》，见2004年第1期、2005年第4期、2007年第1期），考辨亦甚细，然因名废实，似可不必。
③ ［清］曾钊《面城楼集抄》，《续修四库全书》第1521册，上海：上海古籍出版社，2002，第524页。
④ 鲁迅《中国小说史略》，《鲁迅全集》第九卷，第68—69页。
⑤ 王澧华《〈大唐新语〉编纂考略》，《阴山学刊》1996年第1期。

在序言中，刘肃梳理了《尚书》《春秋》《史记》《汉书》等著作后又说："编集既多，省览为殆，则拟虞卿、陆贾之作，袁宏、荀氏之录，虽为小学，抑亦可观。"提出陆贾，虽然此处很可能指陆贾的《楚汉春秋》，但从这里的提及亦可见，陆贾《新语》也当在其视野之内，而其"新语"之名，前无其源，则仍当来自陆贾之书。

另外，论及此书的学者大都认为此书之分类袭自《世说新语》，事实上这也是想当然。鲁迅先生在《中国小说史略》中细举"《世说》一流，仿者尤众"的十七种书，除王方庆《续世说新书》及颜从乔《僧世说》已佚、《说铃》篇幅甚窘而无分类外，余十四种就分类而言，无不轨迹《世说新语》之矩矱，有些完全遵照《世说》原本的三十六门，有些稍有损益，连因描写对象改变而保留原类目最少的《女世说》也有近三分之一沿用；但《大唐新语》类目却无一与《世说新语》相同，可知其分类与《世说新语》并无关系，倒很可能来自《新语》甚或刘向的《新序》《说苑》。

如此看来，中国文献命名中以"××新语"为名者，就目前所见资料而言，当以《大唐新语》为最早。而《大唐新语》又"以类相从，一一条别篇目"，一如《世说》体例，所以北宋前期的藏书家们或将当时流行的《世说新书》又依《大唐新语》而改名为《世说新语》。

四、"世说新语"的出现及汪藻的定名

在讨论"世说新语"一名出现的时代时，需要先对初唐刘知几《史通》进行一点辨析。学界一般认为初唐刘知几《史通》中便已提及《世说新语》，若确如此，则此名非但并非南宋人汪藻所定，就是刘肃《大唐新语》也在其后了，所以，这一看法对于《世说新语》命名的流变影响极大[①]，不过，其基础却不

---

① 如周本淳《〈世说新语〉原名考略》（《中华文化论丛》1980年第3期）及尤雅姿《〈世说新语〉书名异称辨疑》（《兴大人文学报》2002年总第32期）均据此立论。

坚实。

《史通》云："近者，宋临川王刘义庆著《世说新语》，上叙两汉三国，及晋中朝江左事。刘峻注释，摘其瑕疵，伪迹昭然，理难文饰。"①似言之甚凿，但据卢文弨（1717—1795）《群书拾补》所载，此处之"语"字宋本原作"书"。卢氏所校实有依据，其校《史通》之前云："旧刻舛讹。经陆俨山、王损仲校正，损仲并为训故。近时北平黄昆圃少宰又为之补版行于世，洵称善本矣。文弨又得冯己苍、何义门、钱遵王三家校本，且得华亭朱氏影钞宋本，其体例较古雅，今具著之，以俟尚旧者。"②程千帆先生（1913—2000）亦曾云："《史通》宋本，此文正作《新书》，不作《新语》。其诸本作《新语》者，乃后人习于新起之名而妄加改易者也。"③惜此宋本今不知何在，但明张之象（1508—1587）万历五年（1577）刻本此处仍用"书"字，其本源自秦柱家藏宋本，且"经过校勘家何堂用朱氏影宋钞本核对"，"证明张之象刻本确系依据宋本校刻"④，知此处原本当作"书"，亦可知以《史通》证"世说新语"一名之起始之不确。事实上，《史通》一书提及刘义庆此书另有数例，除此之外，均为《世说》，则更可知其时此书名目仍以《世说》为主，而以《世说新书》为辅，《世说新语》之名尚未产生。

据目前文献资料，《世说新语》之名，最早出现于南宋人汪藻《世说叙录》所著录之北宋诸藏书家所藏之本，而汪氏也是此书定型上的关键性人物。潘建国先生指出，汪氏"知见如此众多的珍稀藏本，恐非一般宋代文人所能，而汪藻参编《秘书总目》，得窥北宋内府秘藏，复又尽观贺铸藏书，再加上自家所藏，以及搜访湖州故家士大夫所得，方得蔚为大观"⑤。汪氏锐意搜求如此众多的《世说》抄本，从题名到卷数到分类多有歧异，汪氏在进行详细的整理后对此书

---

① ［唐］刘知几著，［清］浦起龙通释，王煦华整理《史通通释》，第450页。
② 赵吕甫先生校注本凡例云此为"华亭秦邦宪影抄宋本"（《史通新校注》，重庆：重庆出版社，1990，凡例第1页），或将秦柱家藏宋本与朱邦宪影抄宋本混淆致误。
③ 程千帆《史通笺记》，《程千帆选集》，沈阳：辽宁古籍出版社，1996，第306页。
④ 郭虚中批校，郭天沅编订《展怀史通批校》，北京：中华书局，2011，卷十七第二叶B面，出版说明第3页。
⑤ 潘建国《日本尊经阁文库藏宋本〈世说新语〉考辨》，《中国典籍与文化》2012年第1期。

进行了"三定"的工作：其《叙录》有《世说新语》之目，下注云："晁文元、钱文僖、晏元献、王仲至、黄鲁直家本，皆作《世说新语》。"汪氏又加按语云："晁氏诸本皆作《世说新语》，今以《世说新语》为正。"此为"定名"；其叙录又收两卷本、三卷本、八卷本、十卷本、十一卷本等，然经过考证云"定以九卷为正"，是为"定卷"；又录三十六篇本、三十八篇本、三十九篇本，考察后云"定以三十六篇为正"，是为"定篇"。潘建国认为，至绍兴八年，董弅于严州校刊《世说新语》，是为该书首次刻印，从此成为《世说新语》之定本[①]，潘建国先生还钩稽出董弅与汪藻之交游，指出"在绍兴八年校刻《世说新语》之前，董弅应已读过《叙录》，或许，正是汪藻对于《世说新语》的研究，才引发了董氏据家藏本校刻是书的意愿"[②]。

综合以上可知，潘建国先生《〈世说新语〉在宋代的流播及其书籍史意义》一文强调了汪藻及董弅在《世说新语》一书"定三卷三十六门为一尊"中起到的关键作用，而对"定名"一端仅一笔带过，稍有忽略。其实，刘义庆《世说》之书最终定名为《世说新语》，实始汪藻，此名又被董弅沿用，其影响遂至今日，竟成此书为作者始料未及的最终定名。

当然，汪藻此处定名并非自我作古，据其《叙录》可知，在汪藻之前，"晁文元、钱文僖、晏元献、王仲至、黄鲁直家本，皆作《世说新语》"，知北宋这些当时著名的藏书家所藏均有"世说新语"之名了，汪藻所作不过是面对这些材料，顺应文献的大势，故其注云"晁氏诸本皆作《世说新语》，今以《世说新语》为正"。

另外，考察汪藻《叙录》之义例，亦可确定此名之出现当在北宋初年。汪氏《叙录》层次极为清楚，先举不同的书名，共四类，在最后一类之末表明自己的"定名"；继举不同的卷数，共五类，在最后一类之末表明自己认定的"定卷"；末举不同的篇数，共三类，同样在最后表明自己认定的"定篇"。所举五

---

① 潘建国《〈世说新语〉在宋代的流播及其书籍史意义》，《文学评论》2015年第4期。
② 潘建国《日本尊经阁文库藏宋本〈世说新语〉考辨》，《中国典籍与文化》2012年第1期。

类卷数及三类篇数均非随意罗列，而是严格以数量多寡为序的，至书名则以出现的时间先后为序：先举《世说》，出于《隋书·经籍志》；再举《刘义庆世说》，出《唐书·艺文志》；再举《世说新书》，有李氏本，时间虽不详，但其后注云"顾野王颜氏本跋"云云，则李氏本及颜氏本均当为六朝古本无疑（潘建国先生《〈世说新语〉在宋代的流播及其书籍史意义》一文讨论李氏本时梳理了多位北宋的李姓藏书家，或为未明此叙录体例之微误）；最后方举《世说新语》，所注之本全为北宋藏书家之本。循兹体例，察其语气，知《世说新语》一名之产生当在北宋之时，此五家藏书同用此名或为一时之风气，或有共同之来源。

五、定名的困境

北宋藏家为何以"新语"来代替"新书"，已无资料可以确考。但可推测他们或许感受到"新书"之"书"体与"世说"之"说"体在文言小说命名上的重大不同。

刘义庆原书循刘向之例而名为《世说》，则以"说"为命名的体字，此种命名，笔者称之为"说话体"族群，这一族群代表性的体字有"谈、说、语、话、言、闻"等。我们可以看到，《世说新语》之蓝本《语林》便以"语"为体字（只是其体字前置了），亦属说话体族群。

至刘孝标加注之时，其以注史之态度从事之，与前书已然迥异，故需新名以表出之，于是又依刘向校书之惯例而名为《世说新书》。但加"新书"二字则将原书改以"书"为体字，便属笔者所称之"记传体"族群："记传体"族群多从《史记》诸体得"姓"，"书"恰为《史记》之一体，后世以此为名之文言小说有二十余种。故以《世说新书》为名，与原名《世说》显非一体。

北宋藏书家对此或有会心，欲恢复其以语言为记录核心之名目，但再用旧名"世说"已不妥当，因为此时刘孝标注早与原本融合为不可拆分的部分，用原名无法涵盖，故或借鉴《大唐新语》，或又向其渊源《世语》及《语林》回归，为"世说"补"新语"二字，则其仍为说话体族群。亦合于其多记名士隽语之旨。

不过，若细究此名，会发现"说"与"语"其实有着深刻的差异。

《大戴礼记·文王官人》"物善而能说"，王聘珍注云"说，述也"；《大戴礼记·曾子立事》"不说人之过"，阮元亦注"说，述也"，而王聘珍则云"说，言也"①。则"说"实即"言"，《战国策·秦策二》"王不闻乎管与之说乎"、《淮南子·修务》"而后能入说"、《吕氏春秋·禁塞》"太上以说"中，高诱均注云"说，言也"。②

而在先秦古籍中，"言"与"语"常常对举，相关训释中，二字更有较大差异。

《诗·大雅·公刘》"于时言言，于时语语"，毛传曰："直言曰言，论难曰语。"孔颖达疏云："直言曰言，谓一人自言。论难曰语，谓二人相对。"③《论语·乡党》"食不语，寝不言"，朱熹注云："答述曰语，自言曰言。"④《楚辞·七谏》"言语讷涩兮"，王逸注云："出口为言，相答曰语。"⑤陆宗达先生（1905—1988）曾著《"言"与"语"辨》一文，指出"主动说话叫作'言'，与人相对答才是'语'"，并进一步指出："'语'的'对答'义与'对抗'、'对应'的意义又有相通之处。它的同源字'敔'、'圄'就当'抵御'、'对抗'讲，'晤'则当'对应'讲。"⑥这是非常精深的看法。

从以上辨析来看《世说新语》的命名，就会发现其扞格之处。本来，《世说新语》一书所仿拟的《语林》即用"语"字，檀道鸾《续晋阳秋》载云："晋隆

---

① ［清］王聘珍撰，王文锦点校《大戴礼记解诂》，北京：中华书局，1983，第194、72页。
② ［西汉］刘向集录，范祥雍笺证、范邦瑾协校《战国策笺证》，上海：上海古籍出版社，2010，第241页；何宁《淮南子集释》，北京：中华书局，1998，第1355页；［战国］吕不韦著，陈奇猷校释《吕氏春秋新校释》，上海：上海古籍出版社，2002，第408页。
③ 《十三经注疏》整理委员会整理，李学勤主编《十三经注疏·毛诗正义》，北京：北京大学出版社，1999，第1115—1116页。
④ ［宋］朱熹《四书章句集注》，北京：中华书局，2001，第120页。
⑤ ［宋］洪兴祖撰，白化文等点校《楚辞补注》，北京：中华书局，2006，第236页。
⑥ 陆宗达《"言"与"语"辨》，《语文教学通讯》1981年第5期。

和中，河东裴启撰汉、魏以来迄于今时，言语应对之可称者，谓之《语林》。"①这是载录《语林》一书非常重要的文献，其"言语应对之可称者"即与前论相合，则其确当强调"对答"。从这个意义上看，《世说新语》颇袭《语林》，以"语"为名，不亦宜乎！但是，裴书今虽不传，然据鲁迅先生所辑之一百八十余则，如"裴令公目王安丰：'眼烂烂如岩下电。'""丞相尝曰：'坚石挈脚枕琵琶，故自有天际想。'"之类是极少的例外②，此外皆为"应对"之"语"。刘义庆之书原书以《世说》为名，则其体例重在"言"，其一千一百三十则文字中，有数量甚多的条目是"言"而非"语"，如以其中较为典型的"赏誉"篇为例，此类共一百五十六则，有"言"无"语"如"世目李元礼'谡谡如劲松下风'""谚曰'后来领袖有裴秀'"者超过一百条；其实，不仅"赏誉"篇，其他类别中亦所在多有，如《德行》之"周子居常云：'吾时月不见黄叔度，则鄙吝之心已复生矣'"；《言语》之"何平叔云：'服五石散，非唯治病，亦觉神明开朗'"均如此。因此，其书以"说"为名更见其当。前引陆宗达先生文指出："当不强调说话时的具体状况，仅仅泛泛地表示说话，一般用'言'而不用'语'"，也就是说，"言"的使用较"语"为宽。《世说》中自然也有"语"的内容，但书名只泛泛表示作者对这些"语"的内容的"述"，则可以"言"或"说"来并举；但《世说》中那些"言"的内容却无法反过来用"语"来概括。

当然，正如陆宗达先生指出的，虽然"'言'与'语'在作动词时的这种区别，在先秦古籍里表现得非常明显"，甚至"在汉以后的文言文作品中，很多地方'言'与'语'不同的词义特点还极为显著"，但"'言'与'语'的这种区别不是绝对的。一般说，在用作名词时，二者可以相通。即使在用作动词时，也不是每次必强调它们不同的词义特点。到了后代，'言'与'语'各自的特点又有所磨损，二词的词义距离逐渐缩小了"。也就是说，具体到《世说新语》的

---

① [南朝宋]刘义庆著，[南朝梁]刘孝标注，余嘉锡笺疏《世说新语笺疏》，第931页。
② 参鲁迅辑《古小说钩沉》，《鲁迅全集》第八卷，第129—160页。

"说"与"语",后世二者的界限非如先秦那样清晰,则前所论虽确为此名之瑕疵,但于后世而言,自可不假深求而接受。

不过,若以二字相近甚至相同为释,则此名又会有另一瑕疵,即"世说新语"一名共用"说""语"二字来做文体标识,又颇冗赘,这种书名就好像文化修养较差的明末书坊主炮制出"水浒志传""西游记传"这样重复使用体字的书名一样,明人胡应麟也曾指出这一点,他说:"临川书诸目俱称《世说》,今题《世说新语》,系'语'于'说',胡赘也。"①不过,《西游记传》之类作品的编创者与接受者知识水平较低,或未必能体会出命名的缺陷,但即便如此,现在这几个命名也已经从非学术空间消失了;《世说新语》的出版者与读者都属文化修养较高的阶层,鲁迅先生甚至称其为"名士底教科书"②,论理此名用字之赘应当比较刺目,但由于自宋刊本以来均用此名,而宋刊本正如前引潘建国先生文所指出的,是为"印本时代"具有"定本效应"的版本,所以其名已然经典化,读者亦习焉不察了。

不过,由于《世说新语》一书启志人小说一门,开后人端绪,故此后仿作极多,这些仿作大多都从命名的角度标识出与《世说新语》的关系。所以,从其命名,隐约可以看出后之作者对前述瑕疵的态度。我们以鲁迅先生所列之目来考察:

> 唐有王方庆《续世说新书》(见《新唐志》杂家,今佚),宋有王谠《唐语林》,孔平仲《续世说》,明有何良俊《何氏语林》,李绍文《明世说新语》,焦竑《类林》及《玉堂丛话》,张墉《廿一史识余》,郑仲夔《清言》等;然纂旧闻则别无颖异,述时事则伤于矫揉,而世人犹复为之不已,至于清,又有梁维枢作《玉剑尊闻》,吴肃公作《明语林》,章抚功作《汉世说》,李清作《女世说》,颜从乔作《僧世说》,王晫作《今世说》,汪琬

---

① [明]胡应麟《少室山房笔丛》,第133页。
② 鲁迅《中国小说的历史的变迁》,《鲁迅全集》第九卷,第319页。

作《说铃》而惠栋为之补注，今亦尚有易宗夔作《新世说》也。①

鲁迅先生共举《世说新语》之仿作者十七种。《类林》与《廿一史识余》的命名与《世说新语》无关；《玉堂丛话》《清言》及《玉剑尊闻》《说铃》亦无关，但所用"话、言、闻、说"四字均属文言小说集命名的"说话体"族群，前已论《清言》之"言"实即"说"，《说铃》也直接用了"说"字；另有三种命名袭自裴启《语林》，即《唐语林》《何氏语林》《明语林》，均为志人小说之表表者，由此亦可见裴氏《语林》虽已佚失，然其在志人小说中的地位仍为后人所公认——当然，这只是就命名而言，其实这些书的发凡起例都是来自《世说新语》。除此之外，有八种命名直接袭自《世说新语》。这八种中，有一种为《续世说新书》，为唐人王方庆作，当时流传于世之本多名为《世说新书》，故此径以"续"为名；仅有明李绍文《明世说新语》一书，全袭《世说新语》之定名；剩余六种仿作皆以"世说"为名。

也就是说，除李绍文一书外，后世作者均尽量规避将"说"与"语"同时置于书名之中，以免二字之冲突或重复；而且，以"语"为名者均明确其源于《语林》，而以《世说》为源者则除李绍文书外均以"说"为名，则亦可知命名者不但从消极层面避免"说""语"二字并用，而且从积极层面选用刘义庆书原用之"说"字，不用宋代定名之"语"字。由此观之，虽《世说新语》原书定名因经典化后不可复正，但后世文人于仿作之时，仍能感受到此二字间的复杂矛盾，从而在仿作命名上反映出对原名与定名的倾向性判断。

---

① 鲁迅《中国小说史略》，《鲁迅全集》第九卷，第63页。

第二节 《聊斋志异》异名、异称的嬗递及其意义

《聊斋志异》是由蒲松龄独立创作的文言小说集，相对于《三国演义》《水浒传》《西游记》等公认的世代累积型作品，它理应没有后者那种多重的社会话语投射以及主要作者、次要作者不同意图的叠加，然而，当我们试图将蒲松龄的作品视为一个整体来研究时，仍会感到困难重重，因为它其实有着纷繁复杂的另一面。

对研究者来说，要想从整体上来把握《聊斋志异》，其实需要面对以下三个难点：一是作品的创作时间相当漫长，我们很难确定甚至很难想象，在这么长的创作历程中，作者自始至终都能坚持最初的创作态势不变；二是我们要考虑的不仅仅是创作持续的时间——有不少章回小说的创作也贯穿了作者的一生，但那些作品毕竟有一组相对稳定的人物形象与故事架构在支撑或者说制约作者意图的表达，这种整体性制约当然不允许作品随着作者情感状态的改变而随时改弦更张，《聊斋志异》却并非如此，它包含了近五百篇作品，这些作品长短不

一，主题各异，每篇作品都是一个独立的艺术世界，并不对其他篇目负责，也就是说，从某种意义而言，它们本来就没有整体性；三是这近五百篇作品之间的差异甚大，有相当一部分是道听途说或者从其他文献中沿袭而来，作者甚至没有对其做更充分的再创作，而研究者也很难做出清楚的界定以便将其剥离出来。在这三个难题的制约下，我们对于《聊斋志异》很多的整体性研究都会有过度诠释或削足适履的危险。

然而，若完全把《聊斋志异》当作一个拼凑起来的小说集，只对其中的单篇进行探讨而避开这部作品集的整体观照，或许又遗漏了这部作品集所能展现给我们的更重要的信息，即作者创作的心理动因及历来读者对它的接受姿态。

或许，我们可以暂时悬置起传统的研究路径，如从作者的自述以及作品中推论、抽象其创作心态，从后世评论此书的各个维度综合、提炼读者的接受，试着把研究层面简化，从某个特定角度去试探这些重要的信息，反而可以看清脂肪堆积时无法辨认的经络。基于这一思考，我想从这部小说集的命名来考察上述命题。

与中国人的姓、名、字、号相类，中国古代小说也有着非常复杂的异名和异称：我们把作者拟定的不同书名称为"异名"，从中可以看出作者对作品命名的举棋不定，并能进一步感受到作者在创作原则上的游移；把读者使用的不同书名叫作"异称"，这属于后世流传过程中的因革附益，审视这些异称，也可以窥见作品在接受之维的境遇。就《聊斋志异》而言，其异名与异称虽不多，却恰恰体现了作者创作态度的转移与读者接受的错位。

一、从高珩序的异文论"异史"或为作者原拟之名

《聊斋志异》最有名的异名是《异史》，这部抄本是20世纪60年代发现的，由于特殊的原因[①]，直到二十余年后才影印出版。对于这个异名，学界的认识相

[①] 相关情况请参见郑宝瑞编著《古旧书发行基础知识》，北京：中国书店，2000，第58页。

差甚大。吴晓铃先生认为"《异史》是《聊斋志异》的最初命名",并提及高珩序中"史而曰异"的异文与作品中"异史氏曰"的照应①,但并未深入论述;而最早对《异史》进行研究的袁世硕先生却倾向于否定,认为这是"被其抄主擅自更换了书名",此后他又指出,"异史本、铸本、二十四卷本同出自某一现已不存的更早的抄本"②:也就是说承认此本在版本意义上能体现作者早期的思考,又否认这一判断在异名问题上的有效性,这也许是值得商榷的。

(一)高珩序文首句原文是"志而曰异"还是"史而曰异"

在对这个命名的探讨中,高珩序首句"史而曰异"四字成了关键证据。袁世硕先生自己也认可,文献资料均未见这一别名还只"是从质疑的角度来说的,尚不足以证实题名'异史'绝非蒲松龄所为",但他指出,两篇序文中的异文是"此抄本中露出的破绽","显示出了抄主的作伪行为",并进而否定高珩序首句"史而曰异"四字对于此抄本书名的支持。他举出的问题有二:一是高凤翰跋文《异史》本作"余读《异史》终",而铸雪斋抄本则作"余读《聊斋志异》竟",参高氏诗集,有《题蒲柳泉〈聊斋志异〉》之诗,"可见他读到的是《聊斋志异》,并非题名'异史'的抄本";另外即唐氏序中"今再得其一卷"一句,此抄本却成了"今再得其全集",而这两个字并非事实,可知此为抄主擅自改动③。不过,要用这两点证成高珩序"史而曰异"句之伪,却还有几个问题要考虑。

一是高凤翰跋文的称法与诗集中的题诗称法有没有原即不同的可能性,尤其在蒲松龄对其书命名有过游移且高氏跋文并未收于高氏文集的情况下④。

二是唐梦赉序被收入唐氏文集之中,比勘后发现唐氏原文确实是"一卷"

---

① 吴晓铃《年关犹费买书钱》,《吴晓铃集》第四卷,石家庄:河北教育出版社,2006,第140页。
② 分别参见袁世硕《〈异史〉:〈聊斋志异〉的易名抄本》(《山东大学学报》1991年第3期)及《谈〈聊斋志异〉黄炎熙抄本》(《福州大学学报》2002年第3期)。
③ 袁世硕《〈异史〉:〈聊斋志异〉的易名抄本》,《山东大学学报》1991年第3期。
④ 前引高氏之诗收于其《南阜山人诗集类稿》,《清代诗文集汇编》第253册,上海:上海古籍出版社,2010,第61页。笔者翻检了其所附《南阜山人敩文存稿》,并未发现《聊斋志异》的跋文。

而非"全集"①，但这是否就能证明是抄录者擅改而不是蒲松龄的改动——之所以这样说，是因为唐氏原文说"凡为余所习知者，十之三四"，而康熙抄本却作"十之二三"，对于这个康熙抄本，学界认为是最接近手稿本的抄本②，那么这个异文的存在也表明，唐氏别集所录序文文字与《聊斋志异》抄本之不同，并不能简单判断是后者擅自改易。

事实上，以上的两个问题都与一个总体的认识有关，即作者蒲松龄在定稿的不同阶段对相关材料有进行改动的可能性。更何况，即便以上两个问题都能确定，仍然只是考辨清楚了高凤翰跋语及唐梦赉序的文字，只能暗示高珩序也有可能被改动，但并不能直接断其为伪。所以，我们还要回到高珩序上来。

非常遗憾的是，高珩《栖云阁文集》并没有收录他为《聊斋志异》所作的序文，没有收录的原因也值得一提。据陆燿于乾隆四十一年（1776）为其集所作的序云："或以公文涉及二氏，喜阐宗风，即齐谐、夷坚、传奇、乐府，亦复津津齿颊，疑止以跌宕文史自奇，而不知其意念所存，有如此也。"又说"公之文，未尝自定篇第，阅者易以文词之工而掩其蕴含之大。今略为差次，凡得如干篇，订为正集，其出入二氏与夫散碎零杂，近于小说者，则归诸别集，庶几树艾攸分，淄渑各别。而公之真面目为不泯矣。贻荣兄弟如力不足以全梓，先出其正集以传世可乎"。可以知道陆氏对高珩文集中涉及"齐谐、夷坚"的部分是不以为然的，所以他将高珩没有整理过的文集"略为差次"时，把"近于小说者"放到了别集，并以为这样便可以"树艾攸分，淄渑各别"，还建议高氏后人可以"先出其正集以传世"。再据高珩五世孙高贻荣、高贻乐识语"恭依明教，先以正集付梓"也可以知道，他们确实按照陆氏之意刊行了正集，别集则散佚无存③，其为《聊斋志异》所作之序自然在"齐谐、夷坚"之列，也便随别

---

① ［清］唐梦赉《志壑堂文后集》，《四库全书存目丛书》集部第217册，济南：齐鲁书社，1997，第643页。
② 任笃行《一函不同寻常的〈聊斋志异〉旧抄》（《蒲松龄研究集刊》第一辑）；袁世硕《蒲松龄事迹著述新考》，济南：齐鲁书社，1988，第353—374页。
③ ［清］高珩《栖云阁文集》，《四库全书存目丛书》集部第202册，济南：齐鲁书社，1997，第137—138、1页。按：感谢李精一女史代为查阅国图所藏《栖云阁文》的清抄本。

集之散佚而失传。

所以，我们仍只能用《聊斋志异》各本之比勘来探讨高序。高、唐二人之序，在《聊斋志异》的传播史上起到了重要的作用，但一直以来，读者都并未认真对待它们，只是将其当作《聊斋志异》的附件，从迄今为止的注本均未注此二序即可知。所以，高序的首句"志而曰异"我们已经很熟悉，却并未认真去思考，其实此序开端四字便有问题。

我们知道，《聊斋志异》中"志异"二字中，志即"识（誌）"，《国语·鲁语下》："仲尼闻之曰：'弟子志之，季氏之妇不淫矣。'"韦昭注云"志，识也"①，即记录；"异"则代表奇异之事，即"记录异事"的意思。在"聊斋志异"书名的语境下，"志而曰异"四字是不通的：一者，说"志而曰异"显然是把"异"字放在"志"前做"志"的修饰语，这与此书命名的原序"志异"不合；更重要的是，"异"在原书名中为名词，无法修饰作为动词的"志"，因为这就等于在说"用'异事'来形容'记录'"。相反，"史而曰异"四字既合于"异史"的词序，同时"异"为形容词，以之修饰名词"史"字，即"用'奇异'来形容'史'"，文通意顺，全无扞格。也就是说，就此而论，高珩序的原文可能就是"史而曰异"，序成之后，蒲松龄对书名又有新的想法，但已不可能请高珩重为制序，便将序文中涉及旧名的痕迹改去，高序有关者实仅开篇四字，于是即将"史"改为"志"，以就其新名。当然，我们也注意到高珩致蒲松龄信中有"《志异》四册"之语，但此信之作，据袁世硕先生考当在康熙三十年（1691）左右，此时距前序之作已去十数载，作者早已更为今名了。

（二）《聊斋自志》或为配合"志异"之名而改

就"异史"之名及"史而曰异"之语而言，与《异史》抄本同为一个体系的二十四卷抄本及铸雪斋抄本（通过版本的研究，笔者将版本特征相似度非

---

① 徐元诰撰，王树民、沈长云点校《国语集解》，北京：中华书局，2006，第198页。

高的这三个版本归为同一个"《异史》系抄本",当然,此三本之间亦有微异,而《异史》本可能保存了更原初的面貌)都不能给《异史》本以支援,但并不意味着这两个抄本不能提供旁证,这个旁证就是蒲松龄的自序。这篇序文在《聊斋志异》的版本中有两个名字,一是手稿本、康熙抄本以及青柯亭本的《聊斋自志》,而另一个名字即《异史》系抄本的《自序》。一般来说,我们会忽略这两个名字之间的差别,觉得不过是笔下之偶误或并不严谨的妄改而已,但其实可能没有那么简单。

首先,这两个题法绝非妄改或笔误,因为两个版本系统泾渭分明,所以一定来自其版本的分化,而这些版本的分化事实上正是蒲松龄在某些具体表达上游移不定的遗痕。

其次,一般来说,古人为自己的著述写序,用"自序"或"自叙"都可以,加上自己的号也符合惯例,但几乎没有用"自志"的。笔者以钱仲联先生主编《历代别集序跋综录》为样本,其书所收有自序类序跋一百四十七篇,其中仅六篇题为"自叙",三篇"自记","自题""自识"各一篇,余均为"自序",并无"自志"[①]。事实上,我们从更大范围里搜集以"自志"为名的文章的话,就会发现,此类命名在古代均指"自为墓志铭"这种特殊文体。比如在《中国基本古籍库》篇目中出现"自志"二字者,除去"自志局辞归"几例将"自"和"志"分开的篇目之外,只有零星几例属于元人方回《桐江续集》卷二十一"老而健贫而诗自志其喜八首"这样的例子,此外都是"自为墓志铭"的意思,如周必大《文忠集》卷十六有《跋朱新仲自志墓》一文云:"唐杜牧之以词章名,仕至中书舍人,尝典数郡。将终,自志其墓。近世同乡朱公一与之同,但寿过牧之耳。异哉!淳熙己未二月六日,舟过豫章,公之子辅出示此轴,敬题其后。"[②]其他如宋赵鼎《忠正德文集》卷十有《自志笔录》,元刘埙《水云村稿》有《自志》、吴澄《吴文正集》卷五十七有《题先月老人自志碑阴》、虞集《道园遗稿》

[①] 钱仲联主编《历代别集序跋综录》,南京:江苏教育出版社,2005。
[②] [宋]周必大《文忠集》,《景印文渊阁四库全书》第1147册,台北:商务印书馆,1986,第159页。

卷三有《题静寿道人自志后》，明高攀龙《高子遗书》卷十二有《书成佑台先生自志后》、罗钦顺《困知记·续补》有《罗整庵自志》、钱榖编《吴都文粹续集》卷四十一有《藻庵居士自志铭》、邵经邦《弘艺录》卷三十二有《弘斋先生自志铭》、王行《半轩集》卷二有《沈学庵自志铭并序》、杨士奇《东里续集》卷三十九有《东里老人自志》，清沈嘉客《西溪先生文集》卷八有《西溪生自志》、万寿祺《隰西草堂诗文集》文集卷三有《自志》等，均用此义。即此可知，《聊斋志异》的序用"自志"二字是非常不妥当的——中山大学所藏《聊斋文集》抄本第二十八题即此文，题为《〈聊斋志异〉序》①，而非"自志"，亦可相证。

然而，《聊斋自志》的篇名不仅存于康熙抄本及青柯亭本中，也同样存于手稿本中，则其确为蒲松龄所题无疑。如何解决这个标题的矛盾呢？综上数端即可以推测，此序命名的改变，或与作品命名由原拟之《异史》改为《聊斋志异》有关——命名改变后，高珩序中的"史而曰异"便不妥当，作者将其改为"志而曰异"，以便呼应新名；同时，为了使对高序的改动不那样明显，作者同时把自己的自序也改为"聊斋自志"，从而增强对新名的支持。

或许会有人指出，蒲松龄在给自己的文集所写的序末也曾署为"柳泉氏自志"，但这是文末之署名，这里"自志"即自题、自记之意，与前所引方回诗题中之用法相同，若用于文章篇名便有了新的含义。事实上，就是《聊斋志异》的这篇序言之末，虽然不同版本题署有差异，但或为"柳泉自题"，或为"聊斋自叙"，或用"柳泉居士题""柳泉氏题"②，却没有用"自志"二字的。

当然，前所论此二序在手稿本中并无涂改之迹，但这并不难解释，因为完全可以用抽换的方式来解决这一问题。

---

① ［清］蒲松龄撰，盛伟编《蒲松龄全集》，上海：学林出版社，1998，第1035页。
② ［清］蒲松龄著，任笃行辑校《全校会注集评聊斋志异》(修订本)，北京：人民文学出版社，2016，序言第12页。

二、"异史氏曰"及"鬼狐史"的两处援证

(一)"异史氏曰"的援证

以上还只是从序文的内证来论述,其实,在《聊斋志异》文本中,也有对此名的呼应,那就是很多学者都提及过的"异史氏曰"。

《聊斋志异》有一个非常有趣的体制特征,即在不少篇目之末都会有一段作者的评论,这段评论按一般逻辑应当是"聊斋先生曰"或"柳泉居士曰"之类,但正如我们看到的,这里竟然是"异史氏曰"。对于这种评论体制,学界也都承认当来自史官文化中史臣评论的传统,尤其是《史记》篇末的"太史公曰"①。我们暂且放下此"异史氏曰"的思想倾向与故事的对位关系以及表达的叙事策略等问题②,只考虑一个简单的问题,这里为什么会是"异史氏曰"呢?从蒲松龄所仿效的《史记》来看,其篇末为"太史公曰",而《史记》原名便叫《太史公书》,那么,相对来说,《聊斋志异》的原名也当作《异史氏书》或者简化为《异史》。

这一推理若单独提出,或许会有武断之嫌,但考虑到《聊斋志异》的版本中,确实存在一种以"异史"为名的抄本,就不可遽断其为臆测。

(二)《鬼狐史》的援证

其实,对于"异史"这个拟名,我们还可以找到新的援证。

在青柯亭本前,主持刊刻的赵起杲有《刻〈聊斋志异〉例言》,中云:"是编初稿名《鬼狐传》。后先生入棘闱,狐鬼群集,挥之不去。以意揣之,盖耻禹鼎之曲传,惧轩辕之毕照也。归乃增益他条,名之曰《志异》。有名《聊斋杂

---

① 参看王秀亮《异史氏与太史公》,《蒲松龄研究》2007年第1期。
② 可参看李小龙《趋实与向虚——〈劳山道士〉与〈魔术〉比较研究》,《云南大学学报》2015年第6期。

志》者，乃张此亭臆改，且多删汰，非原书矣。兹刻一仍其旧。"据此，似乎在《聊斋志异》以抄本流传的阶段，便有过几种异名。其中《聊斋杂志》一名，赵起杲已指出其为张此亭（即张自坤）"臆改"，知与蒲松龄或无关系。但对另外一个异名《鬼狐传》，赵文却并未言其来由，据赵起杲《聊斋志异弁言》可以知道，他于"丙寅冬"即乾隆十一年（1746）得其友周季和"手录淄川蒲留仙先生《聊斋志异》二册相贻"，丁丑春（1757）被王闱轩"攫去"，后在福建得郑荔芗藏本录副，然后将其本与王闱轩攫去之本及吴颖思藏抄本校对勘定，再到癸未（1763）受鲍廷博（1728—1814）怂惠而谋诸刊行，至丙戌（1766）刻成。其间便提及大量抄本，这些抄本用赵氏之语来说就是"诸家传抄，各有点窜"，"传抄既屡，别风淮雨，触处都有"，但他确定地说"是编初稿名《鬼狐传》"，并未像下文中指《聊斋杂志》为臆造那样来分辨，当有所因。

　　这一推测似乎还可从蒲松龄的作品中得到证实。袁世硕先生曾云"有人依据他在康熙十年（1671）写的《感愤》诗中有'新闻总入狐鬼史'一句，推测《聊斋志异》初名'狐鬼史'"，当然，袁先生并不同意这一看法①。此诗在路大荒先生所辑《蒲松龄集》中为："漫向风尘试壮游，天涯浪迹一孤舟。新闻总入《夷坚志》，斗酒难消磊块愁。尚有孙阳怜瘦骨，欲从元石葬荒邱。北邙芳草年年绿，碧血青燐恨不休。"②而盛伟先生所辑《聊斋诗集》则作"狐鬼史"。盛氏在《编订后记》中说："该诗集，是依据路编《聊斋诗集》为底本，经校勘，有的诗篇直接采用路本，有的则另录他本。这些情况，在每首诗的校勘记，皆有说明。"然此诗在盛本中未注明"另录他本"，却与路本有较大不同，且正文用"狐鬼史"，校勘中仅云"路编《聊斋诗集》作《夷坚志》"，亦未说明所据何本，校勘处理比较凌乱。不过综合推测，可知此诗底本当为《聊斋偶存草》，其为康熙间抄本，据袁世硕先生研究有坚实证据证明其书"确系照蒲氏原稿过录"。然而，我颇疑盛校有误，因若为"新闻总入狐鬼史"，则第六字当平而仄，赵蔚芝

---

① 袁世硕《〈异史〉：〈聊斋志异〉的易名抄本》，《山东大学学报》1991年第3期。
② ［清］蒲松龄著，路大荒整理《蒲松龄集》，上海：上海古籍出版社，1986，第476页。

先生在笺注蒲氏诗歌时说，他的"近体诗的数量接近全部诗作的四分之三。除了五言绝句格律不甚严格外，其余的格律都很严格"，并称"他特别擅长七律和七绝，尤其是七律，超过了全部诗歌的三分之一"，可知此处有误，而赵蔚芝《聊斋诗集笺注》则校云"《聊斋偶存草》作'鬼狐史'"①，格律上便没有问题了。当然，若吹毛求疵的话，此处仍有可议。即就全诗而言，格律确极精严，全诗第六句之"欲"、"元"（即"玄"）与第七句之"北""芳"二组均用拗救（其实一般来说，这两处均可不救），其余每字之平仄均甚严格。此句若用"新闻总入鬼狐史"，第五字仍"拗"，依此诗第六、第七句之例则需救，或将本句的"总"字换为平声，或将下句相同位置上的"磊"换为平声，但这两处均未"救"。而"夷坚志"三字则完全没有问题。那么，很可能此三字是作者最后的定稿。这个定稿不只是在完善格律，当然也不只是依例以典故代称，很可能是作者原本命名意图有变化，此处便以"夷坚志"三字为典故而虚化命名之意了②。

这样一来，此之"鬼狐史"与前之"鬼狐传"相似度很高，似不能说赵起杲无中生有。事实上，若把"鬼狐史"当作《聊斋志异》的书名是非常恰切的。其书所录均为鬼狐之事，孙宝瑄《忘山庐日记》光绪二十七年（1901）十一月十三日条曾评价几部小说名著云："《石头记》，儿女史也；《水浒》，英雄史也；《西游记》，妖怪史也；《聊斋》，狐鬼史也：四史皆于小说中各开一境界。"③ 其以"狐鬼史"称《聊斋》，实可代表后世对此书的总体接受。

当然，更重要的是，此名之末体字用"史"字，从文化传统来看，颇合刘惔评干宝"卿可谓鬼之董狐"之意④；而从蒲松龄的个人设计来看，又与篇末的"异史氏曰"相互呼应——这样一来，此名便又与《异史》之名潜脉相通了。

---

① [清]蒲松龄著，赵蔚芝笺注《聊斋诗集笺注》，济南：山东大学出版社，1996，前言第3、正文第59页。
② 按：当然，此处用《夷坚志》并不仅在于用典，据蔡斌、王光福《〈考城隍〉考释——兼谈〈聊斋志异〉之创作始期》(《蒲松龄研究》2015年第2期）可知，蒲著首篇有明显模仿洪著首篇之迹。
③ [清]孙宝瑄《忘山庐日记》，《续修四库全书》第580册，上海：上海古籍出版社，2002，第225页。
④ [南朝宋]刘义庆著，[南朝梁]刘孝标注，余嘉锡笺疏《世说新语笺疏》，第880页。

《异史》本高序说"史而曰异,明其不同于常也",以"不同于常"释"异",显然来自《释名》"异者,异于常也"①。那么,这个"不同于常"的"异"是什么呢?细阅高序即可知,其所谓"异",实即高序中所云之"佳狐佳鬼"——则《异史》亦即《鬼狐史》也。

三、从"异史"到"志异"——从孤愤之"史"到录异之"志"

总括上文的论述,就是既要承认"聊斋志异"是作者最终的定名,这毫无疑问;但也要理解"异史"之名绝非"妄题书名",它在蒲松龄的创作历程中亦可找到解释与依据。当然,我们虽然用了很大篇幅来讨论"异史"之名当为蒲氏早期所拟之名,但我们的目的并非要以此为"异史"正名,我们更需要思考与追问的是,为什么在蒲氏原作中可以找到解释与依据的书名并未成为最后的定名,并对此二名进行比较,以便探寻蒲松龄命名背后的考量。

从前文的探讨可以推测,蒲松龄最初或许有以"鬼狐史"为名的考虑——这种考虑未必有一种形式上的肯定来宣示,因为在没有定名前,众人的指称有可能是多样化的,甚至更有可能是简易化、通俗化的;其实,即使是在定名后,私下称呼时也未必全以定名为准,这也是事理之常。然无论如何,作者最后还是完全屏蔽了这个"谐于里耳"的称呼,将"鬼狐"这样具体的指称用一个抽象的代称来替换,就是"异"字,从而形成了"异史"之名。自古以来,"史传"并称,其为鬼狐作"史",即为鬼狐作"传",因此才有蒲氏诗"新闻总入鬼狐史"之句及赵起杲"初稿名《鬼狐传》"的记载。

当然,这个"鬼狐史"更可能就是"异史"这一最初拟名的通俗化称呼,总之,其最初的拟名是以"史"为体字的。古代文言小说集以"史"为名者并不多,据袁行霈、侯忠义《中国文言小说书目》统计,将"史"与"史补"全部加起来也不过总数的百分之一,实在微不足道。如《太真全史》《孔氏野

---

① 任继昉纂《释名汇校》,济南:齐鲁书社,2006,第38页。

史》《笑史》《廛史》之类，以"史"为名者其实大多所叙并不真实，之所以名为"史"，或许就是想以此来征信于人。这一思维其实恰恰符合了那些想要以小说来补史之阙从而有所寄托的作者，比如与蒲松龄同时的钮琇，其小说集名为《觚賸》，虽无"史"字，但"觚"字即指史籍，且云"倘附他年野史，亦云稗以备官"①，亦可知其旨意所在。

《异史》之名，用高珩序的理解，即"史而曰异，明其不同于常也"，实际上可以理解为"另一种历史"，作者再以拟"太史公曰"的"异史氏曰"来表出自己在作品中隐藏的见解，是想把自己的孤愤寄托于"史"的写作——这其实在《聊斋志异》尚未完稿时所写《自序》中表达得很清楚，"浮白载笔，仅成孤愤之书"就直接点出"孤愤"二字。从整篇文章来看，可知这两字绝非随意用典，而是真实心声，所以结尾才会说"寄托如此，亦足悲矣！嗟乎！惊霜寒雀，抱树无温；吊月秋虫，偎栏自热。知我者，其在青林黑塞间乎"。而且，检视有"异史氏曰"的篇章内容，再与"异氏史曰"对读，也可以看出这些作品及作者的议论大多都与其《自序》所定位的"孤愤之书"相应。

然而，我们再细察《聊斋志异》全书，也当承认，虽然《聊斋自志》中贯穿着作者孤愤郁勃之情，个别作品也迸发着面向黑暗、面向不可知命运的锋芒；但并非所有作品都是这样，应该说，搜奇话异、记录笑柄甚至堕入恶趣的作品数量也不少，这其实已经改变了全书的面貌，也消解了《自序》中峻切的声音。

这种转变是如何发生的？现有文献无法清楚地描述。但我们却似乎可以合理地推测：其间可能有作者对世俗的妥协，也不排除个人审美情趣的作用；另外，在作者的创作过程中，创作本身也舒缓了他的愤懑之情；于是，在寄意于花妖狐魅的写作中，他逐渐把孤愤之情寄托让位给了游戏性的好奇。

现在，我们再来反观前引赵起杲的话会颇有启发，或许，"先生入棘闱，狐鬼群集，挥之不去"只是蒲松龄在现实中遇到阻力的"聊斋"式表达，事实却很可能是被蒲氏以孤愤之情所描摹的人与事都"耻禹鼎之曲传，惧轩辕之毕

---

① [清]钮琇撰，南炳文、傅贵久点校《觚賸》，上海：上海古籍出版社，1986，自序第2页。

照"，从而对蒲松龄造成诸多不利——《清稗类钞》便说"《聊斋志异》之不为《四库全书》说部所收者，盖以《罗刹海市》一则，含有讥讽满人、非刺时政之意。如云女子效男儿装，乃言旗俗"①。此记载是否真实暂且不谈，但可从中看到蒲氏此书在当时的境遇。所以，作者才"归乃增益他条"，以稀释原本抒写孤愤的冲击力度；并再改名"曰《志异》"，以改变原名对知其书者的固有印象，且回避对作品中"异史氏曰"的议论及其故事的强调。

事实上，作者的创作意图与作品的客观效果之间经常有作者所无法预设甚或不能接受的距离，尤其对于未进入精英文化的作者来说，更是如此。我们通过蒲松龄与王士禛的交往为例就可以知道。康熙二十六年（1687），王士禛因故至淄川毕家，与时在毕家坐馆的蒲松龄相识，得阅其书，并有《戏题蒲生〈聊斋志异〉卷后》一诗，诗云："姑妄言之妄听之，豆棚瓜架雨如丝。料应厌作人间语，爱听秋坟鬼唱时。"② 王氏此时当已读过蒲松龄写于康熙十八年（1679）春的《自序》，其首句用苏轼典，末句用李贺典，亦是对蒲松龄《自序》中云"情类黄州，喜人谈鬼"与"长爪郎吟而成癖"的呼应，但是，蒲氏用此二典，看似要说"自鸣天籁，不择好音"，实际上却更着意于"有由然矣"，进而便自承"狂固难辞""痴且不讳"，甚至有"仅成孤愤之书"的表达；王氏复用此二典，却有意将蒲氏"有由然矣"之后的重点过滤，仅止于"自鸣天籁"的渲染。这种过滤自然有王士禛官高位显的社会身份与以神韵为宗的诗学追求的潜台词，但对蒲松龄来说，毕竟是一种误读，相信得此题诗的蒲松龄当既喜又憾，所以，他的次韵诗说："《志异》书成共笑之，布袍萧索鬓如丝。十年颇得黄州意，冷雨寒灯夜话时。"与王诗并不在一个"声部"中，蒲氏似乎在用隐微的方式强调被王忽略的寄托。然而，这种强调并不能改变阅读者的接受，此后王士禛寄回

---

① 徐珂编撰《清稗类钞》，北京：中华书局，2010，第3763页。
② 此诗在《聊斋志异》各本中颇有异文，研究者引用时亦复参差，此据王士禛《带经堂集·蚕尾集》，《续修四库全书》第1414册，上海：上海古籍出版社，2002，第457页。按：《蚕尾集》刊于康熙三十五年（1696），距其题诗甚近，文字更可靠。另，《聊斋志异》各本除铸雪斋本外均将末字误为"诗"，其实，此句当从李贺"秋来鬼唱鲍家诗"化出，则用"诗"更当，然王士禛于格律诗用韵中，非常注意韵脚阴平与阳平的间错，此诗末字再用"诗"则三韵脚均阴平，故改用"时"字。

蒲氏原稿，并附上三十余则评语，蒲松龄虽然恭恭敬敬地将这些评语抄录在他的手稿本上，但这只是一个身居显位者对此书的宣扬，并不代表这些评语的理解会比题诗更深刻，冯镇峦就说其"评语亦只循常，未甚搔着痛痒处"[①]。

所以，在作者自己创作心态逐渐舒缓的状态下，同时也在周边接受环境的影响下，作者最后放弃了"异史"而选择了"志异"，这或许有以下几个原因。

其一，如前所论，"史"字在古代小说中用于书名之例甚少，明末还专门用于艳情小说之名。所以用此字颇显生僻，而且由于"史"字专用于史部，虽然小说一体颇有源于史传者，但以《史记》诸体之纪、传、书、志、录等为名均可，而直以"史"为名则颇有名实不符之感。尤其是"史"字毕竟有前后接续不断之意在，以"史"为章回小说之名尚可，文言小说集中各小说间并无联系，以其为名，确感枘凿。

其二，此书之改名《聊斋志异》，重点在"志异"二字，因为"聊斋"只是斋号，用"聊斋异史"也是可以的。而"志异"与"异史"最大的区别有二：一是以"志"换"史"，二是调换了词序。"志"字也是古代文言小说集命名常用的体字，其从正史诸体来，就来源而言，与"史"字实相仿佛，然新名中"志"字却并不在体字的位置上，传统书名最后一字往往是标定其书体例或编述方式之字，蒲氏的新名在这个位置上放了一个"异"字——而且，此字其实就是《异史》一名中原本即有的字，可见作者对此字的重视。

不过，名为"志异"，"志"字从文体标识虚化为简单表记录之意的字，实际上作者却仍以此字为其作品的文体标识。他在给王士禛信中说："前拙《志》蒙点志其目，未遑缮写。"[②]知其以"志"简称其书，也就是说，"志"成为此书最核心的要素。

由上所论可以知道，《异史》到《志异》，就是从孤愤之"史"滑向了录异之"志"——仅就这两个字来说，即可看出其中重要的差别："史"字在中国传

---

① ［清］蒲松龄著，任笃行辑校《全校会注集评聊斋志异》（修订本），第 2383 页。
② ［清］蒲松龄撰，盛伟编《蒲松龄全集》，第 1134—1135 页。

统文化中有着特殊的意义，既表明了对历史发展的描述，更显示出描述者的别择与判断，这种双向互动加深了此字所蕴含的社会与个人的深刻关系，所以，此字的使用便使作品带有强烈的个人主观色彩，而且这种色彩是面向社会历史的；而"志"字则不同，在中国的纪传体正史的体制中，"志"的主要职能是记录典章制度，因此，并不需要记录者有强烈的主观情感与判断，更倾向于超然的、旁观的状态。

四、从"志异"到"聊斋"——《聊斋志异》异称的经典化

尽管上文探讨了"狐鬼史""异史""志异"的异名，但实际上最为世人熟知的却还是"聊斋志异"中的"聊斋"二字。此二字从最初的文人别号，变成了一个文言小说集命名的一部分，慢慢又进一步成为这部作品集的异称，最后经典化为鬼狐故事的共名。

如上所述，"聊斋志异"是作者手定之名。这个名字在历来的载录中已可看到一个趋势，即其简称逐渐从"志异"变成了"聊斋"，检视一下《聊斋志异资料汇编》所录便可看出这一变化过程。

高珩因前有辨析，暂不论，橡村居士《题辞》（丙戌，1706）云"不见先生志异书"，殿春亭主人跋（雍正癸卯，1723）云"余家旧有蒲聊斋先生《志异》抄本"，蒲立德跋（乾隆五年，1740）云"《志异》十六卷"，余集（1738—1823）题词（丙戌，1766）云"丙戌之冬，《志异》刻成"，赵起杲例言（1766）云"名之曰《志异》"，又云"济南朱氏家藏《志异》数十卷"，鲍廷博《纪事》（1766）云"《志异》之刻"，冯喜赓题词云"《志异》付梓时，去公将百年"①：可以看出，乾隆以前，此书简称均为"志异"二字。

到了嘉庆、道光年间便有所变化，冯镇峦（1760—1830）嘉庆二十三年（1818）《读聊斋杂说》先云："柳泉《志异》一书，风行天下"，后却反复用

---

① 分别参见朱一玄编《聊斋志异资料汇编》，第471、475、312、476、491、313、314、315、493页。

"《聊斋》";段雪亭道光四年(1824)序云"留仙《志异》一书,脍炙人口久矣",但《例言》却又说"所见《聊斋》刊本不一";陈廷机道光四年序云"《志异》独无",又云"非敢几《聊斋》万一"①。这算是一个过渡期,两种简称均有使用,甚至在同一文章中亦二名并举,可见其书简称此时尚未定型。

然至光绪以后,基本未见以"志异"代替的说法了,如《聊斋志异资料汇编》中所选刘瀛珍、何镛、广百宋斋、喻焜、谢鸿申、张新之、方玉润、潘德舆、采蘅子、刘玉书、俞樾……一直到评论篇结束,均以"聊斋"二字为简称②。这一习惯性的简称直到现在依然如此。

而且,这一规律颇少例外,也就是说,在道光以后,基本没有再以"志异"相称者;道光以前,也很少以"聊斋"相称者。就《聊斋志异资料汇编》所录来看,道光以前,仅有一处例外,即高凤翰雍正元年(1723)所作《聊斋志异题辞》,其诗云"《聊斋》一卷破岑寂",但这与此诗的格律有关,此句为"仄脚","仄脚"最常用的句式是"平平仄仄仄平仄"③,此句完全合律,所以这里只能使用"聊斋"两个平声而最好不用"志异"两个仄声。

这种影响还波及了《聊斋志异》的仿作。如清宋永岳撰于嘉庆十六年(1811)之小说集《亦复如是》,前有序云"其书大致仿《广记》、《志异》诸书体"④,此后坊间便有以《志异续编》之名刊行者,然道光十年(1830)钱塘洪氏秋声馆刻本又改名《聊斋续编》了⑤。由于"聊斋"一名的经典化,"志异"一名颇显陌生。民国所编《笔记小说大观》也收入此书,其前小序中说:"书又颜

---

① 分别参见朱一玄编《聊斋志异资料汇编》,第479—486、317—318、320页。按:据此书引陈廷机序署为"阏逢阏滩",当为"阏逢涒滩"(即甲申)之误,参《全校会注集评聊斋志异》(修订本),第2363页。
② 分别参见朱一玄编《聊斋志异资料汇编》,第322、323、324、498—500、501、502、503、504、505页。按:嘉庆以后,《聊斋文集》及《诗集》的序跋中提及《聊斋志异》时仍以"志异"称之(如孙乃瑶跋、孙济奎跋、耿士伟跋、嶂嶂子跋、张鹏展序、鉴堂氏跋,参朱编第294—299页),以与诗文集之名有所区别。
③ 参见王力《汉语诗律学》(《王力全集》第十七卷),北京:中华书局,2015,第431页。
④ [清]青城子著,于志斌标点《亦复如是》,序第4页。
⑤ 中国古籍总目编纂委员会编《中国古籍总目·子部》,上海:上海古籍出版社,2010,第2129、2216页。

曰'续编'，其初编安在，莫能考也。"① 直到《中国古代小说总目·文言卷》，此词条撰者仍云："书名续编，未详所续'初编'为何，或即蒲松龄《聊斋志异》，亦未可知。"② 此后各种《聊斋志异》的仿作，凡在书名上表现承袭之迹者，或用四字全名，若要简称，便只用"聊斋"二字了，如《聊斋补遗》《聊斋志奇初编》《新聊斋》《女聊斋》之类皆是。

这一现象恰恰从命名的角度标出《聊斋志异》一书的经典化之迹。

"志"为文言小说集命名的体字之一，"异"则为文言小说命名常用的谱字之一，二者的组合，其实仍然是文言小说集命名中的通用部分，以此二字的简称作为原名的代称，表明对其接受或者定位仍在文言小说的藩篱之中。但在嘉、道以后，《聊斋志异》风传士林，很快成为脍炙人口的经典作品，其名称已不需要"志""异"这样的共名为之接引，于是也不再以之自限，反而要用影响更大、辨识度更高的个性化名称，于是，其后直至现在，人们都改以"聊斋"简称原书，这等于用蒲松龄的斋号来笼括作品中花妖狐魅的艺术世界；同时，也表明作品为原本没有怪异内涵的"聊斋"二字注入了与小说内容相适应的意蕴——也就是说，"聊斋"一词被附加原本没有的含义，标志着《聊斋志异》一书经典化的完成。

当然，这一历程尚不止于此，因为它不但要挣脱原有神怪故事"异"的共名，更重要的是，它还要建立新的传统，所以，"聊斋"二字不仅用来指代《聊斋志异》一书，甚至更进一步地成为谈鬼说狐故事的新共名，后世读者提及"聊斋"，或者不会想到这是一个斋号，甚至还来不及想到《聊斋志异》之书，首先进入意念的，很可能是笼统的鬼神故事。由此可知，这一经典化历程并未在《聊斋志异》冲出同时代其他类似作品的森林而成为那个时代的经典与坐标

---

① 《笔记小说大观》第27册，扬州：江苏广陵古籍刻印社，1984，第346页。
② 石昌渝主编《中国小说总目·文言卷》，第674页。按：前引于志斌点校本前言据《笔记小说大观》所收之四卷为原本之二、四、六、八卷，故云："由此推断，一、三、五、七卷也曾被书商以《志异初编》刊印，但已失传。"实误，丁仁《八千卷书目》已著录有《志异续编》之八卷刊本，参 [清] 丁丙等著，曹海花点校《善本书室藏书志（外一种）》，杭州：浙江古籍出版社，2016，第2509页。

后停步；它的艺术能量推动着它继续前进，从而冲出几乎所有时代类似作品的世界，成为古代所有类似题材故事的共名。

五、"聊"字阐释与接受的错位

既然"聊斋"一词已经成为对《聊斋志异》一书最为公认的简称，我们就还需要对此名进行更深入的探讨。

蒲松龄之孙蒲立德在雍正九年（1731）所写《呈览撰著恳恩护惜呈》云"自号'聊斋'，厥名《志异》"①，或许还不能清楚地判定此"自号"是蒲松龄自号还是他自为其书命名之意。但乾隆五年又写跋云："《志异》十六卷，先大父柳泉先生著也。先大父讳松龄，字留仙，别号柳泉。聊斋，其斋名也。"②说得很清楚，即此"聊斋"二字为蒲松龄书斋之名，这也是此后的共识。

不过，学界也有一些反对意见，如有学者指出："其实，蒲松龄一生兴过几次土木，每次都给新房子取有名字，如'绿屏斋''面壁居'等，却始终没有'聊斋'之名。'聊斋'应该在他和张笃庆、李希梅等结为'郢中社'时的常聚之地淄川东郊李希梅的家中。"③此文以文献考察为基础，自有道理，却不免失之于泥。古人之别号及斋号多颇随意，并非一定有正式的客观场所挂上匾额才可称别号或斋号。从这个意义上说，蒲松龄究竟有没有"聊斋"的斋号，后人已经无法究诘，我们只好相信蒲松龄"似有慧根吾所欢"（蒲松龄《子笏》诗之句）的孙子蒲立德的说法，如果没有更强有力的反证，他的证词不可轻易否定。

相比于蒲氏究竟有没有此斋而言，更重要的是讨论"聊斋"此名的意义。

有资料曾认为，"'聊斋'意为谈天说地的闲聊之斋。聊斋既是蒲松龄邀

---

① 转引自袁世硕《蒲松龄与其诸子及冢孙》，《蒲松龄事迹著述新考》，第256页。
② 朱一玄编《聊斋志异资料汇编》，第476页。
③ 王光福《"聊斋"名实说》，《蒲松龄研究》2014年第1期。

人聊天，谈仙说鬼之地，也是他挑灯命笔，整理成书之所"①。前举王光福先生《"聊斋"名实说》一文指出："'聊'是'姑且'的意思，上文我们明白'聊斋且莫竞谈空'的'聊'是'闲聊'的意思。结合二者的整体意义，'聊斋'就是'姑且闲聊'的意思。"②则其文亦同意将"聊"释为"闲聊"之意。此种释意或许与《聊斋志异》多讲民间故事有关，此颇类街谈巷语，加之有传说云蒲松龄摆茶摊强人讲狐鬼故事之事，故以说故事为闲聊之资。但事实上，以"聊"字为"闲聊"恐怕并不合于此字历来的训释，据《汉语大词典》所载此字释义，第四项即"闲谈"之义，但语证却来自老舍（1899—1966）及秦牧（1919—1992）③；而《故训汇纂》中干脆没有这个义项④。

仔细考察蒲松龄的创作，即以《聊斋志异》而言，除"聊城"之外，用"聊"字共四十六次，其中用"姑且、勉强"之意者三十二次，如《王六郎》篇云"聊酬凤好"、《桓侯》篇云"聊设薄酌"；用"凭借、依靠"之意者十四次，如《长清僧》中说"我郁无聊赖"、《大男》篇云"恒不聊生"等⑤，全无以"聊"为"闲聊"之意的用法。因此"聊斋"之"聊"断非闲聊之意，或将此字释为"无聊"之"聊"更为近真，刘洪强先生即以此义释"聊斋"⑥，并以明人李日华"无不足之谓聊也"来解释⑦。清人丁葆和（1832—1899）曾"自称无聊居士"⑧，其著述亦名为《无聊斋稿》⑨，可知其或曾以"无聊斋"为斋号，以之与蒲氏相

---

① 杜产明、朱亚夫编《中华名人书斋大观》，上海：汉语大词典出版社，1997，第110页。
② 按：此论或未得当，因为同样一个"聊"字，自然不可以"结合二者的整体意义"为"姑且闲聊"，最多只能说或许此字会有两重含义。
③ 汉语大词典编辑委员会等编纂《汉语大词典》第8册，上海：汉语大词典出版社，1986—1994，第660页。
④ 宗福邦、陈世铙、萧海波主编《故训汇纂》，北京：商务印书馆，2003，第1834—1835页。
⑤ ［清］蒲松龄著，任笃行辑校《全校会注集评聊斋志异》（修订本），第41、2301、62、2155页。
⑥ 刘洪强《"聊斋"名义考》，《蒲松龄研究》2008年第4期。
⑦ ［明］李日华《味水轩日记》，上海：上海远东出版社，1996，第517页。
⑧ ［清］潘衍桐辑《两浙輶轩续录》，《续修四库全书》集部第1686册，上海：上海古籍出版社，2002，第602页。
⑨ ［清］丁仁《八千卷楼书目》，［清］丁丙等著，曹海花点校《善本书室藏书志（外一种）》，第2775页。

较，更可反证蒲松龄之"聊"亦当从此取义。

蒲松龄一生淹蹇，如高凤翰所云"聊斋少负艳才，牢落名场无所遇……向使聊斋早脱鞲去，奋笔石渠、天禄间，为一代史局大作手，岂暇作此郁郁语"[①]，相对于"奋笔石渠、天禄间"的自我期待，这种终老塾师的生活自然十分"无聊"，然其郁勃不平之气却不肯就此平歇，故偏要"作此郁郁语"，其以"聊"名斋，正取对抗"无聊"之意。所以，《聊斋志异》的写作从某种程度上成了他的精神寄托，即其将全部的情感倾注于此书之中，以此书之创作，对抗命运的不公与他人的轻视，以此书来为自己的才能与价值寻一寄托。也就是说，虽然命运坎壈不得志，颇无聊赖，但有此一书，亦可"有聊"，这其实是蒲松龄机智的自嘲，更是他给平衡自己倾侧生命状态的策略。也正因如此，蒲松龄"聊斋"之号在其记述中并未得见，家中亦无此斋，以致引后世学者之疑，但其传世之作却以此为名，诗文集也当因此得名。

不过，随着"聊斋"之名愈行愈广，它逐渐取代"志异"成为此书通行的简称，甚至也成为鬼狐故事的共名。在此历程中，"聊"字在接受者那里的意义或许也发生着某些微妙的变化——其实，这种变化与前述《异史》到《志异》的变化理路相同，那就是慢慢消解了"聊"字中体现出作者的"孤愤"以及隐含于其中的反讽，重建起消费性的"闲聊"之阐释，将寄托满腔悲愤、满肚皮不合时宜的鬼狐故事（巧合的是，铸雪斋抄本蒲氏《自序》之末有一方阳文印章，印文正是"满肚皮不合时宜"七字[②]），因此字阐释的潜移从而默化为酒足饭饱后"闲聊"之谈资。邹弢（1850—1931）《三借庐笔谈》载云："相传先生居乡里……作此书时，每临晨，携一大磁罂，中贮苦茗，具淡巴菰一包，置行人大道旁，下陈芦衬，坐于上，烟茗置身畔。见行道者过，必强执与语，搜奇说异，随人所知，渴则饮以茗，或奉以烟，必令畅谈乃已。"[③]这种一望即知其伪的载录竟然流传甚广，亦可从另一侧面佐证前所云之变化，即作者或如赵起

---

① ［清］蒲松龄著，任笃行辑校《全校会注集评聊斋志异》（修订本），第2358—2359页。
② 《聊斋志异》（铸雪斋抄本），《古本小说集成》，上海：上海古籍出版社，1994，第25页。
③ 朱一玄编《聊斋志异资料汇编》，第301页。

杲《例言》中所云"其义则窃取《春秋》微显志晦之旨，笔削予夺之权"，但接受者却更倾向于相信作者闲来无事，以茶、烟令行人向其"闲聊"奇异之事，这自然是接受者对蒲松龄创作心态的想象与重构，但之所以有这种接受心态，自然也是《聊斋志异》艺术面貌的映射。

或许，成也萧何，败也萧何，《聊斋志异》一书的不胫而走，广受欢迎，可能并不在于其对社会的批判如何深广，对制度的指责如何激愤，对个人的遭遇如何痛楚，而在于鲁迅先生所谓"花妖狐魅，多具人情，和易可亲，忘为异类，而又偶见鹘突，知复非人"的欣赏愉悦。所以，把"聊"释为"闲谈"看上去仅仅是一个字的训释，其实也折射着《聊斋志异》创作与接受之维意味深长的错位。

总而言之，蒲松龄在创作之初，对其作品就有不同的拟名，虽然其创作并不完全是孤愤之情的表达，但这是创作早期的主流，因此，他很可能更倾向于《异史》这样更能表达其主观情绪的命名。而随着创作对其孤愤心情的宣泄以及周围人对其作品初步接受的态势，他放弃了这样命名，从而改用更温和从而也更少主观情绪表达的《聊斋志异》为名。这一更名所表达出来在接受上的趋势并未随此名的确立而停止，反而由尚存作者寄托的简称《志异》进一步转变为《聊斋》，这就完全掩盖了原作中"异"的色彩，使其命名成为一个中性的符号，这一符号又由于其并无确指，所以更方便地乘着作品艺术魅力的东风，成为花妖狐魅故事的共名，甚至，这一历程还有意"曲解"了作者斋号的命意。

以上所述为《聊斋志异》的接受历程，更进一步来看，其实也隐喻了文学作品接受的普遍规律，即作者对于所处社会激烈情绪在依附作品流传时，正如一支射向未来的火箭，时过境迁后，火焰总会熄灭，只有饱满的人物形象和展示此种形象的情节才会不朽。在当代读者的眼中，《聊斋志异》之所以是中国古代小说中的伟大经典，甚至像《席方平》或《促织》之所以是永不褪色的名篇，或许并不在于其揭露了那个时代的黑暗，而在于生气贯注的形象与翻新出奇的情节，也就是说，我们对《聊斋志异》的接受，主要并不在于对蒲松龄生活时代的认识论意义，而在于超越时空的文学性感发！

第三节 《子不语》的作者命名与时代选择

袁枚（1716—1798）所撰《子不语》是清代文言小说中影响很大的小说集。但它的名称却似乎让作者游移不定，因为在此书的版刻史上，出现了两个书名，而且均与作者有关。不仅如此，被作者放弃的那个命名却在读者的接受中重新成为此书的定名。对此进行深细的研讨不但可以让我们对《子不语》命名的各种因素进行还原，还会使我们加深对古代小说命名方式的了解。

一、从《子不语》到《新齐谐》

袁枚这本小说集从乾隆五十三年（1788）随园刻本以下，有道光间三元堂刻本、咸丰八年（1858）刻本、同治三年（1864）三壤睦记刻本、光绪十八年（1892）上海图书集成印书局石印本，这些林林总总的刻本均标名为"新齐谐"①，并无歧异；然而，进入民国年间后，文明书局、进步书局、会文堂、锦章书局以至大达图书供应社等石印本、排印本却均以"子不语"为名②。这种现象直到现在都仍然存在，据《新中国古籍图书整理出版总目录》可知，建国以来校点出版者共十五种，仅1986年齐鲁书社版及1996年人民文学出版社版以《新齐谐》为名，余皆以《子不语》为名③，而且齐鲁书社本书名之下还加了"子不语"的副标题，也就是说，以《新齐谐》为名者，仅人民文学出版社一种而已。

之所以出现这种情况，却并非文言小说中经常出现的那种恶例，即鲁迅先生所云"妄造书名""乱题撰人"者④，其原因很简单，那就是这两个名字其实都是袁枚自己所拟。

袁枚《小仓山房文集》卷二十八有《子不语序》一文，云："怪力乱神，子所不语也……书成，即以《子不语》三字名其篇。"⑤此则序文也同样置于传世之《新齐谐》刻本卷首，只是将篇名相应地改为《新齐谐序》了，二文对勘，仅有个别文句改动，而全文之末，在上引"书成，即以《子不语》三字名其篇"一句改为："书成，初名《子不语》，后见元人说部有雷同者，乃改为《新齐谐》云。"⑥

由上可知，其书初曾拟以"子不语"为名，并为其书写了序言，序言从"子不语怪力乱神"说起，通篇均在解释孔子（前551—前479）"不语"之"怪力乱神"其实也有其价值。二序皆同，可知袁氏所云"初名《子不语》"为可信。然后见元代有同名作品，所以只好改名以避重复。

不过，其书虽然最早刻本为乾隆五十三年随园刊本，也就是说，刊刻流传

---

① 中国古籍总目编纂委员会编《中国古籍总目·子部》，第2174页。
② 可参见王正兵《从"小说之禁"看袁枚〈子不语〉的版本流变》，《南京师范大学文学院学报》2011年第4期。
③ 杨牧之主编《新中国古籍图书整理出版总目录》，长沙：岳麓书社，2007，第140、142、154页。
④ 鲁迅《破〈唐人说荟〉》，参见《鲁迅全集》第八卷，第132页。
⑤ ［清］袁枚著，周本淳标校《小仓山房诗文集》，上海：上海古籍出版社，2006，第1767—1768页。
⑥ ［清］袁枚著，沈习康校点《新齐谐　续新齐谐》，北京：人民文学出版社，1996。

之本皆以《新齐谐》为名，但此前流传士林者恐亦多传抄之本，《子不语》之名也早已天下皆知，流播人口了。因为在其后，清人著述引为"子不语"者甚多，如袁枚自己便曾有《题两峰鬼趣图》诗云："我纂鬼怪书，号称《子不语》。见君画鬼图，方知鬼如许。得此趣者谁，其惟吾与汝。"①其《随园诗话》录王际华之子王朝飏之诗"一卷嬾嬛记茂先"句下注即云"公著《子不语》"②；俞樾《茶香室丛钞》亦云"袁子才《子不语》"③。此外，亦多引为"新齐谐"，但注出"子不语"之名者，如与袁枚同时稍晚的另一文言小说大家纪昀（1724—1805）在《阅微草堂笔记》中多次引袁此书（袁氏《续子不语》又多袭纪书）为《新齐谐》，然卷十六所引"《新齐谐》"名下注云"即《子不语》之改名"④；梁章钜《浪迹三谈》卷六有《新齐谐》摘录亦云"偶阅随园老人《新齐谐》"，下亦注云"即《子不语》"⑤。从这些情况可以推测，袁枚此书在尚未刊刻之时，传抄之本已然传于士林，众人皆知。亦可知在袁枚在世之时，此书便二名共行，为什么会有这种情况呢？我们必须从其书的成书过程中去探究。

王英志先生主编《袁枚全集》第四册收录这部作品（其亦以"子不语"为名）。其书首册前言对此书论云：

> 约写于乾隆三十年（一七六五）的《尺牍》卷二《与裴叔度少宰》云："有《子不语》一种，专记新鬼，将来录一副墨，寄呈阁下，依然《灯下丛谈》，定当欣畅。"可见此年正集已编成，但未付梓。今存最早版本为乾隆五十三年（一七八八）随园刻本。袁枚写于乾隆四十五年（一七八〇）的《余续〈夷坚志〉未成，到杭州得逸事百余条，赋诗志喜》（《诗集》卷二十六），表明此年《续子不语》已在编著中。写于乾隆五十四

---

① ［清］袁枚著，周本淳标校《小仓山房诗文集》，第684页。
② ［清］袁枚著，顾学颉校点《随园诗话》，北京：人民文学出版社，1999，第556页。
③ ［清］俞樾撰，贞凡、顾馨、徐敏霞点校《茶香室丛钞》，北京：中华书局，1995，第903页。
④ ［清］纪昀著，汪贤度点校《阅微草堂笔记》，上海：上海古籍出版社，1998，第13、224、426、456、388页。
⑤ ［清］梁章钜著，陈铁民校点《浪迹丛谈　续谈　三谈》，北京：中华书局，1981，第501页。

（一七八八）（按：当为一七八九）的尺牍《答赵味辛》又说"拙刻《新齐谐》妄言妄听，一时游戏，故不录作者姓名，无暇校勘，讹言误字，不一而足，乞示知以便改正。寄来三条，容当续上。"（《尺牍》八卷本）这表明《续子不语》此年尚未编定，最早刻本为嘉庆初随园刻本。①

此处涉及《子不语》创作多处时间的考订，然错误较多，王正兵先生《〈袁枚评传〉对〈子不语〉"考辨"错误举隅》一文已经对这些错误进行了考辨②。大体来说尚有数处需再细论。

首先是《子不语》正集的写成时间。王英志先生据《与裘叔度少宰》一文定为乾隆三十年是有误的。这可以从两个方面来证明：一是《子不语》正集中晚于乾隆三十年的文字所在多有，王正兵先生文即指出其从乾隆四十年到乾隆五十三年的多篇文字；二是对《与裘叔度少宰》一文中"有《子不语》一种，专记新鬼，将来录一副墨，寄呈阁下"之语的理解，"有《子不语》一种"并不意味着已然成书，"将来录一副墨"也未必是书已完稿、以后录一副本之意，细详句意，尤其"将来"二字，更指向另一种理解，即此《子不语》仍在编纂之中，待将来编成，录一副本寄呈。而且，不只是从袁枚文章与《子不语》内证来证明，钩稽文献还可找到坚实的外证，笔者未阅王正兵先生文之前即据钱维乔《竹初诗文钞》诗钞卷十一有《喜袁简斋太史见过因至湖楼话旧赋呈六首》诗下之注"枕中有《子不语录》，尚未成书"之语证之，王正兵先生文考出此诗作于乾隆四十四年（1779），另据此诗之题知为袁枚拜访钱维乔并至湖楼话旧，则关于《子不语》著述的情况当得之于袁枚本人，自属可信。

其次是对于《续子不语》的写作时间推定仅据乾隆五十四年《答赵味辛》一文，亦有失察。事实上，正如王英志先生所指出，现存《子不语》最早刊本为乾隆五十三年本，此乾隆五十四年之信亦云"拙刻《新齐谐》妄言妄听"，即

---

① ［清］袁枚著，王英志主编《袁枚全集》第一卷，南京：江苏古籍出版社，1993，前言第13页。
② 王正兵《〈袁枚评传〉对〈子不语〉"考辨"错误举隅》，《社会科学辑刊》2012年第6期。

指此新刻之书，则此信所谓"容当续上"实为《续子不语》开始编纂的时间，而非"尚未编定"——据《续子不语》卷九《亡夫领妇到阴间见太公太婆》一则，明云"乾隆壬子"（五十七年，1792）①，可知数年后此书仍在编纂之中。

对其成书时间有了相对准确的把握，便为讨论其命名打下了可以深入思考的基础。

二、从《续夷坚志》到《子不语》再到《新齐谐》

从上文对《子不语》成书时间论述的基础上，我们便可讨论王英志先生对袁枚写于乾隆四十五年（1780）的《余续〈夷坚志〉未成，到杭州得逸事百余条，赋诗志喜》一诗②的判断了。王正兵先生文已对此指出其误，然仅着眼于成书时间，故仍需深考。王英志先生据此诗题指出"表明此年《续子不语》已在编著中"。

也就是说，把诗题中的《夷坚志》理解为袁枚自己所著《子不语》的代称，但这种理解恐有误，如果是在诗句中提及，如其《夜泊江山闻邻舟有谈鬼者揖而进之》云"夜船正寥寂，闻客谈《齐谐》"③，自然是以《齐谐》代指鬼故事，即此诗中亦说"老去全无记事珠，戏将小说志《虞初》"，便以《虞初》来代替《子不语》，但诗题相当明确，自非代称。

若此诗题并非代称，则可进一步探讨。首先据此可知袁枚撰此书是以"续《夷坚志》"为导向的，这一导向从他为此书所作的序言中亦可看到："余生平寡嗜好，凡饮酒、度曲、搏蒲可以接群居之欢者，一无能焉，文史之外无以自娱，不得不移情于稗乘广记。尚矣！《暌车》、《夷坚》二志，缺略不全；《聊斋志异》殊佳，惜太敷衍。"④可以看出，袁枚创作此书确如一般文学史所论，受到

---

① ［清］袁枚著，沈习康校点《新齐谐　续新齐谐》，第 748 页。
② ［清］袁枚著，周本淳标校《小仓山房诗文集》，第 652 页。
③ ［清］袁枚著，周本淳标校《小仓山房诗文集》，第 864 页。
④ ［清］袁枚著，周本淳标校《小仓山房诗文集》，第 1767—1768 页。

了《聊斋志异》的影响，但他对《聊斋志异》亦有不满，此处说"太敷衍"倒非现在所云潦草塞责之意，恰是鲁迅先生评价唐传奇时所说"叙述宛转，文辞华艳"之意①，所以他又提出了《睽车志》与《夷坚志》这两部志怪类小说集，并云"缺略不全"，似甚感遗憾。据此，再看其于乾隆四十五年所作《余续〈夷坚志〉未成，到杭州得逸事百余条，赋诗志喜》一诗，则可推测，其书虽一直欲名之为《子不语》（这从前举乾隆三十年《与裘叔度少宰》所列名目即可知），但中间或曾有名《续夷坚志》之念——这当然只是一种推测，但之所以会进行这样"大胆的假设"，也有不得不尔的原因。

袁枚虽将《子不语》更名为《新齐谐》，但从袁氏自刻本版心仍保留"子不语"的书名以及《续子不语》中所录《子不语娘娘》一则皆可见其对此名的喜爱（详参下文），所以，他改换此名最合理的解释便是命名"撞车"——再好的命名，如果前贤已用，便落下乘。这是可以理解的。而袁枚的解释是"元人说部有雷同者"，也合于前述之逻辑。但值得注意的是，除袁枚此书外，学界迄今并未发现任何名为《子不语》的文献。首先，遍查各种书目（包括目前收录最全的《中国古籍总目》以及部分海外的汉籍目录），全无踪影；其次，遍检古代各种史志目录、私人书目，亦全未见有著录；最后，使用当下各种古代文献的电子检索资源，仍然没有发现除袁枚之外的其他文献提及。一般来说，一种文献不大可能消失得如此彻底，或有传本，或曾被著录，或者至少曾被人提及，当这三者都没有的时候，便需要考虑此文献是否曾经存在过。尤其袁枚为其书改名之时为乾隆末期，据今不过二百二十余年，若其时此书尚存，且为袁枚所见，则不但有传世的可能，更有被著录与被提及的可能，但迄今仍无任何资料佐证。结合以上数端，个人以为，历史上并无是书的可能性极大。假设这种可能成立，则与袁枚自己的说法相悖。既然现在无法提供任何线索证明历史上存在过一种《子不语》的作品，我们只好试图从以下几点进行探讨。

第一，袁枚或曾欲以《续夷坚志》名其书。关于此点，有其于乾隆四十五

---

① 鲁迅《鲁迅全集》第九卷，第73页。

年（1780）所作《余续〈夷坚志〉未成，到杭州得逸事百余条，赋诗志喜》一诗之标题可证。彼时，其《子不语》正集尚未完成，故此所云绝非《续子不语》。所以，此"续《夷坚志》"所指为《子不语》无疑。不过对此理解可有二义：一是续《夷坚志》的成果为《子不语》，则整个"续《夷坚志》"仍为《子不语》的代称；二是"续《夷坚志》"即为《子不语》别名。从情理上看，前者要更合理，然后者亦不可轻易否认，当然，后者仍需进一步论证。

第二，袁枚在《子不语序》中提及《夷坚志》（值得注意的是，在修改后的《新齐谐序》中，作者有意不再提及此书），并在阐述自己创作缘起时惜其"缺略不全"，可知"续"写《夷坚志》确为袁枚此书创作的一个因由。事实上，进一步了解《夷坚志》，会发现有更多材料影响下文的推测：洪迈在其《三志》戊集的序中说："子不语怪力乱神，非置而弗问也。圣人设教垂世，不肯以神怪之事诒诸话言。然书于《春秋》、于《易》、于《诗》、于《书》皆有之，而《左氏内外传》尤多，遂以为诬诞浮夸则不可。"这里出现"子不语"的表述，考虑到袁枚有意对《夷坚志》的仿效，则此或为其命名的契机；而且《己志》的序中又说："昔以《夷坚》志吾书，谓与前人诸书不相袭。后得唐华原尉张慎素《夷坚录》，亦取《列子》之说，喜其与己合。"①亦可知《夷坚志》也同样遇到过命名撞车之事，这或许也对袁枚产生了影响。另外，据下文所论可知，袁枚此书数名均或与《聊斋志异》前之序言有关，高珩之序亦云"《诸皋》、《夷坚》，亦可与六经同功"，则其以"夷坚"为名，亦得其宜。事实上，其最后所名之"齐谐"（高、唐二序亦提及"齐谐"）很可能与"夷坚"为同一指涉（参下文）。

第三，元好问（1190—1257）有《续夷坚志》之书，元好问虽为金人，然亦入元，故粗略言之，亦可目为元人。袁枚对元好问相当熟悉，曾拟元氏之论诗绝句，自当知道元氏有《续夷坚志》之作。

---

① ［宋］赵与时撰，傅成校点《宾退录》，《宋元笔记小说大观》，上海：上海古籍出版社，2001，第4219、4216页。

如果以上推测成立的话，那么就可以为袁枚在几个书名间的依违徘徊给出一个合理的解释了。一直以来，袁枚都是把《夷坚志》作为自己效法的对象，他最初为作品取名"子不语"或许便源自《夷坚志》的序言，其间偶尔也有以《续夷坚志》为名的想法，这很可能只是一个闪念，并未形成强烈的意愿与事实的结果。不过，这一想法却还是影响到了此书的最终命名，即袁枚之所以放弃这个名字可能将洪迈所说与其书重名之《夷坚录》与元好问之《续夷坚志》混淆，于是在《子不语》全书定稿付梓之时，袁枚又想起他为其书所拟之名与一元人说部重名，这或许只是一个模糊的印象，因为他只能匆忙地在序中说明一下，并未给出确切的信息，连元人为谁，作品如何均未齿及；而且，传世几乎所有版本的版心均标为"子不语"，即从《子不语》的最早刻本乾隆五十三年本中来，这都证明这个改名是在刊刻过程中仓促进行的，并未经过深思熟虑。那么，在仓促之中，他只记得自己的拟名与元人雷同，却记不清是哪个名字与何人之书雷同，于是便把《续夷坚志》与《子不语》混淆了，结果《子不语》李代桃僵，被当作雷同之名而撤换，最终仍从《聊斋志异》序中找到了"齐谐"（高序与唐序各提及一次）来代替——当然，从某种意义上说，这个名字反倒是对他一闪念中的"夷坚"的回归（参下文）。

　　考乾隆五十三年（1788），袁枚已七十三岁，这对古人的心理来说是一个坎，对袁枚更是如此——他已在七十二岁时为自己营造了生圹，而下年初又"梦老僧入门长揖曰：'二十二日将还神位'"①。此事在当时已成要闻，前引《随园诗话》中录王朝飏赠袁枚诗即有"我劝上清姑少待，缓迎公返四禅天"之句，下注云："今年二月八日，公梦有僧道二人，来请公复位。"② 可知此时袁枚的心态，那么此书刊版之仓促与记忆之混淆亦可理解了。

---

① ［清］方濬师编辑《随园先生年谱》，《袁枚全集》第八卷，第21页。
② ［清］袁枚著，顾学颉校点《随园诗话》，第556页。

三、《子不语》三个命名的来源

事实上，袁氏此书的数个命名或许都与他所"顺随与仿效"①的《聊斋志异》有关。《聊斋志异》前有二序，"各种抄本、刊本，几乎没有一部弃置不用者"②，所以袁枚若能读到《聊斋志异》便当能读到此二序。从《子不语序》与此二序中之高珩序对读，可从三点看出袁枚颇受高序影响。

第一，袁枚《子不语序》四五百字，主题其实便是辨明自己所录虽均为子所不语之怪力乱神，但"非有所惑也"；高序亦云"率以仲尼'不语'为辞，不知鹓飞石陨，是何人载笔尔尔也"，并力陈"是在解人不为法缚，不死句下可也"，又云"吾愿读书之士，揽此奇文，须深慧业，眼光如电，墙壁皆通，能知作者之意，并能知圣人或雅言、或罕言、或不语之故"，可知这也是高序主旨。

第二，袁序以"譬如嗜味者餍八珍矣，而不广尝夫蚳醢葵菹，则脾困"来表明嗜味者可以此为"异味"，实即高序所云"夫中郎帐底，应饶子家之异味"之意。

第三，袁序最关键处在其"以骇起惰"的思想，即所记虽为骇人听闻之事，然目的却是以此棒喝起人于顽惰之中；而高序亦云"使天下之人，听一事，如闻雷霆"，亦同一意。

以上三点，亦可云写志怪作品者大抵皆然，但三点均有相关之处，自不可用偶同来解释。更何况袁枚受《聊斋志异》影响颇著，更可为二序之关系佐证。

《聊斋志异》的高珩序云"后世拘墟之士，双瞳如豆，一叶迷山，目所不见，率以仲尼'不语'为辞，不知鹓飞石陨，是何人载笔尔尔也"，"然而天下有解人，则虽孔子之所不语者，皆足辅功令教化之所不及。而《诺皋》、《夷坚》，亦可与六经同功"，"异事，世固间有之矣，或亦不妨抵掌；而竟驰想天外，幻迹人区，无乃为《齐谐》滥觞乎"，"倘尽以'不语'二字奉为金科，则

---

① 袁行霈主编《中国文学史》第四册，北京：高等教育出版社，1999，第331页。
② 袁世硕《蒲松龄与高珩》，《蒲松龄事迹著述新考》，第100页。

萍实、商羊、獖羊、楛矢,但当摇首闭目而谢之足矣","能知作者之意,并能知圣人或雅言、或罕言、或不语之故"。唐梦赉序则云:"无可如何,辄以'孔子不语'之词了之,而《齐谐》志怪、《虞初》记异之编,疑之者参半矣。不知孔子之所不语者,乃中人以下不可得而闻者耳,而谓《春秋》尽删怪神载!"①这两篇序言都以很高的频率提到孔子的"不语"(高序四次,唐序两次),同时也提到了"夷坚"(高序一次)、"齐谐"(高序与唐序各一次)。以袁枚对此二序之熟悉与引用,则其原拟书名之获得灵感或从此得;其后之"夷坚"与"齐谐"当然可以有更宽泛的灵感来源,但也不排除同样来自此序的可能。甚至,我们还可以用曲线救国的方式来为这一可能找到证据:前引袁枚的《与裘叔度少宰》一文中第一次提及他所著之文言小说名为《子不语》,据所引高珩为《聊斋志异》所写的序可以看出,此序其实也在反复力陈子所不语者未必世上并无其事,也未必便无其理;而就在袁枚这封信中,他还说到当年与裘曰修"斗《齐谐》之幻语"②的往昔生活,此句与高珩序中"而竟驰想天外,幻迹人区,无乃为《齐谐》滥觞乎"极类,则写此信时,未必无一高序在眼前或心中。那么,此既可佐证"子不语"或触发于此,亦可证"齐谐"亦或相同。

当然,这只是说触发取名灵感的近源。若论远源,则《子不语》来自儒家之经典《论语》(下文详论),而《续夷坚志》与《新齐谐》都来自道家典籍,甚至都来自鲲鹏的传说。

先来看"齐谐"。《庄子·逍遥游》开篇即云:"北冥有鱼,其名为鲲。鲲之大,不知其几千里也;化而为鸟,其名为鹏。鹏之背,不知其几千里也。怒而飞,其翼若垂天之云。是鸟也,海运则将徙于南冥。南冥者,天池也。齐谐者,志怪者也。谐之言曰:鹏之徙于南冥也,水击三千里,抟扶摇而上者九万里,去以六月息者也。"其中的"齐谐"即袁枚命名之所本,表明所言皆"志怪者也"。不过,对于"齐谐"究竟为人名还是书名,学界仍莫衷一是。陆德

---

① 张友鹤辑校《聊斋志异》会校会注会评本,上海:上海古籍出版社,1978,第1—5页。
② [清]袁枚著,王英志主编《袁枚全集》第五卷《小仓山房尺牍》,第33页。

明（550—630）《经典释文》云："齐谐，司马及崔并云：'人姓名。'简文云：'书。'"成玄英（608—669）疏："姓齐名谐，人名也；亦言书名也，齐国有此俳谐之书也。志，记也……齐谐所著之书多记怪异之事。"① 林纾（1852—1924）《庄子浅说》亦云："既名为谐，为志，则言书为当。"朱桂曜《庄子内篇证补》"谐即讔也，亦作隐，文心雕龙有谐隐篇，以为文辞之有谐讔，譬九流之有小说；汉书艺文志杂赋末，列隐书十二篇，盖以其辞夸诞，于赋为近。'齐谐'者，盖即齐国谐隐之书。"陈鼓应先生云："当从后一说。下句'志怪者也'，'志'即誌，乃说它是记载怪异的书。"② 不过，俞樾（1821—1907）认为："按下文'谐之言曰'，则当作人名为允。若是书名，不得但称谐。"王叔岷先生（1914—2008）援《玉烛宝典》引文，并引注云："人姓名。"又疏音云："黄帝史也。"③

如果单纯从《庄子》文本来看，很难判断这里的"齐谐"究竟是人名还是书名，但如果联系一下"夷坚"的来源，便豁然开朗了。"夷坚"出自《列子》，有趣的是，其故事与《庄子》所载相同："终北之北有溟海者，天池也，有鱼焉。其广数千里，其长称焉，其名为鲲。有鸟焉，其名为鹏，翼若垂天之云，其体称焉。世岂知有此物哉？大禹行而见之，伯益知而名之，夷坚闻而志之。"④ 据后三句的结构便可知，夷坚与前之大禹、伯益一样，都是人名，加之二者所记鲲鹏事同，故王叔岷云"夷坚盖即齐谐也"。

以"夷坚"或"齐谐"名书，其实便暗指书中所"志"为怪异之事。《列子》上文之后有张湛注云："夫奇见异闻，众之所疑。禹、益、坚岂直空言谲怪以骇一世？盖明必有此物，以遗执守者之固陋，除视听者之盲聋耳。"这与袁枚在《子不语序》中所说的"以骇起惰"颇有相通之处——前言大禹等言此怪异之事非为骇世，而是去蔽，这便是"以骇起惰"的意思。即此可见，以"夷坚"或"齐谐"为名都颇符合袁枚对自己作品的定位。不过，可惜的是，这两个名

---

① ［清］郭庆藩集释，王孝鱼点校《庄子集释》，第5页。
② 陈鼓应《庄子今注今译》，北京：中华书局，2009，第6页。
③ 王叔岷《庄子校诠》，北京：中华书局，2007，第6页。
④ 杨伯峻《列子集释》，北京：中华书局，1997，第156—157页。

字前代都有了。

就"夷坚"来说，唐代即有张敦素之《夷坚录》了，南宋更有洪迈篇幅浩大的《夷坚志》在前，甚至袁枚想用《续夷坚志》也不可得，因为元好问已有同名之作了。但相对来说，"齐谐"被使用得更多，先是南朝宋有东阳无疑的《齐谐记》，后来又有梁吴均的《续齐谐记》，前者虽已佚，但二者皆为志怪小说中表表之作，其名甚著。所以，在袁枚误以为"子不语"之名已被人使用过时，再改用"齐谐"，便连"续齐谐"也不能用了，只能在其前加"新"字。

四、审视《子不语》

虽然袁枚自己在此书序言中明确表示改名为"新齐谐"，并在刊刻之书的书名页及每卷第一行均标为"新齐谐"；然而这些刊本的版心却均题为"子不语"。或许我们会觉得那是版已刻好，较难改动的原因，但这并无说服力，因为仅版心三字的改动对于修版来说还是不难的；而且，除正集外，后来的续集及此后的各种刊本版心也都同样标为"子不语"。可以看出这其实表现了袁枚自己的游移，想来袁枚自己也很矛盾，他最喜欢的书名仍然是《子不语》吧。

他对"子不语"的喜欢还有一证，即其《续子不语》中竟收入了一篇《子不语娘娘》，其中的一个木偶便叫"子不语"：

> 袖中出一木偶，长寸余，赠刘曰："此人姓子，名不语，服事我之婢也，能知过去未来之事。君打扫一楼供养之，诸生意事可请教而行。"刘惊曰："子不语，得非是怪乎？"曰："然。"刘曰："怪可供养乎？"女曰："我亦怪也，君何以与我为夫妻耶？君须知万类不齐，有人类而不如怪者，有怪类而贤于人者，不可执一论也。但此婢貌最丑怪，故我以'子不语'名之，不肯与人相见，但供养楼中，听其声响可也。"①

---

① ［清］袁枚著，沈习康校点《新齐谐　续新齐谐》，第601—602页。

此篇收在续集卷二。据前可知，续集之作约在乾隆五十三年正集结束之后，而袁枚将其书名为"子不语"则早在乾隆三十年《与裘叔度少宰》一书中便已提及，所以，此书命名绝非来自此篇故事；相反，此故事之创作或当受此书名的影响。因此，这里对"子不语"三字的解释便可补充袁枚《子不语序》而成为我们理解此三字名的钥匙：

第一，"子不语"非"不语"，确是以歇后语的方式表示所"语"为"怪力乱神"，因为此木偶"名不语"，但仍可"听其声响"，而且"有问必答"。正因如此，刘瑞一听到这个名字便问："得非是怪乎？"

第二，子不语"貌最丑怪"，此评价其实亦合袁枚小说之特点。相对于《聊斋志异》的用情与孤愤、《阅微草堂笔记》的醇正与清峻，《子不语》的故事及叙事确实多倾向于"丑怪"。

第三，其中"须知万类不齐，有人类而不如怪者，有怪类而贤于人者，不可执一论"之语可与《子不语序》"譬如嗜味者餍八珍矣，而不广尝夫蚳醢葵菹则脾困；嗜音者备《咸》、《韶》矣，而不旁及于侏离僸佅则耳狭"一语对读；更与《聊斋志异》高珩序中"人世不皆君子，阴曹反皆正人乎"如出一辙。

所以，"新齐谐"其实是作者无奈的选择。不过，有趣的是，此书的流传史却摆脱了作者本来便言不由衷的调换。如前所言，清代刊本均题为"新齐谐"，但到民国间的刊本则全部使用了版心所标的原名，当代的整理本也几乎是清一色的"子不语"。其实当代从研究性著作（如吴志达先生《中国文言小说史》[①]）到教材（如袁行霈先生主编《中国文学史》），都直接以《子不语》立目。从最重书名著录准确性的目录学著作来看，《清朝续文献通考·经籍考》即录为"子不语"[②]，《中国古代小说百科全书》《中国古代小说总目提要》等书亦直接以"子

---

① 吴志达《中国文言小说史》，第767页。
② ［清］刘锦藻《皇朝续文献通考》，《续修四库全书》第819册，上海：上海古籍出版社，2002，第314页。

不语"为条目①,后者反将"新齐谐"作为参见条目。就连此书的外语译本也多以此为译名,如雷金庆和李木兰的译本译为 Censored by Confucius: Ghost Stories by Yuan Mei②,史华罗的英译本名为 Zibuyu, What the Master Would Not Discuss③。那么,为什么"子不语"这个名字不但能够战胜"续夷坚志"与"新齐谐",还能战胜作者的指令,甚至战胜当下学界的学理逻辑(当下学界所谓的"求真"学风其实对"子不语"极为不利),成为袁枚小说公认的定名?

平心而论,在这三个命名中,《子不语》是最新颖别致的一个,辨识度最高的一个,也是最合于袁枚风格的一个,最合于作品文体的一个,甚至是与内容最相适应的一个。

第一,新颖别致,是因为历来无人以此为名。据前所论可知,志怪小说命名最难,因为一般为三字,末一字多为体字,非"录"即"记",无可发挥;前二字亦多用"怪""异"等谱字,可以体现特点者,仅一字之空间。所以古往今来之文言小说命名时相仿佛,难有豁人心目者。其实,此前之《齐谐记》已经算是"善立名者"④了,后之《夷坚志》亦不示弱,可称此名之下联,均不落"怪""异"之窠臼,然其名后有因袭者,遂又将此二名凡庸化了。

第二,辨识度高,因为孔子此语流传极广,除士子之外,甚至市井之人也多能诵之,故以此为名,颇可使人过目不忘。

第三,袁枚的风格是"生活通脱放浪,个性独立不羁,颇具离经叛道、反叛传统的色彩",而从儒家经典《论语》中移来此语为稗官小说之名,便颇有离经叛道的姿态。同时,这一命名又带有歇后语的色彩,因原文为"子不语怪、力、乱、神",此名极巧妙地用前三字为名来逗出后四字,极有文人巧思,亦颇

---

① 刘世德等主编《中国古代小说百科全书》,第771—773页;朱一玄、宁稼雨、陈桂声编著《中国古代小说总目提要》,第378—379页。小说书目中,唯石昌渝主编《中国古代小说总目·文言卷》以"新齐谐"立目,第535页。
② 〔澳大利亚〕雷金庆(Kam Louie)、李木兰(Louise Edwards),*Censored by Confucius: Ghost Stories by Yuan Mei*, Routledge, 1996。
③ 〔意大利〕史华罗(Paolo Santangelo),*Zibuyu, What the Master Would Not Discuss*, BRILL, 2013。
④ 李剑国语,参其《唐前志怪小说史》,第517页。

能体现袁枚的"灵机与才气"①。

第四，从文体上看，《子不语》这个名字也更好。此名首先可以当作歇后之名，但也可直接据此三字来理解。其名为"不语"，实则已"语"，就是语子所不语。以"语"为体字是非常合适的，前节已经探讨过文言小说集命名的两级分化，此以"语"为名，便与"传记"类命名有所区别。其实，袁氏此作多得自听闻，故以"语"为名也宜。王英志先生在前引对《子不语》的介绍及其主编《袁枚全集》的《小仓山房尺牍》中，将《与裘叔度少宰》一书之语标点如下："有《子不语》一种，专记新鬼，将来录一副墨，寄呈阁下，依然《灯下丛谈》，定当欣畅。"这里的"灯下丛谈"实不当加书名号，因正如袁枚记忆中的"子不语"一样，本无是书，此加书名号，实为误解。其原意不过是说将来寄呈新著，依然如当年同中进士之时于灯下聚谈而已。不过，这里误加书名号或许也有原因，一是五代曾经有过一部传奇集名为《灯下闲谈》，与此四字颇类；二是"丛谈"一词更为古代笔记小说取名之常用词，如《铁围山丛谈》《江汉丛谈》之类；三则是《子不语》体字为"语"，与"谈"相通，故亦致淆。

第五，无论"夷坚"还是"齐谐"，都明确指向了志怪，这从《庄子》出典"齐谐者，志怪者也"开始就被规定了。历来以此为名的文言小说集也均从其义，以志怪为主。但"子不语"从出典便可知其为"怪、力、乱、神"，此四字中的"怪、神"比较清楚，事实上，历来对此句的理解也更偏重"怪、神"二字，如《汉书·郊祀志》引《论语》此句即云"子不语怪神"②，这也恰恰是历来志怪小说的常规内容（参见第六章第一节），但"力、乱"二字则突出志怪之藩篱，不过，历来经学家对此之解释颇有歧异，朱熹（1130—1200）集注引谢氏之语从反面论述，更易于理解，其云"圣人语常而不语怪，语德而不语力，语治而不语乱，语人而不语神"③——事实上，前举《聊斋志异》前之高珩序其实也在辨析这几个字，并且也用了相同的方法来申明，其云："苟非其人，则虽曰

---

① 袁行霈主编《中国文学史》第四册，第 383—384 页。
② [汉] 班固撰，[唐] 颜师古注《汉书》，第 1261 页。
③ 黄怀信主撰，周海生、孔德立参撰《论语汇校集释》，上海：上海古籍出版社，2008，第 620 页。

述孔子之所常言，而皆足以佐懋。如读南子之见，则以为淫辟皆可周旋；泥佛肸之往，则以为叛逆不妨共事；不止《诗》、《书》发冢，《周官》资篡已也。"也就是说，《子不语》除了传统志怪小说的神怪内容外，还有着"不德""不治"一类的故事，或者用高珩的话来说就是有"淫辟"与"叛逆"之事。关于这一点，李志孝先生《审丑：〈子不语〉的美学视点》一文有详细的篇目例举①，可参看。

论及袁枚此书对于传统志怪小说的突破，更能明白此书之名为何竟然违背了作者的意愿而以"子不语"定名。其实，洪迈《夷坚志》已经与传统志怪小说有所不同，其篇目中，大量的故事并无志怪内容，而是市井生活中的奇情异事，所以与其名并不全然相符。从这个意义上看，以《续夷坚志》为名自然不妥，相对来说，《新齐谐》虽不甚当，但仍可用，因为有"新"字，则有改弦更张之意。

袁枚对《聊斋志异》矛盾的态度恰恰决定了《子不语》小说的面貌，一方面他认为《聊斋志异》"惜太敷衍"，所以有向魏晋志怪之简介回归的倾向；另一方面却又推崇《聊斋志异》"殊佳"，则又颇受影响，所以，其书绝非对汉魏志怪的简单回归。在这个意义上，"子不语"这个名字带有对儒家经典的反叛意味，便更合于作品的定位。当然，这在当时也引起了攻击，如郑光祖（1776—1866）《一斑录》杂述八有《子不语之谬》一则，指斥此书："小说所载，鬼怪妖异确实者十不得一，附会者十且过九，然能惩恶劝善，为下愚设法，亦何必力为排斥。若袁子才之《新齐谐》（《子不语》），立品既失正，记事又无实，不独坏人心术，抑且误人闻见，人家亦何必藏此书。"②此书对当时另外两部杰出之作《聊斋志异》与《阅微草堂笔记》都有积极评价，独对此书则力诋之，自有原因。

总的来说，《子不语》在命名中的游移恰恰使其成为一个难得的窗口，通过它，我们可以看到一般作品被掩盖住的命名过程，即古代作家命名时所能取资的渊源，还展示出命名"撞车"后的窘迫，更意味深长地折射了接受之维对作品命名不可低估的影响。

---

① 李志孝《审丑：〈子不语〉的美学视点》，《甘肃高师学报》1999年第1期。
② ［清］郑光祖《一斑录》，《续修四库全书》第1140册，上海：上海古籍出版社，2002，第265页。

第三章 文言小说单篇作品命名例考

正如前一章所言，文言小说最早具有题目的是作品集，单篇作品则久无名目。以《汉魏六朝笔记小说大观》为样本来统计一下[1]，便会发现其中仅《西京杂记》《搜神记》《搜神后记》《异苑》有单篇标目。然而，正如我们所知道的，这几种小说集的篇名皆为后人所加：周天游先生《西京杂记校注》云"清卢文弨于目录中加注标目，颇便于检索。今依其例，但对其所拟标题多作变动"[2]；《搜神》二记亦均无目，据李剑国先生新辑本凡例云"《学津讨原》本各条加有标目，《祕册汇函》、《津逮秘书》、《盐邑志林》本无。今标目一概自拟，然与《学津》本相合者亦多"即可知[3]；《异苑》亦同[4]：其实，此数书即使后人拟有

---

[1] 《汉魏六朝笔记小说大观》，上海：上海古籍出版社，2011。
[2] ［晋］葛洪撰，周天游校注《西京杂记校注》，西安：三秦出版社，2006，前言第7页。
[3] ［晋］干宝撰，［宋］陶潜撰，李剑国辑校《新辑搜神记 新辑搜神后记》，北京：中华书局，2007，辑校凡例第115页。
[4] 《汉魏六朝笔记小说大观》，第590页。

标目，亦仅置于全书之首，如《唐国史补》，并未分散到每条上①。至于《博物志》《拾遗记》乃至《世说新语》等书均只有类名（据李剑国先生《新辑搜神记》之体例可知此书最初或许亦只有类名），而无单篇之名。

因此，就文言小说而言，单篇作品在古代文学史上出现甚晚。这当然与小说为"街谈巷语"之短书有关，太短了不便于单行，于是便多为丛集。桓谭《新论》将小说称为"丛残小语"②，洵为至论——灌木与杂草都很小，便多为丛生状态，这正是小说最初的样貌。

不过，由于小说最初的渊源颇杂，所以从史传衍生而来的杂传体作品篇幅较长，情节较集中，便也不乏单篇行世的作品。到了唐代前中期，小说的创作走向成熟与自觉，单篇传奇竟为常态。然至晚唐，单篇又开始向小说集演变，甚至出现了将中晚唐单篇名作汇为一书的《异闻集》。此后，文言小说创作又开始以丛集的面貌出现，单篇的世界让给了篇幅更加漫长的白话小说了。

---

① 对《唐国史补》标目的讨论，请参看李小龙《中国古典小说回目研究》，第59页。
② ［梁］萧统编，［唐］李善注《文选》，上海：上海古籍出版社，1986，第1453页。

第一节 《燕丹子》的命名策略与叙事建构

在中国小说史上,最早单篇而行并有篇名的小说是《燕丹子》。其书《汉书·艺文志》虽未录,但却出现于《隋书·经籍志》中,《旧唐书·经籍志》《新唐书·艺文志》《宋史·艺文志》均有著录。后录于《永乐大典》卷四九零八[①],所幸此卷尚存,则知此名为原有。其书所述的"荆轲刺秦"故事是中国叙事文学视野中一个相当独特的存在。它洋溢着悲壮的气势,贯注着强悍的生命力,辐射着奇异的民间幻想。然而,它在小说家与史家那里却有着不同的命名,对此"同事异名"的考察可以让我们更清楚地看到小说家命名的渊源与建构叙事的努力。

---

① 参见无名氏撰,程毅中点校《燕丹子》之说明及附录,《燕丹子 西京杂记》,北京:中华书局,1985。

一、"荆轲刺秦"在史书中的迁移与得名

论述"荆轲刺秦"故事便不得不讨论其在史家著述中的递传，因其文字在《战国策》的《燕太子丹质于秦》章（需要说明的是，《战国策》全书均无篇名，此名为后人所拟）与《史记》的记载小异而大同①，那么，是《史记》袭自《战国策》，还是刘向编定时阑入《史记》之文呢？

《战国策》大部分文章成于战国晚期，但书却编成于西汉末的刘向，相对于《史记》的成书，一在其前，一在其后，恰为我们疑问的产生提供了可能。

最早说到这个问题的是班固，他说"司马迁据《左氏》、《国语》，采《世本》、《战国策》"②。在他看来，这当然是有充分证据的，因为《史记》与之同者"九十余条"③。

但是，说《史记》采《战国策》本身就不严密，因为《战国策》编定于刘向之手，晚于《史记》七八十年，而在此前，这些文章还处于零乱形态之中。所以《史记》采九十余事应当是这些文献的第一次选编，至刘向则已是第二次了。那就是说，这九十余事在它们或有共同的来源。但具体到我们所要论述的章节来看却还并非如此。仔细校读一下二书对"荆轲刺秦"的记载，仅有个别字句不同，这说明二者间一定有一个源流关系。而这种源流关系不外乎三种可能：或《史记》为源，或《战国策》为源，或二者均为同源之流。上文已说过，第二种可能是不存在的。若是第三种可能，而此二书又如此相像，那就证明二书的编定者均对其"来源"没做什么整齐功夫就收了，因为各自又进行了再创造却仍如此相似是不可能的。所以，这种可能性也还是不能成立。

在《史记·荆轲传》结尾时，司马迁（约前145—约前90）说"世言荆轲，其称太子丹之命，'天雨粟，马生角'也，太过。又言荆轲伤秦王，皆非也。始

---

① 分别参见［汉］刘向集录，范祥雍笺证、范邦瑾协校《战国策笺证》，第1786—1810页；［汉］司马迁撰，［南朝宋］裴骃集解、［唐］司马贞索隐、［唐］张守节正义《史记》，第3050—3063页。
② ［汉］班固撰，［唐］颜师古注《汉书》，第2737页。
③ 姚宏后序语，参［汉］刘向集录，范祥雍笺证、范邦瑾协校《战国策笺证》，第1896页。

公孙季功、董生与夏无且游，具知其事，为余道之如是"。这里透露了两个信息：其一，在司马迁所面对的众多原始材料中，有"天雨粟，马生角""伤秦王"等描写，他均以其不实而删削之。这就证明司马迁对"荆轲刺秦"的原始材料还是做了甄别、挑选甚至运用己意加以创造的工作，这就对第三种可能性构成了极大的威胁。当然，我们并不讳言也许会有另一种可能性，即司马迁所见有"天雨粟，马生角"及"伤秦王"情节的材料与其主体情节所依据的材料并非一个，而《战国策》的编者并未见过前二者。不过，上引的话还有第二个信息来反证它，即太史公云"公孙季功、董生与夏无且游，具知其事，为余道之如是"，可见，起码"荆轲刺秦"一段的细节是公孙季功与董仲舒二人得之于夏无且（当事人之一）并又转告司马迁的，在《战国策》中，这一情节赫然宛在，依然与《史记》之文几近全同。（司马贞《索隐》云"赞论称'公孙季功、董生为余道之如是'，则此传虽约《战国策》而亦别记异闻"，此言实在不通，他似乎没有看到《战国策》中的这一节文字似的。）这就彻底否定了第三种假设而证成了第一种，即刘向在编定过程中，在此袭入了《史记》的文字。

不仅如此，在对二文的对读中也可以找到证据。如《史记》中云"秦王之遇燕太子丹不善，故丹怨而亡归。归而求为报秦王者"，《战国策》无此句。但在后文中，后者亦同前者一样，有此句的照应语。如鞫武云"奈何以见陵之怨，欲排其逆鳞哉？"又荆轲云"然则将军之仇报，而燕国见陵之耻除矣"。这里的"陵"有二义：一为侵凌，二为欺侮。其实当时秦国尚未入侵燕国，不过是"燕君臣皆恐祸之至"罢了。所以，还谈不上"侵凌"。而且，此二句之后，一用"怨"字，一用"耻"字，亦可见当为第二义，即指太子在秦之辱[①]。但《战国策》此章全文中均未言及此，这正是后起者袭用原文无可置辩的标识。

还有一个极明显的证据，《史记》因以荆轲为传主，故于开端云："荆轲

[①] 鲍彪亦看出此前后不合，故于"见陵之怨"下注云："传言，丹质秦，秦遇之不善"，［汉］刘向编，范祥雍笺证、范邦瑾协校《战国策笺证》，第1793页。

者，卫人也。其先乃齐人，徙于卫，卫人谓之庆卿。而之燕，燕人谓之荆卿。"笔者大致统计了一下，在《荆轲传》中，言及其名者五十七次，其中七次略为"轲"，三十八次为"荆轲"，而十二次称之为"荆卿"，这十二次多见于燕人之敬称，如田光与太子均呼为"荆卿"。《战国策》没有对荆轲出身来历的详细介绍，故一直用"荆轲"称之。如《史记》中云"光不敢以图国事，所善荆卿可使也"，太子曰"愿因先生得交于荆卿"等，《战国策》均为"荆轲"，如此者有六例。然而，另有两例，却同于《史记》而写作"荆卿"（《战国策》本无另外四例的相关文字）。不但如此，甚至还有将《史记》之称"荆轲"者又改为"荆卿"之三例。这个"荆卿"的称呼在《战国策》的叙事系统中是无法产生并得到解释的，这只能是袭用《史记》原文删削的结果。

除此之外，《战国策》四百余篇，均为不足千字之短文，且以议论为主。忽至此文，文字长至三千余字，文亦以叙述为主，与彼之文风颇不相类。此亦可为一证。

所以，在史家的记载中，当以《史记》所载作为样本。《史记》对于"荆轲刺秦"事并无直接命名，而是以类传的形式归入《刺客列传》。不过，对正史中合传、类传的体制，后人均习惯将其与专传一体对待，径称"××传"，"荆轲刺秦"事亦同，后世多称其为"荆轲传"，如宋人陈叔方《颍川语小》卷上曾引及《史记·荆轲传》，高斯得《耻堂存稿》卷六有《读〈荆轲传〉》一诗[①]；再如黄庭坚诗任渊注、王安石诗李壁注均引"《史记·荆轲传》云云"[②]。所以，在史家著述中，"荆轲刺秦"故事得名为《荆轲传》，这既是史家命名的惯例，同时也是后世传记小说沿袭史传命名的套路。

---

① 分别参见《景印文渊阁四库全书》（台北：商务印书馆，1986）第853册第638页及第1182册第106页。
② 分别参见［宋］黄庭坚撰，［宋］任渊等注，刘尚荣校点《黄庭坚诗集注》，北京：中华书局，2003，第620—621页；［宋］王安石著，［宋］李壁笺注，高克勤点校《王荆文公诗笺注》，上海：上海古籍出版社，2010，第879页。

二、《燕丹子》与《史记·荆轲传》关系考论

不过,被看作"古今小说杂传之祖"①的《燕丹子》却使用了与史家套路完全不同的命名,那么,这二者是什么关系呢?

不幸的是,这似乎是一个极复杂的问题。自明代以来,许多人对《燕丹子》的成书及其与《史记》之关系发表过意见。《周氏涉笔》、宋濂《诸子辩》、周中孚《郑堂读书记》乃至孙星衍、鲁迅、程毅中均以之为汉前小说;而胡应麟、纪昀、马骕、李慈铭、罗根泽、余嘉锡诸人又认为是汉后之人的作品或伪作②。后者之意见并不一致。胡应麟说其"词气颇与东京类,盖汉末文士因太史《庆卿传》增益怪诞为此书";《四库全书总目》则认为成于唐前,但在应劭、王充之后;李慈铭认为"出于宋、齐以前高手所为";罗根泽又认为"上不过宋,下不过梁,盖在萧齐之世"。其实,就从他们时代不一的推测中,我们就已可见这些"疑古派"们的"多疑"了。《四库全书总目》云:

> 《史记·刺客列传》:"世言荆轲,其称太子丹之命'天雨粟,马生角'也,太过。"其文见此书中。而裴骃《集解》不引此书。司马贞《索隐》曰:"《风俗通》及《论衡》皆有此说,仍云厩门木乌生肉足也。"亦不引此书。注家引书,以在前者为据,知此书在应劭、王充后矣。③

此论一出,后之学者每加援引④。然而,这却是一个误解。《索隐》原注云:

---

① [明]胡应麟《少室山房笔丛》,第316页。
② 参见无名氏撰,程毅中点校《燕丹子》之说明及附录。
③ 魏小虎编撰《四库全书总目汇订》,第4504页。
④ 此论不仅影响到了对《燕丹子》的评价,也影响到了对中国小说史的认识与把握,甚至影响到了其他领域。如鹿卢剑本是东周的一种圆首剑的名称,据《燕丹子》可知,其名于秦时即已出现了。然而,因以其为伪作,使有的学者虽承认此种剑制东周已有,却又认为此名"不见于东周文献",并据《陌上桑》而认为是"汉代才出现的"。(参见钟少异《说"鹿卢剑"》,《文物天地》1992年第2期。)

《燕丹子》曰:"丹求归,秦王曰:'乌头白,马生角,乃许耳。'丹仰天长叹,乌头即白,马亦生角。"《风俗通》及《论衡》皆有此说,仍云"厩门木乌生肉足也"。

这本来很明白,是说"乌头白,马生角"的情节《燕丹子》中有,后二书亦有。这恰恰证明《燕丹子》比应、王之书更早,因为司马贞是先引《燕丹子》,连类提及后二书的。至于"厩门木乌生肉足"只提后二书则无可厚非,因为《燕丹子》中本就没有这个情节。

至于罗根泽以"宋裴骃为《史记集解》,从未征引"而推其"上不过宋"①,亦不妥。赵宋以前,没有印刷术,书籍只靠传抄流播,一般的人不可能看到所有的书。那么,裴骃是否看过《燕丹子》或即便看过,在注书时又是否会引用都是一个充满了偶然性色彩的事,我们用这个偶然性的未定点去确定《燕丹子》的真伪岂不太过于危险了。

在所有反证中,以"《汉书·艺文志》不载"似最有力。但这也并不能定案。我们看一下清人姚振宗皇皇六大卷的《汉书艺文志拾补》就可以知道了,遑论班固对小说轻视的影响了——事实上,《汉书·艺文志》所据刘向《别录》很可能是有《燕丹子》的,只是被班固删去罢了。《史记·刺客列传》中《索隐》引"刘向云:丹,燕王喜之太子",《集解》引"刘向《别录》曰:督亢,膏腴之地"②。这两条,"有人说《集解》、《索隐》所引是奏上《燕十事》或《荆轲论》时的话,这其实是不可能的。如孙星衍所说,《燕十事》在《汉志》法家,未必有燕丹、荆轲之事;《荆轲论》则在杂家,原注'司马相如等论之',亦名《荆轲赞》,性质亦有不合"。所以,李学勤先生认为这正是《燕丹子》的

---

① 罗根泽《〈燕丹子〉真伪年代之旧说与新考》,《古史辨》第六册,上海:开明书店,1937,第364—365页。
② [汉]司马迁撰,[南朝宋]裴骃集解,[唐]司马贞索隐,[唐]张守节正义《史记》,第3055、3056页。

叙录①。

在确定《燕丹子》的创作年代上及与《史记》的关系上，程毅中先生通过史料的梳理考辨指出"它的确是根据秦汉民间传说记录的古小说……也许可以说是现存的唯一的一部比较完整的汉人小说"。其实，《燕丹子》的许多情节元素及流程与《史记》不同。每个学者都可以看到并承认这种明显的不同，但其解释则迥然相左。我们看太子与鞠武致信与对话的不同，樊於期归燕的时间错毂，秦武阳先为太子所奉养还是后来之征求，均当承认，此种不同应当是前者非袭自后者的明证。

又《史记》写田光"自刎"而死，而《燕丹子》则写其"吞舌而死"，正如杨义先生所云"舌为心之苗，改作'吞舌'既贴合严防泄密，又展示了一颗以生命维护信誉的心"②。（他视此细节为改作，无疑是传统看法造成的先入之见。）这个"吞舌而死"的情节具有意味深长的民间色彩，应是从民间而来。

二书所叙之事，大同小异。但二书通篇之用语却几乎没有相同者③。在有分辨意义的句子中，仅有一句是相同的，具引如下：

"今欲先遣武阳，何如？"轲怒曰："何太子所遣，往而不返者，竖子也。轲所以未行者，待吾客耳。"（《燕丹子》）

"丹请先遣秦舞阳。"荆轲怒，叱太子曰："何太子所遣，往而不返者，

---

① 李学勤《论帛书白虹与〈燕丹子〉》，《河北学刊》1989年第5期。
② 杨义《中国古典小说史论》，第86页。
③ 孙星衍在整理《燕丹子》时，过于相信那些引文简碎的类书了，故在两通之时多据类书校改，所以，尚有偶同者。但我们却不得不怀疑类书的引文已受了史书叙述话语的强势渗透了。如《永乐大典》原本云："轲见请曰：'北鄙小子，希睹天阙。'"孙星衍据《意林》引文改为"轲顾武阳，前谢曰：'北蕃蛮夷之鄙人，未见天子。'"此仅比《史记》之文少"笑""尝"二字，可见这种校改怎样模糊了原书的面貌。而类书之不可信，亦有很多例子，如原文云"田光见太子"，《太平御览》礼仪部引为"先生见太子"，此当受《史记》中鞠武与太子交谈中屡称"田先生"语境的影响，而《燕丹子》相应文字中无此称呼；况且，《文选》李善注亦同于今本（见卷四六任昉《王文宪集序》"望侧阶而容贤，候景风而式典"句下注），可定其误。

竖子也！且提一匕首入不测之强秦，仆所以留者，待吾客与俱。"（《史记·荆轲传》）

但在《燕丹子》中，此句却极不通顺，因其下竟接"于是轲潜见樊於期"，不能不让人怀疑此句是否为传抄之误入了[①]。

现在，我们可以把与《史记》有承袭关系的《战国策》乃至于已为改作的元代平话《秦并六国》和《东周列国志》等小说的相关章节与《史记》对读一遍，就会明白《燕丹子》与《史记》的这种不同为我们深刻地佐证了怎样的结论。

最后，还有一个小小的证据似乎也值得一提。司马迁《报任少卿书》云："人固有一死，或重于太山，或轻于鸿毛，用之所趣异也。"李善注云："《燕丹子》荆轲谓太子曰：'烈士之节，死有重于泰山，有轻于鸿毛者，但问用之所在耳。'"而我们在《文选》第一篇文章正文的第一条注中就可以看到李善给自己的工作定下的凡例"诸引文证，皆举先以明后，以示作者必有所祖述也，他皆类此"。[②] 这就证明起码在李善看来，《燕丹子》的创作年代是早于司马迁的。

三、《燕丹子》命名与内容的参差

从上文的论述可以知道，《燕丹子》的成书是早于《史记》的，而《战国策》中《燕太子丹质于秦》章又是袭自《史记》，则可知目前存世有关"荆轲

[①] 这种传抄而致误的情况很常见。即以孙星衍校本而言，就有多处抄讹，遑论其千余年的流传史了。如孙校本有"荆轲入秦"（《燕丹子》第14页）之语，然《永乐大典》原本仅一"轲"字（《燕丹子》第18页），余三字自为衍文无疑。还有一个有趣的例子，孙本云"决秦王耳，入铜柱，火出然"，有学者依之串讲云"虽然荆轲最后掷匕首刺穿了秦王的耳朵，但仍不能避免被杀的结局"（侯忠义《中国文言小说史稿》，第14页）。霍松林文亦有类似论述。而事实上，原文为"决秦王，刃入铜柱，火出"，一句之中，就一讹一衍。（程毅中叹其"耳"字不知何据，不过，他倒是有根据的，张守节《正义》云："《燕丹子》云：'……决耳入铜柱，火出。'"可孙氏"耳"字下却未加按语，而其"然"字的确不知所据。）
[②] ［梁］萧统编，［唐］李善注《文选》，第1860、1页。

刺秦"的文献，《燕丹子》应该是最早的，那么，此书的命名应该是"荆轲刺秦"故事的最早名目。如果将这一命名与其叙事世界来对应，会发现二者颇有些"名实不符"，尤其是再以《史记》之名目为参照时，这种矛盾便更为清晰。所以，我们需要以《史记》之命名为背景，对此名进行一些讨论。

首先，这个故事的命名应该以"燕丹"还是以"荆轲"为主？也就是说，此故事之核心人物究竟是谁？

对于一篇文言小说而言，小说开篇的亮相大多便为主人公定下了基调。《燕丹子》开端便写"燕太子丹质于秦，秦王遇之无礼，不得意，欲求归"，然后是神异的乌白头、马生角、机桥不发、鸡鸣开关等描写，确定无疑地摆出了一副为燕太子丹立传的架势。而《史记》则不然，其开端云"荆轲者，卫人也"，然后说他好击剑，遇盖聂、鲁句践，后至燕遇高渐离诸事，然后才说"居顷之，会燕太子丹质秦亡归燕"，把笔锋转到燕太子身上，接下来便完整地叙述燕太子丹在秦的遭遇以及归燕后谋复强秦的各种尝试。从这一情节的对照来看，《史记》前荆轲的部分似乎为作者面对《燕丹子》这样的原始材料而后加的，因其以荆轲为传主，开篇自然要介绍传主，所以先大致将荆轲稍作点染，然后再按原文次序依次叙述燕太子丹与鞠武的对话并渐及田光，再由田光引荐出荆轲来。

二书开端均合于其标目，但一篇文言小说的主人公确立毕竟不只是开端这么简单。相信对这篇故事有了解的读者都会认为此故事的主人公是荆轲而非燕太子丹。其实，孙星衍也看到了这一问题，他解释道："古之爱士者，率有传书。由身没之后，宾客记录遗事，报其知遇。"这一看法自然是很有见地的，但也是为维护燕太子丹的主人公地位而发的。

其次，在第一章论述《汉书·艺文志》所载小说的时候，依与子、史二体的远近分为两类，其中近于子部的一类中又可分为两类，一类以"说"为体字，表明为某子之"说"，如《伊尹》之于《伊尹说》，《鬻子》之于《鬻子说》一样；另一类即以"子"为体字者，如《务成子》《宋子》，这很可能本为诸子之一，然并未完全发挥子学的经说体制，所以便以子书入小说了。

反观"荆轲刺秦"的故事，就会发现在史家与小说家中，其所选体字并不相同，那么究竟应该是"子"还是"传"呢？我们会发现正如《史记》以荆轲为传主更合于一般人的阅读感受一样，此篇小说的体字也以《史记》所用的"传"更为贴切。历史上以"子"为名的文言小说集并不多，仅有十数种，这些小说集从文本面貌与呈现方式或多或少都有先秦诸子的影子，而这篇作品显然并非如此。从《旧唐书·经籍志》著录的一个无意之失即可看出此篇作品命名的参差，其录此书后题"燕太子撰"[①]：这个错误显然来自子学传统的影响，如《老子》的作者是老聃，《庄子》的作者是庄周，同时，《旧唐书》在《燕丹子》前后还收录了"鹖熊撰"的《鹖子》、"郭澄之撰"的《郭子》，那么逻辑顺延下来便是"燕太子"撰《燕丹子》了。从这个作者的错位便可清楚地看到历代小说集以"子"为名者最重要也最浅显的特点，书名即作者名、字、号，也就是说，有鲜明的"一家之言"的倾向，这当然是先秦诸子体制的遗留。

或许正因如此，检点文献时，可以看到不少人有意无意地给这篇作品改名。如六朝时代的类书《琱玉集》卷十二撮述此传故事，末注云"出《燕太子传》"[②]，如唐人李翱《李文公文集》卷五有《题〈燕太子丹传〉后》一文[③]，唐李远有《读〈田光传〉》诗[④]。这些材料的时代都比较早，作为文章名、诗题与材料出处，也显然都较为严谨，不是在行文中随便用一个众所周知的近似名字来代替，所以可以推测，当时或有传本将此作更名为《燕太子丹传》之类更合乎其体制的书名。那么，这部作品的命名为什么从主人公到体字都与作品本身所显示的特点有出入呢？其实，这种出入并非作品本身就有的，而是在我们的认定

---

① ［后晋］刘昫等《旧唐书》，第2036页。
② 《琱玉集》，引自王汝涛编《全唐小说》，第2388页。按：此书国内学界一般认为成书于唐代，但李慈铭曾指此为"六朝末季"之书，后童岭先生《六朝时代古类书〈琱玉集〉残卷考》一文（见《域外汉籍研究集刊》第六辑，北京：中华书局，2010，第445—492页）亦持此论，且论证严谨、丰富，故可信从。另：据童岭先生文所列，其所征引典籍共五十三种，引名与今存者均同，亦可推论此《燕丹子传》或非笔误。
③ ［清］董诰编《全唐文》，第6444页。
④ 《全唐诗》，北京：中华书局，1960，第5935页。

中产生出来的。

四、《燕丹子》与《荆轲传》命名与创作倾向的异趋

从上节的论述中，我们可以看到，对于"荆轲刺秦"故事，其实，最合乎叙事逻辑的命名应该是"荆轲传"而不是"燕丹子"，那为什么这部文言小说会命名为《燕丹子》呢？其实，在我们对《燕丹子》的身份进行确认，再与《史记》进行比较，才会有更深入的发现：那就是二者典型地代表了中国古代小说的两种创作理念以及其背后蕴含着的两种可能性——究竟是将荆轲刺秦的故事历史化还是民间化？

在讨论这一点之前，我们先需梳理这两种文本各自的特点。

第一个不同是，在艺术结构上二者就大异其趣。《燕丹子》基本上没有摆脱民间的叙事流程，因此，它的叙事操作就很原始朴素，叙事焦点也游移不定，我们甚至可以把其上、中、下三卷分别名之为《太子丹传》、《田光传》（我们在前文已经列出唐李远《读〈田光传〉》的诗题）、《荆轲传》。从叙事学理论来看，这种朴素的民间叙事面貌对作品艺术韧带的松弛就会影响到作品有机体诸多方面，这倒不在于作者是否有足够的篇幅去丰富一个核心的人物形象，而主要在于作者与读者都无法集中其艺术焦点与阅读情绪于一人从而造成对人物形象认同与填补的游移乃至混乱。其人物形象的艺术惯性得不到维持与开掘，必然会影响形象的生动性与丰富性。

不过，我们还是不得不承认，《燕丹子》这种尚未艺术化精致化的结构也带来一种浑朴的艺术力度。正因为尚未精致化，所以，它容纳了众多奇诡的民间想象，"凝聚了秦汉间的民间情绪和原始生命"①，从而在更深刻的意义上走出了历史事实的牢笼；正因为未经过核心视角确定情节过滤，他的复仇情绪的培植与渲染才会如此成功——燕丹子逃归、田光"吞舌而死"、樊於期自刎、夏扶

---

① 杨义《中国古典小说史论》，第85页。

"刎颈以送",都一步一步地强化着慷慨悲壮的气氛。所以,如果我们不拘执于由史家列传培育、规范出来的核心叙事之典范模式的话,倒应当承认,这种朴素的自然叙事形态有着奇妙的腾挪变幻的情节感。

我们再回过头来看《史记》。太史公用其雄伟的笔力对"荆轲刺秦"的民间传说进行了整齐工作。在结构上首先是传主的确认,这相应地就有了视角的调整。我们可以看到,在《燕丹子》中,故事的视角是变动甚至是随意的,而《史记》则将其系统化为一个统一的视角。这一点意义重大。视角"是作者把他体验到的世界转化为语言叙事世界的基本角度","成功的视角革新,可能引起叙事文体的革新"①。在以荆轲为核心的叙事过程中,各个情节单元就有了可以依附的艺术轴心,其艺术华翎也就在这个轴心上展开了。

其开篇先介绍了传主荆轲的出身,并相继用了"说卫""论剑""忍辱""相泣"等情节突出了荆轲勇武坚毅、胸有大志而又不遇其人的豪侠形象,这便为后文做了成功的铺垫,积蓄了艺术势能。接着,再插叙太子的逃归与"求复",由鞠武而致田光,又因田光再回到荆轲,这样便水到渠成。

不但如此,在行刺失败后,荆轲的故事就当结束了,但《史记》却并未像《燕丹子》那样,在这光艳千古的悲壮场景中戛然而止②,而是以历史的延续代替了虚构作品艺术感染力的生发。于是,他又继写了高渐离之击秦。不过,这一情节亦被司马迁整齐进他的艺术系统中去了。本来,这种服从于历史的记录会对艺术的完整性造成某种程度上的消解,但由于司马迁的结构能力(他在前文中已两次为这一情节做了铺垫),使其并未损伤这个情节系统。(这也正是后代

---

① 杨义《中国叙事学》,北京:人民出版社,1997,第191、195页。
② 孙星衍据《太平御览》服用部引有"秦始皇置高渐离于帐中击筑"一句疑其下尚有阙文(上文已提及他是多么崇信类书了)。然而前已提到其趋向于史书而误引之例了,以彼例此,我们自然也不敢深信。而高渐离在《燕丹子》中几乎一直未见,连田光论太子之客时亦未及之,而仅于易水送别一见而已,不能不令人疑其是否为误入了。再加上从邹阳、应劭、王充、萧绎乃至陶渊明、李翱、胡曾《易水诗》之注、林坤《诚斋杂记》中均可见不同情节之出现(参见《燕丹子》第19—34页),可见这个故事还一直在民间演变生发着,这也无妨就是一个新的情节。况且从艺术角度考虑,正因为其走出了史的羁绊,才可能以艺术性为旨归从而把荆轲之壮烈定格于此,以取得永久的艺术浓度。

正史在艺术性上无法企及的佳处之一。）而且，还不止于此，这只是从情节上延续了荆轲刺秦的悲壮气概，而其后又有一节云"鲁句践已闻荆轲之刺秦王，私曰：'嗟呼，惜哉其不讲于刺剑之术也！甚矣吾不知人也。曩者吾叱之，彼乃以我为非人也！'"这就从意境上延续了那种悲慨，而且在艺术结构上也有掩映生发之妙，使得作品的叙述结构严密而精致，从而产生不可言喻的复杂情绪及其艺术能量。

  第二个不同也是最大的不同，其实我们在上文中已或多或少地涉及过了，那就是作品中对奇异情节的取舍。司马迁自己已经说过"世言荆轲，其称太子丹之命'天雨粟，马生角'也，太过，又言荆轲伤秦王，皆非也"。《周氏涉笔》也自作解人云"然乌头白，马生角，机桥不发，《史记》则以怪诞削之。进金掷龟、脍千里马肝、截美人手，《史记》则以过当削之。听琴姬得隐语，《史记》则以征所闻削之"。毫无疑问，司马迁在取秦汉间荆轲刺秦传说入书时的确经过了仔细的去"伪"存"真"的整齐。这样做的结果当然是《史记》的历史价值得到了保证。然而，我们却又不得不承认，他的整齐工作打断了叙事文学那不可或缺的想象的翅膀。整个中国小说史一直都在史传的笼罩下艰难跋涉，不能不说是以《史记》的"整齐百家杂语"为一次经典的开端。于是，《燕丹子》在容纳了民间那庞杂的想象力的同时，也"宣泄着不甘屈辱的复仇雪耻的原始道德，描绘着粗糙到有点残酷的强悍灵魂"①。因而，他当之无愧地成为"古今小说杂传之祖"。这些民间想象力充溢着新鲜丰腴的生命与元气淋漓的活力，使得《燕丹子》及承其余绪的《吴越春秋》《越绝书》在小说史的源头风韵独高。如听琴一节，简直如《三国志演义》在赤壁之战前剑拔弩张时忽写曹操横槊赋诗一样，具有强烈甚至是自觉的艺术感。在刺客任侠的刀光剑影中，忽写此一节，"使整个决斗场面有张有弛，审美上有一种和谐的节奏感"②。杨义先生在论及此节时说"小说家比历史家多了一根审美的弦"，信然！这一情节不但为荆轲刺秦

---

① 杨义《中国古典小说史论》，第85页。
② 吴志达《中国文言小说史》，第44页。

的失败找到了一个可以接受的原因，并保持了荆轲悲壮慷慨的气概及其悲剧的崇高感，同时又拓展了作品艺术美感的维度。

综合来看，对同样一个题材，《燕丹子》与《史记》是以不同的创作心态来加以过滤、提炼并艺术化的。前者以一个真正的小说家心态容纳了丰富的民间智慧，为虚构性叙事作品保存了艺术生发的最佳范本。当然，它不可避免地付出了代价，那就是其自身艺术结构的粗疏以及主流叙述规范对它的漠视。不过，当我们更进一步思考时就会有一个意味深长的发现：这里所说的两个代价其实只是一个。因为我们认为其艺术结构的粗疏事实上正是站在主流叙述规范（恰恰就是经由《左传》并成熟于《史记》的史家叙事传统）的围城内来评判城外的风景罢了。所以，结构不是可以漫漶其艺术价值的理由。当然，这并不就是说《史记》的艺术性差。恰恰相反，虽然他删削了许多富有幻想色彩的情节，但其艺术性却不只是体现在结构的整合上，其人物的对话也被司马迁提纯了，使得声口毕肖；人物形象也琢磨得极富立体感。这样，《燕丹子》与《史记·荆轲传》就恰当地代表了中国小说发展初始阶段的两种可能。后者以《史记》的巨大成就为背景，并结合了中国发达的史官文化，从而对中国小说产生了深远的影响[①]，前者则在主流叙事规范的夹缝中寻找生存之地，偶尔也会迸射出几簇奇异的光芒。

通过以上对比，可以看出，《史记》的整齐工作一言以蔽之，就是历史化，将此故事纳入历史的叙述中来，所以，《荆轲传》是一篇典型的史传文。

而《燕丹子》不是，它之所以要以燕太子丹为主人公的原因也在于此。这要从《燕丹子》中蕴含的情绪说起。霍松林先生在论述其成书年代时认为："从对秦王'虎狼其行'的揭露看，从对燕丹、荆轲刺秦及其失败所流露的赞颂、同情和惋惜的强烈情绪看，它应该是秦并天下以后至覆亡以前十余年间的

[①] 参见刘振东《中国叙事文学的伟大里程碑——〈史记〉文学价值浅议》(《齐鲁学刊》1983年古典文学专号)；陈磊《略谈〈史记〉在中国小说史上的地位》(《广西民族学院学报》1983年第4期)；李少雍《〈史记〉纪传体对唐传奇的影响》(《文学评论丛刊》1983年第18辑)；董乃斌《中国古典小说的文体独立》，北京：中国社会科学出版社，1994，第108—110页。

产物。"① 杨义先生进一步指出"《燕丹子》以及《吴越春秋》、《越绝书》是汉代杂史小说中的三部复仇书",它们"凝聚了秦汉间的民间情绪和原始生命",到了汉初"这种情绪还以顽强的原始生命力在地下生长着"②。而从最简单的层面来看,荆轲与秦王之间其实并无复仇的关系,将这样一部承载复仇情感的作品定为"荆轲传"自然是不妥当的。而以燕太子丹为主人公便顺理成章,杨义先生称《燕丹子》与《吴越春秋》《越绝书》为"燕、吴、越文化的复仇史诗",虽稍夸张,但亦近实。

小说的情节动力是燕太子丹"深怨于秦",这从小说的叙事逻辑来看自然可以得到解释,即"秦王遇之无礼",并对其归国进行阻挠,但进一步考虑便会有疑问:这能否构成燕太子不顾一切"求欲复之"的充足理由?也就是说"遇之无礼"的动力是否可以支持后来如此强烈的怨恨?从小说的逻辑来看,是燕太子丹在仇恨驱使之下招募荆轲刺秦,再从《史记》补充接下来的情节是"于是秦王大怒,益发兵诣赵,诏王翦军以伐燕……后五年,秦卒灭燕",则燕之亡似源于燕太子丹之"深怨";但真实的逻辑却可能恰恰相反,正是历史上秦之灭燕,在燕人心中埋下了强烈且难以消除的"深怨",而《燕丹子》便是这种民间情绪的凝结,也就是说,或许并非燕太子丹"求复"而导致燕亡,而是燕亡给了小说中燕太子丹那样的"深怨"。正是在这个意义上,我们确实可以把《燕丹子》看作"燕文化的复仇史诗"。那么,这样一部背负燕地复仇情绪的作品,以"燕丹"为名,正是最合情理的选择。

理解了这部作品承载的浓重的民间复仇情绪,就更容易理解第二个方面,那就是以"子"为名。前文已经提及,诸子之书均有"一家之言",更多主观记录,由此便与史家判然有别,这种特点也影响到了后世以"子"为名的小说。这类小说也大多有或强或弱的"一家之言"的特点。如上所言,《燕丹子》是一部记录、传达燕地民间对秦的复仇情绪的作品,拒绝历史化的客观叙事而更倾

---

① 霍松林《〈燕丹子〉成书的时代及在我国小说发展史上的地位》,《文学遗产》1982年第4期。
② 杨义《中国古典小说史论》,第84页。

向于强烈的主观感情宣泄便是自然之理。因此,他当然不愿意用《荆轲传》或者是《燕太子丹传》这样历史化的体字来命名,那种文体会限制其情绪的表达以及这种情绪在读者那里可能得到的共鸣。而以"子"为名则可以容纳强烈的情绪,读者在阅读"子"类作品时,也不会在接受之维无意中将其格式化为历史事件的客观认知,从而将其民间情绪尽量不被磨损地流传下去。

第二节 唐单篇传奇命名考——以《异闻集》为中心

唐代单篇传奇是中国文言小说史上的高峰,但这些作品的"大名"却反多模糊之处——长期以来,人们多将《太平广记》所录之名视为原名,后来发现《太平广记》颇多改名;近来,学界又比较重视《类说》所收《异闻集》题名,但似乎也存在偏颇。因此,有必要集合各种旁证,对唐代单篇传奇中的主要作品命名进行一些检讨。需要说明的是,本文所称"原名",并非完全文献意义上作者创作的"原名",因此种原名实已无可究诘,笔者使用此词,仅在一般意义上指更接近作者所拟之名,或是在作者身后不久被广泛承认的题名。

一、《类说》本《异闻集》与《太平广记》所录篇名讨论

唐代单篇传奇成就很高,但限于典籍流传的规律,这些作品很难以单篇形态流传,只能在丛集中得到保存。收录唐传奇最多的丛集自属《太平广记》,但

不可否认，《太平广记》对所收诸作的命名进行过非常大的调整，一方面给原本无名之作增加篇名，一方面对原有之篇名进行整齐修订：如果原作即以人名为篇名，恰合《太平广记》体例，便从其原名；若非如此，则径以作品主人公之名为篇名——在这一整齐过程中，还经常误解原作，改出张冠李戴的篇名来①。唐传奇的流传方式极大地改变了作品的定名轨迹，也就是说，我们熟知的许多单篇传奇的命名，或许并非作者原拟之名，而是编者改写之名——我们当然知道，对作品命名的不同认定，其实也影响着我们对作品叙事倾向与艺术呈现的接受，所以，我们必须尽可能辨析作品的原名，以便为进一步的研究标出正确的起点。

如前所言，唐传奇的保存多在丛集，若无单篇为证，如何越过《太平广记》这样的渊薮去讨论作品原名呢？事实上，唐末即有一部收录唐传奇的丛集，恰可成为我们讨论这一问题的基点，这就是陈翰所选的《异闻集》。

这本书之所以能成为我们讨论的参照系，有两个原因。

一是它在选文上非常精到。其书虽已佚失，但据程毅中先生的考证，还可复原其原本的部分篇目②，李剑国先生又补《虬髯客传》一篇③，就从目前所知的四十余篇来看，已经囊括了大多数唐代最著名的传奇作品。我们试将其与近代以来最有代表性的数种唐传奇选本对比即可知道：鲁迅先生1927年的《唐宋传奇集》所选"专在单篇"，共录唐传奇三十二篇，相比之下，《异闻集》仅《补江总白猿传》《三梦记》《长恨传》《开元升平源》《无双传》《杨娟传》《飞烟传》《东阳夜怪录》《灵应传》九篇未选，余皆录入④；汪辟疆先生1931年选编《唐人小说》"上卷次单篇"，共选三十篇，此书所无者唯《补江总白猿传》《游仙

---

① 如《太平广记》所引《云溪友议》中数则的取名，参见李小龙《中国古典小说回目研究》，第61—62页。
② 程毅中《〈异闻集〉考》，原发表于《文史》第七辑，北京：中华书局，1979，又收于《古小说简目》，第131—149页。按：方诗铭先生遗著《〈异闻集〉杂考》(《中华文史论丛》第六十五辑，上海：上海古籍出版社，2001)也钩稽了《异闻集》之篇目，与程毅中先生所考者大体相同。
③ 李剑国《唐五代志怪传奇叙录》(增订本)，第1194—1195页。
④ 鲁迅辑录《唐宋传奇集》，《鲁迅辑录古籍丛编》第二册，北京：人民文学出版社，1999。

窟》《三梦记》《长恨歌传》《冯燕传》《无双传》《杨娼传》《郑德璘》八篇①；再如张友鹤先生《唐宋传奇选》单篇共选十五篇，此书仅少《无双传》一篇②。细查上述《异闻集》未录之作，除《补江总白猿传》《三梦记》《无双传》《冯燕传》几篇稍觉遗憾外，其他亦在可有可无之间（《游仙窟》早佚于中土，或许陈翰亦未之见）。由此可见，这是一部非常有代表性的唐传奇选本。

二是因为陈翰的选本从文献上为我们讨论唐传奇命名提供了较为可信的参照，不过，其书已经佚失，我们无法以原书为依据来研究，但南宋曾慥所编《类说》一书曾节录《异闻集》③，应该说，《异闻集》一书以改头换面的方式，在《类说》中得到某种程度的保存。当然，由于《类说》是以节录的方式编纂的，所以在文本方面会有相当大的删削，但在题名方面仍然会为我们提供探讨的坐标。

总之，《异闻集》既是一部非常精当的"唐人选唐稗"，又是我们讨论唐传奇命名的珍贵依据。或许，我们可以此为参照，去探索那些著名的唐代单篇传奇篇名背后的因革④。

我们先把《类说》卷二十八录《异闻集》所收二十五篇作品的篇目，与《太平广记》所录进行对比，并列表如下。

《类说》本题目	《太平广记》本题目及卷数	《太平广记》引用出处	《类说》本题目	《太平广记》本题目及卷数	《太平广记》引用出处
神告录	丹丘子 297	出陆□用《神告录》	感异记	沈警 326	出《异闻录》
上清传	上清 275	出《异闻集》	离魂记	王宙 358	出《离魂记》
神异记	无		传奇	莺莺传 488	

---

① 汪辟疆校录《唐人小说》，上海：上海古籍出版社，1978。
② 张友鹤选注《唐宋传奇选》，北京：人民文学出版社，2007。
③ ［宋］曾慥辑《类说》，《北京图书馆古籍珍本丛刊》第 62 册，第 465—481 页。按：《类说》有不同的传本，颇有异文，然就命名而言，亦几无差异。本文主要使用此影印本，亦参考了上海图书馆所藏抄本及台湾艺文印书馆出版之严一萍校订本。
④ 方诗铭《〈异闻集〉杂考》一文也有 "从《类说》所收《异闻集》看唐代传奇文的原题" 一节，但其结论是 "《广记》擅易原题，《类说》则保留原题"，应该说所考还没有考虑《类说》本的复杂性。

续表

《类说》本题目	《太平广记》本题目及卷数	《太平广记》引用出处	《类说》本题目	《太平广记》本题目及卷数	《太平广记》引用出处
镜龙记	李守泰 231	出《异闻录》	相如挑琴	无	
古镜记	王度 230	出《异闻集》	南柯太守传	淳于棼 475	出《异闻录》
韦仙翁	韦仙翁 37	出《异闻集》	三女星精	姚氏三子 65	出《神仙感遇传》
枕中记	吕翁 82	出《异闻集》	谢小娥传	谢小娥传 491	
仆仆先生	仆仆先生 22	出《异闻集》及《广异记》	冥音录	冥音录 489	
柳氏述	柳氏传 485		碧玉榭叶	李章武 340	出李景亮为作传
汧国夫人传	李娃 484	出《异闻集》	周秦行纪	周秦行纪 489	
洞庭灵姻传	柳毅 419	出《异闻集》	湘中怨	太学郑生 298	出《异闻集》
霍小玉传	霍小玉传 487		任氏传	任氏 452	
华岳灵姻	无				

表中列出《类说》所录二十五篇作品，其中《太平广记》有三篇未录，即《神异记》、《华岳灵姻》、《相如挑琴》（"挑琴"当为"琴挑"之误）。末篇可能有问题，程毅中先生指出："这篇不是唐人传奇，却收入了《异闻集》，很令人感到奇怪。"① 故此篇不再讨论。

二、《类说》本《异闻集》十六篇当为原名

上表中《太平广记》所录有二十二篇，《韦仙翁》《仆仆先生》《霍小玉传》《谢小娥传》《冥音录》《周秦行纪》等六篇作品的命名与《类说》所录完全相同，可暂不讨论。另有十篇可以证明《类说》所录为原题者，可分三类，分述如下。

第一类为《太平广记》可自证其原名者。有两篇即《神告录》与《离魂记》，因此二篇之末所注出处分别题云"出陆□用《神告录》"和"出《离魂记》"②，则可知《太平广记》所引原名即如此。而且还可有更确切之资料来证

---

① 程毅中《〈异闻集〉考》，《古小说简目》，第138页。
② ［宋］李昉等编，张国风会校《太平广记会校》，北京：北京燕山出版社，2013，第4946、6054页。

实：《宋史·艺文志》小说家类即著录为"陆藏用《神告录》"①，非但可知其原名，又可知《太平广记》所录作者名中阙之字；《崇文总目》卷三也著录云"《离魂记》一卷，陈玄祐撰"②。

第二类为《类说》所引之名与《太平广记》所引之名，其区别仅在体字之有无，主体均相同。如《上清传》与《任氏传》，《太平广记》所引分别为"上清"和"任氏"，恰合《太平广记》删削原名之体例，可知《类说》所录原有"传"字者为原名。且就《上清传》而言，《资治通鉴考异》卷十九所录亦题为"柳珵《上清传》"③。

第三类较为复杂，包括《镜龙记》《古镜记》《枕中记》《南柯太守传》《湘中怨》《感异记》六篇，需稍加分析。

先看《枕中记》，此篇收入《太平广记》卷八二，名为"吕翁"。抛开《类说》不谈，实还有更具说服力之证据。李肇《唐国史补》卷下说："沈既济撰《枕中记》，庄生寓言之类。韩愈撰《毛颖传》，其文尤高，不下史迁，二篇真良史才也。"④李肇曾为瓣香《枕中记》之《南柯太守传》作赞，而此为贞元十八年（802）事，则其距约卒于贞元二年（786）之沈既济相去不远⑤，其所著录，自属可信。其实，关于此篇篇名，还有最确凿之证据，此篇除《太平广记》收录之外，《文苑英华》卷八三三亦录全文，正题《枕中记》⑥，《类说》本全同。可知此篇再无疑议。

再看与《枕中记》颇类之《南柯太守传》，其文收入《太平广记》卷四七五，名为《淳于棼》。前所及之李肇与此篇有密切关系，其在《南柯太守

---

① ［元］脱脱等《宋史》，北京：中华书局，1977，第5220页。按：张国风先生会校本已据孙校本补字。
② ［宋］王尧臣等纂《崇文总目》，《中国历代书目丛刊（第一辑）》，第96页。
③ ［宋］司马光《资治通鉴考异》，《文渊阁四库全书》第311册，第198页。
④ ［唐］李肇《唐国史补》，《唐五代笔记小说大观》，第193页。
⑤ 参李剑国《唐五代志怪传奇叙录》（增订本），第331、272页。
⑥ ［宋］李昉等编《文苑英华》，北京：中华书局，1966，第4395页。

传》末赞云"贵极禄位,权倾国都。达人视此,蚁聚何殊"①,又于《唐国史补》中说"近代有造谤而著书,《鸡眼》、《苗登》二文。有传蚁穴而称者,李公佐《南柯太守》……皆文之妖也"②,此语《唐语林》亦引,唯将书名置于注文,且径注云"李公佐《南柯太守传》"③。以前之《枕中记》例此,亦可知此篇原名当为《南柯太守传》。

《古镜记》收入《太平广记》卷二三〇,名为《王度》。《太平广记》所用之"王度"自为编者改题。《文苑英华》卷七三七所引顾况《戴氏〈广异记〉序》云:"国朝燕公《梁四公记》、唐临《冥报记》、王度《古镜记》、孔慎言《神怪志》、赵自勤《定命录》,至如李庾成、张孝举之徒,互相传说。"④可知此篇原名即《古镜记》。同上所论一样,这还只是其他文献提及之证,其实也还有更确凿之文献佐证,即《太平御览》卷九一二节引此作程雄家婢一段故事,其注为"隋王度《古镜记》"⑤。可知此篇亦当以《类说》本之命名为是。

《湘中怨解》一篇收入《太平广记》卷二九八,题名《太学郑生》,而《类说》本题为《湘中怨》。此篇从内证与外证均可知原名为《湘中怨解》。就内证而言,其前云"《湘中怨》者,事本怪媚",末云"元和十三年,余闻之于朋中,因悉补其词,题之曰《湘中怨》,盖欲使南昭嗣《烟中》之志,为偶倡也",据此作者自述,则其名肯定不是《太学郑生》——当然,《太平广记》本已将首尾删去。不过,我们还有充足的外证:此篇收于《沈下贤文集》之卷二,即题《湘中怨解》⑥;不仅如此,《文苑英华》卷三五八亦录此文(其文以《丽情集》校)⑦,题名与本集相同。

---

① [唐]陈翰编,李小龙校证《异闻集校证》,北京:中华书局,2019,第181页。按:以下凡引《异闻集》者,均出此书,不另注。
② [唐]李肇《唐国史补》,《唐五代笔记小说大观》,第193页。
③ [宋]王谠撰,周勋初校证《唐语林校证》,北京:中华书局,1987,第183页。
④ [宋]李昉等编《文苑英华》,第3838页。
⑤ [宋]李昉等编《太平御览》,北京:中华书局,1995,第4041页。
⑥ [唐]沈亚之撰,肖占鹏校注《沈下贤文集》,天津:南开大学出版社,2003,第21页。
⑦ [宋]李昉等编《文苑英华》,第1838页。

《感异记》一篇要稍微复杂一些。此篇收入《太平广记》卷三二六,名"沈警",注"出《异闻录》"。程毅中先生即疑其"为沈亚之作"①,李剑国先生胪列六证,考其当为沈作②。李宗为先生云其"模仿的痕迹太显露,叙事及诗辞又都流丽浅易,远不如沈亚之他作之晦涩拗折,或是后人……综合敷演而为之"③,然此仅从风格推测,不足凭信。此传仍当属沈亚之所作。若承认此点,则此名亦可迎刃而解。《类说》收沈氏《湘中怨解》,基本没有改名,收此作似亦无改名之必要。当然,这只是推测,我们还可为此推测提供更充分的证据。《太平广记》卷二八二收有《邢凤》及《沈亚之》二条,分别注其出处为《异闻录》与《异闻集》,据前表可知此二篇均当自《异闻集》收录,且实即沈亚之《异梦录》及《秦梦记》二篇,分别收于《沈下贤文集》卷二及卷四④,可以看到,《异闻集》目前即知收录了沈亚之四篇作品,其中三篇均存于《沈下贤文集》中,且均用原名,则《感异记》一篇为原名的可能性极大。另外,李剑国先生在证此传为沈亚之作时,有一点即讨论命名,颇有见地,其云:"亚之小说除《冯燕传》以人名为传名外,《湘中怨解》、《异梦录》、《秦梦记》皆非是,而不曰《太学郑生传》、《邢凤传》等,盖为削传记之迹而增迷离之韵也。此名《感异记》者正复类之。"⑤

　　《镜龙记》收入《太平广记》卷二三一,名为《李守泰》。李剑国先生校本将其改名《镜龙图记》,以《玉海》卷九一引《中兴书目》录《鉴龙图记》一卷,《宋史·艺文志》亦同,而"鉴"字多为宋人避"镜"字讳而改,故定此篇之名为"镜龙图记"⑥。此或不当,一者,《类说》所录即名《镜龙记》,未闻《镜龙图记》之名,书目虽有载录,然无文本可据(节引文本之《白孔六帖》亦称《镜龙记》);二者,此传主体在称镜龙之灵异,全文之末,方有"诏吴道子图写镜龙以赐法善"数字,实可有可无之笔,以其为名,或未必当。故当仍以《类

---

① 程毅中《古小说简目》,第137页。
② 李剑国《唐五代志怪传奇叙录》(增订本),第478—479页。
③ 李宗为《唐人传奇》,北京:中华书局,1985,第70页。
④ [唐]沈亚之撰,肖占鹏校注《沈下贤文集》,第65、35页。
⑤ 李剑国《唐五代志怪传奇叙录》(增订本),第478页。
⑥ 李剑国辑校《唐五代传奇集》,第292页。

说》为正。

三、从《广记》杂传记类所录证明《类说》本三篇非原名

以上所列，均《类说》本《异闻集》所载可信为原名者，甚至与《太平广记》重合之二十二篇中，有十六篇都以《类说》本为原名。那么，是否因此可以类推出《类说》本《异闻集》所录其余六篇之名均为原名的结论呢？从逻辑上看，这是合理的，所以，目前学界也多认可此点。但经过仔细考证却会发现：《类说》本大部分可靠，却并非全都可靠，要区别对待。我们可以《太平广记》杂传记类作品为参照，讨论其中三篇作品的命名。

前文虽云《太平广记》所收作品均需依其体例而做调整，但这一判断并不能完全涵盖《太平广记》的收录情况。至少，可以考证出其卷四八四至卷四九二所录十四篇作品当未改题。也就是说，《太平广记》编者在以"杂传记"为名将唐代流行之单篇传奇纳入这九卷中时，考虑到单篇流传之格局而尊重了原题。

《太平广记》"杂传记"类九卷共录十四篇作品，分别是《李娃传》《东城老父传》《柳氏传》《长恨传》《无双传》《霍小玉传》《莺莺传》《周秦行纪》《冥音录》《东阳夜怪录》《谢小娥传》《杨娟传》《非烟传》《灵应传》[①]。这十四篇中有四篇标题与《类说》本《异闻集》同，即《霍小玉传》《周秦行纪》《冥音录》《谢小娥传》，按一般逻辑，此当为原题。我们可以其中的《周秦行纪》为例来验证：李剑国先生叙录中引牛僧孺同时人李德裕《周秦行纪论》及牛僧孺之外甥皇甫松《续牛羊日历》已及此名，即使虑及前述数文或为伪托之作，那五代到宋代的大量笔记如《北梦琐言》《能改斋漫录》《容斋随笔》，甚至书目《郡斋读书志》均提及此名[②]，则其为原名当无异议。

---

① ［宋］李昉等编，张国风会校《太平广记会校》，第8721—8815页。
② 李剑国《唐五代志怪传奇叙录》(增订本)，第668—670页。

另外，还有两篇亦可确定《太平广记》所标即为原名，即《长恨传》与《东城老父传》。

《长恨传》即《长恨歌传》，白居易之别集及《文苑英华》均曾收录，均名为《长恨歌传》，可知此名不误。唯此实为白居易《长恨歌》一诗作传，其末已有明言云：

> 元和元年冬十二月，太原白乐天自校书郎尉于盩厔，鸿与琅琊王质夫家于是邑，暇日相携游仙游寺，话及此事，相与感叹。质夫举酒于乐天前曰："夫希代之事，非遇出世之才润色之，则与时消没，不闻于世。乐天深于诗，多于情者也。试为歌之。如何？"乐天因为《长恨歌》。意者不但感其事，亦欲惩尤物，窒乱阶，垂于将来者也。歌既成，使鸿传焉。世所不闻者，予非开元遗民，不得知。世所知者，有《玄宗本纪》在。今但传《长恨歌》云尔。①

故中间之"歌"字不可省略，《太平广记》编者或有疏忽而误删"歌"字。总之，其为原名无疑。

至于《东城老父传》，《宋史·艺文志》传记类曾著录，名为"东城父老传"②，虽或将"老父"二字误倒，但已可证明此当为原题。

此外，《无双传》《东阳夜怪录》《杨娼传》《非烟传》《灵应传》五篇，虽《太平广记》标目亦无可对证者，但《太平广记》收录之作品，凡是改题者，均删去原篇名之末的体字。关于此点，考察一下《太平广记》的目录即可知道，五百卷七千余篇作品，除个别以动物为名者之外，几乎全以人名为篇名，这种整齐划一是编者有意识修改协调的结果。唯此"杂传记"类九卷例外，在篇名

---

① ［宋］李昉等编《文苑英华》，第 4201 页。
② ［元］脱脱等《宋史》，第 5111 页。

之末有体字，那么，这个体字便是编者未对其命名进行改动的明证①，何况此数篇作品多为唐传奇名作，流传于今，并无异名，亦可知其当即原名。

绾结而论，《太平广记》"杂传记"类所录十四篇作品中，有六篇有确切证据证明其使用了原名，有五篇可以证明其为原名，也就是说，近百分之八十均为原名，那么按一般逻辑来看，另外三篇也当为原名，这三篇都是唐传奇中的代表作，即《李娃传》《柳氏传》《莺莺传》，其在《类说》本《异闻集》中题名分别是"汧国夫人传""柳氏述""传奇"。

先讨论《柳氏传》。据李剑国先生所辑《唐五代传奇集》统计，唐传奇以"述"为体字者仅《瞿童述》一篇，不过，其以"述"为名亦有原因，其文末有"长庆二年五月三日朗州刺史温造述，上清三洞道士陈通微传实"二语②，则知就作者温造而言，此书自然当名为"述"，因其所书，皆转述陈通微之语，然从陈通微的角度来看则为"传"，故上所题有"陈通微传实"之字样。正因如此，李剑国先生论之曰"此文曰述，述者乃记述陈通微所语以传实，实亦传也""其文正为传体"③。李剑国先生指出"《三洞群仙录》卷六《洞源鸣钟》节引此文作'本传'"，则可知将其看作《瞿柏庭传》的。反观《柳氏传》，其叙述均出于全知视角，并无转述之处，则其自非述体可知。加之前云《太平广记》"杂传记"类均录原名之例，可知此篇即名《柳氏传》。

《李娃传》一篇是唐传奇名篇，其名亦众说纷纭。卞孝萱先生撰文指出此篇应从《类说》本原名为《汧国夫人传》，理由有二：一是传末提及"汧国"；二是"《太平广记》多改易唐代小说篇名"④，然前者仅为推测，后者据本文所述，亦并非铁律。此后程毅中先生、周绍良先生也多据《类说》本题指其原名

---

① 《太平广记》卷一六〇有一篇录自《异闻集》者，名为《秀师言记》，看上去似乎带有体字，其实不然，其"记"字为动词，表示对神秀预言之记录，尚非文体之代称，也就并非体字。
② 按：《全唐文》卷七百三十收录此篇无此句，见［清］董诰等编《全唐文》，第7528—7530页。此句见《知不足斋丛书》本《江淮异人录》，《四库全书》本《江淮异人录》无此篇。
③ 参见李剑国《唐五代志怪传奇叙录》（增订本），第522页。
④ 卞孝萱《校订〈李娃传〉的标题和写作年代》，《社会科学战线》1979年第1期。

为《汧国夫人传》①，这一看法影响甚大，很多研究论著均以此为名。李剑国先生在其《唐五代志怪传奇叙录》初版中，并不认同此说，指出"《类说》本《异闻集》所题疑为曾慥所改"，又据李匡文《资暇集》所引指出"匡文晚唐人，去中唐未远，其题《节行倡娃传》必有据，但题中似脱或省去李字，当作《节行倡李娃传》"②，在《唐五代志怪传奇叙录》增订本中又回改为《李娃传》，并言及本文所述之例，即"《广记》杂传记所收传奇皆用原题，若《异闻集》题作《汧国夫人传》，《广记》必亦如是，不必别改题目"③。

再看唐传奇中影响最大的《莺莺传》，此传异名颇多，但《崔张传》不过偶尔指代，《会真记》为明人所称④，均与原名无涉。目前学界争论其正名，恰是《类说》所录之《传奇》与《太平广记》所题之《莺莺传》。虽然指《传奇》为其原名之学者不少，如卞孝萱、周绍良、方诗铭诸先生⑤，但不得不说，这个证据并不能无视《太平广记》杂传记类的体例及所录之名。

而且，以"传奇"二字为篇名，亦颇与传统命名不类；从文献材料来看，一是我们可以李剑国先生所辑《唐五代传奇集》一书为对象，其书共辑六百九十二篇作品，每篇皆有题名，这近七百个篇名，没有一个类似于"传奇"的篇名——因为这不合于中国古代小说命名后有体字之通例，它只能是一个小说集的名字（晚唐也恰恰有裴铏的作品集以此为名），而不类单篇作品的篇名。当然，我们可以举出王铚《传奇辨正》、赵令畤《商调蝶恋花词》来证明《类说》所录者为原题，但实际上《类说》已录赵令畤《侯鲭录》一书，则或受赵书之影响。因此，从文献角度看，反倒是《太平广记》更早。所以，《传奇》更

---

① 程毅中《古小说简目》，第45页；周绍良《唐传奇笺证》，北京：人民文学出版社，2000，第233页。
② 李剑国《唐五代志怪传奇叙录》（增订本），第278页。
③ 李剑国《唐五代志怪传奇叙录》（增订本），第500—501页。
④ 据严一萍校语可知，明嘉靖伯玉翁旧抄本此处以《会真记》为名（[宋]曾慥编，严一萍校订《类说》卷二，台北：艺文印书馆，1970，第8页16a），然当为明人臆改。
⑤ 参见卞孝萱《卞孝萱文集》第一卷，南京：凤凰出版社，2010，第223—224页；周绍良《唐传奇笺证》，第385页；《方诗铭文集》，第339页。

可能是北宋某一时期对《莺莺传》的流行称法。

综上所论，可知《类说》本《异闻集》与《太平广记》所录相同的二十二篇作品中，有三篇命名有异的作品被《太平广记》收入"杂传记"类中，而"杂传记"类作品在收入《广记》时均当以原名入录，则可知《类说》本此三篇的命名当非原名。

四、从《类说》体例证《类说》本三篇非原名

前文从《太平广记》收录体例来看其杂传记类所收与《类说》本《异闻集》重复且篇名不同的三篇作品，接下来，我们再从《类说》的角度来讨论。

我们以明天启六年（1626）岳锺秀刻六十卷本《类说》为考察对象。其所收录二百余种小说集，从小说集的集名来看，编者对命名的体字极为重视——这一点，曾慥、叶时的序中均未提及，岳锺秀《订刊类说序》云"名之曰《类说》者，非如《事文类聚》《合璧事类》等书，取资帖括之为类也"，将其与当时流行之类书分开，是有见地的，但其解释却是很笼统的"上自紫盖黄垆，下及昆虫草木，无不包罗焉；内而修身养命，外而经国字甿，无不该遍焉……若是乎弗类也者，独其取类极博而择类极精，珠汇璧萃"，并没有点出《类说》一书的特点。其实，此书的特点便是以小说集名之体字为分类之标准而编次者，这一点从目录就可看出，前三卷为"传"，卷四至卷十为"记"，卷十一至卷二十为"录"，卷二十一至卷二十二为"事"，卷二三至卷二四为"志"，卷二五为"子"，卷二六至卷二七为"史"，卷二八至卷二九为"集"，当然，由于古书之名在体字的使用上并不完全整齐，所以自卷三十以后此种体制稍乱，但也可看出编者在"类"上的努力，比如卷三十与卷三十一所收《说苑》《世说》等尽量由题名可知其类，而卷三十七以"经"为名，卷五十二以"谈"为名，卷五十四至卷五十七以"话"为名，等等。总之，这种以篇名体字为标准正体现了编者的编纂思想。

那么，我们再进一步考察编者在每一作品集所收单篇作品的篇名上的态

度。《四库全书总目》说"每一书各删削原文，而取其奇丽之语，仍存原目于条首"①，其实并不妥当，因为《类说》所收之书，大部分并无"原目"，而《类说》所收数千条全有标目，应该说，绝大部分标目为编者所拟，当然，也有不少作品确有原目，经考察，也会发现，曾氏多数也是重拟原目了。比如《青琐高议》一书，其宋本虽不存于世，但从现在各本综合考察，可知宋本大体样貌②，而《类说》所录《青琐高议》四十八条中（当然有个别条目今本无），除少数几条与原本篇名相同外，余皆有改动，甚至改动极大。再看一下命名相同的五篇，分别是《御爱桧》《玉源道君》《骊山记》《流红记》《朱蛇记》，可以看到其中后三篇皆有体字。另外，还有《谭意哥记》和《西池春游记》两篇③，与原本之不同，竟然只是原本无体字而《类说》本有④。那么是否意味着对体字极为敏感的编者收录作品时，名称带有体字者均保留了原本的篇名呢？

我们对《类说》所收数千篇作品进行统计就会发现，全书所收有体字之篇目，除刘斧《青琐高议》、《续青琐高议》及其《摭遗》外⑤，就只有《异闻集》了，与《异闻集》编纂方式相类且在《类说》中前后相邻的《丽情集》，也无一篇之名保存体字，甚至《丽情集》中收录了一篇《无双仙客》，即《太平广记》卷四八六"杂传记"类所收《无双传》，据前所论，这自然是《类说》所收改了篇名；还有一篇《烟中仙》，据前对《异闻集》之《湘中怨》的考论，可以知道沈亚之写此篇即与南卓《烟中仙》有关，然此篇亦无体字。由此亦可证前所云曾慥在对待小说集之集名时对体字的重视。

---

① 魏小虎编纂《四库全书总目汇订》，上海：上海古籍出版社，2012，第3898页。
② 参李小龙《〈青琐高议〉版本源流考》，《文献》2008年第1期。
③ ［宋］曾慥辑《类说》，《北京图书馆古籍珍本丛刊》第62册，第778、779、786、788、789、790页。
④ 李剑国先生校《宋代传奇集》时便据《类说》为此二篇分别加上了体字，参《宋代传奇集》，北京：中华书局，2001，第234、342页。
⑤ 《续青琐高议》中有《贤鸡君传》《茹魁传》，《摭遗》中有《王魁传》（分别参见曾慥辑《类说》第791、793、583页）。按：《王魁传》一篇据陈振孙《直斋书录解题》（徐小蛮、顾美华点校本，上海：上海古籍出版社，2015，第322页）及周密《齐东野语》（张茂鹏点校本，第105页）载，可能阑入宋代流传的《异闻集》中。

那么，在单篇篇名的体字方面呢？据统计，似乎只有上举二书所收篇目名有体字（像《登科记》或《滕王阁记》之类不算有体字，因其"记"字属作品的叙事内容，而非超于作品之外的体制性规定），应可看到，凡是加有体字的篇目，其篇名基本都是原名。具体到《异闻集》，其所录二十五篇作品，有十七篇有体字，据上文所考，有十六篇可以确定其所录为原名。据此反观收入《异闻集》却无体字的篇目，或许会有所发现。

据统计，《类说》本《异闻集》所录作品中，题名无体字的有八篇，分别是《韦仙翁》《仆仆先生》《华岳灵姻》《传奇》《相如挑琴》《三女星精》《碧玉橛叶》《湘中怨》，其中，前二篇与《太平广记》同名，或因均为人名，故《太平广记》仅删去"传"字，一如《湘中怨》，题名之后漏一"解"字；《相如挑琴》前亦指出其或非《异闻集》中之篇章；《传奇》前已论过。故可讨论者仅三篇。

《华岳灵姻》仅录于《类说》本。李剑国先生《唐五代志怪传奇叙录》据"《东坡先生诗集注》卷二七《章质夫寄惠崔徽真》赵次公注"，"《华岳云烟传》：'云发垂耳。'"称"云烟当为灵姻之讹"①。然其所据为明刊《东坡先生诗集注》，其本经茅维"芟阅"，"凡删芟宋元旧注十余万言"，"大为后人所诟病。其失主要在芟夷孱改，舛谬纷然，尽失类注本来面目，故非善本"②，故所论未精。查《四部丛刊》景宋本《集注分类东坡先生诗》，卷十一录前诗之注确为"云烟"二字，然其卷一《将至筠先寄迟适远三犹子》诗"犹是髡髦垂两耳"句下亦注云"《华岳灵姻传》'云髻垂耳'"，并无讹误③，然明本则删却此条④，若据宋本，则可以本校之法正之。其所引四字现存《类说》本无，可知此两处注解所据当为原传，而其原名亦当如此注所引有"传"字。知《类说》引录时对此篇题名有所删改。

---

① 李剑国《唐五代志怪传奇叙录》（增订本），第 678 页。
② 参祝尚书《宋人别集叙录》，北京：中华书局，1999，第 449 页。
③ ［宋］苏轼著，［宋］王十朋集注《集注分类东坡先生诗》，《四部丛刊》，上海：商务印书馆，1922—1931，卷十一第 17 叶 A 面、卷一第 11 叶 B 面。
④ ［宋］苏轼著，［宋］王十朋集注《东坡诗集注》，《景印文渊阁四库全书》第 1109 册，台北：商务印书馆，1986，第 11 页。

《三女星精》一篇，《太平广记》卷六五亦录，名《姚氏三子》，然其注"出《神仙感遇传》"①。查《神仙感遇传》卷三录此篇，则名为《御史姚生》②。李剑国先生云："《类说》本《异闻集》各篇标目多同原作，故疑《三女星精》乃原题，其余皆自立题目。"③仅从文献角度考虑，《类说》本篇名可信度最低，因为《太平广记》录自《神仙感遇传》，二者的篇名一为《姚氏三子》，一为《御史姚生》，基本可为互援，而与《类说》本之《三女星精》相去甚远。则或当可证这两种成书更早的丛集所录与原名最为相近。

其实，还可以从另一个角度来看。《情史》录此篇后评云："人间择配，尚必才望相当。三子福分即浅，又蠢然无学，三星何取而降之？疑小说家有托而云尔。"④所言极是。小说故事叙述的重点在三女星，但我们不得不承认，作品意旨的寄托则或在姚生，故此篇出处最早的《神仙感遇传》即以《御史姚生》为题，这倒不只是因为《神仙感遇传》之题名多为作品开篇之数字（因为据其书惯例，此名更应仅名"姚生"），而是因为或此"御史姚生"正为作者影射之人，故以其为题，一如《补江总白猿传》，作品写欧阳纥篇幅甚多，然并不以之为题，因其讽刺之点正在白猿——至《太平广记》，编者一如将《补江总白猿传》改为《欧阳纥》一样，再将此篇改为《姚氏三子》，因为编者觉得御史姚生显非此篇之主人公，改题又不可距离原作过远，故以此为名。再至《类说》，则已全不知此作之影射，故唯以作品内容指向为主，取名《三女星精》，此名颇符合作品意旨，却未必为作品原名。再考虑到《神仙感遇传》所收篇名均删去最末之"传"字（如《虬髯客传》易名为《虬须客》⑤），则其篇名原名或为《御史姚生传》。

《碧玉槲叶》一篇《太平广记》题为《李章武》，也就是后世所熟知的《李

---

① ［宋］李昉等编，张国风会校《太平广记会校》，第759页。
② ［唐］杜光庭撰，罗争鸣辑校《杜光庭记传十种辑校》，北京：中华书局，2013，第460—463页。
③ 李剑国《唐五代志怪传奇叙录》（增订本），第421页。
④ ［明］冯梦龙《情史》，魏同贤主编《冯梦龙全集》第七册，南京：凤凰出版社，2007，第662页。
⑤ 参见李小龙《〈虬髯客传〉作者献疑》，《励耘学刊》2012年第2期。

章武传》。周绍良先生认为"《类说》所收《异闻集》,其标题一般多仍原名,故此《碧玉槲叶》,应即《异闻集》原来标题,而非《李章武》"①,这正是此前所论过信《类说》所录篇名之例。关于此,可从两方面论之。一方面从《太平广记》所载之名论,其篇末云"出李景亮为作传",明确表示此篇原名当有体字"传"字,则《广记》所引,唯将原名之体字删去而已。周绍良先生认为此注"在《太平广记》全书体例中,为一绝无仅有之形式",此语实不然,李剑国先生即举卷三〇八《崔龟从》末注云"出龟从自叙"例②。一方面可由《类说》所录之名论之,一则,唐人单篇传奇中,从未见此种命名,其实,此名不过为宋代类书割裂掇拾而拟炫人耳目之名者,如摘《古镜记》一节题之云"金烟玉水"之类,自不可信从;二则由前所论亦可看到,《类说》本《异闻集》凡留有体字者多较可信,无者多已被改动。故此文直到当代均以《李章武传》一名流传,恐怕不仅仅是《说海》或鲁迅先生《唐宋传奇集》的选择吧。

五、《柳毅传》原名应为《洞庭灵姻传》

前文分三种情况,讨论了《类说》所录绝大部分《异闻集》篇目,并据此总结了数条规律。即《异闻集》与《太平广记》题名不同者,多以《类说》本为正;然《太平广记》"杂传记"类所收者则又以《广记》为正;《类说》所收者无体字者均不可信。但这三部分仍有一篇遗漏,那就是《类说》本所录《洞庭灵姻传》。揆诸前述三种情况:此作题名与《太平广记》所录之"柳毅"不同;但由于此篇并未录于"杂传记"类而是录于卷四一九的"龙"类之中,所以《太平广记》之题名并无可为其援证者;而且其命名尚保留有体字。计此三端,可判断此文原名当即《洞庭灵姻传》。

不仅如此,前述第二种情况只是消极证明,其实还可得到积极证据,那

---

① 周绍良《唐传奇笺证》,第409页。
② 李剑国《唐五代志怪传奇叙录》(增订本),第380页。

就是本篇虽未录入"杂传记"类,但它的一篇后世仿效之作却恰恰收于此类,即《灵应传》。此传故事与柳毅故事相类,鲁迅先生曾指出"《传》在记龙女之贞淑,郑承符之智勇,而亦取李朝威《柳毅传》中事,盖受其影响,又稍变易之"①。这一影响关系绝非臆测,还有更确凿的证据,程毅中先生即进一步指出其文本中云:"洞庭君是她外祖,泾阳君与洞庭君世为姻戚,'后以琴瑟不调,弃掷少妇,遭钱塘一怒,伤生害稼,怀山襄陵。泾水穷鳞,寻毙外祖之牙齿。今泾上车轮马迹犹在,史传具存,固非谬也'。"由此可见,此作不但在故事结构上仿效前者,甚至也把前传当作典故在文中引用,所以程毅中先生指其"在某种意义上可以说是《柳毅传》的翻案文章,作者把龙女离婚再嫁的故事改造为龙女守节拒婚的故事"②。然而,我们要讨论的是,此作不仅是《柳毅传》仿作,就命名而言也有仿效之迹:"灵应传"与"灵姻传",何其相似,这恐怕不能以偶然来解释。《灵应传》录于《太平广记》卷四九二,正为前文所述"杂传记"之部分,故据其例此当为原名,并未经后人改动。那么可以推知,《灵应传》的作者所见柳毅故事之题名必为"灵姻传"。

除此之外,我们还可以再提出一个旁证,就是前文所论之《华岳灵姻传》。其内容隐约有柳毅故事之影响。再看其命名,与《洞庭灵姻传》如出一辙,连宋人诗注引其篇名之误都惊人相似:前述《华岳灵姻传》在东坡诗注中曾被误引为"华岳云烟传",而南宋胡穉《增广笺注简斋诗集》卷一八《游南嶂同孙信道》"孤禽三叫危石裂"句下注云"《异闻录·洞庭灵烟传》:猛石可裂不可卷","姻"亦误为"烟"字③。即此可见二名之关系,亦可反证柳毅故事之原名必为《洞庭灵姻传》。

其实,我们还可以从宏观的数据上证实这一点。检索文献资料,可以看到,几乎所有的唐宋文献都称此作为"洞庭灵姻传",如李剑国先生叙录所引裴铏

---

① 鲁迅《稗边小缀》,《鲁迅全集》第十卷,第140页。
② 程毅中《唐代小说史》,第234—235页。
③ [宋]陈与义撰,[宋]胡穉笺《增广笺注简斋诗集》,《四部丛刊》景宋本,上海:商务印书馆,1922—1931,卷一八第2叶B面。

《传奇·萧旷》《灯下闲谈·湘妃神会》及胡穉、施元之、李壁、郎晔诸人对苏轼、王安石、陈与义诗文的笺注引证①，均可证明这一点，而称"柳毅传"者却均为明清文献——当然，也有极个别例外，如南宋谢维新《古今合璧事类备要》前集卷五十引洞庭龙女事，下注出处为"柳毅传"，然此种类书引录不足为据。总之，唐宋时期，仍以《洞庭灵姻传》之名更为普及。

当然，上引之资料中，唐代两条均只提及"灵姻"，尚不能确证，而宋代诗文注释中已多次明确言及"洞庭灵姻传"的篇名，甚至注其出处为《异闻集》（或《异闻录》），但由于胡、施、李、郎诸人皆后于曾慥，所以，似乎也不能排除此数人笺注皆引自《类说》的可能性。不过，我们可以取其所引文本来细勘。

《王荆公诗注》卷三十六《舒州七月十七日雨》诗有"只疑天赐雨工闲"句，下注云：

　　《洞庭灵姻传》："'吾不知子之牧羊何所用哉？神祇岂宰杀乎？'女曰：'非羊也，雨工也。''何为雨工？'曰：'雷霆之类也。'毅复视之，则皆矫顾掣步，饮龁甚异，而大小毛角，则无别羊焉。"②

将其与《类说》所引对勘，会发现此处引文较《类说》之节引详细，如此处所引之"神祇岂宰杀乎""何为雨工""则皆矫顾掣步"三句《类说》本均无③，若李壁据《类说》引注，当不会多出此数句；若其依据《太平广记》，则又不会题其为《洞庭灵姻传》。联系施元之注苏诗云"《异闻集·洞庭灵姻传》"云云④，可以推知当时尚有原本《异闻集》流传，施、李等人或就原书引录。不过，与施氏同时之王十朋注苏诗中，此条注语便已改为语焉不详之《异闻集》载：

---

① 李剑国《唐五代志怪传奇叙录》（增订本），第302页。
② [宋]王安石著，[宋]李壁笺注，高克勤点校《王荆文公诗笺注》，第916—917页。
③ [宋]曾慥辑《类说》，《北京图书馆古籍珍本丛刊》第62册，第470页。
④ [宋]苏轼著，[宋]施元之注《施注苏诗》，《文渊阁本四库全书》第1110册，台北：商务印书馆，1986，第581页。

'唐仪凤中……'"云云①，或据《太平广记》引录了。

其实，除以上所说之外，还可补充一个证据。《宣和画谱》是北宋宣和年间（1119—1125）朝廷主持编撰的书，主要著录宫廷所藏绘画作品，可靠性很高。其书卷四录有"颜德谦"一条，云其"善画人物，多喜写道像……其最著者有《萧翼取兰亭》横轴，风格特异"，后附其画目，中有"洞庭灵姻图二"一条②。知北宋宫廷曾收藏颜德谦以"洞庭灵姻"为题之图两幅，从前述其画有《萧翼取兰亭》亦可知，颜德谦颇喜以唐稗为画，且其题名亦当脱胎原名。则其"洞庭灵姻图"绝非向壁虚构之名。

若可确定此篇原名为《洞庭灵姻传》的话，我们还有一个问题要回答，那就是为什么宋以后人多以《柳毅传》而不是其原名来指称此书呢？尤其自鲁迅先生将其以此名录入《唐宋传奇集》之后，"柳毅传"竟成定名，虽然周绍良先生、李剑国先生均指出此原名当从《类说》，然"洞庭灵姻传"之名仍为人所忽略。其原因或许值得探讨。

一个可能的原因是，这个后世流传较广的篇名是否与元人尚仲贤据此创作的杂剧《柳毅传书》有关，由于此剧名气很大，其命名更为人熟知，而由《柳毅传书》一变而为《柳毅传》则是极顺理成章之事——甚至，文献中将"柳毅传书"之"传"误为"柳毅传"之"传"者，亦多有之，如胡应麟《少室山房笔丛》曾云"唐人小说如柳毅传书洞庭事，极鄙诞不根"③，即有学者点为"《柳毅传》书洞庭事"④，于是，《柳毅传》遂为柳毅故事之代称，正如崔莺莺故事最为人熟知的名称并非《莺莺传》，而是《西厢记》。不过，《西厢记》虽然取得了崔张故事代称的资格，却并未覆盖原名《莺莺传》，但《柳毅传》却"驱逐"了原名，恐怕还需考虑一个原因，那就是，《洞庭灵姻传》虽为此传原名，却并不合唐传奇命名之例。

---

① ［宋］苏轼著，［宋］王十朋集注《集注分类东坡先生诗》，《四部丛刊》，卷一二第9叶B面。
② ［宋］佚名《宣和画谱》，《历代名画记》合刊本，北京：京华出版社，2000，第334—335页。
③ ［明］胡应麟《少室山房笔丛》，第370页。
④ 如方诗铭《〈柳毅传〉的本名》，《方诗铭文集》第三卷，第340页。

本书第一章第四节论述唐传奇立名之法，凡以"传"为名者，"传"前必为人名或人名代称；凡以"记"为名者，"记"前一般以事或物为题，总之，必不以人名为题。笔者以《中国古代小说百科全书》所录唐代单篇传奇为对象核查，以"传"为名者，除我们要讨论的《洞庭灵姻传》及其影响下的《灵应传》外，仅一篇《长恨歌传》例外，而此篇本文前已述，以其歌传相配，故命名受白居易《长恨歌》之影响，故可不论。则于名播人口的唐代单篇传奇作品中，唯《洞庭灵姻传》一篇题名与前述之例不符。所以，后世接受者在阅读此传时，便不自觉将其用传体常用的人物命名来指称，于是，后人所拟之名取代了作品原名，使得这篇传奇长期以来都以《柳毅传》的名目流传，几乎使人忘了它还有一个在唐传奇制名史上矫矫不群的命名。

六、《类说》未录之《异闻集》篇目命名

据程毅中、方诗铭、李剑国三位先生考证，《异闻集》原书篇目，目前可确定者有四十余篇，前文主要讨论了《类说》本《异闻集》所录之二十五篇，同时也涉及《类说》本未录的《秦梦记》《秀师言记》《异梦录》三条。然尚有一条值得探讨，就是《古岳渎经》。

《古岳渎经》一篇经鲁迅先生录入《唐宋传奇集》，并指出"明吴承恩演《西游记》，又移其神变奋迅之状于孙悟空"①，使此书成为探讨孙悟空形象溯源之关键文献，更使其成为唐稗之代表篇目。然此篇命名却尚存疑窦。

此篇原录《太平广记》卷四六七，名为《李汤》，并注出处为《戎幕闲谈》，这个出处自然是不可信的②。其名更非作品原名，一是仅以人名为篇名，正是《太平广记》整齐之例，则或为李昉等更动；二是此篇亦为前文所云《太平广记》更名不当之例，因全篇所述，李汤仅为引子，在全文前三分之一篇幅中出

---

① 鲁迅《中国小说史略》，《鲁迅全集》第九卷，第89页。
② 参见方诗铭《跋〈戎幕闲谈〉》，《方诗铭文集》第三卷，第31页；李剑国《唐五代志怪传奇叙录》（增订本），第405—406页。

现，篇幅既少，亦无关紧要，以其为名，不亦谬乎。

鲁迅先生据陶宗仪《辍耕录》所引东坡《濠州涂山诗》"川锁支祁水尚浑"句程缜注云："《异闻集》载《古岳渎经》：'禹治水，至桐栢山，获淮涡水神，名曰巫支祁。'"并云其"出处及篇名皆具，今即据以改题，且正《广记》所注之误"①。李剑国先生亦多钩稽宋人所引，如史容《山谷外集诗注》卷一四《别蒋颖叔》"支祁窘束缩怒涛"句下注亦云"《异闻集》载《古岳渎经》"云云，与前注略同，似可证实鲁迅之论。不过，这也很可能只是当代人误点，黄宝华先生点为"《异闻集》载《古岳渎经》"，刘尚荣先生即点为"《异闻集》载古《岳渎经》"②。

首先，暂且不论此名是否李公佐之传的原名，就是传中之所虚构之奇书，其名亦非《古岳渎经》，而是《岳渎经》，"古"字只是修饰词而已。

胡应麟《少室山房笔丛》卷三二云："此文出唐小说，盖即六朝人踵《山海经》体而赝作者，或唐文士滑稽玩世之文，命名《岳渎》可见。"③胡氏所言甚确，《岳渎经》的名字其实正是对《山海经》一名的仿拟，以"岳"代"山"，以"渎"代"海"而已，则其自不会赘出一字以《古岳渎经》为名。这一点还可以从李肇《唐国史补》之记载中得到证明，其云："楚州有渔人，忽于淮中钓得古铁锁，挽之不绝，以告官。刺史李阳大集人力引之，锁穷，有青猕猴跃出水，复没而逝。后有验《山海经》云：'水兽好为害，禹锁于军山之下，其名曰无支奇。'"④此处所述，与李公佐之传相同，然其末云"山海经"。据前文论《南柯太守传》时引传末有李肇之赞可知，其与李公佐关系颇为密切，则此处载无支祁事，亦当与李公佐之传有关，或其知《岳渎经》拟自《山海经》，引述之时无意中径书原名了。

---

① 鲁迅《稗边小缀》，《鲁迅全集》第十卷，第108页。
② [宋]黄庭坚著，[宋]任渊等注，黄宝华点校《山谷诗集注》，上海：上海古籍出版社，2003，第965页；[宋]黄庭坚撰，[宋]任渊等注，刘尚荣校点《黄庭坚诗集注》，第1289页。
③ [明]胡应麟《少室山房笔丛》，第316页。
④ [唐]李肇《唐国史补》，《唐五代笔记小说大观》，第168页。

其实，关于此虚构之书名，在李公佐原文中也有证据。此传共提此经两次，前云"石穴间得古岳渎经第八卷"，"古"字是否放在书名号内或有争议，但其引述此书文字后，文末又云"即李汤之见，与杨衡之说，与《岳渎经》符矣"，则已明白无误地表明其书名了，这在文献校勘上是一个非常典型的本校之例，即"以本书前后互证，而抉摘其异同，则知其中之谬误"①。综上可知，作品中虚构的那本书名当为《岳渎经》。

不过，细考相关文献，比如最关键的东坡诗注及山谷诗注，我们会发现，从这些诗注之例来看，其并不能证明此传原名。

王十朋辑注的《集注分类东坡先生诗》，引及《异闻集》者凡五见②，除上所引外，尚有《芙蓉城》诗"中有一人长眉青"句下注云"厚：《异闻集》柳毅之言龙女曰"云云，《九日次定国韵》诗"南柯已一世，我眠未转头"句注"援：《异闻集》淳于棼尝梦至一国"云云，《题毛女真》诗"雾鬓风鬟木叶衣"句注"厚：《异闻集》载唐仪凤中有柳毅"云云，《和王胜之三首》诗"城上湖光暖欲波，美人唱我踏春歌"句下注"次公：《异闻集》载邢凤之子"云云③。细查此四处所引，其注例非常清晰，即引《异闻集》为书证时，其后均不录具体篇名。

再看山谷诗注，引《异闻集》九次，除上引外，尚有《欸乃歌二章戏王稚川》诗"盖世功名黍一炊"句下注"又按《异闻集》道者吕翁经邯郸道上"云云，《次韵子瞻赠王定国》诗"百年炊未熟"句下注"用《异闻集》邯郸枕中梦事，见前注"，又"一垤蚁追奔"句下注"《异闻集》载南柯太守淳于棼事"云云，《薛乐道自南阳来入都留宿会饮作诗饯行》诗"世事邯郸梦"句下注"《异闻集》'道者吕翁经邯郸道上'"云云，《题落星寺四首其一》"蚁穴或梦封侯王"句下注"用《异闻集》淳于棼梦入大槐安国事"云云，《庚申宿观音院》"将雨蚁争丘，鏖兵复追奔"句下注"《异闻集》淳于棼梦人扶入宅南古槐穴中"云

---

① 陈垣《校勘学释例》，北京：中华书局，2004，第130页。
② 按：其书所引原文共六次，然其所引《韦鲍生妓》篇非《异闻集》之文，故不论。参方诗铭《〈异闻集〉杂考》一文所论。
③ [宋]苏轼著，[宋]王十朋集注《集注分类东坡先生诗》，《四部丛刊》。

云,《明叔知县和示过家上冢二篇复次韵其一》"功名黄粱炊,成败白蚁阵"句下注"吕公邯郸道上炊黄粱事,已见上第一卷《饯乐道诗》注,此事与南柯事相类,皆出《异闻集》,大概言淳于棼梦入槐安国"云云,《题太和南塔寺壁》诗"百年俱在大槐中"句下注"《异闻集》载淳于棼事云"。以上七次均与前举东坡诗注颇类,即注中引《异闻集》均不出具体篇名。山谷诗注中只有一处例外,即《往岁过广陵值早春……》诗"正围红袖写乌丝"句下注"《异闻集·霍小玉传》云取朱络缝绣囊中,出越姬乌丝栏素段三尺以授李生,生素多才思,援笔成章"①。

既然东坡诗注引证之例的全部与山谷诗注八例中的七例均遵不书具体篇名之例,自可知道,这当是注者的惯例,虽然山谷诗有一处反例,但很可能是偶然情况,因为不但山谷诗注中绝大部分都符合此例,东坡诗注更是全部如此,就可以证明,东坡诗注及山谷诗注中《异闻集》载《古岳渎经》"之语,其"古岳渎经"绝非篇名,而为小说文本中李公佐虚拟之书名。其实,东坡及山谷诗注二例中,其表述都是"《异闻集》载《古岳渎经》",似与通常格式不同,此"载"字表明诗注所录,不过是《异闻集》所载有关《古岳渎经》的内容罢了。

《李汤》《古岳渎经》二名均不可信,则此传原名究竟为何呢?现在并无确切文献资料可以证明,只可试为推论。

前引李肇《唐国史补》引录此节,加之其与李公佐关系密切,故此材料颇值得注意。《唐国史补》一书较为奇特,其书共三百零八节,正文并无标目,然全书之首列有全部三百余条标目,且为整齐之五言目。相对的这一条名为《淮水无支奇》②,此名甚为切当。以李公佐作品来看,其命名之例,无论《谢小娥传》《南柯太守传》还是《庐江冯媪传》,均为标准之传名(即人名或人名代称加"传"字),则此篇有可能为《淮水无支祁传》或《无支祁传》。

---

① [宋]黄庭坚撰,[宋]任渊等注,刘尚荣校点《黄庭坚诗集注》,第55、130、778、1441、1258—1259、1136、1043、281页。
② [唐]李肇《唐国史补》,《唐五代笔记小说大观》,第158页。

七、《类说》本《异闻集》篇名为谁所改

据前所论,知道《类说》本《异闻集》命名绝大部分是可靠的,但也不全可信,参互讨论,或可恢复大部分著名的唐代单篇传奇篇名原貌。

不过,我们还当追问,前述不可信的几条命名为谁所改呢?

李宗为先生论《李娃传》时云"陈翰《异闻集》常增删改动原作",并举证云"其所收《枕中记》与《文苑英华》本多所不同,所收沈亚之《邢凤》、《太学郑生》与《沈下贤文集》中之《异梦录》、《湘中怨解》也常有不同,这就是明显的证据"①,但云"其所收"实为"《太平广记》所收",则以其与《文苑英华》或《沈下贤文集》之不同证《异闻集》编者"增删改动",实未见其当。程毅中先生论《莺莺传》时指出,"有人根据《侯鲭录》和《类说》本《异闻集》中把《莺莺传》称作《传奇》,考证《传奇》即《莺莺传》的原名。这个结论还有待确切的旁证",但又进一步说"因为《传奇》作为《莺莺传》的异名,有可能是《异闻集》编者陈翰所改"②,所论亦未提供证据。

其实,就篇名而言,由前文所论当可推知陈翰原书并未改动篇名。如李肇于长庆中(821—824)撰《唐国史补》③,而陈翰则于乾符间(874—879)辑《异闻集》,李肇早陈翰半个世纪,则李氏《唐国史补》提及"沈既济撰《枕中记》",又云"李公佐《南柯太守》",自然早于陈氏辑书之时。更早的顾况《戴氏〈广异记〉序》中提到"王度《古镜记》",甚至作为作者的沈亚之传世文集中即有《湘中怨解》,还有前论之《周秦行纪》。这些篇名之著录均早于陈翰,然其与今《类说》本《异闻集》基本相同,自可知道陈翰并未改动作品原名。

同时,我们还可以举出一个陈翰未改却为今《类说》本所改之篇名,即《李娃传》——这是《太平广记》"杂传记"类作品与《广记》注出处为《异闻集》作品中唯一重合的例子。据此,可知此篇篇名未经《太平广记》编者改动,

---

① 李宗为《唐人传奇》,第55页。
② 程毅中《古体小说论要》,北京:北京出版社,2016,第66页。
③ 周祖譔主编《中国文学家大辞典·唐五代卷》,北京:中华书局,1992,第338页。

当为引录原书之原名，此原名又当来自《异闻集》，而此名至《类说》本，则已易名为《汧国夫人传》了。

那么，是否《类说》本《异闻集》中改动之名皆为曾慥所为呢？虽然曾慥在辑录《异闻集》时亦有增删，除删节原文外，有增加按语①，有删去作者署名②，然皆为编者常有之事。至于作品篇名，则似非曾慥所为，如前论之《莺莺传》，在曾慥之前已多有文献称其为"传奇"。李剑国先生称其"殆系因王、赵而改题，盖因云《传奇》时人皆知为崔、张，而《莺莺传》之名反晦矣"，推论亦合理，然其又"疑《传奇》、《会真记》者皆后人篡改，已非曾慥之旧也"③，则似又稍过。因为一来像《传奇》之类的名字，在曾慥之前即已出现，自非"后人篡改"；二来虽然明本《类说》"在分卷上大失曾慥原书面貌，而且较曾慥原本阙失了许多重要内容，还存在着严重的文字讹误"④，但据笔者看到国图藏有嘉堂抄本与上海图书馆藏明抄本，就《异闻集》而言，并无重要的不同。另日本京都大学藏有《类说节要》抄本，前有"船桥藏书""清原""秀相"印，知为日本明经博士清原秀贤（1575—1614）之子船桥秀相（清原秀贤曾于1601年改姓船桥，故其子有二姓），其人卒于日本正保四年（1647），则此抄本之抄录抄自天启六年（1626）岳刻本之可能性不大。此本据笔者校读，与明刻本颇有异文，是为节自宋本无疑。其书抄录《异闻集》六篇，分别为《镜龙记》《古镜记》《枕中记》《离魂记》《南柯太守传》《周秦行纪》，名称与明刊本全同，亦有助于了解宋本之原貌。

那么，《类说》中可以确证的改动究为何人所为呢？其实，《四库全书总目》

---

① 详参方诗铭《〈异闻集〉杂考》一文第五节"《类说》本《异闻集》的按语"之考证。
② 据宋代诗话引录可知，《异闻集》原本均附作者姓氏，如《苕溪渔隐丛话》后集卷三八引《复斋漫录》云"《异闻集》载沈既济作《枕中记》"（胡仔纂集，廖德明校点《苕溪渔隐丛话》，北京：人民文学出版社，1962，第309页），再如吴曾《能改斋漫录》所附逸文云"唐《异闻集》薛防作《霍小玉传》有云"（薛防当为蒋防之误，吴曾《能改斋漫录》，上海：上海古籍出版社，1979，第532页。按：原文标点有误，今径改）。然今所见《类说》本《异闻集》无一题撰人名氏，则其必为曾慥所删。
③ 李剑国《唐五代志怪传奇叙录》（增订本），第339—340页。
④ 赵庶洋《略论清钞宋本〈类说〉的文献价值》，《文献》2012年第3期。

对此书之评价颇透其中信息。其云:"南宋之初,古籍多存,慥又精于裁鉴,故所甄录,大都遗文僻典,可以裨助多闻。又每书虽经节录,其存于今者以原本相校,未尝改窜一词。如李繁《邺侯家传》下有注云'繁于泌皆称先公,今改作泌'云云。即一字之际,犹详慎不苟如此。可见宋时风俗近古,非明人逞臆妄改者所可同日语矣。"① 由四库馆臣所举《邺侯家传》之例其实可以看出曾氏态度之严谨,但我们在使用《类说》时,将其与尚存之原书对比,会发现在本书体例所必需的删节之外,还是有更改的地方,不独《异闻集》为然,这似不可理解。其实,正如四库馆臣所言,"南宋之初,古籍多存",则曾慥辑录此书,自有所据,或为自藏之书,或为经目之帙,而改动与否,又与所据之底本有关。回到《异闻集》篇名上来,就前所云之《传奇》我们已可知,即在宋时,唐传奇流传颇广,渐生异称,曾氏所辑,仅据其所见之文献纂录,自无法概复原名,所以,应该说,《类说》本《异闻集》改名之例,或只是此作在唐末、北宋时期命名变异之记录而已,也就是说,这些异名并非陈翰或曾慥的有意更动,只是它们在不同时期为人习称之名的反映罢了。

---

① 魏小虎编纂《四库全书总目汇订》,第 3898 页。

第三节 《虬髯客传》异名辨析及其命名的史传渊源

金圣叹在评点《西厢记》时，忽然兴会淋漓，写下当年与友人纵论人间快事三十余条，其一便是"读《虬髯客传》，不亦快哉"！的确，《虬髯客传》仅有两千余字的篇幅，却包括如此跌宕奇诡的情节、恢宏开阔的境界，再加上千古艳称的风尘三侠，使它成为唐代传奇当之无愧的殿军。然而，正是这样一部杰作，其书不同版本之命名尚有歧异之处，这些不同的命名也包含了作者的疑点，因此需要进行细致的考察。

一、对"虬须客传"一名的考察

就目前存世文献而言，此传初载于《太平广记》卷一九三，题为"虬髯客",注出"虬髯传",引用书目作"虬髯客传"①,则其名为《虬髯客传》无疑。然历代书目又多著录为"虬须客传"者,如《崇文总目》《宋史·艺文志》《国史经籍志》《文渊阁书目》《百川书志》《读书敏求记》等②。其实,《虬须客传》的命名从文本角度看,最早当来自杜光庭(850—933)《神仙感遇传》所收此传的删减本,此书又收入《云笈七签》,故得流行于世,前举书目中多署作者为"五代杜光庭",即可知其所云"虬须客传"实为杜氏删改本。

不过,关于杜光庭《虬须客》与繁本《虬髯客传》之关系尚需说明。

汪辟疆先生(1887—1966)认为此传为杜光庭作,并云其收入《神仙感遇传》者"叙述与今所传本不同。且简略朴僿,文采殊逊。而《虬髯》作《虬须》,标题与《宋史》正同。颇疑《道藏》为今传之祖本;流传宋初,又经文士之润饰,故详略互异如此"③。若果如此,则此传固宜以"虬须客传"名之。然则此繁简二本的关系究竟如何?祖本是否杜氏所作呢?

最早提及此传的唐人苏鹗(886年进士)说"近代学者著《张虬须传》,颇行于世"④。王运熙先生(1926—2014)认为苏与杜光庭约同时,不当称其为"近代学者",故否定杜之著作权⑤。事实上,这一记载却还不足据。因为这一推理隐含着一个前提条件是苏鹗清楚地知道此传的作者是谁:《苏氏演义》为考证典制名物之书,作者往往持己之博学以教人,然独于此云"近代学者",是必已不悉作者之名氏矣。如若知道,他又何必隐人之善而彰己之寡闻呢?所以,这四字也就不足以去衡量杜光庭或任何其他作者人选。另外,此书为四库馆臣从《永乐大典》中辑出者,故其云"张虬须传"的名字亦不可凭信。

不过,杜光庭却实非其作者。这一点,前贤已多有论及,然向来之文学史、小说史著述仍多有归美于杜者,故不得不再为考论。

---

① [宋]李昉等编,汪绍楹点校《太平广记》,第1445—1448页,书目第2页。
② 关于《虬髯客传》的文献著录及相关问题之考辨,请参见李剑国著《唐五代志怪传奇叙录》,第580—588页。
③ 汪辟疆校录《唐人小说》,第181页。
④ [唐]苏鹗著,吴企明点校《苏氏演义》,北京:中华书局,2012,第38页。
⑤ 王运熙《〈虬髯客传〉的作者问题》,《光明日报》1958年3月2日,《文学遗产》副刊第198期。

将《太平广记》本与《神仙感遇传》本仔细核校，前者全文约两千四百字，后者约一千字，二本相差甚大，从比勘中即可发现其前后关系。

首先，情节之漏洞与错榫是后出之本（无论是繁是简）的一大标志。反观二文，杜之简本真可说破绽百出。

比如，简本述李、张二人"税鞬于灵石店与虬须相值"，接下来便是虬髯客看张梳头，张答话，下便云"环坐，割肉为食"。这里的"肉"前文无一字及之，此不知从何而来。再看繁本，则前有"炉中烹肉且熟"之语。

像这样的例子还有很多。如简本开篇云"虬须客道兄者，不知名氏"，而其后文中依然说"姓张……第三"，这种幼稚的错误自然不会来自原作者。繁本中虬髯客问"有酒乎"，这并非随意之笔，而是有其情节指向意义的——引出以负心人心肝下酒一节。简本删去了"心肝下酒"的情节，却留下了"复命酒共饮"的尾巴。这就出现了已经"环坐，割肉为食"，乃至于"以余肉饲驴"了，却才又饮酒的场面。简本云"见虬须与一道流对饮，因环坐，为约与道兄同至太原"，此处坐下后却不过是约去太原，"因环坐"便觉蛇足。其实，繁本中的"因环坐"也是有其情节指向意义的，因其坐下后"围饮数十巡"，且要"择一深隐处驻一妹"，简本中删此二句，不仅使上文之"因环坐"变得多余，而且又造成后文的两处断层：简本云"道兄与刘文静对棋，须靖俱会"，却突然不见了那个机警卓识的红拂女了；后文又云"虬须命其妇妹与李郎相见"，此篇中似未言虬髯客有妹，且此句后仅云"其妇，亦天人也"，那么，这个"妹"又是哪里冒出来的呢？其实，这个妹就是"一妹"，便是红拂。简本删去一句而几处见肘。就在上引之"同入京，虬须命其妇妹与李郎相见，其妇亦天人也"下却紧接着说"虬须纱巾裼裘，挟弹而至"，这也极不通：既已"同入京"且"命其妇妹与李郎相见"，又何出此言？看繁本才明白，本来是虬髯客先入京，李、张后寻来，奴仆引入，更衣后，方传云"三郎来"，所以才写其"纱巾裼裘而来"。

从这些例子中，我们应该看出，简本节缩自繁本当为定案，"后人润饰"当无可能。

其次，从简本之文理凌乱中，亦可见其删削之迹。

如其云"李郎一妹善辅赞之,非一妹不能赞明主",此语不但不通,而且极为可笑。检视繁本,原文云"李郎以奇特之才,辅清平之主,竭心尽善,必极人臣;一妹以天人之姿,蕴不世之艺,从夫之贵,以盛轩裳。非一妹不能识李郎,非李郎不能荣一妹"①,何等得体,何等熨帖。若说原作者写出了"非一妹不能赞明主"这样可笑的话,而后人润饰出了原文当有的语句,则非余所敢信也。

最后,从对人称的把握上亦可寻绎到蛛丝马迹。

简本中虬髯客"又曰:'妹第几?'妹曰:'最长。'"后一"妹"字就莫名其妙。在作者的叙述语中,这种称呼是错位的,是删节者的妄加。因为在一部完整的文学作品中,艺术世界总会有内在的统一性,这种统一性还会有其惯性,从而对作品起整合作用。而艺术世界的载体——语境也便有延伸的惯性,它使得不适合于语境的元素得以剔除。这种改变了叙事角度的人称在原有语境中是绝不会出现的。此类例证亦复不少。如繁本中虬髯客云"李郎宜与一妹复入京",而简本改直接引语为间接引语"又约靖与妹于京中……"却忘了改变称呼。

从上面的论述中,我们起码可以承认两个事实:一是简本系节自繁本;二是删节者与原作者绝非一人。同时,我们还知道收此简本的《神仙感遇传》乃杜光庭所撰②,且其著文大多采撷旧籍,捃拾他说③,所以,作为把《虬髯客传》删改为合于《神仙感遇传》体式的他也就绝非原作者。所以,杜氏所名之"虬须客"也就并非原名。

---

① 其实,这很可能已经是删节过的文字了,据《唐语林》所录文本可知,其原本末二句当是"非一妹不能识李郎,亦不能存李郎;非李郎不能遇一妹,亦不能荣一妹",参见[唐]陈翰编,李小龙校证《异闻集校证》,北京:中华书局,2019,第343—344、356页。
② 亦有人怀疑此简本为《云笈七签》的编者张君房所节缩,事实上并非如此。如其将开头删改为"虬须客道兄者,不知名氏",这不仅合乎载于《云笈七签》之三十篇的格式,亦合于未载入此书而见之于《道藏》的《神仙感遇传》其他篇目之格式,甚至与杜之《仙传拾遗》《墉城集仙录》《王氏神仙传》等作品亦同,可见此举应出杜手。
③ 关于此,可参见李剑国《唐五代志怪传奇叙录》(增订本),第1299—1316页。

二、对"扶余国主"一名的考察

除以上杜光庭《虬须客》外,《说郛》还把此篇署名为"张说",并标其题目为"扶余国主",因此,学界亦颇有学者将此篇的著作权归于张说(667—730),那也自然要将此篇题目定名为《扶余国主》。不过,这一认定亦有问题,需要认真梳理。

王运熙先生较早有限度地认可张说的作者地位[①]。其后,程毅中先生也将此作暂归张说[②]。不过,此说多年来并未得到认真的对待。

2004 年,张安祖先生发表文章,从时代背景角度认定张说为作者[③],其后,卞孝萱先生(1924—2009)亦撰文详论之[④]。二位先生将史实与作品比照,用功甚深,论述亦密,唯结论尚有可商榷之处。卞先生所举理由中关于张说的四条("张说与玄宗私人关系密切"、"张说喜写小说"、"张说嗜奇"、张说"擅长以文学作品为政治服务")必须以"张说即作者"为前提方可生效,而这正是需要证明的,所以可不论。其最关键证据是认为《虬髯客传》的产生背景并非一般学者所认为的风雨飘摇的晚唐时期,而是"在太平公主与玄宗争夺皇位的严峻时期","《虬髯客传》产生于张说自东都遣人献佩刀于玄宗之时","撰《虬髯客传》则是为玄宗制造舆论:一面宣传玄宗是'真人'(真命天子),一面警告'人臣'(太平公主及其党羽)不要'谬思乱','皇家(李家)垂福万叶',作乱者如'螳臂之拒走轮',自取灭亡"。这一论证有两方面的问题。一是关于背景的论述其实只是比附:作品正文在写隋唐易代,加之其为传奇小说而非史料实录,所以要把它置换为另一个历史时期自然需要大量臆测来补充逻辑环节,也就是说,这一比附从学理上看是不妥当的,因为没有确证。二是即便认可这种

---

① 王运熙《〈虬髯客传〉的作者问题》,《光明日报》1958 年 3 月 2 日,《文学遗产》副刊第 198 期。
② 程毅中《古小说简目》,第 39 页。
③ 张安祖《〈虬髯客传〉作者考辨》,《唐代文学散论》,北京:生活·读书·新知三联书店,2004,第 189—200 页。
④ 卞孝萱《论〈虬髯客传〉的作者、作年及政治背景》,《东南大学学报》2005 年第 3 期。

比附的学理逻辑，平心而论，仔细体察作品，应可感受到作者对天下即将大乱的局面甚为恐惧，故作此传来警告那些窥伺神器者，这与张、卞二先生所描述者还有很大差距：唐玄宗与太平公主间只是统治者上层小范围的权力争夺，与鼎革之变不可同日而语，可以想象张说不会用如此不智的比附来为玄宗制造舆论：因为这种比附更容易被人做出国祚已衰、天降真人以代兴的理解，事实上唐玄宗面临的只是皇权继承的问题，并非"苍天已死，黄天当立"的乱世局面。

再就唐传奇的文体演变来看，则张说之时，唐积百余年，传奇作品却不过《古镜记》《补江总白猿传》等寥寥数篇朴拙之作，距唐传奇之成熟亦有半个多世纪①。而且，豪侠小说之成熟还要更晚，并经过了一个侠客先充当背景、逐渐才挪到舞台中心的漫长过程②。若此传出于盛唐，则颇违常理。张安祖先生为了避免这一矛盾，一边指出唐传奇之脉络或因作品的亡佚而并不清晰，一边认为此传之艺术成就并不像论者所言那样高，从而尽量不使这一矛盾过于突出。其实作品之亡佚诚或有之，但文学史的脉络却会有其总体趋势可循；而《虬髯客传》的艺术成就如何亦自有公论。当然，也要承认，文学创作并非文学史发展规律的顺民，有些伟大的创作会超越时代并引领新的格局，所以我们只能说，若不存偏见的话，应该承认初盛唐时期的张说很有可能写不出这样成熟的传奇作品，这里只能说"很有可能"，而要定谳则必须有其他确切的证据。

那么，什么样的论证既可避免落入时代比附的臆测中，又可不用所谓的文学史规律来抹杀伟大的创作呢？答案是文献的考证——虽然有关《虬髯客传》的资料太少，但还勉力可为。

张说之说起于宋人所编《豪异秘纂》，其《扶余国主》篇即今之《虬髯客传》，并署张说撰。后来的《虞初志》、重编《说郛》、《五朝小说》、《唐人说荟》、《唐代丛书》、《龙威秘书》、《艺苑捃华》、《旧小说》等皆从之——这些后起的书恰恰均是鲁迅先生所云"妄造书名""乱题撰人"之杂钞，"假如用作历

---

① 唐传奇成熟之标志，程毅中认为是《枕中记》(《论唐代小说的演进之迹》，《文学遗产》1985年第5期)，亦有认为是《离魂记》和《任氏传》者，然均已在建中、贞元以后了。
② 参见陈平原《江湖仗剑远行游——唐宋传奇中的侠》，《文学评论》1990年第2期。

史研究的材料，可就误人很不浅"①，因此这些资料基本不能当作文献证据，可不考虑。所以，焦点在于它们所因袭的《豪异秘纂》。

首先，《豪异秘纂》之编成当在宋世。李剑国先生因其书所收五事的作者最晚的是北宋人郑文宝，便认为"当成于北宋"，其实并不妥当，因为这只是其成书的上限。陈振孙《直斋书录解题》载有此书②，则其成书下限当为宋末。由于郑文宝卒于大中祥符六年（1013），可知此书之编成上距张说已有三百至五百年，其间全无文献记载张说撰《虬髯客传》之事。而三五百年后随意编成的杂书却直署其名，从文献学角度来看是很难取信的。另外，《虬髯客传》一书唐宋人称引其名均大同小异，从未闻有"扶余国主"的名字。

其次，《豪异秘纂》一书本已不可信，而现在却连宋人的原本也看不到，只能看到收于元末明初陶宗仪所辑《说郛》之中者——无巧不成书，《说郛》也不可靠，暂且不说与《唐人说荟》几为一丘之貉的重编《说郛》了，就是被当作陶宗仪原编的百卷本《说郛》也早就掺了假，这一点从其书多收明人著作一点即可知（如《稽古定制》《劝善录》《效颦集》之类），即使收前人著作，亦间或可考有非陶宗仪原编者③。这样一部丛书自然无法放心地当作判断作者这样一个重大文献问题的核心证据。

最后，我们再仔细考察一下现在所能看到的《豪异秘纂》的情况。全书一卷，仅录五事，分别为：张说《扶余国主》、郑文宝《历代帝王传国玺》、从孙无释《祖伯》、罗隐（833—910）《仙种稻》、王仁裕（880—956）《蜀石》。中间三条有目无文，而且遍稽文献亦渺无踪迹，所以十分可疑④。就其选目而言也杂

---

① 鲁迅《破〈唐人说荟〉》，参见《鲁迅全集》第八卷，第131—132页。
② ［宋］陈振孙撰，徐小蛮、顾美华点校《直斋书录解题》，上海：上海古籍出版社，2006，第324页。
③ 如昌彼得《说郛考》（台北：文史哲出版社，1979，第380页）对所收唐人张怀瓘《书断》的考证。
④ 据［宋］王应麟辑《玉海》"至道中郑文宝为《玉玺记》一卷"之语（南京：江苏古籍出版社、上海：上海书店，1987，第1556页），知郑文宝确有过类似的文字，而重编《说郛》中录有郑文宝《传国玺谱》一文（《说郛三种》第4462—4464页），但未必可信。

乱无章，由此亦可知其编撰态度（其实仅此书之名目便可窥其一二）。

我们先来讨论一下标为王仁裕的《蜀石》，其文与五代何光远《鉴诫录》卷五《徐后事》一条几乎全同。那么究竟谁是其原作者呢？《蜀石》文末有"故兴圣太子随军仁裕有《戳（咏）后主出降》诗"一句①，而《徐后事》则为"故兴圣太子随军王承旨失名有《咏后主出降》诗"②。李剑国先生认为："按前蜀王仁裕官翰林学士，王承旨者即指翰林学士承旨（学士之长）王仁裕。何光远录仁裕文，不知作者谁氏，故注称失名。而《豪异秘纂》知为王仁裕，故改承旨为仁裕也。"③

这一推论还可商榷。

第一，如果五代的何光远不知道作者是谁，数百年后《豪异秘纂》的编者如何知道呢？除非他看到的本来就署了"仁裕"，若是那样就根本不需要"改承旨为仁裕"；而如果本来就署了名，何光远又何以"不知作者谁氏"呢？所以，想来此文原本就作"承旨"，若果为王仁裕作，则如此题署便很蹊跷。

第二，据《新五代史》载，王仁裕在前蜀官为翰林学士，但并非翰林学士承旨，其于后汉高祖时方任此职④。

第三，最重要的是，二文均有"兴圣太子随军"六字，细考此数字，可以肯定此"王承旨"绝非王仁裕⑤。此处之兴圣太子乃指后唐庄宗之子李继岌，据《新五代史》云："豆卢革为相，建言：唐故事，皇子皆为宫使。因以邺宫为兴圣宫，以继岌为使。"⑥后封魏王并伐蜀，七十余日即灭蜀，但在班师途中因李嗣源之变而死。李继岌本可继庄宗之位，然因李嗣源之反而失去了皇位与性命，

---

① ［明］陶宗仪等编《说郛三种》，上海：上海古籍出版社，1988，第592页。
② ［五代］何光远撰，邓星亮、邬宗玲、杨梅校注《鉴诫录校注》，成都：巴蜀书社，2011，第113页。
③ 参见李剑国《唐五代志怪传奇叙录》，第993页。
④ ［宋］欧阳修《新五代史》，北京：中华书局，1974，第662页。
⑤ 陈尚君先生因《豪异秘纂》而将此诗从清编《全唐诗》中署为"王承旨"移为"王仁裕"（《全唐诗补编》，北京：中华书局，1992，第1345页），其实亦误，仍当以《全唐诗》所署为是。
⑥ ［宋］欧阳修《新五代史》，第152页。

所以用"兴圣太子"称呼他是带有特殊意义的，这就可知其作者绝非前蜀王仁裕，而是后蜀何光远：因为李继岌正是平定前蜀的人，王仁裕虽仕数朝，或许并无强烈的前朝之思，但总可以使用当时及后人多常用的"魏王"，自不会用带有强烈政治倾向的"兴圣太子"；而后蜀政权的创建者孟知祥不但是李继岌的姑丈，而且正是李继岌平定前蜀后朝廷派来镇守蜀地的人，在交接后，李继岌班师途中遇变而死，孟知祥便与称帝的李嗣源明争暗斗，并最终建立了后蜀政权。所以，后蜀人士以"兴圣太子"称李继岌带有不承认唐明宗李嗣源帝位合法性的含义。就这一点而言，我们还可分别从王仁裕与何光远的文字中找到依据：王仁裕的《王氏见闻记》有一条《太平广记》引为《陈岷》，即云："后唐庄宗世子魏王继岌伐蜀"①；而何氏《鉴诫录》除《徐后事》外还有《瑞应谶》云"以统军兴圣太子未归"、《饵长虹》云"从兴圣太子魏王继岌收蜀"二例②，王、何二人使用称呼即明显不同。如此还可进一步分析，不但称"兴圣太子"的人不会是王仁裕，那个兴圣太子的随军就更不可能是王仁裕了，因为那是灭掉前蜀一方的人，而王仁裕当时是被灭一方的臣子。明乎此，其诗首句"蜀朝昏主出降时"的措辞也便好理解了。

既然此文作者确为何光远，即可知《豪异秘纂》的题署是伪造的，其编者（抑或是《说郛》的编者乃至校订者）袭来此文，改题《蜀石》"妄造书名"后，又因其失名之"王承旨"而沿其姓"乱题撰人"为王仁裕——果然是"妄造书名"与"乱题撰人"紧相连属。之所以说其"妄造书名"，是因为此则内容为记录徐氏姐妹二人游历之诗作，后有大段议论将蜀亡归罪于二徐，除文中提及二徐之诗多刊于石以外，此名几与内容全不相干。当然，据张宗祥所校休宁汪季青家藏明抄残本，此名当为"蜀后"③，则其尚称名实相符。

《豪异秘纂》仅有两篇全文：《蜀石》既已证明如此，《扶余国主》一篇如何呢？巧合的是，其剽袭手法如出一辙。其署作者名为张说显然是袭用《蜀石》

---

① ［宋］李昉等编，汪绍楹点校《太平广记》，第510页。
② ［五代］何光远撰，邓星亮、邹宗玲、杨梅校注《鉴诫录校注》，第1、75页。
③ 张宗祥《说郛校勘记》，陶宗仪等编《说郛三种》，第45页。

篇的惯技，因小说中虬髯客姓张而来。不过，也与前者一样露出了马脚。李剑国先生曾以丰富的引证表明所谓"虬髯"实即唐太宗李世民①，唐人多云之，杜甫（712—770）即有"虬髯似太宗"之诗句②。如果我们考虑到虬髯客只是为了显示李世民的天命所归才设置的虚构人物，自然姓甚名谁都无所谓，甚至他根本不需要有姓氏，"虬髯客"的名字已足够响亮，很少有人还记得他姓张，但作者恰恰令他姓张（从叙事安排来看这样其实是为了与红拂的结识，但问题就在于红拂也并不必须姓张，相反，红拂之所以姓张或许正是从虬髯客来），所以可以想象这可能是作者在利用"职权"宣扬自己，从而似乎为张说之说增加了证据。但事实却正相反，如果作者是张说，制作此传只是替玄宗夺权制造舆论，那他绝不会把这样一个人（从故事情节上看是本欲"龙战三二年"以争夺天下者，从形貌上看是作者有意设置的太宗化身）定为自己的"张"姓，因为在权力争夺中，这太容易引起联想了③。所以，如果承认张、卞二先生的政治背景说，就可以知道作者绝非张说，因为他不会炮制出一部有政治寓意的作品却把自己架在火炉上；当然，若无此背景的话，在不考虑其他因素的情况下，张说也不是没有可能以游戏心态给一个大英雄安上自己的姓氏，但若无此时代背景，则张说之说就更无援证了。所以，这个作者纯粹是"乱题撰人"而来的，之后也便以"妄造书名"来惑世了。

---

① 参见李剑国《唐五代志怪传奇叙录》，第583、586页。
② ［唐］杜甫著，［清］仇兆鳌注《杜诗详注》，北京：中华书局，1999，第1390页。杜诗尚有"虬髯十八九"之句（第2043页），后之注者也均直接理解为太宗。
③ ［唐］段成式《酉阳杂俎》载有张翁窃刘天翁之白龙上天而成为新天翁之事（方南生点校《酉阳杂俎》，第128页），张政烺先生在《玉皇姓张考》一文中即指出"刘为汉之国姓，张翁代刘翁或即'苍天已死，黄天当立'之说"，也就是说，此传说之起当即"张氏兄弟意在取汉自代"而制造的舆论（张政烺《文史丛考》，北京：中华书局，2012，第183—190页）；《殷芸小说》又载晋周谓死而复生（张政烺先生所据为王世贞所引者，名为"周兴"，张先生以其为唐人周兴而疑其年代莫明，实王世贞或为引《类说》者，而《绀珠集》作"周谓"），知张天帝"久已圣去"，新天帝为"近曹明帝耳"（周楞伽辑注《殷芸小说》，上海：上海古籍出版社，1984，第25页），实亦为曹氏夺权制造舆论者。可知姓氏在有政治用意的小说创作中不可轻忽。

三、"虬髯客传"之名当源于《史记》

接下来，我们抛开作者对作品定名的影响，对这几个题目直接进行考辨。

有学者指出，这篇作品的主人公应当叫"虬须客"，所以作品也应该叫作《虬须客传》，这自然是有道理的。

首先，我们来看看此作与唐太宗的关系。

这一点很简单，引一条资料便可证明。程大昌（1123—1195）《考古编》卷九说："《虬须传》言靖得虬须客资助，遂以家力佐太宗起事，此文士滑稽而人不察耳。又杜诗言'虬须似太宗'，小说亦辩人言太宗虬须，须可以挂角弓，是虬须乃太宗矣，而谓虬须授靖以资，使佐太宗，可见其为戏语也。"① 由此可知，作者极富幻化虚构之才，为了证明"真人之兴，非英雄所冀，况非英雄者乎"的主旨②，劈空杜撰一个慷慨雄烈的大英雄虬髯客，让他一见"真人"李世民而"心死"，而这个大英雄的创造却是就地取材，从李世民分身而来。那么，如果此前文献资料论及李世民均用"虬须"的话，则此传亦当如此。

其次，再仔细研究一下"髯"和"须"的位置。

清初文献学家钱曾在其《读书敏求记》中就曾做过如下辩驳：

> 杨彦渊《笔录》云："口上曰髭，颐下曰须，在耳颊旁曰髯，上连发曰鬓。"髯之不混须也明矣。《汉·朱博传》："奋髯抵几。"《蜀志》："犹未及髯之绝伦逸群。"黄香《责髯奴辞》："离离若缘坡之竹，郁郁若春田之苗。"古人描写髯之修美，并未言其虬也。老杜《八哀诗》："虬须似太宗。"《酉阳杂俎》："太宗虬须，常戏张挂弓矢。"《南部新书》："太宗文皇帝虬须上

---

① ［宋］程大昌撰，刘尚荣整理《考古编》，《全宋笔记》第四编第十册，郑州：大象出版社，2008，第92页。
② 这一句是《虬髯客传》中非常关键的表述，但很多学者并未读懂两个"非"字的关系，便以为有误字，并依据别本改第一个"非"为"由"，大失原意。

可挂一弓。"盖虬须字之有本若此。今人安得妄改为虬髯客乎？①

这个辩驳很有道理。因为根据《说文解字》以来的字书，向来释"髯"为"颊须"。《汉书·高帝纪上》有"美须髯"一句，颜师古注："在颐曰须，在颊曰髯。"② 也就是说，下巴上的胡子叫"须"，脸颊上的才叫"髯"。另据《资治通鉴》胡三省注说"虬须，卷须也"③。"颊须"要成为"卷须"已自不易，遑论再"张挂弓矢"了，"颐须"才有此可能。

最后是版本支持。

文献资料最早提及此传者为唐末人苏鹗，前引《苏氏演义》中说"近代学者著《张虬须传》，颇行于世"，由此"张虬须传"可知，苏氏所见，当为"虬须"二字。还有北宋张君房所编《云笈七签》，它收录了杜光庭的《神仙感遇传》，里面便包括了一篇节略自原本的《虬须客》④，《云笈七签》为张君房择要辑录其所编《大宋天宫宝藏》者，而后者又是他四处征集经本得来，故其书自有来历，那么唐末人杜光庭见到的也应该是"虬须"。所以，此传早期流传时名称很有可能是《虬须客传》。

于是，在清代学者之后，饶宗颐先生的《〈虬髯客传〉考》和李剑国先生的《唐五代志怪传奇叙录》也先后指出，此书的正式题名应改回为《虬须客传》⑤，这一说法提出后也得到不少学者的响应，并逐渐在古籍整理及小说史著中开始使用。

然而，比前文所言的《大宋天宫宝藏》早十几年编成的《太平广记》中收录了这篇作品，题名便是"虬髯客"，出处也署为"虬髯传"。这其中其实有一

---

① ［清］钱曾撰，管庭芬、章钰校证《读书敏求记校证》，上海：上海古籍出版社，2007，第147页。
② ［汉］班固撰，［唐］颜师古注《汉书》，第2页。
③ ［宋］司马光编著，［元］胡三省音注《资治通鉴》，北京：中华书局，1976，第2145页。
④ ［宋］张君房编，李永晟点校《云笈七签》，北京：中华书局，2003，第2450—2453页。
⑤ 参见饶宗颐《〈虬髯客传〉考》，《饶宗颐二十世纪学术文集》第十六册，台北：新文丰出版公司，2003，第1107—1108页；李剑国《唐五代志怪传奇叙录》，第583—585页。另参李时人编校，何满子审定《全唐五代小说》，第1784—1786页。

个演变的历程，我们可以试着分析一下其中的原因。

一是二字字形的相近。

在字书中，"髯"字有多种写法，事实上，《说文解字》所列篆字的字头若写为楷书便是"顄"，此外还常常写为"髥"。比如嘉靖本《三国志演义》修髯子序在署名时这个"髯"字便写为"顄"，万卷楼本此序亦如此。这两种写法其实都容易与"须"字的几种写法（如頾和鬚）混淆。不过，这是说"髯"的写法易与"须"混淆，却并非"须"会误写成"髯"，所以二字相似还应该只是可能混淆的条件，真正的原因应该还是其意义的混一。

二是"髯"与"须"的混义。

我们知道这两个字虽然各有其相对固定的指示，但却并非那么截然，如"须"字其实也可以代指所有的胡须，这一点从字书解释"髯"为"颊须"即可知。不过，有的时候，这种情况也可能反过来，即"髯"的意义可以包括"须"。如在最早出现"虬须"一词的《三国志》里，便可以找到一个有趣的例子来讨论，诸葛亮称赞关羽时说："'孟起兼资文武，雄烈过人，一世之杰，黥彭之徒，当与益德并驱争先，犹未及髯之绝伦逸群也。'羽美须髯，故亮谓之髯。"① 这里说的是"美须髯"，而诸葛亮却用一个"髯"字代称，可知其涵盖关系。其实，后来的《三国演义》描写关羽也说"身长九尺，髯长二尺"②，肯定是包含了"须"在内的——因为无法想象一个人有二尺长的"颊须"却无"颐须"。

字书还可以提供另外的证据。《广韵》便一方面把属须部的"髥"置于二十四盐中并引《说文》释云"颊须也"，另一方面却又把"髯"字放在五十五艳中释为"颔毛"③，"颔"即"颐"也，则此处释"髯"实为"须"字之义。无独有偶，此后《集韵》又把"髥"置于二十三谈，把"髯"置于五十五艳，并

---

① ［晋］陈寿撰，［宋］裴松之注《三国志》，第940页。
② 罗贯中《三国演义》，北京：人民文学出版社，2015，第5页。
③ 《宋本广韵》，北京：中国书店，1982，第206、423页。

皆释为"须也"①。

也就是说，在语义的变化中，"髯"慢慢也可以涵盖"须"的意义——就好像在当代已经无人再去细分"髯、须、髭、胡"之区别而统称胡须一样。所以，从这个角度来看，称此人为"虬须客"与"虬髯客"都并无不妥（甚至在《说郛》所录《豪异秘纂》本中，还有"一本作'髭'的校语"）。

这两个原因是说二字可以互相代替，但并不能证明其一定发生，如果发生了这种混用，那么音韵应该是值得考虑的因素。

汉语是非常讲究音韵效果的语言，正如沈约在《宋书·谢灵运传》中说的，好的文章要"五色相宣，八音协畅，由乎玄黄律吕，各适物宜。欲使宫羽相变，低昂互节，若前有浮声，则后须切响。一简之内，音韵尽殊；两句之中，轻重悉异。妙达此旨，始可言文。"②不同的字因为有不同的声韵，所以也就体现出不同的效果。有不少人评论过不同韵部的这种不同效果，如清代词论家周济说："'东'、'真'韵宽平，'支'、'先'韵细腻，'鱼'、'歌'韵缠绵，'萧'、'尤'韵感慨，各有声响，莫草草乱用。阳声字多则沉顿，阴声字多则激昂。"③

反观"髯"和"须"二字，在意义上已经可以互相取代，但在音色上却有相当大的差别。从古代音韵学角度来看，二者恰有阴阳之分，而且"髯"是开口呼，"须"为撮口呼；从现代语言学来看就是前者为洪亮级，而后者为细微级④。如果想要在这两个字甚至是前文所及的数个表达胡须的字中选一个，能避免柔弱微细的效果，那这个字就只能是"髯"。再从整个词来看，"虬"字已经是柔和级的字了，再加一个细微级的"须"便使得这个名字的力度更弱，而"髯"字的使用则可使此名得符其实。这很可能是此字在漫长的流传过程中由"须"变为"髯"的原因。

以上是仅从两个书名本身来讨论其情理，所论似亦有理据。但我们并未追

---

① ［宋］丁度等编《集韵》，上海：上海古籍出版社，1985，第286、627页。
② ［南朝］沈约《宋书》，北京：中华书局，1974，第1779页。
③ ［清］周济撰，顾学颉校点《介存斋论词杂著》，北京：人民文学出版社，1998，第14页。
④ 参见黎运汉《汉语风格学》，广州：广东教育出版社，2000，第125页。

问此真正的由来,所以仍然不能有效地解决这一问题。其实,若换个角度来观察这一问题,却会得到一个令人惊讶的结论,那就是:作品原始的书名本来就是《虬髯客传》,在后来的流传过程中才变成了"须"。

为什么这么说呢?我们先来看看"虬髯"的来历就好理解了。前文已辩唐宋人多知"虬髯"(或"虬须")实指唐太宗李世民,且有"戏张挂弓矢"的事。这篇传奇使用这个词自然来自唐太宗,那么唐太宗的"虬髯"(或"虬须")又来自哪里呢?

这有两种可能。

第一,唐太宗本来就是"虬髯"或"虬须",但事实证明并非如此。细查正史,并无记载唐太宗有虬髯者。另外,与唐太宗年龄相近并在贞观时任刑部侍郎的著名画家阎立本有一幅《步辇图》①(此画学界多定为宋代摹本②),作品对唐太宗面部的描写非常细致。但是我们注意到,对这幅画,沈从文先生(1902—1988)曾指出"太宗像和传世诸图相近,惟须角不上翘,髯而不虬,与传记叙述小不合"③——这与同画中那位须髯如戟的典礼官对比来看就更明显了。当然,中国古代的肖像画并非写真,但却总不至于失真,可以想象,如果唐太宗有浓密的"虬髯",虽然作者不满意于唐太宗动辄以"画师阎立本"的名义召自己来作画的地位④,但应该不敢擅自删去"今上"的"髯"吧。再仔细看一下,画中的须也很正常,并非"虬须"(这一点与后边要提及的几幅"虬须"对比可知)。所以既非"虬髯",亦非"虬须",只有两髭上扬,很有神采,倒可称"虬髭"。

另外,在南薰殿所藏历代帝王像中,还可以看到一幅题为"徐仲和临阎立本《唐太宗纳谏图》",如果可以相信这个题署,那就可以将其与《步辇图》做一下对比:面部大体相同,只是在两颊稍微点染了一点"髯",但也谈不上"虬髯"。另外"髭"不再上扬,而是下垂如八字,连"虬髭"也没有了。

---

① 原图及线条图请参见沈从文《中国古代服饰研究》,北京:商务印书馆,2013,第332页。
② 参见傅璇琮、周建国《〈步辇图〉题跋为李德裕作考述》,《文献》2004年第2期。
③ 沈从文《中国古代服饰研究》,第331页。
④ [后晋]刘昫等《旧唐书》,第2680页。

第二，这只是一种传说，类似于刘备大耳垂肩、手长过膝之类。而且这一传说其实有其来源，这个来源并非李世民的长相，而是附会神化他的人使用了《史记》中的典故。在《孝武本纪》及《封禅书》中，司马迁记录了齐人公孙卿所讲的黄帝事：

> 黄帝采首山铜，铸鼎于荆山下。鼎既成，有龙垂胡䫇下迎黄帝。黄帝上骑，群臣后宫从上龙七十余人，龙乃上去。余小臣不得上，乃悉持龙䫇，龙䫇拔，堕黄帝之弓。百姓仰望黄帝既上天，乃抱其弓与龙胡䫇号，故后世因名其处曰鼎湖，其弓曰乌号。①

对照一下《酉阳杂俎》《独异志》等书"唐太宗皇帝虬髯，可以挂弓"的记载②，可知有关唐太宗的这种传说显然来源于《史记》的这段记载，"虬髯"与"龙䫇"自然相应，甚至还有"弓"的出现。《史记》原文中有"乃悉持龙䫇，龙䫇拔，堕黄帝之弓"的话，详其意可知，自然是黄帝将弓挂在龙髯上，才会有小臣拔龙髯而后弓落地的情况。也就是说，传说中的唐太宗不但"虬髯"来自此处的龙髯，就连"戏张挂弓矢"也来自于此。

《旧唐书》记载唐太宗出生时"有二龙戏于馆门之外，三日而去"，新旧《唐书》也都用"龙凤之姿，天日之表"八字来形容唐太宗的相貌③，此八字评语将李世民暗示为龙可能正是后世将引渡黄帝成仙的龙附会到他身上的原因。《虬髯客传》描写虬髯客"纱帽裼裘，亦有龙虎之姿"④，这里"龙虎之姿"一词显然

---

① ［汉］司马迁撰，［南朝宋］裴骃集解，［唐］司马贞索隐，［唐］张守节正义《史记》，第588、1666页。
② ［唐］段成式撰，方南生点校《酉阳杂俎》，第1页；［唐］李亢撰，张永钦、侯志明点校《独异志》，北京：中华书局，1983，第19页。
③ 分别参见［后晋］刘昫等《旧唐书》，第21页；［宋］欧阳修、宋祁《新唐书》，第23页。
④ 此句因［宋］李昉等编《太平广记》有误字，故引自《说郛》本，参见［明］陶宗仪等编《说郛三种》，第591页。按：《太平广记》误"裼"为"褐"，"褐裘"不词，而"裼裘"则表示豪放不羁之状，前此刚刚形容李世民为"不衫不履，裼裘而来"。由此亦可见对二人描写的一致。

是拟"龙凤之姿"而稍降一等的说法,这样看来,此句前"亦有"二字便含有丰富的潜台词:也就是说,《虬髯客传》的作者在写"龙虎之姿"的时候,其心目中是有"龙凤之姿"作为比照的。

只是在这个用典中,出现了一个小小的枘凿之处。即原文为"龙髯","髯"这个字用于鸟兽时范围要宽一些。《山海经·西山经》云:"其鸟多当扈,其状如雉,以其髯飞,食之不眴目。"郭璞注:"髯,咽下须毛也。"①鸟之"髯"实即人之"须",所以将此用在人身上便有不能对位的情况。而且,上引《史记》正文"髯"字均写为"顄",这个字太像"须"字了。所以在这个典故的流传过程中,便有不少人不知其出典而依据常理将此字换成了"须"。

那么,前文所引钱曾的意见看似很有说服力,但其实却有问题。

一是说"古人描写髯之修美,并未言其'虬'也"。那是他不知道"虬髯"这个典故的来历而误判。而且,这个典故中的"虬"字用得非常精彩,因为这个字本来就指"龙",与原典可以契合,另外此字还有拳曲的意思,这样便把龙之"髯"转为人之"髯"后仍有条件"挂弓"。

二是用杜诗与《酉阳杂俎》和《南部新书》的例证来证明"盖'虬须'字之有本"。这些例子并不妥当。《南部新书》太晚,应该是唐宋时期此典从"髯"到"须"的过程中被改去了;《酉阳杂俎》现存版本皆为"须"字,然此书在明代已经校改——比此书稍晚的《独异志》中亦有此条,据李剑国先生研究,实为袭自《酉阳杂俎》者,但仍用"髯"字,则可能还保存了《酉阳杂俎》唐时的原貌。如果说这还只是推测的话,那么杜诗却可以给我们提供更有力的证据。据李剑国先生统计,杜诗两次提到"虬髯",一云"虬髯似太宗",一云"虬髯十八九",在现存杜诗版本中,《分门集注杜工部诗》、《杜工部草堂诗笺》和《王十朋集百家注杜陵诗史》三个版本中前一句均作"须",而后一字则所有现存杜集版本均作"髯",李先生认为杜诗原本应作"须","今本误耳"②。其实,

---

① 袁珂《山海经校注》,上海:上海古籍出版社,1980,第59—60页。
② 李剑国《唐五代志怪传奇叙录》,第778、583页。

仅从杜诗版本的校勘上来看，倒应该以对校与本校原则确定"髯"字为是；而前文的典故追溯亦可提供他校的证据。当然，也正如上文所言，此二字的传统解释与此词的意义有扞格之处，所以杜诗的刊刻者或校注者也多看到了这个矛盾，不同版本使用此字之依违不定便是这种矛盾的反映。

有趣的是，这一矛盾不但困扰了这部作品的书名，还困扰了历代的画家，从后世画家所画唐太宗像我们便可以看到他们在处理"虬髯"时的尴尬。

刚才已经提到了阎立本的两幅画作。我们再来看一下明代人画的唐太宗画像。

明代弘治十一年（1498）刊刻的《历代古人像赞》中有一幅唐太宗像[①]，从中可以明确感觉到绘图者向传说之"虬髯"靠近的努力，因为画中唐太宗不但有着浓密的须、髯、髭，而且都拳曲并上翘——绘图者应该注意到了"挂弓"与"须""髯"间的矛盾关系，所以干脆将"须""髯"都画作可以挂弓的形状。

南薰殿所藏帝王像中，还有一幅明人彩绘图。清人胡敬于嘉庆二十年（1815）受命编纂《石渠宝笈》三编，调查南薰殿图像，并写成《南薰殿图像考》一书，其中记载此图为："绢本一，纵八尺六寸五分，横四尺，设色。画立像，长七尺四寸，虬髯、乌纱、黄袍、窄袖、束带、革靴。"[②]事实上此像与《步辇图》颇相似，就是几乎没有髯，而且两髭上扬，但不同的是"须"稍有拳曲之意了，这或许就是胡敬所称的"虬髯"吧。此外还有一幅"翼善冠、龙衮"的半身像，此像与前图相仿，但将"须"和"髭"的拳曲之状画得更明显了。

绾结而论，有如下数端。

第一，从用典角度来看，民间传说暗示李世民为龙的化身，故牵合《史记》所载黄帝事，以其中"龙髯"一事而传李世民有虬髯（甚至将挂弓情节亦一并移植），则关于李世民之传说，原本均当作"虬髯"，只是后人多囿于"髯"字

[①] 郭馨、廖东编《中国历代古人像赞》，济南：齐鲁书社，2002，第64页。
[②] ［清］胡敬《南薰殿图像考》，《续修四库全书》第1082册，上海：上海古籍出版社，2002，第5页。

的意义范围而改为"须"字，这并非原初性的遗传因素而是后人的改动，因此，传世文献中才显示出此同彼异的纷杂面貌。那么，从求真之角度看，自然应尊重其原貌。

第二，从二字意义的互相涵盖其实已经说明此二字在某种程度上可以通用，而且，"髯"字从音韵角度也更为响亮——也就是说，不仅从求真之法理上应该维持原判，就是情理上讲也是如此。

第三，《虬髯客传》的名字其实已经成为历史的选择，后世大量的派生作品以至文化传统都已接纳了这个名字，如果改动只会徒增滋扰。所以从现实情况考虑，亦当承认其原有的命名。

第四节 《祁禹传》的文本流传、作者身份及创作命意考论

由于中国古代文化系统对小说的轻视，很多作品在流传过程中逐渐消亡，虽说古典文献均有散佚之虞，但经、史、子、集不同部类的境遇却相去甚远，小说自然是首当其冲的。因此，若有新的作品发现，就会对古代小说研究的某些环节提供有益补充，或会与已有的一些作品合而为一，使研究者对既有作品进行重新评估，补充并丰富对小说史的认识。

一、问题的提出

孙楷第先生《中国通俗小说书目》载有"《祈禹传》一百回"，然云"未见"，并称其"盖亦色情小说耳"。此后小说目录著作均据孙著入录，但并未提

供更多信息①。孙著的资料来源为蒋瑞藻《小说考证》②，而蒋氏则抄录自清人陈尚古《簪云楼杂说》，因其对后文的考证非常重要，且从蒋氏始，引录即有讹误，故据国图所藏清抄本《簪云楼杂说》具引其文如下：

> 归安茅镰，鹿门先生第三子也，字右鸾，逸才旷世。偶同诸友谐谑，枚举平生可人，以志奇遇。镰哑然笑曰："顷获所闻，遇则遇矣，未足云奇也。世有一人而百遇，尽属妙丽，斯为奇耳。"诸友曰："昔人陈迹，弟辈靡所不窥，信若兄言，愿一披读。"镰曰："此种异书，欲窥殊未易也，兄当以春缸沃我尔。"众曰："唯唯，兄固不可食言。"然镰实无此书，暮归，即鸠工匠及内外誊写者百余人，广厦列炬如昼，镰危坐其中，或以口语，或以手授，随笔随刊，苏学士手腕欲脱，亦不顾也。天将曙，而百回已竣，序目评阅俱备。因戒阍人曰："昨诸人来，第言宿酲未解，俟装钉既就，方报我。"遂入内浓睡，阍人如镰指，而诸友息肩书阁，午后始晤。镰投以书五束，题曰《祁禹传》，结构精妙，不可名状，而千载韵事，一人遍焉。诸友曰："才人妙手，如万斛明月，从空散落，可谓风流之董狐矣。"镰曰："箧中尚留几帙，明日当奉诸公。"众方欲觞镰，固辞乃止。后闻镰一夕草就，莫不惊叹。而镰屡蹎棘闱，曾不能博一第，或以为口过所致云。③

此节自蒋瑞藻始，便将原之"祁"字误录为"祈"，学界至今仍之。从清抄本《簪云楼杂说》及后文考证来看，当以"祁"字为是④。

---

① 参见孙楷第《中国通俗小说书目》，第113页；江苏社科院明清小说研究中心等编《中国通俗小说总目提要》，第175页；刘世德等主编《中国古代小说百科全书》，第386页；石昌渝主编《中国古代小说总目·白话卷》，第264—265页；朱一玄、宁稼雨、陈桂声编著《中国古代小说总目提要》，第529页。
② 蒋瑞藻编，江竹虚标校《小说考证》，上海：上海古籍出版社，1984，第94页。
③ ［清］陈尚古《簪云楼杂说》，《四库全书存目丛书》子部第250册，济南：齐鲁书社，1995，第507—508页。
④ 《簪云楼杂说》另有《说铃》本，与清抄本同，参见《丛书集成续编》第215册，台北：新文丰出版公司，1988，第658页。

据前之引文知其创作为百回大书，且为茅坤（1512—1601）第三子茅镶所撰，则时代颇早，当在万历之初，此时中国小说史上的百回大书还仅只《三国演义》一种①，若可证实，则其书意义重大，自不待言。更何况，在明代章回小说作者均无确切家世与生平为研究参考的情况下，此书作者若确为茅坤第三子，亦可还原出小说研究史上一些复杂的细节。但可惜的是，据各家书目所载，此书早已亡佚，无法得睹庐山真面了。

鉴于此，我们需要依次讨论如下几个问题：是否真的有过《祁禹传》这样一部作品？这部作品是否已经失传？如果没有失传，那究竟是什么样的作品？它是否如陈尚古所载为茅坤家人所写？作者是否为茅坤的某一个儿子？作者写作的时间能否确定？作者写作的命意是什么？

二、论《天缘奇遇》即茅镶所作《祁禹传》

对于前三个基础性的问题，我们可从以下三个角度来讨论。

（一）从文献角度探讨《祁禹传》的真伪与存亡

首先，要考虑陈尚古所载是否可信。由于陈氏所述之事太过离奇，一夕而写就百回大书，实在匪夷所思，所以降低了这一记录的可信度。但我们仍可证明他的记录并非虚构。

《两浙輶轩录》卷十载"陈尚古，字云瞻，德清人，康熙丁卯举人"②，康熙丁卯为康熙二十六年（1687），则其生活于康熙年间，时代尚早，如果茅镶生活在万历年间，则二人相差约百年，其语或有来源。不仅如此，茅坤为浙江归安（今吴兴）人，陈尚古为浙江德清人，两地明清之时均属湖州府，相距甚近。则

---

① 参见李小龙《中国古典小说回目研究》所附《中国古典小说回目统计表》，第 486 页。
② ［清］阮元编《两浙輶轩录》，《续修四库全书》第 1683 册，上海：上海古籍出版社，2002，第 392 页。

或茅氏所写，仅在当地流传，故陈氏得知其事以入记。当然，这些因素都只能是锦上添花的证据，并不能证明必有其书，最关键的证据在于后世文献资料中有此书的踪迹。

台湾学者陈益源先生首先引用清代水箬散人于乾隆四十七年（1782）为《驻春园小史》作序之语来讨论这一问题。水箬散人云："昔人一夕而作《祁禹传》，诗歌曲调，色色精工，今虽不存，《燕居笔记》尚采大略，但用情非正，总属淫词。"① 此序之作，距陈氏记载，又近一个世纪，他不但提到了《祁禹传》这本书，而且说"昔人一夕而作"，与陈氏记载吻合，可证陈氏所载不虚。更重要的是，在水箬散人作序后三十一年，便又有文献提及此书，这则文献出自嘉庆十八年（1813）的《吴门画舫续录》，其"周双喜"条云："周双喜，字溯真，居算盘巷。秀眉鬖发，佚态横生，倩盼飞扬，齿牙伶俐，有游侠风。幼读书，不事笔墨，见他人扇头诗词，过目能成诵。闻姬善林灵素之术，或背人读《祁禹传》《东游记》等书，其桑冲之类欤？未知其实也。"② 此处云周双喜"背人读《祁禹传》"，则此时其书尚存。另与《祁禹传》并列之《东游记》即清初顾道民所作之色情小说；"桑冲"又是明成化年间人妖大案的主角，男扮女装四处诱奸妇女，最终事泄，被凌迟处死，事见明陆粲《庚己编》载③——据此二端知《吴门画舫续录》的作者当对《祁禹传》较为熟悉，了解其所叙之事。那么可以推测《祁禹传》在当时或非难得之书。

在前引文献中，水箬散人序云其书已"不存"，不过是尚无大规模古籍普查或小范围小说书目整理情况下的臆见，自非定论——《吴门画舫续录》中即提及此书，可知其书直到嘉庆之时仍有流传，也就是说，其书并未早佚，这样的话就有很大可能在文献载录的复杂体系中留下痕迹。那么，这部作品仅仅是留下吉光片羽的痕迹还是本身并未消失呢？陈益源先生据水箬散人序在《燕居

---

① 丁锡根编著《中国历代小说序跋集》，第1305—1306页。
② ［清］个中生《吴门画舫续录》，《丛书集成续编》第211册，台北：新兴书局，1988，第670页。
③ ［明］陆粲撰，谭棣华、陈稼禾点校《庚己编 客座赘语》，北京：中华书局，1997，第113—115页。

笔记》中查检，认为序中所说之"大略"，当指明代丽情小说《天缘奇遇》，当然，陈氏虽有此推测，但仍然认为《祁禹传》"是否真有其书，已不可考"，而且"《天缘奇遇》跟它们的关系究竟为何，只好存疑"①，则仍在疑似之间。不过，我们可以通过以下情节和命名两个方面的探讨，确定《天缘奇遇》就是《祁禹传》。

（二）从情节对照来推测《天缘奇遇》与《祁禹传》的关系

水箬散人说"《燕居笔记》尚采大略"，细查几种《燕居笔记》，内容上类似于《祁禹传》"一人而百遇，尽属妙丽"的作品，也就是《天缘奇遇》了。当然，我们并不是直接采信水箬散人的说法，如果将《天缘奇遇》的情节与陈尚古对《祁禹传》的描述对照来看，会发现二者极为相似。

打开《天缘奇遇》便可看到，此篇作者急于令主人公多逢奇遇，所以情节过渡十分急促，第一段介绍了二百余字，便立刻入市遇吴妙娘，一百余字后二人便相通，但也仅云"极尽其乐"；然后吴氏丈夫回来，祁急"求庇于邻人陆用"，这样便直接接入下一个奇遇，陆用之妻周山茶"见生丰采，欲私之"，并仅以"生应命焉"四字结束；然后周氏便荐其主母徐氏……就这样祁羽狄奇遇不断，最后"又娶美姬二人，曰碧梧、曰翠竹，及丽贞、玉胜、晓云等共十二人，号曰'香台十二钗'。婢辈山茶、桂红等及新进者近百余人，号曰'锦绣百花屏'"②。而《祁禹传》则是茅镰听到友人谈艳遇，便大言嘲人说："顷获所闻，遇则遇矣，未足云奇也。世有一人而百遇，尽属妙丽，斯为奇耳。"一言既出，只好连夜奋笔撰此。《天缘奇遇》的情节正合此"一人而百遇"的纲领，这种因赌斗而定下如此叙事格局的作品小说史上并未见到。虽然水箬散人并没有明言为哪一篇，但通过情节核查，当可暂定二者的关系。

---

① 陈益源《元明中篇传奇小说研究》，北京：华艺出版社，2002，第225—226页。
② ［明］赤心子、吴敬所编辑，俞为民校点《绣谷春容》(含《国色天香》)，南京：江苏古籍出版社，1994，第333页。

（三）从书名与人名的互涉确证《天缘奇遇》与《祁禹传》的关系

其实，文献的证明只能说明可能性，情节的证明也并不能定案，而最坚实的证据来自两书的书名与人名。

首先，从两书的书名与主人公之名可以看出两书的关系。观陈氏所录，知《祁禹传》的缘起是"以志奇遇"，茅镰又说"遇则遇矣，未足云奇也。世有一人而百遇，尽属妙丽，斯为奇矣"，反复强调"奇遇"，则其书内容一定要有"奇遇"；而《天缘奇遇》一书也以"奇遇"为核心。前书以"祁禹"暗示"奇遇"，后书则直接用"奇遇"二字为名了。前书因"一人而百遇"之"奇遇"故为主人公命名为祁禹，后书之主人公名祁羽狄，姓名基本符合——当然，二名有一字之小异，但恰恰是此处之小异，提示给我们更为重要的信息，既由此可以推断出《天缘奇遇》的作者正是茅镰，请试论之。

冯梦龙本《燕居笔记》所收此篇后，有编者之评点云："一说我朝毛生甚有奇遇，因托言祁羽狄以志其说，盖谓'祁毛羽狄'，《百家姓》之成句耳。兹亦存之，以俟识者。"① 编者指出此名来自《百家姓》，确称巨眼。《百家姓》第二十七句为"祁毛禹狄"②，故此作原名用"祁禹传"，实用《百家姓》原文，如此看来，作者为其小说所取之名极为精妙，一方面谐音"奇遇"，另一方面却如歇后语一样隐含中间的"毛"字，并且，以此"毛"字影射茅镰之姓。这种借《百家姓》成句为小说人物命名是作者的惯例——《天缘奇遇》开始时把整个故事中最重要的廉氏一家做了介绍，"其姑适廉尚，督府参军也。姑早亡，继岑氏"，廉、岑二姓正是《百家姓》第十七句"费廉岑薛"中相邻的两个。由此例彼，可知其继"费廉岑薛"而用"祁毛禹狄"是很正常的。

另外，改编者将"禹"改为"羽"，也是有原因的。"狄"字本来便与"羽"

---

① ［明］冯梦龙增编《燕居笔记》，《古本小说集成》，上海：上海古籍出版社，1994，第2071页。
② 上海古籍出版社编《中国古代蒙书精华·百家姓》，上海：上海古籍出版社，1997，第106页。

以及《百家姓》"禹"前之"毛"字有关,《礼记·王制》云"中国戎夷,五方之民,皆有性也,不可推移……北方曰狄,衣羽毛",《正义》云"东北方多鸟,故衣羽。正北多羊,故衣毛"①,据此可知,《百家姓》在编制时,将"狄"与"毛""禹(羽)"连缀当有考虑。所以,这里改回"羽"字反倒是还原了《百家姓》原本暗用之字。其实,在古代小说中,将此二字联系起来为人物命名者亦有其例,如《醒世姻缘传》中狄希陈之父,此人在第二十五回刚出场时介绍名为狄宗羽,第三十九回汪为露的状子中又写为"狄宗禹"②,可见作者西周生为此人命名亦当借了《百家姓》原句,却将"禹"改为"羽",以与"狄"字呼应,但后文却不小心又用了原字。有趣的是,受《天缘奇遇》影响的明清艳情小说如《巫梦缘》《桃花影》《闹花丛》等书,在内容及其跋语之中均提及祁生,但均写为"祁禹狄"③,未知其所袭是未经改动之《祁禹传》,还是如《醒世姻缘传》一样,一时疏忽而用了《百家姓》的原文。

那么,未署作者的《天缘奇遇》为何要在主人公的姓名中暗藏一个"毛(茅)"字呢?只有把这部作品与茅镳所撰之《祁禹传》合观,才可以得到解释。

当然,祁禹或祁羽狄的名字确实隐含了一个"毛"字,但有没有可能其作者恰好姓毛而非陈尚古所记之茅镳呢?有趣的是,《天缘奇遇》(或者《祁禹传》)的作者已经故意把答案埋藏在作品人物命名之中了,因为祁羽狄的字恰恰在暗示那个作者茅镳。

《天缘奇遇》的主人公祁羽狄字子辁,这个"辁"字用得非常精妙,一举三得:一是为了照应"羽"字,因为"辁"是轻的意思,《诗经·大雅·烝民》云"德辁如毛"④,则"羽""毛"互证,知其名"羽"与字"子辁"实为王引之所云

---

① 《十三经注疏》整理委员会整理,李学勤主编《十三经注疏·礼记正义》,北京:北京大学出版社,1999,第398—401页。
② 西周生著,袁世硕、邹宗良校注《醒世姻缘传》,北京:人民文学出版社,2015,第333、522页。
③ 陈益源《元明中篇传奇小说研究》,第222—225页。
④ 程俊英、蒋见元《诗经注析》,北京:中华书局,1999,第899页。

名、字之"同训"关系①；二是据"子辀"及"德辀如毛"之诗亦可知，作者将祁生之字也如名一样，精巧地将"毛（茅）"字编织其中；更重要的是，"子辀"还隐藏了那个虚拟作者茅镳的名"镳"字，我们看《诗经·秦风·驷驖》有云"辀车鸾镳，载猃载骄"便很清楚了②——如果以为这只是巧合的话，我们还可以进一步坐实，那就是据陈尚古记载，茅镳字右鸾，而其"鸾"字也典出《诗经》这句诗。

也就是说，《天缘奇遇》的主人公祁羽狄字子辀，既用了《百家姓》"祁毛禹狄"的熟句暗藏"毛"字，也用了《诗经》"德辀如毛"的诗句暗示"毛（茅）"字的存在；同时，还用了《诗经》"辀车鸾镳"的诗句暗藏"镳"字以及"鸾"字，那么，其作者也必定是《祁禹传》的作者茅镳（字右鸾）：几处互证，即可知《天缘奇遇》实即《祁禹传》。

三、《祁禹传》并非白话章回而是文言小说

通过以上论述我们知道，《天缘奇遇》正是《簪云楼杂说》所载茅镳《祁禹传》，但还有一个地方需要解释，就是它与"一百回"的《祁禹传》在篇幅上相差太大——《天缘奇遇》仅三万余言（字数据俞为民先生点校本版面计算）。笔者认为，尚不必用水箬散人"尚采大略"四字来论证《天缘奇遇》被缩减甚至改编，如果我们剥离陈尚古记载中的夸饰成分，并调整我们的预设，应当承认他的记载是属实的——其实，学界一直把《祁禹传》当作一部百回章回小说只是一种想当然的误解。

第一，从情理上讲，茅镳一夜能写出像《金瓶梅》那样近百万字的百回大书否？所有人都知道这是不可能的，这也正是一些学者怀疑此事真实性的原因。

第二，茅镳所生活的时代（当在万历初年，参后文所考）此类作品每回

---

① ［清］王引之著，虞思徵、马涛、徐炜君校点《经义述闻》，上海：上海古籍出版社，2016，第1451页。
② 程俊英、蒋见元《诗经注析》，第338页。

文字均不甚长，如深受《天缘奇遇》影响的《浪史》仅四万字左右，却有四十回；《绣榻野史》仅三万字左右，却分出了九十八目①。所以说三万余言的《天缘奇遇》被当时人称为"百回"也并非没有可能——当然，这里的"回"只是分则，尚非后世规范的分回体制。

第三，当然，以《浪史》等作品来比较并不妥当，因为整个学界都受陈尚古"一百回"说法的影响，不仅仅想象其篇幅巨大，更重要的是理所当然地认为这是一部白话章回小说。但陈氏的载录中并没有说明这是一部白话作品，结合水箬散人的序及《燕居笔记》等通俗小说类书所录《天缘奇遇》便可知道，其实这应该是一部文言小说，具体来说是明代文言小说中的丽情小说②。

第四，事实上，从现存的《天缘奇遇》便可窥知原本《祁禹传》的篇幅。以《国色天香》及《绣谷春容》所收为例，皆分为上下两卷，然上卷字数约三倍于下卷③；《万锦情林》所收与上两种颇有不同，但若从上二书分卷处分开，则比例亦如此④。当然，这个比例只是篇幅划分，似不足论，但细查文本，会发现上卷叙事较详，下卷殊草草。以祁氏之艳遇证之：上卷前后写祁氏与吴妙娘、周山茶、徐氏、文娥、玉香仙子、玉胜、毓秀、丽贞、小卿、桂红、素兰、潘英、琴娘、余金园、娇元、道宗净、涵师、陈氏、孔姬、金菊、东儿、松娘、验红、金钱、晓云、南薰等二十六女之艳遇，加上中间在京赶考时有九个妓女侍寝，则已近"一人百遇"之半；然下卷则除娶妻龚道芳外，多完结上卷所通

---

① 参萧相恺《珍本禁毁小说大观——稗海访书录》，郑州：中州古籍出版社，1992，第122—124页。

② 按：学界普遍以"中篇传奇"指称这类作品，笔者以为此名极不妥（参见拙文《中西方小说文体辨析及其在教学中的理论意义》，《中国大学教学》2012年第9期，曾以孙楷第暂定之"诗文小说"称之（参笔者《中国古典小说回目研究》，第144—147页），然细思此名亦未切，此类作品虽然多杂诗文，但其艺术面貌却并不由诗文来决定，使用此名反致误解，故笔者拟以"丽情小说"名之，宋人张君房有《丽情集》一书，晁公武《郡斋读书志》云其"编古今情感事"（孙猛校证《郡斋读书志校证》，第597页），后李献民《云斋广录》中便有《丽情新说》一类（程毅中、程有庆点校《云斋广录》，北京：中华书局，1997），即仿自张书。故以此为名，不亦宜乎。

③ ［明］赤心子、吴敬所编辑，俞为民校点《绣谷春容》（含《国色天香》）本收录此作，上卷35页，下卷11页。

④ ［明］余象斗刊《万锦情林》，《古本小说集成》，上海：上海古籍出版社，1994，第489—590页。

之人而已，除叙琴娘、丽贞复会之过程稍细外，颇有匆匆结束之感，甚至其后之"又娶美姬二人"之碧梧、翠竹均仅见姓名，全无事迹。此之原因可试以二端解之：一是通俗类书在节略收入时，前松后紧，前录较细，至后半则懈怠，此实为书坊之惯技；二是或许茅镳一夕草此书，前半尚可支撑，后半则筋疲力尽，只好草草了结以塞责。本来这两种可能性都存在，但仔细考察明代通俗类书的收录情况，会发现只可能是第二种。

明末通俗类书甚多，各录数篇丽情小说，所录作品此同彼异，莫衷一是。然几乎所有明末通俗类书均收《天缘奇遇》一篇，从最早的万历十五年刊《国色天香》（这大约是此篇写出后四年左右即成书的，参后文），到此后不久的《绣谷春容》《万锦情林》与前所提及之《燕居笔记》。这些不同的类书所录据陈益源先生统计，"繁简略异，故事实一"[①]，如果茅氏原文甚长，通俗类书编者分别据之删节，是无论如何也无法做到这一点的。即此可知，只能是其原文即如此，通俗类书虽分别据之删录，但删节并不多，才会形成目前这样的文本关系。

因此，可知现存于通俗类书中的《天缘奇遇》虽然可能有个别删削，但正如明代流传不同的《三国志传》一样，少量删削只是书坊主的偶发行为，并非对《祁禹传》"尚采大略"的一种简本。也就是说，我们现在看到的《天缘奇遇》，应该基本上代表了《祁禹传》原本的面貌。

四、论作者茅镳即茅坤第三子茅贡（国绶）托名

据前引陈尚古《簪云楼杂说》所引，知《祁禹传》作者"茅镳，鹿门先生第三子也"，然细检茅坤生平，会发现他并没有一个叫"茅镳"的儿子。据茅坤自作《年谱》载："予以乙卯解官还乡，然长子翁积善诗歌、文章之什，予稍冀其或读我书也。岂谓质故豪爽不羁，予甚忧之。及乙卯八月，妾萧氏举仲儿缙，生而端凝，大较与长儿复不相类。癸亥五月，妾高氏又举贡，今更名国绶。乙

---

① 陈益源《元明中篇传奇小说研究》，第212—213页。

亥妾沈氏又举四儿菇，今更名国纪。"① 四子均无"茅鑢"之名。四人中茅翁积早卒（参后文），次子茅国缙万历十一年（1583）进士，四子茅维万历四十三年（1615）乙榜授翰林院孔目，唯第三子茅国绶虽曾参加科考，但茅国缙《先府君行实》中云其为"太学生"，朱国桢《处士同初茅公墓志铭》既以"处士"称之，亦云"既襄大事，神颇瘁，功名之念澹如，并弃太学一襦，为处士服"②，则其终生并无功名。这与陈尚古所云"屡踬棘闱，曾不能博一第"相合，其又正为茅坤第三子，则或即此人所作。但茅国绶曾名贡，又"字叔佩，别号同初"，均无"茅鑢"之名。那么，有没有可能这个茅鑢是茅国绶假托之名呢？

茅国绶初名为茅贡，后来才改为茅国绶，这一点，茅坤《与许敬庵书》中云"昨贡儿今改名国绶者南赴太学应试"可证之，此文前有"维万历丁酉六月廿五日"所写之《祭洪城新阡文》，后有以"丁酉初度""丁酉中秋"等为名之作③，知其改名在万历二十五年（1597）。从茅贡的"贡"字引出联想的字自然是《禹贡》之"禹"——正德九年（1514）中进士之太仓人有以"茅贡"为名者，即字"承禹"④。茅贡之名可能与《左传·僖公四年》"尔贡苞茅不入，王祭不共，无以缩酒"之言有关⑤，更可能出于《禹贡》中"三邦厎贡厥名，包匦菁茅"之句⑥，即此可知《祁禹传》中祁生名"禹"亦非虚用《百家姓》"祁毛禹狄"之成句，而是由作者的名字"贡"化出，也就是说"祁禹"中间既暗藏一个"毛（茅）"字，"禹"又影射一个"贡"字，正是茅国绶原名。

绾结而言，茅贡是以自己的名字为蓝本，拟出"祁禹"之名，又因此名暗含"毛"字，便据《诗经》"德輶如毛"之句，为祁禹拟字"子輶"，同时，再

---

① 张大芝、张梦新点校《茅坤集》，杭州：浙江古籍出版社，1993，第 1242—1243 页。
② [明] 朱国桢《处士同初茅公墓志铭》，《朱文肃公文集》，《续修四库全书》第 1366 册，上海：上海古籍出版社，2002，第 103 页。
③ 张大芝、张梦新点校《茅坤集》，第 1198—1203 页。
④ [清] 李铭皖等修《(同治)苏州府志》，《中国地方志集成·江苏府县志辑》第 8 册，南京：江苏古籍出版社，1991，第 613 页。
⑤ 杨伯峻编著《春秋左传注》，北京：中华书局，2000，第 290 页。
⑥ [清] 胡渭注，邹逸麟整理《禹贡锥指》，上海：上海古籍出版社，1996，第 228—229 页。

据《诗经》"辂车鸾镳"之句，为自己拟"笔名"为"镳"字"右鸾"。

茅贡改名茅国绶，二名之间亦有关系。《汉书》云"故长安语曰'萧朱结绶，王贡弹冠'，言其相荐达也"①，这是古代非常有名的典故，连教育蒙童的《蒙求》中都引录了这八个字。这次更名的深层意义很可能是希望有人"相荐达"。这在茅坤的书信中可以看到，他在前引《与许敬庵书》中说："昨贡儿今改名国绶者南赴太学应试，间为尺牍上候，当奏记室矣。"又在《与冯具区书》中说："公按南雍以来，其所雠经校艺以引擢天下之士，譬则穆风之畅，冰壶之贮，令人神解也已。儿贡今改名国绶者赴试南雍，时仆不肖，适抱病不能为书，而绶儿业已仰奏记室矣。不知绶儿能抱文听教否？"即可知。有趣的是，从这个改名中，我们会发现，此前云"祁禹"之"禹"当因《禹贡》之书名而来，事实上，也可能源于"王贡弹冠"中这个汉朝人的名字"贡禹"。

其实，就是他后改的名字，也与茅镳有关——"镳"和"绶"正是前述王引之谓名、字关系中的"连类"。唐代诗僧齐己有《寄湘中诸友》诗，末句云"争似楚王文物国，金镳紫绶让前途"，《齐己诗注》注"金镳紫绶"云："代指高官显爵。金镳，金饰之马嚼子。紫绶，紫色绶带，高官所佩。"②明人邱濬《琼台诗文会稿·怀乡赋》有"入结群仙之绶兮，出联七贵之镳"之语③；林章《林初文诗文全集·溧阳城宴别序》有"拟结绶于青春，看联镳于紫陌"之语④；刘鸿训《四素山房集·送顾益庵馆师归省》有"杨镳垂紫绶"之句⑤。于此可知，"镳""绶"二字在古代诗文中常相对举。

总而言之，《祁禹传》的作者茅镳为茅坤第三子茅贡即茅国绶托名自可

---

① ［汉］班固撰，［唐］颜师古注《汉书》，第 3290 页。
② ［唐］齐己撰，潘定武、张小明、朱大银注《齐己诗注》，合肥：黄山书社，2014，第 425 页。
③ ［明］邱濬《琼台诗文会稿》，《丛书集成三编》第 39 册，台北：新文丰出版公司，1996，第 426 页。
④ ［明］林章《林初文诗文全集》，《续修四库全书》第 1358 册，上海：上海古籍出版社，2002，第 705 页。
⑤ ［明］刘鸿训《四素山房集》，《四库未收书丛书》第六辑第 21 册，北京：北京出版社，2000，第 477 页。

定谳。

正因为《祁禹传》之名有作者极其精巧的设计，也与作者的姓氏名号有复杂的互涉关系，所以，笔者认为，《天缘奇遇》之名为通俗类书编者所改，此篇原名当作《祁禹传》。

《祁禹传》的命名还是文言小说尤其是唐传奇最常用的组合方式，即传主的名字加"传"字，但明代的丽情小说命名已经发生了变化。我们以陈益源先生《元明中篇传奇小说研究》所述作品为例，在《天缘奇遇》之前共十部作品，除《娇红记》外就是《贾云华还魂记》、《钟情丽集》、《龙会兰池录》、《双卿笔记》、《丽史》、《荔镜传》（原名当为《荔枝奇逢》）、《怀春雅集》、《花神三妙传》（又名《花神三妙》或《三妙传锦》）和《寻芳雅集》，第一种《贾云华还魂记》本身便来自《剪灯余话》，仍保留了明初文言小说向丽情小说转变时期的过渡特征。从《钟情丽集》开始便与传统文言小说命名方式有了极大差别：所用体字并非传统单篇文言小说的传、记之类，而改用"集""录"之类文言小说集多用的体字，并在体字前也会尽量加一些修饰性成分，如"丽""雅"之类，总之是突出其丽情成分。

《祁禹传》便是在这种情形下被改名为更"丽情"化的《天缘奇遇》的——"奇遇"二字当然谐音"祁禹"，这也是原作者的本意，但也不可否认或有对丽情小说影响颇大的《剪灯》系列小说的影响，如《剪灯新话》中便有一篇《渭塘奇遇记》。更重要的是，在"奇遇"之前，又加"天缘"二字来修饰或说招徕，此二字被后来的《李生六一天缘》所因袭，并成为后世艳情小说命名体制中惯以"缘"字为名的滥觞。当然，应该说，"奇遇"实际上就是"缘"，此二字的关系在以后的白话小说命名中也有其例，如光绪三十二年（1906）译新书社石印本《海外奇缘》一书次年便被更名为《奇遇记》一书出版，则"奇缘"与"奇遇"实可互通。事实上，清人将《天缘奇遇》改写为章回小说十二回，便取名为《奇缘记》[①]，亦可为证。更有趣的是清初一个话本小说集，名为《幻缘

[①] 孙楷第《中国通俗小说书目》，第117页。

奇遇小说》，其作者署名为"撮合生"，果然将"缘"与"遇"撮合在了一起①。

总之，虽然在各种明代通俗类书中，《天缘奇遇》的名字基本一致，就连曲论家在著录戏曲本事时，亦以"天缘奇遇传"为名，如《绣榻野史》的作者吕天成曾撰《曲品》一书，其中"程叔子所著传奇"《玉香记》条云："此据《天缘奇遇传》而谱之者。人多攒簇得法，情境亦了了，故是佳手。"吕氏此书，初稿于万历三十年（1602）②，距此未远，仍以《天缘奇遇传》为名。但这只能证明，茅氏原作并未依其原名流传，而他的原拟之名，仍是《祁禹传》（因此，以下讨论径以《祁禹传》称之），据前引《吴门画舫续录》亦可知，至清嘉庆年间，《祁禹传》仍有以其原名流传者，只是后来才亡佚了。

五、《祁禹传》创作原型及创作时间考

《祁禹传》一书可能在一些情节上有取材于茅坤经历的地方。比如祁生会试时，"殿试拟居状元，但策中一言，颇碍权要：'挟宫恩而居辅弼，半朝廷之官以为己随；酷刑法而肆贪婪，倾国家之财以为己出。山移日食，地震土崩，良有以也。'时铁木迭儿以太后命为右丞，内外弄权，奸贪不法。见生策，大怒，遂以霍希贤为状元，而生乃探花也"。茅坤的遭遇竟然与此几同：

> 又三年，戊戌会试，左春坊中允平度李公芳仍首荐之两主试掌詹事府事尚书顾公鼎臣及副总侍郎兼翰林院学士张公邦奇。张称之啧啧不置，然顾独览予《答策》而曰："正德以前贿赂之风止行于中官，而近年来则交乎缙绅矣。"顾大怒，且曰："此子浮薄不足取！"李公轩颐讼不置，他经房屠公应埈辈亦力赞之，而顾犹色愠未解也。于是张公两解之，填第十三，

---

① 以上小说分别参见石昌渝主编《中国古代小说总目·白话卷》，第101、145、266页各篇叙录。
② ［明］吕天成撰，吴书荫校注《曲品校注》，北京：中华书局，1990，第315、438页。按：据《曲品》扩展而成的祁佳彪《远山堂曲品》亦如此著录，参中国戏曲研究院编校《中国古典戏曲论著集成》第六册，北京：中国戏曲出版社，1959，第50页。

仍刻策一道。①

茅坤之触怒于顾鼎臣与祁生之触怒于铁木迭儿，均因其试策颇为相类的一句指斥时弊的话，这种相似恐怕不能简单以巧合解释了。再如祁生曾助章台平乱，章台"即生之同科友也"。而据《年谱》及各种资料均可知，茅坤曾协助胡宗宪（1512—1565）平倭，茅与胡为同科进士。

不过，这种取材茅坤之处只是偶然的例子，事实上此传当据茅国缙长兄茅翁积而作。

明黄汝亨（1558—1626）《茅鹿门先生传》云："先生伯子翁积，有绝世才，又元配姚孺人所骄也。数以不得意，游于酒人、博徒、剑客间，放浪声伎，时时击筑拔剑为豪吟，竟以豪被收。"②更清楚的是明徐象梅《两浙名贤录》卷四十七《太学茅稚延翁积》的记录：

茅翁积字稚延，鹿门先生长子。鹿门以文章名海内，而翁积才更高，名骎骎出鹿门上。性嗜酒，饮数斗不醉，醉辄渍笔为诗文，数万言立就，人称为李谪仙之流，翁积亦以谪仙自命。不可天下士，醉见人辄骂，见尊贵人益大骂，不少屈。未几，以诸生高等推入南国学，为都讲。与院妓狎，遂置别室。时微有不能容者，遂构诬以狱死。③

《（乾隆）湖州府志》著录茅翁积《芸晖馆稿》时亦云其"耽于酒色，不自爱，太守李及泉逮治之，死于狱"④。

据前所引之文献，知茅翁积的死，有表层与深层两个原因。表层的原因从

---

① 张大芝、张梦新点校《茅坤集》，第1230页。
② ［明］黄汝亨《寓林集》，《续修四库全书》第1369册，上海：上海古籍出版社，2002，第136页。
③ ［明］徐象梅《两浙名贤录》，《续修四库全书》第543册，上海：上海古籍出版社，2002，第610—620页。
④ ［清］李堂纂修《（乾隆）湖州府志》，乾隆二十三年刻本，第四十七卷第三十七叶A面。

"放浪声伎""耽于酒色,不自爱"等语中可以看出,就连茅坤《祭积儿文》也说:"尔以骥袠之才,而困于粉黛与曲糵",可知茅翁积之喜好女色,从"与院妓狎,遂置别室。时微有不能容者,遂构诬以狱死"的表述中也可知道,这其实是他人构陷的借口。深层原因则在"游于酒人、博徒、剑客间""不可天下士,醉见人辄骂,见尊贵人益大骂"之语中可以窥知,"时时击筑拔剑为豪吟,竟以豪被收"的叙述真是一语中的,茅坤《祭积儿文》中也说"以驰骛之气,而窘于囹圄与缧绁",说得很清楚。另外,茅坤《祭积儿文》还以沉痛之语提及"今元桢卜葬湘溪之墟,山明水秀,萦回若带。当其鹤唳猿吟,松阴月寂,语所称'地下修文郎',尔或以之自嘲自释者"①,则似茅翁积生前有为"地下修文郎"之语。

将茅翁积之事与《祁禹传》对比,会发现祁生实以茅翁积为蓝本。《祁禹传》最重要的情节架构就是"一人而百遇",祁生也是"放浪声伎""耽于酒色"者;且由祁生中探花后之辞官之语、讨贼功成后"击剑而歌曰'一击剑兮定四方'"等可见其"驰骛之气"。更重要的是,《祁禹传》表面上写祁生之艳遇,其主线却是祁生的升仙,在其艳遇刚刚开始时,便遇到了玉香仙子,她不但指出祁生"日后奇遇甚多",而且挑明"后六十年,君之姻缘共聚,宝贵双全,妾复来,与君同归华山仙府"。于是在结尾时,玉香仙子果然如期而至,并云"今俗缘已尽,皆当随公上升",亦与茅翁积"地下修文郎"之语有关。

除以上总体的相似之外,还有一条有趣的细节可为佐证。上引《两浙名贤录》中有"人称为李谪仙之流,翁积亦以谪仙自命"之语,传后还有一大段议论,也均以"李谪仙"为由生发开去,可见茅翁积常以李白自比之事;而《祁禹传》在开篇介绍祁羽狄时便说"每以李白自居,落落不与俗辈伍,独有志于翰林"②,二者如出一辙。

若《祁禹传》主要架构与形象均来自茅国缜长兄茅翁积之性格与经历,由于对《祁禹传》创作心态的揭示(参下节),我们可以知道,此传之作必在茅翁

---

① 张大芝、张梦新点校《茅坤集》,第 773—774 页。
② [明]赤心子、吴敬所编辑,俞为民校点《绣谷春容》(含《国色天香》),第 290 页。

积死后。但茅翁积的卒年迄无明文，需做考证。

据前引《(乾隆)湖州府志》知茅翁积被湖州太守李颐(李及泉)下狱，同书《名宦》中云李颐"万历戊辰进士，七年由监察御史出守湖州，初至，擒巨豪严子介、茅翁积，翁积瘐死狱中"①。其前之"万历"有误，万历无戊辰，当为隆庆二年(1568)，这一点《明清进士题名碑录》亦可为证②，知其确当为万历七年守湖州。"初至"二字若准确的话，茅翁积之入狱，或在万历七八年。

其实，这个时间是可以更精确的。茅坤《白华楼吟稿》卷八有《铁山丈七十之庆兼闻其子工部自京来归诗以贺之》诗，而茅坤《祭沈铁山文》云"予长公一岁"，茅坤生于正德七年(1512)，知此诗当写于万历十年(1582)③；下隔三首诗又有《挽陆北川司马》诗，据徐阶《陆北川稳墓志铭》云"遽卒，辛巳五月十七日也，距生正德丁丑，享年六十五"④，郑明远《南京兵部右侍郎北川陆公行状》也说"公生于正德丁丑三月初五日卒于万历辛巳五月十七日享年六十有五"⑤，知陆稳死于万历九年五月，而此诗前一首中有"伤春无耐似悲秋"的话，知挽陆川之诗当作于次年即万历十年春。而此诗之前的那首诗名为《寄积儿兼呈郡太守及泉公》，首联即云"嗟汝南冠作楚囚，伤春无耐似悲秋"，可知茅翁积当为万历十年春下狱，其瘐死狱中可能就在当年。

若茅翁积死于万历十年，此时茅国缙二十岁，尚以"茅贡"为名。前引陈尚古记载云其"同诸友谐谑，枚举平生可人，以志奇遇""暮归，即鸠工匠及内外誊写者百余人""第言宿酲未解"，甚至"屡踬棘闱"等语，都与此年龄颇合。当然，若茅翁积新丧未久，茅国缙恐不能"同诸友谐谑"，"鸠工匠及内外誊写者百余人，广厦列炬如昼"，所以时间还当稍稍下延。

---

① [清]李堂纂修《(乾隆)湖州府志》，乾隆二十三年刻本，第四十七卷第三十七叶A面、第十六卷第三十六叶A面。
② 朱保炯、谢沛霖编《明清进士题名碑录索引》，上海：上海古籍出版社，1980，第2551页。
③ 张大芝、张梦新点校《茅坤集》，第163、756页。
④ [明]焦竑《国朝献征录》，《续修四库全书》第527册，上海：上海古籍出版社，2002，第295页。
⑤ [明]郑明选《郑侯升集》，《四库禁毁书丛刊》第75册，北京：北京出版社，1998，第386页。

创作时间的下限较好确定。目前所知最早收录《天缘奇遇》的是"万历丁酉春金陵书林周氏万卷楼重镌"的《国色天香》,《国色天香》前又有"万历丁亥夏九紫谢友可撰于万卷楼"的序,若此序所署可信的话,其书当编成于万历十五年(1587),那么下限就在这一年。不过,这个时间实际上还可向前延伸,暂不论此作完成并流播之后,收入《国色天香》等书尚需时间,仅从其影响所及的丽情作品亦收入《国色天香》当可推知这一点:如四万余字的《刘生觅莲记》中云"见《天缘奇遇》,鄙之曰'兽心狗行,丧尽天真,为此话者,其无后乎'",那么,在《国色天香》成书的万历十五年前,还要留出《刘生觅莲记》的创作时间。因此,可以将这个下限提前数年。

综合上述的上、下限,可暂时将写作时间定在万历十一年(1583)。

此作具体时间的确定非常有意义。明代丽情小说正身处于话本、章回、文言、白话、小说、戏曲之间,往往是这些作品复杂关系的纽带,对于各类研究都很重要,但遗憾的是,这些作品几乎没有一部有清楚创作时间的——事实上,这些丽情小说因为均有复杂的互涉关系,只要有一部能确定创作时间,就可以在丽情小说纷纭的关系中确定一个坐标,从而对很多复杂难明的问题起到重要作用[①]。

六、《祁禹传》创作命意探微

这样一部作品,确为茅国缙在人前大言而不得不草就塞责的作品吗?或许,这只是创作的触媒,事实上,其创作还当有深层的命意。笔者认为,这一创作命意的核心就是其长兄茅翁积的悲剧终局及其对茅家的影响。

茅翁积被收入狱,茅坤亦曾力救,其《寄积儿兼呈郡太守及泉公》一诗

---

① 比如向志柱先生曾据《稗家粹编》中收《杜丽娘记》一篇论《牡丹亭》的蓝本问题,是很重要的发现,在学界也引起很多讨论。但他曾指出,《杜丽娘记》篇尾送别词是"仿《天缘奇遇》而成"的,而学界一般认为《天缘奇遇》成书下限应早于嘉靖后期",从而推论《杜丽娘记》亦当在嘉靖后期,故有可能被嘉靖年间的《宝文堂书目》收录(《胡文焕〈胡氏粹编〉研究》,北京:中华书局,2008,第171页),现在看来,仅就这一推论而言,是不妥当的。

云:"嗟汝南冠作楚囚,伤春无耐似悲秋。不闻尝药花间榻,空忆扶筇水上楼。黄霸受书惭自拟,邹阳草疏向谁投。中天倘使金鸡赦,若霅恩波万里流。"①诗中并无对其子的责备,反而更多的是对太守李颐的祈求。不过,这个祈求应该没有奏效,最后茅翁积仍死于狱中,这对茅坤来说是一个沉重的打击。

事实上,他或许对其子死因并不认同。我们可以详细考察一下他的祭文。他说:"尔以骁鸷之才,而困于粉黛与曲蘖;以驰骛之气,而窘于囹圄与缧绁。兹固我之不幸与不德,抑亦尔之自戕与自孽也。呜呼悲哉!世或谓傥宕若孔融,而操且手为杀之;藻艳若祢衡,而操且构他人害之。以予观之,融之封疆之言,得非犯其左腹已乎?衡之渔阳之掺,得非启其妒心已乎?老氏之诫孔子者何如也?而尔不能持,以此招尤,辄以此贾祸。予之所深痛而裂肝肠饮涕泣,而无如之何者。"②从用孔融、祢衡之典即可看出,他对长子的评价,不过是性格之"傥宕"与才华之"藻艳",并无大过,只是以言获罪、因才召妒而已。然而,他对新太守亦"无如之何"。

更让茅坤悲伤的是,此事在当地却早有与他的看法不同的定评,正如前引《(乾隆)湖州府志》所云"擒巨豪严子介、茅翁积",在方志中用"巨豪"二字来形容一个人,则无论其何罪,当地之舆论似并无异词。就茅翁积而言,他甚至成了亲友中训子的负面典型。明丁元荐《西山日记》载:"董宗伯份训子孙家法极严。仪部嗣成己卯乡试后,宗伯携之扫顾夫人墓,舟中与客围棋,仪部从旁点缀一子,宗伯大怒,推案而起,跪仪部数责之至于垂泪曰:'以若所为,是汝舅茅翁积榜样也,倾家丧身,从此始矣。鹿门若能训子,何至老而颠沛。翁积负奇才,杀之者鹿门也。'仪部长跪至子夜,众客力救不解。"③董份为茅坤亲家,茅坤次女嫁董份之子董道醇,生嗣成④。从此文献来看,连茅坤的亲家也认

---

① 张大芝、张梦新点校《茅坤集》,第163页。
② 张大芝、张梦新点校《茅坤集》,第773—774页。
③ [明]丁元荐《西山日记》,《续修四库全书》第1172册,上海:上海古籍出版社,2002,第348—349页。
④ 按:董份训董嗣成云其为"汝舅茅翁积榜样",董嗣成六弟董斯张或以其舅茅国缙为榜样,因其不但创作了文言小说集《广博物志》,还有可能创作了著名的神魔小说《西游补》。

为茅翁积之死是咎由自取,还把矛头指向茅坤。

茅翁积之死让茅家承担了沉重的情感压力与舆论压力。他们要承受失去一个正值壮年、才华横溢的亲人的痛苦,如果这种痛苦能够得到周围人的同情,亦当有所安慰。但如前所述,时人对此事之评判较为一致,这种立场将茅家推到了舆论的对立面,这种舆论压力其实更为沉重——顺从舆论意味着否定亲人,以至于否定自我;对抗舆论则会被孤立,可能会被视为下一个茅翁积,甚至被指当为茅翁积的养成负责——前引董份事就明确地表达出了这种态度,后者不像前者一样还可以通过倾吐来获得宣泄,就只能像刺一样扎在家族的生活之中。

这一痛苦对当时二十岁的茅国缙来说更是无法理解甚至不能忍受的。前引朱国桢《处士同初茅公墓志铭》中说"姚安人卒,哀毁如所生。伯兄早世,仲、季有四方游",可见其家事全在茅国缙支撑,当然,"仲、季有四方游"是一种追述,其实茅翁积死时茅维刚刚八岁,但茅国缙与茅维确实一直在为科举而奔走,尤其在茅翁积去世之万历十年,茅坤已七十一岁,茅国缙刚刚中举,又在准备进士试,并不在家,则正如前引朱国桢所撰《墓志铭》中所说,"高孺人亦日重托家秉矣"。可想而知,此时家族的压力尤其是其长兄之死带来的舆论压力就主要由他来承担。

如果我们在这一背景中再来细绎《祁禹传》,就会发现茅国缙不仅把长兄写进了小说,也不仅如实地写出其以李白自拟的恃才傲物与放纵无度的生活态度,更重要的是,作者对这种性格与态度秉持的却是一种赞赏的姿态,最后还让主人公拥美无数并飞升成仙。这种情节设计从表层来看不过是一种文人之艳想,但究其深层动机,却可能是茅家成员试图摆脱面对茅翁积之评判时失语的窘境,希望用艺术的方式曲折地为家人辩解甚至是为自己寻找支持。

关于这一点,我们从小说中的一些细节便可感受到,如祁生因与徐氏通,致徐自缢,祁生正在自怨自艾之时,即有玉香仙子下凡,称"君子日后奇遇甚多,徐氏不足惜也",以仙人之预言为祁生之放荡寻找合理性;直到结尾时拥美无数,"恣意纵欲",在人谏其"非少年矣,愿当自惜"时,仍以"老当益壮,何惜之有"为答,且仍"淫乐无所不至",即便如此,最后的结局仍携美"入终南学道,遂不知所终"。这当然是在强烈地表达对放荡不羁之生活态度的肯定。冯梦龙本《燕居笔记》的这一评点者感受到了其中对欲望的态度，在其开篇的评点中便说："祁生之于女色也，如火之于薪，得一则燎一，得百则燎百者也。予观此殆几希乎，欲仙哉！"最后署名"公仁子"的评点更说："祁生宁非色仙者乎。"此处评点分别用"欲仙"与"色仙"来称祁生，可称的评。不过，评点者仍然不自觉地从传统观念出发进行一些回护或辩解，如冯本《燕居笔记》前之评又有"然处道芳则以正，更令人敬服，而淫心莫敢动，宁得非祁仙也乎"的话，公仁子的评点更是说："祁生之奇遇以百计，亦已多矣……独道芳不曰遇而曰娶者，何也，盖不苟合故也。夫以一女之正，而压众女之上，乃及诸妾以成其正果，此又祁生幸中之大幸也。所缺陷者松娘一节，淫其母，亦淫其女，即玉香能不先戒之乎？此必述传者所饰之词也。"① 并不完全合于作者的创作命意。

事实上，我们从前述整个故事与作者联结的核心——"德輶如毛"这句诗的来源亦可窥见其作品隐微的命意，因为这很可能直接来自《中庸》，其末云："子曰'声色之于以化民，末也'，诗曰'德輶如毛'，毛犹有伦，'上天之载，无声无臭'，至矣。"② 虽然这里的"声色"原为疾声厉色之意，但在传统文化中更多是用为"淫声丽色"的，如《礼记·月令》中便说"止声色"③。此作以"德輶如毛"一句为架构的基础，却反对此句之上孔子"声色之于以化民，末也"的表达，直接将升仙的途径放在了"纵情声色"上，似乎正是一种与儒家思想针锋相对的姿态。

《祁禹传》的这种态度不仅影响到时人对茅国缙的看法，也深刻影响了此后的丽情小说乃至明末的艳情小说。在《祁禹传》出现之前，无论早期的《贾云华还魂记》《钟情丽集》还是后来的《龙会兰池录》《双卿笔记》《怀春雅集》《花神三妙传》《寻芳雅集》，这些作品都是从《莺莺传》及《娇红记》沿袭而来的叙事套路，一来作品还比较含蓄，尽量不涉于淫，在男女关系上也同样尽量

---

① ［明］冯梦龙增编《燕居笔记》，《古本小说集成》，第 1977、2071—2072 页。
② ［宋］朱熹《四书章句集注》，第 40 页。
③ 王文锦《礼记译解》，第 212 页。

保持重点在情而不在欲的情节架构上；二来在整个故事构架上，也还没有让主人公由艳遇而成仙的设计。这两点在《祁禹传》中都被突破了，整个作品由祁生一连串的艳遇构成，这些艳遇无所谓情的设计，而是欲的宣扬，更重要的是，这种以欲为核心的叙事竟然以成仙为结局，我们知道，小说的结局正是作者价值观的昭示，因此，这部作品的结局也就体现了其对欲望的肯定。这一变化被接下来的《李生六一天缘》《情义奇姻》《传奇雅集》《双双传》《五金鱼传》等作品所仿效，从而改变了明代丽情小说的叙事走向，使之滑向了艳情一途。这种势能还继续向白话小说中的艳情小说辐射其影响，比如明代艳情小说的代表作品《浪史》便受《祁禹传》的影响，这是小说史家认可的范例[1]，我们可以进一步推测，它还当影响了与《浪史》齐名的另一部艳情经典《绣榻野史》，《绣榻野史》的作者吕天成《曲品》一书曾提及《天缘奇遇传》，对其书甚为熟悉，则其以年少而撰作艳情作品，创作之缘起与创作过程都可能受到影响。此外，也有学者指出，《天缘奇遇》还对《桃花影》《春灯闹》《闹花丛》《杏花天》《巫梦缘》等晚明流行的艳情作品提供了多方面的情节模式[2]。

总之，《祁禹传》在小说史上是一个风云际会的样本，它的情节设定与人生态度深刻形塑了此后作品艺术世界的建构与表达。但是，这些因素的出现与产生影响都并不完全是作者茅国缙"谐谑"之产物，而是以其长兄不拘细行而贾祸枉死为潜台词的。如果更进一步的话，透过茅家这段悲剧性的事件，我们还应看到，这一悲剧以及由此激发出在小说世界中大张旗鼓肯定欲望的书写，其实正是晚明社会在心学影响下，宣扬人欲之思潮与真实生活中尚未被冲破之传统伦常间摩擦戛击的写照。

---

[1] 陈大康《明代小说史》，第428页。
[2] 陈益源《元明中篇传奇小说研究》，第223—225页。

第四章 演义体与传、记体命名格局的建立

中国的白话小说之渊源已如导论第三节所述,即由宋代说话而来,而文献所载南宋说话四家在白话小说领域均有胤嗣,这数家在白话小说尤其是章回小说领域的成果标志着白话小说文体的建立,关于这一点,笔者在《中国古典小说回目研究》一书中亦曾论及。事实上,这一论述还当延伸到小说命名的领域中来——正是从说话四家结晶而成之奇书奠定了中国白话小说命名的基调与传统。

第一节 《三国演义》命名的演变与定型

《三国演义》在中国白话小说史上占有相当重要的位置。当然，其书名颇多歧异。本文欲对其命名的演变进行一番梳理。因其命名的演变可以分出几个时期，不同时期有较大差别，所以需要分期讨论。

一、讲史时期

北宋高承《事物纪原》云："宋朝仁宗时，市人有能谈三国事者。或采其说加缘饰加影人，始为魏、蜀、吴三分战争之像。"[1] 如果高承确为陈振孙（1183？—1162？）所云为元丰（1078—1085）时人的话[2]，那这应该是《三国

---

[1] ［宋］高承撰，金圆、许沛藻点校《事物纪原》，北京：中华书局，1989，第495页。
[2] ［宋］陈振孙撰，徐小蛮、顾美华点校《直斋书录解题》，第210页。

演义》在讲史时期的最早记录——其中说"能谈三国事"的"市人"自然是讲史艺人，而这里的"三国"与"三分"二词都出现了。苏轼（1037—1101）在《东坡志林》中曾提及"王彭尝云：涂巷中小儿薄劣，其家所厌苦，辄与钱，令聚坐，听说古话。至说三国事，闻刘玄德败，颦蹙有出涕者；闻曹操败，即喜唱快"①。更明确地说是"说三国"之"古话"。

在宋代文献中，还有明确提出"说三分"的资料。北宋的王之道（1093—1169）《春日书事呈历阳县苏仁仲八首》诗云"流马木牛今已矣，其余儿辈说三分"②，王十朋（1112—1171）《遇雨两宿县驿》诗也说"西山逢老宿，往事说三分"③，这里两次提到"说三分"，绝非泛说，而是特指讲史中的"说三分"。大致同时的《东京梦华录》便有了非常明确的记载，其在"京瓦伎艺"条中提到"霍四究说三分"④，也就是说在当时"说三分"不但是一个独立的讲史名目，还产生了著名的讲说艺人，可以窥见这一讲说伎艺在当时的流行。所以，如果要给讲史时期的三国故事命名的话，"三分"二字是关键词。这不只是推测，还有进一步的证明。元人王沂（？—1362）在其《伊滨集》中有两首《虎牢关》诗，便有"君不见三分书里说虎牢，曾使战骨如山高""回首三分书里事，区区缚虎笑刘郎"⑤，便已明确地说有"三分书"了。而且，这里所及之"虎牢"三英战吕布事《三国志》不载，而《三国志平话》及《三国演义》均有⑥，所以"三分书"绝非指史书《三国志》而是指讲史的"说三分"。其实，比王

---

① ［宋］苏轼撰，王松龄点校《东坡志林》，北京：中华书局，1981，第7页。
② ［宋］王之道著，沈怀玉、凌波点校《〈相山集〉点校》，北京：北京图书馆出版社，2006，第187页。
③ ［宋］王十朋著，梅溪集重刊委员会编《王十朋全集》，上海：上海古籍出版社，1998，第339页。
④ ［宋］孟元老撰，伊永文笺注《东京梦华录笺注》，第462页。
⑤ 参见朱一玄、刘毓忱编《三国演义资料汇编》，天津：百花文艺出版社，1983，第165—166页。
⑥ 宁宗一先生为人民文学出版社2006年修订版《三国演义》所撰前言云王沂诗"提到的'三分书'的情节不见于《三国志平话》，可能出于另一种话本"，实误：《三国志平话》卷上有"三战吕布"一节，即虎牢关事；而其"曹操斩陈宫"一节云："再令推过吕布至当面。曹操言：'视虎者不言危。'"（分别参见《三国志平话》，《古本小说集成》，上海：上海古籍出版社，1994，第32—33、46页）曹操之语不可解，当有误字，实即《三国志》及《三国演义》中"缚虎不得不急"之语，则仍在平话之中耳。

之道与王十朋还早的著名诗人陈与义（1090—1138）《巴丘书事》诗便已经提及"三分书"了，其诗云："三分书里识巴丘，临老避胡初一游。晚木声酣洞庭野，晴天影抱岳阳楼。四年风露侵游子，十月江湖吐乱洲。未必上流须鲁肃，腐儒空白九分头。"① 白敦仁先生（1918—2004）注云："三分书，指《三国志》。"按此诗所咏情节，《三国志》及《三国演义》中均有，但遍检文献并无称陈寿（233—297）之书为"三分书"者，再结合前边所引王之道、王十朋诗及王沂诗，应该还是指讲史的"三分书"。

由上可知，在宋元讲史家那里，三国故事一般是被命名为"三分"的。这在后世存留的平话版本中也得到了印证，即日本天理大学图书馆所藏的刊于"至元甲午（1294）"的《三分事略》②。袁世硕先生也认为其"题'三分事略'，无疑是沿用宋以来的旧称名"（《古本小说集成》影印本前言）。

当然，也有可能直接使用"说三国志"这样的名称。洪迈（1123—1202）《夷坚志·班固入梦》条记载一事："四人同出嘉会门外，茶肆中坐见幅纸用绯帖尾云：'今晚讲说《汉书》。'相与笑曰：'班孟坚岂非在此邪。'"③ 从这条资料可以推知，南宋说话艺人的确可能以史书的名称作为自己讲说艺术的名称，而且，这个例子还有进一步的证据，即现存于日本东京内阁文库的《全相平话五种》中便有《全相平话前汉书续集》，此或即"讲说《汉书》"者；另外，五种平话中也包括了《全相平话三国志》——这本书的名字需要稍加说明：现在学界一般都称此书为《三国志平话》，但其实并不妥当。此书封面题名为"新全相三国志平话"，但中国古籍文献的书名一般"应以正文卷端所题为准"④，此书首页署名为"至治新刊全相平话三国志"，因此，以此惯例著录则应称之为"平话三国志"，而非"三国志平话"——其实亦可参照前面的《全相平话前汉书续

---

① ［宋］陈与义撰，白敦仁校笺《陈与义集校笺》，上海：上海古籍出版社，1990，第 552 页。
② 参见刘世德《谈〈三分事略〉：它和〈三国志平话〉的异同和先后》，《文学遗产》1984 年第 4 期。
③ ［宋］洪迈撰，何卓点校《夷坚志》，北京：中华书局，1981，第 991 页。
④ 郭英德、于雪棠编著《中国古典文献学的理论与方法》，北京：北京师范大学出版社，2008，第 275 页。

集》，其书若以封面为准则应为"全相续前汉书平话"；而前举《三分事略》的封面则为"三国志故事"①。

由上可知，在讲史时期，讲史艺人与读者均以"说三分"或"三国志"来指称《三国演义》故事的早期形态。

二、"三国志传"时期

嘉靖时期，三国故事的"章回化"历程终于完成，从而揭开中国古典章回小说的大幕。所以，我们可以对这一时期众多的小说版本命名进行统计研究——要说明的是，现存最早的《三国演义》版本为张尚德本，然而，它却并非现存各本的祖本。事实上，明代留存着形形色色的"三国志传"本系统，这些版本虽然刊刻年代较此本为晚，但却保留着早于张尚德本的朴拙面貌，这些早期的遗传基因不仅体现在文本中②，也体现在回目里③，甚至表现在命名上。

不过，要想对这些版本的命名做一个全面的梳理却颇多困难，主要原因在于这种商业性的出版非常不严谨：众多出版社为了规避版权，同时也为了标新立异，便在最可引人注目的题目上大做文章，从而使得本就繁多的版本名目各有歧异；甚至就一种版本而言，其每卷卷端的题名都可能会有差异，比如叶逢春本，卷一署"新刊通俗演义三国史传"，卷二、卷五、卷七为"通俗演义三国志史传"，卷四为"新刊通俗演义出像三国志"，卷六为"重刊三国志通俗演义"，卷八为"新刊通俗演义三国志"，卷九为"三国志通俗演义史传"（存本缺

---

① 由于其书封面残损，"故"字只剩一半，"事"字为后人臆补者。
② 就在中国学界大多数学者还将张尚德序本当作最接近罗贯中原作的版本时，国外学者已通过细致的比对形成了新的共识。参见〔澳〕柳存仁《罗贯中讲史小说之真伪性质》(《和风堂文集》，上海：上海古籍出版社，1991，第1418—1515页）；〔澳〕马兰安《〈花关索说唱词话〉与〈三国志演义〉版本演变探索》（引自周兆新主编《三国演义丛考》，第128—186页）；〔韩〕金文京《三国演义的世界》（邱岭、吴芳玲译，北京：商务印书馆，2010，第176—179页）；〔日〕上田望《〈三国志演义〉版本试论——关于通俗小说版本演变的考察》，《三国演义丛考》，第55—102页）；〔日〕中川谕《〈三国志演义〉版本研究》（林妙燕译，上海：上海古籍出版社，2010）。
③ 参见李小龙《中国古典小说回目研究》，第160—167页。

卷三及卷十），各不相同。当然，从文献著录的原则出发，我们可以只对第一卷卷端的题名情况进行考察（若无卷一，则向后顺延），这样还是有助于我们了解那些纷繁的命名后最为核心与本质的成分。因此，笔者不避烦琐，将有代表性的十八种版本的卷端命名列表如下（其中，有的版本明显为同一版者则不具列，如郑世容本之于郑少垣本、笈邮斋本之于刘龙田本、王泗源本之于朱鼎臣本之类）①：

序号	版本名称	时间	卷端所题全名	题名核心部分
1	叶逢春本	1548	新刊通俗演义三国志史传	通俗演义三国志史传
2	余象斗本	1592	音释补遗按鉴演义全像批评三国志传	演义三国志传
3	评林本		新刊京本校正演义全像三国志传评林	演义三国志传
4	熊清波本	1596	新刻京本补遗通俗演义三国志传	通俗演义三国志传
5	郑少垣本	1605	新锲京本校正通俗演义按鉴三国志传	通俗演义三国志传
6	杨闽斋本	1610	重刊京本通俗演义按鉴三国志传	通俗演义三国志传
7	熊成冶本	万历间	新锲京本校正按鉴演义全像三国志传	演义三国志传
8	汤学士本	万历间	新刻汤学士校正古本按鉴演义全像通俗三国志传	演义通俗三国志传
9	熊佛贵本	1603	新锓音释评林演义合相三国志史传	演义三国志史传
10	费守斋本	1620	新刻京本全像演义三国志传	演义三国志传
11	天理本		新刻京本按鉴演义合像三国志传	演义三国志传
12	刘龙田本	万历间	新锲全像大字通俗演义三国志传	通俗演义三国志传
13	朱鼎臣本	万历间	新刻音释旁训评林演义三国志史传	演义三国志史传
14	黄正甫本	1623	新刻考订按鉴通俗演义全像三国志传	通俗演义三国志传
15	杨美生本		新刻按鉴演义全像三国英雄志传	演义三国英雄志传
16	刘荣吾本		精镌按鉴全像鼎峙三国志传	鼎峙三国志传
17	国图本		新刻全像演义三国志传	演义三国志传
18	魏某本		二刻按鉴演义全像三国英雄志传	演义三国英雄志传

这些题目自然都是全名，包括了不少附加成分。大致可以分如下六类。第一类是"新刊、新锲、重刊、新刻、新锓、精镌、二刻"几种，意思均是表明

---

① 此表所用诸本，除《古本小说丛刊》（北京：中华书局，1990—1991）及《古本小说集成》（上海：上海古籍出版社，1994）所收外，又参考了〔英〕魏安《三国演义版本考》（上海：上海古籍出版社，1996，第7—53页）、《中国古代小说总目》（太原：山西教育出版社，2004，第293—308页）中金文京所撰《三国志演义》叙录及中川谕《〈三国志演义〉版本研究》（第14—24页）。

此为最新刊刻者（"精镌"亦有此意），大众文化莫不以新为贵，且古籍之刊板，时久则版面模糊漫漶，此数词的意思是标明既为流行之本，亦为清晰之版。这个部分在上表中最多，只除余象斗本未用外，余者皆有。第二类则反其道而行，标榜自己为"古本"，以示自己与流行之本不同而渊源有自——其实，标榜"古"反倒也是一件流行的事，金圣叹评改《水浒传》即标榜古本，其后黄周星等评改《西游记》、毛宗岗评改《三国演义》均用了这一手法。这里的汤学士本不但标榜自己是"古本"，而且仍然用了"新刻"的字样。第三类是"京本、大字"，前者表明其为具有文化优势之地区所刊行，上表中共有七种标出，然而，它们几乎全都是福建刻本，所谓"京本"确实只是广告；后者则标榜其字体之大方，只有刘龙田本一种，然而就其半页十五行、行三十五字的行款来看字却并不大。第四类是"全像、合相、合像"，表明有插图。这一标识在上表中只有五个版本没有，但这五个版本却仍然是有图像的。第五类是"批评、评林"，表示有评点，明末的小说评点很流行，这当然也是招徕的手段，其实只有无关痛痒的少量评点，而且版本也不多，只有四个。第六类是"校正、考订、按鉴、音释、旁训、补遗"等词，表明对小说原文做过"史实化"的修订（前三词）及文字的疏通（中二词）或对流传故事的搜罗。这类词也是用得相当多的，上表中只有四个版本没用，其余都有，其中"按鉴"一词有十个版本使用；"校正"有四个。

上面所列的那些广告成分在当时其他的章回小说刊刻中也会不同程度地出现，所以都属于附加成分，可以从其题名中剔除。上表的最后一列即剔除这些成分后的核心部分。可以归纳出当时此种章回小说的命名大致就是两种：一为"演义三国志传"，加上两种"演义三国志史传"和两种"演义三国志英雄传"的小变体共有十种；一为"通俗演义三国志传"，加上"通俗演义三国志史传"和"演义通俗三国志传"两个变体共有七种。其实，如果把这两类名字再合并归类，则全可归入"演义三国志传"中——也就是说，这个时期公认的命名即为"演义三国志传"。正如前文所言《三国志平话》其实据文献著录的惯例应为"平话三国志"一样，学界一般称此书名为"三国志演义"，其实应该将

"演义"二字提前。学界之所以习惯上仍称为"三国志平话"和"三国志演义"者，主要原因在于我们习惯上把文体的标识放在题名之后，但是，这却并不符合文献的真正面貌。

上表中，只有刘荣吾本例外，其核心名目为"鼎峙三国志传"，既无"演义"，也无"通俗"——所以，要进一步求得上表中的同类项的话，那无疑是"三国志传"四字了。事实上，孙楷第先生《中国通俗小说书目》在著录这些版本时，把那些附加成分皆排为双行小字，其所余核心部分正是此四字[1]，可见，他将"通俗""演义"二词也视为附加成分。

当然，这个时期与上个时期应该还会有一些中间环节——就是从时间上也可以猜测会有的，《三分事略》与最早的《三国志传》中间都已经隔了两个半世纪，其间自然应该有过渡，但可惜的是已经没有证据来证明了。只是我们可以看出，在这一时期，讲史中常用的"说三分"已经消失了，另一个词则被继承了下来，那就是"三国志"。但是为了与正史《三国志》区分开，他们在此词后还加了一个"传"字。

事实上"三国志传"之名目，不仅是第二个阶段的代表性名称，还可以将其看作《三国演义》最为恰当的书名。这一书名影响很大，甚至在此后的小说史上，由于误解而产生了一种新的章回小说命名方式，即"志传"体。据笔者统计，明代近百种章回小说中，以志传命名者现在可考有十二种，即《列国志传》《唐书志传通俗演义》《两汉开国中兴传志》《全汉志传》《南北两宋志传》《水浒志传评林》《东西两晋志传》《隋唐两朝志传》《开辟衍绎通俗志传》《关帝志传》《有夏志传》《有商志传》，其数量虽少于以四十六种雄居首位的"传"类，但却与以十八种而排名第二的"演义"类相去不远。这种命名方式只风行于明末，入清以后便告消歇，但还产生过《大隋志传》这样的作品，其书"实即割裂褚人获书前半部为之，而改题名目"[2]，而从其体制可知伪造者是有意识

---

[1] 孙楷第《中国通俗小说书目》，第32—34页。按：此新排印本将原双行小字改为单行小字。
[2] 孙楷第《中国通俗小说书目》，第41页。

模仿明代的，书题为"竟陵钟惺伯敬编次，李贽卓吾参订"，且不署朝代①，便是想鱼目混珠，其模仿明代的书名风气自然也是手法之一。但是，这种在小说史上已经司空见惯的命名，甚至已经被当今学界认同的命名，却不过是当时书坊对《三国志传》这一经典命名的误仿。因为如上所言，《三国志传》是指对《三国志》一书进行的类似于《左传》那样传述事实的工作，所以，是对《三国志》的"传"，而非"三国"的"志传"。但是，由于《三国志传》在当时的巨大影响，使得那些纷纷仿效的人直接把"志传"二字当作了对历史著作进行传述的文体名称。不仅如此，刊刻了《三国志传评林》的余象斗还把这个经典的名字移到了他刊刻的《水浒传》中，创造出了《水浒志传》这样一个更为混杂的命名。

三、演义时期

嘉靖元年（1522）出版的张尚德本是《三国演义》最早的版本。而其命名也最为简洁，从卷端及蒋大器、张尚德二序都可看到，其名称即"三国志通俗演义"。此本孙楷第先生曾怀疑"似是官刻书"②，金文京先生虽然也承认此本刊刻"精美"，是"小说刻本中所罕见的善本"，但却据张尚德"善本甚艰，请寿诸梓，公之四方"的说法而认为其"不可能是官刻，而应为坊刻"③。官刻、坊刻现在均无显据，但金文京先生从"请寿诸梓，公之四方"之语即判其非官刻，却似可商榷。原金先生之意，似是认为"请寿诸梓，公之四方"之语当为书坊谋利之意，其实，官刻之书也并非不可以出售，叶德辉《书林清话》即有"宋监本书许人自印并定价出售"一条④——虽非论明朝者，但亦可知以此似尚不足以定论。其实，就此本之命名则可见其或非书坊所刻，因为目前所存《三国演

---

① 江苏社科院明清小说研究中心等编《中国通俗小说总目提要》，第 426 页。
② 孙楷第《中国通俗小说书目》，第 31 页。
③ 石昌渝主编《中国古代小说总目》，第 295 页。
④ 叶德辉《书林清话》，北京：中华书局，1999，第 143—144 页。

义》之明代刻本，在题名上全都有广告附加成分，唯此一种如此简洁干净，自非书坊谋利者之可比。

与嘉靖本在版本上有密切关系或在命名上也有相似之处的还有另外四个版本，列表如下：

序号	版本	时间	卷端所题全名	题名核心部分
1	嘉靖本	1522	三国志通俗演义	三国志通俗演义
2	周曰校本	1591	新刻校正古本大字音释三国志传通俗演义	三国志传通俗演义
3	夏振宇本		同上	同上
4	郑以桢本		新镌校正京本大字音释圈点三国志传演义	三国志传演义
5	夷白堂本		新镌通俗演义三国志传	通俗演义三国志传

根据上表可见，嘉靖本首次把"通俗演义"四字放在"三国志"之后，从而形成了"三国志通俗演义"或者"三国志演义"甚至"三国演义"这些名字的格局。这种命名以"演义"代替"传"，从而使"三国志传"变成了"三国志演义"，其名虽殊，其义则一。相较而言，"传"字古雅，而"演义"则恰合其全名的另一个词：通俗。这一发展非常有趣，据日本学者上田望的研究，可以将《三国演义》版本分为两大系统，即以文人为对象的《三国志通俗演义》本和以大众为对象的《三国志传》本①，而其命名的雅俗却恰恰相反——我们可以仿照《水浒传》版本的命名方式分别称此为文雅名俗本和名雅文俗本了。

由上表其实还可看出，周曰校本、夏振宇本及郑以桢本虽然遵从嘉靖本的方式将"演义"二字置后，但却并未放弃"传"字，所以便成了"三国志传通俗演义"的混合形式。其中的夷白堂本题目却仍为"三国志传"的命名格局，这或许尚有可说：因为此本共缺四卷（原本为二十四卷本），其中恰无首卷，因此这里所录全名实据卷二著录，而根据一般的规律，除卷一之外，其他各卷的题名或多或少会有改变。不过，夷白堂本也确实出现了新的特征，那就是，其书版心均题作"三国演义"——其实，这个名字在上一阶段的杨美生本中也出

---

① 〔日〕上田望《〈三国志演义〉版本试论——关于通俗小说版本演变的考察》，引自周兆新主编《三国演义丛考》，第55—102页。

现过，但那并非卷端书名，而是出现在封面上。

四、加评本时期

明末清初还产生了多种加评本，这些版本在目录上将原来的二百四十则合并为一百二十回，可以看作早期本与毛评本的中间过渡。这些加评本虽然版本众多，但命名却惊人的一致，都是"李卓吾先生批评三国志""陈眉公先生批评三国志""钟伯敬先生批评三国志""李笠翁批阅三国志"。也就是说，这些版本的核心名称为"三国志"。

此外，还有一种遗香堂本需要稍加讨论。此本前有署为"壬申午日"的梦藏道人序，此"壬申"当为崇祯五年（1632），也就是说，此本刊刻当在明末。然而孙楷第先生直署云"清遗香堂刊本"，并未说明理由[①]，魏安先生《三国演义版本考》虽承认此"壬申"为崇祯五年，但又据周芜先生之说认为此书刊工黄诚之即生于本年，故定其为清代刊本[②]；金文京先生为《中国古代小说总目·白话卷》之《三国志演义》条目所撰叙录亦同[③]。后两位学者都是依照周芜先生的研究而定的。但实际上周芜先生并未看到过遗香堂本《三国志》（或看过但未纳入其考证范围）。周氏在其《徽派版画史论集》据《黄氏宗谱》列出第二十七世黄一遂，字成之，并列其生卒年为 1632—1699，然却在后边"所刻书目号"上列"198（诚之）"，查前 198 号，只列一《忠义水浒传》[④]。由此可知周芜先生并未看到遗香堂本《三国志》，而且还直接将黄成之当作黄诚之了。将这一推理延伸到遗香堂本《三国志》的其实是魏安。此外，李国庆先生《明代刊工姓名索引》却将此书定为明刊[⑤]，不过之所以定为明刊的证据却来自王重民先生的未定

---

① 孙楷第《中国通俗小说书目》，第 36—37 页。
② 〔英〕魏安《三国演义版本考》，上海：上海古籍出版社，1996，第 27—28 页。
③ 石昌渝主编《中国古代小说总目》，第 307 页。按：金文京先生云"孙目未著录"，或系笔误。
④ 周芜编著《徽派版画史论集》，合肥：安徽人民出版社，1984，第 44、32 页。
⑤ 李国庆编纂《明代刊工姓名索引》，上海：上海古籍出版社，1998，第 450 页。

之判断，王氏《中国善本书提要》云："此本仅存图四十二幅，第一幅题'新安黄诚之刻'，第七幅题'黄诚之刻'，第八幅题'黄士衡刻'。按遗香堂本《三国志》，马隅卿有残本，孙子书与隅卿定为清刻，然余疑黄诚之为明末人，犹当刻于明代，容他日详定之。"①

事实上，此"诚之"实非彼"成之"。据周芜先生所录《黄氏宗谱》，其名为"黄一遂"的人字为"成之"而非"诚之"，李国庆先生新著《明代刊工姓名全录》一书所附整理《虬川黄氏宗谱》原本所录亦同②。所以周先生为了迁就《黄氏宗谱》而有意忽略了两个字的差别。

首先是名与字的关系，周先生所录之人名"一遂"，字"成之"，《老子》云："功成、名遂、身退，天之道"③，现在也有"功成名遂"的成语，则知其名、字互为表里。其几位兄长分别是一道字贯之（《论语》云"吾道一以贯之"）、一迪字祥之（《尚书·盘庚》云"迪高后丕乃崇降弗祥"）、一遇字际之（曹丕《答许芝上代汉图谶令》云"遭遇际会，幸承先王余业"），都是用同样的逻辑取名的，故此人只能是"成之"而非"诚之"。反观遗香堂本，据王重民先生著录，第一、第七幅图题"新安黄诚之刻"，第八幅图题"黄士衡刻"。也就是说，此人的名和字应该分别是"诚之"与"士衡"，《礼记》云："故衡诚县，不可欺以轻重"④，古人多有从此命名者，如唐代著名书法家柳公权即字诚悬（"县"通"悬"），"权"即"衡"也。可知遗香堂本上的署名并非不小心将"成"刻为了"诚"，而是与"衡"搭配的"诚"，那么，这两人也就并非同一人。

其次是刻书活动的考察。黄诚之除刊刻过遗香堂本《三国演义》外，还曾刊刻过大涤余人序本《水浒传》，这在《水浒传》研究界被公认为是明代万历间

---

① 王重民《中国善本书提要》，上海：上海古籍出版社，1983，第401页。
② 李国庆编《明代刊工姓名全录》下册，上海：上海古籍出版社，2014，第1064页。
③ 朱谦之《老子校释》，北京：中华书局，2000，第35页。
④ [清]孙希旦撰，沈啸寰、王星贤点校《礼记集解》，北京：中华书局，1989，第1256页。

的刻本①，而且这一刻本中还有另一个刻工刘启先，此人为著名明末刻工，曾与黄子立、黄汝耀等一同刊刻过崇祯本《金瓶梅》的插图。据周芜先生考证，黄子立即为新安刻工黄一彬之子黄建中，黄一彬生于1581年②，虽与前及之黄一遂为同辈人，但却较之大五十一岁，则其子黄子立于崇祯年间刻《金瓶梅》与《玄雪谱》，时间亦合榫。只是此人迁居杭州，故《黄氏宗谱》不载而已。以上两个方面都可以证明，在崇祯五年刻《三国演义》的黄诚之并非那一年才出生的黄成之。当然，《黄氏宗谱》中确实没有黄诚之的名字，但这也并不能成为否定黄诚之的证据，一是黄诚之虽然署为"新安"，但并不一定便是仇村人；二是即使是仇村人，也有未录入《黄氏宗谱》的可能——周芜先生便在书中列出了数十位"待考刻工"③。

当然，虽然从王重民先生始，即将此黄诚之与黄士衡视为一人，上文也从名与字的关系证实此点，但毕竟无确凿文献支持，亦有学者随意地将黄诚之与黄士衡当作两个不同的人④。如果遗香堂本图上所署二人并非同一人，那么，通过对黄士衡的考察，仍然可以支持笔者对遗香堂本刊刻时代的认定。因为此黄士衡其实在《虬川黄氏宗谱》中恰有著录（周芜《黄氏刊工姓名考证表》失录），其人亦属第二十七世，名一机，"生于万历壬寅六月二十日"⑤，则知其生于1602年，在梦藏道人作序的崇祯五年，他已经三十岁，参与刻书也很正常。

遗香堂本是由加评本而来的，理由有三。一是其前之梦藏道人序云"罗贯中氏取其书演之，更六十五篇为百二十回"⑥，且"每回分两截"，这种体制与以李卓吾评本为代表的加评本如出一辙。二是其书行款为半页十行，行二十二字，《三国演义》诸版本行款差别甚大，很少有行款相同者，但加评本是一个例外，

---

① 参见马蹄疾编著《水浒书录》，上海：上海古籍出版社，1986，第56页。
② 周芜《徽派版画史论集》，第21、44页。
③ 周芜《徽派版画史论集》，第47页。
④ 参看李金松《〈水浒传〉大涤余人序本之刊刻年代辨》，《文献》2001年第2期。
⑤ 李国庆编《明代刊工姓名全录》下册，第1068页。
⑥ 参见丁锡根编著《中国历代小说序跋集》，第896页。

目前所能看到的多种李评本与陈眉公批评本、李笠翁批评本的行款均为半页十行，行二十二字（唯钟伯敬评本例外），而且与《三国演义》的其他任何版本均不同，则可知其间之渊源。三便是此本的命名，其书封面署云"遗香堂绘像三国志"，与加评本一样，也是直接用"三国志"为书名①。

所以可以知道，加评本时期，编刊者均对《三国演义》的命名进行了更改：因为明末福建"三国志传"这样的名雅文俗本大量刊印，连带着这个雅名也变成了俗名；而"三国志通俗演义"的名目一方面会泄露加评本的来源，另一方面这类俗名或许也不合那些冒充李贽（1527—1602）、钟惺（1574—1624）、陈继儒（1558—1639）、李渔等大文人的书商的设想，所以他们请出了更为古雅的题名，那就是与陈寿所撰正史相同的"三国志"，这个商业运作应该是很有效果的。

五、毛评本时期

毛宗岗父子对《三国演义》的修订开创了版本的新历程，而题名也随之起了变化，更为复杂。但因为研究界未尝关注这里，所以资料不多。日本学者上田望所撰《毛纶、毛宗岗批评〈四大奇书三国志演义〉版本目录（稿）》②一文对清代毛评本进行了全力的搜罗，为毛评本的研究打下了很好的基础。不过，其书著录版本时均不录卷端题名，故笔者主要据刘海燕《明清〈三国志演义〉文本演变与评点研究》一书所列③，参以此文，列表如下：

---

① 按：此文初写于2012年，当时尚未知遗香堂本详情，2015年8月，在"中国明代文学学会（筹）第十届年会"上，看到日本中川谕教授《关于耶鲁大学所藏〈三国志演义〉》一文，公布了对遗香堂本的初步考察，其结论为"遗香堂本根据于李卓吾本中的一本"[《中国明代文学学会（筹）第十届年会论文集·戏曲小说卷》，第469页]，与笔者判断相同。
② [日] 上田望《毛纶、毛宗岗批评〈四大奇书三国志演义〉版本目录（稿）》，《中国古典小说研究》第四号，日本中国古典小说研究会，1998。
③ 刘海燕《明清〈三国志演义〉文本演变与评点研究》，福州：福建人民出版社，2010，第121—124页。按：根据其行文显示，其名称似乎不全为卷端所标，有的名称是录封面所示的。

序号	版本	时间	卷端所题全名
1	醉耕堂本	1679	四大奇书第一种①
2	郁郁堂本	1734	官板大字全像批评三国志
3	聚盛堂本	1863	铜板全像第一才子书②
4	纬文堂本	1865	绣像第一才子书
5	敦化堂本		第一才子书三国演义
6	同文书局本	1885	增像三国全图演义
7	扫叶山房本	1888	第一才子书

此表已经不需要最后一列的"题名核心部分",因为其题名相当复杂。主要是从毛宗岗的首刊本醉耕堂本开始,就把原本《三国演义》从讲史发展到现在的所有书名都抛开了,他重新拟定了此前从未出现过的名字"四大奇书第一种",这样的名字放在明代《三国演义》诸刻本中其实充其量不过是附加的广告语罢了,但毛氏此本却把核心部分删去了,以此附加成分作为其正式的书名。据上田望统计,清代流传毛评本中有百分之三十九为六十卷本,百分之三十六为十九卷本,再加上五十一卷本及十二卷本,总共占到清代毛评本数量的百分之八十四③,那么,清代人所看到的《三国演义》文本绝大多数的名字都是《四大奇书第一种》。当然,也不排除有个别书商有些别的小创意,如二十四卷本题名为"官板大字全像批评三国志",这其实是加评本的题名,不过,这在上田望的统计中也只有两种。

此后的许多毛评本又开始在题名上加入"第一才子书"这样的成分④,开始时这个成分还只在封面或版心处,卷端书仍为"四大奇书第一种",但后来也逐

---

① 据上田望著录,醉耕堂本之后,同类的六十卷本有五十余种版本,而十九卷本者亦有近五十种版本,此外,五十一卷本及十二卷本题名亦同,故其版本数目在百位以上。另按:十九卷本版心题为"第一才子书",但卷端仍标为"四大奇书第一种",则仍以文献著录之规则而归于此类。
② 引书刘海燕录为"巾箱本",此自然并非版本名称,仅以其形制代称也。据宁稼雨《尘故庵藏〈三国演义〉版本述略》(《明清小说研究》2006年第4期)一文所录,其所藏有同治二年之聚盛堂本,卷端书名亦同此,故据宁文入录。
③ 〔日〕上田望《毛纶、毛宗岗批评〈三国志演义〉と清代の出版文化》,《东方学》一百一辑,日本东方学会,2001。
④ 关于才子书的形成及其与《三国演义》的关系,请参见李小龙《清初才子书的逞才之目及其对叙事性的偏离》一文,《中国古代小说研究》第四辑,第126—137页;另见李小龙《中国古典小说回目研究》,第246—254页。

渐有书坊将其置于卷端，成为《三国演义》新的名字。上表中后几种几乎全都有这几个字。

另外，我们还应该注意到，清代已有一部分版本的题名出现了"三国演义"的名目，上表中便有敦化堂本及同文书局本两种。鉴于清代刻本众多且繁复，此表只是挂一漏万，但应当有一定的代表性。

六、关于定名的讨论

《三国演义》与明代另外两部伟大的作品《水浒传》《西游记》一样，都经历了一个世代累积的过程，然而，不得不说它的发源最早，成书也最早，在章回小说的历史上具有开山的意义，但其定型化的历程却远远落在了另两部作品之后。《水浒传》自万历三十八年（1610）容与堂刻本后便基本成形，此后有的改为简本，有的加些故事，但都无法撼动容与堂本的地位；虽然崇祯十四年（1641）出版了金圣叹的腰斩本，并成为整个清代的流行本，但在当前，无论学术界还是普通的读者，都依然视容与堂本为最后的定本。《西游记》更是如此，现在最早的百回本世德堂本问世后便占据统治地位，清初黄周星等伪托古本进行删减，然而现在黄本便只能作为学术研究的版本了。《三国演义》却不同，嘉靖元年刊刻的张尚德本以其刊刻的精美以及内容的规范在很长时间内被认为是《三国演义》定本，但从阅读接受一端却可以看出，它完全被一个半世纪以后才完成的毛宗岗本打败了，毛评本不仅在有清一代流行，其实，它从产生起一直到现在，从来都是充当着《三国演义》的定本。虽然有不少学者为嘉靖本摇旗呐喊，认为这才是最接近原著且最好的本子（也就是既真且善的本子）。但无奈的是，作品的最终选择权从来都操纵在时间手里，直到现在，市场上几乎所有的阅读版本均为毛评本，想觅一嘉靖本做研究资料都十分困难。另外，随着研究的深入，学者们也慢慢发现，嘉靖本原来也并非真、善之本：一方面，正如前文所引金文京等先生的研究表明的，明末大量的《三国志传》系统的版本保留着比嘉靖更为原始的痕迹，也就是说，嘉靖本并非最真之本；另一方面，毛评本在情节表现与安排上又比嘉靖本更好，也就是说，它也并非最善之本。这样一个本子，当然更谈不上是定本。那么更为近真的《三国志传》系统的版本呢？由于当时章回小说体制尚未成熟，这系列版本仅在体制上便显得十分粗糙，加上书坊刊刻随意增删的现象所在多有，而且此同彼异，莫衷一是，当然亦不能算是定本。加评本系统更不是定本，因为其大体上来自嘉靖本系统。如此看来，《三国演义》的定本只能是毛评本了——当代出版界出版古典小说时，其他作品都尽量以最早之本为底本，只有《三国演义》，明知道毛评本已经过毛宗岗的修改，却仍然以毛评本为底本，其原因即在于此。

这种状况自然也影响到了《三国演义》的名称的确定。

入清以后，毛评本多用《四大奇书第一种》或者《第一才子书》的名目，但这只是一个广告式的借用。其实，清代的毛评本多数在封面上还是标有"三国志"字样的。也就是说，虽然没有在卷端出现，但这个本名也并没有丢掉。后来便逐渐出现了《三国演义》的新命名。这个名字的出现或许有这样的心理机制，即毛评本的刊刻者希望自己刊刻的这个新定本能有一个与前面几个时期的定名相联系又相抗衡的名字，但是从"三国志传"到"三国志演义"再到"三国志"都被用过了，如果必须提示读者这本书就是那本妇孺皆知的讲述三国历史的书，则一是必须有"三国"二字，二是又必须表明并非枯燥的史书，三是还要与前边这几个名字有联系又有区别——它们似乎除了"三国演义"之外也没有别的选择了。

当然，这个名字在清代还并不很普及，直到人民文学出版社出版了新中国成立以来影响最大的中国古典小说整理本，其中本书便名为《三国演义》，这个名字才最终定型，成为这部作品的通名。

不过，20世纪末以来，有不少学者开始反思这个定名。

早在1993年，金文京先生便指出："现代在中国一般都叫《三国演义》，这是比较顺口的，但正确的应该是《三国志》的'演义'，也就是《三国志演义》。"①其后刘世德先生在校点本前言中也对相沿已久的题名进行了讨论，同样指出其正式的、准确的、科学的名称，应当是"三国志演义"②。同年，陈翔华先生发表文章，细致地梳理了这一问题，从作品与史书的关系、各版本署名情况的考察及书目著录和公私记载等方面进行了考察，并指出："其原书名目前虽然还不能完全确定，但是可以说，当作《三国志传》或《三国志通俗演义》（简称《三国志》），也可以通称之为《三国志演义》。然而，却不能以'三国演义'作为罗氏原著的书名。否则，既掩盖从'演史'发展而来的历史轨迹，也违背罗贯中本人的原意。这不仅仅是一个简单的正名问题，其实是涉及中国小说史发展的重要问题。"③

应该说这些意见都有理有据，并且迅速在学界产生了影响。一些最新的文学史及各种相关的学术著作都改用《三国志演义》来称呼了。但我们仍不得不承认，"三国演义"这个名字仍然占据着主导地位，事实上，力主此说的刘世德先生于1995年点校出版了毛评本的《三国志演义》，然而，此书后来被删去评点收入"中华古典小说普及文库"时却仍把名字改为了《三国演义》：前者收入有着学术化色彩的"中华版古典小说宝库"，印数仅有几千册；后者收入有普及色彩的"中国文学四大名著"之中，自2005年以来印数已经达到三十八万册。

那么，究竟是否需要正名或者要修正为什么样的名字呢？这需要我们谨慎地讨论。

首先，正如陈翔华先生所言，罗贯中原作的名字如何已不可得，所以，我们现在所求之真不过是推测之"真"，未必即罗贯中原本之"真"，也就是说，求真已不可得，至少是在目前的文献资料条件下不可能定谳。

---

① 〔韩〕金文京《三国志演义の世界》，东京：东方书店，1993，第20页。按：此书的中文版却又不得不改为《三国演义的世界》。
② 〔明〕罗贯中著，〔清〕毛纶、毛宗岗评，刘世德、郑铭点校《三国志演义》前言，北京：中华书局，1995。
③ 陈翔华《罗贯中原著书名非"三国演义"》，《文史知识》1995年第5期。

其次，如果我们不奢望求得罗贯中之真，而只求得作品流传版本之真呢？事实上这也不可能。因为据上文所论，在《三国演义》的发展史中，每一个阶段都有不同的名目，我们要回到哪个阶段去呢？学者们认同的"三国志演义"这个名字其实只是"演义时期"的通名，而这个时期时间并不长，版本也很稀少，自然无法代表所有的阶段。如果出版纯粹的嘉靖本，那用此名是自然之理，但目前出版的一般都是毛评本，却要用嘉靖本的名称，岂非张（尚德）冠毛（宗岗）戴？但再用毛评本惯用的"四大奇书第一种"或"第一才子书"式的广告名目也显然不妥，所以只能在毛评本习用的名称中择其与历来之命名相近者使用——当然，根据上表可知，这些名字中还有一个"三国志"可供选用，但这个名字有三方面的问题：一是它与史书完全重合，自然会带来很多混乱；二是这其实是加评本时期的共名，选用的话又会遇到李（卓吾）冠毛（宗岗）戴的状况；三是这个名字在毛评本中所占比例太少了，几乎可以忽略。所以也就只剩下毛评本系统曾经用过的"三国演义"了。

再次，是否可以舍真而取善呢？即找出与作品内容最相适应的题名。这自然可以，但这个"善"的题目却未必是"三国志演义"。论者之所以执着于其中的"志"字，原因多着眼于其与《三国志》的关系，但这一考虑可以从三方面来避免。

第一，《三国演义》与《三国志》的真实关系究竟如何？金文京先生对此的看法可以代表学界最公允的意见，他认为章学诚的"七实三虚"说"明显不当"，"历史现实中先后继起的事件之间未必有必然的因果关系"，而《演义》是一部先从浩瀚史籍中选出符合自己需要的一部分内容来对之进行各种加工，再增以虚构和民间传说后形成的叙事详细的作品。其所叙述事件的整体框架和大多数的出场人物都与史书基本一致，但实际所讲述的却是对史籍作了脱胎换骨大改变的、完全不同层面的另一个故事"[①]；沈伯俊先生也曾撰文指出《三国志》（包括裴松之注）虽是《三国演义》最重要的史料来源，但却并未为《三国

---

① 〔韩〕金文京著，邱岭、吴芳玲译《三国演义的世界》，第14、36页。

演义》提供叙事结构框架,承担这一任务的,主要是编年体史书《资治通鉴》,因此,不宜说《三国演义》是"演"《三国志》之"义"①。所以,是否还有必要固执地攀附在史书上值得考虑。更何况,如果要追根溯源的话,正史《三国志》的名字也是后来逐渐定型的,其原名实为"国志"②,则此讲史小说之名又无从附丽了。

第二,那么,命名中的"志"字又究竟如何呢?本书第一章讨论《史记》诸体对后世史书乃至文言小说集命名影响时简单涉及"志"字,并未讨论这部在二十四正史中唯一一部以"志"为名的史书,这里则可补充一下。刘知几在《史通·题目》中说:"至孙盛有《魏氏春秋》,孔衍有《汉魏尚书》,陈寿、王劭曰'志',何之元、刘璠曰'典'。此又好奇厌俗,习旧捐新,虽得稽古之宜,未达从时之义。"③对于陈寿《三国志》而言,这句话中"稽古之宜"一词历来注《史通》者均未措意,或以为即《题目》篇开篇所列"上古之书有三坟、五典、八索、九丘,其次有春秋、尚书、梼杌、志乘"中的"志乘",则此所"稽"之"古"几乎与其所列孙盛等人著作一一对应了。不过,"志乘"一词中可稽古者仅"乘"字而已,《孟子·离娄下》云:"晋之《乘》、楚之《梼杌》、鲁之《春秋》,一也。"④仅云晋之史书为"乘",但无"志"字,"志乘"二字连用,目前所见,似乎最早便起于《史通》,故不可为证。所以说,对于陈寿以"志"名书,从史书体系看,前无所承,而《史通》此处"得稽古之宜"一句当另行探考。辛德勇认为:"《周礼》记述古有'诵训'一官,职在'掌道方志',魏、蜀(汉)、吴三国各自割据一方,即使是断代撰著的史书,从整体上看,亦不过犹如方国之志,这应当就是陈寿统名其书为'国志'的内在缘由。"⑤则知其书以"志"为名,不过表示割据之方国而已。从这个角度来说,史书《三国志》的名

---

① 沈伯俊《〈三国志〉与〈三国演义〉关系三论》,《福州大学学报》2003年第3期。
② 参看辛德勇《陈寿〈三国志〉本名〈国志〉说》一文,《文史》2013年第3辑。
③ [唐]刘知几著,[清]浦起龙通释,王煦华整理《史通通释》,第85页。
④ [宋]朱熹《四书章句集注》,第295页。
⑤ 辛德勇《陈寿〈三国志〉本名〈国志〉说》,《文史》2013年第3辑,第42页。

称其实也是正史中的异类，正因如此，其书在内部便不再用"志"而是用"书"来划分为"魏书""蜀书""吴书"①，因为这才是断代史命名的通则。就《三国志》来说，内部已用"书"，总题自不可再用，而且三国并立，也不合断代史的体例；但又不能用"史"②，因为三国同时，并非前后相及，故亦非通史，所以陈寿将三国视为方国，以"志"为题，这才是《史通》所谓"得稽古之宜"的深意。总之，此字实亦出于无奈，并非史书正体，后世小说定名也就不必定要攀附。

第三，平心而论，若不斤斤于文本的简单比较而着眼于作品世界建构的方式的话，应当可以承认，《三国演义》的发展演变趋势就是一步步地脱离史书而走向独立的。从命名上也可看出这一点：其在讲史时期甚至直接叫"三国志"，与史书结合得最紧密；但后来便依注释体例加了一个"传"字，以示区别；再后来又用"演义"甚至是"通俗演义"代替了"传"，"通俗"二字自然是从高高在上的史书走向民间的表态，而"演义"一词则比严谨的"传"字更自由，更有发挥创作的意味；那么在清代有一些刊本再进一步去掉这个名字中的"志"也顺理成章。就毛宗岗本的内容来看，其修改有向史实靠拢的地方，但这却并不能证明他要重新依附史书，因为他在建立自己独立的艺术世界上要比此前的版本都完整，关于此相信我们在阅读毛评本与早期文本时会有体会，也就是说，毛评本的修改虽然向历史靠拢了，但相较而言，读毛评本却更像读一本小说。其实，从毛评本的命名也可看出这一点，它没有进一步地史书化，反而取了"四大奇书第一种"这样在《三国演义》发展史中最远离史书的名字——甚至比"汉宋奇书"与"英雄谱"这样的名字还要远。这一点其实也可以从优势文体的变迁来看：当初要"羽翼信史"，便在作品前边标出陈寿的名字来，那是当时史学的优势地位使然；时过境迁之后，二者的地位已经发生了明显的变化（当代大多数阅读《三国志》的读者都是为《三国演义》而来的），在这种情况下，它

---

① 《三国志》传世版本中，亦多有以"志"划分者，然皆为误解原书大题在下之"×书·三国志"在版心之简称为"×志"者。参见辛德勇《陈寿〈三国志〉本名〈国志〉说》一文所论。
② 毛晋汲古阁刻本卷首总目为"陈寿《三国史》总目"，未知是无心之误抑或为有心改文。

们的依附关系当然也要发生变化。

　　最后，我们再来看看《三国演义》这个名字。这个名字自然并非当代人的自我作古，其实如前所论，在清代甚至明代便有了。除前所言之外，毛评本有李渔《古本三国志序》，云"若《三国演义》，则据实铺陈，非属臆造，堪与经史相表里"，又清雍正七年致远堂、启盛堂刊本穈明氏《三国演义叙》亦称"适坊友持重刻毛声山原评《三国演义》索序于予"，还有郁郁堂、郁文堂本前黄叔瑛《三国演义序》也称"间及陈寿之《三国志》，因取《三国演义》参观而并校之"①。可见，人民文学出版社采用"三国演义"的名字，不过是顺从了清代以来的一种潜在的趋势，而这种趋势在目前的不可扭转也证明了这个命名的生命力。

　　事实上，我们还可以给出一个参照来，那就是《红楼梦》。对于这部书来说，求其命名之真要比《三国演义》简单得多，因为现存的几乎所有早期抄本都叫《石头记》，那些版本有几种是在曹雪芹生前便流传出来且经其好友评定的，所以可以肯定地说这个名字是符合作者原意的，"红楼梦"一名虽在甲戌本凡例中即已标出，但早期抄本中并无将其当作书名来用者，而将此用作正式的书名当始自夹杂了后四十回续书的百二十回本。但自从程本刊刻时采用了这个名字后便不胫而走，成为这部小说至今为止的通名。现在，就不说普通的大众出版物，就是专业的学术著作，若非专研脂本的，一般都不会取"石头记"的名字。以彼例此，理即豁然。

---

① 参见丁锡根编著《中国历代小说序跋集》，第899、904、905页。

第二节 《水浒传》命名的含义及其演化

相对于《三国演义》的命名来说,《水浒传》命名的演化要简单一些,但其命名的影响却远比《三国演义》大得多,因为它以"传"为名其实也切合了中国史传文学的传统以及史传文学影响下的文言小说命名体系,因此对后世章回小说的命名影响深远。

一、《水浒传》命名的含义

《水浒传》这一命名对我们来说太熟悉了,所以我们反倒不会考虑它真正的含义。其实,这个名字与中国小说传统的命名方式相比有很特异的地方,即并不是用作品中的人、事来命名,却非常明显地用避重就轻的方式来命名,这自然应该有其寓意。明人袁无涯在其刊本的序中便对此名进行了解释:

> 传不言梁山,不言宋江,以非贼地,非贼人,故仅以"水浒"名之。浒,水涯也,虚其辞也。盖明率土王臣,江非敢据有此泊也。其居海滨之思乎?罗氏之命名微矣。①

他首先指出这个命名是避重("不言梁山""不言宋江")就轻("仅以'水浒'名之""虚其辞也"),其次也承认这个命名是有其深意的("罗氏之命名微矣"),但他的解释却是说这个微意是表明宋江并不敢占据梁山,只是效法姜太公避居东海之滨以俟机辅佐圣主而已。这个看法其实只是为了迁就百回本添加的"忠义"二字而已(参后文)。

与袁无涯相反,金圣叹对明末文人硬加进"忠义"二字深恶痛绝,所以他对此名又有新的解释:

> 观物者审名,论人者辨志。施耐庵传宋江,而题其书曰《水浒》,恶之至、迸之至、不与同中国也。而后世不知何等好乱之徒,乃谬加以"忠义"之目。呜呼!……若夫耐庵所云水浒也者,王土之滨则有水,又在水外则曰浒,远之也。远之也者,天下之凶物,天下之所共击也;天下之恶物,天下之所共弃也。②

这个说法又太过于牵强了。总之,他们都为"忠义"二字所苦,无论赞成还是反对,都将"水浒"的命名与"忠义"捆绑在一起,从而遮蔽了对其命名的探究。

罗尔纲先生(1901—1997)最早指出"水浒"一词当来自《诗经·大雅·绵》,其诗有"古公亶父,来朝走马。率西水浒,至于岐下"的诗句,《毛传》解释说:"浒,水厓也。"③只是,他的结论却是"取'水浒'为书名,以表明

---

① 朱一玄、刘毓忱编《水浒传资料汇编》,天津:南开大学出版社,2002,第132页。
② 朱一玄、刘毓忱编《水浒传资料汇编》,第211页。
③ 参见[清]阮元校刻《十三经注疏·毛诗正义》,北京:中华书局,1982,第510页。

梁山泊与宋王朝对立,建立新政权的全书内容的"①。其实,这个结论带有浓厚的阶级分析意味,因而也并不妥帖。

此后,王利器先生(1912—1998)发表了长篇论文《〈水浒〉释名》,也认为"水浒"之名当来自"率西水浒"之句,但却将"水浒"坐实为周原之地,"盖以史进的活动范围在关西五路,而史进又是'真命强盗',志在图王霸业,其发迹在周原地区,故以周家发祥之地水浒,取以为书名曰《水浒传》也。其意若曰,无论周家也好,史家也好,一例是图王霸业"②。当然,王先生对《水浒传》的版本有其独特的看法,但这里将"水浒"理解为周原地区则稍嫌胶着。

其实,若要对此名有公允的理解,还要回到最初的出典上来。古公亶父为周文王的祖父,武王伐纣后尊其为太王。《孟子·梁惠王下》记载说:

> 昔者大王居邠,狄人侵之。事之以皮币,不得免焉;事之以犬马,不得免焉;事之以珠玉,不得免焉。乃属其耆老而告之曰:"狄人之所欲者,吾土地也;君子不以其所以养人者害人。二三子何患乎无君?我将去之。"去邠,逾梁山,邑于岐山之下居焉。邠人曰:"仁人也,不可失也。"从之者如归市。③

杜贵晨先生指出:"古公亶父之周族'率西水浒',与宋江等离乡井、归水泊,同是'逼上梁山';古公亶父之周族'至于岐下',建设家邦,与宋江等经营梁山,'八方共域,异姓一家',同是构造自己的'乐园',是各自生活理想的实现;古公亶父之周族反对狄人的侵略,却臣服于商,与宋江等只反贪官、不反皇帝,同是心怀忠义。种种相似,使以'水浒'名《传》取譬古公亶父'率西水浒'的故事,顺理成章。"④同时也注意到《孟子》的记载中也恰恰有"逾梁

---

① 罗尔纲《水浒传原本和著者研究》,南京:江苏古籍出版社,1992,第3页。
② 王利器《耐雪堂集》,北京:中国社会科学出版社,1986,第45页。
③ [清]焦循撰,沈文倬点校《孟子正义》,北京:中华书局,1987,第163—165页。
④ 杜贵晨《传统文化与古典小说》,保定:河北大学出版社,2001,第251页。

山"之语，亦可助成二者间的联系。

这些相似的确都是很好的证据，但却只是充分条件，而非必要条件。如果我们对《水浒传》命名的出典不斤斤于细节的讨论，而是从整体把握的话，应该可以看到，周文王是儒家塑造的圣贤，而《绵》诗不但写古公迁到岐山开国奠基的功业，还写了周文王能继承古公遗烈，使周日益强大。因此，这里以"水浒"为名就当有以下两重含义：一是周文王在"水浒"之地发展壮大，"三分天下有其二，以服事殷。周之德，其可谓至德也已矣"[①]，则有"礼失求诸野"的含义，也就是李卓吾在其《忠义水浒传序》中反复陈说的"忠义""归于水浒"之意。二是古公亶父"率西水浒，至于岐下"，邠人曰"仁人也，不可失也"，"从之者如归市"，则以"水浒"为名，也暗含着向往仁政的潜台词。

二、《水浒传》命名的演化

《水浒传》的版本系统异常复杂，在古代小说的版本里是最难厘清的，不过，不同版本系统的命名相对来说却要单纯一些，我们可以分期勒表对照如下[②]。

（一）文简事繁本

序号	书名	刊刻时间与刊刻者	回数
1	新刊京本全像插增田虎王庆忠义水浒全传	万历初福建建阳余氏双峰堂刊	103？
2	全像水浒（残页）	万历中闽刻	？
3	京本增补校正全像忠义水浒志传评林	万历二十二年福建建阳余氏双峰堂刊	103
4	文杏堂批评忠义水浒全传	宝翰楼刊	？
5	郑大郁序本水浒传	万历间藜光堂刻	115
6	汪子深序本全像水浒传	崇祯元年广东惠阳富沙刘兴我刊	115

---

① 程树德撰，程俊英、蒋见元点校《论语集释》，北京：中华书局，1990，第559页。
② 本表题名均据马蹄疾先生编著《水浒书录》，然小有调整。

文简事繁本向来被认为是最复杂的一个系统，其成书究竟在被当作《水浒传》定本的文繁事简本之前还是之后，学术界一直以来也是众说纷纭、莫衷一是。笔者在《中国古典小说回目研究》中即认为："简本很可能从繁本出，但不一定从现存繁本出，简本代表的刊刻体制应当来源于时代更早的底本。"①

通观上表的六种版本，除《全像水浒》的残页无法确定命名、余象斗刊评林本下文再论外，其余四种大致上可分为两类：一类是最简单的"水浒传"，如藜光堂本与刘兴我本均如此；另一类是"忠义水浒全传"，如双峰堂刊插增本及宝翰楼本。首先，这里的"水浒传"自然是最初的命名。其次，加"全传"二字则来自明代书坊的大肆插增情节，如"征田虎、征王庆"故事的加入等。明人张凤翼便曾说："刻本唯郭武定为佳，坊间杂以王庆、田虎，便成添足，赏音者当辨之。"② 马蹄疾先生（陈宗棠，1936—1996）认为其文写于万历十六年（1588）左右，则其所指绝非万历四十二年刊行的袁无涯本，而是指上表所列的文简事繁本。最后，命名中的"忠义"二字则很可能来自文繁事简本。

（二）文繁事简本

序号	书名	刊刻时间与刊刻者	回数
1	京本忠义传（残存）	嘉靖间刻本	?
2	天都外臣序本忠义水浒传	万历十七年新安原刻，康熙五年石渠阁补修	100
3	大涤余人序本忠义水浒传	新安黄诚之刻本	100
4	李卓吾先生批评忠义水浒传	万历三十八年杭州容与堂刻本	100
5	钟伯敬先生批评水浒忠义传	万历间四知馆本	100
6	钟伯敬评忠义水浒传	天启间积庆堂藏版	100
7	忠义水浒传	康熙中芥子园刊	100

---

① 李小龙《中国古典小说回目研究》，第 185 页。
② ［明］张凤翼《水浒传序》，《处实堂集·续集卷六》，《续修四库全书》，上海：上海古籍出版社，2002，第 474 页。按：此文《水浒书录》全文收录（第 55—56 页），然误为"处世堂集"，且误为"续集卷六十四"；朱一玄、刘毓忱《水浒传资料汇编》（第 170 页）及丁锡根编著《中国历代小说序跋集》（第 1465 页）亦误为"卷六十四"。

上表列出文繁事简本七种，除第一种"京本忠义传"残缺外，余五种的命名均为"忠义水浒传"或"水浒忠义传"，可见被视为《水浒传》版本演化过程中定本的文繁事简百回本在命名上相当一致，都有"忠义"二字。事实上，就是"京本忠义传"也有此二字，马蹄疾先生在著录此本时说："版心上端标目《京本忠义传》，当为书名之略称。"① 也就是说，其这里所用的名目其实出自残页的版心，而我们知道，一般来说，版心的题名多为略称，此或为"京本忠义水浒传"的省略②。

那么，"忠义"二字的添加从何而来呢？最早的天都外臣序虽然没有明确地提出"忠义"二字，但其云："夷考当时，上有秕政，下有菜色。而蔡京、童贯、高俅之徒，壅蔽主聪，操弄神器，卒使宋室之元气索然，厌厌不振，以就夷虏之手。"③ 这里已经将水浒好汉被逼上梁山之事归罪于奸臣当道了。接下来大涤余人的序则明确提出"自忠义之说不明，而人文俱乱矣。……亦知《水浒》惟招安为心，而名始传，其人忠义也。施、罗惟以人情为辞，而书始传，其言忠义也"④。当然，其最著者则为李卓吾的名文《忠义水浒传序》，他提出"《水浒传》者，发愤之所作也"，并继承天都外臣序的意思，说："盖自宋室不兢，冠履倒施，大贤处下，不肖处上。驯致夷狄处上，中原处下。一时君相，犹然处堂燕雀，纳币称臣，甘心屈膝于犬羊已矣。"然而再进一步发挥："施、罗二公，身在元，心在宋；虽生元日，实愤宋事。是故愤二帝之北狩，则称大破辽以泄其愤；愤南渡之苟安，则称灭方腊以泄其愤。敢问泄愤者谁乎？则前日啸聚水浒之强人也，欲不谓之忠义不可也。是故施、罗二公传《水浒》，而复以'忠义'名其传焉。"⑤ 从这

---

① 马蹄疾编著《水浒书录》，第 50 页。
② 杜贵晨《〈水浒传〉的作者、书名、主旨与宋江》一文（《南都学坛》2008 年第 1 期）认为："甚至人们还发现一个很早版本的残页，题作'忠义传'，连'水浒'这两个字也没有，表明《水浒传》最早不叫'水浒'，而直接惟一的就是'忠义'，即'传'写'忠义'的。"恐怕并不符合古代文献刊刻书名的规律。
③ 朱一玄、刘毓忱编《水浒传资料汇编》，第 168 页。
④ 朱一玄、刘毓忱编《水浒传资料汇编》，第 200 页。
⑤ 朱一玄、刘毓忱编《水浒传资料汇编》，第 171 页。

几则序便可看出,《水浒传》之名前加"忠义"二字,实为明末汪道昆[①]、大涤余人、李贽等文人相沿而来者。

当然,汪道昆等人为《水浒传》涂抹上"忠义"的色彩也有其原因。首先,水浒故事本身便有忠义的成分,《水浒传》与"说铁骑"之伎艺有密切联系(参本书导论),而"说铁骑"又与南宋抗金时兴起的"忠义军"有关。其次,则源于面临内外交困的现实,明末文人以名节、忠义相砥砺的思潮。

(三)繁简综合本

序号	书名	刊刻时间与刊刻者	回数
1	出像评点忠义水浒全书	万历四十二年安徽袁无涯刊	120
2	绣像藏板水浒四传全书	崇祯初郁郁堂梓行	120
3	忠义水浒全书	崇祯间宝翰楼刊	120
4	初刻名公批点合刻三国水浒全传英雄谱	崇祯间广东熊飞雄飞馆刻	110
5	绣像汉宋奇书忠义水浒传	清末金陵兴贤堂梓行	115
6	英雄谱本忠义水浒传	文元堂刻	115
7	新刻出像京本忠义水浒传	德聚堂重印文星堂梓行	115
8	陈枚序本五才子书水浒全传	乾隆元年序刻	124

繁简综合本比较复杂,因为这种本子往往同时具有前两种版本系统的特征,因此,其命名也大致上可分为两种形态。上表八种版本(其实不止八种,但有很多种命名完全相同,便省略未录)中,有五种加了"全"字,这当然是繁简综合本最大的特征,即以"全"来标榜。其中最典型的便是袁无涯刻本,正如它内封所题书名一样,叫作"水浒四传全书",就是在文繁事简本基础上再加征二寇从而凑成征四寇的全书罢了。而陈枚序本叫作"五才子书水浒全传",这显然是繁简综合本与腰斩断刻本杂凑而成者。至于其余三种大多属于与《三国演义》合刻的"汉宋奇书"本或"英雄谱"本,这一系统的命名与文繁事简本同,均为"忠

[①] 据[明]沈德符《万历野获编》云:"武定侯郭勋,在世宗朝,号好文多艺,能计数。今新安所刻《水浒传》善本,即其家所传,前有汪太函序,托名天都外臣者。"(北京:中华书局,1997,第139页)知此天都外臣实为汪道昆化名。

义水浒传",事实上这几种本子都有征田虎与征王庆的情节,则其并非来自文繁事简本甚明,那么,这一系统的版本则当借鉴了文繁事简本的命名。而最后的陈枕序本则更是综合了后来的腰斩断刻本与繁简综合本,因此,其题名即有"五才子书"这样表明为金圣叹腰斩本的名目,却也有"水浒全传"这样标榜更全的广告语,当然,也有着《水浒传》版本中最多的一百二十四回的回数。

(四)腰斩断刻本

序号	书名	刊刻时间与刊刻者	回数
1	金圣叹批评第五才子书施耐庵水浒传	崇祯十四年贯华堂刊	70
2	王仕云评论五才子水浒传	顺治十四年醉耕堂刊	70
3	句曲外史序绣像第五才子书	雍正间光霁堂刊怀德堂藏版	70
4	王韬序本图绘五才子奇书	光绪十四年上海大同书局石印	70
5	绘图增像句曲外史序本五才子书水浒全传	清末铜版	70
6	句曲外史序本绘图第五才子奇书	上海书局石印	70
7	句曲外史序本绘图评释第五才子书水浒	敦玑好斋用泰西法重石印	70
8	句曲外史序本绘图评注五才子水浒传	章福记石印	70
9	第五才子书水浒全传	宣统三年上海静瑶书局石印	70
10	王仕云评精校全图足本绣像水浒传演义	民国间广兴书局铅印本	70
11	句曲外史序本改良彩像五才子演义	民国间上海文盛书局石印	70
12	新式标点水浒	民国九年上海亚东图书馆初版	70

腰斩断刻本其实是金圣叹的自我作古,但其命名也出现了新的现象,所以亦可讨论。

金圣叹有所谓才子书的提法,他把《庄子》《离骚》《史记》《杜诗》《水浒》《西厢》合称为"六才子书",其实,金圣叹并没有明确提出排序,但在这个名单里,《水浒传》排在第五,于是便成了"第五才子书"[①]。这当然并非命名,只是一种广告语,所以最早的金评本贯华堂本便将这几个字放在题目前作为修饰。

---

① 关于才子书提法的来龙去脉,请参见李小龙《中国古典小说回目研究》,第246—254页。

然而到了光霁堂刊句曲外史序本，则将"水浒传"三字提到作者一栏里，书名处只留下"第五才子书"五字，于是，从文献著录的角度看，这一版本的书名就变成了"第五才子书"。

有趣的是，以上十二种版本中，有"才子书"字样的共十种，但其中有五种却只署为"五才子书"，把"第"字去掉了——这其实是有问题的。金圣叹的"第×才子书"使用了序数词，看似在评定作品，其实是评定作者，"才子"是指称作者的；清初产生了才子佳人小说的"开创之作和典范之作"《玉娇梨》与《平山冷燕》①，这两种书便将"第"字去掉，一名为"三才子书"，一名为"四才子书"，合刻为"七才子书"：前者指苏友白、白红玉、卢梦梨三人，后者指平如衡、山黛、冷绛雪、燕白颔四人。这样，"才子"由作者而变为主人公，"才子书"也就变成了"才子佳人小说"。从这个角度来看，把《水浒传》改称为"五才子书"是讲不通的，因为书中并无可以例举的五位才子，书也并非才子佳人小说——清初，才子佳人小说大行其道，《水浒传》命名中的这一小变化或许便是受到这个潮流的影响。

至于"五才子奇书"这样的书名，则又是才子书与"四大奇书"系统的杂糅——其实，这种杂糅在《三国演义》的命名中体现得更为充分，毛评本命名为"四大奇书第一种"，后来"奇书体"还是敌不过"才子书"，于是后世版本都演变成了"第一才子书"（参见前节所论）。

除以上所论之外，上表中还有"五才子书演义""水浒传演义"及亚东版新式标点本几个命名，则置于下文讨论。

绾结而言，《水浒传》命名的演化并不像其版本系统那样复杂，通过梳理大致上可以看出，最早的版本虽然已无法看到，但可以推测其命名正是"水浒传"；而加"全"字则大可不必，因为这已确定为后人增补者；当然，若以百回文繁事简本为《水浒传》的最后写定本的话，那么，则当以"忠义水浒传"为定名。然而，现在学术界与普通阅读界都将以容与堂本为代表的百回繁本视

---

① 石昌渝主编《中国古代小说总目·白话卷》，第 508 页。

为定本,来加以研究与阅读,但却径以"水浒传"三字名之,恐怕并不符合此书命名的真实情况。

三、《水浒传》异名辨析

虽然就《水浒传》本身而言,其命名的演化并不复杂,但附着在其命名之上的,还有一些异名,尚需辨析。

(一)宋江演义

明人郎瑛《七修类稿》中有《三国宋江演义》一条云:"《三国》、《宋江》二书,乃杭人罗本贯中所编。予意旧必有本,故曰编。《宋江》又曰钱塘施耐庵的本。昨于旧书肆中得抄本《录鬼簿》,乃元大梁钟继先作,载元、宋传记之名,而于二书之事尤多。据此,见原亦有迹,因而增益编成之耳。"[①] 王利器先生据此推论云:"则在嘉靖时人所见之本又有《宋江演义》之名,窃疑此本即梁山泊系统本也。"[②] 其后,陈松柏先生也认为"《宋江演义》是连接宋江等三十六人故事与《水浒传》必不可少的链条"[③]。

也就是说,在王、陈二先生看来,历史上存在过一种名为《宋江演义》的水浒故事版本。这种提法源于郎瑛的记载,而郎氏记载只是泛泛提及,古人在行文中提及书名尤其是不登大雅之堂的小说书名,向来比较随意,并不严格,有时喜欢以局部代替整体,这里不过是以主人公之名代指其书而已,据此以为郎瑛看到过《宋江演义》之书,或以其为水浒故事三大系统之一,或以其为水浒故事必不可少的中间形态,都似乎有些胶着了。

---

① [明]郎瑛《七修类稿》,第 246—247 页。
② 王利器《耐雪堂集》,第 49 页。
③ 参陈松柏《〈宋江演义〉是连接宋江等三十六人故事与〈水浒传〉必不可少的链条》一文,《明清小说研究》2008 年第 1 期。

（二）宋元春秋

明末人刘子壮在其《屺思堂文集》中有《宋元春秋序》一文：

> 《水浒》，传也，曷以谓《宋元春秋》？曰：志宋之将为元也。自古国家崇贿赂而不修廉节者，必有民患；尚虚名而不治实业者，必有国祸。……及至宋末，此二患者兼而有之。王安石以财困天下，童、蔡相缘，肥家瘠国、沟壑内愤，强邻外啮，卒成有元。以施、胡（罗）二公之才，幽辱塞漠，进不得为岳、韩，退不得为晁、宋，托诸《水浒》，发其孤愤，其所由来渐矣。……施、罗二公身居人国，不敢直言，而托之往代；不忍直言讨童、蔡四贼，而托之河北、江南，盖亦犹《春秋》之义云尔。……此余所以谓《宋元春秋》也夫。①

此文将《水浒传》以"宋元春秋"名之。然遍检文献，未发现有所谓《宋元春秋》的版本，所以这个名字也不能作为《水浒传》流传过程中实际使用过的名字。当然，刘子壮这个改名的想法亦有其用意，即将《水浒传》当作是政治影射的作品，这其实与"水浒"一词所暗含意义有相同之处。

（三）英雄谱与汉宋奇书

与前两条相比，此二条则有所不同：一方面，此二条书名的确都是《水浒传》命名演变史上真实存在过的名字，现在还有相当多的版本存世；另一方面，这两个名字却都并非《水浒传》一部作品的专名，而是与《三国演义》一起的

---

① ［明］刘子壮《屺思堂文集》，《四库全书存目丛书》集部第216册，济南：齐鲁书社，1998，第786—787页。

合称。

　　这种合刻的形式其实来源于晚明的通俗类书，以《国色天香》《绣谷春容》为代表的通俗类书是适应急剧扩大的世俗阅读市场而兴起的一种粗糙读物，极为流行，"悬之五都之市，日不给应"①，其内容均极驳杂，一般分为上下两栏，诗文、词曲、小说、轶事，莫不备载，这都是消遣性读物的最大特征。书坊主也敏锐地发现了这种形式的市场前景，便将当时最流行的两部长篇章回小说以此形式合刻，但以惯例合刻后需要一个总的书名，就如《国色天香》之类一样，于是最初便以"英雄谱"为名。杨明琅《叙英雄谱》说："此谱一出而遂使两书英雄之士，不同时不同地而同谱，则寒烟凉月，凄风苦雨之下，焉必无英雄豪杰之士之相与慷慨悲歌，以共吐其牢骚不平之气耶！而又安在非不得已中之一快哉！故为君者不可以不读此谱，一读此谱，则英雄在君侧矣；为相者不可以不读此谱，一读此谱，则英雄在朝廷矣；经略掌勤王之师，马部主犁庭之役，又不可以不读此谱，一读此谱，则干城腹心，尽属英雄。"②虽然最后的排比句显然是抄自李卓吾的《忠义水浒传序》，但对此名由来解释得还算清楚。

　　而"汉宋奇书"则更为明确分别代表了《三国演义》与《水浒传》，这个命名的灵感或许来自"奇书"体系。不过，仔细考察此类版本，会发现它们都在书口处题"汉宋奇书"四字，但在鱼尾下则又题"英雄谱"三字，也就是说，这个名字仍是"英雄谱"体系中的一部分。

四、《水浒传》命名对《三国演义》的继承

　　《三国演义》与《水浒传》向来并称，其创作时间的先后也一直没有办法清楚地界定，不过，二者却似乎有着非常密切的关系——这倒不是上文所提及的后世书坊将此二书合刊的事例，而是他们的作者，学术界基本上可承认《水浒

---

① ［明］谢友可《刻公余胜览国色天香序》，［明］赤心子、吴敬所编辑，俞为民校点《绣谷春容》（含《国色天香》），第1450页。
② 朱一玄、刘毓忱编《水浒传资料汇编》，第205页。

传》的作者中也当有罗贯中[①]。

虽然如此,但此二书的世界却如此不同,所以除作者外好像也没什么联系了。不过,《水浒传》的书名却的确当受到过《三国演义》的影响。

(一)水浒传

前面在讨论《水浒传》的命名意义时,一直在讨论前两个字,却并未论及"传"字,那是因为我们一直把"传"字当作文体概念,这个概念是有相当久远的来历的。中国小说接受史官文化的影响非常大,而史家从《史记》开始,叙事之言多在"传"中,因此,后世的文言小说便也多以"传"字为名,尤以"有意为小说"的唐传奇更是如此。不过,章回小说与文言小说并非一个叙事体系中的文体,自然并不具有直接的承继关系。

那么,《水浒传》的"传"字从何而来呢?笔者认为,自然不排除有史传文学与文言小说的远源,但近因则应该来自《三国演义》。后者在明代出现了大量以"三国志传"为名的早期版本,目前在世最早的是嘉靖二十七年(1548)刊行的叶逢春本,这也是现存章回小说里除张尚德本《三国演义》外唯一早至嘉靖年间的版本。这一版本系统的命名便是在《三国演义》的蓝本《三国志》后再加一个"传"字而来的,这一方面是袭自经部典籍的注疏体例中的传体;另一方面又非常巧妙地袭用了史书的体例(参前一节)。因此,《水浒传》最后定名便沿袭了这一体制,在《三国演义》的命名最终倾向于"演义"二字而抛弃"传"字后,《水浒传》便成为"传"体章回小说的开山者。

(二)水浒志传

《三国志传》系统的版本对《水浒传》的影响甚至还可以找到更有趣的证

[①] 影响极大的人民文学出版社版《水浒传》即同署施、罗二人之名。

据,那就是在《水浒传》的版本系统中,也出现了《水浒志传评林》这样的名字。而这一版本恰恰是刊刻了《三国志传评林》的余象斗所刻,更可确证,这个名字来源于《三国志传》。

不过,这个命名其实是来源于误解,所以很不通,因为本来就没有"水浒志"这样一本书,又何来为此"志"而作的"传"呢?事实上,余象斗是把"志传"合起来当作文体的名称了,因而仿"三国志传"的例子编造出"水浒志传"这样的名字来。所以,"志传"这个名字在《三国演义》的版本系统中蔚为大国,但在《水浒传》的版本系统中却仅此一家,而且后世再未出现过后继者。

由上两类影响来看,《水浒传》的产生与流行的确当在《三国演义》之后。

(三)水浒传演义、五才子演义

"演义"一词是讲史小说的标志,经过《三国演义》的经典化之后,它已经成为讲史章回小说的文体指称。而《水浒传》显然与讲史并非一个系统,所以,它的命名不可以使用"演义"二字。

然而,到了晚清与民国间,由于小说界革命之后,小说文体突然被提高,小说的阅读也十分蓬勃,所以各书坊大量出版小说作品,为补稿源之不足,便不惜将古典作品改头换面出版以牟利。其中,民国间广兴书局铅印了《王仕云评精校全图足本绣像水浒传演义》,上海文盛书局石印了《句曲外史序本改良彩像五才子演义》。前者直接在原名"水浒传"后加"演义"二字——其实这样的例子在《三国演义》中也有,其郑以祯本便名为《三国志传演义》;后者则把原名全部剔除,只以"五才子演义"称之,这个名字便与传统的《水浒传》命名拉开了距离。另外,民国间上海广文书局还出版过江荫香改写重编的《水浒演义》四卷一百八十节[①]。由此可见,"演义"体在开创之初便是讲史类作品的标识,然而因为讲史所面对的对象有限,所以"演义"体在发展的过程中始终不

---

① 马蹄疾编著《水浒书录》,第379页。

敌"传"体作品，但到了民国时期，"演义"二字逐渐从讲史的标识转变为小说的代称。

总之，《水浒传》的命名在其发展演化的历史上相对来说较为单纯，从最初到现在，基本都是以"水浒传"三字为名的。而这三字却有些奇特，因为如前所言，"水浒"就是水边的意思，但"浒"这个字却很不常用，作者最初选用此字，其实便有其隐含的寓意。所以，这个名字的意思初看甚为简单，但仔细考虑却有其深意。这也是迄今为止几乎所有外文翻译本在翻译书名时最为尴尬的地方（参见本书第七章第三节的相关论述）。

第三节 《西游记》命名的渊源

相对于《三国演义》与《水浒传》这两部中国章回小说的开山者来说，《西游记》的版本与文本歧异都要小得多，发展脉络也比较简单。也正因为如此，资料的短缺成为《西游记》研究的制约因素，相对前两部作品而言腾挪余地要小一些，所以，其书名的演变也没有此前二书那样复杂且清晰的演变过程，但此名的来源及影响却仍有可论者。

《西游记》这个名字后面隐藏了大量的形象与情节以及每个人不同的阅读体验与情感记忆，所以这三个字的命名辨识度很高，大多数读者对此名都附着了冲决罗网的渴求与人天神鬼的幻想。不过，当我们剔除这些"附加值"，就会发现，这其实是一个非常普通的命名：可能一般人会理解为"游记"前加一个方向词"西"而已，其实并非如此，而是"西游"后边加表示文体的"记"字。不管是哪一种断句，其解读都很明了，不过是西游的记录罢了。正因为这个名字太普通了，也就有了较高的重复率——给书命名也像给孩子起名一样，谁都不希望与别人重名，有人会用很难的字和很复杂的典故，倒不是炫耀知识，大部分只为避免重名而已。《西游记》的"父母"似乎没有考虑到这一点，结果就与很多书重名，这些重名反过来给学界考证《西游记》的"父母"带来了重重困难。比如清代三百年间就认为作者是丘处机。现在我们已经嘲笑清人的这个"常识"了，因为有清代学者从《道藏》里找出了丘处机那本同名的《西游记》，证明二者并非一书；但我们当代人呢，我们重新给《西游记》找到了新的"父母"吴承恩，但这究竟是一次破镜重圆的正剧，还是又一次张冠李戴的喜剧呢？这是另一个复杂的问题，我们暂不涉及。总之，这些问题的产生原因就是书名看起来太简单了。不过，深入研究后会发现，《西游记》这个命名并不像表面显示的那样简单，它的命名思路事实上有着复杂的来源。

一、《长春真人西游记》是否影响了《西游记》的命名

1218年前后，道号长春子的全真教士丘处机（1148—1227）受成吉思汗（1162—1227）征召，远赴西域并于1221年谒见成吉思汗，1227年丘处机去世，其弟子李志常（1193—1256）将一路随行所做之记录整理为书，即《长春真人西游记》（1228），这或许是目前所知中国古代文献中第一次用"西游记"三字为书名者。

《西游记》小说的明代刊本均未明确标出作者，直到清初《西游证道书》才第一次将著作权判给丘处机。于是，清代三百年皆知此书为丘处机所作，不过，这只是就常识层面而言，其实，清代已有学者用确证否定了丘处机的著作权。乾隆五十九年（1794），钱大昕（1728—1804）在苏州玄妙观所藏《正统道藏》中发现了丘处机所作原本《长春真人西游记》，并为其写跋，指出此与小说《西游记》并非一书①；几乎同时，钱大昕的朋友纪昀也用小说的方式表明此

---

① ［清］钱大昕撰，陈文和编《嘉定钱大昕全集》第九卷，第502页。按：学界一般认为此书之被发现为乾隆六十年（1795），但据其曾孙钱庆曾所续《钱辛楣先生年谱》，知当为乾隆五十九年六月发现者，参见《嘉定钱大昕全集》第一卷，第39页。

意,他在《阅微草堂笔记》中记载:"吴云岩家扶乩,其仙亦云邱长春。一客问曰:'《西游记》果仙师所作,以演金丹奥旨乎?'批曰:'然。'又问:'仙师书作于元初,其中祭赛国之锦衣卫,朱紫国之司礼监,灭法国之东城兵马司,唐太宗之太学士,翰林院中书科,皆同明制,何也?'乩忽不动,再问之不复答。知已词穷而遁矣。然则《西游记》为明人依托无疑也。"①这两位清代最伟大的学者同时对这一问题做出反应,一是正面以文献来论证,一是侧面用小说来说明,总之,从学术角度来看,后世大部分学者已经将此二书划清了界限。

二书虽非一书,但章回小说《西游记》与《长春真人西游记》也不是全无关系。从长春真人丘处机"西游"开始,元代的道教势力便蒸蒸日上,在丘处机死后,佛、道二教争斗频仍,终于酿成大的冲突,后来由朝廷出面组织二教进行大辩论(其中最激烈的一次发生在戊午年,即1258年),据《至元辨伪录》卷四记载,在辩论前:

> 皇帝恐先生每心内不伏,特传圣旨再倚付将来,令子细持论。若是僧道两家有输了底,知何治罚?释曰:"西天体例:若义堕者,斩头相谢。"而道士相顾,莫敢明答。帝曰:"不须如此。但僧家无据,留发戴冠;道士义负,剃头为释。"

又有这样的记载:

> 帝问张真人曰:"你心要持论否?"张真人曰:"不敢持论。"上曰:"你每常说,道士之中多有通达禁咒方法,或入火不烧,或白日上升,或摄人返魂,或驱妖断鬼,或服气不老,或固精久视。如此方法,今日尽显出来。"张真人并无酬答。时逼日没,阁中昏暗。帝曰:"道士出言掠虚,即

---

① [清]纪昀撰,孙致中等点校《纪晓岚文集》第二卷,石家庄:河北教育出版社,1995,第201页。

依前约，脱袍去冠，一时落发。"①

看到这里，熟悉《西游记》的人都很有会心，因为这种僧道赌斗就发生在《西游记》"车迟国斗法"一回中，甚至有学者认为大闹天宫其实也是佛道赌斗的表现②。也就是说，这二书间其实还是有联系的——就在详载这次影响佛道二教气数之赌斗的《至元辨伪录》中，也提及丘处机之西游③。不过，这种关系并非直接影响，而是佛道论辩影响及于民间，并由民间逐渐演化而为小说情节的。

其实，二者最有可能有关系的是书名，因为基本上可以认为二名相同，那么它们之间有承袭关系吗？《长春真人西游记》写于1228年，自然早于章回小说《西游记》，从逻辑上看有影响的可能，但事实上这种可能极小，原因正是前及之佛道大辩论。有趣的是，这场论辩恰与丘处机的西游有关，任继愈《中国道教史》即指出："这场斗争表面上仍由以往佛道之争的争端——老子化胡说引起。1232年，丘处机之徒造《老子八十一化图》以颂扬和炫耀丘处机西游宣教的丰功。"④辩论的结果一如《西游记》所艺术化的，道教惨败，《至元辨伪录》记载：

> 除老子《道德经》外，随路但有《道藏》说谎经文并印板，尽宜焚去。又据祈真人、李真人、杜真人等奏告，据《道藏》经内除老子《道德经》外，俱系后人捏合不实文字，情愿尽行烧毁了，俺也干净……除《道德经》外，说谎做来底《道藏》经文并印板，尽行烧毁了者。今差诸路释教泉总统中书省、客省使都鲁前去，圣旨到日，不问是何官吏、先生、道姑、秀才、军民、人匠、鹰房、打捕诸色人等，应有收藏道家一切经文，本处达

---

① ［元］释祥迈《大元至元辨伪录》，《续修四库全书》第1289册，上海：上海古籍出版社，2002，第450、451页。
② 胡小伟《从〈至元辨伪录〉到〈西游记〉》，《河南大学学报》2004年第1期。
③ ［元］释祥迈《大元至元辨伪录》，《续修四库全书》第1289册，第440—441页。
④ 任继愈主编《中国道教史》，上海：上海人民出版社，1990，第531页。

鲁花赤管民官添气力用心拘刷，见数分付与差去官眼同焚毁。……自宣谕已后，如有随处隐匿道家一切说谎捏合、毁释教、偷窃佛言、窥图财利、诱说妻女如此、诳惑百姓符咒文字及道家大小诸般经文，若所在官司不添气力拘刷，与隐藏之人一体要罪。①

此次禁毁规模极大，官府也很卖力，连道家为主持刊行《道藏》的宋德方立碑都要删去相关表述，陈垣先生（1880—1971）说："今终南重阳宫有王利用撰《披云道人道行碑》……内容本《祖庭内传》，而凡涉刻经事，均删略，或以他词易之，盖撰于焚毁道经之后，有所讳也。"正因如此，其焚经的成果颇为"辉煌"，陈垣先生指出："今本《阙经目录》，即明正统刊藏时校《元藏》所阙之目录。"②有学者统计云，"相当于半部《正统道藏》被烧绝了"③。可以想象，在官府与僧人如此严厉的禁毁之下，这部记录丘处机西游引发佛道争端导火索的书籍《长春真人西游记》的命运——在最初的禁毁中它便难免劫难。所以，在13世纪中期之后相当长的时期内，此书很难重回人们的视线，直到明初开始纂修的《正统道藏》，才又将此书搜罗到并收入，不过，这次的收入也仅仅是文献意义上的收录，因为就传播意义而言，此书的收入并未产生实际的意义，可以说，从最初的禁毁开始，近六个世纪中，无人知晓它的存在，直到乾隆五十九年（1794）钱大昕将其抄出，它才重见天日。

当然，从某些蛛丝马迹可以看到，在钱氏之前，也偶有人看到过《道藏》中的《长春真人西游记》，如查慎行（1650—1727），他去世之次年，钱大昕才出生，早于钱一辈人。查氏《初发江干》诗有"江路羊肠回，江风羊角合"之句，其自注云"丘长春《西游记》'风初起如羊角者千百，须臾合为一风'，可

---

① ［元］释祥迈《大元至元辨伪录》，《续修四库全书》第1289册，第437—438页。
② 陈垣《南宋初河北新道教考》，《陈垣全集》第十八册，合肥：安徽大学出版社，2009，第420—421、422页。
③ 卿希泰主编《中国道教史》第三卷，成都：四川人民出版社，1996，第225页。

证庄子'羊角而上'语",《舶趠风歌》诗亦有相似之注①。另外,查氏苏轼诗注中亦及此一则,更证实了这一点,其《风水洞二首和李节推》"团团羊角转空岩"句下注云:"《道藏》载丘处机《西游记》云'风初起如羊角者数十,须臾合为一风'。"②此注所引之文字正出于《长春真人西游记》,可知他确实看过此书。但遍检文献,亦仅此一例,可知此书从传播意义来看,真正流布人间,仍当自钱大昕抄出,始传于阮元、徐松等文人之间,然后通行。

因此,从文献传播的角度看,《西游记》的作者(无论是明朝后期最终的整理写定者还是此前那些为《西游记》的最后定型立下功劳的次要作者③)都不太可能看到这部著作。

当然,还有一种可能性需要讨论,就是《西游记》的作者虽未看过此书,但曾经听说过这样一部已经失传的道教著作,那么也有可能袭用其名。但这种可能一方面从研究的角度来说无法讨论;另一方面从情理上看也不能成立,因为使全真教"趋于极盛的关键,是教首丘处机西游宣教的活动"④,也就是说,丘处机的西游是道教极盛的关键,"西游记"三字对于道教而言有着非同一般的意义,而细读《西游记》小说的文本,可以看出作者对于道教的揶揄——《西游记》是一个揶揄一切的文本,但对于儒生、佛教的揶揄都是偶发的,或者说是游戏心态的不自觉流露,而对道教却是有意的,甚至可以说是精心设计的,从中可以感觉到《西游记》的最后写定者在明代道教复炽的环境下,对道教深深的反感。那么,他以记录道教最辉煌时代的书名来命名他那嘲笑道教作品的可能也就微乎其微。当然,我们或许也可以推测他故意用这样的名字来制造反讽的特殊效果,但这种推测或许离情理更远,而且我们也更无证据来支持它。

---

① [清]查慎行著,周劭标点《敬业堂诗集》,上海:上海古籍出版社,1986,第663、1270页。
② 见[宋]苏轼著,[清]冯应榴辑注,黄任轲、朱怀春校点《苏轼诗集合注》,上海:上海古籍出版社,2001,第407页。
③ 关于"次要作者"的概念,请参见郭英德《中国古代通俗小说版本研究刍议》,《文学遗产》2005年第2期,另参郭英德《探寻中国趣味——中国古代文学之历史文化思考》,北京:商务印书馆,2017,第111~125页。
④ 任继愈主编《中国道教史》,第523页。

二、小说《西游记》与杂剧《西游记》——兼论杂剧的作者

　　作为一部世代累积型作品，小说《西游记》与其他世代累积型作品如《三国演义》《水浒传》一样，都经历了漫长的成书过程，都有最初的历史触发、民间传说的叠加、说书艺人的敷演，以及元杂剧的开拓。就元杂剧而言，正如另两部作品拥有大量的"三国戏"与"水浒戏"一样，小说《西游记》的前源中也有相当数量的"西游戏"，有趣的是，"西游戏"中有一部集成性的杂剧，其命名竟与小说《西游记》完全相同。那么，作为小说《西游记》成书渊源中的一个环节，正如《三国志平话》对《三国志演义》或失传的《水浒传词话》对《水浒传》的影响一样①，这部杂剧对小说《西游记》产生了不小的影响，或许，最明显的便是命名的沿袭了。

　　因此，要想探究小说《西游记》命名的渊源，则先需讨论杂剧《西游记》命名的来源。不过，由于杂剧《西游记》的作者问题在学界尚有争议，对作者的不同认定会导致此剧创作时间在小说《西游记》产生前后的差异，因此，我们需先探讨杂剧《西游记》的作者问题。

　　此六本二十四折的《西游记》杂剧虽曾有载录，然早已佚失，20世纪初，日本学者盐谷温（1878—1962）在日本宫内厅书陵部发现了此万历甲寅（四十二年，1614）所刊孤本，其书名为"杨东来先生批评西游记"，卷首署有"元吴昌龄撰"的字样，盐谷温氏于1928年将此书以日本东京斯文会名义排印出版（卷首附二页正文书影，并附全书插图），后来《古本戏曲丛刊初集》依此排印本影印②，至此，此书方为世人所见。另外，明人孟称舜（1599—1684）编选的戏曲选集《柳枝集》中曾收入此作的第四本"二郎收猪八戒"，亦题为"元

---

① 关于《水浒传词话》之讨论，参见孙楷第《水浒传旧本考——由明新安刊大涤余人序本百回本水浒传推测旧本水浒传》一文，《沧州集》，北京：中华书局，2009，第87—101页。
② 古本戏曲丛刊编刊委员会辑《古本戏曲丛刊初集》，北京：文学古籍刊行社，1954。

吴昌龄著"①。1939年，孙楷第先生于《辅仁学志》第八卷第一期发表文章《吴昌龄与杂剧西游记》一文②，其副标题就叫"现在所见的杨东来评本西游记杂剧不是吴昌龄作的"，他认定此剧为元末明初人杨景贤之作，最主要的证据是据天一阁《录鬼簿》所录等资料，知吴氏有《西天取经》一剧，其剧题目正名为"老回回东楼叫佛 唐三藏西天取经"③，而今本《西游记》杂剧中未见"老回回东楼叫佛"之事，则吴氏之《西天取经》并非今之《西游记》；此外，《录鬼簿续编》杨景贤名下有《西游记》一目④；另外，又据"传是楼旧藏的一部抄本《词谑》，其第二篇引杨景夏的《玄奘取经》第四出，文与今本《西游记》第四出同"，从而将此剧作者定为杨景贤。孙楷第先生此说一出，至今为学界定论，各种著作都径引为"杨景贤《西游记》"，鲜有持不同意见者⑤。实际上这一推论或受当时盛行之疑古思潮影响，其推理逻辑漏洞颇多，尚不足以定谳。

一方面，从杨景贤的角度看，并无坚实证据可以证明他对此剧拥有著作权。

其一，《词谑》提及之人并非我们讨论的"杨景贤"或一般意义上自动合并的"杨景言"，而是"杨景夏"，那么我们需要有说服力的证据证明此二人为一人，但目前没有，只能臆断李开先抄了别字。

其二，《词谑》提及的作品并非我们讨论的以及抄本《录鬼簿》提及的《西游记》而是《玄奘取经》，我们同样需要有证据证明二名所指为同一作品。但孙楷第先生也同样没有给出有力证明。他举了《词谑》所引第四出，云与今本《西游记》第四出同，但支持吴昌龄著作权的更为有力的文献资料（见下文）都

---

① 参古本戏曲丛刊编刊委员会辑《古本戏曲丛刊四集》所收，上海：商务印书馆，1958。
② 孙楷第《沧州集》，第244—265页。
③ ［元］钟嗣成等《录鬼簿（外四种）》，上海：上海古籍出版社，1978，第22页。
④ ［元］钟嗣成等《录鬼簿（外四种）》，第105页。
⑤ 王季思主编《全元戏曲》较为慎重，仍以吴作收入，参王季思主编《全元戏曲》第三卷，第405—500页。此外，熊发恕《〈西游记杂剧〉作者及时代考辨》（《四川师范大学学报》1990年第6期）一文并不同意杨景贤说，但也不承认吴昌龄说；田同旭《〈西游记〉杂剧作者应归吴昌龄》（《淮海工学院学报》2008年第2期）算是第一篇明确提出《西游记》杂剧作者当为吴昌龄的论文，亦颇翔实，然其文多从社会文化条件及作者艺术才能等无法定性之角度论证，故无法论定，另外，也有条件地承认了杨景贤的著作权，只是将其标为"俗本"。

被孙楷第先生质疑，为什么这里只有一出相同便断定二书为一书呢？

其三，也是最关键的，就是前二项都来自《词谑》，事实上这部书本身也有疑问。孙楷第先生所据是一个抄本，与通行本不同，《中国古典戏曲论著集成》所录《词谑》共使用了五个版本，但均无孙先生所说的"杨景夏的《玄奘取经》"和所谓的"第四出"，而所谓的传是楼抄本迄今未见，或已佚失。事实上，《词谑》的嘉靖刊本"板式、行款、字体，和《闲居集》全同，只板心略小"①，可以知道此刻本与李开先《闲居集》同刻②，当属可靠。也就是说，我们目前只能以存世《词谑》本为引用本。孙先生所见传是楼抄本因其旧藏者为传是楼主人徐乾学，而徐乾学曾经得到过李开先流失出来的藏书，所以推测此抄本得自李开先，也就是说此书出自原作者，不过，这仍然是一种推测，是否可靠尚要存疑，以存疑之书作为证据而确证《西游记》杂剧的作者，自然并无说服力。

更何况，《词谑》一书本身也有问题。《词谑》分四个部分，即词谑、词套、词乐、词尾，四部分并非一整体，故顾随先生（1897—1960）疑其"似不当定为全书之名"。孙楷第先生所云《玄奘取经》第四出即收于《词套》，顾随先生评《词套》云："《词套》首列马东篱之'双调夜行船'，张小山之'南吕一枝花'。其后所举各套，亦皆信手拈来，不合惯例。余颇疑作者当时有意选刻一部散曲，此则为其蓝本。否则后人摘录作者读曲之评语而附之以曲词耳。是以文辞时有颠倒错植之处，字句之错讹，不知是原本即如此，抑卢氏录副而未加以细校……《词套》卷中所收诸套，既多修改，殊难据以校勘他书。"③其选词之修改作者自己也曾透露，如第二十三套无名氏【正宫·端正好】套下注云："正宫套，作者姓名未详，拗节生音，脱句误字虽少，亦必费一番心力。前后套词，

---

① 参中国戏曲研究院编校《中国古典戏曲论著集成》第三册所收《词谑》，第262页。
② 黄仕忠先生《〈词谑〉作者确为李开先——与吴书荫先生商榷》一文（《艺术百家》2005年第1期）判断《闲居集》及《词谑》均无嘉靖刊本，而当是万历刊本，但并不影响二书一体的关系。
③ 顾随《读〈词谑〉》，《顾随全集·著述卷》第二册，石家庄：河北教育出版社，2000，第245—246页。

无有不经改窜者，岂但作词为难，选词亦岂易事哉！"其"前后套词，无有不经改窜者"一句已说得很明白了。孙楷第先生亦曾引节，但认为这只是"删繁归约，改韵正音"，"与我们现在的问题无关"，其实，他还有更大胆的改易，如第二十七套云："《郑月莲秋夜云窗梦》第一出，不知何人作，大势亦中选，止有【那吒令】不成词。摘取《玉箫女》套中一咏易之。"① 可知其书之随意与改窜，在这种改动之下，此书在多大程度上可以依据便是个疑问。

另一方面，再从吴昌龄的角度来看，会发现孙楷第先生推理中更多可议之处。

首先，孙楷第先生说在天一阁抄本《录鬼簿》上卷吴昌龄《西天取经》剧下，注了两句题目正名"老回回东楼叫佛　唐三藏西天取经"，所以孙先生说："吴昌龄的《西天取经》有回回叫佛事；没有回回叫佛事的，便不是吴昌龄曲。现在所称的吴昌龄《西游记》……竟没有一处类似这件事的地方。这不令人恍然大悟吗？"这段推理很值得推敲，就好像说因为没有《录鬼簿》所录"黑旋风斗鸡会"事，所以《黑旋风双献功》不是高文秀的作品。也就是说，正如高文秀写过《黑旋风双献功》之后并不妨碍再写《黑旋风斗鸡会》一样，我们没有证据证明吴昌龄在有关取经题材上只写过一部杂剧，事实上，吴氏很喜欢神话题材，他曾写过《那吒太子眼睛记》与《鬼子母揭钵记》②，如果既写了《西天取经》，又写了《西游记》呢？

其次，孙先生举出明天启四年止云居士所编《万壑清音》，其书收《西游记》四曲，"其中两折是今本《西游记》所有的（《擒贼雪仇》在今本卷一，今本题第四出，篇名四字全同，《收服行者》即今本卷三第十出之《收孙演咒》），一折是今本《西游记》没有的；一折是与今本《西游记》完全不同的"。而"今本《西游记》没有的这一折便是《回回迎僧》；演老回回东楼阁上叫佛，下楼迎接唐僧事"。这是非常重要的证据，孙先生的判断是："无疑地，这是吴昌龄

---

① ［明］李开先《词谑》，卜键笺校《李开先全集》，上海：上海古籍出版社，2014，第1612、1617页。
② 邵曾祺编著《元明北杂剧总目考略》，郑州：中州古籍出版社，1985，第140页。

《西天取经》杂剧的一折。不过，这位编《万壑清音》的止云居士太糊涂了。他把来源不同的四折北曲放在一个《西游记》题目之下。"在上一条中，孙先生把《西天取经》和《西游记》不加分辨地当成一本书，从而得出没有回回叫佛事的便不是吴昌龄所作的结论；这条材料表明《西游记》中曾经包含回回叫佛事，但因为有先入之见，孙先生又努力把二书分开，说回回叫佛事"无疑地，这是吴昌龄《西天取经》杂剧的一折"，不应该属于《西游记》，但《万壑清音》这条证据无法绕过，孙先生只好说"编《万壑清音》的止云居士太糊涂了"。其实，止云居士是否"糊涂"我们可以进行一些探讨。《万壑清音》共选剧三十七种，其中流传于今的有二十九种，有学者进行对比，认为"与现存的版本相比勘，《万壑清音》所选收的这二十九种剧在曲文与情节上都存在着不同程度的差异"①，但还未发现这样乱点鸳鸯谱的例子。

　　事实上，如果不存先入为主之见，我们会发现，《万壑清音》所选恰成为天一阁本所录吴昌龄《唐三藏西天取经》与今本《西游记》之间最佳的逻辑环节。也就是说，今本《西游记》与天一阁本《录鬼簿》所录之矛盾恰好因此书提供的中间证据而得以解决，此杂剧原本当有"老回回东楼叫佛"的情节，但今本《西游记》已经后人改动，所以缺少此一情节，而《万壑清音》恰恰保存了这一段。而且，我们说"今本《西游记》已经后人改动"也可再由《万壑清音》得到证明：那就是除以上所提及的三折外的一折，孙先生说此折"其事为今本《西游记》所有而词白完全不同，便是《诸侯饯别》一折"。则可知止云居士所见《西游记》杂剧《诸侯饯别》一折虽然在今本《西游记》中得到了保留，但却已经改动。

　　关于"回回迎僧"一折是否今本《西游记》中一折，还有一旁证。吴昌龄确实很喜欢写到"回回"（他还有《老回回探狐洞》《浪子回回赏黄花》二剧②），今本《西游记》中也有两次提及，一是第六折《村姑演说》："见几个回回，舞

---

① 卓明星《〈万壑清音〉所辑佚曲论析》，《沧州师范学院学报》2013年第1期。
② 邵曾祺编著《元明北杂剧总目考略》，第139、141页。

着面旌旗，阿剌剌口里不知道甚的。"一是第十一折《行者除妖》"（行者云）你姓甚么？（沙和尚云）我姓沙。（行者云）我认得你，你是回回人河里沙"。① 与此可做对比的是，细检元杂剧，提及"回回"者，仅《酷寒亭》《玉壶春》《衣袄车》《延安府》四种各一次。而吴昌龄之所以喜欢写回回，则与他曾经"西京出屯"的生活经历有关，有学者便指出"比如他写了几部与回回有关的杂剧，可以肯定是其前期生活的曲折反映"（参下文引张继红、郭建平先生文）。

最关键的是，吴昌龄作《西游记》除上所论外，还有坚实的文献支持，即今本《西游记》杂剧前有勾吴蕴空居士所撰《总论》与孟称舜的引述以及其前作者的题署。另外，书目之著录亦多可援证，如清初著名藏书家钱曾在其《也是园书目》中便记录了"吴昌龄西游记四卷"②；曹寅《楝亭书目》的记载更为详细，"西游记，抄本，元吴昌龄著六卷，一函二册"③；明人臧懋循《元曲选》与清代梁廷枏《曲话》均载吴昌龄"《西天取经》六本"④：这几处记载指向的都是长篇的《西游记》，绝非孙先生所力主的四折杂剧《唐三藏西天取经》，那么，在这两种书目中，都将作者归于吴昌龄，则一定与他们目验曾经存在的原本有关，也就是说，历史上存在过的钱曾藏本、曹寅藏本以及现存万历所刊孤本均署为吴昌龄。这些都是很难绕过的证据。

总之，古典文献的考论常有文献不足征之困。在文献记载出现非此即彼的矛盾时，又没有其他文献可以佐证的情况下，我们需要判断对立文献各自的可靠性与成立的概率。就《西游记》作者问题来看，证成杨景贤与证成吴昌龄的

---

① ［元］吴昌龄《西游记》，王季思主编《全元戏曲》第三卷，第430、448页。
② ［清］钱曾撰，瞿凤起编《虞山钱遵王藏书目录汇编》，上海：上海古籍出版社，2005，第298页。按：钱曾《述古堂藏书目录》原本引此书误为"王昌龄《西游记》"，前书汇编时将"王"径改为"吴"；另，钱氏原文为"四卷一本"，且下注"抄"字。参钱曾《述古堂藏书目录》，《四库全书存目丛书》史部第277册，济南：齐鲁书社，1997，第741页。
③ ［清］曹寅《楝亭书目》，《丛书集成续编》第68册，上海：上海书店出版社，1986，第840页。按：前引焦循《剧说》云："元人吴昌龄《西游》词与俗所传《西游记》小说小异。曹楝亭曰：'吾作曲多效昌龄，比于临川之学董解元也。'"既知焦循当见吴氏《西游记》，并与小说相对比，又可知曹寅不但藏有六本之《西游记》，而且对吴昌龄氏甚为服膺。
④ ［清］梁廷枏《曲话》，中国戏曲研究院编校《中国古典戏曲论著集成》第八册，第253页。

文献可靠性与概率完全不在一个层次上。

如果认定杂剧《西游记》作者是吴昌龄，我们还需要问前文问过的一个问题，就是他的杂剧的命名与《长春真人西游记》有关吗？吴昌龄生平虽不详，但据钟嗣成《录鬼簿》将其录为"前辈才人有所编传奇于世者五十六人"中，可知其为元代前期人。《录鬼簿》(《说集》本) 在其前隔一人录有姚守中，此人为姚燧（1238—1313）之侄，一般来说，姚守中应当比姚燧小二十岁左右，而吴昌龄则与姚守中相近。这样便可推测吴当生于1258年前后，也就是说，吴氏恰当出生于佛道戊午（1258）大辩论前后。当然，洛地先生曾推测其书排序"是按作品之多寡排列的"①，但这种顺序只合于曹楝亭本，与更近原本的明《说集》本并不相侔。细察后者，虽然钟嗣成对所录诸人也并不完全熟悉，所以排列并不是全都精确，但大体上仍是以年代为序。关于此还可找到参证，张继红、郭建平二位先生曾将贾仲明《凌波仙》中"西京出屯俊英杰"一句与《元史》记载相印证，指出他当于至元二十九年（1292）"于燕只哥赤斤（今内蒙古自治区集宁市西）及红城（今内蒙古自治区和林格尔县南）周回置立屯田，开耕荒地二千顷，仍命西京宣慰司领其事"，因此推断"他的生年应在元朝建国（1260）之初，或稍早于建元"②，这与前论正相吻合。所以，与前文考辨《西游记》小说作者无法看到《长春真人西游记》一样，吴昌龄也同样很难看到这本书，甚至比前者更难，原因就在于吴昌龄出生前后，《道藏》便开始被严厉禁毁，在吴氏开始形成自己的知识结构时，面对的文化资源中恰恰有一个相关书籍禁毁之后的空白。

当然，以上只是证明吴昌龄很可能看不到《长春真人西游记》，但并不能确定。不过，这一点能否确定其实并不重要，因为根据杂剧《西游记》存世版本的记录，我们可以知道，吴氏此剧的命名其实有更确切的来源——并非《长春真人西游记》，而是《西厢记》。

---

① 洛地《〈录鬼簿〉的分组、排列及元曲作家的"分期"》，《戏剧艺术》2004 年第 3 期。
② 张继红、郭建平《吴昌龄生平考》，《中华戏曲》1996 年第 2 期。

三、《西游记》的命名与《西厢记》

在讨论杂剧《西游记》的命名前，我们或许应当梳理一下唐僧取经故事的历史演变，看看"西游记"这三个字是如何产生的。

《西游记》故事最早来自历史上真实的玄奘取经，玄奘归国后，向弟子辩机口述了一部著作，即《大唐西域记》，此书算是《西游记》发生的根苗。前者的主线是对异方地理的介绍，所以"西"与"记"之间的字是"域"，而小说的重点则在于唐僧师徒四人西天取经的历程，故改用"游"字。虽然有这样的不同，但"西"与"记"二字却相同，这或许对小说《西游记》的最终定名产生某种影响。清人焦循《剧说》中便有"演义之《西游记》，本唐玄奘《西域志》"的说法①，虽然他误把"记"写为"志"了。

接下来，玄奘的弟子慧立、彦悰为乃师写了一部传记，叫《大慈恩寺三藏法师传》，此书以人为主，故事性强了，也多有神异色彩，应该说从故事上更接近《西游记》，但从命名上却与后来的《西游记》更远了。不过，在过高昌国时，高昌王曾说"伏愿察纳微心，不以西游为念"，玄奘在给高昌王写的谢启中也说"又愍西游茕独，雪路凄寒"②：二人都提到了"西游"二字，不知此后取经故事以"西游"为名，是否也受到此二处之启发。

此后，玄奘取经的故事进一步神异化，并在民间传说与文学上取得新的成果，就是一部平话小说《大唐三藏取经诗话》，此书已经是具体而微的《西游记》，但命名却更遥远了。就是在此时，杂剧作为元代新流行的文学样式在《三国演义》《水浒传》以及《西游记》三大领域都产生了不少作品，在艺术的打磨上为这几部作品的完成做最后的冲刺，吴昌龄的《西游记》也应运而生，并且，他为作品定的名字也成为取经故事最后的定名。

---

① ［清］焦循《剧说》，中国戏曲研究院编校《中国古典戏曲论著集成》第八册，第184页。
② ［唐］慧立、彦悰撰，孙毓棠、谢方点校《大慈恩寺三藏法师传》，北京：中华书局，2000，第19、23页。

不过，如果仔细考量取经故事的演变与命名的历程，会让我们怀疑，取经故事最终定名为"西游记"究竟是不是最佳选择。

事实上，这个故事最早的核心是玄奘，所以，起始阶段以《大慈恩寺三藏法师传》为名正得其实；此后，相关故事逐渐神异化，玄奘的地位下降，故事的核心变成了取经，于是平话体小说命名为《大唐三藏取经诗话》，从这个名字可以看出两点，一是命名者希望平衡这两个核心，所以把上一阶段的核心词"三藏"与目下的核心词"取经"同时放入书名之中，但同时，也可以看到"三藏"其实位于修饰位置，也就是说，已经不重要了，从学界称此书时多用"取经诗话"的简称便可知道；二是到元杂剧，如上所引，便有吴昌龄的《西天取经》，连"三藏"二字也不见了（有人也引为《唐三藏西天取经》，那是因为《录鬼簿》录其题目正名的下句正是此七字，按照惯例下句会是此剧正名，但称简名会将前数字省略①）。这其实正是取经故事数百年流传史自动选择命名的结果。但吴昌龄此剧却突然把合理的"取经"二字从命名中删去，而用了此前从未见过的"西游记"为名，其实，正如本文开篇时所说，"西游记"三字其实很简单，没有什么张力——《石头记》三字也不如《红楼梦》有张力，但《石头记》抓住了小说的核心要素，所以并不是一个不称职的命名，而《西游记》则并非如此，这个名字并没有抓住小说的核心，"西游"是什么？向西的游历吗？这完全隐没了唐僧取经的宏愿与师徒四人的艰辛，也并没有展示出取经历程之险恶与光怪陆离的妖魔世界。事实上，现存《西游记》百回本之前的引首诗均提到一个书名，即"西游释厄传"，加"释厄"二字可以看出次要作者对过于平淡的"西游记"三字的增饰。

那吴昌龄为什么会将这样一个集取经故事之大成的杂剧定名为"西游记"呢？我们有理由认为，这个名字其实来源于对当时的经典《西厢记》的仿拟。如果有一道填空题，"西□记"，让大家在方框处填写一字，使之成为一部文学

---

① 参见李小龙《中国古典小说回目研究》第二章第二节《元杂剧题目正名的移植》，第94—101页。

著作的名字，相信大部分人都会填"游"，但也有理由相信，会有一部分人填"厢"（当然，也有可能填"域"）。相对于《西游记》，《西厢记》其实也是大名鼎鼎，这两部书大家都很熟悉，不过人们并未意识到它们的名字竟如孪生兄弟一样相似罢了。或许会有人说，《西游记》和《西厢记》确实相似，但恐怕只是偶尔撞衫，未必有承袭关系吧？这正是我们接下来要解决的问题。

今存《西游记》杂剧的孤本前有勾吴蕴空居士所撰《杨东来先生批评西游记总论》云："昌龄尝拟作《西厢记》，已而王实甫先成，昌龄见之，知无以胜也，遂作是编以敌之。幽艳恢奇，该博玄隽，固非坎井之蛙所能揆测也。其于《西厢记》，允称鲁卫。"[1]《柳枝集》的编者孟称舜在所收《二郎收猪八戒》上有自作之评，第一则亦与前引之语相类[2]，孟氏之说或即来源于万历刊本中蕴空居士之论，而蕴空居士生活年代虽晚（其《总论》末有"弇州而在"之语，知其人在王世贞之后），但既然能看到"未经镂板"之"抄录秘本"，则其语或有出处。

首先，"西厢记"与"西游记"的名字非常相似，仅一字之差，想与《西厢记》对垒，从命名上看，《西游记》自是相当合适的选择。

其次，现存元杂剧中，篇幅如此漫长者仅此二剧（《西厢记》五本二十折，《西游记》六本二十四折），《西厢记》的体制在当时已是惊世骇俗的特例，没想到还会有人继之，正如万历本前弥伽弟子《〈西游记〉小引》所云"曲之盛于胡元，固矣。自西厢而外，长套者绝少，是本乃与之颉颃"；蕴空居士之总论也说："北调仅《西厢》二十折，余俱四折而止，且事实有极冷淡者，结撰有极疏漏者。独是编二十四折，富有才情，最堪吟咀。"可见二本在体制上或有渊源。

最后，也是最重要的，面对勾吴蕴空居士与孟称舜的记述，若无确切反证，自不可简单否定。

据此三点，可以推断，吴昌龄本欲写《西厢记》，结果王实甫先成，且成一

---

[1] 《古本戏曲丛刊》编辑委员会编《古本戏曲丛刊初集》，北京：文学古籍刊行社，1954。
[2] 《古本戏曲丛刊》编辑委员会编《古本戏曲丛刊四集》，上海：商务印书馆，1958。

代经典,吴只好选"唐三藏西天取经"的故事,以与前修争衡的心态,在一般元杂剧均为一本四折一楔子的体制规范下,不但要与五本二十折的《西厢记》看齐,甚至要扩至六本二十四折凌而驾之;与此同时,在命名上也颇费苦心,既要与《西厢记》如同辈兄弟,又要能把西天取经故事概括完备,于是从《大唐西域记》得到启示,以"西厢记"为样板,拟出了"西游记"这个新名字。

当然,也不排除会有学者怀疑今本《西游记》杂剧为万历末年之伪造。但一是这种怀疑并无文献佐证;二是此剧中多有元人痕迹,孟称舜在所选《二郎收猪八戒》中曾评云"元人惯用此等成语""此等处元人定不放过";三是正如孙楷第先生所见抄本《词谑》所提供的线索,在此书问世半个世纪前,李开先就已经引录了其中一出,据孙楷第先生的校注可知与今本仅"文字微有不同"而已,则其必非万历末伪造甚明。至于"此本之前为何未见流传与载录"之类质疑,稍悉文献流传历史都会知道,这并非罕见的事例。

对于吴昌龄《西游记》与王实甫《西厢记》的关系,也曾有学者提及,如顾随先生便说:"吴氏拟为西厢记之说,未见于他籍,不知确否。《录鬼簿》吴与王实甫同为'前辈已死名公才人有所编传奇行于世者',属于元代第一期之作剧家,则其生世,自当不远。见王作西厢而别作西游以敌之之说,亦或可信。然吴氏之作法实与王氏大异。夫既曰'唐三藏西天取经',则必以唐三藏或一行五众为中心人物矣。然六本二十四折中,无一折为五众所唱之曲,行者间或歌一二章,又皆科诨之词也。彼其见王西厢崔张所唱者不佳,而红娘所唱者独妙,遂故使所有曲词尽出旁观者之口欤?"又云"吴氏苟为《西厢记》,虽未必即驾凌王氏,亦岂遽多让哉"①。虽然顾随先生并未确定,但也承认有这种可能,且从《西游记》"设想既奇,曲文尤恢诡可喜"的部分认为吴氏亦有此能力。

关于这一点,我们还有一个锦上添花的证据,那便是徐大军先生曾指出的,《西游记》第十三出《妖猪幻惑》②"嫁接了《西厢记》经典的崔张月夜佳期一

---

① 顾随《元代四折以上之杂剧——〈西厢记〉与〈西游记〉》,《顾随全集·著述卷》第二册,第238—242页。
② [元]吴昌龄《西游记》,王季思主编《全元戏曲》第三卷,第456—459页。

段，其中有递柬——裴小姐让丫鬟梅香寄书信与朱郎，今夜来赴佳期；有月夜佳期——猪八戒幻化的朱郎赴裴小姐的月夜佳期；而裴小姐等待朱郎的花园里，有太湖石，有朱郎可以跳过的短墙头，有裴小姐安排下的香桌儿，而她就等着月儿上时烧夜香等待着朱郎来赴约"①。这一处对《西厢记》经典情节的嫁接移用恰为吴昌龄受《西厢记》影响的确证，辅以前文的各种线索，更让我们有理由相信，这种影响肯定存在，而且也很可能不只存在于文本层面，同时也体现在其命名上。从这个角度看，吴昌龄《西游记》实际上是最早的《西厢记》影响焦虑下的产物。

　　《西游记》杂剧得名后，并未如作者希望的那样与《西厢记》并驾齐驱，但这个名字却从某种程度上为作者达成了目的，因为有了那部完全袭用此名的章回小说，它在整个中国古代文学史甚至在世界文学史上的影响力都绝不逊色于《西厢记》，出色地为吴昌龄打胜了对抗《西厢记》的反击战，甚至又成为新的典范，影响了后来文本的命名：再看一下前文给出的填空题，如果作答者是一位对古代小说比较熟悉的人，那么他也许会犹豫是不是要填上一个"洋"字，因为《西洋记》是在《西游记》出版不久问世的另一部著名神魔小说，《西洋记》之袭名《西游记》小说正如《西游记》杂剧之袭名《西厢记》，一望即知。

四、《西游记》小说命名的演化

　　唐僧西天取经故事在吴昌龄这里首次得到"西游记"的名字，而且此名极有生命力，在接下来的百年前后，它打败了"唐三藏西天取经"之类的常用名目，成为唐僧故事新的通用名。承续这一传统，明初的平话作品也开始使用"西游记"的名目，明初的平话今已不存，但明初永乐年间所修《永乐大典》卷一三一三九"送"字韵"梦"字类下所引《梦斩泾河龙》一条正是平话的一部

---

① 徐大军《屈从与抗拒：后生文艺对于西厢模式的应对策略》，《艺术百家》2017年第4期。

分，此条正文前引有原书标目，即"西游记"三字①。

此外，保存于朝鲜古代教科书《朴通事谚解》中的一段对话也提及此书：

"我两个部前买文书去来。""买甚么文书去？"

"买《赵太祖飞龙记》、《唐三藏西游记》去。"

"买时买四书六经也好。既读孔圣之书，必达周公之理。要怎么那一等平话？"

"《西游记》热闹，闷时节好看。"②

由于《朴通事谚解》是朝鲜的汉语教科书，所以其内容均相当慎重，甚至还曾经15世纪出使朝鲜的中国使臣修改过，因此相当可信。另外，此书的时代也需要稍加厘定。朱德熙先生（1920—1992）《"老乞大谚解""朴通事谚解"书后》一文据书中所记步虚和尚说法事考定，《朴通事》当作于至正六年（1346）以后、元亡（1368）以前的二十余年之间③。虽然现在已不存《朴通事》的原文，只有1517年经崔世珍注释的《翻译朴通事》及朝鲜显宗时期（相当于康熙时期）边暹、朴世华等人修订而成的《朴通事谚解》，于是有学者认为此书已经后人增益，故其资料不可信云云④，实际上或非如此。因为与《朴通事》性质相同的《老乞大》也有崔世珍为之注释，亦同在显宗时期为边暹、朴世华等人进行了修订，但《老乞大》原书具存，与后书对照，两者的汉语部分基本一样，"只有少量用字上的差异"⑤，所以汪维辉先生在编《朝鲜时代汉语教科书丛刊》时就只选入了后者；由于《老乞大》与《朴通事》的关系，我们完全可以以此例彼。其实，崔世珍的《翻译朴通事》也存有上卷，虽不全，但与《朴通事谚解》对

---

① 解缙等编《永乐大典》，北京：中华书局，1986，第5688页。
② 汪维辉编《朝鲜时代汉语教科书丛刊》第一册，北京：中华书局，2005，第291—292页。
③ 朱德熙《"老乞大谚解""朴通事谚解"书后》，《北京大学学报》1958年第2期。
④ 石昌渝《〈朴通事谚解〉与〈西游记〉形成史问题》，《山西大学学报》2007年第3期。
⑤ 汪维辉编《朝鲜时代汉语教科书丛刊》第一册，第54页。

比，其"汉文部分除少数文字有差异外，内容基本一致"①。所以，现存《朴通事谚解》的汉文原文部分为原本之旧的可能性很大。

那么，在元至正六年至元亡的时间里，便已经出现了平话体的《唐三藏西游记》，而且这部作品还可以简称为"西游记"。也就是说，这部平话当在吴昌龄的《西游记》杂剧问世后约半个世纪便产生了。

不过，在唐僧故事进入章回小说之后，其名目却还有过一些摇摆。首先，《水浒传》的"传"体在当时势头强劲，一时无两，甚至连《三国演义》这部章回小说开山之作也曾受其影响而易名为不合语法的《三国志传》——《西游记》的历史上有过《唐三藏出身全传》《西游记传》《西游释厄传》等名目，这些名目的共同特征便是以"传"为体字，包括一个同样不合语法的"西游记传"。此外，演义体亦有潜在影响，前边说"传"体甚至影响到《三国演义》，其实，演义体也曾影响到《水浒传》，只是并非出现在物化的版本中，而是出现在文人笔记中顺笔所出的文句中，如郎瑛《七修类稿》便曾称《水浒传》为《宋江演义》②，而明人谢肇淛《文海披沙》中亦称《西游记演义》③，清代学者钱大昕在《跋长春真人西游记》中说："村俗小说，有《唐三藏西游演义》，乃明人所作。"皆非真有其本，不过是文人一时之代称而已。只是仅此代称亦可见文人潜意识中将章回小说同归于演义体的倾向。当然，这是不妥的，正如《西游证道书》的评者汪象旭所云："而世人犹只作稗史小说，草草看过，无乃以《西游》为猢狲演义耶！"④

以上所列三个名字其实都是后起的，现在所能看到的阳本与朱本两个简本其实都是节自百回本（当然，应该并非节自现存的世德堂本，而是节自世本之前的某种百回本）⑤，只是为了突出自己的特色，或故意以百回本未收的唐僧出世

---

① 汪维辉编《朝鲜时代汉语教科书丛刊》第一册，第208页。
② [明]郎瑛《七修类稿》，第246页。
③ 参朱一玄、刘毓忱编《西游记资料汇编》，第119页。
④ 《西游证道书》，《明清善本小说丛刊》第五辑，台北：天一出版社，1984。
⑤ 参见李小龙《中国古典小说回目研究》，第193—202页。

故事来招徕①，或把名字加以变化以显出自己的特色。这其中，《西游释厄传》的名字涉及了百回本的证据，值得探讨。

在讨论此名之前，首先需要辨析一下简本刊刻的误字。研究界大多数人都理所当然地将两简本中的朱本称为《唐三藏西游释厄传》，同时也指出阳本开篇诗亦为"须看三藏释厄传"，但吴圣昔先生通过仔细查检指出，此二本的开篇诗及朱本各卷首尾的四处题署均非"释厄传"而是"释尼传"②。这是以往学界未加留意的。不过，此点亦正如前文提及孙楷第先生所引传是楼抄本《词谑》之证一样，其引"杨景夏"并不妨碍我们将其当作"杨景贤"来讨论，因为传抄与翻刻出现有逻辑的错误是很正常的——日本天保八年（1837）出版的葛饰北斋《绘本西游记》中即将此句误为"须看西游释氏传"，学术研究自然不可以抓住这样的小失误便推翻大结论。事实上，世德堂百回本开篇诗末句便是"须看西游释厄传"，而清初《西游证道书》在首回的回前评中反复提及"西游释厄传"，第九回回评中又云："童时见俗本删去此回，杳不知唐僧家世履历，……后得大略堂《释厄传》古本读之，备载陈光蕊赴官遇难始末，然后畅然无憾。"则可证二简本之"尼"字实"厄"字之误。

此名原本不重要，但目前存世的《西游记》文本中均有卷首诗，其末句基本同世德堂本为"须看西游释厄传"，味其口气，似有指称自身之意，则此名应予讨论。

在唐僧取经的故事流传中，"释厄"二字此前未见，而其意义却有分歧。署名李贽的评点者说："'释厄'二字着眼，不能释厄，不如不读西游。"但未明确解释二字的意义。汪象旭评云："开口说个《西游释厄传》，'厄'者何？即后之种种魔难是？'释厄'者何？即后之脱壳成真是。明明自诠自解，无烦注脚。"这里将"释"解为开解、消除之意。其后《西游原旨》苏宁阿序说"作者以事明理，作《西游记》以释厄"，也是一样的意思。而张书绅则不然，他的

---

① 李金泉《〈西游记〉唐僧出身故事再探访》，《明清小说研究》1993年第1期。
② 吴圣昔《〈西游释厄传〉综考辨证录——兼谈王辉斌的〈西游释厄传〉论》，《宁夏大学学报》1997年第1期。

《西游记新说》果然力陈新说："《大学》其传十章，莫非释之之文；厄即气禀人欲，所以困厄人之身心性命者。释即解释也，故曰释厄传。"则其又将"释厄"二字当作解释人身心性命的困厄了。20世纪80年代，人民文学出版社出版了黄肃秋先生校注的《西游记》，其本在第一页的注下解释《西游释厄传》时云："《西游释厄传》——是较早的《西游记》传本之一。今所知、见者，有'大略堂本''书林刘莲台梓'本等。释指唐僧，厄即灾难，即如本书所载唐僧于取经途中所遭遇的厄难。"①也就是说，把"释"字当作名词，指唐僧。这三种解释，第二种实为以《大学》比附《西游记》，不过是牵强附会而已，可以不论。另两种之区别则在于将"释"字当作动词还是名词，个人以为还是以动词为更合理。唐僧取经故事在流传的过程中逐渐神话化，其主人公也逐渐从唐僧变为孙悟空②，这从百回本不收唐僧出身故事一节即可看出，而其书名亦逐渐削去"唐三藏"三字亦有同样的原因。如果将"释"字解释为唐僧，则仍以唐僧为主，不合于平话及章回小说的事实；而以"释"为动词则意味着以孙悟空一路"释厄"为主，与小说内容正相适合。

有学者据此名目论定《西游记》的祖本为一个叫作"西游释厄传"的古本③，虽说论述中纰漏甚多，但也不得不承认，百回本卷首诗中的确提到此名，则亦需解释。个人以为，正如前文所论，"西游记"一名无法涵盖取经故事的全貌，所以或如郎瑛《七修类稿》称《水浒传》为《宋江演义》、谢肇淛《文海披沙》称《西游记演义》、钱大昕《跋长春真人西游记》称《唐三藏西游演义》一样，只是文人顺笔所及，或如黄永年先生（1925—2007）指出者，此句在"西游"后加"释厄"二字，只是为了凑足七字并使平仄协调的缘故，而朱本题"西游释厄传"，却不过是看到此开场诗而附会者④：无论何种原因，均可当作修

---

① ［明］吴承恩著，黄肃秋注释《西游记》，第1页。
② 此过程可参看张锦池《西游记考论》。
③ 参看王辉斌《〈西游记〉祖本新探》，《宁夏大学学报》1993年第4期。此后，王辉斌先生又发表了数篇论文继续探讨这一问题。
④ 黄永年《重论〈西游记〉的简本》，《中国古典文学丛考》第2辑，上海：复旦大学出版社，1987。

订者对"西游记"三字涵盖力不足的下意识增补。

由以上论述，我们可以大致梳理一下小说《西游记》得名的历程。

最早自然是玄奘本人的《大唐西域记》，或许最早提供了"西□记"命名的原型。其故事流传过程中一直以"唐三藏""取经"或"西天取经"之类关键词为名。此外，约于金章宗在位期间（1189—1208），董解元依据元稹《莺莺传》及此后的说唱作品创作了《西厢记诸宫调》，约一个世纪后，王实甫创作了中国戏曲史上最受欢迎的名作《西厢记》，同时稍后，吴昌龄欲与王实甫争雄，另出机杼，选择民间流传极广的取经故事为本，依"西厢记"之名为此类故事取名《西游记》，这一仿拟《西厢记》的简单命名却迅速成为取经故事的总称，并流传开来，而当时尚未敷演为长篇巨著的说经类小说作品也迅速采用了这一名称。这一点可以从《朴通事谚解》的记录得到证明，吴昌龄的杂剧《西游记》比《朴通事谚解》早半个世纪，在这半个世纪中，小说已经迅速接受了这个新的命名，还产生了相当稳定的说经作品，从《朴通事谚解》可以知道其作品相当受欢迎——而且，根据这一材料，我们还可以看到，小说作品在最初是把取经故事原来流行的命名与新的命名组接在一起的，所以在上引对话中，对话者先提了其全名为《唐三藏西游记》，这个命名可以看作是《唐三藏西天取经》与《西游记》的过渡形态，而中国古代的小说与戏曲都有较长的繁名与较短的简称，这个说经作品的简称正如对话中显示的，便是《西游记》。这或许便是《永乐大典》中所引《西游记》平话的前身抑或就是它自己。此后，取经故事便在"西游记"的框架下继续丰满、演化，直到二百余年后，产生了集大成的百回本《西游记》，至此，唐三藏西天取经的伟绩与孙悟空上天入地的神通便都有了众所周知的新名称，"西游记"三个字也从平淡无奇的名目变成了容括中国文学奇幻想象力的渊薮。

第五章 世情小说命名的试探与独立

前一章讨论了白话小说命名的奠基。我们注意到，正如本书导论中对南宋说话四家的讨论所显示的一样，《三国演义》承袭了讲史的体制，从而最早出现章回体作品，并巩固了"演义"一体；《水浒传》瓣香于说铁骑，从而于历史演义之外敷衍英雄江湖，并以史家之列传为依，创出"传"体；《西游记》则萌蘖于说经，并因史书体例而最终以"记"体问世，引领一时神魔之"记"体潮流。然而，说话四家至此仍有一家尚未在章回小说的领地亮相，那就是"小说"。

事实上，前三种类型在叙事上都有局限。即便是明末，演义体在《三国演义》后迅速兴起了创编热潮，然已为强弩之末，中国历史虽然悠久，但很快也就资源枯竭；说铁骑早已衰落更不必提；说经的神神鬼鬼热闹了一阵子后也归于沉寂——此体看起来有很大的创作空间，其实不然，正如鲁迅指出的，"描神画鬼，毫无对证，本可以专靠了神思，所谓'天马行空'似的挥写了。然而他们写出来的，也不过是三只眼，长颈子，就是在常见的人体上，增加了眼睛一只,增长了颈子二三尺而已"①。所以,新兴的章回体需要找到更合适的题材,而"小说"原本的题材领域——世情,正是章回尚未涉足却潜力无穷的疆域。

当然,世情小说命名体制的建立,还需要在传统的小说命名资源中去探索,最终形成自己的体制。

---

① 鲁迅《叶紫作〈丰收〉序》,《鲁迅全集》第六卷,北京:人民文学出版社,2005,第227页。

第一节 艳情小说命名的试探

世情题材原本多入"小说"一体,即话本,但这一时期,由于章回小说的蓬勃发展,话本也努力将自己章回化,这体现在明末清初话本中便是出现了不少多回制的话本(如《鼓掌绝尘》之类)。除此之外,还有一些作品直接使用了章回体,但故事架构却采自话本,甚至专以世情中最隐秘的一部分为核心情节,这就是明末清初篇幅不大,兼具话本与章回特点的艳情小说。这部分作品的内容虽难为一般人所接受,但它却实实在在是此后蔚为大观的世情小说的前源——不仅如此,它们在命名上的探索其实也是世情小说命名的先行者。

一、艳情小说以"史"为名考察

研究明清艳情小说最大的问题是资料获取的艰难。不过,从1994年开始,法国国家科学研究中心与台湾大英百科股份有限公司合作出版了陈庆浩、王秋桂二位先生主编的小说总集《思无邪汇宝》（本节所引艳情小说文字，若无特别注明，则均引自此书），其书"所收乃是专以叙写性爱为重点之一的小说"，其正编收四十五种，依次为《海陵佚史》《绣榻野史》《昭阳趣史》《浪史》《玉闺红》《龙阳逸史》《弁而钗》《宜春香质》《别有香》《载花船》《欢喜冤家》《巧缘浪史》《艳婚野史》《百花野史》《两肉缘》《换夫妻》《风流和尚》《碧玉楼》《欢喜浪史》《一片情》《肉蒲团》《梧桐影》《巫梦缘》《杏花天》《浓情秘史》《桃花影》《春灯闹》《闹花丛》《情海缘》《巫山艳史》《株林野史》《浓情快史》《灯草和尚传》《怡情阵》《春灯谜史》《妖狐艳史》《桃花艳史》《欢喜缘》《如意君传》《痴婆子传》《僧尼孽海》《春梦琐言》《续金瓶梅》《三续金瓶梅》《姑妄言》。① 这四十五种中，后三种在《思无邪汇宝》中汇为下编，本拟成《金瓶梅》系列，后因故取消，而此三书与前四十二种不类，故不论。《春梦琐言》一种陈庆浩已指其为日人伪托之作，笔者亦曾补充证据②，故亦不计入。所以，细查这四十一种艳情小说，会发现其以"史"为体字者数量甚多，统计可知共十六种，以"缘"为体字者四种，以"传"为体字者只有三种，还有两种以"影"为体字者，其余皆并无规律。则以"史"为名之数量占压倒性优势。

这是从艳情小说范围内统计用"史"为名的结果，但这个结果是否有偶然性呢？我们可以再换一种角度来统计。笔者以《中国通俗小说总目提要》、石昌渝编《中国古代小说总目·白话卷》与朱一玄《中国古代小说总目提要》为对象进行了统计，发现以"史"书名的白话小说作品有五十四种，这个数量看似不多，但实际上据笔者的统计可知，这是小说体字使用中仅次于白话小说命名的两大"姓"——传、记，与另一使用率极高的体字"演义"持平。所以，其相对数量并不少。

仔细分析这五十四种也很有特点，若以1895年为界可分为前后两个部分，此前有三十四种，此后为二十种，前三十四种基本全是艳情小说，而后二十种

---

① 参见陈益源《〈思无邪汇宝〉叙录》，《小说与艳情》，上海：学林出版社，2000，第158—159页。
② 参见李小龙《中国古典小说回目研究》，第383页。

则全非艳情之作。

先看前三十四种，只有六种并非艳情之作，即《铁花仙史》（其书名实为对《金瓶梅》之反拨而作，参第五章第三节）、《女仙外史》、《儒林外史》、《驻春园小史》、《岭南逸史》、《西湖小史》。余二十八种包括了前列《思无邪汇宝》十六种中的十五种，仅无《百花野史》一种，这一种亦有可说，此书在前举书目中多以《百花魁》立目，不过，这两种书名并非后举《肉蒲团》之于《耶蒲缘》之类后题之异名，而当是《肉蒲团》之于《觉后禅》之类作者所定之一书二名者，因为《百花野史》存世仅有清刊孤本（藏于日本东京大学东洋文化研究所）者，因此不可能有后世刊本的改名，所以，亦可以《百花野史》立目统计。除此十六种外，还有已经佚失但确定是艳情小说的作品，如《玉妃媚史》《豹房秘史》；也有虽为典型艳情小说但因仅有抄本传世可能获取较难故未收入的《哈密野史》《春情野史》以及阿英曾载录但已无法见到的《钟情艳史》；还有篇幅较大，并非典型艳情小说然亦多秽笔的《禅真逸史》《禅真后史》《隋炀帝艳史》《梦月楼情史》《武则天外史》等。

而1895年之后的二十种作品，有两种就是1895年之作，即《蜃楼外史》与《熙朝快史》，前者稍有艳情成分，后者则基本没有，算是一个中间过渡。接下来便是李伯元（1867—1906）《文明小史》、吴趼人（1866—1910）《痛史》之类新小说了，再如《新儒林外史》《菲猎宾外史》《未来教育史》《世界进化史》之类，也都是社会小说；即便是《京华艳史》《金莲仙史》《珠江艳史》，甚至《最近嫖界秘密史》《女界风流史》之类看上去很像艳情小说的作品，其实却都可以归为社会小说①。

这一现象以1895年为界是有原因的。就在1895年，在上海主持格致书院的英国人傅兰雅（John Fryer，1839—1928）发起了一个"时新小说竞赛"，并收到了一百六十二篇投稿后，他公布了获奖名单，却没有按此前的计划出版便离华返美了，新小说竞赛也便就此告终。但此事的影响却蔓延开来，并未随竞

---

① 以上所举各书，请参石昌渝主编《中国古代小说总目·白话卷》之叙录。

赛的结束而消泯——美国汉学家韩南将此看作梁启超"新小说"之前的"新小说",并指出"傅兰雅的竞赛的确在某种程度上影响了晚清总体方向"①。而且,这种影响也并非傅兰雅一时的心血来潮,韩南认为,这一活动的发生,有着历史背景的潜台词,他说:"中日之间灾难性的战争导致《马关条约》签订,并立即激起轩然大波,特别是正在北京参加考试的举子中间。就在《马关条约》得到确认之前,康有为发起了'公车上书'运动。知识分子中这样的怒火在19世纪是前所未有的,而外国教育家如傅兰雅也显然受到了鼓舞,相信盼望已久的觉醒即将到来。康有为递交请愿书后仅三周,傅兰雅就刊登了小说竞赛的广告,试图抓住这个特殊时刻的情绪。"这一认识是非常有见地的,甲午海战的失败与《马关条约》的签订对中国历史的影响是巨大而深远的,对当时的政治形势与文化氛围影响也是深刻的。就从小说史的角度来看,从这一年开始,中国小说虽然也仍有零星传统作品,但总体上看,绝大部分小说无论有意与否,都会带有一种潜在的危机感,都会对民族的衰弱、国家的不振有所表现。事实上,这一情绪最直接的结果从政治上看便是三年后的百日维新,从小说上看便是七年后东渡日本的梁启超所倡导的"小说界革命"。

从这个角度来看,其实前面提到的《熙朝快史》也需分说,因为这部作品正如韩南所指出的,"是傅兰雅的竞赛的产物"。对于另一部小说《蜃楼外史》极少有人讨论,笔者认为,此书虽然并非傅兰雅竞赛的产物,但其主线是与倭寇的战争,且以阿芙蓉公主隐喻鸦片,则也当是同样的社会背景下的产物。

艳情小说的书名更多为四字名。中国白话小说的命名其实更多是三字名的,据笔者统计,白话小说书名中,三字名占总数的百分之四十,四字名仅占百分之二十六,而且还有为数不少的四字名其实是三字名的变形(详参第六章第二节),但艳情小说却并不这样,仅《思无邪汇宝》所收四十一种作品中,四字名竟然占了二十一种,超过了总数的一半,三字名十八种,落到了第二,另有一

---

① 〔美〕韩南著,徐侠译《新小说前的新小说——傅兰雅的小说竞赛》,《中国近代小说的兴起》,第147—168页。

种二字名，一种五字名——这部《灯草和尚传》在其他书目中多以《灯草和尚》为名①，然据《中国古代小说百科全书》所附此书目录页图片及《中国禁毁小说百话》中所附首页图片可知，其书名确为"灯草和尚传"（虽然此二书仍均以《灯草和尚》为名）②。

二、艳情小说以"史"为名原因试探

如前几节所言，在讲史之用"演义"、说铁骑之用"传"（当然，正如本章第二节所论，此字后来扩大了适用范围）、说经之用"记"的时候，"小说"一体应该如何选择。据本书第一章第二节所考，三者均与史家有关，其叙事多有事实依据，其名所用之演义、传、记等字也便不能完全摆脱史家之影响。而小说多取世情，故要"捏合"，即虚构，若再用前三体所用之字，便难以将自己的特点与前三体分开，所以便需要新的标识。

不过，由于章回小说形成不久，取名的规范也刚刚建立，取名自然不可距离其他已获得认可的章回小说书名太远。那么，在正史的范围内，取法"传""记"甚至"志""书""录"等字样来寻找一个新的字，似乎可选择者也并不多，从这个角度看，明末艳情小说最先选择了"史"字，应当便是当时小说家面对前述书名做出的选择。我们再引入第一章第三节对文言小说命名传记体与说话体的两极分化就可看出，在中国的叙事思维中，越是内容荒谬，在名称上却越要严肃，示人以真，这在文言小说集命名的传记体与说话体中表现得非常鲜明，而在白话小说的命名中，能最鲜明体现这一点的便是以"史"为名的艳情小说了。这或许也正是艳情小说选取此字为书名的原因。

这个结论虽然可能是对的，但遗憾的是没有办法来证实。所以，我们还应

---

① 孙楷第《中国通俗小说书目》，第116页；朱一玄、宁稼雨、陈桂声编著《中国古代小说总目提要》，第576页。
② 刘世德主编《中国古代小说百科全书》，第54页；李梦生《中国禁毁小说百话》，上海：上海古籍出版社，1994，第143页。

该换一个角度来讨论这个问题,那就是在艳情小说中,哪部作品最先使用此字为名并产生了巨大的影响。

笔者认为,要讨论这一问题,最关键的作品是《如意君传》以及《浪史》《绣榻野史》。

《如意君传》是目前所知最早且对后世同类作品影响极大的一部艳情小说。《金瓶梅》欣欣子序中所提之"《如意传》"①,即为此书。这证明此书当成书于万历及之前。另孙楷第先生在《中国通俗小说书目》中引清人黄之隽(1668—1748)《唐堂集》卷二十一《杂著》之《詹言》下篇云:"歙潭渡黄训字学古,明嘉靖己丑进士,历官湖广按察司副使,著《读书一得》八卷,其从孙研旅、宗夏重刻之,凡九经、二十一史、诸子、文集、杂家、传志一百余种。自古迄明,随事立论,皆宏博正大,谭名理,证治道,是非法戒了如也;是吾族之善读书者。唯《读如意君传》,此何书也而读之哉?"②此后刘辉先生查检到黄训的《读书一得》,并在卷二中找到了《读如意君传》一文③,从而指出此书当刊于正德年间④。如此看来,此书确为现存最早的艳情小说。更重要的是,此书不但产生早,而且影响也极大,比如《金瓶梅》以及其他艳情作品如《绣榻野史》也都受到此作的影响⑤。

此书虽以武则天(624—705)为主人公,但与讲史之类作品并不同,因为人物是历史人物,但故事全是虚构的,由这一点论,其确属明代艳情小说之列。不过,它恰恰无法证明艳情小说使用"史"字的渊源,因为它用了"传"字,无论其书封面上的《如意君传》还是《阃娱情传》都是如此。不过,它的影响或许在它所影响的作品里。

---

① 朱一玄编《金瓶梅资料汇编》,天津:南开大学出版社,2002,第176页。
② 孙楷第《中国通俗小说书目》,第112页。按:此则文献孙氏当从蒋瑞藻《小说考证》中引来,参江竹虚标校《小说考证》,第77—78页。又按:孙氏引文首句衍一"渡"字。
③ [明]黄训《读书一得》,《四库全书存目丛书》第103册,济南:齐鲁书社,1995,第81页。
④ 刘辉《〈如意君传〉的刊刻年代及其与〈金瓶梅〉之关系》,《徐州师范学院学报》1987年第3期。
⑤ 参见〔美〕韩南著,王秋桂等译《韩南中国小说论集》,北京:北京大学出版社,2008,第242—245页。

在明末最早影响力也很大的艳情作品中，有一部《绣榻野史》，此书肯定受到《如意君传》的影响，其主人公东门生曾说"如今定请他去合薛敖曹比试一试"这样的话。而《绣榻野史》恰恰是少有的可以基本确定作者的作品。孙楷第先生引马廉先生（1893—1935）所考，则据明人王骥德《曲律》卷四云："郁蓝生，吕姓，讳天成，……世所传《绣榻野史》、《闲情别传》，皆其少年游戏之笔。"① 王骥德与吕天成（1580—1618）为同时代人，关系亦密切，知此记录当可靠。另外，《绣榻野史》前有一序，此序从语气看当为刊刻者憨憨子所写，但依一般小说之惯例，此书署"卓吾子李贽批评，醉眠阁憨憨子重梓"，此李贽为托名，则憨憨子为作者假托的可能性极大。若如是，其序所云可令我们一窥其命名之来历。其云："余自少读书成癖……尝于家乘、野史尤注意焉。盖以正史所载，或以避权贵当时，不敢刺讥；孰知草莽不识忌讳，得抒实录。斯余尚友意也。奚僮不知，偶市《绣榻野史》进余。"② 据此可知，此书"野史"之名实来自与"正史"相对之史书，正因为有此一名，才可以虚构出家僮误以此为稗官野史之书，知主人喜野史而买回进呈。事实上，作序者若是作者甚至只是对此书命名有影响的次要作者，都可能因欲成此误解而以"野史"为此艳情之作的名目。

此书从情节上对后来的艳情之作影响甚大③，则其书以"史"为名，且为四字。则其命名或如前之《三国演义》《水浒传》《西游记》分创各体一样，亦如下文将要论述之《金瓶梅》《红楼梦》亦各引命名之风气一样，对艳情小说命名时选择体字起到示范的作用。

不过，笔者还有一个推测，那就是以"史"为名的艳情小说之开山，是否仍当归于《如意君传》，此书全名为《则天皇后如意君传》，又名《武曌传》，还名《阃娱情传》，虽然三名均为"传"，然其书以编年为体，且所写又是武则天，

---

① ［明]王骥德《曲律》，俞为民、孙蓉蓉编《历代曲话汇编·明代编》第二集，合肥：黄山书社，2009，第132页。
② 转引自孙楷第《中国通俗小说书目》，第267页。
③ 参见李梦生《中国禁毁小说百话》，第82—83页。

是否会启发以"史"为名之想法呢？其实，在艳情小说中，确实有一部几乎完全包括了《如意君传》的作品，名为《浓情快史》。此书一般书目均定为清人之作①。萧相恺先生提出此书情节与《征西演义》相合，后者是为明人之作，若《征西演义》袭自此书，则其自当为明人之作②。李梦生先生也持同样看法，他指出清初刘廷玑《在园杂志》卷二将此书与《玉妃媚史》并提，而"《玉妃媚史》作于明万历前"，"则本书写作年代不会晚于万历年"③。

不过，笔者对读《如意君传》及《浓情快史》的相关部分，不得不认为《浓情快史》后半部与《如意君传》相同的部分，其文字或许要早于《如意君传》的文字。也就是说，或者现存的《如意君传》抄了《浓情快史》而非相反；或者其差异只是各自底本的差异，而现存本并无关系——但无论如何，后者的底本很可能早于前者的底本，这样的话，此类故事在艳情小说中最初的命名就当是以"史"为名的《浓情快史》了。

所以我们需要举例来说明。

《浓情快史》第十九回牛太监向武则天推荐薛敖曹时，曾细述薛因此异禀而为乡里小儿所笑，薛云："吾受此物之累，值此壮年，尚不知人道。"牛太监也向武则天说"因此名彰民间，无与婚者，故至今尚不知人道"。这些都强调了薛敖曹尚为处男之身一点。这并非无用的情节，因为在牛太监宣诏薛敖曹时，薛敖曹拒不奉诏，且云道："青云自有路耳，岂可以肉具为进身之阶？"牛太监回答说："足下能高飞远举，出乾坤之外耶？汝尚未知人道，非今圣上，谁可容者？"不用"青云"，而以"人道"打动薛敖曹进京。《如意君传》在牛太监向武则天推荐时未言薛"不知人道"事，但后来用以打动薛的理由与《浓情快史》同。从这个情节来看，自然是《如意君传》删节所致。

再如接下来《浓情快史》云："敖曹被牛太监再三催促，不得已而行。在路叹曰：'贤者当以才德进身，今日之举，是何科目？'牛太监取笑道：'是戊辰

---

① 参石昌渝主编《中国古代小说总目·白话卷》，第242—244页。
② 萧相恺《珍本禁毁小说大观——稗海访书录》，第150—152、578—581页。
③ 参见李梦生《中国禁毁小说百话》，第47页。

科的进士。'两人大笑。"①此段写薛敖曹一问,其实是为了逗出牛太监戏谑性的回答。这里"戊辰科的进士"或者并无意义,其笑点在于将薛氏以肉具为荣身之阶与国家抡才大典比附(这种方式实为艳情小说之惯技,晚明小说涉及男女性事的,往往用两军对垒之笔法描摹,即同于此)。当然,更可能是当时太监对武则天的暗指:"戊"字在《说文解字》中释为"中宫也"②,《周礼》"以阴礼教六宫"句郑玄注云:"六宫谓后也……若今称皇后为中宫矣。"③《新唐书》更径以此称武则天,其载冯元常:"尝密谏帝中宫权重,宜少抑,帝虽置其计,而内然之,由是为武后所恶"④;而"辰"字在十二生肖中指龙,王充《论衡》即云"辰为龙,巳为蛇"⑤,故"辰"字亦多代指帝王。如此可知此"戊辰"一词很可能暗指身处中宫的帝王武则天。无论是以上哪种解释,由《浓情快史》之情节可知,薛敖曹之问实为牛太监之答而设,当为原稿;而《如意君传》则删去答语⑥,不复本来面目了。

如果《如意君传》的文字确实袭自《浓情快史》,则此类书最早的命名或许早已以"史"为名了。

如前所述,艳情小说书名还有一个特异之点,即多以四字为名。其原因或许与第六章第二节所述白话小说三字名的原因相同,即书名本依中国古书命名惯例而为二字之名,然需加一体字,即大部分艳情小说所择之"史"字,但仅以"史"为"姓"尚不能吸引人,正如《绣榻野史》之序所提及的,"史"也包括"避权贵当时,不敢刺讥"的"正史"——当然,艳情小说家的目的不在于要不避权贵而讽刺,而是不要读者将其认作是严肃的史学著作,所以在"史"字前尚需加上修饰词。而最容易被想起来的自然是"野史",作为书名,宋代已

---

① [明] 餐花主人《浓情快史》,引文据陈庆浩、王秋桂主编《思无邪汇宝》,台北:法国国家科学研究中心、台湾大英百科股份有限公司,1994—1997,不同版本间略有歧异。
② [汉] 许慎撰,[清] 段玉裁注《说文解字注》,上海:上海古籍出版社,1981,第741页。
③ [清] 阮元校刻《十三经注疏·周礼注疏》,北京:中华书局,1981,第684页。
④ [宋] 欧阳修、宋祁《新唐书》,第4178页。
⑤ 黄晖《论衡校释》(附刘盼遂集解),第957页。
⑥ 《如意君传》,侯忠义主编《明代小说辑刊》第三辑第三册,成都:巴蜀书社,1999,第17页。

有龙衮所作《江南野史》，至明清二代，以"野史"为书名尤多。所以，艳情小说一方面要用"史"以增重，另一方面又想诱人喜读，则择"野"字为其修饰，亦得其宜，所以，后世袭用此名之书甚多，在前之统计数据中，以"野史"为名者有五种，算是最多的了。

此后，各种广告性的修饰词相继出现在艳情小说书名中，如佚史、快史、媚史、趣史、逸史、艳史、秘史、迷史、浪史等，应该可以看出这些字比"野"字更进一步，以各种感官的刺激来吸引读者。其中，可与"野史"颉颃的组合是"艳史"，也有五种作品使用。"艳"字使用率高实更得此类作品之实，因为我们至今仍以"艳情小说"称之，则"艳"之一字，实为其书最佳之概括——直到现在为止，对这类作品的称呼各有不同，有人以"淫书"或"淫秽小说"称之，实际上书"淫"与否，与读之者甚有关系，在严肃的学术研究中，这些作品都是反映当时社会风气的绝佳材料，也是中国小说史中不可或缺的一环，这种称呼便抹杀了其所含之价值；又有人称之为"色情小说""黄色小说"之类，也与前称相同；最近数十年，学术界又喜以"禁毁小说"称之，其实很不妥当，因为禁毁是一种政治形态，并非文体范畴，亦非题材分类，因此，我们看到大量禁毁小说解题类著作收录了《英烈传》《虞初新志》之类的书。

三、艳情小说以"缘"为名及其原因试探

艳情小说除了以"史"为名的惯例外，根据前面对《思无邪汇宝》的统计可知，以"缘"为名者亦复不少。再依前文之例，对白话小说命名进行统计，发现在全部白话小说中，以"缘"为名者有三十七部，数量亦紧随"史""梦"之后，算是不少了。更值得注意的是，以"缘"为名者亦如以"史"为名者相类。而其前半则大部分为艳情小说，后半除清末民初寄依所作《欢喜缘》外均非艳情之作了。

事实上，以"史"为名之艳情小说与以"缘"为名者亦常可相通，这倒不是恰有一部作品名为《巧缘浪史》之故，而是有些作品的本名与异名恰各占一

字，如《浪史》，又名《巧姻缘》，又名《梅梦缘》，这是本名为"史"而异名为"缘"之例；再如《双姻缘》又名《双缘快史》，《巫梦缘》又名《迎风趣史》，这又是本名"缘"而异名为"史"的例子。除此之外，还有一些艳情小说，其本名虽无"史""缘"之字，但其异名却有，如《百花魁》之名《百花野史》，《桃花影》又名《牡丹缘》，《灯草和尚》又名《和尚缘》，在艳情小说史上知名度极高的《肉蒲团》有很多异名，其中与以"缘"为名者便有三个《巧奇缘》《耶蒲缘》《巧姻缘》。

由于艳情小说在刊行中多有异名，有时考察这些异名也会发现"史"与"缘"字的错综互用。如就目前统计来看，以"缘"为名最早的作品当为《灯月缘》，清初刘廷玑（1654—？）《在园杂志》卷二云"至《灯月圆》、《肉蒲团》、《野史》、《浪史》、《快史》、《媚史》、《河间传》、《痴婆子传》，则流毒无尽"①，按此《灯月圆》即《灯月缘》（学界引用此文者，大多直接引为"缘"②，但检清康熙五十四年刘廷玑自刻本，知原为"圆"字③），则其产生当在康熙五十四年（1715）之前。然此《灯月缘》为康熙间啸花轩刊本，而另一康熙间紫宙轩刊本则名为《春灯闹》，而据李梦生先生将二书对勘之结论，认为"前者为后者的改名"，所以此书原名实为《春灯闹》，其全名则为《春灯闹奇遇艳史》，非但有"史"，且为使用最多的"艳史"。有趣的是，据《春灯闹》扉页所题"桃花影二编"及紫宙轩主人识语"《桃花影》一编久已脍炙人口，兹复以《春灯闹》续梓，识者鉴诸"，可知此书为《桃花影》的续编。至于此《桃花影》，除前所举其一个《牡丹缘》的异名之外，后来坊刻还有《浓情快史》的异名，与前以武则天事为核心的书同名。此外，据陈庆浩叙录称其"又称《桃花影快史》"，则此或亦为其原有之名。

---

① ［清］刘廷玑撰，张守谦点校《在园杂志》，北京：中华书局，2005，第84—85页。
② 如石昌渝主编《中国古代小说总目·白话卷》（第47页）及李梦生《中国禁毁小说百话》（第276页）等。
③ ［清］刘廷玑《在园杂志》，《四库全书存目丛书》子部第115册，济南：齐鲁书社，1995，第418页。

其实，以上所及的这些艳情作品多辐辏向一部时代较早的艳情之作《浪史》（陈庆浩谓《春灯闹》"用《浪史》、《桃花影》等前期艳情小说已有大数"，《桃花影》"最后白日飞升等，则很明显袭自《浪史》。其基本思想亦同《浪史》"）①，此书之时代虽也难以确定，明崇祯间张誉《新平妖传叙》中云"《浪史》、《野史》等，如老淫吐招（土娼），见之欲呕"②，而《野史》即前述之《绣榻野史》，故知此《浪史》或与《绣榻野史》大致同时，而且萧相恺先生认为这两种书之间"似乎有某种渊源"③。所以，此书对后来艳情小说的影响也需要重视。有趣的是，从书名角度看，《浪史》一书身兼二职，正好说明了"史"与"缘"在艳情小说中使用的状况。如前所言，《浪史》一书有一异名为《梅梦缘》，但这是清末书坊的改名，不必讨论。但它的另一个异名《巧姻缘》却并非如此，据李梦生先生《中国禁毁小说百话》所录书影看，知此书康熙时啸风轩刊本中间是本名《浪史奇观》，但右侧便是其别名《巧姻缘》④，也就是说，此书的这一别名如同《肉蒲团》之《觉后禅》一样，是伴随其原名而生的别名。由此可以推测，《浪史》及其别名不但对后世艳情小说的情节与专注写性的趣味影响甚著，而且对此类作品的命名也有很大影响。

不过，《浪史》的这一影响还可以继续向上追溯。据陈益源先生的研究可知，此书从主人公娶七位夫人且均为天上仙姬的总体构思当受明代丽情小说《李生六一天缘》的影响，尤其是其末见崔莺莺与郑恒为其辩冤之事，更来自于后者[当然，《李生六一天缘》此处也是仿效了瞿佑（1347—1433）《剪灯新话·鉴湖夜泛记》]⑤。据此可知艳情小说用"缘"字为名的传统，或当来自当时

---

① 石昌渝主编《中国古代小说总目·白话卷》，第31、377页。
② [明]冯梦龙《新平妖传》，《古本小说集成》，上海：上海古籍出版社，1994，第5页。按：张誉之序天许斋本与嘉会堂本不同，然均有"《浪史》、《野史》"二名，据黄霖考，嘉会堂本当为初刻，而所谓天许斋本之序实后来依前篡改之伪作[参黄霖、韩同文选注《中国历代小说论著选》（上），第235页]。按：历来引此语者皆直接引为"土娼"，如孙楷第《中国通俗小说书目》（第113页）及黄霖、韩同文前书（第234页），然原文为"吐招"，似不当不加说明而径改。
③ 萧相恺《珍本禁毁小说大观——稗海访书录》，第121页。
④ 李梦生《中国禁毁小说百话》，第69页。
⑤ 陈益源《元明中篇传奇小说研究》，第256页。

流行的丽情小说如《李生六一天缘》。有趣的是，据陈益源先生研究，知《李生六一天缘》曾被抄入《艳情逸史》（大连图书馆藏）之中①，则其又被冠以"史"的命名，而且"艳""逸""情"三个常常出现在艳情小说命名中的字也都出现在这个名字里了。

再向前追溯，则是早于《李生六一天缘》的《天缘奇遇》，仅从名字上便可知道前者受了后者影响，其相似处不仅在于"天缘"二字，收录《李生六一天缘》的明末通俗小说类书仅《绣谷春容》一种，故其名无可校勘；而《天缘奇遇》则除《绣谷春容》外还收于《国色天香》《燕居笔记》《万锦情林》《花阵绮言》等书中，恰恰仅《绣谷春容》本之名为《祁生天缘奇遇》，与《李生六一天缘》极类，若准此例，则《李生六一天缘》在当时或者亦称《六一天缘》。

《天缘奇遇》对明末清初艳情小说影响甚巨，陈益源已举出前及之《桃花影》《春灯闹》，另有《闹花丛》《杏花天》《巫梦缘》等。事实上，此书还当影响了前述最重要的两部艳情作品《浪史》及《绣榻野史》：其在情节上的相似暂不论，我们还可从其他方面来探讨这种影响。

《绣榻野史》的作者吕天成曾撰《曲品》一书，其中"程叔子所著传奇"《玉香记》条云："此据《天缘奇遇传》而谱之者。人多攒簇得法，情境亦了了，故是佳手。别有《玉如意记》，亦此事，未见。"②可知吕天成对《天缘奇遇》甚熟，则其少年撰作艳情作品时，不可能不受此作的影响。

事实上，《天缘奇遇》一书在明代丽情小说的发展上有着极重要的地位，陈益源先生便指出，当时的丽情小说从此书始"文风流于淫艳"，从这部作品开始，《李生六一天缘》《五金鱼传》等便多有露骨描写③，把《娇红记》以来此类小说以情为主转变为此后同类作品的情、欲并重，并进一步转变为艳情作品的以欲为主。所以，此作为艳情小说导夫先路的作用倒并非一个"缘"字可以框范了。

---

① 陈益源《元明中篇传奇小说研究》，第249页。
② ［明］吕天成撰，吴书荫校注《曲品校注》，第315页。
③ 陈益源《元明中篇传奇小说研究》，第222页。

另外，相映成趣的是，在艳情小说中，以"史"为名者多为四字题，而以"缘"为名者除《载阳堂意外缘》与《野草闲花臭姻缘》外均为三字名，就前者而言，其书作者之《载阳堂意外缘辨》即云"爰成一书，名早《意外缘》"，龚晋之序亦反复称此为《意外缘》；后者在其书的版心亦简称为"臭姻缘"：知其简称均为三字者。其原因或许与前所讨论用"史"为四字者类，即仅用"史"不能向读者表明其内容的诱惑力，需加字以广告之，而"缘"则不必，此字在小说文体中本来就多指男女遇合，《载阳堂意外缘辨》中即云："此书虽蹈于淫，然由于缘，动于情，即蹈于淫，犹可说也。夫缘也者，合之端也；情也者，理之用也。有是缘，有是情，然后通乎阴阳之气，谓这客可也，目之淫非也。"① 把"缘"之一字说得很清楚了。即此可知，这一字恰合艳情小说的要求，无须再以他词为修饰了。

四、小结

绾结而言，由前述两种命名惯例可以看出，明代艳情小说主人公选取方面，大致有两个来源，亦与其命名的探索有关。

一是源于宫闱，自古以来，宫闱便是最吸引民间想象的地方，也是小说艺术的关注点，所以，明代艳情小说既以写性事为主，则宫闱秘事自是天然的好题材，所以，一部《如意君传》(《浓情快史》)对后世艳情小说影响如此之大，便也可以理解。正因为这样，一部分艳情小说在命名时便有意用"史"字来标榜，一方面，历来史书所载多帝王将相之事，此以"史"为名，即暗示其所写艳情并非来自下里巴人，而源于宫廷；另一方面，此字的使用表示其所传之宫闱秘闻皆为实录，正如唐传奇多用史笔一样，是以此取信于人的手段。

二是源于民间，话本小说多写市井人物，从情感也有滑向艳情的倾向，而大量展现市井人物两性关系的丽情小说正是这种倾向的产物，这类作品与前相

---

① 丁锡根编著《中国历代小说序跋集》，第1337—1338页。

同，着目全在男女性事，如遘狂疾，然主人公却完全不同，如果说前者的主人公多居庙堂之高，那么后者的主人公却多居江湖之远了。普通人自然无"史"可述，也就谈不上"野史"之类。正因为没有主人公身份的特殊性可供渲染，则其命名自然而然地回到对内容的揭示上，所以，从丽情小说作品《天缘奇遇》到《李生六一天缘》，"缘"之一字成为此类小说喜用的类型化命名。

不过，艳情小说虽然竭力在传统小说命名体制的语境下寻找属于世情体小说的命名方式，但由于这类作品成就不高，在命名上并没有产生巨大的影响。世情小说命名体制的成立，还要等《金瓶梅》来建立。

第二节 《金瓶梅》命名的渊源及意义

《金瓶梅》被认为是第一部文人独立创作的章回小说,虽然有学者并不认可这一判断,但并不影响这成为中国小说史的常识之一。当然,独创与否或许与程度有关,因此争论颇难定谳,但就小说命名方式而言,《金瓶梅》确为章回小说制名史中的一大转关,因为它第一次完全摆脱了《三国演义》《水浒传》《西游记》三部巨著为中国章回小说所建立的演义体、传体与记体的命名套路,另辟蹊径开创了世情小说命名的新局面,对后世小说命名影响深远:得其表者为才子佳人小说,而得其里者则为以《红楼梦》为代表的世情小说。

《金瓶梅》的命名与此前命名传统的不同可归纳为三点:一是其名由三个主人公之名组合而成;二是组合后的书名又具有形象性与隐喻特征;三是组合之名舍弃了体字。以下就此三点分别讨论,并进一步探讨其对世情小说命名的意义。

一、作为人名组合的"金瓶梅"命名

袁中道（1570—1626）是最早读到《金瓶梅》的文人之一，他的《游居柿录》在万历四十二年（1614）中记载曾读《金瓶梅》，并称"所云金者，即金莲也；瓶者，李瓶儿也；梅者，春梅婢也"①。三年后，东吴弄珠客为《金瓶梅词话》写序时亦说"独以潘金莲、李瓶儿、庞春梅命名"②。可见《金瓶梅》这一书名由书中三位女主角而来已是常识，我们可以分别梳理如下。

首先是为书名提供第一个"金"字的潘金莲，此人的存在几乎可以否定上面的第二种推测，因为潘金莲的名字并非第一次出现在《金瓶梅》中，而是早就出现于《金瓶梅》"借树生花"的《水浒传》中。不过，《水浒传》行文中直接说"有个使女，小名唤做潘金莲"③，并未交代其名来历。《金瓶梅》却不然，后者虽袭用了《水浒传》中"潘金莲"的姓名，却对这个姓名补作了交代，其文云："因他自幼生得有些颜色，缠得一双好小脚儿，因此小名金莲。"并且还因此名又添上了一个白玉莲——"玉莲"显然从"金莲"而来，其姓则从"玉"而出，故又称其人"生得白净"云云，然其人陪潘金莲一同出场后，作者又立刻将其抹去，"后日不料白玉莲死了，止落下金莲一人"④。可知《金瓶梅》一书添加此人，不过是为潘金莲做个"对仗"罢了。《金瓶梅》从《水浒传》继承而来的人物不少，但为其补出姓名来历者却仅此一个，由此亦可看出，作者对此人之名甚为重视，因为她也同样是书名的一部分。那么，虽然"潘金莲"三字是从《水浒传》因袭而来，但不能否认《金瓶梅》的作者创造性地使用了这个名字。

其次再来探讨一下李瓶儿。此人不见于《水浒传》，为《金瓶梅》的创造。自古以来，以"瓶"为名者确乎不多，倒是"平"字更多，因为此"平"多取

---

① ［明］袁中道著，钱伯城点校《珂雪斋集》，上海：上海古籍出版社，2011，第1316页。
② 参朱一玄编《金瓶梅资料汇编》，第178页。
③ 施耐庵、罗贯中《水浒传》，北京：人民文学出版社，2014，第301页。
④ ［明］兰陵笑笑生著，陶慕宁校注《金瓶梅词话》，北京：人民文学出版社，2008，第10页。

"平安"之意，或有以"苹"或"蘋"为名者，亦合于女子多用花草为名的习俗。总之，细查《金瓶梅》中稍重要的女性角色，其名均有鲜明的女性特质，如西门庆妻妾之吴月娘、李娇儿、孟玉楼、孙雪娥、潘金莲，着墨较多者如张惜春、李桂姐、吴银儿、郑爱月，甚至庞春梅、宋蕙莲以及玉箫、小玉、兰香、小鸾、翠儿、秋菊、迎春、绣春等丫鬟，命名均符合《姓名与中国文化》所说的"女子之名的'阴柔'"及其总结的八种类型"多用女性字、多用花鸟字、多用闺物字、多用珍宝字、多用彩艳字、多用柔情字、多用美景字、多用女德字"①。此"多用闺物字"一类中举有"银瓶"一名，但其女性化特征是由"银"字而非"瓶"字来承担的。所以，这里以"瓶"为二号女主人公命名颇为特异。从小说叙述看，这个名字也不是随意的，小说第十回介绍说："原来花子虚浑家娘家姓李，因正月十五日所生，那日人家送了一对鱼瓶儿来，就小字唤做瓶姐。"②可以看出，这是作者有意的安排，为了给这个形象安排这样的名字，在情节上便安排其出生时有人送"鱼瓶儿"为礼，故取此为名。即此可知，为二号女主人公取此名是作者有意为之。

事实上，刚才提到"银瓶"，这个常用的女性命名来自白居易（772—846）《井底引银瓶》一诗，有学者指出，李瓶儿的名字也当来自这首诗。这不仅因为女性命名中用"瓶"字多出于此，更重要的是，《金瓶梅》中的某些细节亦可证明这种关联。如第六十回写李瓶儿之死，便有应伯爵与西门庆各做一梦为之预兆，然此预兆却都是梦到簪子折了，张竹坡（1670—1698）评点时说："瓶坠却以簪折点睛，大妙。"③这里虽然可以直接将簪折当作人命夭亡的恶兆，但却还没有看到取此为兆的渊源，这其实便来自《井底引银瓶》，其诗云："井底引银瓶，银瓶欲上丝绳绝。石上磨玉簪，玉簪欲成中央折。瓶沉簪折知奈何，似妾今朝与君别。"两相对应，应当承认，《金瓶梅》的作者在为李瓶儿命名时一定

---

① 何晓明《姓名与中国文化》，北京：人民出版社，2001，第245—246页。
② [明] 兰陵笑笑生著，陶慕宁校注《金瓶梅词话》，第106页。
③ [明] 兰陵笑笑生著，王汝梅等校点《金瓶梅》，济南：齐鲁书社，1991，第947页。

参考了《井底引银瓶》一诗①。如果再联系西门庆"因小庄有四眼井之说"而取号"四泉"②，则知西门庆之号与李瓶儿之名是全由此诗生发而来的综合隐喻体。而且，此诗白居易原序说是"止淫奔也"③，更可知《金瓶梅》作者以此诗为西门庆、李瓶儿二人名号来源之用意。

最后再来探讨第三个人物庞春梅的命名。作为一个丫鬟，她的名字是适得其宜的，春梅确实是一个很常见的丫鬟命名。如元杂剧《翠红乡儿女两团圆》、《包公案》第七十回、《古今小说》卷三十八，均有"春梅"之名，且均为小妾或婢女。所以，这个命名并无新奇之处，她只是为《金瓶梅》这个书名贡献了最后的意象。

以上所论只是从一个角度出发所做的判断，虽然这既是作者所设想的角度，也是传统意义上最认可的角度，但从《金瓶梅》小说本身来看，其丰沛的艺术容量却并不为这一角度所限。

二、"金瓶梅"命名的寓意

论述至此，我们就需要进一步考虑，小说作者是先有了这三个人物姓名，然后从中选取三个字为书名；还是已经有了书名，再据书名为三位女主人公命名的？

清人顾公燮《销夏闲记摘钞》曾录王世贞写《金瓶梅》之缘由，云："忾子凤洲（世贞）痛父冤死，图报无由。一日偶谒世蕃，世蕃问：'坊间有好看小说否？'答曰：'有。'又问：'何名？'仓卒之间，凤洲见金瓶中供梅，遂以'《金瓶梅》'答之。'但字迹漫灭，容钞正送览'。退而构思数日，借《水浒传》

---

① 此条为刘洪强文所提及，参其《〈周易·井卦〉与〈井底引银瓶〉之关系探微——兼论〈周易·井卦〉对〈金瓶梅〉人物命名的影响》，《阿坝师范高等专科学校学报》2010年第3期。
② [明]兰陵笑笑生著，陶慕宁校注《金瓶梅词话》，第614页。
③ 谢思炜《白居易诗集校注》，北京：中华书局，2006，第419、421、270页。

西门庆故事为蓝本……"①这个故事自然并不可信,但这里对《金瓶梅》书名由来的解释却颇有趣味。亦有学者指出,"金瓶梅"三字虽是潘金莲、李瓶儿、庞春梅三人之名组成,但其本身却是一个完整的意象,即金瓶插着梅花的意象。从这种解释的角度来阐释这一命名与叙事世界的关系,自然与前者会有不同。当然,我们首先要确定这种解读本身的合理性。

其实,就从《金瓶梅》作品的本身来看,这种解读也是有根据的。作品中曾两次提及"瓶梅"意象,一是第六十七回云西门庆藏春阁书房中"笔砚瓶梅,琴书潇洒",一是第七十二回写书房有一联,上写"瓶梅香笔研,窗雪冷琴书",这证明《金瓶梅》的作者对"瓶梅"二字连用的意象不可能不了解。事实上,在《金瓶梅》全书中,还有四次用到"花插金瓶"的说法,即第十回武松刺配后西门庆家开宴,第三十一回西门庆开宴请刘、薛二太监,第六十八回西门庆在郑爱月儿家开宴,第七十一回西门庆在何太监家赴宴;又有一次亦"花插金瓶"为"瓶插金花",即第四十三回在西门庆家宴席上;还有三次与此相同者,如"瓶插红花"两次均在西门庆家宴席上,"瓶插红榴"一次,在周守备家宴席上。②联系前边两次的"瓶梅",这里"花插金瓶"的花便有理解为梅花的可能,则"金瓶梅"三字的联合意象亦隐于小说正文之中了。在这种情况下,我们不得不考虑,作者为自己的作品取名"金瓶梅"是否仅仅表示潘、李、庞三人?或许,前述的第二种推测更有可能性,也就是说,作者也有可能先有了"瓶"中插"梅"的意象,然后才为作品中的几位女主人公命名,当然,潘金莲是例外——不过,在这个命名中,第一个"金"字似乎并不重要:小说中两次出现"瓶梅"的说法,后世提及此书者多以"瓶梅"这样看似不合理的提法为简称(参下节所引《玉娇梨》一书之缘起),还出现了《银瓶梅》《玉瓶梅》这样的仿拟之名——确乎将"瓶梅"二字当成体字来使用了。

那么作者为何要为作品树立这样一个意象呢?有学者认为"金瓶梅"的意

---

① 朱一玄编《金瓶梅资料汇编》,第86页。按:标点有改动。
② [明]兰陵笑笑生著,陶慕宁校注《金瓶梅词话》,第848、956、105、363、873、918、515、346、1072、1319页。

象可以从性的角度来看，可以分解为"瓶细颈中空，很像子宫，因此是女性性器官的象征；而梅则是男性性器官的象征"①。这种看法从后世接受角度来看，不失为有趣的新解，但在很大程度上是由果溯因式的推理，较难有确切的证据。

细察前文所举十处出现的例子，可以看出其意象可分两类：一类是以"花插金瓶"的方式出现于宴席之间，一类是以"瓶梅"的姿态展示于书房之内——前者着眼于"金瓶"，为富丽堂皇生活之象征，当寓"财"字；后者着眼于"梅"，为"书中自有颜如玉"之文人生活点缀，当寓"色"字。我们看词话本在正文开始之前便有《四贪词》，明确标出所咏为"酒、色、财、气"，这是作品起首奠定作品主调的文字，其与"金瓶梅"这个名字恰存某种对应关系。事实上，说散本文本的开端与词话本大不相同，应该是做了大量的修改，但开端仍然以"财""色"二诗兴起，并附加一首"色箴"，可知修改者其实对《金瓶梅》以酒、色、财、气尤其是其中的财、色二端为核心的艺术旨归是了然的——如此，我们就可以明白，《金瓶梅》之名，无论从书中透露的吉光片羽来标示，还是仅从此三字来推论，均可看出，其名所指正在财、色二端。当然，如果我们继续看词话本的第一回，会发现作者又把财、色二字再压缩到"色"之一字上，所以以"丈夫只手把吴钩"一词为引子，只拈出"情色"二字来，这才是《金瓶梅词话》一书的重中之重。这一点也可得到多方的援证。

《金瓶梅词话》卷首东吴弄珠客序最早对书名做出解释："如诸妇多矣，而独以潘金莲、李瓶儿、庞春梅命名者，亦楚《梼杌》之意也。盖金莲以奸死，瓶儿以孽死，春梅以淫死，较诸妇为更惨耳。"②《孟子·离娄下》云："晋之《乘》，楚之《梼杌》，鲁之《春秋》，一也。"朱熹注云："梼杌，恶兽名，古者因以为凶人之号，取记恶垂戒之义也。"③则可知东吴弄珠客的意思是作者之所以以此三人为名，是"以为凶人之号，取记恶垂戒之义"，也就是说，"金莲以奸死，瓶儿以孽死，春梅以淫死"，三人皆为凶人，取其为名，乃垂戒世

---

① 参看王意如《解码金瓶梅》，上海：上海辞书出版社，2009，第14页。
② 朱一玄编《金瓶梅资料汇编》，第178页。
③ ［宋］朱熹《四书章句集注》，第295页。

人之意。鲁迅评此书云"因为这书中的潘金莲，李瓶儿，春梅，都是重要人物，所以书名就叫《金瓶梅》"，又云此书"著此一家，即骂尽诸色"①，所宗亦是此意。

这种看法求之于《金瓶梅》原书，亦可得支持，如小说最后有一首总结全书的诗："闲阅遗书思惘然，谁知天道有循环。西门豪横难存嗣，敬济颠狂定被歼。楼月善良终有寿，瓶梅淫佚早归泉。可怪金莲遭恶报，遗臭千年作话传。"此诗在词话本与说散本中均有，文字也几近全同②。然而这样一首重要的诗，五个韵脚却分布在三个韵部里，其中然、泉、传属于一先韵，环属于十五删，而歼属于十四盐，这种出韵的诗作在古人看来是不合格的。但从文本芜杂的词话本发展到稍稍整饬的说散本，却并未对这首诗进行改动，可以看出，历来的次要作者也同样认为这首诗的内容相当重要，所以全未更动，连最明显的出韵也未改正。此诗末三句可当书名的题解"瓶梅淫佚早归泉。可怪金莲遭恶报，遗臭千年作话传"，三个主角的名字，同时也是全书的名字，都集于此，而"淫佚""恶报""遗臭"等词亦明白无误地表达出其全书之主旨与命名之苦心。词话本前的三篇序跋其实就一直在说明其书劝恶扬善的本旨：欣欣子序云此书"寄意于时俗，盖有谓也"，"无非明人伦，戒淫奔，分淑慝，化善恶"；廿公跋云此书"盖有所刺也"，"中间处处埋伏因果，作者亦大慈悲矣"；东吴弄珠客序反复说此书"盖为世戒，非为世劝也"，并云："读《金瓶梅》而生怜悯心者，菩萨也；生畏惧心者，君子也；生欢喜心者，小人也；生效法心者，乃禽兽耳。"③

所以，从这个角度来看待此书命名，便恰恰看到了此书作者大力宣扬的戒淫之说，这或许正是作者写作之时的理智目标。

---

① 鲁迅《鲁迅全集》第九卷，第340、187页。
② ［明］兰陵笑笑生著，陶慕宁校注《金瓶梅词话》，第1365页；［明］兰陵笑笑生著，王汝梅等校点《金瓶梅》，第1579—1580页。
③ 朱一玄编《金瓶梅资料汇编》，第176—178页。

三、"金瓶梅"命名的渊源

以人物姓名组合而成小说之名,是否《金瓶梅》的创造呢?

其实,这种制名方式当源于元代传奇小说《娇红记》。当然,就《娇红记》而言,其命名在当时亦颇奇异,以至于当时类书所收命名各异,如《艳异编》、余公仁本《燕居笔记》为《娇红记》,《风流十传》本为《娇红传》,而林近阳本与何大伦本《燕居笔记》均为《拥炉娇红》,《绣谷春容》本为《申厚卿娇红记》,《花阵绮言》本为《娇红双美》。不过,这些均非原名,此书原名自当为《娇红记》,原因有二:一是《百川书志》所载即此名[①],二是日人林秀一藏有明建安郑云竹刊本,名为《新锲校正评释申王奇遘拥炉娇红记》,除去修饰成分,其核心命名仍为《娇红记》。有书目及传世单行本为证,上所举类书自不足凭。

正因为此名不合常情,才会有人改名甚至误改。改名者如冯梦龙(1574—1646)《情史》,将原名删改为《王娇》[②]。而误改者如稍早于冯氏的梅鼎祚(1549—1615),其《才鬼记》在节录此传时标其出处为《娇红记》,但自拟题时竟名为《王娇红》,并云"王娇红,蜀人王通判之女"[③],可知当时人尚不适应此类集名式命名法,从而理所当然地将"娇红"视为一人之名。

《娇红记》对《金瓶梅》的影响,日本学者伊藤漱平早已提及[④],其后程毅中先生亦云"《娇红记》不仅对传奇小说有巨大影响,而且对通俗小说也不无启发作用。《娇红记》以娇娘和飞红两个女性的名字各取一字作为题目,早于《金瓶梅》约二百多年,而其中某些片断可能也曾给后者提供了借鉴"。"如妓女丁怜怜要申纯去讨王娇娘的旧鞋","这一情节在《金瓶梅》里则分化为两个情节",在列举相似情节后称"《金瓶梅》的作者曾参考过《娇红记》等新体传奇

[①] [明]高儒《百川书志》,第90页。
[②] [明]冯梦龙《情史》,魏同贤主编《冯梦龙全集》第七册,第450页。
[③] [明]梅鼎祚《才鬼记》,《四库全书存目丛书》子部第249册,济南:齐鲁书社,1995,第490页。
[④] 〔日〕伊藤漱平《娇红记解说》,《娇红记》日译本,东京:平凡社,1973。

小说，是很有可能的"。① 这里只是说可能。陈益源先生则接着程毅中先生之思路，给出了《金瓶梅》袭用《娇红记》的直接证据。他先举了四例语证："惟裙下双弯，与金莲无大小之分""喜谑浪，善应对""都被六丁收拾去，芦花明月竟难寻""花嫩不禁揉，春风卒未休"，此四例联系二书具体的使用情境，便知是很确切的证据；陈益源先生又举崇祯本《金瓶梅》第八十三、第八十五、第九十一回的回前诗词即出自《娇红记》（其一诗中竟有"拥炉细语鬼神知"之句，知定当出自又名《拥炉娇红》的《娇红记》），便可完全证明二者之间确凿的影响关系②。事实上，《金瓶梅词话》卷首的欣欣子（很可能是作者笑笑生的化名）在序中提及"卢景晖之《剪灯新话》，元微之之《莺莺传》，赵君弼之《效颦集》，罗贯中之《水浒传》，丘琼山之《钟情丽集》，卢梅湖之《怀春雅集》，周静轩之《秉烛清谈》，其后《如意传》、《于湖记》"③，实皆为影响《金瓶梅》的作品，这些作品除《莺莺传》《水浒传》《如意传》这三种产生于《娇红记》之前者外，其余其实均受到了《娇红记》的影响④。

那么，从以上这些复杂但又确凿的影响关系来看，《金瓶梅》与《娇红记》的命名方式如出一辙，则其命名受后者影响亦为理之必然。

《金瓶梅》的题名以潘金莲、李瓶儿、庞春梅三人姓名组成，这与《娇红记》相同。事实上，在选择组成篇名的人物姓名的方式上，也可看出《金瓶梅》之瓣香于《娇红记》的痕迹。这可以从两个方面来讨论。

一方面是《娇红记》命名的组合选择了两个主要的女性，一个是女主人公王娇娘，另一个则是侍女飞红。飞红的身份地位与娇娘自然不可同日而语，但在此书命名上却与之并驾齐驱，颇为特异——这一点由于《娇红记》涉及人物并不多，或许读者尚不易察觉其不合理之处，反观《金瓶梅》便可了然——"金

---

① 程毅中《宋元小说研究》，南京：江苏古籍出版社，1999，第 209 页。
② 陈益源《从〈娇红记〉到〈红楼梦〉》，沈阳：辽宁古籍出版社，1996，第 99—100 页。
③ 朱一玄编《金瓶梅资料汇编》，第 176 页。
④ 详参陈益源《明清小说中的〈娇红记〉》、《〈娇红记〉新论》、《从〈娇红记〉到〈红楼梦〉》，第 34—106 页。

瓶梅"之名中，潘金莲与李瓶儿分别是西门庆的五娘与六娘，但庞春梅却仅仅是潘金莲的丫鬟，却与潘、李二人平分秋色，对此，不少读者乃至研究者都颇有疑问，觉得不够协调。其实，《娇红记》这样命名是可以理解的，因为其人物本来就不多，要设置一个能扰乱申、王二人情感发展的人，从情理上讲，也只能设置在侍女中，如果定要再添一个小姐出来便极不可信了，因为根本就没有故事发展的空间。但从《金瓶梅》这样一部百回大书来看，作者完全有空间去协调最后的"梅"的故事，将其分配为如潘、李二人一样的第七个小妾也不是不可以，但《金瓶梅》的作者仍然将第三个重要角色设置为侍女，这或许有着故事来源等各方面的复杂因素，但也不可否认当与《娇红记》的故事格局有关。

事实上，这一点不只是从二书的命名中推理出来的，还有更确凿的证据：《娇红记》在介绍飞红时说她"喜谑浪，善应对"①，《金瓶梅》也袭用了这六个字的评语，这也正是前文所引陈益源指认前者对后者影响之一证，更重要的是，《金瓶梅》袭用此六字评语的对象，恰恰便是春梅②——同为侍女身份，又与男主人公有过情感纠葛，并在全书的后半部分地位相当重要，而且也共同列入书名，这些相似都表明，《金瓶梅》的命名特点当源于《娇红记》。

当然，这种命名方式也自然会对小说的叙事结构产生影响，《娇红记》中飞红虽然在故事开始时便出场了，却迟迟没有故事，直到作品过去五分之二后，她才进入故事流程；春梅的情形也颇为类似，她早在第七回西门庆娶孟玉楼时便出场了，从薛嫂儿说"你老人家去年买春梅，许了我几匹大布，还没与我"可知，此后，春梅亦常因潘金莲而在故事情节中占一席之地，但还远谈不上重要，真正进入故事主流程要到西门庆死后了。这也与《娇红记》非常相似。

另一方面则是男主人公的缺席。《娇红记》使用了王娇娘和飞红的名字来组成书名，但全书最核心的主人公申纯却并未出现在书名中，这从西方小说命名

---

① ［元］宋远《娇红记》，引自程毅中编著《古体小说钞·宋元卷》，第611页。
② ［明］兰陵笑笑生著，陶慕宁校注《金瓶梅词话》，第108页。

的惯例来看是一个极不合理的方式（详参第七章的论述）。但是，以"娇""红"命名，其实便暗含了将娇、红二人联系在一个情感纠葛与叙事环节中的那个主要人物。这种命名思路或许源于唐传奇：在唐传奇中，以男女爱情为核心的大多数都以女主人公来命名，以汪辟疆先生编《唐人小说》上编所收单篇传奇为例，《任氏传》《柳氏传》《霍小玉传》《李娃传》《莺莺传》《无双传》六篇均如此，写爱情却以男主人公命名者有《柳毅传》（当然，此篇原名或当为《洞庭灵姻传》，参第三章第二节相关论述）和《李章武传》两篇，写爱情未以人名命名者仅《离魂记》一篇。几种类型之间比例颇为悬殊，可以看出在以爱情为主线的传奇作品中，作者更倾向于以女主人公的名字来为作品命名。这或许与传奇的读者基本是男性有关。

《金瓶梅》的命名也恰恰符合这一规则，即全书最核心的人物西门庆并未在书名中体现，只是将围绕他的三个女性放到了书名的位置上。但这并不表明他不重要，其实，这三个女性所辖辕的正是西门庆。这或许与中国小说命名的智慧有关，中国小说的命名一直避免以小说主人公来命名，这一点与西方小说命名大异其趣（详参第七章论述），在中国小说的叙事智慧中，小说作者命名时并非有意避开小说的主人公，而是中国小说并没有像西方小说那样明确的主人公概念，中国小说所体现的其实正是中国文化的一贯理念——集体高于个人，任何人，首先的属性是社会性，其次才是个性。所以，纵观中国小说的命名，尤其是白话小说，其命名几乎没有单纯以人物姓名为小说之名的样例，更没有完全以一个主人公的名字为书名者。

另外，《金瓶梅》的书名亦可作为意象来理解，而《娇红记》也可组成可感知的意象。晏几道（1038—1110）《玉楼春》云"东风又作无情计。艳粉娇红吹满地"[1]，这里的"娇红"与"艳粉"同义，即娇艳之花；也可当轻红、嫩红解，如朱敦儒（1081—1159）《阮郎归》云"柳花陌上撚明珰，娇红新样妆"[2]。以此

---

[1] ［宋］晏殊、晏几道著，张草纫笺注《二晏词笺注》，上海：上海古籍出版社，2008，第412页。
[2] ［宋］朱敦儒著，邓子勉校注《樵歌校注》，上海：上海古籍出版社，2010，第328页。

词作为描写男女爱情作品的名目，从形象与色调上看都是合适的。

然而，我们还应该追问的是，《娇红记》一名是自我作古，抑或又有渊源？个人认为，《娇红记》之名或当瓣香于《莺莺传》，请看试论之。

首先，《娇红记》之作本即仿自《莺莺传》，盖无可疑。明人高儒《百川书志》卷六史部"小史"类中录有《娇红记》《钟情丽集》《艳情集》《李娇玉香罗记》《怀春雅集》《双偶集》六书，其注云："以上六种，皆本《莺莺传》而作，语带烟花，气含脂粉，凿穴穿墙之期，越礼伤身之事，不为庄人之所取。但备一体，为解睡之具耳。"①此实为知言。那么，《娇红记》在创作之时，是否在命名上也受到《莺莺传》的影响呢？

《莺莺传》一篇异名颇多（参前第三章第二节所论），古人对小说戏曲作品，愈喜欢者，异名愈多，正如对喜欢之小孩多有昵称一样。《莺莺传》诸多异名中，有《崔张传》一名，历来文献亦颇有见到，如明人史忠的《北中吕普天乐》中说："卧痴楼，真堪羡。楼如阆苑。人似神仙。新诗写剡藤，佳茗烹阳羡。适意忘情《崔张传》。鼎炉温香热龙涎。诗赓李白，狂同阮籍，画仿龙眠。"②《崔张传》分别以主人公之姓氏为名，或当对《娇红记》以二人为名有启发。这并非臆测，明人刘兑《娇红记》杂剧前有丘汝乘序，中云："元清江宋梅洞尝著《娇红记》一编，事俱而文深，非人莫能读，余每恨不得如《崔张传》获王实甫易之以词，使途人皆能知也。"又曰"李溉之尝题《崔张传》曰：'安得斯人复生……'"③。由此不但可知时人或称《莺莺传》为《崔张传》，而且还可看到二书之间隐约的联系。

不过，《金瓶梅》这一命名继续向前追溯，我们会发现，无论《娇红记》还是《崔张传》，都可能来自正史的列传。《娇红记》又有《娇红传》的名字，

---

① ［明］高儒《百川书志》，第90页。
② 谢伯阳编《全明散曲》，济南：齐鲁书社，1994，第411页。标点稍有改动。
③ 参蔡毅编著《中国古典戏曲序跋汇编》（济南：齐鲁书社，1989，第807—808页）及吴毓华编《中国古代戏曲序跋集》（北京：中国戏剧出版社，1990，第39页）。按：二书所引均有文字错讹，如均云"事俱而文深"，吴编云"非人善能读"，蔡编云"余每恨不得也"等，再据《古本戏曲丛刊初集》所收日本昭和三年（1928）盐谷温以明宣德十年（1435）金陵积德堂刊本景印本校。

从古代小说命名体例来看，以人名为名者，均为传体，所以，反倒后者是对的，其前源《莺莺传》或其异称《崔张传》更是如此。

我们都知道，正史的列传以传主为名，如《史记》列传第一篇《伯夷列传》，但这类列传在《史记》中就不多，此后的正史中就更少了。因为绝大部分列传都是"合传"，如《老子韩非列传》，这在《史记》中占多数。当然，合传的命名也有两种方式，一种是将合传的人名都呈现在传名中，而另一种，则只将传主的姓氏置于传名中，后者在《史记》中如《管晏列传》《樊郦滕灌列传》《傅靳蒯成列传》，数量并不多；但到了《汉书》就多了，如《韩彭英卢传》《荆燕吴传》《张陈王周传》《樊郦滕灌傅靳周传》……共有二十余个。

由此可知，《莺莺传》的异称《崔张传》当来于此，《娇红记》的命名思路也于此取径，虽然把姓换成了名——这也是有原因的，因为对于正史的著录而言，传主的入选多着眼于历史语境与社会生态，所以姓氏极为重要，可为其人之代表；而对于小说来说，叙写某人，历史与社会的背景其实都会退于幕后，最重要的是主人公自己，所以姓氏并不重要，以至于很多作品的主要人物根本没有姓氏，或者我们在阅读时忘了其人之姓氏，就如《娇红记》，作品并未介绍飞红的姓，而很多读者也忘了娇娘的姓。因此，《娇红记》虽然沿袭了正史的合传命名之体，但也用小小的改动显示出自己叙事艺术与正史撰述语境的不同。

《金瓶梅》从《娇红记》的命名得到启发，从而别开新面，看似对传记传统的反拨，其实正用正史列传中合传之命名方式，用数人之名集合为一书之名，则颇似传体，但并非专传，从而可以扩大小说叙写的视角，展现更广阔的"世情"百态。

四、"金瓶梅"命名对世情小说的意义

前文指出了《金瓶梅》这种新奇的命名方式当来于《娇红记》，但还没有讨论文章开篇时提出的第三个问题，即体字。事实上，《金瓶梅》虽然仿效了《娇红记》，却有意舍弃了后者题目中的体字。而这，恰恰蕴含了丰富的信息。

中国古典小说的命名走过了漫长的历程，也形成了特定的风格。在明末章回小说定型的时期，分别代表讲史的演义体、代表说铁骑的传体与代表说经的记体成为主流，但说话四家中还有一家并无代表，那就是"小说"，小说起初潜形于话本，其后向章回体渗透①，在新诞生的章回小说文体中与演义体、传体、记体分庭抗礼，但此时的世情类作品在文体标识方面并无自己统一鲜明的用字。

其实，在章回小说逐渐兴盛的时候，说话之"小说"也从话本进入章回体中，只是由于明末性爱风气的流行②，"小说"又以下里巴人之市井生活为对象，因此，最初的世情类章回小说以艳情小说为主，所以最早遭遇命名困扰的是明末的艳情作品。在前一节中，笔者已经指出明末艳情小说除个别用"传"体外，最常用的命名方式是以"史"或"缘"为体字。为什么会这样呢？前节也尽量给出解释，但那只是从艳情小说内部推测其原因，尚非从整个章回小说命名史的角度解释。

郭英德师曾经指出，"中国古代文体的生成大都基于特定场合相关的'言说'这种行为方式"，"人们就用这种言说行为（动词）指称相应的言辞样式（名词），久而久之，便约定俗成地生成了特定的文体"③。前论之"演义""传""记"其实均由行为方式转化而来，因此，此三词也均为动词，也就是说，这其实是经师与史官的行为方式，最后逐渐成为文体标识，也便从表行为之动词变为表文体之名词。

反观说话四家中的小说及其所衍生出来的艳情小说，在中国古代文化的初期，并无相应的行为方式与其对应，所以，在章回小说命名体制向传统取资之时，便无相应的行为方式文辞化表达。而艳情小说正处在由话本向章回渗透的进程之中，章回体制的文体势能迫使其在作品命名上向优势文体靠拢，所以，艳情小说不得不在明末章回小说已经是演义体、传体、记体三分天下的文体语

---

① 参见李小龙《中国古典小说回目研究》，第244—254页。
② 参看吴存存《明清社会性爱风气》一书的相关论述，北京：人民文学出版社，2000。
③ 郭英德《中国古代文体学论稿》，第29页。

境中进行协调。演义体有历史的支撑,传体以传奇人,记体以录异事,均合于中国古典小说之传奇传统,然世情之作既无宏大之历史事件,又无奇人与异事,则只好求新变。应该说,大多数艳情作品以"史"为体字是在章回小说文体压力下顺理成章的选择:一方面借用了史官之名,另一方面又巧妙避开前述的三"体"。

再从另一个角度来看,艳情小说多用"史"和"缘"为体字,其实已经与前所论的"演义""传""记"不同了,后者均为表行为方式的动词,而前者则均为名词,并无行为方式的支持。由此亦可见艳情小说选此二字的原因。

但《金瓶梅》却不同,它用正史列传中合传之命名方式,用数人之名集合为一书之名,颇似传体;集合之名又似寓深意,隐指情节、事件与寓意,又类于记体。而更重要的是,它的命名摒弃了体字的框范,使得世情小说的命名走上了另一条道路。

无论《崔张传》直接从正史合传中来的"传",还是《娇红记》可能受到戏曲命名的影响的"记",都继承了正史的撰述体制。《金瓶梅》虽在命名的合称上效法此二书,却除去了体字。这是非常大胆的一次命名格局的变化。事实上,有没有体字并非简单的多一字还是少一字的问题,这标识着不同小说在叙事逻辑上有着不同的叙述者。

无论前述的"演义"还是"传""记",都以一个动词来表明其有一个明确的叙述者,而且这个叙述者还应该是经学注疏者或史官,这种文体设定的背景与世情作品并不相投。其实,《金瓶梅》一书最初的书名是有体字的,因为目前所知最早的版本名为《金瓶梅词话》,但"词话"这个体字与"演义""传""记"都不相同,其指称虽极繁复,但基本可以肯定是属于民间伎艺,更重要的是,在明代,"词话"更多指称的是小说话本,比如《喻世明言》第一篇《蒋兴哥重会珍珠衫》开篇即云"看官,则今日我说《珍珠衫》这套词话,可见果报不爽,好教少年子弟做个榜样",许政扬先生注云:"词话:元代流行于民间的一种讲唱文学,专门演唱小说故事。明清之间,也泛称一般平话小说为词话。"① 已经说得非常清楚了。也就是说，《金瓶梅词话》最初的体字的设置既彰显了这部章回小说作品与话本小说之间的渊源，也远离前述三种体字向高等文体绑定的态势，而这种远离，是与其注目于市井细民的艺术指向相关的。

然而，在《金瓶梅》的演化中，这个体字正如蝌蚪的尾巴一样被进化掉了，其原因亦可得而论之，即世情题材由话本跻入章回，必然要消泯其原本的痕迹，"词话"一词太过于明显地标示了其与话本小说之关系了，所以它的消失是话本借世情进入章回小说的必然。

不过，进化掉这个与话本渊源太深的体字后，为什么没有直接从《娇红记》袭来"记"字或干脆从《崔张传》袭来"传"字呢？这其实牵涉到另一层面的问题，而这才是《金瓶梅》成为小说命名史上最关键一环的原因，那就是世情小说究竟是否需要体字。

在世情作品试图建立起自己的命名体制时，先由艳情类小说进行了一番探索，正如前文所称，艳情小说多以"史""缘"二字为名，但事实上，还有近一半的作品并未使用明显的体字，如《玉闺红》《肉蒲团》《梧桐影》《杏花天》《桃花影》《春灯闹》《闹花丛》等，虽然《肉蒲团》有《巧奇缘》《耶蒲缘》《巧姻缘》的名目，《桃花影》也有《浓情快史》《牡丹奇缘》这样的异称，但这些异称其实一般都是为避查禁而更名者，虽然这些更改的书名又回到了艳情小说惯用的"史""缘"体制中去，但这些作品更多还是以本名行世，也就是说，就在艳情小说探索命名体制的时候，就有一些作品完全舍弃了体字。

当然，不可否认，这种舍弃体字的做法，或许来自话本小说集的命名。话本小说集的名字是很难"名副其实"的，因为一部小说集要包括许多篇作品，小说集的命名无法对每一篇作品负责。其实，这一难题此前的文言小说集就曾经面对过，但由于文言小说格局多在志怪与志人的范围中，其命名也从史、子二部得到记、录、志、集、谈、说等体字来标明。话本则不同，其艺术之经营多在市井风情，则较之文言小说要复杂得多，且话本并不像文言小说那样有史、

---

① ［明］冯梦龙编，许政扬校注《喻世明言》，北京：人民文学出版社，1995，第1页。

子之渊源,所以也无法理所当然地袭用那些现成体字。目前所知最早的话本小说集是嘉靖年间洪楩所辑《六十家小说》,这个名字并非严格意义上的专名,而颇类丛书之名,事实上也是如此,其书分为六集,每集又有自己的名字,据顾修《汇刻书目初编》所载,分别为《雨窗集》《长灯集》《随航集》《欹枕集》《解闲集》《醒梦集》①,这些名字都已经放弃对作品内容的概括,转而成为作者创作意图的提示了。此后的《喻世明言》《警世通言》《醒世恒言》《拍案惊奇》都沿袭了这个思路,"三言"原本想以"古今小说"这个总名来统摄以下几类书,其实颇可看出《六十家小说》的影响。

总之,无论其渊源为何,体字的缺失其实都表明,其叙事世界的建构在某种程度上将叙述者从史官的历史性"传、记"转化为民间说书人的艺术性呈现,叙述姿态有了潜在的巨大调整,这一调整看似不过是书名体字的隐退,实际上却是世情类章回小说在叙事艺术上脱离经、史笼罩,走向虚构表现、打开个体生活经验的契机。

---

① [清]顾修《汇刻书目初编》卷五,日本文政元年(1818)刊本,第五册第31叶。按:顾氏书录其总名为《六家小说》。

第三节 《金瓶梅》式命名的转移与衰落

《金瓶梅》问世后,以其丰厚的艺术容量,对后世小说产生了巨大影响,可以说,此后摹写世情之作,大半在《金瓶梅》笼罩之下。不仅如此,它的命名方式也附骥以行,被后世作品所效仿。这种效仿大概可以分为两种类型。

一类是字面相同者,让人一眼便可看出其与《金瓶梅》的关系,从而为新书借得来自《金瓶梅》的阅读期待。最明显的便是丁耀亢(1599—1669)所写的续书《续金瓶梅》。除此之外,清末尚有以《银瓶梅》《玉瓶梅》为名的作品,前者最早的版本名为《莲子瓶演义传》,光绪二十六年(1900)上海书局石印本方改名为《绘图第五奇书银瓶梅》,后者有光绪二十二年(1896)石印本,全名为《绣像第六奇书玉瓶梅》,后者命名中有"第六奇书"的字样,前者则有"第五奇书"字样,若二者有关的话,似可推测名为"银瓶梅"的版本虽然晚至光绪二十六年,但其名产生或者还要更早一些。但此二书均与其名无甚关系,唯一的关系,似乎就是《银瓶梅》中有一宝物名莲子瓶了。由此可知,这两部作品分别以"银""玉"来取代《金瓶梅》原名中的"金",其书名并非从作品实际出发的命名,而是注目于《金瓶梅》巨大的影响力从而以此种仿拟命名来吸引读者罢了,所以,此类命名本书不予讨论。

另一类则仿拟了《金瓶梅》集人物姓名而成书名的制名方式,这为世情小说的命名提供了新的范本,此后的世情类小说纷纷效仿,形成了一个"集字名"的新传统。本文主要探讨这一类,不过,这仍然要从《金瓶梅》的续书说起。

一、《金瓶梅》续书《玉娇李》的命名体制

明人沈德符(1578—1642)《万历野获编》卷二十五《金瓶梅》条载有《金瓶梅》一书的许多珍贵史料。在介绍过《金瓶梅》后又记录了有关续书的信息:"中郎又云,尚有名《玉娇李》者,亦出此名士手,与前书各设报应因果。武大后世化为淫夫,上烝下报;潘金莲亦作河间妇,终以极刑;西门庆则一骏憨男子,坐视妻妾外遇,以见轮回不爽。中郎亦耳剽,未之见也。去年抵辇下,从丘工部六区(志充)得寓目焉,仅首卷耳,而秽黩百端,背伦灭理,几不忍读。其帝则称完颜大定,而贵溪、分宜相构亦暗寓焉。至嘉靖辛丑庶常诸公,则直书姓名,尤可骇怪。因弃置不复再展。然笔锋恣横酣畅,似尤胜《金瓶梅》。丘旋出守去,此书不知落何所。"①

由沈氏所录材料知曾有一部名为《玉娇李》的《金瓶梅》续书,但此书现已佚失,故难知其详。然现存有丁耀亢《续金瓶梅》一书,马泰来先生《诸城丘家与〈金瓶梅〉》一文曾指出:"传世《续金瓶梅》一书,一般皆以为丁耀亢撰。而丁好友丘石常父志充藏有《金瓶梅》的最早续书《玉娇丽》。《玉娇丽》是否为《续金瓶梅》原本,颇值得探讨。"②稍后苏兴先生(1923—1994)《〈玉娇丽(李)〉的猜想与推衍》一文便延续马氏的说法,认为这"意味着丁耀亢看到

---

① [明]沈德符《万历野获编》,第652页。
② 马泰来《诸城丘家与〈金瓶梅〉》,《中华文史论丛》1984年第3辑。

过丘家藏的《玉娇李》抄本（不能说沈德符看到的是丘志充藏的《玉娇李》首卷，便证明丘藏只有首卷），以之为蓝本加上己意写成《续金瓶梅》①。

那么，这部《玉娇李》的主人公是否与其书名有关呢？依《金瓶梅》的惯例，我们认为是有关的。先来看看《金瓶梅》原本给我们的线索：

> 一人素体荣身，口称："是清河县富户西门庆，不幸溺血而死。今蒙师荐拔，今往东京城内，托生富户沈通为次子沈钺去也。"……已而又见一妇人，也提着头，胸前皆血，自言："奴是武大妻、西门庆之妾潘氏是也。不幸被仇人武松所杀。蒙师荐拔，今往东京城内黎家为女，托生去也。"……已而又有一妇人，面皮黄瘦，血水淋漓，自言："妾身李氏。乃花子虚之妻，西门庆之妾，因害血山崩而死。蒙师荐拔，今往东京城内袁指挥家，托生为女去也。"……已而又一妇人面黄肌瘦，自称："周统制妻庞氏春梅，因色痨而死。蒙师荐拔，今往东京与孔家为女，托生去也。"②

据此，苏兴先生推测"河间妇的潘金莲再世，便是东京城的黎氏女（可以说她的名字为黎玉×或黎×玉）……李瓶儿转世的袁指挥之女名字中当有一个'娇'字，叫作袁娇×（或袁×娇），春梅转世的孔氏女名字中当有一个'丽'字，叫作孔丽×（或孔×丽）"，这便将此续书的命名与《金瓶梅》联系了起来。当然，这还是推测，事实上还可以进一步确证，确证的线索便在与丘志充家有密切关系的丁耀亢所作的《续金瓶梅》。刘洪强先生《〈玉娇李〉与〈续金瓶梅〉关系考论》一文认为，《续金瓶梅》其实在人物命名上也继承了《玉娇李》，因为"《续金瓶梅》三个女性的名字正好寓含了《玉娇李》：潘金莲转世为黎金桂，因"黎"与"李"同音，所以她便是《玉娇李》中的"李"；庞春梅转世而为孔梅玉，自然代表了书名中的"玉"字；较为复杂的是李瓶儿，

---

① 苏兴《〈玉娇丽（李）〉的猜想与推衍》，原载《社会科学战线》1981年第1期，引自《苏兴学术文选》，第151—173页。
② ［明］兰陵笑笑生著，陶慕宁校注《金瓶梅词话》，第1361页。

她转世为袁常姐，似乎与"娇"字无关。刘洪强先生认为"姐"在古代通"嬭"，就是"娇"的意思。① 此说有理，段玉裁（1735—1815）《说文解字注》便云"'嬭'，娇也"，又云"'姐'即'嬭'之省字"②，《故训汇纂》"姐"字条下第十一至第十五个义项皆从"娇"义③。

据此，则可清楚明白地知道以下两点。

其一，丁耀亢《续金瓶梅》在主要人物的命名上，首先当然要受《金瓶梅》结尾托生转世描写之限制，即三人分别姓黎、袁、孔是不可更改的，但这三个姓其实可以取很多名字，而《续金瓶梅》此三人却仍然可以析出玉、娇、李三字，则可知其当袭用了《玉娇李》一书中对三人命名的安排，因为《续金瓶梅》的书名本来与"玉娇李"三字无关，自可另拟。

其二，《玉娇李》在命名体制上是全袭《金瓶梅》的，这又可从两个方面来看。一是三个女主人公的名字都与金、瓶、梅相对应，黎金桂有一"金"字，袁常姐曾改名"银瓶"，则有一"瓶"字（从"银瓶"这个名字也可以看出，以"瓶"为女性之名是颇难措手的，所以这里对应之名又回到了白居易诗所及之"银瓶"上去了），孔梅玉有一"梅"字，此三字不但表示出每个人物从何转世而来，同时也包含了前书的书名。二是此三名又重新各分出一字来凑成新的书名，不仅如此，新书名还尽量与《金瓶梅》原名形成对仗：如以"玉"对"金"（金、玉二字之对应在《红楼梦》中更是蔚为大观），是十分工整的了；以"娇"对"瓶"似乎不妥，其实不然，此书名定要将"黎"以同音而选用"李"或许是有深意的，因为在《金瓶梅》中有两个相似度很高的名字，即李瓶儿和李娇儿，则"玉娇李"之"娇"或许来自"李娇儿"之"娇"，也就是说，在一般的语义上，"娇"与"瓶"自然并不对仗，但在《金瓶梅》人物命名的语境中却可以算是对仗的；"李"与"梅"也对得很工，无论将二字同视为植物（从植物学上说，李与梅均属李亚科，可视为兄弟行）还是视为姓氏，都可以组对。

---

① 刘洪强《〈玉娇李〉与〈续金瓶梅〉关系考论》，《南京理工大学学报》2010年第2期。
② ［汉］许慎撰，［清］段玉裁注《说文解字注》，第623页。
③ 宗福邦、陈世铙、萧海波主编《故训汇纂》，第514页。

从这一点上来说，谢肇淛《金瓶梅跋》、张誉《北宋三遂平妖传序》皆称此书为《玉娇丽》①，前引马泰来先生、苏兴先生之文也认同此名，实是不了解此名与"金瓶梅"三字对仗之深意而做出的判断。

二、从《玉娇李》到《玉娇梨》

《金瓶梅》在叙事智慧上、在艺术生发上本应该成为明末清初世情小说的宝库，但由于"淫书"的恶谥，它或被明末艳情小说畸形发挥，或被清初才子佳人小说所摒弃②。不过，由于《金瓶梅》的命名突破了此前中国小说命名的传统，并凭借自身的艺术能量成为新的典范，并创造出新的命名传统。所以，就命名而言，明末清初的才子佳人小说承袭其体制，创制出大量同类的题名来。

当然，清初才子佳人小说命名之于《金瓶梅》的关系，却还有着明末艳情小说做中间环节。比如据考写于崇祯元年（1628）至三年（1630）间的艳情小说《玉闺红》，其书以金玉文、闺贞、红玉三人之名为名，制名方式与《金瓶梅》相同，而其书之前湘阴白眉老人所作之序中提及此书作者还著有《金瓶梅弹词》二十卷③，可知此人对《金瓶梅》之熟悉，则此书命名源于《金瓶梅》为自然之理。

不过，这只是对《金瓶梅》命名方式的继承，还不是连接《金瓶梅》与清初才子佳人小说的中间环节——这个环节还要从《玉娇李》说起。

明末清初兴起了才子佳人小说的热潮，其中最早且声名最著者有《玉娇梨》一种，其名与《玉娇李》极类，那么，这是偶然撞车还是有意为之呢？其书前《缘起》云：

> 《玉娇梨》与《金瓶梅》，相传并出弇州门客笔，而弇州集大成也。《金

---

① 朱一玄编《金瓶梅资料汇编》，第179、183页。
② 李小龙《中国古典小说回目研究》，第254页。
③ 参石昌渝主编《中国古代小说总目·白话卷》，第505—506页。

瓶梅》最先成,故行于世。《玉娇梨》久而始就,遂因循沉阁。是以耳名者多,亲见者少。客有述其祖曾从弇州游,实得其详,云《玉娇梨》有二本。一曰续本,是继《金瓶梅》而作者,男为沈六员外,女为黎氏,其邪淫狂乱,刻画市井之秽,百倍《瓶梅》,盖有意丑诋故相,痛詈佞人,故一时肆笔,不觉已甚。弇州怪其过情,不忍付梓。然递相传写者有之。一曰秘本,是惩续本之过而作者,男为苏友白,女为红玉、为无娇、为梦梨。细摹文人才女之好色真心,钟情妙境,盖欲形村愚之无耻,而反刺之者也。弇州深喜其蕴藉风流,足空千古,急欲绣行,惜其成独后,弇州迟暮不及矣。故不但世未见其书,并秘本之名亦无识之者。独客祖受而什袭至今。近缘兵火,岌岌乎灰烬之余,客惧不敢再秘,因得购而寿木。续本何不并梓,曰,畏其淫甚,得罪名教,且非弇州意,故不敢耳。今秘本告竣,因述其始末如此。①

《中国古代小说总目·白话卷》《玉娇李》叙录曾引此语,但说其"将《玉娇李》误为《玉娇梨》,又以丁耀亢《续金瓶梅》(男为沈六员外,女为黎氏)为《玉娇李》,足以证明其说是捕风捉影"②,实甚不妥,因为撰写提要者知《续金瓶梅》男为沈六员外,女为黎氏,不知《玉娇李》实亦如此——二书主人公姓名相同其实是可以理解的,因为这是《金瓶梅》结尾早已设定的,后之续书自然无可更改。另外,其云"将《玉娇李》误为《玉娇梨》"则又被天花藏主人瞒过,其实,这正是《玉娇梨缘起》作者的用意:一方面要借《金瓶梅》乃至《玉娇李》之威,然又不愿蹈其淫书之旧辙,故虚构出《金瓶梅》续书有二,一为续本、一为秘本的故事,继以续本为桥,过渡至秘本,再过河拆桥,抛开续本而宣扬此秘本。为此,便不得不取与《玉娇李》相似之名,所以才会有《玉

---

① 《玉娇梨》,《古本小说集成》卷首,上海:上海古籍出版社,1994。按:《古本小说集成》影印本前有序及此"缘起",然人民文学出版社排印本《玉娇梨》及《中国历代小说序跋集》等资料类书均未录此二文。

② 参石昌渝主编《中国古代小说总目·白话卷》,第509页。

娇梨》的命名。小说中的红玉、无娇、梦梨三名虽然各有来历，如红玉，"临生这日，白公梦一神人赐他美玉一块，颜色红赤如日，因取乳名叫做红玉"，后来避祸于吴翰林家，"吴翰林也有一女，叫做无艳……吴翰林因受了白公之托，怕杨御史根寻，就将红玉改名无娇，竟与无艳做嫡亲姊妹称呼"，卢梦梨在女扮男装时自述其名云"小弟姓卢，家母因梦梨花而生小弟，故先父取名梦梨"[①]，但也不得不说，其实都是依先定之书名按头制帽的，也就是说，《玉娇梨》的作者即希望可借《玉娇李》的威势，所以要同音；同时也要与"金瓶梅"及"玉娇李"的格局合拍，即以植物之名与"梅、李"相映（可见其作者深知《玉娇李》之名为"李"的原因），还要可以用作女性的名字，可供选择的第三个字似乎也只有"梨"字了。

据此可知，作为才子佳人小说立基之作的《玉娇梨》，其命名却是在复杂的情势之下模拟《金瓶梅》续书的产物。更有趣的是，《金瓶梅》的续书可能曾无意中又反过来借用了《玉娇梨》的书名。

据前引苏兴先生文云，他看到日本泽田瑞穗主编《增修金瓶梅资料要览》中载有日译《绘图玉娇李》一书，托人搜寻到此书，发现"所谓《绘图玉娇李》，竟是《隔帘花影》的日本译著本"，译者米田祐太郎在序言中说："称作《玉娇李》的，一般即指《隔帘花影》。"这是很奇怪的事，因为在中国文献中，并没有称《隔帘花影》为《玉娇李》的材料，这或许只是日本学界将《金瓶梅》这两部续书混淆后的结果，鲁迅先生在《中国小说史略》中曾说《玉娇李》"今其书已佚，虽或偶有见者，而文章事迹，皆与袁沈之言不类，盖后人影撰，非当时所见本也"[②]。然鲁迅所谓"偶有见者"，国内并未有吉光片羽，此译本出版于1927年，则译者看到此书的时间或与鲁迅在日本求学的时间（1902—1909）相去未远，则鲁迅所云，或为在日本所见。不过，此书虽在译序中明确地提出《玉娇李》来，但其封面、版权页、目录页开头与结尾等标书名之处，却均写

---

① ［清］黄秋散人编次，冯伟民校点《玉娇梨》，北京：人民文学出版社，1999，第1、39、145页。
② 鲁迅《中国小说史略》，《鲁迅全集》第九卷，第190页。

为"绘图玉娇梨"①，未知是译者有意改用《玉娇梨》的书名还是出版社依对中国小说的理解而将其自动"修正"。据日本《商舶载来书目》著录"安永八己亥年（1779）《隔帘花影》一部一套"②，知此书早就传至日本；据日本秋水园主人天明四年（1784）所辑、宽政三年（1791）出版之《画引小说字汇》，其中已有《玉娇梨》的名目③，则可知此书亦早入日本，日人对此二书当较熟悉，未知如何将此二书混为一谈。无论如何，这个名字在《金瓶梅》与才子佳人小说两个系列中的往复历程清楚地体现出两个体系在命名方式上的承袭关系。

三、才子佳人小说命名"金瓶梅化"——附论《林兰香》之时代

清初才子佳人小说多以《金瓶梅》的方式来命名，这一点可以通过统计来看其比例。《中国小说通史》在《才子佳人小说的繁荣》一章中胪列了三十六种才子佳人小说，有近一半以此种方式命名，可见这一命名方式的盛行。

首先，因此类命名源于《金瓶梅》与《玉娇李》，所以，此后的命名亦多有二书的影子，如多有"金""玉""梅"等字。最早的《金云翘传》即有一"金"字，《碧玉楼》《玉楼春》则为用"玉"者，《雪月梅》又用了"梅"字。这些作品之所以用这些字自然与小说中有相应的人名有关，但小说人物的命名本来就是作者可控的，最典型的例证便是《玉娇李》，引名其实就是从"金瓶梅"对仗而生的，那么，其主人公的姓名便从某种意义上受制于《金瓶梅》了。所以，上列几部作品书名中多用"金""玉""梅"等字，确实当受《金瓶梅》影响。

上文所举《玉楼春》一种其实还很有探讨的空间。此书之名当然来自小说中黄家小姐玉娘、丫鬟翠楼及玉娘的表妹霍春晖。但我很怀疑这个名字与《金瓶梅》中的孟玉楼有关，最明显的自然是命名中有"玉楼"二字，但仅此还不

---

① 〔日〕米田祐太郎译《绘图玉娇梨》，东京：支那文献刊行会，1927。
② 参石昌渝主编《中国古代小说总目·白话卷》，第81页。
③ 〔日〕秋水园主人辑《画引小说字汇》，宽政三年（1791）本，《援引书目》第四叶B面。

能论定，其实还有一个旁证，就是此书的主人公邵卞嘉，人称"小孟尝"，则补上一"孟"字。另一部《雪月梅》就更有意思，虽然其名是由许雪姐、王月娥、何小梅三个名字组合而成的，也有学者撰文指出此书的故事颇与《聊斋志异》有关①，而且我们进一步也可看到何小梅的名字应当与《聊斋志异·青梅》中的青梅有关，许雪姐的名字也可能与《薛慰娘》一则中的薛慰娘有关，但是，《青梅》中的另一个角色应该是王月娥的原型，但其名却叫阿喜，姓氏虽同，名却无关。事实上，看到《雪月梅》三字，很多人都会联想到孙雪娥、吴月娘、庞春梅来。其实，这两部作品的命名与《金瓶梅》的相似不仅如此，在取名方式上也颇类，即用于书名的三字全为女主人公的名字，而邵十州、岑秀两位男主人公则不在书名之内。

除此之外，《宛如约》《吴江雪》《引凤箫》《云钟雁》《群英杰》等篇，不但均以主人公为名，且可组出意象，与《金瓶梅》差相仿佛。

在才子佳人小说中，有一部很值得讨论，就是《林兰香》。这部作品在艺术上颇有值得称道之处，但研究者很难将它还原到文学史的版图中去，因为它的许多艺术表现都与《红楼梦》有相似之处，如果将其置于《红楼梦》之后，则仅算仿效得其一二神采之作，意义大减；但若放在《红楼梦》之前，则成为对《红楼梦》一书导夫先路的杰作。

据书目之载录，《林兰香》现存最早的版本是道光十八年（1838）本衙藏板本②，但仔细查看上海古籍出版社《古本小说集成》影印杭州大学藏本与台湾天一出版社《明清小说善本丛刊》影印本③，均未见道光十八年与本衙藏板的任何痕迹。再检日本东洋文化研究所双红堂文库所藏，才知其封里右题"道光戊戌年新镌"，左下题"本衙藏板"，则此题署没有问题。

---

① 李金松《〈聊斋志异〉对〈雪月梅〉成书之影响》，《福建文坛》1990 年第 5 期。
② 参孙楷第《中国通俗小说书目》，第 95 页；石昌渝主编《中国古代小说总目·白话卷》，第 211 页；〔日〕大塚秀高《增补中国通俗小说书目》，东京：汲古书院，1987，第 105 页。
③ 〔清〕随缘下士《林兰香》，《古本小说集成》，上海：上海古籍出版社，1994；《明清小说善本丛刊》影印本，台北：天一出版社，1985。

经过仔细查检，笔者颇怀疑此书之底本或非道光间所刊，甚至不刊于嘉庆间，而当为乾隆时刊。理由来自目前所见版本的避讳。虽然对于这种下里巴人的小说作品来说，避讳或许没有正经正史那样严格，但一部书总会在内部有个大体统一的规范。但我们现在看到的所谓道光十八年本衙藏板本则并非如此。此书对于"玄""弘""历"三字避讳十分严谨（按：全书并无雍正"胤禛"二字）：全书用"玄"字两次，第二十一回宣爱娘对燕梦卿说"大道玄之又玄"、第五十四回耿旋说"那作太玄博士的庄周"，均改"玄"为"元"；全书最末两回八次提及"弘治"，其"弘"字均缺末笔；第三十一回云"云屏遂看历日"，改"曆"为"歷"。这表明此书刊行定在乾隆之后，也表明其刊刻者颇为注意避讳。但是，嘉庆皇帝的"琰"字，全书仅出现一例，即第一回称燕梦卿"颖异不亚班昭，聪明恰如蔡琰"，这个"琰"字却没有避讳。①

当然，这一证据尚是孤证，并不能排除这一个字刊工无意间未能避讳的可能，所以无法定谳。但如果从古典小说命名的历程来看，或许会认可此书当产生于《金瓶梅》之后，并极可能在《红楼梦》之前。

那么，就来看看其命名与《金瓶梅》的关系。

第一，其命名体制全仿《金瓶梅》。其书开篇作者即亲自现身说法，解释其书名的来历，这比《金瓶梅》一名的解释更权威了：

> 林者何？林云屏也：其枝繁杂，其叶茂密，势足以蔽兰之色，掩兰之香，故先于兰而为首。兰者何？燕梦卿也，取"燕姞梦兰"之意，古语云"兰不为深林而不芳"，故次于林而为二。香者何？任香儿也：其色娇柔，足以夺兰之色；其香霏微，足以混兰之香，故下于兰而为三。②

知其书名由书中三位女主角而来，与《金瓶梅》如出一辙。

---

① 以上所引参［清］随缘下士《林兰香》，《古本小说集成》，第 413、1065、1241—1279、603、6、9 页。
② ［清］随缘下士编辑，于植元校点《林兰香》，沈阳：春风文艺出版社，1985，第 1 页。

第二，其所命名的三人中有一人身份较低微，即位于第三的任香儿，《金瓶梅》亦有位于第三的春梅地位较低。如前所言，这种特点或来自于《娇红记》中的飞红。

第三，命名的三人都是男主人公的妻妾，而且，男主人公的名字被隐去。

事实上，仅从书名便可感觉出，《林兰香》作者对于"金瓶梅"式的豪富淫逸生活并不喜欢，所以"林兰香"似寓幽林中兰花之香气，颇有文人气质。正如张竹坡在《批评第一奇书金瓶梅读法》第八十条所说"《金瓶梅》倘他当日发心不做此一篇市井的文字，他必能另出韵笔，作花娇月媚如《西厢》等文字也"①，所以，《林兰香》相对来说艳情的情节极少，开始将《金瓶梅》中过于"市井"的文字纯化，即张竹坡所说之"韵笔"，而我们所有人都知道，这种吸取《金瓶梅》的营养，但一洗污秽之陋笔，以韵笔纯化艺术世界的最大成果便是《红楼梦》，若可确定《林兰香》在《红楼梦》之前，便可以将其当作《金瓶梅》叙事艺术纯化至《红楼梦》的一个中间形态。

那么，从《红楼梦》的角度来看，可以说《红楼梦》既吸取了才子佳人小说的营养，将才子佳人这一题材带上了顶峰，同时又革了这一派的命——不只是在抽象意义上用其巨丽的艺术能量完成这一任务，甚至《红楼梦》在行文之中也对才子佳人小说多所批驳②。所以《红楼梦》之后，才子佳人小说基本绝迹，而才子佳人最突出的命名方式（或者更准确地说，是《金瓶梅》式命名方式）也基本中断（《红楼梦》之后，此类命名虽然亦偶有零星点缀，但总体来说已然衰落），亦可知此书很可能并未受《红楼梦》的影响。

---

① ［明］兰陵笑笑生著，王汝梅等校点《金瓶梅》，第45页。
② 《红楼梦》曾分别以作者的身份与小说中人物的口吻对此类作品进行过批判：前者为第一回石头对空空道人说："至若佳人才子等书，则又千部共出一套，且其中终不能不涉于淫滥，以致满纸潘安、子建、西子、文君，不过作者要写出自己的那两首情诗艳赋来，故假拟出男女二人名姓，又必旁出一小人其间拨乱，亦如剧中之小丑然。且鬟婢开口即者也之乎，非文即理。"后者则为第五十四回"史太君破陈腐旧套"一段被王熙凤称为"掰谎记"的故事。分别参见［清］曹雪芹著，无名氏续，中国艺术研究院红楼梦研究所校注《红楼梦》，第5、736—738页。

四、《金瓶梅》式命名的衰落

不过，以上所论，均为《金瓶梅》式命名对才子佳人小说命名的正面影响，但在才子佳人小说制名史上，还有对此提出反对意见的例子，如云封山人所著《铁花仙史》，其书前三江钓叟之序，由于中国古代小说作者或序作者及评论者很少这样讨论小说命名的问题，所以这篇序言还是颇为珍贵的。

> 传奇家摹绘才子佳人之悲欢离合，以供人娱耳悦目也旧矣。然其书成而命之名也，往往略不加意。如《平山冷燕》则皆才子佳人之姓为颜，而《玉娇梨》者又至各摘其人名之一字以传之，草率若此，非真有心唐突才子佳人，实图便于随意扭捏成书而无所难耳。此书则有特异焉者。其所叙为儒珍、若兰等才子佳人之事，而其名则曰铁、曰花、曰仙，无与于才子佳人也。骤焉阅之，究亦有药不医症之诮，迨寻绎再三，而知创造者实故意翻空出奇，令人以为铁、为花、为仙者，读之而才子佳人之事掩映乎其间。以儒珍、秋麟等事迹读之，而若剑、若玉芙蓉或紫宸诸仙者，复旋绕于其际，却使不漏不支，分明融洽，双管齐下，虚实兼到，如八股关动题体，此作者铸局命名之意也。噫，亦奇矣哉！①

此序对《金瓶梅》式命名提出了批评意见，并举出才子佳人小说最具代表性的两部作品。一是《平山冷燕》，其书"皆才子佳人之姓为颜"，算是《金瓶梅》式命名的小变体，笔者亦认为此名并不成功，原因就在于将四个姓氏生硬地扭在一起，并无新的或者与小说世界相关的意义，所以此序言攻击它说"随意扭捏成书"，也是有道理的。至于《玉娇梨》，不得不说他的批评也是对的，虽然这或许是他并不了解此《玉娇梨》在命名上的诉求所致，但无论如何，"玉娇梨"三字放在一起，并无完整的意象，更谈不上与小说情境之契合了。所以，

---

① 丁锡根编著《中国历代小说序跋集》，第1335页。

虽然仿效《金瓶梅》，但并未达到《金瓶梅》命名的高度。

不过，也应该承认，虽然《铁花仙史》的序作者对《金瓶梅》式的命名不满，并以《铁花仙史》命名为"特异"，但其实它的命名仍在《金瓶梅》的笼罩之中。因为它虽然不用小说中主人公的名字来命名了，却用了相同的思路。在三江钓叟序中说"其名则曰铁、曰花、曰仙，无与于才子佳人也"，"而若剑、若玉芙蓉或紫宸诸仙者"，即以蔡家埋剑园之剑为"铁"，以埋剑园之玉芙蓉为"花"，以苏紫宸等求仙入道为"仙"，其实，仍是以书中关键的内容组合为书名者。而且，这种组合与《玉娇梨》之类也没有什么太大差别，并没有创造出《金瓶梅》那样可与叙事艺术相互映发的意象来。

随着才子佳人小说的消歇，《金瓶梅》式的命名也便中落。但仍时有嗣响，如前所提及之《碧云楼》即为晚清之作。甚至还有依此命意而加新变者，如依乾隆间作品《水石缘》以二人之名加一字为书名者，如《金碧魂》《萍雪缘》者皆是，其中《水石缘》与《萍雪缘》均分别以男女主人公为名，颇类《金云翘传》。如上节所言，《金瓶梅》式书名均以书中女性为主，至《金云翘传》则加入了男主人公，但《群英杰》一书则以武昌府才子王文英及两位英雄高超群、高超杰组成书名，虽师《金瓶梅》命名的体制，却全无《金瓶梅》的世情气息。《云钟雁》一书以云、钟、雁三家之姓组为书名，更是全入锄奸除霸之社会层面中。至于《日中露》一书，则终以日本、中国、俄国（《中国古代小说总目·白话卷》叙录谓"'露国'，实指俄国"①，亦不误，然未能指出其源：此作托名译稿，则托为日人所作，而日人称"俄罗斯"为"露西亚"，简称露国，实为惯例）三国之名组成，然所组之名却全不牵强，还颇有寓意，日中之露，其势不能久，由此可见作者颇有联合中日以抗俄的政治思想。就此名而言，虽亦源于《金瓶梅》，却已完全不同了。

其实，不只是才子佳人小说的书名逐渐脱离了《金瓶梅》体制，考察一下《金瓶梅》续书命名的变化亦可看到这一轨迹。丁耀亢的《续金瓶梅》或受《玉

---

① 石昌渝主编《中国古代小说总目·白话卷》，第282页。

娇李》之影响，却并未使用集字之书名，而是直接沿用了原书的名字，只是此书在清初被禁毁，此后只好改名行世，如大约在康熙年间，即出现了《续金瓶梅》的改名之作《隔帘花影》，此书在序言中说"此《隔帘花影》四十八卷所以继正、续两编而作也"①，恍惚其词，似乎在说此书是对《金瓶梅》及《续金瓶梅》的续书，其实不过是把前书的人名改换并对个别敏感情节进行删削的作品罢了，不过，这个名字却已经没有一点《金瓶梅》的气息了，反而与当时话本小说集那种寓意式书名很接近。而到了光绪二十五年（1899），上海书局出版了此书的石印本，又改名为《花影奇情传》，也就是说，此时仍未回归到原名上去，却依传体命名的体制为其书加了"传"的体字。再到民国四年，《莺花杂志》将此书连载，后出版单行本，其内容较之《隔帘花影》，已经在很大程度上恢复了《续金瓶梅》的文本原貌，但其书名却又改为《金屋梦》，这个书名与《金瓶梅》唯一相关的便只剩下一个"金"字，整个书名其实反倒是仿拟《红楼梦》的产物。就此，《金瓶梅》式命名本来为世情小说开创了新的命名体制，但在《红楼梦》建立起世情小说新的美学规则之后，连《金瓶梅》的续书之命名也向《红楼梦》靠拢了。事实上，《续金瓶梅》的书名再次回归《金瓶梅》命名体制，却要数前文提及日本所译之《绘图玉娇梨》了。

当然，《金瓶梅》式命名并未完全消失，在后世小说的命名中亦时有嗣响。中国小说史至小说革命以后，小说概念发生巨大变化，从梁启超先生的提倡到鲁迅先生的实绩，小说的写作方式也远离中国的叙事传统。不过，有一些小说类型却还在传统与现代的交汇之处游移，比如武侠小说与言情小说，便保留了较多中国古典小说的体制②。就命名而言，此两类小说就多有《金瓶梅》式命名的作品。如王度庐（1909—1977）的"鹤—铁系列"中，有三部的书名均以主人公之名为主：第一部《鹤惊昆仑》原名《舞鹤鸣鸾记》，以男主角江小鹤与女主角鲍阿鸾为名，后改名为《鹤惊昆仑》，则转为以江小鹤及鲍阿鸾之祖父鲍

---

① 丁锡根编著《中国历代小说序跋集》，第1120页。
② 参见李小龙《中国古典小说回目研究》，第285—305页。

昆仑为名；第四部《卧虎藏龙》以男主角罗小虎和女主角玉娇龙为名；第五部《铁骑银瓶》以男主角韩铁芳与女主角春雪瓶为名。台湾言情小说家琼瑶的作品《碧云天》便取自作品中三个主人公俞碧菡、萧依云、高浩天的名字。直到当下，这类取名的作品仍时有所见，由此亦可窥见《金瓶梅》式命名之流泽甚远。

第四节 《红楼梦》命名的叙事策略及多重内涵

《红楼梦》的命名研究成果极多,但大多并未在小说命名史的角度来讨论,所以,本节仅从本书所切入的角度,直面《红楼梦》文本来解析其命名的叙事策略与多重内涵。

一、《红楼梦》的多种命名

中国古代的章回小说经常有不同的书名,这已成为中国古代章回小说的特点之一。《中国通俗小说总目提要》一书后附萧相恺先生所编《中国通俗小说同书异名书目通检》,竟占了四十页的篇幅,此表一行列主名另起一行列异名,所以一部小说大多要占两行的空间,那么将前者页数折半也有二十页,相对于全书目录的二十七页而言，可知有异名的小说作品占了绝大多数①。

一般的小说异名可以分为两类。一是作品不同版本间甚至同一版本的不同卷次上所标书名的微小差异所致，如前所论《三国演义》的书名，在"志传时期"、"演义时期"与"加评本时期"虽有《三国志传》《三国志通俗演义》《批评三国志》等不同名目，但其核心是相同的，其他只是修饰成分的不同，尚不能算独立的异名；二是不同时代版本间由于各类次要作者的作用而产生的不同书名，就好像《三国演义》到了毛评本时期，书名被改为了《四大奇书第一种》或《第一才子书》，这成为与原名完全不同的书名，当然，由于各种原因，毛评本时期的新异名仍然是一种广告语，所以虽然毛评本系统将其当作正名来使用，但对于后世的接受者来说，这类名目仍然属于"增评全像"之类的修饰成分，所以虽然一度声势浩大，却并未成为后世通用名称，倒是毛评本系统各种序言中习用之"三国演义"如司马氏一样虽为后起且颇有些名不正言不顺，但却成了当下的通用名（参前第四章第一节）。

《红楼梦》却不同，其异名极多，即据上文所及之《中国通俗小说同书异名书目通检》亦有《红楼梦》《石头记》《金玉缘》《大观琐录》《金陵十二钗》《风月宝鉴》《情僧录》七个命名。不过，这七个命名中，仅《金玉缘》与《大观琐录》为后来书坊擅自更改的②，其余五个书名全为作者自拟。

> 将《石头记》再检阅一遍……因毫不干涉时世，方从头至尾抄录回来，问世传奇。从此空空道人因空见色，由色生情，传情入色，自色悟空，遂易名为情僧，改《石头记》为《情僧录》。东鲁孔梅溪则题曰《风月宝鉴》。后因曹雪芹于悼红轩中披阅十载，增删五次，纂成目录，分出章回，则题曰《金陵十二钗》，并题一绝云："满纸荒唐言，一把辛酸泪。都云作者痴，谁解其中味。"出则既明，且看石上是何故事。③

---

① 江苏社科院明清小说研究中心等编《中国通俗小说总目提要》，第1288—1327页。
② 参见一粟编《红楼梦书录》，上海：上海古籍出版社，1981，第60—67、58页。
③ ［清］曹雪芹著，无名氏续，中国艺术研究院红楼梦研究所校注《红楼梦》，第6—7页。

这里所引是通行版本的文字,只涉及四个书名,并无《红楼梦》这个名字。如果仅从脂本通行文字来看,似乎也并无太大问题。但若以甲戌本的异文来参考,便会发现这段文字其实有不够通畅之处。这正如同回稍前顽石见一僧一道之时,甲戌本较通行各本独多之四百二十九字一样。通行本的文字是:"一日,正当嗟悼之际,俄见一僧一道远远而来,生得骨格不凡,丰神迥异,来至石下,席地而坐长谈,见一块鲜明莹洁的美玉,且又缩成扇坠大小的可佩可拿。"①前半段是从顽石视角来写,故前一"见"为顽石所见,但接下来却硬生生转为僧道视角"见一块鲜明莹洁的美玉",而且这块美玉正是刚才的主动者顽石——这里还包含一个更可笑的错误,若不看程本的改动,一般人还很难发现这一点,程本将此句改为"来到这青埂峰下,席地坐谈。见着这块鲜莹明洁的石头,且又缩成扇坠一般"②:前面的通行文字说"来至石下",则此石仍然为女娲补天之"高经十二丈、方经二十四丈"的巨石,突然就"见一块鲜明莹洁的美玉",文理舛乱;程本修订者很细心地发现了这个问题,将"来至石下"改为"来到这青埂峰下",避免了这个矛盾。因此,尽管不同学者对甲戌本有着不同的看法,但对甲戌本独有的这段文字却基本承认当为曹雪芹原稿。

在《红楼梦》书名上,甲戌本也有两处独有的异文。一是在《情僧录》一名后又有"至吴玉峰题曰《红楼梦》"九字,在绝句之后有"至脂砚斋甲戌抄阅再评,仍用《石头记》"十五字③。对于这两句甲戌本独有之文字,学界看法不一。

首先,需要辨析甲戌本多出这两句是否为作者原文。其实,如前所述一样,此二句亦可从作品行文的语势来推断。我们应该注意到,"东鲁孔梅溪则题曰《风月宝鉴》"中有一"则"字,各本皆同,有此一字,与前文稍觉顿挫,这一顿挫若无甲戌本九字填入的话感觉尚不明显,若有甲戌本九字"至吴玉峰题曰

---

① [清]曹雪芹《脂砚斋重评石头记·庚辰本》,北京:人民文学出版社,2010,第5页。
② [清]曹雪芹《程甲本红楼梦》,北京:书目文献出版社,1992,第85页。
③ [清]曹雪芹《脂砚斋重评石头记·甲戌本》,北京:人民文学出版社,2010,第15—16页。

《红楼梦》"则语势尤显,因为"至"吴氏题为《红楼梦》,到孔氏方可云"则"。这绝非笔者吹求,仍如前例,我们在程本的改动中亦可看出程本修订者也发现了此字之顿挫,所以无论程甲本还是程乙本,都将此"则"字删去了①。事实上,公认与程本关系密切的甲辰本与梦稿本还均有此"则"字②,可知程本删去此字确有自己的考虑。

其次,再来考虑甲戌本独有的第二句话,"至脂砚斋甲戌抄阅再评,仍用《石头记》"十五字,这其实也应该为原有。因为原文从《石头记》开始,中间被不同的人改名,若无此十五字,则其名止于《金陵十二钗》,但我们看到的甲戌本则名为"脂砚斋重评石头记",这自然是一个很大的错位——在目前看来,除甲戌本外,其余所有《红楼梦》的版本都存在这样的错位,因为几乎所有版本都止于《金陵十二钗》,但其命名却或为脂本的《石头记》,或为程本的《红楼梦》,从未有以《金陵十二钗》命名者。然而,甲戌本有此一语,则前后照应,并无舛误。

因此,我们可以确定,这五个命名均为《红楼梦》原文,且在作者叙述此书来历时和盘托出,那么接下来我们就需要追问,为什么作者会给自己的作品设计出这么多的名字,这些命名是否蕴含了作者的某些叙事策略。

客观地说,第一种可能是,作者在这里只是故弄狡狯,甲戌本在此段之上有眉批云:"若云雪芹披阅增删,然后开卷至此这一篇楔子又系谁撰?足见作者之笔狡猾之甚。后文如此者不少。这正是作者用画家烟云模糊处,观者万不可被作者瞒蔽了去,方是巨眼。"③这是说正文中突然出现作者的所谓元叙事,即"雪芹披阅增删"的事,并非指这几个书名。当然,也可以延伸到对这几个书名的评判上。

---

① [清]曹雪芹《程甲本红楼梦》,第89页;《红楼梦》(程乙本),仓石武四郎藏本第一回第4叶A面。
② [清]曹雪芹《甲辰本红楼梦》,北京:书目文献出版社,1989,第35页;[清]曹雪芹《乾隆抄本百廿回红楼梦稿》,北京:人民文学出版社,2010,第4页。
③ [清]曹雪芹《脂砚斋重评石头记·甲戌本》,第15—16页。

事实上，仿效《红楼梦》的《儿女英雄传》也是这样理解的。其书第一回"开宗明义"即云："这部评话原是不登大雅之堂的一种小说，初名《金玉缘》，因所传的是首善京都一桩公案，又名《日下新书》。篇中立旨立言虽然无当于文，却还一洗秽语淫词，不乖于正，因又名《正法眼藏五十三参》，初非释家言也。后来东海吾了翁重订，题曰《儿女英雄传评话》。"①也是在开篇就列出四个书名来。甚至，其第一个名字《金玉缘》干脆用了《红楼梦》在清末坊间所改之名。当然，这里恐怕不只是名字的袭用，其书中两位女主角一名何玉凤，一名张金凤，《金玉缘》一名即取何、张二人之名，这一点颇类于前节所论《金瓶梅》式命名，因为同用主人公姓名而成，而且仅录女主人公之名，不过，鉴于清末坊刻《红楼梦》易名为《金玉缘》，则知其书从人物命名之构思已受《红楼梦》之影响了。但是仔细考察《儿女英雄传》会知道，其书前四个命名只是作者的游戏而已。我们看书前观鉴我斋序中便说此书名为《正法眼藏五十三参》，东海吾了翁《弁言》也说："是书吾得之春明市上，其卷端颜曰《正法眼藏五十三参》。初以为释家言，而不谓稗史也……易其名曰《儿女英雄传评话》，且弁数言于卷首云。"对其书名来历解释颇为清楚，但是，前篇署为"雍正阏逢摄提格上巳后十日观鉴我斋甫拜手谨序"，后篇署为"时乾隆甲寅暮春望前三日东海吾了翁识"，而小说大量提到《红楼梦》、《施公案》、《品花宝鉴》甚至《绿牡丹》等书，加之我们已经知道其作者为嘉庆至同治时期人，则知这两篇文字实为伪托，其所述书名的历变也便不可靠。那么，其书前四个书名只能以鲁迅所谓"多立异名，摇曳见态"来评价了。有趣的是，鲁迅同时还说其"亦仍为《红楼梦》家数也"②，可知鲁迅不但认为《儿女英雄传》多立异名源自《红楼梦》，同时也认为《红楼梦》前之异名并无深意了。当然，从鲁迅的创作经验来看，这种认识也是合理的，他的《阿Q正传》在开篇的小序中便讨论了列传、自传、内传、外传、别传、家传、小传、本传等八个可能的名称，但都被

---

① ［清］文康著，松颐校注《儿女英雄传》，北京：人民文学出版社，2014，第1页。
② 鲁迅《中国小说史略》，《鲁迅全集》第九卷，第279页。

顺手——否决掉①，但这八个名字本身对于《阿Q正传》而言却并没有叙事上的深意，只是顺笔对正史、神仙之类的讽刺罢了。

如果是这样，讨论的空间就大大缩小，因为在叙事世界中，作者或许并无深意地设置个小陷阱，这样的现象在叙事传统中确实也常可见到。但是，是否有第二种可能，即这里的书名与人名以及几个书名的沿递都有其创作历程的投影与叙事逻辑，笔者认为这应该是更大的可能，证明的关键便在《风月宝鉴》这个名字与相关的脂批上。

二、过渡中的《情僧录》与《风月宝鉴》

我们把《红楼梦》的异名分为两个部分，一是基本没有使用过的三个书名，然后是两个在流传过程中交替使用而为人熟知的两个书名，我们最后再讨论那两个常用的名字。

首先来看《情僧录》。

"空空道人因空见色，由色生情，传情入色，自色悟空，遂易名为情僧，改《石头记》为《情僧录》"，这个书名与后文要讨论的《石头记》逻辑是一样的，后名是因其书为石头所记，故名《石头记》，此处则由空空道人"记去作奇传"，而空空道人因此书参透世相，故自己易名情僧，则书名也由《石头记》变为《情僧录》。但是，《情僧录》仅仅是一个过渡性的书名，因为从原作的叙事逻辑来看，全书设定了一个神奇恍惚的叙事结构，无论这个结构是出于叙事艺术的匠心还是仅为避祸而施移花接木之计，总之，全书的叙事起点在于此书源起于大荒山无稽崖青埂峰下之石，那么，如何将石头所记之作品带回凡间问世传奇，自然要有交代，也就是需要一个过渡。空空道人的使命便是将此书从无稽之仙界拿回到人间，所以，他也必须要为此书命名，但其命名却并不重要，以至在甲戌本《凡例》探讨各书名时都没有提及它。当然，此名虽是过渡性书名，在

---

① 鲁迅《阿Q正传》，《鲁迅全集》第一卷，第512—513页。

整部作品中也仅此一见，后不复提及，但也不可否认此名有隐藏的深意。其一，以"情"为名，实合于此书所标示"大旨谈情"之主线，虽然这未必是全书真正的主线。其二，此名为空空道人"因空见色，由色生情，传情入色，自色悟空，遂易名为情僧"得来，细看此二十二字，读者会看出，这其实正是书中主人公贾宝玉一生之概括。宝玉在空虚之大千世界看到种种色相，是为"因空见色"；因此而触发无尽之情，施于黛、钗等人，是为"因色生情"；不但如此，还能以己之情体贴万物，即脂砚斋多处揭示本文末回"情榜"中宝玉之定评为"情不情"者，第八回宝玉摔杯时脂砚斋眉批便说"凡世间无知无识，彼俱有一痴情去体贴"①，即此"情不情"之意，是为"传情入色"；全书之末，宝玉悬崖撒手，庚辰本第二十一回有脂砚斋双行夹评云："宝玉有些世人莫忍为之毒，故后文方能悬崖撒手一回。若他人得宝钗之妻、麝月之婢，岂能弃而为僧哉。"②是为"自色悟空"。所以，此情僧即指宝玉，那么，可以考见，《情僧录》之名颇合于红学研究中的"自传""忏悔"诸说。

不过，不得不说，这个命名虽然从对贾宝玉的概括与对"大旨写情"的宣扬上看是很合适的，但似乎并非一个很合适的书名。最简单的原因便是，书虽为"情僧"所录，但作者也知道，这不过是为其叙事逻辑所设的过渡，真实的作者并非情僧，所以如此命名便落于虚假，因为情僧作为一个剧中人，仅在开头为联结作品出现一次，此后再未出现，以其为名，自然无法概括全书。更何况，以此为名，还会因"僧"尤其是"情僧"二字出现在书名中，会对读者造成误导，有兴趣翻开此书的人或许想在其中看到僧人情感的故事，其阅读期待不能得到实现，会降低对此书的评价；而此书的目标读者又因为书名非其所喜而对此书不屑一顾。

其次我们来讨论《风月宝鉴》。

在"东鲁孔梅溪则题曰《风月宝鉴》"之上，甲戌本有眉批云"雪芹旧有

---

① ［清］曹雪芹《脂砚斋重评石头记·甲戌本》，第248页。
② ［清］曹雪芹《脂砚斋重评石头记·庚辰本》，第468页。

《风月宝鉴》之书，乃其弟棠村序也。今棠村已逝，余睹新怀旧，故仍因之"，甲辰本亦有此批，只是改为了双行夹批①。这句脂批透露出极为丰富的信息。其一，我们知道曹雪芹曾写过名为《风月宝鉴》的书；其二，此书有曹雪芹之弟棠村所作之序；其三，棠村已经去世；其四，脂砚斋评点之时，看到原书此名，"睹新怀旧，故仍因之"，这里，"故仍因之"四字极为重要，这表明评点者对此书有删改的权力，这还不只是"次要作者"的增删改易之处，而是经过原作者默许的权力。这四个信息都很重要，我们先看第四点。

关于第四点，第十三回秦可卿的细节可做最佳的例证。甲戌本此回之末有眉批云"此回只十页，因删去天香楼一节，少却四五页也"，又云："秦可卿淫丧天香楼，作者用史笔也。老朽因有'魂托凤姐'、'贾家后事'二件，嫡是安富尊荣坐享人能想得到处？其事虽未漏，其言其意则令人悲切感服，姑赦之。因命芹溪删去。"② 即此可见评点者对作者及作品的影响之大。回到"故仍因之"之语，可以知道，评点者以《风月宝鉴》之名而思棠村，所以就暂且因袭此名而未改。从语气中可知评点者对《风月宝鉴》之名并不满意，本有删去的打算，但因其书原有棠村作序，棠村现在已经去世，便保留此名以为纪念。

由此可知，至少，《风月宝鉴》这个命名是有其叙事与成书的印记在里的，并非无中生有的产物。事实上，随着我们的仔细探讨，会发现这五个命名其实都有其存在的原因与逻辑，只是或许这种逻辑是极为私人化的，或者虽非私人化但其因由也已湮没于历史尘埃之中，未必能得到很确实的答案，但从小说写作之情形出发，仍能得到有价值的推考。

根据上面的第一点，我们知道曹雪芹原本写过一部小说名为《风月宝鉴》，凡例中又指出"又曰《风月宝鉴》，是戒妄动风月之情"，"又如贾瑞病，跛道人持一镜来，上面即錾'风月宝鉴'四字，此则《风月宝鉴》之点睛"，那么，《红楼梦》确实并非凭空杜撰了"风月宝鉴"这一命名，而且，不得不承认，今

---

① ［清］曹雪芹《甲辰本红楼梦》，第35页。
② ［清］曹雪芹《脂砚斋重评石头记·甲戌本》，第274页。

本《红楼梦》中,贾琏与多姑娘之类的故事均当为《风月宝鉴》的内容;那么是否《红楼梦》即是《风月宝鉴》呢?其实也不是,因为脂批说得很清楚,是曹雪芹"旧有"《风月宝鉴》之书,自然并非目前这一书。所以,只能认为曹雪芹把自己《风月宝鉴》的内容汇入了新的《石头记》之中,这也是红学界二书合成论的主流看法。当然,二书合成正如《离魂记》中两个倩娘合而为一的时候"衣裳皆重"一样,其书名自然便重复了,需要有选择,从《红楼梦》文本中我们可以看到,曹雪芹是选择了将自己此前作品的书名取消的做法,只是把这个名字作为纪念写到了全书开端的缘起之中,表示这部作品曾经有过《风月宝鉴》的阶段。

三、《金陵十二钗》

第三个我们来探讨一下《金陵十二钗》的命名。书中交代说"后因曹雪芹于悼红轩中披阅十载,增删五次,纂成目录,分出章回,则题曰《金陵十二钗》"。可以看出,这是作者曹雪芹对此书的新命名,然而,这个命名在《红楼梦》的流传史上与《情僧录》一样毫无影响,但如前所述,《情僧录》只是一种叙事上的过渡,倒也无可厚非,这个书名是曹雪芹所命,却仍然是这样的命运,这是颇不寻常的现象。联系到前面讨论《风月宝鉴》时对脂砚斋的讨论便可知,这个名字的昙花一现,很可能与脂砚斋有关。仅从小说原文看,通行本在曹雪芹题为《金陵十二钗》后,这段对书名的交代便结束了,这也就意味着此书的最后定名应当就是《金陵十二钗》,然而从未见有哪种文献以此为其书名,这里的关键便是甲戌本独有的"至脂砚斋甲戌抄阅再评,仍用《石头记》"十五字。也就是说,虽然作者曹雪芹将此来源复杂的作品"披阅十载,增删五次,纂成目录,分出章回"(从书中的叙事逻辑看,是书由石头所记,情僧抄回,再经吴玉峰、孔梅溪所改写,最后方由曹雪芹写定;从曹学研究的情况看,其书也很可能是曹氏数代人的创作),并为其定名《金陵十二钗》,但经脂砚斋重评之时,他仍然改用最初的书名《石头记》,这一改动不但体现在脂本系统中重要的早期三大抄本中（这三大抄本的初抄年代均在曹雪芹逝世以前），而且也成为其他脂本书名的惯例。

　　脂砚斋或许并不喜欢这个书名，他在凡例中对四个书名均进行了讨论，但显然另外三个书名都是客观介绍，唯有对这个书名却进行了指责："然此书又名曰《金陵十二钗》，审其名则必系金陵十二女子也。然通部细搜检去，上中下女子岂止十二人哉？若云其中自有十二个，则又未尝指明白系某某，及至'红楼梦'一回中亦曾翻出金陵十二钗之簿籍，又有十二支曲可考。"这些批评之词全无道理，因为名为《金陵十二钗》，未必就一定要有十二个金陵女子；更何况评者说"未尝指明白系某某"，这就益加有吹求之嫌了，因为在第五回宝玉游幻境时写其先看又副册，只看了二人（晴雯、袭人），再看副册，只看了一个（英莲），接下来看的是正册，把全部十二人全都列出了，第一首诗是薛、林二冠合传，脂砚斋还怕读者不解，在"可叹停机德"句下批云"此句薛"，在"堪怜咏絮才"句下批云"此句林"，凡例中却毫无道理地指责"未尝指明白系某某"，脂砚斋对《金瓶梅》相当熟悉，曾指出《红楼梦》的写作"深得《金瓶》壶奥"，难道可以指责《金瓶梅》一书中之女性不只此三人而遂改其名乎？

　　事实上，《金陵十二钗》这个名字确实当与以《金瓶梅》为代表的艳情小说有关。曹雪芹对于丽情小说与艳情小说以及才子佳人小说都是非常熟悉的，其在小说开篇时有一段话："历来野史，或讪谤君相，或贬人妻女，奸淫凶恶，不可胜数。更有一种风月笔墨，其淫秽污臭，屠毒笔墨，坏人子弟，又不可胜数。至若佳人才子等书，则又千部共出一套，且其中终不能不涉于淫滥，以致满纸潘安、子建、西子、文君，不过作者要写出自己的那两首情诗艳赋来，故假拟出男女二人名姓，又必旁出一小人其间拨乱，亦如剧中之小丑然。且鬟婢开口即者也之乎，非文即理。"①一般会认为这是一段笼统的话，其实并非如此，这里的话都是有针对性的。"历来野史"中的"野史"，其实指的是明末清初多以"野史"为名的艳情小说（参本章第一节），所谓"讪谤君相"，自然指那些以武

---

① ［清］曹雪芹著，无名氏续，中国艺术研究院红楼梦研究所校注《红楼梦》，第5页。

则天、杨贵妃等人为主角的艳情作品;"更有一种风月笔墨"则指大多数艳情小说如《浪史》《肉蒲团》之类刘廷玑认为"流毒无尽"的作品甚至《宜春香质》《弁而钗》之类当"尽付祖龙一炬"①的作品;而"佳人才子"自然指《玉娇梨》等才子佳人小说;"终不能不涉于淫滥"者,则指那些以才子佳人始,却以艳情终的作品;至于"鬟婢开口即者也之乎,非文即理",却当指明代中后期产生的丽情类作品。

在《金陵十二钗》这个名字上,我们可以用三部作品来论。

一是明代中后期的丽情小说《天缘奇遇》,正如第三章第四节及本章第一节所论,此作影响了其后大量的丽情小说及艳情小说,而也通过这些作品影响到了《金瓶梅》,甚至《红楼梦》。而这也正是曹雪芹所说初以才子佳人为外衣却"终不能不涉于淫滥"并"鬟婢开口即者也之乎,非文即理"的文言小说作品。此书主人公祁羽狄最终浩然而归后"又娶美姬二人,曰碧梧、曰翠竹,及丽贞、玉胜、晓云等共十二人,号曰'香台十二钗'"②,这是在小说中第一次出现将十二名女子名为"××十二钗"的例子,这对熟悉这类作品的曹雪芹来说,自有取法的可能。

二是雍正年间的艳情巨著《姑妄言》,其书第十七回写道:"童自大跟着这些媒婆各处相看了许多,只拣了十个,他暗算道:'我听见人说金钗十二,我家中有一双。带这十个,岂不是十二了。'"《姑妄言》一书虽向未刊行,且流传极罕,但学界多有学者论其与《红楼梦》之间的密切关系③。如果二曹确有密切关系,则曹雪芹的"金陵十二钗"当与《姑妄言》有关。

三是《金瓶梅》。但这与前两种作品不同。本章前两节已经探讨了《金瓶梅》式命名的思路与影响。《红楼梦》在写作上受《金瓶梅》之余荫亦为学界公认之事,然正如前文所云,《红楼梦》的产生恰恰打断了《金瓶梅》式命名

---

① [清]刘廷玑撰,张守谦点校《在园杂志》,第84—85页。
② [明]赤心子、吴敬所编辑,俞为民校点《绣谷春容》(含《国色天香》),第333页。
③ 详参傅憎享《雪芹脂叔去晶姑妄言》,《保定师范专科学校学报》2004年第3期;王永健《〈红楼梦〉与〈姑妄言〉》,《东南大学学报》2005年第3期。

在清初世情小说中的脉络。但这种打断并非表面上那样干脆。表面上看，此书或《石头记》，或《红楼梦》，均与《金瓶梅》式命名无关，但实际上作者曹雪芹所题之名还是遵循了《金瓶梅》式命名的特点。其一，《金陵十二钗》与《金瓶梅》一样，都是由人名群体构成，并且除了人名群体外不加任何体字，虽然构成方式并不相同，但与《三国演义》、《水浒传》、《西游记》、《醒世姻缘传》、《姑妄言》以及《儒林外史》乃至于《石头记》、《红楼梦》都不相同，应该说，中国章回小说命名史上，除《金瓶梅》式命名及其流风所及者之外，甚少这样以作品中特定人物群体组合为书名的例子——《儒林外史》《女仙外史》之类的书名暂且不论其后之体字，仅其前的"儒林"与"女仙"就并非特定群体，所以与《金瓶梅》式命名并不同类。其二，更重要的是，《金陵十二钗》也仿拟了《金瓶梅》的命名思路，用作品中主要的女性为名，却把最核心的男主人公排除在命名之外。从这两点看，《金陵十二钗》确实是从《金瓶梅》式命名中脱化而来的。当然，也应该指出，《金瓶梅》式命名最鲜明的特点是直接由作品人物的姓名来组成，这一点《金陵十二钗》与之不同，这当然或许与《红楼梦》核心人物太多、无法取舍有关。但通观中国章回小说的命名，这并不能否认《金陵十二钗》与《金瓶梅》式命名的关系。

事实上，《金陵十二钗》这个书名或许还有其他寓意。比如说，这很可能是曹雪芹改名时对此书最初之名的呼应，因为最初的书名是《石头记》，"石头"当然指的是那块女娲炼成的仙石。但从曹氏家族的历史事实来看，其数代就任江宁织造，与南京有着密切的关系，周春（1729—1815）《红楼梦约评》便指出"开卷云'说此《石头记》一书'者，盖金陵城吴名石头城，两字双关"[①]；从《红楼梦》的文本来看，作者反复声明"不敢干涉朝廷"，为此连地名都"特避其东西南北四字样"，"不欲着迹于方向"，在行文中亦多次顾左右而言他，如两位仙人要把石头携往"那昌明隆盛之邦，诗礼簪缨之族，花柳繁华地，温柔富贵乡去安身乐业"，石头问"携了弟子到何地方？望乞明示，使弟子不惑"，

---

① 朱一玄编《红楼梦资料汇编》，天津：南开大学出版社，2001，第567页。

"那僧笑道：'你且莫问，日后自然明白的'"，但却明确地把宁、荣二府即全书故事的重心放了金陵，第二回"演说荣国府"时贾雨村说："去岁我到金陵地界，因欲游览六朝遗迹，那日进了石头城，从他老宅门前经过。街东是宁国府，街西是荣国府，二宅相连，竟将大半条街占了。"① 这句话中还特意点出了"石头城"。可以看出，作为作家情感寄托与文化认同的金陵已经成为《红楼梦》的主要意象。在这种情况下，《金陵十二钗》中"金陵"二字自然与《石头记》中的"石头"二字建立了内在的关联。所以，作者于此名亦煞费苦心，既遵《金瓶梅》之轨范，又循《石头记》之故辙，可惜脂砚斋将此名完全抹杀，后人亦不知此名之含义，其名遂成为与《情僧录》一样的点缀性命名了。

四、《石头记》与《红楼梦》的竞争

先探讨一下《石头记》，此名最易理解，因托为石头所记之故，所以空空道人在看石头上所书之事时，作品直接就点出了《石头记》之名，甲戌本侧批云"本名"，亦指出此意。甲戌本在绝句之后有"至脂砚斋甲戌抄阅再评，仍用《石头记》"十五字，也表明此书流传过程中，书名也因各种原因而有更改（或许所改正是前五个书名的逻辑），但至甲戌年（1754），脂砚斋重评时仍然使用了最早的原名，这也应当是几种重要脂本全以"石头记"为名的原因。通过下文对另几个书名的探讨，我们会发现，正是评点者脂砚斋最后选择了"石头记"的书名，成为此书相当长时期中的代表性符号。

再看一下《红楼梦》这个名字，就是被其他各本删去的"至吴玉峰题曰《红楼梦》"这条线索。甲戌本虽然最终选择了《石头记》为名，但它仍然是脂本系统中最重视《红楼梦》这一书名的版本，主要是脂本系统中除了甲辰本、梦稿本及舒序本几种与程本关系密切的版本外，余者均以《石头记》为名，书

---

① ［清］曹雪芹《脂砚斋重评石头记·甲戌本》，第2—3页；［清］曹雪芹著，无名氏续，中国艺术研究院红楼梦研究所校注《红楼梦》，第3—4、26页。

中几乎没有出现以《红楼梦》为名的痕迹。有学者指出己卯本第三十四回末有"红楼梦第三十四回终"的字样（后还有"第三十四回评"的字样），但此实不足据，以其字迹非但与正文抄写者不同，且十分拙劣（第三十二回之末亦有"第三十二回评"的字样，字迹与前同）①，或为后人所加。事实上，要证明这九字非己卯本原有也很简单，笔者将己卯本全部翻检一遍，知此本并无某回结束后以"×××第××回终"的体例，也就是说，现在所存己卯本全部四十余回中，仅此一例回末有这样的字样，可信度极低。也有学者指出庚辰本第二十五回的回目为"红楼梦通灵遇双真"，算是提及书名，其实，"红楼梦"三字在所有《红楼梦》文本中出现次数并不少，如第五回回目大部分版本都有"红楼梦"三字，只是位置与搭配不太相同②，正文中也有《红楼梦》曲，亦有"因此上，演出这怀金悼玉的《红楼梦》"的唱词。这里的"红楼梦"均指其中的唱词，从逻辑上看，如果其书未以"红楼梦"命名，则不应将此数处所提视为点题。因此，正如前文所及，脂本系统中，最重"红楼梦"之名者，非甲戌本莫属了。就连凡例的第一则都以"《红楼梦》旨意"称之，且云"是书题名极□□□□□梦是总其全部之名也"，此句中间缺字不同的学者有不同的拟补之字，但"梦"前一般都会补"红楼"二字，可知甲戌本抄评者其实是认定此书名为《红楼梦》，并认为这是统摄全书的命名。

那么，甲戌本为何如此重视《红楼梦》，或许答案便在其独有的"至吴玉峰题曰《红楼梦》"九字中。"吴玉峰"究竟是何人据现在文献资料而言已经无法查考，有学者猜测是"吾欲疯"的谐音，进而指认是被雍正皇帝快要逼疯的曹頫；还有学者认为这里的吴玉峰指吴地昆山（玉峰）人吴梅村（而且，吴玉峰、孔梅溪、棠村三名确实可以拼合出"吴梅村"三字），这些研究都很有趣，但从严肃的研究角度来看，恰如《红楼梦》中林黛玉猜谜之答案——"虽善无征"，或者如胡适所批评的，都是在猜谜。

---

① ［清］曹雪芹《脂砚斋重评石头记·己卯本》，北京：人民文学出版社，2014，第759、720页。
② 参见［清］曹雪芹原著，脂砚斋重评，周祜昌、周汝昌、周伦苓校订《石头记会真》第一册，郑州：海燕出版社，2004，第515页。

依据目前《红楼梦》的文本及脂砚斋批语等文献，我们只能认定，吴玉峰一如此前所及的孔梅溪，当是一个化名，但这个化名却绝非全无依托，他应该也代表了此书流传过程中的某个阶段，正如孔梅溪的《风月宝鉴》，既为作者自己曾经的作品立此存照，也为已经去世的弟弟留下一个纪念。从这个角度来看，吴玉峰为此书命名一定在曹雪芹之前，很可能是他的父辈或长辈，前述猜测吴玉峰或当为曹頫应该说有一定道理，只是这仍然只能是猜测，因为没有文献可以证实。另外，依"东鲁孔梅溪"的例子看，"东鲁"与"孔"有相关性，是否可以推测令题名《红楼梦》的人姓吴也或许与吴地有关呢？

其实，从多个角度看，其人为评点者脂砚斋的可能性或许更大。从外证看，据脂批可以推测评点者很可能是作者的长辈，所以才可能"命芹溪删去"某些情节；从内证看，只有甲戌本有"至吴玉峰题曰《红楼梦》"九字，且在前面的凡例中还称《红楼梦》为"总其全部之名"，可以看出正是此评本全力推出《红楼梦》之名。但这或许是一个复杂的过程，在抄评定稿之时，他虽然把自己所命之题写进了缘起，并在凡例中反复强调，但最后还是回归源头，并交代说"至脂砚斋甲戌抄阅再评，仍用《石头记》"。甲戌本的底本是现在所知最早的脂评本，之后的己卯本、庚辰本等脂本均依其"仍用《石头记》"之定例，删去了"至吴玉峰题曰《红楼梦》"九字，甚至连此前为《红楼梦》张本的凡例也都删去了——从这个意义上说，甲戌本其实很像是《红楼梦》版本中的一个过渡形态的化石。

当然，以上所讨论的只是何人在何种情况下要将《红楼梦》作为全书总名的问题，事实上，全书的作者（无论是主要作者还是次要作者）已经把《红楼梦》作为备用书名之一了，这一点在此前提及的《红楼梦》曲子中便可看到，因为如果没有以此为书名的想法的话，以"红楼梦"为曲名并有"演出这怀金悼玉的《红楼梦》"之唱词，也就不大合理了。

虽然前文分析了《红楼梦》的五种命名，但在真实的文本中存在过并且一直产生影响的命名只有《石头记》与《红楼梦》这两个，这两个命名的消长更迭是研究小说命名与小说接受的最佳样本。

红学界对这两个命名的态度差异极大。大部分学者认为原名当为《石头记》，周汝昌先生说"'红楼梦'却是后来程、高伪本的改变。为尊重作者批者的愿意，不用'红楼梦'三字，以严真伪区分"[1]，是这一观点的典型代表。当然，也有不少学者有恰恰相反的看法，认为《红楼梦》才是原名，而且是内涵更丰厚的命名。两种看法都有道理，但这种非此即彼的思维似乎也可商榷，通过上文的梳理，我们会发现，这两个名字或许均在作者的规划之中，似不应简单判定何者为真、何者为伪。当然，我们不得不承认，此书在流传的过程中，不少次要作者对全书书名的选择产生了影响，作者对作品命名的倾向性并未成为历史的最终选择，这颇有点类似于此前第二章第三节所论《子不语》书名演变的情况。

不过，《石头记》与《红楼梦》二名之争颇有可论。

首先，据本书此前所论，《石头记》其实是以《西游记》为代表的典型记体命名，而记体命名有其内在的渊源。根据前文对明代小说命名之体字统计可知，"记"体多为神魔小说命名所用，《红楼梦》作为一部世情小说，以此"字"为"姓"实并不妥当。更何况，在这个命名中，"记"字如何定位还存在模糊甚至尴尬之处，也就是说，究竟是石头所"记"还是石头之"记"，即"记"究竟是体字还是动词。与《西游记》这样典型的记体书名相比，"西游"是记录的对象，故"记"为体字，但在《石头记》的书名中，石头是记录的对象还是记录的主体呢？这个疑问或许恰好隐含着作品内在的叙事逻辑，这个逻辑却无法被《石头记》这个书名所展现。而《红楼梦》之名则体现了对传统命名体制的突破，不为"演义""传""记""史"之类命名所囿，创造出新的命名传统来。

其次，仍据本书此前所论，中国古代小说的命名，尤其是世情小说的命名，从话本小说集开始，经由《金瓶梅》而至《红楼梦》，一直都在走寓意化的道路。此前的《三国演义》《水浒传》《西游记》及以其为代表的大量作品，其命

---

[1] 参见［清］曹雪芹原著，脂砚斋重评，周祜昌、周汝昌、周伦苓校订《石头记会真》第十册，第897页。

名都是描述性的，但从《喻世明言》《拍案惊奇》《清夜钟》《鼓掌绝尘》等话本小说以及《金瓶梅》之类世情章回小说，都开始使用寓意化的书名——其中的《金瓶梅》如果仅从潘、李、庞三人姓名来理解，也可以认为是描述性的，但正如此前所论，此名绝不应该这样简单理解，它还组成了可与叙事世界互证的意象，所以可以将其看作描述与寓意性命名的中间形态。

所以，暂且不从仁者见仁、智者见智的优劣出发去判断二名的好坏，而从中国命名史的发展去看二名之所归，便可知道，《红楼梦》一名成为此书的代表性命名并非偶然。

第六章 小说命名的共时性研究

前面四章主要从历时性角度对中国古代的文言小说与白话小说命名进行了探讨,本章则从共时性的角度来试探中国古典小说一些有关命名的共通规律。

第一节　中国文言小说命名"怪""奇"考

在导论中我们已经提起过小说书名中的"谱字",本节就讨论古代文言小说集中使用最多的"谱字"。

一、宋前文言小说集"怪""异""神""仙"考

我们可以朱一玄、宁稼雨、陈桂声三位先生编著《中国古代小说总目提要》为样本进行一个统计,之所以选择此书为样本,主要考虑到这样几个因素:一是此书所收名目较多,据其《凡例》统计,文言小说部分"计收正名二千一百九十二种",此数量其实比石昌渝先生主编《中国古代小说总目·文言卷》的二千九百零四种要少;但这又涉及本书的第二个因素,即其是以作品成书时间为序编排的,利于统计,而石目则以音序为目,完全打乱次序,查阅易行,统计为难。

	异	怪	神	仙	冥	鬼	合计
唐前共185种	31	13	18	7	6	5	80
唐代	31	8	12	14	5	2	72
合计	62	21	30	21	11	7	152

上表所统计者，均不含异名及小说集中单篇之名。其中，唐前部分共计一百八十五种（此数字并不精确，因为欲除去单篇之名，但有时未能除去，故真实数字要少于此），而唐代部分则未列总数，是因为唐代有大量单篇作品行世，另外朱一玄等所编此书在著名作品集下又往往为此书中名著单独列目，剔除为难，故不统计。然从文言小说集的数量上来说，二者其实大体相当。

从上表的统计可以看出，文言小说集的命名一直到唐末，除体字外，使用频率最高的莫过于怪、异、神、仙数字了。就以唐前为例来看，以"异"字为名的作品集有三十一种，占总数的百分之十七，数量居于绝对的领先位置；此后，"神"字为十八种，亦占比十分之一；"怪"字有十三种，也超过了百分之七。而且，此六字合起来的数量达到八十种，接近全体的半数，这确实要算是非常大的比例。同时，唐代的数量亦与唐前接近。

而且，以上统计还可分为三类来看，即"怪""异"为一类，"神""仙"为一类，"冥""鬼"为一类：这三类恰可将文言小说作品按叙事世界的层次划分为仙界、人间与鬼域三重。

神仙信仰是中国文化中最独特的存在。这种使人脱离凡人局限而成为长生久视、独与天地往来之精神性追求既成为中国古代许多人的追求，同时又并未成为宗教信仰的对象。这加上道教的称道灵异、皇帝求仙的推波助澜，可以说激发了文学艺术上长久的创造力，尤其是在叙事文学世界的开拓上贡献良多。所以，不得不说，神仙是中国文言小说起源时期最常见的题材。一部《太平广记》，前五十五卷为"神仙"，甚至接下来的十五卷又为"女仙"，加上后边又有二十五卷"神"，可见中国人对于神仙的感情。所以，在唐前全部的一百八十五种作品中，共有二十五种以"神"或"仙"或者"神仙"命名也就可以理解了。

如果说神仙是超脱的形而上存在，是人们对于长生的渴望，那么鬼的观念则体现着人们对于死亡的恐惧。中国早期文言小说却同时把笔触朝向了对于鬼的描写。同样在《太平广记》中也录了四十卷鬼的故事，在上面的统计中，以"冥"与"鬼"为名者十一种，数量不算多，但比起其他字的使用，已经形成某种气候了。另外，也不得不说，在"怪"和"异"的部分，也有相当部分的内容是对于鬼怪的渲染。

相对于神仙与鬼魂，普通人生活中的怪异现象也许更符合文言小说的最初定义，即街谈巷议之丛残小语。也正因如此，文言小说集命名中使用最多的是"怪""异"组合，这在上面的统计中占了四十四种，已接近唐前全部文言小说集数量的四分之一。

除此之外，从这个统计中还可以总结出有趣的规律。

第一，在唐前的统计中，以"怪"为名者十三种，其中竟有十种以"志怪"为名，还有一种叫"怪异志"，只是将"志怪"二字分开而已。这自然是受到"齐谐者，志怪者也"的影响而产生的现象。

第二，唐前统计中，以"仙"为名的七部作品全以"传"字为体字，以"神"为名的十八种作品中，以"记"为体字者六部，以"传"为体字者五部。这表明，写神仙的文言小说集仍多为神仙传记。

第三，唐前统计中，比较有趣的是"冥"这个字。虽然主要描写阴间世界，但由于"鬼"字太过于刺眼，所以很多作者更倾向于这个"冥"字，既表明了对象，又比较蕴藉。而使用"冥"字为名的作品均全部以"记"为体字。

第四，唐前统计中，使用"异"字为"谱字"的作品中，有十一部以"记"为体字，而七部以"传"为体字。这自然也符合纪传体对其所产生的影响。但到了唐代，三十一部以"异"为书名者，用"记"的达到了十三个，用"志"的也上升到了六个，而使用"传"字的却只剩下一个。这其实也很容易理解，那是因为唐代传奇的发达，大部分传奇都以"传"名，而传奇在此时也与志怪类小说划清界限，所以在志怪小说集中，便少有以"传"为名者了。

第五，唐代的统计中，以"怪"为名者又不采用"志怪"的命名方式了，在以"怪"为名的八部作品中，仅有一部名为"神怪志"，却有六部以"录"为名。前文已经探讨过,"录"其实是"志"的一种替代形式,但由于"志怪"意味太明显,已经要成为一种文体了,所以直接使用便不妥当。小说作家便不约而同地使用了这个替代的字。

中国古代小说与西方叙事文学从艺术营构方面最大的不同或许就是两种叙事传统与现实的关系:西方小说遵循亚里士多德(Aristotle,前384—前322)的"模仿说",竭力于艺术中再造一个现实;而中国小说恰恰相反,小说家们总是希望在普通生活之外寻找奇幻的表现。这可以说是整个中国小说的共性,而文言小说是这种共性最早的执行者,所以,中国早期小说命名喜欢以"异"、"怪"及"神"、"仙"命名,其实正是这种共性的反映。

二、《太平广记》命名小探及其对小说命名的整齐

据前文的数据可知,中国小说以"异"为名者最多,甚至此类亦最喜以"记"为体字:仅前表所列,唐前十一部,唐代十三部,计二十四部,数量确实不少。事实上,还有一部囊括唐前与唐代文言小说大成的书,亦与此二字有关联,那就是《太平广记》。

此书得名似乎很简单:"因为成书于太平兴国年间,和《太平御览》同时编纂,所以名为《太平广记》。"① 但其实或许并非如此。钱锺书《管锥编》提出了疑问:

> 书仅冠以李昉等《表》,无序例可按,殊难窥其命名与取舍之故。"太平"易了,"广记"则不识何谓。《引用书目》有《广异记》;顾况作《戴氏〈广异记〉序》(《全唐文》卷五二八),历举汉、晋以还志怪搜神之著,"蔓延无穷",直可移为本书序例。《广记》殆名本《广异记》而文从省乎?抑晚唐人撰《卓异记》,流俗以之属李翱者,亦列《引用书目》中;其自序

---

① 参见〔宋〕李昉等编,汪绍楹点校《太平广记》,序言第1页。

（《全唐文》卷六三六）云："广记则随所闻见，杂载其事，不以次第。然皆是警惕在心，或可讽叹；且神仙鬼怪，未得谛言。非有所用，俾好生不杀，为仁之一途，无害于教化。故贻谋自广，不俟繁书，以见其意。"则《广记》之称，或兼"载事"与"贻谋"之"广"乎？①

对一般人来说，这个名字似乎很好理解，但钱锺书先生并不满足于普通的理解。他试做了两个解释。一是源于唐人戴孚（757年进士）《广异记》，此书原本据作者同年进士的顾况《戴氏〈广异记〉序》云"此书二十卷，用纸一千幅，盖十余万言"②，原书早佚，但《太平广记》录存极多，"引文凡三百一十三条，征引之众，仅次《酉阳杂俎》"，则反要据《太平广记》了解此书情况，李剑国先生评其"所载天地奇异，包罗广博，宜乎名《广异》也。其中神仙、冥报、狐、鬼、虎事最众"③。与《太平广记》对应来看，正如钱锺书先生所言顾况序对戴书的概括"直可移为本书序例"，说明二书内容相类；具体来说，前边已经提及，《太平广记》神仙类最多，达五十五卷，加上女仙类十五卷，共计七十卷，鬼四十卷，报应类三十三卷，狐九卷，虎八卷，与李剑国先生描述之《广异记》基本吻合。

李昉等人编《太平广记》时，此书原书尚存，李昉不但将此书列入引用书目，而且收录三百余条，可知对此书相当熟悉且重视。因此，其名称或与此书有关，即遵《太平御览》之轨则，以"太平××"为题，又欲袭《广异记》之迹，故隐此"异"字，借其"广记"二字以为名。这一点还可从钱锺书先生下一条解释得到佐证。

晚唐人所撰《卓异记》一书也名列《太平广记》的引用书目中④，其自序也

---

① 钱锺书《管锥编》，北京：中华书局，1996，第639页。
② 丁锡根编著《中国历代小说序跋集》，第76页。
③ 李剑国《唐五代志怪传奇叙录》，第465、488—489页。
④ 按：此书作者历来有李翱与陈翱二说，然正如《四库全书总目》所言，"李翱为贞元、会昌间人，陈翱为宪、穆间人，何以纪及昭宗，其非李翱亦非陈翱甚明"，其实，《宋史·艺文志》（卷二百六）录为"陈翰"，或为编《异闻集》之陈翰所撰。

提到"广记"二字，钱锺书先生引为"广记则随闻所见"，实断句有误，"广记"二字当属前，原文如下："洎正人硕贤，守道不挠；立言行己，真贯白日。得以爱慕遵楷，其奸雄之迹，睹而益明。自励广记，则随所闻见；杂载其事，不以次第。"①但无论如何，作者作此书确有"广记"之意。与李昉几乎同时代的乐史（930—1007）对《卓异记》一书颇感兴趣，他曾撰《续卓异记》三卷，后来又"自汉魏已降，至于周世宗，并唐之总为一集，名曰《广卓异记》"②，对前书之"广记"再增广之。乐史此书的修成应该稍微晚于《太平广记》，但此书对于《卓异记》的续、广也可见一种时代倾向，则此书之名对于《太平广记》最后定名或亦有影响。

钱氏所举二证虽不能定论，然皆有道理。这样来看，则所谓"太平广记"实为"太平广异记"。当然，如果从李昉等《太平广记表》所言"伏惟皇帝陛下，体周圣启，德迈文思；博综群言，不遗众善。以为编秩既广，观览难周；故使采摭菁英，裁成类例"，其"广"字即"编秩既广"也，其"记"字即"采摭菁英，裁成类例"之谓，亦可通。但此表还有"六籍既分，九流并起。皆得圣人之道，以尽万物之情"之句，颇同前举《戴氏〈广异记〉序》与《卓异记》序，只是更含蓄雅致一些。

如果仅从题目来推测其间隐含了一个"异"字似乎还多推测成分，但若从《太平广记》全书五百卷所收类别来看，则可以坐实这一判断了。全书共九十二个大类，看看这些类别中卷数较多者：神仙五十五卷、鬼四十卷、报应三十三卷、神二十五卷、女仙十五卷、定数十五卷、畜兽十三卷、异僧十二卷、再生十二卷、草木十二卷、征应十一卷、妖怪九卷、狐九卷、水族九卷、龙八卷、虎八卷、梦七卷、昆虫七卷、异人六卷、精怪六卷、道术五卷、方士五卷，这些就占了三百二十二卷，其他写蛇、写鸟、写冢墓、写幻术、写妖妄也甚多，可以说，此书基本都是征奇谈异之事，则其题目若有"异"字，不亦宜乎？

---

① ［清］董诰等编《全唐文》，第6424页。
② ［宋］乐史《广卓异记》，《续修四库全书》史部第87册，上海：上海古籍出版社，2002，第522页。

这虽然只是一个个例，但由于《太平广记》的总结性意义，我们也可以将此视为唐前小说的总体特征。

当然，与其总名不同，《太平广记》对具体作品的篇名却有巨大的改动，每一次集大成文献的编纂同时也会带来传世文献存世样貌的更革，有正面的，也有负面的，或失传，或失真。就宋前文言小说的标目而言，《太平广记》的编成其实打断了传统小说的制题史①，因为编者在将原书篇目分类收入其书时，或给原无标题者加上标题，或将原有标题者改换标题，总之，《太平广记》中小说的标目全为人名，这其实是对史书纪传体命名体制的回归。

有这种变化当然也可以理解，这与《太平广记》编纂的性质也有关系。此为奉诏所修，修此书的十三人全部参加了另一部大书《太平御览》的编纂，其主要人员后来又继续参加了《文苑英华》的修纂。可以说，这些主持者均是当时知名的文士，所修之书又均为奉诏编纂，所以有极强的官方色彩。那么用各种方法使这部小说总集显得更严肃便是一个不得不考虑的问题（事实上，这并非后人臆测，《玉海》卷五四便记录了此书刻版后"言者以为非学者所急，收墨板藏太清楼"的事②）。于是，将纳入此书的标题进行史传化改编也成为应有之义了。

这种变化会改变正常小说标目的肌理。比如卷四六七收入《李汤》一条，此名完全没有反映出这篇小说的叙事焦点，只是随便按史传之例安名而已。此类例证甚多，不再枚举。

三、志怪、传奇二体之异

从前论可知，中国文言小说的命名以及叙事之中，"异"字占有极大的比重，但仔细考察，我们会发现，"异"在文言小说的命名中，其实还有细微的分

---

① 关于此点，请参见李小龙《中国古典小说回目研究》第一章第四节的相关论述，第 55—69 页。
② ［宋］王应麟辑《玉海》，南京：江苏古籍出版社、上海：上海书店，1987，第 1031 页。

化，即分出"怪"与"奇"二类。

据本书导论中所引明人胡应麟的分类方法，中国古代的文言小说可以分为六类，其中前两类是当下学界最认可的两类，即志怪与传奇。实际上，如果仅从语言角度来看，这两类的名称其实是一样的。对于这两个名字，我们可以分别来看。

志即"识（誌）"。《国语·鲁语下》："仲尼闻之曰：'弟子志之，季氏之妇不淫矣。'"①则此字实为记录的意思，即便是本书第一章所论文言小说之名多出于《史记》诸体，后世之"志"亦出于"书"体所衍生者，其实史书此体亦从记录之意来。而"传奇"之"传"其实源自《史记》诸体中的列传，则其当读为"传记"之"传"而非"传承"之"传"②，则其仍为记录之意。再看"怪""奇"二字。怪，《说文解字》云"异也，从心，圣声"③，《论语·述而》"子不语怪力乱神"句何晏（？—249）集解引王肃（195—256）注为"怪异"④，则知"怪"字皆训为"异"，而《文选》扬雄（前53—18）《羽猎赋》"怪物暗冥"句吕向（？—742）注云"怪，谓奇怪之物"⑤，《上林赋》云"追怪物"，李善（630—689）注引张揖曰"怪物，奇禽也"⑥，均以"怪"与"奇"互释；至于"奇"字，《说文解字》仍以"异也"为训⑦，《汉书·五行志中之上》"龙奇无常"句颜师古（581—645）注引应劭（约153—196）云"奇，奇怪非常意"⑧，而《淮南子·主术训》也直接说"珍怪奇物"⑨，亦可知"奇"与"怪"可互释，并且一统于"异"。则仅从语言角度看，奇、怪二字其意实同。所以，志怪与传

---

① 徐元诰撰，王树民、沈长云点校《国语集解》，第198页。
② 李剑国《唐稗思考录》亦曾提及此一看法，参《唐五代志怪传奇叙录》，第6页。
③ ［汉］许慎《说文解字》（附检字），第220页。
④ 黄怀信主撰，周海生、孔德立参撰《论语汇校集释》，第620页。
⑤ ［梁］萧统编，［唐］吕延济、刘良、张铣、吕向、李周翰、李善注《日本足利学校藏宋刊明州本六臣注文选》，北京：人民文学出版社，2008，第141页。
⑥ ［梁］萧统编，［唐］李善注《文选》，第372页。
⑦ ［汉］许慎《说文解字》（附检字），第101页。
⑧ ［汉］班固撰，［唐］颜师古注《汉书》，第1366页。
⑨ 何宁《淮南子集释》，第649页。

奇二词的语义其实并同。

但若仔细区分，则会发现"怪"与"奇"还是有不同。"怪"更倾向于不可知世界发生之事，在人类逻辑之外者；而"奇"则发生于人类世界之中，只是较少发生而已。或者说"怪"在感情色彩上更倾向于可怕的"异"，而"奇"则在感情色彩上更正面。比如说将此二字分别与相同的字组词便可感受出其不同之处，如"怪兽"与"奇兽"，感情色彩便有差异。

我们可以举例来对比。如《后汉书·隗嚣传》云："望闻乌氏有龙池之山……其傍时有奇人，聊及闲暇，广求其真。"① 相对应我们再看《晋书·郭璞传》云："案《周礼》，奇服怪人不入宫，况谷妖诡怪人之甚者。"② 这两则文献前云"奇人"，则有得道真人之意，而后云"怪人"，则情感倾向上明显是一种负面判断。再如《后汉书》卷二十九《方伎传》后之评云："华佗之医诊，杜夔之声乐，朱建平之相术，周宣之相梦，管辂之术筮，诚皆玄妙之殊巧、非常之绝技矣。昔史迁著扁鹊、仓公、日者之传，所以广异闻而表奇事也。故存录云尔。"③《金楼子》卷五云："余丙申岁婚，初婚之日，风景韶和，末乃觉异。妻至门而疾风大起，折木发屋，无何而飞雪乱下，帷幔皆白，翻洒屋内，莫不缟素，乃至垂覆阑瓦，有时飞堕。此亦怪事也。"④《后汉书》所载皆华佗等人之伎艺，自为"正向"之"异"，故云为"奇事"；而《金楼子》所录为自然界不可解之突变，确为"负向"之"异"，故云为"怪事"。即此亦可知二字之差异。

事实上，志怪与传奇二体之异也正在于此，所以，以"志怪"与"传奇"二词分别为二体之名，是非常合适的。

根据以上的论述与前表的统计，可以知道，中国古代文言小说命名中，"怪""异"之类的用字最多；而从小说类型来看，其中占比最大，最为当下认可的两种类型志怪与传奇之名也以"异"为核心，可以知道，对于中国古代文

---

① ［南朝宋］范晔撰，［唐］李贤等注《后汉书》，第520页。
② ［唐］房玄龄等《晋书》，第1908页。
③ ［晋］陈寿撰，［宋］裴松之注《三国志》，第829—830页。
④ ［梁］萧绎撰，许逸民校笺《金楼子校笺》，北京：中华书局，2011，第1158—1159页。

言小说而言，其最基本的、核心的审美旨趣是"异"，这也彰显出中国古代叙事智慧中对超出正常生活经验的"异"的向往。当然，志怪与传奇二名在选字上非常恰切，虽然同标"异"帜，但却又各有领地，所以，从审美旨趣或体性上看，以《搜神记》等书为代表的志怪类作品便多以法术、感应、妖怪、物怪以及鬼为核心，显示出以怪本身为艺术目的的倾向；而传奇虽亦偶有"异"的成分，如《任氏传》写狐女、《洞庭灵姻传》写龙女，但一来此类并不多，绝大部分只写真实的生活，二来即便此类作品，其艺术目的也并不在于"异"本身，而在于"异"对于人的情感世界的作用。

第二节 白话小说三字名经典地位探究

如前文曾讨论过的，文言小说的书名字数也有三字者，但四字者占比也不小。而白话小说的三字名则呈现压倒性优势。那么，为什么会有这种命名现象呢？这种现象与中国传统文化的某些因子是否有关呢？

一、白话小说命名以三字为尚

正如白话小说的回目以七言与八言为主要体制一样[①]，白话小说的书名也有类似的现象。笔者以拙著《中国古典小说回目研究》书后所附《中国古典小说回目情况统计表》为统计样本进行数据统计，制表如下：

---

① 参见李小龙《中国古典小说回目研究》，第246—269页。

书名字数	种数（占百分比）	书名字数	种数（占百分比）	书名字数	种数（占百分比）
一	1（0.1）	五	155（16.3）	九	4（0.4）
二	14（1.5）	六	71（7.4）	十	1（0.1）
三	380（39.7）	七	48（5.0）		
四	246（25.7）	八	36（3.8）	共	956 种

本表之以拙著附表来统计，原因已如上节所述，而且，小说书名的字数更受各种因素的影响，笔者在制作《中国古典小说回目情况统计表》时便对小说书名的著录制定了较严格的体例，所以相对来说统计的各项数字当更精确一些。

从表中可以看出，中国古代白话小说的书名从一字到十字都有，但数量最多的是三字名、四字名与五字名，三者合起来占到了百分之八十二，也就是说，其他字数的书名都是偶尔见到，一般作品都属于这三种。这三种类型中，又尤以三字名为多，占全体的百分之四十，近乎于二分之一了。而四字名与五字名加起来与三字名数量接近。而且，四字名里其实有数量不少的是由三字名变成，这些书名也应当放在三字名里，比如《续金瓶梅》《红楼后梦》《新西游记》之类；甚至五字名中也有一些类似的情况，如《也是西游记》之类。这样算来，三字名应该能占到全部的近一半了。

不过，同为三字名，话本小说与章回小说颇有不同，我们需要分开探讨。

二、章回小说三字名形成原因试探

那么，中国古代的白话小说为什么以三字名为通用名呢？

事实上，在中国的传统中，专有名词大部分都是三字的。比如说所有专名中最重要的两类：人名与地名。先看人名。中国古来人物姓名大多为二字或三字，而且宏观来看，中国人的姓名有逐渐从二字变为三字的趋势。如以中华书局出版的《中国文学家大辞典》为样本来统计，为了不过分烦琐，一字及四字以上的姓名不入计，也不论单姓还是复姓，仅统计二字名与三字名的数量。

分卷	二字名数量	三字名数量	三字名占二字名比重
先秦汉魏晋南北朝卷①	1039	461	44%
唐五代卷②	2500	1500	60%
宋代卷③	1200	1300	108%
辽金元卷④	477	623	131%
明代卷⑤	1268	1768	139%
清代卷⑥	1095	2029	185%
近代卷⑦	203	747	368%

从第一卷二字名两倍多于三字名到唐代的近一倍，从宋代的三字名反超而基本持平到辽金元开始占优势，从清代的三字名几乎两倍于二字名到近代的三倍多，可以明显看出中国古人取名使用字数的时代风气。地名其实也同样如此，从《禹贡》立九州开始，地名多为二字，如冀州、兖州、青州、徐州、扬州、荆州、豫州、梁州、雍州，但此后从郡县、府道、行省一直到现在的省市县乡村的无数地名，大都是三字的。从这个统计来看，书名与人名、地名均以三字名为主，虽然我们不能凿实这二者之间是否存在影响关系，但由于同为专名，且人名与地名作为对人类生活最重要的两类专名，其体制会施及其他专名似乎也是自然之理。

当然，我们也可以不讨论事实上的影响关系，而是分析两类专名的体制，或许可以找到其关系的蛛丝马迹。将人名与地名仔细分析会发现它们都有一个特点，即都含有一个定性的字，对于人名而言，是置于最前面的姓，对于地名来说，是放在最后边的行政区划类别。也就是说，对于人名与地名来说，主要

---

① 曹道衡、沈玉成编著《中国文学家大辞典·先秦汉魏晋南北朝卷》，北京：中华书局，1996。按：据宋人陈正敏《遁斋闲览》"王莽禁复名"条载云"东汉人无复名，或云王莽时禁用两字，盖沿袭所致"（见曾慥辑《类说》所引，《北京图书馆古籍珍本丛刊》第62册，第806页），此后多有引此者，然未见正史记载，不知可靠与否。不过，王莽之前，复名也并不多。
② 周祖譔主编《中国文学家大辞典·唐五代卷》。
③ 曾枣庄主编《中国文学家大辞典·宋代卷》，北京：中华书局，2004。
④ 邓绍基、杨镰主编《中国文学家大辞典·辽金元卷》，北京：中华书局，2006。
⑤ 李时人编著《中国文学家大辞典·明代卷》，北京：中华书局，2018。
⑥ 钱仲联主编《中国文学家大辞典·清代卷》，北京：中华书局，1996。
⑦ 梁淑安主编《中国文学家大辞典·近代卷》，北京：中华书局，1997。

的名字其实大多是两个字,然后再加上一个类似于"姓"这样的类名。反观我们要讨论的白话小说命名,也正是如此。而这,又要从古书的命名说起。

中国古书尤其是早期的篇名多为二字者。顾炎武《日知录》说:"《三百篇》之诗人,大率诗成取其中一字二字三四字以名篇。"① 这里他还谨慎地说"一字二字三四字",那是因为《诗经》中这几种字数的标题均有,但也应该承认,还是以二字为多(一字名十五篇,三字名十四篇,四字名四十二篇,五字名一篇,余二百二十八篇为二字名)。王国维(1877—1927)《观堂集林》卷五《史籀篇疏证序》在讨论《史籀篇》命名时曾指出:"《诗》、《书》及周秦诸子,大抵以二字名篇,此古代书名之通例。"并以《仓颉篇》《急就篇》为证②,所考甚确。因此,余嘉锡《古书通例·古书书名之研究》云:"古书多摘首句二字以题篇,书只一篇者,即以篇名为书名。"③ 由此可知,古书无论篇名与书名,皆多二字之名,就以"十三经"而论,除"春秋三传"外,皆为二字之名,而"春秋"三传所传之经为《春秋》,仍为二字名,"三传"也常为人简称为"左传""公羊""穀梁",则亦可算二字名了。篇名亦大体相同,如《论语》二十篇,仅《公冶长》与《卫灵公》为三字,余皆二字。不过,称这些二字之名,似乎仅二字之名而无表示类别的字便不完整,所以一般称《论语·学而》时都会加一字而为"学而篇";引《世说新语》时,也容易说"德行篇",不加后一字总觉得没有把名字说完整。这种方式其实在王国维论证字书之名时所举之《史籀篇》《仓颉篇》《急就篇》就可以看出。这正是二字名变为三字名的关键:那就是在白话小说的书名组建方式上,名字本身一般是二字名,但每个名字需要一个体字,组合起来便成为了三字名。

不过,以上所论是大部分"有名有姓"之章回小说的命名特点,但也有一些章回小说与大部分话本小说的命名却都并非如此。

中国小说史中最杰出的章回小说作品,如以此前重点论述过的明代四大奇

---

① [清]顾炎武著,[清]黄汝成集释,栾保群、吕宗力校点《日知录集释》,第1170页。
② 王国维撰,彭林整理《观堂集林》,石家庄:河北教育出版社,2003,第123页。
③ 余嘉锡《目录学发微 古书通例》,第211页。

书为例,除《三国演义》之外,均为三字名(《三国演义》之所以不用三字名,实有正史《三国志》的影响在,参见第四章第一节)。而这其中的《水浒传》与《西游记》便是以"名+姓"的方式组合起来的。其实,根据前节的统计,我们知道,以"名+姓"方式组合的书名数量非常多,占到总数的近一半。而从这些小说书名的简称又可反过来证明前所云二字名的定例,即古人习惯以二字来代指这些作品,比如《三国演义》,一般人习称"三国",《水浒传》一般习称"水浒"①,《西游记》一般习称"西游",甚至连《金瓶梅》这样并非"名+姓"的作品都有人以"金瓶"称之,如谢颐(疑为张潮)为康熙本所作序即云"《金瓶》一书"②云云;张竹坡在评点中也常用《金瓶》指称,可知此名末字在后人心目中已经虚化了,成了与传、记、演义之类相同的类词,不过,由于不了解二字简称的渊源,有论者认为此种称呼是评点者更重视潘金莲与李瓶儿二人,从书名简称来看并非如此。

其实,《金瓶梅》中的"梅"并非体字,在其早期版本那里,是以《金瓶梅词话》为名的,此名之变为《金瓶梅》,正是白话小说命名史上的一大转变。《金瓶梅词话》是比较典型的传统命名,有"名"有"姓",虽然以"词话"为文体标识用字者甚少,但也不是没有其例,如还有一部《大唐秦王词话》,另外还有《大唐三藏取经诗话》这样与此相类的命名。然而,在流传的过程中,其"词话"的特色逐渐减弱,也就是说,"说—听"的色彩减弱,而"写—读"的意义增强③。而从小说命名的角度来看,将"词话"这样的体字摒弃,便只剩下"金瓶梅"三字,与传统的命名方式迥异,因为没有任何体制的提示了。于是,《金瓶梅》也就成为一个有着多义色彩的书名,甚至也成为寓意性书名的重要类型。由此,章回小说的寓意类书名便在《金瓶梅》的笼罩之下,从而形成了独特的"金瓶梅式"命名体制,即看起来《玉娇梨》之类作品的命名似乎与下文将探讨的话

---

① 民国九年(1920)上海亚东图书馆初版汪原放标点本便以《水浒》为名。
② 朱一玄编《金瓶梅资料汇编》,第414页。
③ 关于"说—听"与"写—读"在中国小说史上的互动关系,请参看郭英德《"说—听"与"写—读"——中国古代白话小说的两种生成方式及其互动关系》一文,《学术研究》2014年第12期。

本小说寓意性命名相同,但其实却是由三个人名组合而成,这种命名方式在《红楼梦》产生之前,成为世情小说命名的风气(详参第五章第二节及第三节)。

除以上所说之外,还有一个现象颇值得注意,那就是"姓"的位置或者说"姓"与"名"的次序。杨义先生在《中国叙事学》中有一段非常有趣的论述,在论述中西方文化的差异时,他从女娲抟土造人与上帝造亚当、夏娃姓名之有无发现中西方"第一关注"的群体性与个人性之差异,并继而指出,"中国人姓在名前,表明个人无论多么显达,都不能超越祖宗姓氏","西方则名在姓前",表明"教父起的圣名,也就比父亲提供的姓更加重要",这种顺序"隐喻着中国人的家族性以及西方人的宗教性";并进一步扩展到中西方的时空表达顺序,"西方的顺序往往由微而巨,时间顺序——时日月年,空间顺序——村乡县郡。中国人则由巨而微,时间顺序——年月日时,空间顺序——郡县乡村"[①]。这毫无疑问是非常有趣且重要的发现。不过,其所讨论的几组概念在层次上还有微小的不同。比如人名,我们以"曹雪芹"为例来讨论,"曹"代表家族,属于更大的范围,"雪芹"代表其个人,是更具体的指向,所以不同顺序间有包含的关系;然而,与人名相对应的概念应该是地名而非空间顺序的地名组合。从这个角度来看,我们会发现,中国的地名惯例与人名完全不同,因为具体的名字总会在前边,而郡县乡村却会放在后边,并不合于杨义先生所指出的由大到小的整体性顺序。事实上,这也容易得到解释,那就是地名与人名的组合有着本质的差异:如前所言,人名前后的字所代表的事物有包含关系,而地名却没有,地名最后的"姓"是一种为前名定性的词,比如说"北京市","北京"与"市"并不存在范围上的从属关系,前者是具体的名字,后者是前者的抽象划分。所以,其顺序便无关乎整体与具体。

之所以详细讨论这一点,是因为小说的命名与人名相反,而与地名相同。也就是说,在白话小说"名+姓"的三字名中,前两个字是作品具体的命名,而末字正如地名末字一样,是前者的抽象划分。在这种情况下,每部作品命名

[①] 杨义《中国叙事学》,第8页。

的最后一个字，便如中国古诗一联最后一个韵字一样，不但标示着本句诗在音乐与情感上所能达到的共鸣，而且意味着与其他诗句在情感与意义上的对应。

三、话本小说的三字名及寓意性命名方式

事实上，除了前表所论以"传""记"等为体字的作品外，大部分三字名都是寓意性书名，因此有必要考察一番。

首先，最早的寓意性书名起自话本小说集。如现在所可论列的最早作品是《六十家小说》中的《雨窗集》《长灯集》《随航集》《欹枕集》《解闲集》《醒梦集》，这些书名虽然都是三字名，其实却与上文所说的二字名一样，因为均有一个"集"字，但正因为有一个"集"字，所以我们才知道其每部书都是一个作品集，每部包括十篇作品，那么，作为一个集子的书名，如何体现这部集子的叙事世界呢？中国古代的白话小说在章节标题上是以回目的形式呈现的，而回目恰恰是对叙事世界概括最细致的一种标目方式，但整体的书名却并不如此，原因或许便在于白话小说最早的书名便与话本小说集有关，对于一个小说集来说，面对的是许多不在同一叙事世界里的故事，所以就没有办法有一个着眼于叙事的整体性命名。也正因如此，《六十家小说》的每一集都有一个着眼于读者阅读状态而非叙事提要的书名。这种书名在话本小说的杰作"三言二拍"中也得到了继承。一般来说，"三言"的第一部取名为"古今小说"，其扉页有题词云："小说如《三国志》《水浒传》，称巨观矣。其有一人一事可资谈笑者，犹杂剧之于传奇，不可偏废也。本斋购得古今名人演义一百二十种，先以三之一为初刻云。"① 据此可知此《古今小说》实为暂定的三部总名，后来依次出版，才又有了《喻世名言》《警世通言》《醒世恒言》三个书名，这三个命名便均非叙事性的，也就是说，对作品集中的叙事信息未做任何的揭示，其主旨反倒是义理性的或者说教性的，即表明其所收作品均为教育世人的至理名言。而至"三

---

① ［明］冯梦龙编刊、魏同贤点校《古今小说》，第645页。

言"之继踵者,又有《拍案惊奇》二名,则抛开训诫警世之说教,而注目于叙事艺术之"奇"。

真正在话本小说命名中重新确立寓意性书名的是陆人龙与陆云龙兄弟二人。陆氏兄弟原有《型世言》一书,然此书原久佚,学术界并不知此书之存在,王重民(1903—1975)于《中国善本书提要》中著录其于美国国会图书馆看到的《皇明十六名家小品》一书,并抄录其书之"征文启事",中有"刊型世言二集,征海内异闻"之语①,据此,学界据此《型世言二集》之广告知定当有《型世言》一书,另据《三刻拍案惊奇》书名页栏外上方横题"型世奇观"之名而推测此及与之相同颇多之《幻影》或为《型世言》之改刻,直到20世纪90年代,在韩国奎章阁发现了《型世言》原本,对上述疑问才豁然冰释。

不过,在明清易代的过程中,陆氏兄弟的著作颇有被禁毁者,陈庆浩曾指出"陆云龙编印书中颇有反清言论,他所著的诗文集《翠娱阁近言》中,即有反满文字,在清代被列入禁书目中。陆氏峥霄馆在改朝换代中衰落几乎是必然的"②。因此,《型世言》一书入清后产生两个改本,均改换了原书名,并将原书名承自"三言"的那种用世之意改去,一名《三刻拍案惊奇》,只关注于艺术上的"奇";一用寓意之名为《幻影》,总之,均如《红楼梦》开端所言"不干涉时事"以免祸。

尤为有趣的是,据此《型世言》的发现,我们又可再反推《型世言二集》的情况,学界基本认定《清夜钟》实即《型世言二集》的改名③,也就是说,入清之后,非但《型世言》无法再印流传而改名,就是二集也需易名换姓,从

---

① 王重民《中国善本书提要》,第477页。
② 参见石昌渝主编《中国古代小说总目·白话卷》第448页陈庆浩为《型世言》所撰叙录。
③ 参见〔日〕大塚秀高《〈型世言〉研究评述》,《保定师专专科学校学报》2006年第3期。按:对《清夜钟》当为《型世言二集》的讨论,笔者曾在《〈清夜钟〉作者补证》一文(《明清小说研究》2008年第1期)中论及,然井玉贵《陆人龙、陆云龙小说创作研究》一书(北京:中国社会科学出版社,2008)于《清夜钟》作者一事对顾克勇、蔚然二先生意见的商榷早着先鞭;二则由井文知日本学者大塚秀高先生有文已论及《清夜钟》为《型世言二集》事,理路亦暗合,则关于此一提议,发现之权自以大塚先生为首倡。

而有了《清夜钟》之名。而"幻影""清夜钟"二名应该说是最早的寓意性书名了。

那么，我们可以通过薇园主人自序来看一下"清夜钟"寓意何在？其云："世人梦梦，锢利囚名……正如痴汉，朝暮营营，神情不定，昏夜倒头一觉，魂魄不清。乱腾腾上天下地，昏懵懵疑鬼疑神，宜到一杵清音，划然俱去，其提醒大矣。余偶有撰著，盖借谐谈说法，将以明忠孝之铎，唤省奸回；振贤哲之铃，惊回顽薄。名之曰《清夜钟》，著觉人意也。大众洗耳，莫只当春风一过，负却一片推敲苦心。"①则知其书实与前举"三言"的三个命名一样，一片警世救人之苦心，但却不再直接表出，而是以意象的方式来表达。这种命名全无意于对叙事负责，所注目者，多在作者所著之意图，而所著意图其实对于大部分作者而言都是类似的，所以，"清夜钟"这样的名字其实可以移为任何一部话本小说集的总名。

从《清夜钟》开始，话本小说集的命名就以三字寓意性书名为主了。据陈桂声《话本叙录》一书所录统计，《清夜钟》之后的话本小说集共录七十八条，把那些无统计意义且干扰统计的条目去掉，如类似于章回的《七十二朝人物演义》《古今列女传演义》之类，如某一作品的续书《西湖二集》《俗话倾谈二集》之类，如仿某书之别本《别本二刻拍案惊奇》《二刻醒世恒言》之类，余六十一条，其中三言目四十一条，四言目二十条，三言目几乎占到百分之七十。而这些书名几乎全是寓意性书名，如《壶中天》《石点头》《鸳鸯针》《人中画》等。

寓意性书名最主要的特点在于对叙事的遮蔽。这一点与古典小说的回目恰成鲜明的对比。根据笔者《中国古典小说回目研究》一书所论，中国小说的回目均为叙事句，虽然后期的回目开始使用代称从而模糊叙事性特征，但总的来说还是会对本回所发生的故事会提前揭示，从而形成一种体制性的预叙②。但中

---

① 丁锡根编著《中国历代小说序跋集》，第 809—810 页。
② 参见李小龙《中国古典小说回目研究》，第 330—335、319—323、335—351 页。

国的寓意性书名却恰恰相反，一是不仅不会提供小说世界中的任何叙事线索，甚至连小说主要人物的姓名都不会出现，就连《金瓶梅》式命名也出现了作品人物的名字，但一是会尽量用人物命名组成奇特的意象，如《玉娇梨》《平山冷燕》之类，不看作品，便全然不知所谓为何？二是一部分此类命名还把最主要的人物隐藏起来，如《金瓶梅》《林兰香》之类。正如回目与西方小说标目在对叙事的揭示上差异极大一样，小说书名亦同，只是这次差异正反双方却换了角色：西方小说的书名大多为主人公的名字甚至是人名加某种动作性描述，或者为地名，或者为事件的核心概括，总之，会给读者的阅读提供一个稳定的叙事入口，而中国小说，即使是《红楼梦》这样的名字，也并未给读者提供任何确定的信息，如果不是从文化传统中获得信息的话，面对《红楼梦》这样的题目，读者在阅读之前或许接受视野中几乎是一片空白。

第三节 文言小说白名例考

中国古典小说与西方小说的命名有许多不同的地方，其中最直观的不同便是西方小说一般而言一部作品一个名字，仿佛一夫一妻，一一对应；而中国古典小说则颇可与古代的纳妾制度接轨，普遍存在着一书多名的现象——这一点我们只需要看一下《中国通俗小说总目提要》后面附录的《中国通俗小说同书异名通检》就可明了①。

当然，异名的产生也有着多方面的因素，这里只讨论一种奇特的方式，即因记忆的错误而产生的别名。"别名"的"别"字在这里只是正名以外的名字，还不像"别字"中的"别"那样有错误的含义，为清楚区分，我们可以参照"别字"被俗转为"白字"的旧例②，称这种方式产生的异名为"白名"。

造成白名的原因很多，最简单的一种就是读了白字。比如说，麈为驼鹿，

---

① 参见江苏社科院明清小说研究中心等编《中国通俗小说总目提要》，第1290—1329页。
② 参见［清］顾炎武著，［清］黄汝成集释，栾保群、吕宗力校点《日知录集释》，第1034页。

古人认为其在迁徙之时，必以前鹿之尾为向导，故将拂尘之类的东西称为"麈尾"。魏晋之时，文人崇尚清谈，而清谈时又必执麈尾，以至于它成了文人雅士的标志。正因如此，若不计"录""记""谈"之类标注文体的字，这个字应该是笔记小说命名中出现率最高的一个，比如，宋代有王明清《挥麈录》、王得臣《麈史》等；明代最多，有于慎行《榖山笔麈》、郑仲夔《玉麈新谭》、王兆云《挥麈新谭》等十余种；清代也有曹宗璠《麈余》、方成培《香研居词麈》近十种。然而，此字随着文化的因革在当代已经失宠，变成了字典中很难被翻到的一个生僻字，因此，为数不少的人便把它当作了"尘"的繁体写法"塵"。于是，前几年便有出版社将王明清的书写为《挥尘录》，甚至如今在国图的网站上输入"挥尘录""尘史"还可各检索到不少条目。

当然，对于了解古代文化的人来说，这样的白名不会造成问题，因为这不过是无心读错罢了，但还有一些书名被读者因潜在之思维定式而读错了字，那就很难为人发现，也就会造成混淆。

下面，就用三个白名来探讨人们的惯性思维误改书名的三种类型。

一、"梦粱录"与"梦梁录"

先说情节不算严重的，就是书籍在刊刻、出版以及整理等环节都没有问题，但在著录与使用时却因惯性思维或误解典故而产生了白名，这可以提供了小说史重要信息的《梦粱录》为代表。

此书从乾隆年间的《四库全书》到乾嘉时鲍廷博刊行《知不足斋丛书》，从《学津讨原》据张凤池家藏钱述古写本校印者到民国进步书局影响极大的《笔记小说大观》，解放后也陆续刊行了1956年古典文学出版社本、1980年浙江人民出版社本、1982年中国工商出版社本、1984年浙江人民《杭州掌故丛书》本、1998年文化艺术出版社本、2001年山东友谊出版社本、2003年黑龙江出版社本、2004年三秦出版社本：书名都没有错误。然而，当代学人在使用时却很不严格，有很多人随意地将其误写为"梦梁录"。

说"梁"字错误其实道理很简单。此书前有序言说:"昔人卧一炊顷,而平生事业扬历皆遍,及觉则依然故吾,始知其为梦也,因谓之'黄粱梦'。矧时异事殊,城池苑囿之富,风俗人物之盛,焉保其常如畴昔哉!缅怀往事,殆犹梦也,名曰《梦粱录》云。"可知其书名来自唐代传奇《枕中记》,寓"黄粱一梦"之意,自然要用"粱"字。

不过,这个名字之所以被不少人写了白名,却有着思维惯性的因素:那就是,稍微了解此书的人都知道,它是模仿孟元老《东京梦华录》而作的(甚至还抄了后者一些内容),因此,不得不说"东京梦华录"这个书名成为人们记忆此书书名的基础,于是便自然而然地认为"梦粱录"其实也就是"东京梦华录"的意思,而东京就是北宋首都汴梁,于是,在这种思维惯性下,人们便把小米"黄粱"变成了东京"汴梁",同时也就把原书名那种对物是人非、时移世换的感慨置换成了故国乔木之思,从而加入了更多政治性的意味。事实上,我们其实有必要指出,吴自牧比孟元老晚很多,所以,孟元老怀念的是汴梁,而吴自牧已经没有怀念汴梁的资格了,他其实怀念的是汴梁的替代品临安。

相似的例子还可以举出明人陆粲《庚巳编》来①。此书之名一直以来都以《庚巳编》之名以行,其影响尤著者为中华书局及上海古籍出版社之校点排印本②,前者至2007年版始更正其名,而后者于2012年与《今言类编》合并出单行本时仍依其旧,其他各家小说书目亦然③。亦有学者曾讨论此书之名,谓"小说以两个不相关联的天干'庚巳'命名,其意或为纪年。通观全书,小说纪事出现了正德时期的八个纪年,它们分别是:庚午、辛未、壬申、癸酉、丙子、丁丑、戊寅、己卯,则此书的写作始于正德庚午(1510),成于正德己卯(1519)。"④根据引文的语气,想必作者其实主张此书当名为《庚己编》的,因

---

① 按:此例承汤志波兄提示,谨此致谢。
② [明]陆粲撰,谭棣华、陈稼禾点校《庚巳编》,北京:中华书局,1987;[明]陆粲撰,马镛校点《庚巳编》,《明代笔记小说大观》,上海:上海古籍出版社,2005。
③ 分别参见宁稼雨《中国文言小说总目提要》(第218页)、石昌渝主编《中国古代小说总目·文言卷》(第101页)及朱一玄、宁稼雨、陈桂声编著《中国古代小说总目提要》(第263页)。
④ 陈国军《明代志怪传奇小说叙录》,北京:商务印书馆国际有限公司,2015,第61—62页。

为"巳"并非天干，但或许书在编辑过程之某个环节又被依通行书名回改了吧。其实，此书之名在作者友人之跋语中已然提示，其云"是编始正德庚午，终于己卯，盖纪其十年间所闻也"，则其书名所谓"庚己"实指撰写时间由庚午至己卯，与"巳"字全无关系。此跋语的作者与陆氏极熟稔，在跋中还写到"君卒于嘉靖辛亥。及甲寅夏，余还自金川，阅家中旧书，得君缮写《庚己编》。适乃子延枝过余，余示之，彼貌父手泽，涕泣请以他本易焉。余为之凄然，书其后。"① 则其所言当可信从，则其书之名当以《庚己编》为是。

更有趣的例子是《莘野纂闻》。汤志波兄《伍余福〈莘野纂闻〉考误》一文曾有详考，指出伍氏此书之《广四十家小说》本录其名为《苹野纂闻》，并被《四库全书总目》所著录，从而成为此书的通名，甚至钱仲联先生（1908—2003）主编的《中国文学大辞典》还云其"书名盖取自《诗经·小雅·鹿鸣》：'呦呦鹿鸣，食野之苹'意"，而汤兄则指出此书原名当为"莘野纂闻"，前两字实出典于《孟子·万章上》"伊尹耕于有莘之野"②。

事实上，一般文言小说集的命名都会有其出处，有一些在前代文献中便有其出典，像《齐谐记》《夷坚志》之类，典故出处比较明确的自然不会有误；但像《东京梦华录》《梦粱录》这样稍微有些曲折的便有致误的可能；而像《莘野纂闻》这样书亦佚失且所用之典亦稍生疏的（《孟子》自然并非生僻文献，但以之为文言小说集之名则并不多见），就很可能会产生误解。

二、"五杂组"与"五杂俎"

其次的情况不算很严重，但却很复杂，即人们在使用中普遍误用，而且出版时偶尔也有误署的情况，此类可以明人谢肇淛的《五杂组》为代表。

此书名为"五杂组"，关于这一点，印晓峰先生在上海书店出版社点校本前

---

① ［明］陆粲《庚己编》，《烟霞小说》，《四库全书存目丛书》子部第125册，济南：齐鲁书社，1999，第577页。
② 详参汤志波《伍余福〈莘野纂闻〉考误》，《中国典籍与文化》2017年第1期。

言中已指出:

> 《五杂组》之"组"字,典出《尔雅》,李本宁序中言之甚明,而后世多讹作"俎"。自杭大宗《榕城诗话》乾隆刻本,以迄今之《汉语大词典》,其间误者更仆难数。《辞海》至以"五杂俎"为条目,附注"俎一作组",甚可笑,今人著述之不可恃也如此。①

可惜此书出版十多年过去了,仍然有不少研究者引用时(很多正是引用这一版本)以"俎"称之——事实上,建国以后中华书局(1959)、辽宁教育出版社(2001)、上海书店出版社(2001)及上海古籍出版社(2005)都出版过此书,书名也都是用"组"的,但一经引用便会不知不觉地误为"俎"。最重要的是,文言小说研究领域基础性的工具书如《中国文言小说书目》《中国古代小说百科全书》《中国文言小说总目提要》《中国古代小说总目·文言卷》等以及像《明代小说史》《中国文言小说家评传》之类的学术专著也都用了白名②;更有趣的是,笔者随手翻检各种古代小说方面的专著与论文,基本都使用了这个白名,可见其影响力之大,所以也更需要辨析。

不过,印先生之语有两处亦可商榷。

一是说"《五杂组》之'组'字,典出《尔雅》,李本宁序中言之甚明",应该说,这种说法并没有完全理解李维桢(本宁)序的意思,所以也没有完全了解"五杂组"命名的来历。我们来看一下李序的原话:

> 五杂组诗三言,盖诗之一体耳,而水部谢在杭著书取名之。何以称

---

① [明]谢肇淛《五杂组》,上海:上海书店出版社,2001,出版说明第3页。
② 参见袁行霈、侯忠义编《中国文言小说书目》,第304页;刘世德等主编《中国古代小说百科全书》,第579页;宁稼雨《中国文言小说总目提要》,第281页;石昌渝主编《中国古代小说总目·文言卷》,第499页;朱一玄、宁稼雨、陈桂声编著《中国古代小说总目提要》,第328页;陈大康《明代小说史》,第707页;萧相恺主编《中国文言小说家评传》,郑州:中州古籍出版社,2004,第534页。

五? 其说分五部,曰天、曰地、曰人、曰物、曰事,则说之类也。何以称杂? ……《尔雅》曰:"组似组,产东海。"织者效之,间次五采……

这段话后半段解释了"组"的来历,似乎前文所引的理解是对的,但因为印先生过于注重"组"与"俎"字的区别了,所以看到这里引用《尔雅》便以为出处在此,其实不然。李序后边牵涉到《尔雅》来解释"组"字,只不过是他自己的进一步引申,却并非"五杂组"一词的来历——这一来历他在序文的开头已经说了,即"五杂组诗三言,盖诗之一体耳",这句话我们用的是上海书店出版社的标点,这种标点方式也表明标点者没太明白这句话的意思。事实上这句话的正确标点应该是"'五杂组',诗三言,盖诗之一体耳"。因为"五杂组"是古乐府的一种三言诗体,《艺文类聚》卷五六载云:"又《古五杂组》诗曰:'五杂组,冈头草。往复还,车马道。不获已,人将老。'又《代五杂组》诗曰:'五杂组,庆云发。往复还,经天月。不获已,生胡越。'梁范云《拟古五杂组》诗曰:'五杂组,会涂山。往复还,两崤关。不得已,孀与鳏。'"① 宋人曾慥《类说》引《古乐府》认为第一首是沈约所作②。由此可见谢肇淛此书命名其实直接来自这种三言诗体,并非来自《尔雅》。

二是说"今人著述之不可恃也如此",则对今人小有不公。事实上,古人在提及三言诗体"五杂组"时便常把它写为"五杂俎"。随便举些例子,就可以知道这一误用渊源甚长。严羽《沧浪诗话》列有"五杂俎体"③,几乎全录《沧浪诗话》的《诗人玉屑》也是如此④——这些例子甚至让我们怀疑这种诗体的正名究竟是哪个。而对于谢氏之书,《千顷堂书目》那样有名的目录学著作和《日知

---

① [唐]欧阳询撰,汪绍楹校《艺文类聚》,上海:上海古籍出版社,1982,第1007页。
② [宋]曾慥辑《类说》,《北京图书馆古籍珍本丛刊》第62册,第855页。按:王汝涛《类说校注》依底本录"组"字之后,却又下校语云"应作《五杂俎》",见其《类说校注》([宋]曾慥编纂,王汝涛等校注,福州:福建人民出版社,1996),第1504页。
③ [宋]严羽著,郭绍虞校释《沧浪诗话校释》,北京:人民文学出版社,2000,第100页。
④ [宋]魏庆之著,王仲闻点校《诗人玉屑》,北京:中华书局,2007,第37页。

录》那样严谨的考订性著作却也用了"俎"来称之①,如果要责怪,倒先应责怪黄虞稷和顾炎武才对。事实上,如果我们仔细核实一下目前学界认定最早的万历四十四年(1616)潘膺祉如韦馆刻本《五杂组》的话,就会发现,其书的首页与版心虽然均明确无误地用了"组"字,但李维桢序言的标题与开头均用了"俎"字②!当然,如果再比勘其他万历间刻本时,又会发现序言中的"俎"字改正为"组"了③,可见此字从最初刊刻时便有混用的现象。

事实上,我们更应该关注的是为什么古今作者都容易用白名呢?个人以为有两个方面的原因。

一是谢肇淛书名本身的问题。谢氏为何以此三字自名其书,我们已经无法确切知道作者的意思,只能把李维桢的序当作他的意见来判断。从序中可以看出,三言诗"五杂组"其实只是一个方便的移用,其用意却并不在于诗体,因为全书与此种诗体并无联系,这也正是李序在指出其名来自"诗之一体"后便不再继续说明,却将这三个字析而言之的原因。那么,谢氏用这三个字,其真实的想法只是借用"五"来表示他的书有天、地、人、物、事五方面的内容,而"杂组"其实更像是"杂录""随笔"的另一种说法。基于此,虽然李维桢在序里用《尔雅》来竭力地解释"组"的意义,但却与真实情况并不符合,因为其书确为"杂录"性质,而由于下面即将指出的原因,在唐代以后,杂录之书名为"杂俎"已成惯例。

二是这一错误的产生也有着思维惯性的作用,那就是唐代段成式的《酉阳杂俎》声名太著,从而修改了《五杂组》在人们记忆中的模样。段成式曾经解释过书名的由来:

---

① [清]黄虞稷撰,瞿凤起、潘景郑整理《千顷堂书目》,上海:上海古籍出版社,2001,第341页;[清]顾炎武著,[清]黄汝成集释,栾保群、吕宗力校点《日知录集释》,第555页。
② [明]谢肇淛《五杂组》,《续修四库全书》第1130册,上海:上海古籍出版社,2002,第338—339页。
③ [明]谢肇淛《五杂组》,日本公文书馆藏万历刻本,第1—5叶。

夫《易》象"一车"之言，近于怪也。诗人南箕之兴，近乎戏也。固服缝掖者，肆笔之余，及怪及戏，无侵于儒。无若诗书之味太羹，史为折俎，子为醯醢也。炙鸮羞鳖，岂容下箸乎？固役而不耻者，抑志怪小说之书也。①

这里"俎"就是案板，"杂俎"就是把菜杂置于案板上供人享用的意思。其书因为名气与影响太大，所以"杂俎"慢慢变成了一种文体，宁稼雨先生在《中国文言小说总目提要》里专门为其开辟了一个"杂俎体"②，数量则近千种，几近全书分量的一半。

由于以上原因，人们在使用此书时，自然而然就会将其当作"五杂俎"。甚至在出版史上也有直接以"俎"为名的例子：比如1935年中央书店出版章衣萍校订本时便以"俎"为名。另外，日本人很喜欢谢肇淛的作品，宽文元年（1661）便仿明刊本覆刻，其书正文均为"组"，封面题签却用了"俎"，想来刊刻者要覆刻明本，故不误；而题签者则不需要面对正文与原本，便想当然地用了"俎"字。不过，还有一个有趣的例子，在日本，《五杂组》的流行似乎超过了《酉阳杂俎》，因此，竟然有书店因前者而形成了思维惯性，又将后者的名字误为"酉阳杂组"了；无独有偶，中国国家图书馆也误将中华书局1981年出版的方南生点校本著录为"酉阳杂组"。

由此看来，《五杂组》这个名字之所以常常误用为《五杂俎》，与前所云之类亦有相类的地方，最主要的原因自然是《酉阳杂俎》的思维惯性，但也不可否认也与未确切地了解其命名典故之来源有关。

三、"靖乱录"还是"靖难录"

最后看一下最严重的情况，就是白名大行其道，真名反倒不为人知了，这

---

① ［唐］段成式撰，方南生点校《酉阳杂俎》，序第1页。
② 宁稼雨《中国文言小说总目提要》，前言第6—7页。

可以《皇明大儒王阳明出身靖乱录》为代表——可能对古代小说稍有了解的读者都会以为我这里是不是写了白字，因为在一般人的印象中，这部小说应该叫"靖难录"才对。

事实上此书的名字确实是"靖乱录"。我们可以看一下存世刊本：此书原为冯梦龙所辑《三教偶拈》的第一种，《三教偶拈》一书国内不存，世间仅有日本文献学家长泽规矩也所收藏的孤本，后入东京大学东洋文化研究所。其实，此书包括三篇作品，而这篇写王阳明的在国内应该没有单行过，但日本却出版了单行的和刻本，即庆应元年（1865）弘毅馆刊本。所以我们现在能看到的要么是长泽藏本的影印本，要么是弘毅馆刊本或青木嵩山堂的后印本。据笔者细检，这几种版本从外到内全都是"靖乱录"。那么，这个白名是怎么产生的呢？

此书在国内最早被孙楷第先生著录于《中国通俗小说书目》（1933）中，云："皇明大儒王阳明先生出身靖难录上中下三卷，存，日本刊本。明冯梦龙撰。梦龙字里见前。书题'墨憨斋新编'。此书所记皆实录。"① 在这个著录中便将原名的"靖乱"误为"靖难"了。半个世纪后，孙先生又出版了《戏曲小说书录解题》，依然沿此白名②。此后，《中国通俗小说总目提要》著录更为详尽：

> 皇明大儒王阳明先生出身靖难录
> 　　原刊本已佚。日本庆应纪元乙丑（1865，即清同治四年）晚夏弘毅馆刊本。……内封正中为"王阳明出身靖难录"，右上为"明墨憨斋新编"，左下为"弘毅馆开雕"。上中下三卷，不分回，无回目。卷上卷端题"皇明大儒王阳明先生出身靖难录"，卷中卷下卷端及板心均题"王阳明先生出身靖难录"。……③

1993年出版的《中国古代小说百科全书》录此条目，并附有"明刻本《皇

---

① 孙楷第《中国通俗小说书目》，第52页。
② 孙楷第《戏曲小说书录解题》，北京：人民文学出版社，1990，第96页。
③ 江苏社科院明清小说研究中心等编《中国通俗小说总目提要》，第271页。

明大儒王阳明先生出身靖难录》书影"——其实，此题有误，从题解文字中亦可看出作者对此书不甚了解，一言未及《三教偶拈》，因此便在图下直接标为"明刻本"，并在题解之末云"今存日本嵩山堂刻本"（其实说"嵩山堂刻本"便有误，因其原为弘毅馆刻本，后来青木嵩山堂不过用其板片再度印行罢了，故其标为"青木嵩山堂藏板"而非"开雕"），似乎将日本嵩山堂的"和刻本"等同于"明刻本"了，这也并非妄测，其书影确非明刻本《三教偶拈》之图，而是和刻本的书影。这些都且不论，书影为小说的首页，题目分明是"靖乱录"，但题解及图题却仍然标为"靖难录"①。

2004年出版的《中国古代小说总目》是中国小说目录学的集成之作，著录此书基本与前相同，亦误为"靖难"。不过，有趣的是，此书亦收录了《三教偶拈》，撰者与前条为同一人，但此条中却说"本书是三部小说《皇明大儒王阳明先生出身靖乱录》、《济颠罗汉净慈寺显圣记》、《许真君旌阳宫斩蛟传》的合集"——也就是说，前条的部分内容很可能抄自《中国通俗小说总目提要》，并且也没有发现与另一条目发生了冲突。所以，到目前为止，国内的小说目录专书均依此白名立目。

那么，此书为何无缘无故地从"靖乱录"变成了"靖难录"呢？原因很可能在于被王阳明平定的朱宸濠之乱与朱棣"靖难"十分相似——吴敬梓在《儒林外史》中曾借娄四公子之口说："宁王此番举动也与成祖差不多。只是成祖运气好，到而今称圣称神；宁王运气低，就落得个为贼为虏。也要算一件不平的事。"②胜者自然可以按照自己的要求来重写历史，所以，朱棣的"叛乱"在明代历史上被定性为"靖难"，也就是说，不是他叛乱而是他起兵帮助皇帝平定叛乱，而平定的结果是他当了皇帝，建文帝则不知所终。"靖难"一词在历史上

---

① 刘世德等主编《中国古代小说百科全书》，第185页。按：承井玉贵兄告知，《中国古代小说百科全书》1998年修订本中，此条有所修改，书影题为"嵩山堂刻本《王阳明出身靖难录》书影"。然此句仍有二误，一是其本原为弘毅馆刻本，嵩山堂仅据原刻印行，不当称"嵩山堂刻本"；二是其书名仍用"难"字。
② ［清］吴敬梓著，李汉秋辑校《儒林外史汇校汇评》，第112页。

本来是平定变乱的意思，在朱棣之后却变成了他的专用词，比如《明史》中此词用了二十二次，均特指朱棣之事，无一例外。其实，《靖乱录》中也曾提及朱棣之事，说"后燕王将起兵靖难"云云[①]，这是《靖乱录》一书唯一一次出现"靖难"二字；另外，冯梦龙的其他作品在用"靖难"一词时也均特指此事，如《警世通言·杜十娘怒沉百宝箱》中云"到永乐爷从北平起兵靖难，迁于燕都，是为北京"[②]；《智囊补》"卓敬"条后的评语云"齐、黄诸公无此高议，使此议果行，靖难之师亦何名而起"[③]。所以，可以知道，这个白名的形成也是人们思维惯性造成的结果。

---

① ［明］冯梦龙《皇明大儒王阳明先生出身靖乱录》，日本庆应元年弘毅馆刊本。
② ［明］冯梦龙编，严敦易校注《警世通言》，北京：人民文学出版社，1995，第502页。
③ ［明］冯梦龙编著，栾保群、吕宗力校注《智囊全集》，北京：中华书局，2012，第161页。

第七章 中西小说命名方式比较与互译

　　一部中国近现代史,就是一部中国文化对西方文化从顺差到严重逆差的历史,在此过程中,许多中国传统文化元素或在试图强国的摸索中被置换,或在无意中被同化,这其实正是长久以来文化共识多显参差的根源。就文学领域而言,中国古人所创造的优秀文学遗产与当下隔绝开来,成了真正的"古典"文学。当然,有个别特殊的文体幸免于被完全同化的命运,比如中国古典戏曲,在与西方"文明戏"的对接过程中依然保存了自己的文体规定性。但是,其他文体却无此幸运,我们的小说文体已经被格式化为 story 与 novel[①],于是,中国小说进化之路被中断,并被嫁接到另一传统之上。这种改变影响深远,最著者则为当代读者多"以西例律我国小说",或膜拜于托尔斯泰们脚下,对中国风格

---

① 参见李小龙《中西方小说文体的辨析及其在教学中的理论意义》,《中国大学教学》2012年第9期。

的叙事传统不屑一顾；或欲为揄扬，却因亦步亦趋于西方标准而方枘圆凿。

所以，我们需要对中西方两种不同的叙事文体进行深细的文体学研究，给他们各自的文体规定性以应有的尊重。本章便从小说命名的角度来讨论这一问题。

第一节 中国章回小说与西方长篇小说书名比较研究

中国小说与西方小说在很多层次上都不对等,所以比较也就很难完全在一个层面上进行。就命名来说,中国章回小说的命名与话本小说集的命名其实并不在一个层次上,因为话本小说集的命名是对许多互不相关的小说抽象出来的集合性书名,而章回小说则类于话本小说集中一篇作品的书名,但话本单篇的名字又相当于章回小说中某一单回的回目。所以在层次上无法完全对接。在与西方小说命名的对比中也会遇到这样的问题。所以,本节只限定将中国章回小说的书名与西方长篇小说的书名进行对比。

一、西方小说书名统计

大量阅读中西方篇幅较长的小说作品(即中国之章回小说与西方之 novel,本书凡云西方小说若未特别注明则均指 novel),读者一定会有一个非常直观的感受,那就是两种叙事文本在书名上的差异实在是太大了。笔者拟对这一课题进行一些粗浅的描述。但一如笔者此前在研究中国古典小说回目与西方小说标目时一样,我们一来无法对西方小说进行全面的讨论,因为毕竟对西方小说掌握的材料不如对中国小说那样精熟。中国小说就数量而言,白话小说一千种,文言小说两千种,基本还在可控范围内;西方小说的数量则实在是天文数字,据云,仅 18 世纪后三十年间,刚刚经历了现实主义长篇小说诞生与辉煌的英国就产生了不少于一千三百部作品[①],再如英国作家特罗洛普(Anthony Trollope,1815—1882),一人一生便创作了四十七部长篇小说。在这种情况下想对西方小说进行全面考察是根本不可能的。

另外,还有一个困难,就是笔者在研究回目时曾经说过的:"对这些外国作品的研讨,还只能就中译本进行,这有主客观方面的原因:主观原因是笔者语言知识的不足;但客观而言,比较文学的研究本质上便是一种翻译研究[②],这种研究都要基于译本——无论是研究者自己或其他译者的现实译本还是研究者在面对原文时仅存于思维中的转译。当然精通原语,使研究少了随人短长的风险,但若面对多种语言文本,这种风险还是无法规避,这时我们就只有相信译本了(好在建国以来的翻译均忠实严谨,可信度很高)。此外,译本并非单纯的技术转化,它们其实都承载着丰富的文化调适意义,正如下文论述所体现出的,恰是通过译本,我们才会看到更多文学与文化上的深刻差异,所以,它本来就应当是我们的研究对象。"

所以,笔者以建国以来四个大型外国文学丛书为基础,对其命名情况进行了一个统计。先说明一下四种大型丛书的情况。这些大型丛书的选择要有一定的全面性与客观性,所以当下坊间颇有单个出版社凭借自己多年的出版积累而推出的丛书不收,因为单个出版社的积累会有偏颇,这一点在加入版权公约后

[①] 参见黄梅《推敲"自我":小说在 18 世纪的英国》,北京:生活·读书·新知三联书店,2003,第 365 页。
[②] 有关翻译文学在比较文学研究中的地位问题,请参见谢天振《译介学》(上海:上海外语教育出版社,2000)一书的绪论。

尤为明显。所以，所选四种丛书都带有对外国文学（或世界文学）进行全面总结意义者。

第一种"《外国文学名著丛书》，由中国社会科学院外国文学研究所、人民文学出版社和上海译文出版社以及有关专家组成编辑委员会，主持选题计划的制订和书稿的编审事宜，并由上述两个出版社担任具体编辑出版工作"。据悉计划出版二百种，但最后并未出齐，现在能搜集到的是一百五十种。第二种《世界文学名著文库》，"旨在汇总世界文学创作的精华，全面反映包括我国在内的世界文学的最高成就……它以最能代表一个时代文学成就的长篇小说为骨干，同时全面地反映其他体裁如中短篇小说、诗歌、散文、戏剧、童话、寓言等各方面最优秀的成果。选收作品的时限，外国文学部分，自古代英雄史诗至第二次世界大战结束"，全部二百种均由人民文学出版社出版。第三种《获诺贝尔文学奖作家丛书》，由漓江出版社出版，从1901年诺贝尔文学奖开始颁发起，"每位获奖者选出1卷"，后因版权问题而停止，已出版八十一种。第四种"《二十世纪外国文学丛书》，选收了本世纪世界文坛上影响较大的优秀作品，共二百种……这套丛书的选题由外国文学出版社和上海译文出版社共同研究制订，并分别负责编辑出版工作"，此套书计划二百种，但只完成了一百余种。

这四套丛书还有一个重要特点，那就是包含了多个国家的创作，比如《外国文学名著丛书》，英国十八种，法国十五种，俄国十种，德国七种，美国七种，意大利与波兰各两种，其余菲律宾、捷克、匈牙利、保加利亚、印度、古希腊、古罗马、西班牙、葡萄牙、瑞士、哥伦比亚各一种。再如《二十世纪外国文学丛书》，美国十八种，英国十一种，法国十种，德国十一种，俄国（包括苏联）八种，捷克两种，印度、哥伦比亚、西班牙、墨西哥、挪威、丹麦、瑞典、澳大利亚各两种，埃及、阿根廷、巴西、冰岛、罗马尼亚、匈牙利、希腊、秘鲁、奥地利、波兰、芬兰、意大利、厄瓜多尔各一种。应该说把世界文学上最有代表性的国家都搜罗到了，从代表性上看是没有问题的。

丛书名	外国文学名著丛书	世界文学名著文库	获诺贝尔文学奖作家丛书	二十世纪外国文学丛书
总数量	150	200	81	116
长篇数量	77	82	41	91
普通命名	39	38	26	62
人名命名	38（49%）	44（54%）	15（37%）	29（32%）

在上表"总数量"一行中，即这四种丛书现在所能找到的全部书目；"长篇数量"一行是从"总数量"中将戏剧、诗歌、散文、中短篇小说集以及日本（因为日本传统小说命名颇受中国影响）乃至中国的作品（仅《世界文学名著文库》中有）全部删去所留的数量；"普通命名"一行中是没有用人名为书名的作品数量；"人名命名"是以人名为小说书名的作品数量，其后括号内的数字为占长篇小说总数量的百分比。

从这四种丛书的统计来看，西方小说命名中以人名为小说之名确实是一种传统。当然，这种传统会有变化。表中前两种丛书收书均在20世纪之前，其以人名为书名之比例较高，基本在一半左右；而后两种丛书均在20世纪之后，其以人名为书名之比例便呈下降趋势，大体在三分之一左右。但总的平均值也当超过百分之四十，这个比例是相当高的。

二、个人与集体——中西方小说命名的主要差异

作为对比，我们再来回顾一下中国章回小说的命名情况，其实前文已经反复论及，那就是几乎没有以人名为书名的例子。相对于西方的人名命名，中国古代小说命名最显著的特点就是集团性，以《三国演义》为代表的几乎所有的历史演义都属此类，如《隋唐志传》《列国志传》等，除此之外，《水浒传》《西游记》《英烈传》《儒林外史》《海上花列传》《三侠五义》《官场现形记》《二十年目睹之怪现状》等也都是，从某种程度看，《金瓶梅》式命名其实也是此类集团式命名的特例。事实上，几乎所有作品都可理解为集团性命名。

总之，中国章回小说书名中很少有以人名为书名者。虽然亦有个别作品中

含有人名，但也必加修饰语，相当于动词或形容词的成分，如《于少保萃忠全传》《孔圣宗师出身全传》《天妃济世出身全传》《戚南塘平倭全传》《岳武穆尽忠传》《魏忠贤小说斥奸书》等。当然也有仅含人名的，如《韩湘子全传》《唐钟馗全传》之类，但毕竟为数极少，可以忽略不计；而且，这两类都是早期章回小说形成期的作品，后期此类作品便极少了。

也有一些题目中有人名，但人名并非书名的核心要素，甚至可以删略的，如《三宝太监西洋记》《包龙图判百家公案》之类，一般简称《西洋记》《百家公案》，可知这类命名重点都不在人。

相对来说，西方小说命名的特征非常明显，最主要便是多以人名为书名。戴维·洛奇在《小说的艺术》中专有一节为"书名"，便指出"早期英语小说的书名几乎清一色都是故事主人公的名字"①。其实，从西方小说的最初源头《荷马史诗》便可见此端倪——这两部史诗一名《伊利亚特》，"其意思是'伊利昂之歌'（伊利昂是特洛亚的别称）"②，一名《奥德赛》，"意思是'关于奥德修斯的故事'"③。后者即用人名为书名，在两大史诗中二者居其一，也巧合地合于上表统计20世纪前以人名为书名的比例。

接下来西方长篇小说渊源中的作品以及早期作品也大多都是以人名为书名的。如亚瑟王传奇是中世纪西欧骑士传奇文学三大系统中最主要的一个，在丰富的传说流行很久之后，英国人马罗礼（Thomas Malory，1395—1471）编著了《亚瑟王之死》（1485）这部集大成的传奇巨著，不但"总结了也是结束了中古关于亚瑟的传说"，且被认为是"长篇小说的滥觞"④；西班牙作家罗哈斯（Fernando de Rojas，1476？—1541）的《赛莱斯蒂娜》（1499）则是古典戏剧向长篇小说形式转化的化石；还有西班牙最早的流浪汉小说是《小癞子》（原名

---

① 〔英〕戴维·洛奇著，卢丽安译《小说的艺术》，第229页。
② 〔古希腊〕荷马著，罗念生、王焕生译《荷马史诗·伊利亚特》，北京：人民文学出版社，2015，前言第5页。
③ 〔古希腊〕荷马著，王焕生译《荷马史诗·奥德赛》，北京：人民文学出版社，2015，前言第6页。
④ 参见冯至等主编《中国大百科全书·外国文学》（北京：中国大百科全书出版社，1982）第1164—1166页杨周翰所撰"亚瑟王传奇"条目。

《托美思河的小拉撒路》,1554),法国作家拉伯雷(François Rabelais,1483—1553)的《巨人卡冈都亚之子,狄波莎德王,十分有名的庞大固埃的可怖而骇人听闻的事迹与勋业纪》(1532—1564,即《巨人传》第一卷),塞万提斯(Miguel de Cervantes Saavedra,1547—1616)的《堂吉诃德》(1605、1615),德国格里美尔斯豪森(H. J. C. von Grimmelshausen,1622—1676)的《痴儿西木传》(1669),等等:这些作品都是小说诞生前的重要准备,全是以人名为书名的。

至18世纪,在英国诞生了小说(novel)文体,我们纵观18世纪英国的小说创作,几乎全遵循了这一惯例。最早从事此体写作的是笛福(Daniel Defoe,1660—1731),他的《鲁滨孙飘流记》(1719)是小说文体诞生的标志,此外,他的《摩尔·弗兰德斯》(1722)、《杰克上校》(1722)和《罗克珊娜》(1724)也都是小说文体极重要的作品,这些作品全部用人名为书名。接下来斯威夫特(Jonathan Swift,1667—1745)发表了《格列佛游记》(1726),而同被认为欧洲小说奠基人的理查逊(Samuel Richardson,1689—1761)与菲尔丁(Henry Fielding,1707—1754)也开始了小说创作,前者发表了被称为"第一部现代英国小说"的《帕梅拉》(1740),一时洛阳纸贵;后者循此而往,在《沙米拉·安德鲁斯传》(1741)之后转向了小说创作,连续发表了《约瑟夫·安德鲁斯传》(1742)、《大伟人江奈生·魏尔德传》(1743)和《弃儿汤姆·琼斯史》(1749),斯摩莱特(Tobias George Smollett,1721—1771)发表了《蓝登传》(1748)。以上的名单几乎是英国18世纪影响最大的作品名录,这些作品全以人名为名,无一例外。

进入19世纪,情况稍有变化,有些作品开始尝试别的命名方式。奥斯丁(Jane Austen,1775—1817)一生创作了六部小说,但只有《爱玛》(1815)这一部合于传统,其余五部包括著名的《傲慢与偏见》(1813)都使用了别的方式(当然,《诺桑觉寺》与《曼斯菲尔德庄园》两部算是以《伊利亚特》之方式命名的)。司各特(Walter Scott,1771—1832)一生作品丰富,其第一部历史小说《威弗利》(1814)以及著名的《罗布·罗伊》(1817)、《艾凡赫》(1819)和《昆廷·杜沃德》(1823)等近半数者沿袭传统。其他如盖斯凯尔夫人(Mrs.

Gaskell，1810—1865）的大部分作品如《玛丽·巴顿》（1848）、《克兰福德》（1853）、《希尔维亚的情人》（1863），萨克雷（W. M. Thackeray，1811—1863）的大部分作品如《潘登尼斯》（1848—1850）、《亨利·埃斯蒙德》（1852）、《纽克谟一家》（1853—1855），狄更斯（Charles Dickens，1812—1870）的大部分作品如《匹克威克外传》（1836）、《奥立弗·退斯特》（1837—1839）、《尼古拉斯·尼克尔贝》（1838—1839）、《巴纳比·拉奇》（1841）、《马丁·翟述伟》（1843—1844）、《董贝父子》（1846—1848）、《大卫·科波菲尔》（1849—1850）、《小杜丽》（1855—1857），夏洛蒂·勃朗特（Charlotte Bronte，1816—1855）的大部分作品如《简·爱》（1847）、《谢利》（1849）、《维莱特》（1853），乔治·艾略特（George Eliot，1819—1880）的大部分作品如《亚当·比德》（1859）、《织工马南》（1861）、《米德尔马契》（1871—1872）等，都是沿袭人名为书名传统的。以上这份详尽的名单基本上可以概括英国19世纪小说命名的样貌了。

　　直到20世纪，这样的命名在西方小说中仍然是一种最基本的思路。洛奇《小说的艺术》中引用了乔治·吉辛（George Gissing，1857—1903）的《新格拉布街》（1891）中的一段情节，书中的作家写完一部小说后耗尽心力，实在无法为书起名，"最终拿女主角的名字玛格丽特·霍姆来充数"①。这只是"充数"，可以知道，这自然是基本的传统，同时也是最后的选择。

　　那么，中西方小说命名为什么会有这样的差异呢？

　　事实上，这与中西方小说文体的特点以及这种文体所得以产生、赖以生存的文化生态有关。我们知道，西方文化最初的基因是狩猎文明，而中国文化则是农业文明，二者在后世的嬗递中生发出了无数迥异之处。就与本文有关者而言，因狩猎是非常个人化的活动，人数再多，也要依靠某个强有力的个人的能力，所以西方文化重视个人；而农业生产则必须依靠集体的力量，所以中国文化重视集体。

　　西方小说也与其赖以生存的文化一样重视个体，因此，西方小说均有非常明

---

① 〔英〕戴维·洛奇撰，卢丽安译《小说的艺术》，第228页。

确的主人公，而且，在小说的叙事世界中，主人公的地位是至高无上的，所有的情节与人物都要为主人公而设，甚至包括我们正在讨论的书名也要体现出这一点。

而中国小说却并非如此，事实上，中国小说很难确定非常明确的主人公，随意拿一部作品来看，如《三国演义》，主人公到底是刘备、关羽、张飞，还是诸葛亮、曹操、司马懿？似乎都承担了一部分，但似乎谁都不是；《水浒传》更是如此，梁山好汉各占数回的篇幅，并不让一人贯穿到底；《西游记》也是写了取经队伍而不是哪一个人；《金瓶梅》看上去清楚一点了，但西门庆第八十回时去世，小说在此后还运行了相当长的篇幅，再加上即使在前八十回里，也分出了大量篇幅写潘金莲、写李瓶儿，甚至写陈经济、写宋蕙莲之类。到了《红楼梦》《儒林外史》也是如此。

所以，西方小说多以人名为书名，虽然只是小说命名之惯例，但从这一与中国章回小说不同的惯例便可以知道两种叙事文体之间巨大的鸿沟。从艺术生发的方式来看，西方小说多为切片型，即从生活的某个片段切下去，萃取出最精粹的一个切片来，所以可由一人统领，善始善终，故能精纯不芜，遂造深微；而中国小说则是对社会生活的全景描摹，必须三教九流，面面俱到，故能铸鼎象物，笔补造化。

这里还可以举一个有趣的例子来说明西方小说命名的惯例，比如司各特的第一部历史小说《威弗莱》(*Waverley*, 1814)正文之前有一节《开场白》，其中有一段非常精彩的夫子自道：

    选定这部作品的名称费过一番苦心，正如重要问题总要求慎重的人进行严肃认真的考虑。即使定第一个名称，即总书名，也经过非同寻常的研究和挑选，但我不得不效法前人，利用英国历史和地志所提供的最铿锵、动听的名称，选中之后，马上就定为书名和主人公的名字。不过，唉！霍华德、莫当特、莫蒂默或斯坦利等骑士称号，或者贝尔莫尔、贝尔维尔、贝尔菲尔德或贝尔格雷夫等音调更柔、更感伤的名字，读者能从中得到什么呢？跟半个世纪以来所起的名字一样，一无所得。我得老老实实承认，我对自己的才能，太缺乏信心，不敢起个名字毫无必要地与读者预先的联想相顶撞。因此，我象带着一块没有标志的盾牌的、初闯江湖的武士那样，用"威弗莱"作为主人公的名字，一个没有被玷污的名字，不太好听，也不太难听，那也只好容忍一下；除非读过本书之后，读者乐意给它加上一个什么雅号。①

从这开端语中可以看到许多信息。首先是在司各特的时代，小说书名与主人公的名字是一体的，这是一个惯例，这个惯例当然来自前文指出的文化基因。另外，主人公的不同名字自然会带来不同的感觉，所以，挑选主人公的名字不但等于同时挑选了书名，而且更是为全书的风格定下基调。司各特所说的"读者预先的联想"其实便是在那个文化系统中对某一人名的"前理解"，这种"前理解"对于整个作品的接受是非常重要的，在某些特定的情境下，一部作品成功与否就取决于它的书名。

当然，我们通过上表还会发现一个趋势，那就是20世纪以前，西方小说以人名为书名的比重较大，大致占到小说总数的一半，也就是说，有两部作品便有一部是以人名为书名的，而到20世纪以后这个比例降到了三成。也就是说，以20世纪为界，此前西方小说命名传统中人名因素更为明显，这与古典时期小说叙事世界建构的方式有关，即主要以主人公为主线的艺术营构。然而，从20世纪开始，西方小说也开始了新的变化，最主要的便是书名也开始进入寓意化的历程，其实19世纪已有端倪，如奥斯丁的名作《傲慢与偏见》、艾米莉·勃朗特（Emily Bronte，1818—1848）的《呼啸山庄》（1847）、萨克雷的《名利场》（1847）、狄更斯的《荒凉山庄》（1852—1853）都是如此。而20世纪以后以人名命名的更少了，而且这一倾向到现在越来越明显，以当代最著名的一些作家来看，如美国海明威（1899—1961）代表作《太阳照常升起》（1926）、《永别了，武器》（1929）、《丧钟为谁而鸣》（1940）等，苏联肖洛霍夫

---

① 〔英〕司各特著，石永礼译《威弗莱》，北京：人民文学出版社，1987，第1页。

（Михаил А Шолохов，1905—1984）《静静的顿河》《新垦地》，英国多丽丝·莱辛（Doris Lessing，1919—2013）的主要作品《野草在歌唱》（1950）、《金色笔记》（1962）、《又来了，爱情》（1996）等，德国君特·格拉斯（Günter Grass，1927—2015）《铁皮鼓》（1958）、《猫与鼠》（1961）、《狗年月》（1963）、《比目鱼》（1972），法国勒·克莱齐奥（Jean Marie Gustave Le Clézio）《诉讼笔录》《乌拉尼亚》《战争》《金鱼》等：以上这些作家的作品中几乎再没有以人名为书名的例子了。

三、体字——中西方小说命名的体制差异

如前所说，中西小说命名最大的区别在于是否以人名为名，那么20世纪之前那些并未以人名命名的作品以及20世纪以后的大量作品又与中国古代章回小说命名有何区别呢？

最明显的区别就是中国古代章回小说绝大部分书名之末均有体字，而且很多作品集中在"传""记""演义""史""梦"等几个字上；西方小说却没有。

当然，或许会有人指出《鲁滨孙飘流记》或《哈克贝利·芬历险记》之类岂非"记"体，这确实算是西方小说命名中最接近于中国小说命名体字的了，因为从最早的《鲁滨孙飘流记》开始，为大部分历险类小说所遵循。不过，究其实却并非如此，至少这个表示文体意味的"记"字是译者的增译，如 *The Adventures of Robinson Crusoe*，adventures 这个词直接译为"历险"是合适的，加"记"字本来也没有问题，但确实是基于中国小说命名惯例的不自觉增补。事实上，以"历险"为名的西方小说作品很多，可区别为一类，那么类似于"adventures"的词是可以视为一种类别的区别标志的，但这与中国小说命名后的体字还是有区别，因为体字是标示文本的，其本身并不参与小说世界的概括，而"adventures"却是小说情节的揭示——用笔者此前的指称，中国小说命名中的体字类似于小说的"姓"，而"adventures"这样的字眼却并非西方某类小说的"姓"，它仍然属于作品的"名"，它面向的是作品的内容，也就是说所有以

此为"名"的作品必须有历险的内容,而中国小说的"姓"面对的是文体标识,不完全是内容的问题。再如狄更斯的《匹克威克外传》(*Posthumous Papers of The Pickwick Club*①),译名以"外传"为文体标识,似乎算是有体字,但实际上也是译者改动,其原名为"Posthumous Papers",大致为"遗留文献"的意思。1945年上饶战地图书出版社出版了许天虹先生(许郁勋,1907—1958)译本的前四章,便以《匹克威克遗稿》为名②,当然,这个译名稍有小误,就是没有把"club"译出来,或许更确切的直译是"匹克威克社遗文"(参考袁于令《隋史遗文》的用法),所以也没有体字。不过,直译太不像小说了,所以蒋天佐先生(1913—1987)第一次将此译为《匹克威克外传》(1947—1948),虽然书名更像小说了,却增译了体字。

当然,也有个别例外。如菲尔丁《弃儿汤姆·琼斯史》(*The History of Tom Jones A Foundling*),最后的"史"(history)字确为体字;高尔斯华绥(John Galsworthy,1867—1933)的《福尔赛世家》原名为 *The Forsyte Saga*,周煦良先生(1905—1984)的译名很见匠心,因为 saga 本来是北欧英雄传奇的文体类型,后来一般也指长篇小说,颇同于 novel,所以直译应该是"福尔赛家族传奇",但周先生竟以《史记》所创"世家"之体来对应译出,已是最佳匹配,更何况此二字竟然还部分地照顾到了原文的读音,堪称绝妙③。再如葡萄牙作家若泽·萨拉马戈(José Saramago,1922—2010),他于1982年发表成名作《修道院纪事》(*Memorial do Convento*)④,1995年发表代表作《失明症漫记》(*Ensaio Sobre a Cegueira*),2004年发表了前者的续篇《复明症漫记》(*Ensaio Sobre a Lucidez*)⑤。这些作品中文译本的译者都是范维信先生。这几部作品均似有体字。

---

① 关于此书,有的版本名为 *The Posthumous Papers of The Pickwick Club*,如 Harmondsworth, Middlesex: Penguin Books Ltd., 1972,但有的却名为 *Pickwick Papers*,如 New York, N.Y.: New American Library of World Literature, Inc., 1964,或前者为原名,而后者为简称。
② 查明建、谢天振《中国20世纪外国文学翻译史》,武汉:湖北教育出版社,2007,第342页。
③ 〔英〕高尔斯华绥著,周煦良译《福尔赛世家》,上海:上海译文出版社,1995。
④ 〔葡萄牙〕萨拉马戈著,范维信译《修道院纪事》,石家庄:花山文艺出版社,1996。
⑤ 〔葡萄牙〕萨拉马戈著,范维信译《失明症漫记》《复明症漫记》,海口:南海出版公司,2014。

不过，亦有不同处，《修道院纪事》的译名是取了巧的，因为"memorial"其实带有"纪念"的意思，但译为"修道院的纪念"似乎有些不妥，于是因"纪念"而改为"纪事"了（英译本也觉得不好处理，所以干脆返回到传统的命名中去，直接以男女主人公的名字来译为 Baltasar and Blimunda）。而后两部著作中的"ensaio sobre"意为"随笔"，确实带有文体标识的意味，所以中译本用"漫记"是很合理的选择。不过，二名均加一"症"字却并不妥当，就第一本书而言，"失明"已经说得很清楚了，不需要再加"症"字，加此字反倒似乎小说在对一种病症进行随笔式记录，实际上自然不是这样，因为作家完全无意去探讨那种失明的病理现象，只是以此病作为引线揭开人类生存体系的脆弱而已，可能译为"失明漫记"会更好；如果说《失明症漫记》加一"症"字虽不妥，但还能理解的话，那《复明症漫记》便为了刻意昭告世人与前者姊妹篇的身份，在译名上也便沿袭前译体例，结果便生造出了"复明症"这个全不合理的词来。另外，此二书的英译本对其体字也觉得有些难译，虽然可以译为 essay，但 essay 是一种文体，加上此词会给英语国家读者一种接受上的错位，所以英译本此二书的书名基本都是 Blindness 和 Seeing。台湾译本将前者译为《盲目》①，其实也是有意将体字漏译的，但这个译名并不好，因为"盲目"一词如果以短语来看待，还算符合作者原意，但此词在当下语境中更多地用为形容词与副词，这样便会出现歧解。

总之，虽然西方小说的书名偶有加体字者，但总的来说，是基本都没有，偶尔有加上的，对于西方的受众来说接受起来也有一定的困难。

那么，中西方小说为什么会有这样的差异呢？中国小说之所以有体字，其实前文已多次论及，只是没有集中讨论。这里需要稍微梳理一二。

中国小说事实上在中华文化传统之中并非一种纯粹的文体，而是徘徊于子、史之间难以归类的杂文体，因此一方面，它与子、史两部渊源甚深，受此两部影响颇大，尤其是后来史官文化在中华文化中地位越来越高，史书诸体对文言

---

① 〔葡萄牙〕萨拉马戈著，彭玲娴译《盲目》，台北：时报文化出版社，2002。

小说产生了巨大的影响，这一影响也表现在命名上，便是其名后的体字多来自以《史记》为代表的正史诸体（参见第一章第二节相关论述）；另一方面，小说又是中国古代书目分类方法（从某种意义上其实也便是文化的分类方法）中最难界定的一个，而且最终成了各种无法安放文体的收容所，因此，在书名上标明其体制特征是非常有必要的。后者是小说命名加体字的必要性，而前者恰恰是可能性，这样运行的结果便是中国古代小说几乎没有不加体字的作品。前文论述时也曾提及，明代四大奇书中，前三部常常被人简称为"三国""水浒""西游"，那是因为后边的字是"姓"，在有时可以像称呼较为熟悉的人省略姓一样省略掉；《金瓶梅》末字却并非"姓"，仍常有人以"金瓶"称之。更典型的是《红楼梦》，这个名字在演化的过程中倒基本没有以《红楼》称之者，但此后的续作与仿作却逐渐将"梦"字虚化而变成了小说命名的体字。

相对来说，西方小说则不存在前边所论的两方面问题。一来，西方小说的文体渊源非常明确，从史诗到中世纪的传奇再到18世纪诞生的小说，与历史著作、哲学著作的界限是很清晰的，也并未从历史著作那里得到文体的因袭，而且，其小说文体本身也是一个非常清晰的概念，不存在与其他文体相混杂的问题，也就没有必要在书名上念念不忘地标示出一个体字来区别。

第二节 从汉化到欧化——西方小说书名中译策略演化例考

荷兰著名汉学家高罗佩（Robert Hans van Gulik，1910—1967）的英文作品《狄公案》在西方深入人心，并被中国学者再以中文移译回国，同样为读者所欢迎。其中有一细节从书名互译的角度来看意味深长，在《迷宫案》中，丁将军之子丁秀才对狄公说"家父就在这间书斋内编撰一部《边塞风云》，借以消磨时日"①，这是中译的文字，而高氏自己曾将《迷宫案》译为中文，这句译为"迩来他正作《征边纪略》一书，从没有出过家门"②。两者最大的区别便是对其中那个书名的处理——二者意思其实是相近的，如果没有作者自己的中译，那么这个译名是没有问题的，而高罗佩恰恰给我们提供了非常珍贵的参照③，他在创作此

---

① ［荷兰］高罗佩著，陈来元译《大唐狄公案·迷宫案》，海口：海南出版社，2015，第35页。
② ［荷兰］高罗佩著，王筱云校点《狄仁杰奇案》，《狄梁公四大奇案 狄仁杰奇案》，北京：群众出版社，2000，第368页。
③ 详参李小龙《高罗佩笔下的小说回目及其意义》，《读书》2009年第9期。

书时便是以中国思维进行的,所以,这本虚拟的书中书本来便以中文思维来命名,只是中文译者并不了解,只能根据英文意译。这个珍贵的参照便鲜明地体现出西方小说译入时书名上的文化过滤。

一、最早译入中国的西方小说命名考论

西方小说译为中文的历史最早可以追溯到同治十一年(1872)。这年四月中旬,《申报》连载了据斯威夫特《格列佛游记》第一部分改译的《谈瀛小录》,这是用文言来译的①;半年之后,上海的一份月刊《瀛寰琐记》又从第三期至第二十八期连载了蠡勺居士翻译的长篇小说《昕夕闲谈》,这是用白话来译的。

由于后者在译入定名时,对原著之名进行了较大幅度的改动,加上原著并非小说史上脍炙人口的杰作,致使学界在很长一段时间内无法指认其所译之原本,直到韩南先生《论第一部汉译小说》一文对此做了全面而精深的研究,方指出原作为英国作家爱德华·布尔沃-利顿(Edward Bulwer-Lytton,1803—1873)的长篇小说《夜与晨》(*Night and Morning*,1841)的上半部。

不过,在对此名的讨论中韩南先生似乎未能细考,他指出,"书名里的'夜'与'晨'代表着他生活中截然相反的两个阶段,即小说的前半部分讲他的穷困潦倒与痛苦,后半部分是东山再起与成功",并认为"译者在翻译书名时忽视了这一象征意义"。我们有理由相信韩南先生并非不了解"昕夕"二字就是"夜"与"晨"在汉语中较为文雅的表达。事实上,李欧梵先生在为韩南先生之书所作后记《韩南教授的治学和为人》中曾提及作者为了探讨这一问题,"甚至从浩如烟海的维多利亚时代小说中去找","最后还是得来全不费功夫,他从中文译名的'昕夕'二字悟出来原著小说的英文名'Night and Morning'"。②所以,这更可能是一个误解:把此四字译名中的前二字理解为时间状语,以为这

---

① 〔美〕韩南著,徐侠译《早期申报的翻译小说》,《中国近代小说的兴起》,第131、134—137页。
② 〔美〕韩南著,徐侠译《中国近代小说的兴起》,第103、104、241页。

个书名就是"从早到晚的闲谈"。但其实并非如此,"昕夕"二字其实正是"夜与晨",则其名可以理解为"有关《夜与晨》的闲谈"。

现在来看这两部早期小说的中译,无论使用文言还是白话,也不论译者对原著改动的程度,仅从书名来看,就会发现当时的译者都进行了处理。之所以要改动,原因在于中西方小说命名体制有着较大的差异,当时的中国读者一直处于中国古代说部的艺术传统之中,对小说文体在阅读期待中便会有自传统而来的预期,如果在初次将西方小说译入中国的时候,丝毫不考虑这种接受背景,不对书名进行"中国化"的改造,则其作品仅在书名上便会给中国读者的接受设下障碍。

那么,从体制上看,什么样的命名更像中国小说命名呢?根据上节的考察,我们会发现非常重要的两点:第一,相对于西方小说,中国小说的命名有一个鲜明的特征,就是会在书名之末加上合于此书文体特点的文体标识用字,即体字,而西方小说大部分没有体字;第二,相对于中国小说,西方小说的命名也有一个明显的特点,即早期大多数作品的命名都是主人公的名字或以主人公名字为核心的短语。

现在,我们再来比较前述作品的译名。《夜与晨》对当时的国人而言确实是一个非常奇怪的命名,译者对其的"中国化处理"其实还是比较谨慎的:以"昕夕"来代替"夜与晨",一方面比较恰当,基本上没有改变原名的意思,另一方面用字也更为雅驯。唯一的变化是为与中国传统小说书名相一致,为其增加了体字。这里选择的是"闲谈"二字,这两个字是中国小说书名偶见的体字,虽然它们更多出现在文言小说集的命名中,如《灯下闲谈》之类,但章回小说中亦有类似的用例,韩南先生此文之末提及的《野叟曝言》,其末二字意思基本相同。所以,《昕夕闲谈》的译名其实只是为原书名增加了一个中国化的"姓"而已,这个变化并不算大,却让新名体现出别具一格的中国风味,甚至让学界很久无法还原到其原名上去。

斯威夫特的原书名是 *Gulliver's Travels*,这里的 "travels" 是书名的有机组成部分,并不处于书名文体标识用字的位置上①。而中文译者也看到了这一点,所以,他用了"小录"(其实也就是"录")作为译名的体字;同时译者还要处理西方小说命名中的人名,他选择用"谈瀛"二字来代替原书主人公的名字——应该说,这个译名仅从命名与内容的契合程度上,似比原名更切当:据其书前的《出版者致读者》当然知道作者假托某出版商得到了格列佛的游记从而将其出版,故有此名;但这只是作品叙事世界建构最外围的层次;最核心的叙事均由格列佛船长叙述自己多次的航海历险组成,所以,"谈瀛"二字就十分贴切,加上有李白"海客谈瀛洲"的诗句为出典,从而让这个命名也更为雅驯。

以上两部作品在拟定体字时分别使用了"录"与"谈"两个字,据笔者的统计,中国古代文言小说集命名的体名可分传记体与说话体两大族群,这两大族群中使用次数最多的体字便分别是"录"与"谈"。即此亦可知最初的译者在改动译名时,的确在向传统小说命名方式取资,从而使译作绕开文体不适的暗礁,使阅读沟通更加顺畅。

这两部早期译作在书名上的处理方式也成为后世译名处理不可回避的参照,尤其是在一些想改动译名的译者那里,如何修改译名,或许大多均可追溯及此。

二、移西就中——林译小说的改名策略

在移译西方小说方面,林纾(1852—1924)无疑是一位伟大的代表,他一生译出了二百部左右的西方作品。从翻译的贡献看,当可比肩于翻译释典的鸠摩罗什(344—413)或玄奘(602—664);从以古文叙事的使用看,或如胡适(1891—1962)所言"古文的应用,自司马迁以来,从没有这种大的成绩"②;从

---

① 按:"游记"二字或令人误以其为中国小说所用的文体标识用字,如《西游记》,但后者并非"向西的游记"而是"西游的记录",因此它的文体标识字是"记"而非"游记"。参见李小龙《〈西游记〉命名的来源——兼谈〈西游记〉杂剧的作者》,《北京师范大学学报》2016年第6期。
② 胡适《五十年来中国之文学》,《胡适文集》(3),北京:北京大学出版社,1998,第215页。

开启民智的功勋看,又如康有为(1858—1927)歪打正着的夸赞"译才并世数严林,百部虞初救世心"①;甚至从中国小说文体的"以西律中"而言,又或为康有为弟子梁启超的新小说革命导夫先路——就最后一点来说,或许林纾算得上"正打歪着":他的翻译,是希望以古文来化西方说部(他在《黑奴吁天录》的《例言》中说"是书开场、伏脉、接笋、结穴,处处均得古文家义法。可知中西文法,有不同而同者"②),但历史的结果却是林译小说为中国说部一体被西方小说潜移默化铺平了道路。

林译小说为中国文学史乃至文化史上之重要文献,近来研究颇多,此不旁涉,仅论其翻译中的书名。其实,就翻译书名的研究而言,学界亦有学者论及③,但未能从中国小说命名的历史去观照,所以亦未能指出其改译的体例。

林译的第一部作品是法国作家小仲马(Alexandre Dumas fils,1824—1895)的《茶花女》(*La Dame aux Camélias*,1848),译名为《巴黎茶花女遗事》(1899),书前有译者之识语云:"晓斋主人归自巴黎,与冷红生谈,巴黎小说家均出自名手。生请述之。主人因道,仲马父子文字于巴黎最知名,《茶花女马克格尼尔遗事》尤为小仲马极笔。暇辄述以授冷红生。冷红生涉笔记之。"④从中知林纾曾拟以《茶花女马克格尼尔遗事》为名,但出版后还是改为《巴黎茶花女遗事》了。这个译名看似与原名相差不大,但其微异亦足以反映林译拟名之惯例。其差异有二:一是原名为《茶花女》,专指作品的女主人公马克(即玛格丽特),但译名增"巴黎"二字,可知译者尽量避免突出人名在书名中的比例,加

---

① 此诗参见钱锺书《林纾的翻译》一文第61条注释所引,《钱锺书集·七缀集》,北京:生活·读书·新知三联书店,2011,第123页。另:之所以说"歪打正着",原因在于康氏所评并不为林纾所认可(参阅钱文第109—110页),事实上即康氏亦未必认可,然百年之后,此二句却洵为林氏功绩之定评。
② 〔法〕小仲马著,林纾、王寿昌译《巴黎茶花女遗事》,北京:商务印书馆,1981。
③ 如郭扬《林译小说研究》有"林译小说书名"一节,复旦大学2009年博士学位论文,第63—67页;刘宏照《林纾小说翻译研究》也有"书名的归化"一段,华东师范大学2010年博士学位论文,第74—77页。
④ 〔美〕斯土活著,林纾、魏易译《黑奴吁天录》,北京:商务印书馆,1981,序言第2页。另,其于《撒克逊劫后英雄略》之序中亦云"纾不通西文,然每听述者叙传中事,往往于伏线、接笋、变调、过脉处,大类吾古文家言"。

字将其淡化,这一点在林氏后来的译作中体现得更明显;二是在书名后增"遗事"二字,也就是增译了《开元天宝遗事》或《宣和遗事》那样的体名。

此后,林译代表性作品的译名与原名如下:《黑奴吁天录》(1901,即《汤姆叔叔的小屋》)、《撒克逊劫后英雄略》(1905,即《艾凡赫》)、《海外轩渠录》(1906,即《格列佛游记》)、《尼古拉斯·尼克尔贝》(1907,即《滑稽外史》)、《块肉余生述》(1908,即《大卫·科波菲尔》)、《贼史》(1908,即《奥利弗·退斯特》)、《冰雪因缘》(1909,即《董贝父子》)。综观这些译名,我们会发现,其原名全部为人名,在林纾笔下全部改了名字,改名主要是将原有的专名改为集体性名称,如将"艾凡赫"改为"撒克逊劫后英雄";或以人名之代称来替代①,如把"大卫·科波菲尔"译为"块肉"——此词来自《宋史·瀛国公纪》,指遗腹子,小说的主人公说"方吾张眼能视时,正去吾父瞑目长逝可六阅月"②,则其为遗腹子无疑;当然,其他更多的是以概括情节来代替原来的人名。除此之外,也为这些书名均加上了体字,如上举之书便分别加了录、略、外史、述、史、因缘等字、词。

林纾对于这些译名也有讨论,如对于《黑奴吁天录》,他在《序》中说:"'录'本名《黑奴受逼记》,又名《汤姆家事》,为美女斯土活著。余恶其名不典,易以今名。"又在《例言》中进一步解释说:"是书以'吁天'名者,非代黑奴吁也。书叙奴之苦役,语必呼'天',因用以为名,犹明季六君子《碧血录》之类。"据前所言,我们知道林纾并非不知此书原名,他只是"恶其名不典"而改译。由此可知,对于西方以人名为书名的作品,林纾的改名自然一方面的原因是中国读者初次接触西方作品,对于音译之人名全不了解,突然以此为名,从接受角度来看自然有限;但也不可否认另一方面的原因,那就是林纾译书仍有古文求雅之心态。

这种求雅心态下便有数种译名与作品关系不大,如《海外轩渠录》(1906)

---

① 关于中国小说回目使用人名代称的讨论请参见李小龙《中国古典小说回目研究》,第318—334页。
② 〔英〕迭更司著,林纾、魏易译《块肉余生述》,北京:商务印书馆,1981,第3页。

即斯威夫特《格列佛游记》，其名取自宋吕本中（1084—1145）《轩渠录》之书，其原书虽佚，然《说郛》节存①，清代亦收入多种丛书之中。吕书多载诙谐故事，故以"轩渠"为名②，而斯威夫特与文学史学家对《格列佛游记》的定位却"是一篇对人性的讨论"③，这一命名确实雅致了，却未免背离原书的用意。更为有趣的是，林纾以《拊掌录》（1907）的名字翻译了美国作家华盛顿·欧文（Washington Irving, 1783—1859）的《见闻札记》（*The Sketch Book of Geoffrey Crayon, Gent*），欧文的风格有沿袭斯威夫特之处；而《拊掌录》原为元人鞿然子之书，其序云："东莱吕居仁先生作《轩渠录》，皆纪一时可笑之事。余观诸家杂说中，亦多有类是者，暇日裒成一集，目之曰《拊掌录》。不独资开卷之一笑，亦足以补《轩渠》之遗也。延祐改元立春日，鞿然子书。"④则此书实为仿《轩渠录》所作，四书恰成排比关系，知此译名或亦林纾有意为之。只是欧文之书亦非皆"纪一时可笑之事"者。

其实，从上两部书的译名可以看出，林纾颇为看重所译作品中诙谐之处，正因为如此，他在译《尼古拉斯·尼克尔贝》一书时为其拟名为《滑稽外史》，或许他也把这部虽亦颇幽默但主要描写当时社会黑暗众生相的作品当作笑料集了，这不能不说有些误解⑤。

不过，也有学者指出林译书名中有改译得非常精彩的例子，比如前文多次提及的《黑奴吁天录》，杨岂深先生说："林纾把 *Uncle Tom's Cabin* 改为《黑奴吁天录》，这一改使美国黑人所受的沉重压迫和呼天抢地之情跃然纸上，比起

---

① ［明］陶宗仪等编《说郛》，《说郛三种》，第137—138页。
② "轩渠"之义，请参［宋］黄朝英撰，吴企明点校《靖康缃素杂记》，上海：上海古籍出版社，1986，第24—25页。
③ 〔英〕斯威夫特著，张健译《格列佛游记》，北京：人民文学出版社，2000，序言第6页。
④ ［明］陶宗仪等编《说郛》，《说郛三种》，第567页。
⑤ 林纾翻译的不准确被人诟病最多。此书中的一个误译被钱锺书先生指出来过，即"原书第三五章说赤利伯尔兄弟是'German-merchants'，林译第三四章译为'德国巨商'"。钱锺书先生用充分的证据指出，这个词"不指'德国巨商'，而指和德国做进出口生意的英国商人"（《钱锺书集·七缀集》第95页正文及第1179页注31），可是我们当下的译本依然译为"德国商人"（参见杜南星、徐文绮译《尼古拉斯·尼克尔贝》，上海：上海译文出版社，1998，第521页），可知细节的误译其实很难避免。

后来直译的《汤姆叔叔的小屋》相去不可以道里计。我认为《黑奴吁天录》可以也应该重译,但林纾的译名大可以保留。"① 其实这一看法还值得商榷。从对故事情节与悲剧气氛的渲染上看,林译书名自然值得称道,但从原作者那种所力主的基督教博爱宽恕精神来看,这个译名未免过于剑拔弩张了——斯托夫人(Harriet Beecher Stowe,1811—1896)的清教徒信仰是否是小说矛盾解决的良策是另一个话题,但我们仍然要客观承认并尊重作者在作品中体现出来的原意。

此外,林译小说的拟名对此后中国小说创作的命名还产生了一些影响。施蛰存先生(1905—2003)曾指出:"这种以五字丽语标题书名的风气,林纾大约是始作俑者。它非但在翻译界有影响,也沾染了不少创作小说。"② 笔者统计一下,林译小说中,以五字为名者就有近四十部,数量的确可观,如《海外轩渠录》《红礁画桨录》《神枢鬼藏录》《金风铁雨录》《恨绮愁罗记》《双雄较剑录》《残蝉曳声录》《古鬼遗金记》《云破月来缘》等。笔者在前文指出,中国古代小说命名的字数以三字为多,而林译以三字为名者,如《拊掌录》《离恨天》《魔侠传》等却只有二十余种,数量远少于五字者。这对后来翻译与创作均有影响,翻译因受原书名的影响还不易体现,创作却更有可能。比如民国以后的武侠小说便多以类似林译的五字来取名,如平江不肖生(向恺然,1890—1957)的《江湖奇侠传》、赵焕亭(1877—1951)的《奇侠精忠传》,还珠楼主(李寿民,1902—1961)除最著名的《蜀山剑侠传》外,还有《青城十九侠》《云海争奇记》等十二部五字名的作品。这种风气甚至一直延续到当代新武侠,如梁羽生(1924—2009)一生创作三十余部作品,以《龙虎斗京华》为开端,代表作有《萍踪侠影录》《云海玉弓缘》等,三分之二的作品均以五字为名(其《云海玉弓缘》不但与上述《云破月来缘》颇似,且主人公名金世遗,亦与《古鬼遗金记》颇类)。金庸(1924—2018)的十五部作品中,始于《书剑恩仇录》,代表作有《射雕英雄传》,五字名者有四部。事实上,我们看一下前举林拟的五字名,或许会觉得这些名字很像武

---

① 杨岂深《漫谈书名和人名的翻译》,王寿兰编《当代文学翻译百家谈》,北京:北京大学出版社,1989,第333页。
② 施蛰存主编《中国近代文学大系·翻译文学集1》,上海:上海书店,1990,导言第20页。

侠小说的名字。

以上所说只是"五字",其实还应当说说他的"丽语"。林纾译名惯喜用"丽语",或许这正是他为避"不典"而追求的"雅"吧。钱锺书先生认为:

> 他（林纾）接近三十年的翻译生涯显明地分为两个时期。"癸丑三月"（民国二年）译完的《离恨天》算得前后两期间的界标。在它以前,林译十之七八都很醒目;在它以后,译笔逐渐退步,色彩枯暗,劲头松懈,读来使人厌倦。

事实上其译名也确以后期的丽语倾向最为严重,当然,其丽语倾向不只存在于五字名中,四字名中亦较多见。五字者如《石麟移月记》《云破月来缘》《血华鸳鸯枕》《莲心藕缕缘》《欧战春闺梦》《沧波掩谍记》等,四字者如《香钩情眼》《恨缕情丝》《鬼窟藏娇》《还珠艳史》《情海疑波》之类。钱锺书先生曾拈出林纾《畏庐论文·拼字法》说"古文之拼字,与填词之拼字,法同而字异。词眼纤艳,古文则雅练而庄严耳",并用了林氏自己举的"'愁罗恨绮'为'填词拼字'的例子,然而林译柯南达利的一部小说,恰恰题名《恨绮愁罗记》"①。则可知其拟名时实入"纤艳"之路。不得不说,这些名字堆砌丽语,如当下广告伎俩,夸张与诱导兼而有之,从而显得格调颇卑下。也正因如此,在钱玄同与刘半农二人以双簧法为新文化运动造势时便以林译之《香钩情眼》一名为靶子进行批驳②。

三、早期译名的惯性

在中西文化的转型时期,译者对西方小说的译名多采用"移西就中"的方

---

① 钱锺书《林纾的翻译》,《钱锺书集·七缀集》,第96、100页。
② 参看郭扬《林译小说研究》,第66页。

式,以适应中国读者的阅读期待。但在数十年后,中国的读者不但熟悉了西方小说的文体,甚至连中国传统小说都慢慢被西方小说同化;加上翻译开始受到学术思潮在规范化方面渐趋严格的影响,也更为严谨,所以,当代的译本一般来说都会尽量依其原名来译。

不过,即便在这样学术化的背景下,仍然有一些作品的译名没有恢复原本书名,其中一类是其作品的原名在早期翻译中已经存在,而且译名并不完全背离原名,且影响亦大,若完全抛开原译名会对传播造成干扰,所以只好沿袭或部分沿袭原译名。

就这一类而言,最典型的代表便是被视为小说文体诞生标志的《鲁滨孙飘流记》(1719),此书及鲁滨孙的奇遇也在社会常识层面传播开来,"鲁滨孙"成为历尽艰险而不屈服之精神化身,也成为人类面对自然之险恶而不懈奋斗的旗帜。所以,"鲁滨孙"在中国文化常识层面已经从一个专有的人名变为一个共名,随着这个转化的完成,连"飘流记"三字也随之经典化了,当代的译本基本都沿用此名。

但实际上,这个译名是有问题的。我们可以从两个方面来看。第一是译名的来源,第二是译名的缺陷。

首先,正如近代以来很多译名的取径一样,这个译名也袭自日译。此书在日本嘉永元年(1848)便已有黑田麹庐译《鲁敏孙漂荒纪事》出版,安政四年(1857)又出版了横山由清译《鲁敏逊漂行纪略》(京都出云寺),二书一举奠定了此书日译书名的基本元素,此后又分别出版了十数种译本,其中明治十六年(1883)井上勤《鲁敏孙漂流记》、明治二十年(1887)牛山良助《鲁敏孙漂流记》(东京春阳堂)、明治二十七年(1894)高桥雄峰《ロビンソンクルーソー绝岛漂流记》(东京博文馆),都是影响较大的译本。而中国最早的译本是由沈祖芬(1879—1910)于1898年译出、1902年出版的《绝岛漂流记》[①],其书

---

① 沈氏译书事,参崔文东《家与国的抉择:晚清 Robinson Crusoe 诸译本中的伦理困境》,《翻译史研究》2011年第1期。

虽据英文译出，然书名则当源自前举高桥氏译本——沈氏之兄是中国近代史上著名的革命家沈瓞民（1878—1969），其于1897年以浙江省公费生身份赴日本留学，则其弟所译之名，或得于乃兄。沈瓞民服膺康、梁思想。沈祖芬译此书，始于1898年11月，其时梁启超戊戌变法失败之后东避日本，并提倡小说界革命，发表《译印政治小说序》一文，末云择"有关切于今日中国时局者，次第译之"，则其译此，或与梁启超有关①。其后，梁氏又在《新民丛报》上登出关于《新小说》的广告，其宏大计划中有"冒险小说"一类，云"如《鲁敏逊漂流记》之流，以激励国民远游冒险精神为主"②，则其追随者实早着先鞭。不过，从梁启超所用译名可知，他看到的是井上勤或牛山良助的译本。

1902年12月至1903年10月，上海《大陆报》第一至第四期及第七至第十二期小说栏连载了秦力山翻译的《鲁宾孙漂流记》③，这个译名基本是按照梁启超所读之本的译名，只是把日人拟音之"敏"改为更切近的"宾"。1905年，林纾译本出版，此名因在林氏之前已经产生了影响，故林氏在译名上并未做太大调整，基本沿袭秦译本之名，只将"宾"改为"滨"，"漂"改为"飘"，在林译小说的命名中已经算是少有的"直译"了。

当然，正如上文所说，这个译名仍多不妥之处，大概可以从两方面来看，有趣的是，这两个方面恰恰也集中在人名与体字上。

第一，因为其书原名为 The Adventures Robinson Crusoe，adventure 几乎是西方小说命名体制中为数不多的类似于中国小说体名的用字，一般都会译为"历险记"——译为"漂流记"可能过于重视鲁滨孙漂流到荒岛这个故事的楔子，却没注意到，作品只用了很小一部分来说明漂流，更主要的情节都在鲁滨孙荒岛"历险"。然而，这个译名已经深入人心，很难扭转。上海译文出版社后来出版的黄杲炘先生译本，译者指出，"鲁滨孙一生之中从来都不曾'飘流'过"，而且"无论是宏观地看鲁滨孙的生平，还是微观地看他的一些遭遇，都很难把

---

① 参崔文东《翻译国民性：以晚清〈鲁滨孙飘流续记〉中译本为例》，《中国翻译》2010年第5期。
② 引自陈平原、夏晓虹编《二十世纪中国小说理论资料（第一卷）1897—1916》，第38、62页。
③ 参见崔文东《晚清 Robinson Crusoe 中译本考略》，《清末小说から》第98期（2010年7月）。

鲁滨孙同'飘流'联系起来",他"从来没有放弃努力,听天由命地让自己在海上'飘流'",并认为"飘流"一词"同鲁滨孙积极的进取精神是格格不入的,而且看来也并不符合笛福心目中鲁滨孙的形象","因此我决定让鲁滨孙同'飘流'两字脱钩"改为"历险记"①。

不过,就前文所列译名的来源便可知道,"漂流"二字很可能来自日本第一个译本《鲁敏孙漂荒纪事》,但此名的"漂荒"二字,显然是指鲁滨孙"漂"到"荒"岛这一小说情节的引子,并没有概括其"历险"经历的意思——这个命名采用了中国小说命名的一般惯例,加了"纪事"这样的体名,而"历险"的意思其实更多包含在"纪事"二字中。稍后出版的横山由清译本以《鲁敏逊漂行纪略》为题,依然沿用了中国小说式命名方式,甚至"纪略"二字与前文提及高罗佩自译之《征边纪略》用了同样的体字,但却延伸了前译名中的"漂"字而成为"漂行",于是,鲁滨孙的"历险"也便被此词所囊括,已经开始背离"漂荒"的原意,后来再衍化为"漂流",也就正如黄杲炘先生所云,从某种意义上架空了鲁滨孙的积极精神。

第二,小说主人公的名字是 Robinson,此名在欧美较常见,现在一般译为罗宾逊或罗宾森。日本译本多译为"鲁敏孙",即以"鲁"字模拟"ro"的音,从日语发音来看,这是没问题的,因为日语的平假名ろ用罗马字表示就是"ro",而"鲁"字在日语中即读"ro"音,与英语读音很接近。但汉语中"鲁"的读音与日本不同,稍类于日语中的"ru",所以,当我们直接把日语拟音生搬进来就不妥了。第二个字秦力山将日译之"敏"改为"宾",因为"敏"字在日语中即读为"bin",转为汉语,读音已变,自然要改,而林纾却可能"手痒"(钱锺书先生的形容)而将其改为"滨",或是觉得此人经海难而"飘流"历险,故为加水旁来表示吧——为了加这个水旁,林纾很可能觉得"漂流"二字均有水旁,似颇重复,便将此二字换成意思基本相同的"飘流"二字,从而使此书最终以"鲁滨孙飘流记"的面貌固定下来。

---

① 〔英〕笛福著,黄杲炘译《鲁滨孙历险记》,上海:上海译文出版社,2010,译本序第4—5页。

这个译名影响非常大，前引黄杲炘先生亦在新译本中说"对主人公的名字，我保留了'鲁滨孙'这一译法，因为"'鲁滨孙'这个名字在我国实在是太熟悉了，几乎已成为一种奋斗精神的同义词，被赋予了一定的含义，因此不妨就让其同发音上也许更接近原文发音的罗宾森三字保持区别吧"①。

不仅如此，"罗宾森"只是此人的名，而原书名中的姓氏却被直接删掉了。作者说他的名字是"鲁滨孙·克洛依兹奈尔"，"但英国人常常把字读别了，于是我们的姓氏就被念作了'克鲁索'"②，作者为什么要交代这么一句，这是有原因的，他的姓原本是 Kreutznaer，被当地人误读为 Crusoe。Kreutznaer 一词其实来自中国南北朝时期西域的高车族，高车人不断西迁，"到了东欧就成了 Kreutz，在匈牙利语中，Kreutznaer 是'驾车人'"，"到了英国，又变了一个样，成了 Crusoe"，事实上，匈牙利语中的大轮车叫 kocsi 也与这个词有关，进入法语后成了 coche，再进入英语变成了 coach③——美国奢侈品牌蔻驰（COACH）的商标（logo）正是一辆四轮马车。笛福用这个词做主人公的姓，其实是对主人公喜欢出海冒险的暗示。当然，Crusoe 这个词也让人想到 cruise（巡游）④，这更加重了暗示的意味。所以，这个姓不但按惯例应当译全（比如马克·吐温的《汤姆·索亚历险记》和《哈克贝利·费恩历险记》不应该被简化为《汤姆历险记》或《哈克贝利历险记》），而且就作者的叙事意图来说，更不是可有可无的。

从传播的角度看，可以想象若在其他出版社均以《鲁滨孙飘流记》为名出版此书；其凭借原名积累已久的口碑而流播人口时，一家负责的出版社再以《罗宾森·克鲁索历险记》之名出版，则其影响必然极微，因为接受者对其比较陌生。事实上，黄杲炘先生译本以折中的《鲁滨孙历险记》为名，影响亦颇有限。不过，任何习惯的改变都需要付出代价，译名也一样，笔者仍然认为，

---

① 〔英〕笛福著，黄杲炘译《鲁滨孙历险记》，译本序第 5—6 页。
② 〔英〕笛福著，黄杲炘译《鲁滨孙历险记》，第 1 页。
③ 张勇先《英语发展史》，北京：外语教学与研究出版社，2014，第 89—90 页。按：此书之资料，承蒙耶鲁大学博士候选人王萌筱提供，谨致谢忱。
④ "巡游"之义，蒙中国人民大学王燕教授提示，谨致谢忱。

出版界应该逐步恢复其《罗宾森·克鲁索历险记》的原名了。

我们再举一个稍稍超出小说文体的例子，即阿拉伯故事集《一千零一夜》，此书虽非小说（novel），但在一般社会的接受层面仍将其归于小说一类。这部作品最早译入中国约在光绪二十六年（1900），其时周桂笙（1873—1936）在《采风报》上翻译发表了《一千零一夜》（实为全书之缘起一篇），并于1903年收入其《新庵谐译初编》中。从1903年《绣像小说》开始连载佚名所译《天方夜谭》，这应该是第一次以此为译名。至1906年，奚若（奚伯绶，1880—1935以后）出版了文言译本《天方夜谭》，据《绣像小说》连载译本此后多由商务印书馆出版单行本的惯例来看①，此连载本即当为奚若所译。奚若此译本译笔很好，叶圣陶先生（1894—1988）在1924年商务印书馆将译本收入"汉译世界名著"中时曾为作序云："这个译本运用古文，非常纯熟而不流入迂腐；气韵渊雅；造句时有新铸而不觉生硬，止见爽利；我们认为是一种很好的翻译小说。"并称其译笔"明白干净""富于情趣"②，评价很高。其译名其实也极见功力。

本来《一千零一夜》与《天方夜谭》应当都来自不同的译名，前者英译为 *One Thousand and One Nights*，后者为 *Arabian Nights*。但奚若将后者译为《天方夜谭》，仍属精彩之译："天方"本指伊斯兰圣地麦加，后泛指阿拉伯，"夜"字当然指原名《一千零一夜》之"夜"，而"谭"之增译最见译者之渊雅，原名并无此字，但原其框架，"一千零一夜"即指山鲁佐德在一千零一夜中所讲之故事，则其名本来便当有"一千零一夜所讲之事"的意思，故"谭"即将原名隐含之意表出；不只如此，这一字之增译还切合了中国文言小说命名之传统。据笔者统计，中国古代文言小说集以"谭（谈）"为名者计二百余种，仅次于"录""记"二字，而且是说话体族群中使用最多的，其第二名以"说"为"姓"者就只有一百种左右了。从以上分析可以看出，这个译名除未将原名中表数量的"一千零一"译出之外，将原名隐含的故事发生地、故事讲述时间以及讲述

---

① 参王燕《晚清小说期刊史论》，长春：吉林人民出版社，2002，第260页。
② 〔阿拉伯〕佚名著，奚若译，叶绍钧校注《天方夜谭》，上海：上海大学出版社，2014，序第11—12页。

方式都体现了出来，更重要的是，它还如同本文开端时所举《征边纪略》一样，同时又是一个非常标准的中国传统小说集的命名。这种在译出语与译入语方面都如此贴合的译名求之译史实不多见。正因如此，现在虽然已经出版了几种学术性更强的译本并以《一千零一夜》为名，但在普通人的接受层面来看，还是以《天方夜谭》影响更大。仅从小说翻译史角度看，1908 年，奚若译此书两年后，林纾译出英国作家斯蒂文森（Robert Louis Stevenson, 1850—1894）的短篇小说集《新阿拉伯之夜》(New Arabian Nights)，便以《新天方夜谭》为名；甚至到了 20 世纪 90 年代，埃及著名作家马哈福兹（Naguib Mahfouz, 1911—2006）写于 1982 年的一部作品被译入，也以《续天方夜谭》为名①，即此可见其影响力了。更何况，这四个字甚至已经成为一个成语，用来"比喻虚诞夸饰的议论"②，这在小说翻译史尤其是书名翻译史上恐怕还是很罕见的。

四、新译名中的改译策略

由于中西方对小说文体认知的不同，导致有些小说命名若按原本译出会在接受维度上造成干扰，从而阻碍作品的传播，所以译者或出版者也会策略性地改译。

第一类是以人名为书名的作品。比如夏洛蒂·勃朗特的名作《简·爱》(Jane Eyre)，最早的伍光建先生（1867—1943）译本取名为《孤女飘零记》，正符合前文所述早期译名的两方面修改，直到 1936 年李霁野先生（1904—1997）才以《简爱》为名。此前之所以改译，就是因为书名仅仅一个人名，读者不明白是什么意思，如果是中国小说，比如说《任氏传》之类，至少读者从作品名可以解决阅读此书前最基本的疑问，但外文人名音译进来以后，完全无意义，读者阅读前完全没有坐标可参照。此后，或许国人对西方人名稍稍有些了解，

---

① 〔埃及〕马哈福兹著，谢秩荣等译《续天方夜谭》，北京：中国文联出版公司，1991。
② 汉语大词典编辑委员会等编纂《汉语大词典》第 2 册，上海：汉语大词典出版社，1986—1994，第 1409 页。

对西方文学史也有涉猎，自可以原名来译了。即便如此，《简爱》这个名字还是被常常听说过（知道故事与爱情有关）却没有读过的人误以为是"简单的爱情"（所以，李霁野先生的译名现在一般都统一为《简·爱》，即在中间加间隔号，以示二者不可连成词组而为人名），这一稍显可笑的误解恰恰表明了西方小说译为中文后此类书名汉化的尴尬。

《简·爱》已经算是幸运的了，还有一些至今原名难被人接受的名作。比如狄更斯的《奥立弗·退斯特》（*Oliver Twist*），林纾译为《贼史》，至蒋天佐先生译为《奥列佛尔》（1948），算是接近原名了。但一直到 1984 年荣如德先生的译本才恢复其原名《奥立弗·退斯特》，然而有趣的是，这一学术化的译名只存在于有学术积累意义的《狄更斯文集》之中①，当出版社将其单行并希望其能畅销的时候，便被改名为《雾都孤儿》了——这是当下出版界最为通行的书名，也就是说，如果有人在当前想买一本名为《奥立弗·退斯特》的书一定会很失望，因为几乎找不到。这一书名从一百年前的林纾到最新的黄雨石译本②，一百年的历程仍未能将其原名普及于普通读者知识结构之中。而现在通行的《雾都孤儿》之名，笔者颇怀疑或当来自电影的中译名，我们知道，20 世纪 20 年代与 40 年代美国与英国都据此书拍过电影，电影名倒都是 *Oliver Twist*，但译入中国后，电影名称的翻译就更无规范可言，所以很可能出现于那个时期。后来在 1957 年及 1959 年，通俗文艺出版社与商务印书馆分别出版了此书的简写本，便以《雾都孤儿》为名，直到现在。

再如司各特的名作《昆丁·达沃德》（*Quentin Durward*），此书 1939 年万以咸译本改名为《惊婚记》，1983 年山东人民出版社高长荣先生（1922—2000）译本改名为《城堡风云》，1996 年珠海出版社再版高译时又改名为《古堡情仇》，虽然 1987 年及 1998 年人民文学出版社与上海译文出版社分别出版了项星耀先生和许渊冲先生的译本，二者均依原名，但 1999 年译林出版社出版谢百魁先生

---

① 〔英〕狄更斯著，荣如德译《奥立弗·退斯特》，上海：上海译文出版社，1998。
② 〔英〕狄更斯著，黄雨石译《雾都孤儿》，北京：人民文学出版社，2015。

译本时仍用最早的《惊婚记》为名。这个名字之所以这样复杂，原因就在于书名用了人名，而且是人们不太熟悉的人名，所以难以记忆与辨认。

除此之外，像德国著名作家海因里希·伯尔的名作《莱尼与他们》，漓江出版社与人民文学出版社都出版过高年生先生译本，改题为《女士及众生相》；拉美爆炸文学代表人物胡安·鲁尔福的代表作《佩德罗·帕拉莫》，人民文学出版社所出屠孟超先生译本改名为《人鬼之间》：都是考虑人名的接受而改动的。

第二类是以地名为书名的作品，这其实与人名的道理是一样的，因为地名也只好用音译，也就同样会令目的语接受者不知所云。最典型的是美国著名作家舍伍德·安德森（Sherwood Anderson，1876—1941）的代表作 *Winesburg, Ohio*，后由吴岩先生（1918—2010）译为中文。在中文版后记中，他有一段对译名的说明："这部安德森的杰作，原是我三十多年前的旧译，曾列入《美国文学丛书》，由晨光出版公司在解放前夕的上海出版的。当时我直觉地认为书名如译作《俄亥俄州温士堡城》，也许会被认为是一本地理书，于是便硬译为《温士堡，俄亥俄》，其实是不合适的；但因为初版后一直没有重版，也就无法改正了。这书在香港倒是再三印过的，叫作《小城故事》……就我所见到的本子看来，……译者署名虽然不是我，但那十四篇的译文却基本上是我年轻时的旧译：有些错、漏的地方，也跟着我错、漏了，这使我感到不安；也有几处替我改正了错误，我在这里表示感谢。这一回这书列入《二十世纪外国文学丛书》重新出版，我根据原作精神，参照港版，把书名改为《小城畸人》。"① 事实上，吴岩先生的译本是此书目前唯一的中译本，如果他坚持用他所谓的"硬译"的书名或许更好，因为数十年以来，读者可能已经接受了——当然，硬译的语序自然要调整，正如杨义先生所指出的，西方地名排列顺序是由小到大，而我们则相反②，所以，或许名为《俄亥俄，温士堡》会更好。

第三类是有些书名在中国文化的接受中实在不像小说名称的书。这样的例子也不少，如美国作家米切尔（Margaret Mitchell，1900—1949）的 *Gone with*

---

① 〔美〕舍伍德·安德森著，吴岩译《小城畸人》，上海：上海译文出版社，1999，第 204 页。
② 杨义《中国叙事学》，第 8 页。

the Wind,"书名直译应为'随风飘逝',它出自书中女主人公思嘉之口,大意是说那场战争像飓风一般卷走了她的'整个世界',她家的农场也'随风飘逝'了。……作者用来作为书名,也表明了她对南北战争的观点,这与本书内容是完全一致的"①。但"随风飘逝"对中国人来说太不像书名尤其是小说名,所以傅东华先生(1893—1971)在20世纪40年代译此书时便名之为《飘》,即便如此,这个书名与读者习惯的小说名仍有距离,而且也不合于原书之意,因为原书书名来自英国诗人欧内斯特·道生(Ernest Dowson,1867—1900)的诗 *Cynara*,原诗第三段第一句是"I have forgot much, Cynara! Gone with the wind",飞白先生译为"我已经忘却了许多,西娜拉!随风飘忽"②。于是,1990年上海译文出版社出版陈良廷等人译本时便改名为《乱世佳人》——这可能与此前所论《雾都孤儿》的情况类似,来自中文版译名,那部被誉为好莱坞最成功的电影于1940年1月17日在美国上映,傅东华先生1940年9月15日所写译序云:"上海电影院起初译为'随风而去',与原名固然切合,但有些不像书名。后来改为'乱世佳人',那是只好让电影去专用的。"③其实,《飘》的命名是英国19世纪为小说命名的一种风气,即从诗歌中节取书名,如《小说的艺术》所举《远离尘嚣》《天使不敢涉足的地方》《一捧尘土》《丧钟为谁而鸣》等④。

还有一些并不属于以上三类,但在拟定译名时却有意无意地被进行了母语化的改动。如法国作家马塞尔·普鲁斯特(Marcel Proust,1871—1922)的代表作 *A la recherché du temps perdu*,在国内首译出版的《编者的话》中曾讨论其译名说:"关于此书的译名,我们曾组织译者专题讨论,也广泛征求过意见,基本上可归纳为两种译法:一种直译为《寻求失去的时间》;另一种意译为《追忆似水年华》。鉴于后一种译名已较多地在报刊上采用,按照'约定俗成'的

---

① 〔美〕米切尔著,戴侃、李野光、庄绎传译《飘》,北京:外国文学出版社,1995,译本序第1页。
② 飞白主编《世界诗库》第二卷,广州:花城出版社,1994,第600页。
③ 〔美〕米切尔著,傅东华译《飘》,杭州:浙江文艺出版社,2008,译序第3页。
④ 〔英〕戴维·洛奇著,卢丽安译《小说的艺术》,第229页。

原则，我们暂且采用这种译法。"① 或许主事者觉得《寻求失去的时间》不够雅致，也不太像小说的名目，不过，前者不雅致其实是当时译者并未雕琢，后来周克希先生独立重译此书，便依直译法译为《追寻逝去的时光》，也还比较雅驯。而且也比前译更贴切：前译中有"追忆""似水"二词，均为原文所未有者，"recherché"为"寻找"之意，"perdu"为"失去"之意，既无"忆"，亦无"似水"之比喻。当然，从中国文化角度看，一论及时间流逝，则自动联想起孔子"逝者如斯夫"之叹，便与水相连了，所以想译此名为"似水"亦可理解，但其实可以隐晦处理，如周克希先生在译名中加一"逝"字，便既有"失去"之意以合"perdu"，又可联想至"逝者如斯夫"之语，算是很切当了②。不过，这仍然是一个句子，当作小说书名对中国读者来说还是稍显隔阂，笔者认为，其实可以译为"寻找流年""追寻流年"之类，"逝去的时光"这个词组，用"流年"二字足以当之。

有趣的是，此书译本之难不仅在中文译本之中，就是英译本也有同样的困难。此书法文原本刚刚出版不久，兰登书屋便出版了司考特·蒙克里夫（Scott Moncrieff）的英译本，译名为 *Remembrance of Things Past*③，这一译名非常精彩：首先，此译名是莎士比亚（William Shakespeare，1564—1616）十四行诗第三十首的原句"I summon up remembrance of things past"，朱生豪（1912—1944）译为"当我传唤对已往事物的记忆"④，据此可见，此译名十分巧妙地反向利用了前文提及之19世纪英国小说从诗歌中节取书名的风气，为普鲁斯特作品的书名配上诗歌中的来源，而且 remembrance of things past 的意思转译过来大概便是"追忆往事"的意思，与普鲁斯特的原文基本吻合。更有趣的是，周克希先生指出，此英译"书名的首字母 R、T、P，正好就是法文原版名'A la recherché du

---

① 〔法〕普鲁斯特著，李恒基等译《追忆似水年华》，南京：译林出版社，1992，编者的话第2页。
② 有趣的是，许多著作在引用译林版《追忆似水年华》的时候，偶尔会误引为《追忆逝水年华》，或许也表现出读者潜意识中对"逝"字的认可，不过，把"逝水年华"组为一词颇为生硬。
③ Marcel Proust, *Remembrance of Things Past*, Scott Moncrieff, Random House, 1934.
④ 〔英〕莎士比亚著，朱生豪等译《莎士比亚全集》第11册，北京：人民文学出版社，1992，第188页。

temps perdu' 的首字母（按实词算）"，故称其为"神来之笔"。但没想到这个译名却让普鲁斯特大失所望，在给友人的信中说"这下书名全给毁了"。后来，译者不得不将译名改为直译的 In Search of Lost Time，这与中国的汉译历程何其相似。普鲁斯特对"神来之笔"的译名之不满，其具体原因不得而知，但原其大要，不外和翻译的归化与异化有关。

归化与异化永远是需要平衡的矛盾，也就是说，任何事物都要把握合理的分寸才好。比如秘鲁作家巴尔加斯·略萨（Mario Vargas Llosa，1936—　）的代表作《绿房子》(La Casa Verde)，1982 年云南人民出版社出版了韦平、韦拓译本，取名《青楼》①，这可以说是一个既合于原名的直译又恰在目的语中找到对应语的译名，甚至在小说中也可看到"绿房子"亦指妓院，所以这应该也是本书译名的"神来之笔"，但其在目的语中却有着过于鲜明的对应，这种过于鲜明的对应便会把目的语书名所蕴含的文化信息向原作反向输出，从而干扰目的语读者对原作信息的正常接受。也就是说，读者在接受时，反倒会在自己的文化体系下给作品一个背景，但这个背景并非作品本来就有的，从而在接受中产生错位。或许还有一个因素需要考虑，那就是，过于归化的翻译无法给目的语读者带来在阅读外国文学作品时所会有的陌生感。所以，这本书最终被中国读者熟知的译名仍是《绿房子》。

当然，也有归化稍过却仍被公认为经典的译名，如傅雷先生（1908—1966）所译《高老头》(Le Pére Goriot) 与《贝姨》(La Cousine Bette)，原名直译应该是《高里奥老爹》和《贝蒂表妹》，但正如前论《鲁滨孙飘流记》的译名一样，这两个译名也已经经典化，所以也就相沿不改了。

以上所说还只是正常的翻译思路对小说书名的影响，而当下还有另一个更根本的因素，产生了更大的影响，那就是今天是一个传统阅读被忽略，轻阅读或快速阅读大行其道的时代，翻译小说尤其是所谓纯文学的翻译小说在出版与阅读市场上都遭受到不同程度的挑战。轻阅读时代的畅销读物都是"鸡汤"化的，所以，出版界也便兴起了"鸡汤体"的书名，这种书名最大的特点有二：

---

① 〔秘鲁〕巴尔加斯·略萨著，韦平、韦拓译《青楼》，昆明：云南人民出版社，1982。

一是用字煽情化、文艺腔，以此来迎合浅阅读的风气；二是书名超乎寻常地长，这其实是网络文章的命名方式——因为短名无法透露更多的信息，以便读者选择点开还是忽略，而长名则可以把更多的诱导性因素放进名字中。

　　本来，这种书名的影响多在原创类作品，因为从技术层面来看，那类作品起码命名权是在作者或出版社手中的，而翻译小说毕竟还要受原名的限制。但令人惊讶的是，出版界竟然真的出现了外国文学名著"鸡汤体"的书名。2015年诺贝尔文学奖公布，授予白俄罗斯女作家阿列克谢耶维奇，她的几部代表作《战争的非女性面孔》《最后一个证人》《切尔诺贝利的回忆：核灾难口述史》在获奖之前便已在国内出版。当她获奖的消息传来，这几部作品又迅速上市，但译名却分别变成了《我是女兵，也是女人：你未曾听过的"二战"亲历者的故事》《我还是想你，妈妈：你未曾听过的"二战"亲历者的故事》《我不知道该说什么，关于死亡还是爱情：来自切尔诺贝利的声音》——这种典型的"鸡汤体"书名不但进入诺贝尔奖级作家的作品中，而且是阿列克谢耶维奇这样一个严肃（甚至过于严肃）的作家，虽然只是书名，正显示出商业考量尤其是轻阅读风气对我们这个时代的影响。

　　钱锺书先生论翻译之方法时曾言："一种尽量'欧化'，尽可能让外国作家安居不动，而引导我国读者走向他们那里去，另一种尽量'汉化'，尽可能让我国读者安居不动，而引导外国作家走向咱们这儿来。"① 我们对西方小说书名的翻译便从完全"汉化"开始，逐渐走向更严格的"欧化"，这虽然只是译名的演化，却显示了西方小说概念对中国读者影响的实绩，同时也折射出一个多世纪以来中国接纳西方文化的宏大背景及姿态变化。

五、以毛姆小说 Cakes and Ale 的译名看社会文化对译名的影响

　　其实，外国小说译名也是社会风气影响下的产物：我们可以看出，林纾时

---

① 钱锺书《钱锺书集·七缀集》，第83页。

代的译名、新中国成立初期的译名及改革开放后的译名,之所以会有如上所述的变化,正与社会文化氛围和出版市场的变化有关。

英国作家毛姆(William Somerset Maugham,1874—1965)的版权于2016年到期,当年出版界便掀起了一轮出乎意料之外却也在情理之中的毛姆热。在这个热潮中,毛姆的 Cakes and Ale 一书也多被收入。然而,此书的译名却让译者与出版者十分为难。

清末最早翻译西方小说从《格列佛游记》和《夜与晨》始,当然,这两部作品已经被分别改名为《谈瀛小录》和《昕夕闲谈》了,之所以要改名,正是由于一直处于中国叙事传统中的读者对典型的西方小说书名会有一种文体不适,为了消除这种不适,译者尽量把原名改造为中国传统的小说命名。不过,之后一百余年中,中国读者已经从不适应西方小说书名到逐步接受,只是,这种接受又会产生一个新的固有印象,这一印象也恰恰可以最早译入的这两部作品命名为代表:一是如《格列佛游记》一样以主人公姓名为书名者,如《欧也妮·葛朗台》《安娜·卡列尼娜》之类,这也是早期西方小说命名的通则,当然,这也包括一部分类似于人名的专有名词,如《呼啸山庄》与《巴黎圣母院》之类;还有一种是如《夜与晨》这样的寓意性书名,如《名利场》《红与黑》之类,这也是20世纪以后至今西方小说最常用的命名方式,如《魔山》《百年孤独》之类。就算毛姆自己的作品,像《刀锋》《人性的枷锁》也都是属于寓意类的书名。

不过,对于中国读者来说,所谓寓意性书名,自然要求了解书名与作品之间的隐喻关系方可,Cakes and Ale 这一书名的难以移译正在于其意旨的难以捉摸——或者也可以说,不同的译名正体现出译者对这部书意旨的不同认定。

1983年湖南人民出版社出版了李珏译本,译名为《啼笑皆非》,在《译者的话》中译者说:

这本书的书名原有各种译法,有的资料中译作"大吃大喝",有的则译作"狂欢"或"寻欢作乐"。原书的书名为"Cakes and Ale",意思是"吃吃喝喝"或"吃喝玩乐"。如果直译，当然就不外乎这些译法了。在莎士比亚的《第十二夜》一剧中，也曾用过这一习惯语，他指的是"瞎胡闹"的意思。小说本身也确实没有写什么吃吃喝喝的事，也不曾写多少沉溺酒色之乐，而是通过揭露英国文坛的一些可笑的人和事，揭示出英国社会的一些严肃的问题，所以改为现在的这个书名，似乎更加贴切。①

莎士比亚《第十二夜》第二幕第三场中的原话是："Dost thou think, because thou art virtuous, there shall be no more cakes and ale？"梁实秋先生（1903—1987）译为"你以为，因为你是规矩的，便不许别人饮酒作乐吗"②，朱生豪译为"你以为你自己道德高尚，人家便不能喝酒取乐了吗"③，方平先生译为"难道你，自以为道德高尚，就容不得别人喝麦酒、用茶点了吗"④，意思都比较明确。这里的"cakes and ale"若直译就是"蛋糕和啤酒"，但毛姆的书名并非这么简单，因为这是英语中的习语，《英汉大词典》中录此词条，指"欢乐，物质享受：Life is not all cakes and ale. 人生并不就是吃喝玩乐"⑤。仅从翻译原则来看，此译将其改名为"啼笑皆非"是很不妥当的，更何况这只是译者自己认为"更加贴切"的书名。这种大胆的做法不禁使人想起钱锺书先生对林纾译本的趣评："一个能写作或自信能写作的人从事文学翻译，难保不像林纾那样的手痒；他根据个人的写作标准和企图，要充当原作者的'诤友'，自信有点铁成金、以石攻玉或移橘为枳的义务和权利，把翻译变成借体寄生的、东鳞西爪的写作。"⑥

不过，我们如果梳理一下此译本改名的逻辑也可看出时代氛围的影响。20

---

① 〔英〕毛姆著，李珏译《啼笑皆非》，长沙：湖南人民出版社，1983，译者的话第3页。
② 〔英〕莎士比亚著，梁实秋译《莎士比亚全集》第13册，北京：中国广播电视出版社，2002，第67页。
③ 〔英〕莎士比亚著，朱生豪等译《莎士比亚全集》第4册，第35页。
④ 〔英〕莎士比亚著，方平主编，方平等译《莎士比亚全集》第2册，上海：上海译文出版社，2017，第424页。
⑤ 陆谷孙主编《英汉大词典》，上海：上海译文出版社，2007，第262页。
⑥ 钱锺书《林纾的翻译》，《钱锺书集·七缀集》，第91页。

世纪80年代是一个理想主义时期，人们大多倾向于从严肃的、社会化的角度来解读文学作品。所以，译者觉得用一个类似于"吃喝玩乐"的名字太不严肃了，并且译者从那个时代的文学欣赏惯例出发，指认这部作品并不是要写"吃吃喝喝"，而是要"揭示出英国社会的一些严肃的问题"。所以，"啼笑皆非"这个译名便带有讽刺的意味，重点在于"揭露英国文坛的一些可笑的人和事"——实际上，这个译名也是译者对作品的一种解读。

1984年，浙江文艺出版社出版了章含之、洪晃的译本，以《寻欢作乐》为名，这基本上与前引"吃喝玩乐"的释义较近，所以也成为此书至今为止使用最多的命名。这个名字看似与前一译名相反，但逻辑却是相同的，因为这一译名的重点其实还是"揭露英国文坛的一些可笑的人和事"，从其书内容提要中说"揭示了西方文坛上种种光怪陆离的现象"便可看出。只是前一译名更侧重于"严肃的问题"，所以以"啼笑皆非"来做下面的批评，而此译名则侧重于"光怪陆离的现象"，尤其是"某些妇女在私人生活中的放荡不羁"①，故以贬义之"寻欢作乐"来评判。

2016年，上海译文出版社推出了高健先生的新译本，又改名为《笔花钗影录》。译者在序言中说："这本书原名'Cakes and Ale'（莎剧中语），作寻欢作乐解。推寻作者这样命名的用意可能是想借此点出书中男女主人公年轻时的放浪生涯。但考虑到小说描写的主要是作家们及其妻室或情人的种种文坛逸事以及滑稽丑闻，我们觉得《笔花钗影录》这一译名或者更能切合原著的主要精神。"② 这实在令人惊异：一方面，译者随意改动原本书名之大胆，与前述"啼笑皆非"之名一样，都仿佛有"义务和权利"来帮助作者取一个"更加贴切"或"更能切合原著的主要精神"的书名；另一方面，这个译名较前之拟名更令人"啼笑皆非"，因为竟完全回到林纾当年的老路上去，不但抛开了原名，而且既用了林氏惯用的五字来译，又加了林译最喜欢使用的"录"字为新名的体字，

---

① 〔英〕毛姆著，章含之、洪晃译《寻欢作乐》，杭州：浙江文艺出版社，1984，第229页。
② 〔英〕毛姆著，高健译《笔花钗影录》，上海：上海译文出版社，2016。

还沿用了林纾后期惯用的俗艳"丽语"——我们把它与林纾所译《红礁画桨录》《神枢鬼藏录》《金风铁雨录》《金台春梦录》《情天异彩录》《情天补恨录》之名对比一下,便可看出二者真可谓"异曲同工"了。

这一改名看似退回林纾译名的旧辙,其实却仍是今天社会文化氛围的产物。戴维·洛奇在讨论小说书名时曾说:"小说向来兼具商品及艺术品之双重特性;商业考虑往往会影响小说书名的选定,或是导致书名更动。"① 他还举了一些被出版社改名的例子(包括他自己的作品)。事实上,商业考虑在今天不但存在,而且影响更大。今天,图书的销售模式发生了重大且深刻的变化:书店陈列可任由读者翻阅的销售逐步让位于更迅速快捷的网络销售,而网络销售有两个显而易见的弊端。一是面对抽象的网络,读者根本不知道自己需要买什么。图书与服装不一样,服装是必需品,某人缺了某类服装,他自然想到要买,但没有人知道每天网上新摆上货架的上万种书是什么,甚至也不完全清楚自己需要什么。二是即便某位读者通过某种渠道(比如说网络的检索)知道自己想买什么,但他还是很难有合理的方式让自己了解这本书。服装的功能是有重合的,也可以互相取代的,所以消费者可以轻易地决定自己需要什么类型的服装,但图书彼此之间却几乎无法取代,每一本书都是独特的,在网络半遮半掩的介绍中,读者并没有充足的理由来做出决定。但有趣的是,现在人们因为无法试穿而对服装的网购普遍持警惕态度,但对于影响更大的图书网购却并没有足够的认识。

为了避免上面两个因素对网络售书的影响,当下的出版者都更倾向于为自己的书取一个抓人眼球的名字,这样会使出版物有较强的识别度,从而在网络这种非直观的虚拟世界中引起潜在读者的注意,甚至诱导读者的购买欲。我们并不知道这个《笔花钗影录》的名字是怎么考虑的,但这个极富林氏丽语之色的书名却与当下的时代风气正相吻合。

除以上几种译法外,还有人直接称其为《饼与酒》,这自然只是随手所译,无足取资。而据李继宏先生所译《月亮和六便士》一书的序言可知,他将此书

---

① 〔英〕戴维·洛奇著,卢丽安译《小说的艺术》,第231页。

直译为"蛋糕与麦芽酒"——之所以把 ale 译为"麦芽酒"而不是通常所说的"啤酒",或许是他觉得"啤酒"现代感太强吧,其实啤酒是古已有之的饮料,甚至这部小说中多次提及,第十一章还提到了 oasthouses(啤酒花烘干室)这个词,可知直译为"啤酒"也没问题。其实这倒是一个相对来说更合理的译名,至少没有完全背离作者的原意。不过,如果说前边三个译名都太过于大胆的话,这个译名又稍有些拘束,毕竟,毛姆用这样一个习语肯定不只是用其字面的意思,所以最好还应该对作者的意旨有所体现。

当然,我们也要承认,Cakes and Ale 之所以有这么多不同的译名,除了译者心态和出版界风气的原因之外,其实还有这个书名本身的原因,那就是这个名字直译的意思对中国读者来说确实不太像一个小说的书名。比如说他的《月亮与六便士》便没有这么复杂,除了 1947 年王鹤仪译本将其译为《怪画家》之后[1],当代译名的差别只在用"和"还是用"与"而已。

综上所述,可以看出,此书在中国的译名虽不尽相同,但这些不同的译名却总是在原名表层义与隐喻义的两极徘徊。用直译的方式译出表层义,则书名似乎与小说内容风马牛不相及,如译为《饼与酒》或《蛋糕与麦芽酒》,这种命名会让习惯中国小说命名方式的读者误以此为食品说明书,这就使得此书在中国的读者接受上处于一个尴尬的地位。而要以意译的方式译出隐喻义,则必须对 Cakes and Ale 这个名字的表层义进行引申与阐释,然而,译者的阐释必然带有译者本人的主观色彩,从而使得意译书名成为译者解读作品的标签,正如上文所举的两类译名,《啼笑皆非》与《寻欢作乐》都是基于文学对社会的揭露与批判功能拟名的,但这类译名却没有办法将这种解读完全等同于作者的态度——事实上,这更可能只是译者的态度罢了;而《笔花钗影录》则是另一类译名,作者尽量把书名译为客观的描述,从而取消道德判断,暂不论这种大刀阔斧的改名是否妥当,仅就取消道德判断来说,也未必合于毛姆的原意,因为这部小说除了 Cakes and Ale 这个正题之外,还有一个副标题 The Skeleton in the

---

[1] 参查明建、谢天振《中国 20 世纪外国文学翻译史》,第 348 页。

Cupboard，即"家丑"之意。可见，直接用意译的方式其实也未见其当。

在综合各种情况后，笔者认为有两种译法可能会更接近作者原意。

一是尽量照顾原名的表层义，同时合理地体现作者的隐喻义，则可以"美酒佳肴"译之。这一译名看似与前"蛋糕与麦芽酒"相类，实颇不同：相类处是"美酒"与"ale"对应，"佳肴"与"cakes"对应，则字面上基本都是直译，至少不会太偏离作者原文；不同处在于"蛋糕与麦芽酒"都是非常客观的词，词本身并无感情色彩，则与英文习语"欢乐、物质享受、吃喝玩乐"之意不侔，而"美酒佳肴"因为有"美""佳"的形容词，在汉语使用习惯中便也带有"欢乐、物质享受、吃喝玩乐"的意思，比如《梼杌闲评》第三十三回有云："你想这些官儿都是娇怯书生，平日轻裘细葛，美酒佳肴，身子娇养惯了的。"① 当知"美酒佳肴"一词的意思暗含着吃喝玩乐的意思，这样便可与原书名的深意对应。

二是尽量译出作者隐喻义，但要合理，则可以"及时行乐"译之。在小说第十七章结尾，露西对叙述者有一段非常重要的话，章含之译本译为："为什么不为你所能得到的而高兴呢？要我说，你还是及时行乐的好；不出一百年我们就全都死了，到那时还有什么可以计较的呢？趁现在活着我们应当痛快享受才是。"这里的"及时行乐"一语虽然出自译者的译笔（原话是"Enjoy yourself while you have the chance"），却也是本书甚为恰当的译名。相对来说，"寻欢作乐"与"及时行乐"都表示享受物质生活的态度，但前者更倾向于负面评价，而后者则更多的是描述而非评判。

当然，正如本文开端部分指出，译名正体现出译者对这部作品意旨的认定，上文也反复提及作者的原意，那么作者的原意到底是什么呢？

事实上，上文引述露西的那段重要的话已经说得比较清楚了。再看第二十五章，作品叙述者"我"在面对德里费尔德夫人对露西"在男女关系上简直是乱透了"的指责时，非常激动地用长篇大论为露西辩护，他说："当她喜欢

---

① ［清］佚名著，刘文忠校点《梼杌闲评》，北京：人民文学出版社，1999，第382页。

一个人的时候,她觉得和他一起睡觉是很自然的事。这并非道德败坏;也不是生性淫荡;这是她的一种天性。她把自己的身体交给别人就像太阳发出光芒、鲜花吐出芬芳一样地自然。她感到这是一种愉快,她愿意给他人带来快乐⋯⋯她就像林中空地上的一个池塘,清澈,深奥,如果你跳下去浸泡一下自己,那是极其美妙的,而即使有一个流浪者,一个吉卜赛人或一个猎场看守在你之前曾经跳下去浸泡过,这一池清水也仍然会同样清凉,同样晶莹透澈。"这段情节,其实可以看作毛姆对露西甚至对这部以露西为主人公的小说的基本态度。在最后一章,已经七十岁的露西仍如此前一样,小说特意写道:"露西一边拿起一个黄油小面包一边说:'这是我一天中最好的一顿饭,真的,虽然我知道自己不该吃。⋯⋯可要是我就说:你享受一点你真正想的东西,这对你是有好处的。'"①

可以看出,作者未必同意露西的做法,但他承认这对她来说是自然的,而且是健康的。事实上,八十多年前的毛姆塑造的这个形象暗合了当下对身体与伦理的思考。

当然,我们也不得不承认,毛姆对这个形象也正如叙述者阿申登一样是矛盾的,他曾承认露西"有着严重的、令人恼恨的缺陷"。事实上,这部小说的全名是 *Cakes and Ale, or The Skeleton in the Cupboard*,这也可以佐证毛姆在判断露西时的进退维谷。所以,这部作品还是应该译出全名《美酒佳肴或家丑》,只有这样,才能更清楚地感受到毛姆的犹豫徘徊——而这,又何尝不是人类处境的隐喻呢!

---

① 〔英〕毛姆著,章含之、洪晃译《寻欢作乐》,第207—208、213页。

第三节 中国小说书名英译例考

施蛰存先生认为从林纾开始的翻译活动是中国翻译史上的第二次高潮,但施先生对这次的翻译高潮中出现的问题评价较低,虽然施先生也说明了,"这些现象,还是国际翻译界共同存在的",但又认为"只有一种原因的删节,可以说是我国当时翻译界独有的现象",就是或在文中删去不雅的表达,或对所译之书不区分文体①。其实这两点都有些苛刻。对于前者而言,中国文学观念与西方不同,笼统而言,西方文学观点中最核心之处在于认为文学的本质即模仿自然,由此点出发,则只要自然中存在的就没有什么不可以写;中国文学并非如此,《说文解字》云"文,错画也,象交文"②,《周易·系辞下》亦云"物相杂,故曰文"③,可以知道,"文"字最早的意思其实是"纹"的意思,因此,后世"文"

---

① 施蛰存主编《中国近代文学大系·翻译文学集1》,第19—22页。
② [汉]许慎《说文解字》(附检字),第185页。
③ 黄寿祺、张善文译注《周易译注》,上海:上海古籍出版社,2001,第602页。

的观念也受"纹"的影响极大,在中国文化的观念中,"文"是一种积极的状态,是一种理想,所以,在这种文的传统中,"不雅"的东西本来就是"不文"的。这也正是严复(1854—1921)因此之惑请教吴汝纶(1840—1903)时吴回信所云:"与其伤洁,毋宁失真。凡琐屑不足道之事,不记何伤?若名之为文,俚俗鄙浅,荐绅所不道,此则昔之知言者无不悬为戒律,曾氏所谓'辞气远鄙'也。"① 施蛰存先生也曾引此语,但颇以为憾,事实上,这涉及不同文化对"文"的设定,若以中国传统"文"的观念来看,这一主张并无问题。其次是区别文体的问题,对于一个以经史子集、诗词曲赋为文体范畴的文化系统而言,初识西学便要求从诗歌、小说、戏剧、散文四大文体来把握,似乎也不太可能。

不过,施先生有一点说得很贴切,那就是有些问题是"国际翻译界共同存在的"。事实上,我们的翻译家用自己的努力全力克服那些早期文化交融中不可避免的问题,近百年来,用严谨的态度移译了大量的西方作品,那么,西方人又是如何进行小说的"中译西"呢?

一、中国小说早期译名概述

西方人在翻译中国文学作品时其实非常随意,我们举一个例子便可见一斑了,虽然这一例并非小说,但颇有代表性。元杂剧《赵氏孤儿》传入欧洲后,引起欧洲人的热情,欧洲各国对此的翻译、改编此起彼伏②。其中最有趣的是威廉·哈切特(William Hatchett)所改编的《中国孤儿》(1741),其"地名变为人名,男名变为女名,女名变为男名,上下数千年历史人物的姓名,随便安排,屠岸贾改成萧何、公孙杵臼改成老子、提弥明改成吴三桂、赵武改成康熙",而

---

① [清]吴汝纶《答严几道》,舒芜、陈迩冬、周绍良、王利器编《中国近代文论选》,北京:人民文学出版社,1981,第305页。
② 相关情况可参见王丽娜《中国古典小说戏曲名著在国外》一书的描述,上海:学林出版社,1988,第443—455页。

且"还对'康熙'两字作了解释，说是在'苦闷与悲伤'中得胎的"①，这种大刀阔斧恐怕让我们的翻译家做梦也想不到吧。

我们先来大致看一下西译中国小说的书名（以英译为主）。

最早传入欧洲并取得巨大影响的小说是《好逑传》。英国无名氏译为 Hau Kiou Choaan or the Pleasing History（1761），应该说还算是直译，后来德庇时译为 The Fortunate Union, a Romance（1829），以此为名的还有鲍康宁（即 F. W. Baller）译本（1904），从意译的角度看也还算忠实，而且还加了体字 Romance，算是一个较为妥当的译名。然而，道格拉斯（R. K. Douglas）的译本则名为 A Matrimonial Fraud（1883），回译即《欺诈的婚姻》，采用此译法者还有 Thwing 译本（1900），这是完全的改译，类似的还有贝德福德－琼斯（H. Bedford-Jones）据法译本转译的名为 The Breeze in the Moonlight, "the Second Book of Genius"（1926），回译即《月光下的微风：第二才子书》，爱德华兹（E. D. Edwards）Changing the Flower（1938），回译为《移花》。另外，有趣的是，德庇时还曾译为 Shuepingsin（1899），回译为《水冰心》——这是用主人公的名字命名小说的欧洲惯例。

再如《镜花缘》，早期译本均为节译，所以有翟理思摘译的 A Visit to the Country of Gentlemen（1877，《访游君子国》），还有《君子国与大人国》《君子国》《游历奇异之邦》《游历奇国异邦》《在女儿国》《女儿国》等译名。Lin, Tai-yi 节译本名为 Flowers in the Mirror（1965），但若回译则为《镜中花》，未能译出体字的"缘"字。

还有才子佳人小说的两部代表作《平山冷燕》和《玉娇梨》。前者的英译名为 Meet Guile with Guile Episodes from the Novel Ping Shan Leng Yen（1924），回译则为《骗中骗：平山冷燕选段》；法国汉学家儒莲（S. Julien）则译为《中国小说：两个青年女学生》（1826）。后者斯汤顿译本拟音译为 Yu-kiao-lee，又有据法译本转译的 Iu-Kiao-Lior, the Two Fair Cousins（1827），而法译本多作《两

---

① 范存忠《英国文学论集》，北京：外国文学出版社，1981，第218页。

个表姐妹》，德译本有《花园中盛开的花》（1907），还有《繁茂的梨花》《憔悴的美女》《三个含怨之人——玉娇梨》等名。

从以上例子可以看出，西译中的书名处理其实恰恰与前所论中译西的书名处理正好相反，主要集中在两点：一是喜欢用人名来代替书名，二是无法处理中国书名中的体字。

二、《水浒传》《西游记》《金瓶梅》书名的翻译

前文已论，《水浒传》的命名其实有些奇特，"水浒"虽然就是水边的意思，但"浒"这个字却并不常用，作者最初选用此字，实有其隐含的寓意。所以，这个名字的意思初看甚为简单，但仔细考虑却有其深意。这也是迄今为止几乎所有外文翻译本在翻译书名时最为尴尬的地方。

就英译来看，1929年，出现了一个七十回节译本，书名为 *Robbers and Soldiers*，即《强盗与士兵》，这是从德译本转译的，这个名字很不妥当，但却成为许多西方语言译本的用名。

1933年，美国女作家赛珍珠（Pearl Buck，1892—1973）出版了她的七十回全译本，名为 *All Men Are Brothers*（1933），即《四海之内皆兄弟也》。对此，她解释说："英文书名自然不是中文小说名字的意思，因为中文名字奇特地难译。Shui字是水的意思，Hu字是水泊或水边的意思，Chuan字与英文小说之意相同。把这些字用英语并列在一起几乎是无意义的，至少以我看来，那将会使读者对此书得到一种不正确的印象。因此，我专断地选择了孔夫子的一句名言作为英译本的书名，此书名含义的广度和深度，都符合水浒山寨里这伙正义强盗所具有的精神。"① 这段说明包含了中译西很丰富的信息。

事实上，在翻译出版她的译作同时，她获得了美国的普利策奖（1932），此后又获得了诺贝尔文学奖（1938），以这样的身份从事于中译西的工作，这本身

---

① 王丽娜《中国古典小说戏曲名著在国外》，第62页。

便值得尊敬。而且，她的尝试也很有启发意义。她指出"中文名字奇特地难译"实际上是中译西的普遍情况——又何尝不是西译中的难题呢？她指出"水浒传"三个字"用英语并列在一起几乎是无意义的"，但是我们看"简·爱""爱玛"之类的词用中文译出又有何意义呢？所以，她选择了归化的方式来译这个书名，虽然这个归化又是从出发语的文化系统中找到的资源，即"四海之内皆兄弟"，这出自于《论语》第十二篇第五则，即司马牛感叹自己没有兄弟，子夏安慰他时说的话①，赛珍珠误以为是孔子说的——这也正常，以西方人严格的著作权观念来看，以为《论语》是孔子所作，里面的话自然也便都是孔子所说。不过，选择此语为名应该是一个很不错的尝试，因为这也是《水浒传》中江湖好汉的口头禅②，罗尔纲先生便曾说"美国作家赛珍珠（Buck, Pearl）翻译《贯华堂水浒传》七十回本已经在纽约出版。她从书中水浒英雄常说'四海之内，皆兄弟也'这句话，把书名译为'皆兄弟也'"③，看来赛珍珠也同样有这个意思。这个名字既能切合中国的文化传统，更能传达出一种豪迈不羁的江湖气息，算是较好的意译书名了，至少比前举《强盗与士兵》好多了。

不过，许多人对这个译名并不认可。前引罗尔纲先生便说"我认为《水浒》不能译为此名"，胡适先生也曾说："《水浒传》很像英国的'罗宾汉'（Robin Hood）那样的传奇英雄故事。赛珍珠（Pearl S. Buck）把它译成'*All Men Are Brothers*'（《四海之内皆兄弟也》）实在很差劲。《水浒传》原意是'湖畔强人'或'水边盗贼'（*The Bandits of the Marshes*）。"④而唐德刚先生（1920—2009）在为胡适先生此语作注时进一步指责说："赛珍珠所译的《水浒传》里面'差劲'的地方正多着呢！'赛珍珠'和她的中国姊妹'赛金花'一样，这个翻译的艺名本身，就不太'雅'。这位'诺贝尔文学奖金得奖人'在中国之所以被人

---

① 杨伯峻译注《论语译注》，北京：中华书局，2014，第123页。
② 如陈达与史进交战时、赵员外初见鲁智深时、杨林初见石秀时都说过此语，见［明］施耐庵、罗贯中《水浒传》，北京：人民文学出版社，2014，第33、57、591页。
③ 罗尔纲《水浒传原本和著者研究》，自序第3页。
④ 参见胡适口述，唐德刚译注《胡适口述自传》，《胡适文集》（1），第398页。

开了一辈子玩笑而不自觉的道理，主要的原因便是她汉文水准不够；而翻译本身又是件天大的难事。"将"赛珍珠"一名与"赛金花"强行比附，有伤仁厚，所论亦颇苛刻。唐德刚先生自己曾为此拟译名为 The Waterfront Guys，并解释说"waterfront（水浒）原来也是西方江湖豪杰聚止之地。guy 虽然是俚语，却有'光棍'、'泼皮'之意"。而且，他对此译名颇为自得，不过，正如他攻击 Water Margin 这个译名的理由一样，就是他的新译也"把《水浒传》的'传'字译漏了"①。

此后，1937年上海商务印书馆英译七十回节本，由杰克逊（J. N. Jackson）译，名为 The Water Margin；1980年，北京外文出版社出版沙博理先生（Sidney Shapiro，1915—2014）译本，名为 Outlaws of the Marsh（1981年美国印第安纳大学出版社再版），这是目前英语译本中唯一的百回全译本，而译名其实便是前文所举胡适先生所说的 The Bandits of the Marshes。这类的译名增译了"盗贼"二字，也并未表达出"水浒"二字隐含的寓意，还漏掉了文体标识"传"字。事实上，这个译名还有曲折，此书最早在北京外文出版社英文版《中国文学》1959年12月号发表第七至十回译文，标题为《水泊的叛逆者》（Outlaws of Marshes），而在1963年10月号上发表的第十四至十六回译文则又改题为《水泊英雄》（Heroes of the Marshes），直到最后全本出版方又改用前名。想必中间的变动是受政治气氛及对《水浒传》梁山好汉政治定性的影响吧。

同样的情况也出现在《西游记》的翻译中。最早的英译本是1913年上海出版的蒂莫西·理查德（Timothy Richard）节译本，名为 A Mission to Heaven（《圣僧天国之行》），这个译名倒颇与《西游记》早期命名中常用的《西天取经》之类相近。1930年，海伦·海斯（Helen Hayes）译本出版，名为 The Buddhist Pilgrim's Progress: the Record of the Journey to the Western Paradise（《佛教徒的天路历程：西游记》），这个译名其实是迄今为止最完备与精确的译名。先说前半部分，为了照顾目的语的读者接受，译者将《西游记》与英国班扬（John

---

① 参见胡适口述，唐德刚译注《胡适口述自传》，《胡适文集》（1），第409页。

Bunyan，1628—1688）的《天路历程》（1678）相比附，这是一部在西方几乎尽人皆知的名著，其内容也确实与《西游记》有某种程度的契合。更重要的是，其副标题其实也是最精确的《西游记》译名。

不过，可惜的是，此后各国译名都未继承此本的成果，1942 年，英国出版了《西游记》英译本甚至是欧洲语译本中最著名阿瑟·韦利（Arthur David Waley，1889—1966）译本，名为 *Monkey*，这个最受欢迎的译本典型地体现了"以西译中"时对于中国小说命名的更改，去集体性而突出主人公，他知道如果以"孙悟空"为名仍然会让欧洲的读者迷惑，所以就取主人公的代称，这样便把一部集体的取经故事变成了一只猴子单独的冒险——他为儿童而改译的选本便更名为 *The Adventures of Monkey*，这个名字已经是很典型的西方小说命名了。当然，这一命名或许有来源，1924 年，法国出版了苏利埃·德·莫朗的选译本，名为《猴与猪：神魔历险记》，是否为韦利所效法，或许难以确定，但可以确定的是，韦利译本诞生后，欧洲更多的译本步趋于韦氏，选择了相类的名字，如德国 1946 年出版了博纳与尼尔斯的合译本，书名为《猴子取经记》，其实便是据韦利译本转译的。

《西游记》最著名的学术化译本为著名汉学家余国藩先生所译，其译名为 *The Journey to the West*（1977），这个译本问世后获得了巨大的声誉。就其译名来看，似乎是直译的，但其实仍有遗漏，因为如果回译的话就是《西游》，却没有了体字。

《金瓶梅》这个名字对于西译而言更是挑战。最早的节译本是法国汉学家乔治·莫朗（George Morant），译名非常聪明地用了 *Lotus dor, Roman adapte du Chinoys*（《金莲》，1912），虽从译文来说似乎问题很多，但影响极大。后来 1927 年出版了英文节译本，名为 *Chin Ping Mei, The Adventures of Hsi Men Ching*（《金瓶梅，西门庆历险记》），这个命名一方面用拼音拼出了三个代表人物姓名的汉字，另一方面对于书名竟然未出现主人公姓名感到不可理解，于是加了副标题，把"西门庆"的大名也列入，并按西方小说体制再加"adventure"一词。

1930 年，弗朗茨·库恩（1884—1961）的德文节译本出版，名为 *Kin Ping Meh: oder, die abenteuerliche Geschichte von Hsi Men und seinen sechs Frauen*（《金瓶梅：西门与其六妻妾奇情史》），与前英译一样，也补上了西门庆，并将其主要事迹也体现在了书名之中，此本后，据此转译的英、法等欧洲译本所在多有。

1939 年克莱门特·埃杰顿（Clement Egerton）出版了他的英文全译本，名为 *The Golden Lotus*（《金莲》），此译本曾得老舍先生指导。美国著名汉学家芮效卫（David Tod Roy）用三十年时间完成了《金瓶梅》的英文全译本工作，由普林斯顿大学出版社出版（1992—2013），译名为 *The Plum in the Golden Vase, or, Chin Ping Mei*，这个译名之所以需要一个副标题，正是因为《金瓶梅》命名上的模糊性造成的（参看本书第五章第二节），所以，这个命名应该是目前所知最好的一个，既用拟音的方式译了原名，也便保留了原书名中对三位女主人公姓名的展示，同时也用意译的方式展示原名的意象化特色。不过，此一命名也深刻地体现出文化的差异来。比如这个译名中用 "plum" 来译 "梅"，便有学者提出疑议，认为 "plum" 属于 "李子"，不应误译为 "梅"，建议当译为 "*Japanese Apricot in Golden Vase*"[①]，这种提法当然是可笑的，因为 "plum" 一词在英文中自然可译为李子，但也可译为梅，正如本书第五章第三节所指出的，《金瓶梅》那部有名却佚失的续书之所以能确定叫《玉娇李》，原因很多，其中一个便是 "李" 与 "梅" 的关系非常密切，可以组成严格的对位。不过，这一提法却也提醒我们，用 "plum" 来译 "梅" 还是有未惬人意之处，因为在《金瓶梅》这个命名中，"梅" 其实指 "梅花"，汉语常常将一种植物的名字、花、果全用同样的字来表达，而英语中 "plum" 却只能指梅这种植物，我们自然知道，所谓 "金瓶插梅" 的意象自然不会是插梅树或者只插梅枝，与整个意象相应的当然是插梅花，这在《金瓶梅》一书中多次说 "瓶梅"，又说 "花插金瓶" 的对应便可知。从这个意义上说，"plum" 似乎还当更明确地译为 "plum blossom"，不过，如果这样处理了，又过于明白，了无余味。

---

① 张森林、王小铁《〈金瓶梅〉书名英译刍议》，《徐州师范学院学报》1994 年第 4 期。

三、《红楼梦》书名的翻译

《红楼梦》是近百年来西译中国小说作品中质量最高的。近年来，关于《红楼梦》的翻译甚至《红楼梦》书名的翻译都已经产生了数量众多的成果，所以，本文在此不再具论。仅举一例以说明书名翻译的复杂性。

英国著名汉学家霍克思先生（David Hawkes，1923—2009）所译五卷本（英国企鹅公司1974年开始出版）是《红楼梦》英译甚至所有外译本中最受欢迎的一种，有着崇高的地位。其书以 The Story of the Stone 为名，在《红楼梦》的外译史中，几乎全是以"红楼梦"为名来翻译的，以"石头记"为名者很少见，这是其中最有名且影响最大的一个，其书最初的版本中似乎仅有此名，后来某些版本在正名下加上了"also known as The Dream of the Red Chamber"的补充。但这个译名却有几处值得商榷。

一是如前第五章第四节所论，在《红楼梦》传播史上，《石头记》一名只局限于脂本的范围，当下也仅局限于学术界，而在更广阔的接受层面上，《红楼梦》这个名字已经取得了固定的地位，这种地位的取得并非某一个版本（如程本系统）的作用，而是复杂因素合力的结果。作为一种译本，选择书名是否有必要反映这种结果？翻译的主要任务是要减少交流中的矛盾而非相反，但这个译名的选择其实制造了更多的冲突，因为西方读者在阅读此书后，有可能并不了解这部作品便是《红楼梦》——这种可能并非杞人忧天，如果中国翻译《大卫·考坡菲》仍然沿用林纾的译名《块肉余生述》，也许会有人看完此书，但与英人交流时却不知道他们提及的著名作品是什么。那么，霍克思为什么选择《石头记》为名呢？译者自然有他的考虑，笔者认为还有一点，在其对《红楼梦》中宝玉住所怡红院的翻译中可窥一斑，因为西方文化对于"红色"的文化感知与中国大相径庭，在中国这既是一种喜庆的颜色，也含有脂粉气与富贵气，然而在英国文化中却有暴力、流血等因素（事实上，霍克思也了解这种差异，其译本第一卷前言中即有类似的表述），所以，在翻译怡红院时译者别出心裁，将此名译为"House of Green Delight"，回译为中文便是"怡绿院"或者"快乐的绿房子"，这种归化实在令人诧异，事实上，翻译的任务绝不只是让英国人在吃过牛排之后还能吃到烤鸭，从而满足味觉的需求，其实更重大的任务在于让本国人通过阅读了解其他的文化，在这种相互的了解上才可以谈尊重与理解。《红楼梦》中的"红"字其实恰恰是向西方读者介绍中国传统文化的一个契机，在霍克思的译本中却轻易流失了。而且，霍克思是否了解，正如前文提及略萨的代表作《绿房子》一样，"绿房子"或"青楼"在中国文化中究为何意，以此为宝玉居所之名，唐突甚矣。此例虽小，可以喻大，可以想象，一个如此归化的译本其实并未培养一个目的语国家的读者对于出发语国家文学作品的宽容度。

我们再回头来看全书的译名，在如此细节上，霍克思还要不惜以"青楼"译"怡红院"，那《红楼梦》作为全书的总名，其影响更大，译者可能觉得更难处理。不知他是否依此前逻辑想过"The Dream of Green Chamber"这样的译名，即使想过，他也一定会知道，中国小说史上已经有了《青楼梦》这样的作品了。所以，他才会选择《石头记》来作为总名的吧。

不过，仅从《石头记》这个名字来看，霍译仍有可商榷之处，其译为 The Story of the Stone，回译过来其实是"石头的故事"，这个译名不只是如前所言以西译中之惯例，漏译了"记"这个体字，而是他也没有完全厘清或者至少在译文中没有表现出其厘清了"石头记"三字在小说世界中的含义。众所周知，"石头记"其实是"石头所记的故事"，而非"石头的故事"，这里的差别非常大——在红学研究中，我们都知道，石头与宝玉并非一体，这在小说缘起中交代得非常清楚，石头是女娲补天所遗之石，而宝玉是神瑛侍者"下凡造历幻缘"的化身，缘起先说明石头被僧道携走，紧接着便从甄士隐的梦中补出，僧人说"如今现有一段风流公案正该了结，这一干风流冤家，尚未投胎入世。趁此机会，就将此蠢物夹带于中，使他去经历经历"，说得再清楚不过了。后来宝玉衔玉而生，这玉便是石头；后在第十五回，宝玉破坏了秦钟和智能的事，还说"等一会睡下，再细细的算账"，"凤姐因怕通灵玉失落，便等宝玉睡下，命人拿来塞在自己枕边。宝玉不知与秦钟算何账目，未见真切，未曾记得，此系疑案，不敢篡创"①，也非常明确地表明此"宝玉"与彼"宝玉"原非一体。所以译为 The Story of the Stone 便将二者混为一谈，是个误译。但由于霍译名气很大，所以对于其他语种的翻译也产生了相当大的影响，如最新出版的史华慈（Rainer Schwarz）等人的德语全译本，其译名为 Der Traum der Roten Kammer, oder, Die Geschichte vom Stein，即《红楼梦，或石头的故事》，后者也是以"石头的故事"而非"石头所记的故事"为指向来定名的②。

四、小结

总体来看，译入与译出呈现出一些值得深思的对照。中国在早期的译入中，由于文化不适而对西方小说多重拟新名，而此后的趋向却是日益严谨；西方在初次接触中国小说时，恰逢欧洲兴起的中国热，当时尚能用拟音的方式来译作品名称，有时也可以加副标题说明题目的意思，但后期却抛开了这种译法，开始以己意改拟。

从另一个角度来看，中国历来在刊刻小说时都不严谨，每位参与刊刻过程的人都有可能对小说的面貌进行更改，这是中国小说地位低下的一种反映。这种思维直到现在仍然存在。我们看当前市面上出版的绝大部分古代小说（尤其是章回小说），全不标出所据版本，亦无整理者名氏，这一点连中国古籍出版最专业的出版社也未能免俗，据此便可以知道这种观念是如何根深蒂固。当然，也就知道这种观念在我们的文化中其实是有其合理性的。而作为对照，我们现在出版的西方小说作品却完全不同，绝大多数都会标出所据版本，有负其文责的译者，甚至有译者的译序来说明情况，总之，出版流程都是很学术化的。

事实上，对于西方人来说，把《金瓶梅》拟音译为 Chin Ping Mei 或者把

---

① 〔清〕曹雪芹著，无名氏续，中国艺术研究院红楼梦研究所校注《红楼梦》，北京：人民文学出版社，2015，第 8、200 页。
② 〔德〕史华慈等译，Der Traum der Roten Kammer, oder, Die Geschichte vom Stein, Berlin: Europäischer Universitätsverlag, 2010。

《红楼梦》拟音译为 *Hong Lou Meng*，这有何不可呢？当然，正如前文所引赛珍珠所言，"把这些字用英语并列在一起几乎是无意义的"，但是，也正如笔者指出的，中国翻译西方无数的小说均用拟音的方式来译其书名，那么"尼古拉斯·尼克尔贝"之类的字并列在一起又有什么意义呢？如果用 *Shui Hu Chuan* 为名的话，译者还可以在译序里告诉读者"Shui 字是水的意思，Hu 字是水泊或水边的意思，Chuan 字与英文小说之意相同"，面对"尼古拉斯·尼克尔贝"，中国的译者能告诉读者什么呢？我们只能告诉他，这就是一个名字；而面对《尤利西斯》的译名，读者也只好尽量去理解它与《奥德赛》之间的关系。其实，正如司各特在《威弗莱》开场白中所说其对人名及书名的考虑，这些实际上都组成了读者的前理解，从这种前理解影响到中国早期翻译西方小说的改名策略也是合于逻辑的，因为中国译者同样知道一部作品的命名对全书接受的重要性，而西方作者煞费苦心为主人公及作品所命之名在音译为中文后，完全失去了其在原来的文化生态下所引发的联想，比如对一个中国人来说，"霍华德、莫当特、莫蒂默或斯坦利"这些名字完全引不起豪侠的联想，"贝尔莫尔、贝尔维尔、贝尔菲尔德或贝尔格雷夫"也并没有感伤情调，甚至"威弗莱"是否是一个"没有被玷污的名字"更无人知道，也谈不上好听还是难听。在这种情况下，音译人名如果只是存在于小说内部还可接受，但如果上升到书名中去，那么读者开始只能接触一部书的书名，就会影响对作品的接受。但是，直到目前为止，中国翻译界依然十分严谨地去翻译这些名字。

前文引及钱锺书先生对两种翻译法的评述，目前中西方小说互译的情形便可据此概括为两类，一类是中国人使用"异化"的方法，让外国作家安居不动，我们走向他们；而另一类是西方人多用"归化"的方法，让他们的读者安居不动，而我们的作家走向他们。这种现象其实从更深的层面表现了文化的倾斜。我们一直说，文学是文化沟通的桥梁，然而，霍克思在翻译的时候因为要让"我国读者安居不动，而引导外国作家走向咱们这儿来"，所以，他拆解了《红楼梦》中许许多多的桥梁，这不能不说是中西方文化交流的一种遗憾。

参考文献

凡例

本书目分为四类：中国小说作品、古籍资料、专著、外国作品（单篇论文及学位论文书中已注出，此处不再单列）。为便查检，各类使用不同的排序：

第一类"中国小说作品"，大致分为两部分，一为文言小说，一为白话小说，各部分之中基本以作者时代为序。

第二类"古籍资料"分为经、史、子、集四部。经部大体依十三经次序分列；史部则依引书情况笼统分为正史、杂史、目录三类；子部不分类；集部依别集、总集、诗文评及词曲四类分列：各部均依作者时代为序。

后两类则以著者姓名音序排列（外国作品先以国别音序分开）。

以上各类中，同一作者以所用版本出版年代为序。

一、中国小说作品

上海古籍出版社编，王根林、黄益元、曹光甫校点《汉魏六朝笔记小说大观》，上海：上海古籍出版社，2011。

无名氏撰，程毅中点校《燕丹子》(《燕丹子　西京杂记》)，北京：中华书局，1985。

［晋］干宝撰，［宋］陶潜撰，李剑国辑校《新辑搜神记　新辑搜神后记》，北京：中华书局，2007。

［晋］张华撰，范宁校证《博物志校证》，北京：中华书局，1980。

［南朝宋］刘义庆撰，［南朝梁］刘孝标注《世说新语》影印本，上海：上海古籍出版社，1982。

［南朝宋］刘义庆撰，［南朝梁］刘孝标注《宋本世说新语》，影印日本尊经阁文库藏南宋绍兴八年董弅刻本，北京：国家图书馆出版社，2017。

［南朝宋］刘义庆著，［南朝梁］刘孝标注，余嘉锡笺疏《世说新语笺疏》(《中国古典文学基本丛书》)，北京：中华书局，2015。

［南朝宋］刘义庆撰，［南朝梁］刘孝标注，朱铸禹汇校集注《世说新语汇校集注》，上海：上海古籍出版社，2002。

［南朝梁］殷芸编纂，周楞伽辑注《殷芸小说》，上海：上海古籍出版社，1984。

旧题［隋］侯白撰，董志翘笺注《启颜录笺注》，北京：中华书局，2014。

鲁迅辑《古小说钩沉》，《鲁迅全集》第八卷，北京：人民文学出版社，1973。

李剑国辑释《唐前志怪小说辑释》(修订本)，上海：上海古籍出版社，2011。

［唐］李亢撰，张永钦、侯志明点校《独异志》，北京：中华书局，1983。

［唐］段成式撰，方南生点校《酉阳杂俎》，北京：中华书局，1981。

［唐］陈翰编，李小龙校证《异闻集校证》，北京：中华书局，2019。

鲁迅辑录《唐宋传奇集》，《鲁迅辑录古籍丛编》，北京：人民文学出版社，1999。

汪辟疆校录《唐人小说》，上海：上海古籍出版社，1978。

张友鹤选注《唐宋传奇选》，北京：人民文学出版社，2007。

王汝涛编校《全唐小说》，济南：山东文艺出版社，1993。

李时人编校，何满子审定《全唐五代小说》，西安：陕西人民出版社，1998。

上海古籍出版社编，丁如明、李宗为、李学颖校点《唐五代笔记小说大观》，上海：上海古籍出版社，2000。

李剑国辑校《唐五代传奇集》，北京：中华书局，2015。

［宋］李昉等编《太平广记》，北京：中华书局，1986。

［宋］李昉等编，张国风会校《太平广记会校》，北京：北京燕山出版社，2013。

［宋］刘斧撰辑《青琐高议》，上海：上海古籍出版社，1983。

［宋］乐史《广卓异记》，《续修四库全书》史部第 87 册，上海：上海古籍出版社，2002。

［宋］洪迈撰，何卓点校《夷坚志》，北京：中华书局，1981。

［宋］李献民撰，程毅中、程有庆点校《云斋广录》(《云斋广录　鸳渚志余雪窗谈异》)，北京：中华书局，1997。

［宋］曾慥辑《类说》，《北京图书馆古籍珍本丛刊》第 62 册，北京：书目文献出版社，1988。

［宋］曾慥编，严一萍校订《类说》，台北：艺文印书馆，1970。

［宋］曾慥编纂，王汝涛等校注《类说校注》，福州：福建人民出版社，1996。

程毅中编著《古体小说钞·宋元卷》，北京：中华书局，1995。

李剑国辑校《宋代传奇集》，北京：中华书局，2001。

上海古籍出版社编《宋元笔记小说大观》，上海：上海古籍出版社，2001。

［宋］罗烨编，周晓薇校点《新编醉翁谈录》，沈阳：辽宁教育出版社，1998。

［明］陶宗仪等编《说郛三种》，上海：上海古籍出版社，1988。

［明］瞿佑著，周楞伽校注《剪灯新话（外二种）》，上海：上海古籍出版社，1981。

［明］冯梦龙《情史》，魏同贤主编《冯梦龙全集》第七册，南京：凤凰出版社，2007。

［明］冯梦龙编著，栾保群、吕宗力校注《智囊全集》，北京：中华书局，2012。

［明］冯梦龙《皇明大儒王阳明先生出身靖乱录》，日本明治年间嵩山堂刻本。

［明］梅鼎祚《才鬼记》，《四库全书存目丛书》子部第 249 册，济南：齐鲁书社，1995。

［明］赤心子、吴敬所编辑，俞为民校点《绣谷春容》（含《国色天香》），南京：江苏古籍出版社，1994。

［明］余象斗《万锦情林》，《古本小说集成》，上海：上海古籍出版社，1994。

［明］冯梦龙增编《燕居笔记》，《古本小说集成》，上海：上海古籍出版社，1994。

［明］《风流十传》，东京大学东洋文化研究所藏本。

［清］张潮辑，王根林校点《虞初新志》，《清代笔记小说大观》，上海：上海古籍出版社，2007。

［清］蒲松龄《聊斋志异》二十四卷抄本，济南：齐鲁书社，2009。

张友鹤辑校《聊斋志异》会校会注会评本，上海：上海古籍出版社，1978。

［清］蒲松龄著，任笃行辑校《全校会注集评聊斋志异》，北京：人民文学出版社，2016。

［清］蒲松龄著，赵伯陶注《聊斋志异详注新评》，北京：人民文学出版社，2016。

［清］纪昀著，汪贤度点校《阅微草堂笔记》，上海：上海古籍出版社，1998。
［清］袁枚著，沈习康校点《新齐谐　续新齐谐》，北京：人民文学出版社，1996。
［清］宣鼎撰，项纯文点校《夜雨秋灯录》，合肥：黄山书社，1999。
［清］青城子著，于志斌标点《亦复如是》，重庆：重庆出版社，1999。
［清］袁枚著，〔澳大利亚〕雷金庆（Kam Louie）、李木兰（Louise Edwards）译，*Censored by Confucius: Ghost Stories by Yuan Mei*, Routledge, 1996。
［清］袁枚著，〔意大利〕史华罗（Paolo Santangelo）译，*Zibuyu, What The Master Would Not Discuss*, BRILL, 2013。
《笔记小说大观》，扬州：江苏广陵古籍刻印社，1983—1984。

刘世德、陈庆浩、石昌渝主编《古本小说丛刊》，北京：中华书局，1987—1991。
《古本小说集成》编委会编《古本小说集成》，上海：上海古籍出版社，1994。
陈庆浩、王秋桂主编《思无邪汇宝》，台北：法国国家科学研究中心、台湾大英百科股份有限公司，1994—1997。
程毅中辑注《宋元小说家话本集》，北京：人民文学出版社，2016。
［元］佚名《三国志平话》，《古本小说集成》，上海：上海古籍出版社，1994。
罗贯中《三国演义》，北京：人民文学出版社，2015。
罗贯中《三国志通俗演义》，上海：上海古籍出版社，1980。
罗贯中撰，井上泰山编《三国志通俗演义史传》，上海：上海古籍出版社，2009。
陈曦钟、宋祥瑞、鲁玉川辑校《三国演义会评本》，北京：北京大学出版社，1986。
罗贯中著，［清］毛纶、毛宗岗评，刘世德、郑铭点校《三国志演义》，北京：中华书局，1995。
汪原放句读《水浒》，上海：亚东图书馆，1920。
施耐庵、罗贯中《水浒传》，北京：人民文学出版社，2014。
侯忠义主编《明代小说辑刊》，成都：巴蜀书社，1999。
［明］吴承恩著，黄肃秋注释《西游记》，北京：人民文学出版社，2005。
《西游证道书》，《明清善本小说丛刊》第五辑，台北：天一出版社，1984。
［明］兰陵笑笑生著，王汝梅等校点《金瓶梅》，济南：齐鲁书社，1991。
［明］兰陵笑笑生著，陶慕宁校注《金瓶梅词话》，北京：人民文学出版社，2008。
［明］冯梦龙《新平妖传》，《古本小说集成》，上海：上海古籍出版社，1994。
［明］冯梦龙编刊，魏同贤点校《古今小说》，南京：江苏古籍出版社，1991。
［明］冯梦龙编，许政扬校注《喻世明言》，北京：人民文学出版社，1995。
［明］冯梦龙编，严敦易校注《警世通言》，北京：人民文学出版社，1995。
［明］凌濛初撰，石昌渝校点《拍案惊奇》，南京：江苏古籍出版社，1990。

〔明〕陆人龙著，覃君点校《型世言》，北京：中华书局，1993。

〔清〕佚名著，刘文忠校点《梼杌闲评》，北京：人民文学出版社，1999。

〔清〕陆云龙著，李汉秋、陆林点校《清夜钟》，南京：江苏古籍出版社，1991。

〔清〕黄秋散人编次，冯伟民校点《玉娇梨》，北京：人民文学出版社，1999。

〔清〕西周生著，袁世硕、邹宗良校注《醒世姻缘传》，北京：人民文学出版社，2015。

〔清〕随缘下士《林兰香》，《古本小说集成》，上海：上海古籍出版社，1994。

〔清〕随缘下士《林兰香》，《明清小说善本丛刊》影印本，台北：天一出版社，1985。

〔清〕随缘下士编辑，于植元校点《林兰香》，沈阳：春风文艺出版社，1985。

〔清〕吴敬梓著，李汉秋辑校《儒林外史汇校汇评》，上海：上海古籍出版社，2010。

〔清〕曹雪芹《脂砚斋重评石头记·甲戌本》，北京：人民文学出版社，2010。

〔清〕曹雪芹《脂砚斋重评石头记·己卯本》，北京：人民文学出版社，2014。

〔清〕曹雪芹《脂砚斋重评石头记·庚辰本》，北京：人民文学出版社，2010。

〔清〕曹雪芹《甲辰本红楼梦》，北京：书目文献出版社，1989。

〔清〕曹雪芹《乾隆抄本百廿回红楼梦稿》，北京：人民文学出版社，2010。

〔清〕曹雪芹《程甲本红楼梦》，北京：书目文献出版社，1992。

〔清〕曹雪芹《红楼梦》（程乙本），仓石武四郎藏本。

〔清〕曹雪芹著，无名氏续，中国艺术研究院红楼梦研究所校注《红楼梦》，北京：人民文学出版社，2015。

〔清〕曹雪芹原著，脂砚斋重评，周祜昌、周汝昌、周伦苓校订《石头记会真》，郑州：海燕出版社，2004。

〔英〕霍克思（David Hawkes）译，*The Story of the Stone*，London：Penguin Classics，1973—1981。

〔德〕史华慈（Rainer Schwarz）等译，*Der Traum der Roten Kammer, oder, Die Geschichte vom Stein*，Berlin: Europäischer Universitätsverlag，2010。

〔清〕陈森著，尚达翔校点《品花宝鉴》，上海：上海古籍出版社，1991。

〔清〕文康著，松颐校注《儿女英雄传》，北京：人民文学出版社，2014。

〔清〕韩邦庆著，典耀整理《海上花列传》，北京：人民文学出版社，2014。

〔清〕邹弢《海上尘天影》，南昌：百花洲文艺出版社，1993。

路工编《明清平话小说选一》，上海：上海古籍出版社，1986。

二、古籍资料

（一）经部

黄寿祺、张善文译注《周易译注》，上海：上海古籍出版社，2001。

《十三经注疏》整理委员会整理，李学勤主编《十三经注疏·春秋左传正义》，北京：北京大学出版社，1999。

杨伯峻编著《春秋左传注》，北京：中华书局，2000。

《十三经注疏》整理委员会整理，李学勤主编《十三经注疏·春秋公羊传注疏》，北京：北京大学出版社，1999。

［清］阮元校刻《十三经注疏·毛诗正义》，北京：中华书局，1982。

《十三经注疏》整理委员会整理，李学勤主编《十三经注疏·毛诗正义》，北京：北京大学出版社，1999。

［清］阮元校刻《十三经注疏·周礼注疏》，北京：中华书局，1981。

程俊英、蒋见元《诗经注析》，北京：中华书局，1999。

彭林译注《仪礼》，北京：中华书局，2013。

《十三经注疏》整理委员会整理，李学勤主编《十三经注疏·礼记正义》，北京：北京大学出版社，1999。

［清］孙希旦撰，沈啸寰、王星贤点校《礼记集解》，北京：中华书局，1989。

王文锦《礼记译解》，北京：中华书局，2013。

［清］王聘珍撰，王文锦点校《大戴礼记解诂》，北京：中华书局，1983。

程树德撰，程俊英、蒋见元点校《论语集释》，北京：中华书局，1990。

黄怀信主撰，周海生、孔德立参撰《论语汇校集释》，上海：上海古籍出版社，2008。

杨伯峻《论语译注》，北京：中华书局，2014。

［清］焦循撰，沈文倬点校《孟子正义》，北京：中华书局，1987。

［宋］朱熹《四书章句集注》，北京：中华书局，2001。

［汉］许慎《说文解字》（附检字），北京：中华书局，1992。

［汉］许慎撰，［清］段玉裁注《说文解字注》，上海：上海古籍出版社，1981。

《宋本广韵》，北京：中国书店，1982。

［宋］丁度等编《集韵》，上海：上海古籍出版社，1985。

任继昉纂《释名汇校》，济南：齐鲁书社，2006。

［清］王引之著，虞思徵、马涛、徐炜君校点《经义述闻》，上海：上海古籍出版社，2016。

［清］胡渭注，邹逸麟整理《禹贡锥指》，上海：上海古籍出版社，1996。

汉语大词典编辑委员会等编纂《汉语大词典》，上海：汉语大词典出版社，1986—1994。

宗福邦、陈世铙、萧海波主编《故训汇纂》，北京：商务印书馆，2003。

（二）史部

［汉］司马迁撰，［南朝宋］裴骃集解，［唐］司马贞索隐，［唐］张守节正义《史记》，北京：中华书局，2014。

［汉］班固撰，［唐］颜师古注《汉书》，北京：中华书局，1962。

［汉］班固撰，［清］王先谦补注《汉书补注》，北京：中华书局，1983。

陈国庆编《汉书艺文志注释汇编》，北京：中华书局，2006。

顾实《汉书艺文志讲疏》，上海：商务印书馆，1929。

［晋］陈寿撰，［南朝宋］裴松之注《三国志》，北京：中华书局，1971。

［南朝宋］范晔撰，［唐］李贤等注《后汉书》，北京：中华书局，1973。

［南朝］沈约《宋书》，北京：中华书局，1974。

［梁］萧子显《南齐书》，北京：中华书局，1972。

［唐］魏徵等《隋书》，北京：中华书局，1973。

［唐］房玄龄等《晋书》，北京：中华书局，1974。

［唐］李延寿《南史》，北京：中华书局，1975。

［后晋］刘昫等《旧唐书》，北京：中华书局，1975。

［宋］欧阳修、宋祁《新唐书》，北京：中华书局，1975。

［宋］欧阳修《新五代史》，北京：中华书局，1974。

［元］脱脱等《宋史》，北京：中华书局，1977。

［清］张廷玉等《明史》，北京：中华书局，1974。

徐元诰撰，王树民、沈长云点校《国语集解》，北京：中华书局，2006。

［汉］刘向集录，范祥雍笺证、范邦瑾协校《战国策笺证》，上海：上海古籍出版社，2010。

［宋］司马光编著，［元］胡三省音注《资治通鉴》，北京：中华书局，1976。

［宋］司马光《资治通鉴考异》，《景印文渊阁四库全书》第311册，台北：商务印书馆，1986。

［唐］林宝撰，岑仲勉校记，郁贤皓、陶敏整理《元和姓纂》，北京：中华书局，1994。

［唐］慧立、彦悰撰，孙毓棠、谢方点校《大慈恩寺三藏法师传》，北京：中华书

局，2000。

郭虚中批校，郭天沅编订《展怀史通批校》，北京：中华书局，2011。

［唐］刘知几著，［明］李维桢评，郭孔延评释《史通》，《四库全书存目丛书》史部第279册。

［唐］刘知几著，［明］郭孔延评释《史通》，《续修四库全书》第447册。

［唐］刘知几著，［清］浦起龙通释，王煦华整理《史通通释》，上海：上海古籍出版社，2010。

［唐］刘知几著，程千帆笺《史通笺记》，《程千帆选集》，沈阳：辽宁古籍出版社，1996。

［唐］刘知几撰，赵吕甫校注《史通新校注》，重庆：重庆出版社，1990。

［唐］杜佑撰，王文锦等点校《通典》，北京：中华书局，1992。

［唐］刘肃撰，许德楠、李鼎霞点校《大唐新语》，北京：中华书局，1984。

［五代］何光远撰，邓星亮、邬宗玲、杨梅校注《鉴诫录校注》，成都：巴蜀书社，2011。

［宋］王谠撰，周勋初校证《唐语林校证》，北京：中华书局，1987。

［宋］郑樵撰，王树民点校《通志二十略》，北京：中华书局，1995。

［宋］王象之《舆地纪胜》，扬州：江苏广陵古籍刻印社，1991。

［明］焦竑《国朝献征录》，《续修四库全书》第527册，上海：上海古籍出版社，2002。

［明］徐象梅《两浙名贤录》，《续修四库全书》第543册，上海：上海古籍出版社，2002。

［清］钮琇撰，南炳文、傅贵久点校《觚剩》，上海：上海古籍出版社，1986。

［清］赵翼撰，王树民校证《廿二史札记校证》（订补本），北京：中华书局，1984。

［清］章学诚撰，叶瑛校注《文史通义校注》，北京：中华书局，2014。

［清］阮元编《两浙輶轩录》，《续修四库全书》第1683册，上海：上海古籍出版社，2002。

［清］潘衍桐辑《两浙輶轩续录》，《续修四库全书》集部第1686册，上海：上海古籍出版社，2002。

［清］刘锦藻《皇朝续文献通考》，《续修四库全书》第819册，上海：上海古籍出版社，2002。

［清］孙宝瑄《忘山庐日记》，《续修四库全书》第580册，上海：上海古籍出版社，2002。

［清］李铭皖等修《（同治）苏州府志》，《中国地方志集成·江苏府县志辑》，南京：江苏古籍出版社，1991。

［清］李堂纂修《（乾隆）湖州府志》，乾隆二十三年刻本。

徐珂编撰《清稗类钞》，北京：中华书局，2010。

朱保炯、谢沛霖编《明清进士题名碑录索引》，上海：上海古籍出版社，1980。

［汉］刘向、刘歆撰，［清］姚振宗辑录，邓骏捷校补《七略别录佚文　七略佚文》，上海：上海古籍出版社，2008。

［清］姚振宗《汉书艺文志条理》，《续修四库全书》第914册，上海：上海古籍出版社，2002。

［清］姚振宗撰，刘克东等整理《隋书经籍志考证》，《二十五史艺文经籍志考补萃编》，北京：清华大学出版社，2014。

［宋］王尧臣等纂《崇文总目》，《中国历代书目丛刊》第一辑，北京：现代出版社，1987。

［宋］晁公武撰，孙猛校证《郡斋读书志校证》，上海：上海古籍出版社，2006。

［宋］陈振孙撰，徐小蛮、顾美华点校《直斋书录解题》，上海：上海古籍出版社，2006。

［明］晁瑮《晁氏宝文堂书目》，上海：上海古籍出版社，2005。

［明］高儒《百川书志》、［明］周弘祖《古今书刻》，上海：上海古籍出版社，2005。

［清］黄虞稷撰，瞿凤起、潘景郑整理《千顷堂书目》，上海：上海古籍出版社，2001。

［清］钱曾《述古堂藏书目录》，《四库全书存目丛书》史部第277册，济南：齐鲁书社，1997。

［清］钱曾撰，瞿凤起编《虞山钱遵王藏书目录汇编》，上海：上海古籍出版社，2005。

［清］钱曾撰，管庭芬、章钰校证《读书敏求记校证》，上海：上海古籍出版社，2007。

魏小虎编纂《四库全书总目汇订》，上海：上海古籍出版社，2012。

［清］曹寅《楝亭书目》，《丛书集成续编》，上海：上海书店出版社，1986。

［清］顾修《汇刻书目初编》卷五，日本文政元年（1818）刊本。

［清］丁丙等著，曹海花点校《善本书室藏书志（外一种）》，杭州：浙江古籍出版社，2016。

［清］杨守敬撰，张雷校点《日本访书志》，沈阳：辽宁教育出版社，2003。

叶德辉《书林清话》，北京：中华书局，1999。

王重民《中国善本书提要》，上海：上海古籍出版社，1983。

上海图书馆编《中国丛书综录》，上海：中华书局上海编辑所，1962。

中国古籍善本书目编辑委员会编《中国古籍善本书目·子部》，上海：上海古籍出版社，1994。

中国古籍总目编纂委员会编《中国古籍总目·子部》，上海：上海古籍出版社，2010。

孙猛《日本国见在书目录详考》，上海：上海古籍出版社，2015。

汪维辉编《朝鲜时代汉语教科书丛刊》，北京：中华书局，2005。

（三）子部

朱谦之《老子校释》，北京：中华书局，2000。

袁珂校注《山海经校注》，上海：上海古籍出版社，1980。

［晋］郭象注，［唐］成玄英疏，曹础基、黄兰发点校《庄子注疏》，北京：中华书局，2011。

［清］郭庆藩集释，王孝鱼点校《庄子集释》，北京：中华书局，2010。

陈鼓应注释《庄子今注今译》，北京：中华书局，2009。

王叔岷《庄子校诠》，北京：中华书局，2007。

黎翔凤《管子校注》，北京：中华书局，2004。

［战国］韩非著，陈奇猷校注《韩非子新校注》，上海：上海古籍出版社，2000。

［清］王先慎集解，钟哲点校《韩非子集解》，北京：中华书局，1998。

张觉《韩非子校疏》，上海：上海古籍出版社，2010。

［日］太田方《韩非子翼毳》，日本文化五年（1808）木活字本。

杨伯峻《列子集释》，北京：中华书局，1997。

［战国］荀况著，王天海校释《荀子校释》，上海：上海古籍出版社，2005。

［战国］吕不韦撰，陈奇猷校释《吕氏春秋新校释》，上海：上海古籍出版社，2002。

何宁《淮南子集释》，北京：中华书局，1998。

［汉］刘向撰，向宗鲁校注《说苑校注》，北京：中华书局，1987。

［汉］桓谭撰，朱谦之校释《新辑本桓谭新论》，北京：中华书局，2009。

黄晖《论衡校释》（附刘盼遂集解），北京：中华书局，1990。

［汉］应劭撰，王利器校注《风俗通义校注》，北京：中华书局，1981。

［晋］葛洪撰，周天游校注《西京杂记校注》，西安：三秦出版社，2006。

［梁］萧绎撰，许逸民校笺《金楼子校笺》，北京：中华书局，2011。

［唐］欧阳询撰，汪绍楹校《艺文类聚》，上海：上海古籍出版社，1982。

［唐］苏鹗著，吴企明点校《苏氏演义》，北京：中华书局，2012。

［唐］杜光庭撰，罗争鸣辑校《杜光庭记传十种辑校》，北京：中华书局，2013。
［宋］李昉等编《太平御览》，北京：中华书局，1995。
［宋］张君房编，李永晟点校《云笈七签》，北京：中华书局，2003。
［宋］高承撰，金圆、许沛藻点校《事物纪原》，北京：中华书局，1989。
［宋］苏轼撰，王松龄点校《东坡志林》，北京：中华书局，1981。
［宋］黄伯思《宋本东观余论》，北京：中华书局，1988。
［宋］黄朝英撰，吴企明点校《靖康缃素杂记》，上海：上海古籍出版社，1986。
［宋］孙奕撰，侯体健、况正兵点校《履斋示儿编》，北京：中华书局，2014。
［宋］佚名《宣和画谱》，《历代名画记》合刊本，北京：京华出版社，2000。
［宋］孟元老撰，伊永文笺注《东京梦华录笺注》，北京：中华书局，2006。
［宋］王应麟辑《玉海》，南京：江苏古籍出版社、上海：上海书店，1987。
［宋］程大昌撰，刘尚荣整理《考古编》，《全宋笔记》第四编第十册，郑州：大象出版社，2008。
［宋］灌园耐得翁《都城纪胜》，《东京梦华录（外四种）》，上海：古典文学出版社，1957。
［宋］吴自牧《梦粱录》，杭州：浙江人民出版社，1984。
［宋］周密撰，张茂鹏点校《齐东野语》，北京：中华书局，1983。
［宋］周密著，李小龙、赵锐评注《武林旧事》，北京：中华书局，2007。
［元］释祥迈《大元至元辨伪录》，《续修四库全书》第1289册，上海：上海古籍出版社，2002。
［明］解缙等编《永乐大典》，北京：中华书局，1986。
［明］丁元荐《西山日记》，《续修四库全书》第1172册，上海：上海古籍出版社，2002。
［明］胡应麟《少室山房笔丛》，上海：上海书店出版社，2015。
［明］黄训《读书一得》，《四库全书存目丛书》第103册，济南：齐鲁书社，1995。
［明］郎瑛《七修类稿》，上海：上海书店出版社，2001。
［明］陆粲撰，谭棣华、陈稼禾点校《庚巳编》，北京：中华书局，1997。
［明］陆粲《庚巳编》，《烟霞小说》，《四库全书存目丛书》子部第125册，济南：齐鲁书社，1999。
［明］李日华《味水轩日记》，上海：上海远东出版社，1996。
［明］沈德符《万历野获编》，北京：中华书局，1997。
［明］谢肇淛《五杂组》，上海：上海书店出版社，2001。
［清］顾炎武著，［清］黄汝成集释，栾保群、吕宗力校点《日知录集释》，上海：上海古籍出版社，2006。

［清］刘廷玑《在园杂志》,《四库全书存目丛书》子部第 115 册,济南:齐鲁书社,1995。

［清］刘廷玑撰,张守谦点校《在园杂志》,北京:中华书局,2005。

［清］胡敬《南薰殿图像考》,《续修四库全书》第 1082 册,上海:上海古籍出版社,2002。

［清］陈尚古《簪云楼杂说》,《四库全书存目丛书》子部第 250 册,济南:齐鲁书社,1995。

［清］陈尚古《簪云楼杂说》,《说铃》,《丛书集成续编》第 215 册,台北:新文丰出版公司,1988。

［清］卢文弨《群书拾补》,《丛书集成初编》,北京:中华书局,1985。

［清］个中生《吴门画舫续录》,《丛书集成续编》第 211 册,台北:新兴书局,1988。

［清］郑光祖《一斑录》,《续修四库全书》第 1140 册,上海:上海古籍出版社,2002。

［清］梁章钜著,陈铁民校点《浪迹丛谈 续谈 三谈》,北京:中华书局,1981。

［清］孙诒让撰,雪克、陈野校点《札迻》,济南:齐鲁书社,1989。

［清］文廷式《纯常子枝语》,《续修四库全书》第 1165 册,上海:上海古籍出版社,2002。

［清］俞樾撰,贞凡、顾馨、徐敏霞点校《茶香室丛钞》,北京:中华书局,1995。

上海古籍出版社编《中国古代蒙书精华·百家姓》,上海:上海古籍出版社,1997。

郭磐、廖东编《中国历代古人像赞》,济南:齐鲁书社,2002。

(四) 集部

［宋］洪兴祖撰,白化文等点校《楚辞补注》,北京:中华书局,2006。

［三国魏］曹植著,赵幼文校注《曹植集校注》,北京:人民文学出版社,1998。

［唐］杜甫著,［清］仇兆鳌注《杜诗详注》,北京:中华书局,1999。

谢思炜《白居易诗集校注》,北京:中华书局,2006。

杨军笺注《元稹集编年笺注(诗歌卷)》,西安:三秦出版社,2002。

［唐］沈亚之撰,肖占鹏校注《沈下贤文集》,天津:南开大学出版社,2003。

［唐］齐己撰,潘定武、张小明、朱大银注《齐己诗注》,合肥:黄山书社,2014。

［宋］范仲淹著,李勇先、王蓉贵点校《范仲淹全集》,成都:四川大学出版社,2007。

［宋］陈与义撰,白敦仁校笺《陈与义集校笺》,上海:上海古籍出版社,1990。

［宋］王安石著,［宋］李壁笺注,高克勤点校《王荆文公诗笺注》,上海:上海古

籍出版社，2010。

［宋］苏轼著，［宋］施元之注《施注苏诗》，《景印文渊阁四库全书》第1110册，台北：商务印书馆，1986。

［宋］苏轼著，［宋］王十朋集注《东坡诗集注》，《景印文渊阁四库全书》第1109册，台北：商务印书馆，1986。

［宋］苏轼著，［宋］王十朋集注《集注分类东坡先生诗》，《四部丛刊》，上海：商务印书馆，1922—1931。

［宋］苏轼著，［清］冯应榴辑注，黄任轲、朱怀春点校《苏轼诗集合注》，上海：上海古籍出版社，2001。

［宋］王十朋著，梅溪集重刊委员会编《王十朋全集》，上海：上海古籍出版社，1998。

［宋］黄庭坚撰，［宋］任渊等注，刘尚荣校点《黄庭坚诗集注》，北京：中华书局，2003。

［宋］黄庭坚撰，［宋］任渊等注，黄宝华点校《山谷诗集注》，上海：上海古籍出版社，2003。

［宋］黄庭坚撰，刘琳、李勇先、王蓉贵校点《黄庭坚全集》，成都：四川大学出版社，2001。

［宋］陈与义撰，［宋］胡穉笺注《增广笺注简斋诗集》，《四部丛刊》景宋本，上海：商务印书馆，1922—1931。

［宋］王之道著，沈怀玉、凌波点校《〈相山集〉点校》，北京：北京图书馆出版社，2006。

［宋］周必大《文忠集》，《景印文渊阁四库全书》，台北：商务印书馆，1986。

［明］邱濬《琼台诗文会稿》，《丛书集成三编》第39册，台北：新文丰出版公司，1996。

［明］张凤翼《处实堂集》，《续修四库全书》，上海：上海古籍出版社，2002。

［明］林章《林初文诗文全集》，《续修四库全书》第1358册，上海：上海古籍出版社，2002。

张大芝、张梦新点校《茅坤集》，杭州：浙江古籍出版社，1993。

［明］李开先著，卜键笺校《李开先全集》，上海：上海古籍出版社，2014。

［明］朱国桢《朱文肃公文集》，《续修四库全书》第1366册，上海：上海古籍出版社，2002。

［明］刘鸿训《四素山房集》，《四库未收书辑刊》第六辑第21册，北京：北京出版社，2000。

［明］黄汝亨《寓林集》，《续修四库全书》第1369册，上海：上海古籍出版社，

2002。

［明］郑明选《郑侯升集》，《四库禁毁书丛刊》集第 75 册，北京：北京出版社，1998。

［明］袁中道著，钱伯城点校《珂雪斋集》，上海：上海古籍出版社，2011。

［明］刘子壮《屺思堂文集》，《四库全书存目丛书》集部第 216 册，济南：齐鲁书社，1998。

［清］王士禛《带经堂集·蚕尾集》，《续修四库全书》第 1414 册，上海：上海古籍出版社，2002。

［清］高珩《栖云阁文集》，《四库全书存目丛书》集部第 202 册，济南：齐鲁书社，1997。

［清］高珩《栖云阁文》，国图藏清抄本。

［清］高珩《南阜山人诗集类稿》，《清代诗文集汇编》第 253 册，上海：上海古籍出版社，2010。

［清］唐梦赉《志壑堂文后集》，《四库全书存目丛书》集部第 217 册，济南：齐鲁书社，1997。

［清］蒲松龄著，路大荒整理《蒲松龄集》，上海：上海古籍出版社，1986。

［清］蒲松龄撰，盛伟整理《蒲松龄全集》，上海：学林出版社，1998。

［清］蒲松龄著，赵蔚芝笺注《聊斋诗集笺注》，济南：山东大学出版社，1996。

［清］纪昀撰，孙致中等点校《纪晓岚文集》，石家庄：河北教育出版社，1995。

［清］钱大昕撰，陈文和编《嘉定钱大昕全集》，南京：江苏古籍出版社，1997。

［清］曾钊《面城楼集抄》，《续修四库全书》第 1521 册，上海：上海古籍出版社，2002。

［清］查慎行著，周劭标点《敬业堂诗集》，上海：上海古籍出版社，1986。

［清］袁枚著，王英志主编《袁枚全集》，南京：江苏古籍出版社，1993。

［清］袁枚著，周本淳标校《小仓山房诗文集》，上海：上海古籍出版社，2006。

［梁］萧统编，［唐］李善注《文选》，上海：上海古籍出版社，1986。

［梁］萧统编，［唐］吕延济、刘良、张铣、吕向、李周翰、李善注《日本足利学校藏宋刊明州本六臣注文选》，北京：人民文学出版社，2008。

［宋］李昉等编《文苑英华》，北京：中华书局，1966。

《全唐诗》，北京：中华书局，1960。

［清］董诰等编《全唐文》，北京：中华书局，1983。

［唐］陈尚君辑《全唐诗补编》，北京：中华书局，1992。

[南朝梁］刘勰著，范文澜注《文心雕龙注》，北京：人民文学出版社，1998。
［宋］胡仔纂集，廖德明校点《苕溪渔隐丛话》，北京：人民文学出版社，1962。
［宋］魏庆之著，王仲闻点校《诗人玉屑》，北京：中华书局，2007。
［宋］吴曾《能改斋漫录》，上海：上海古籍出版社，1979。
［宋］严羽撰，郭绍虞校释《沧浪诗话校释》，北京：人民文学出版社，2000。
［明］吴讷著，于北山校点《文章辨体序说》，北京：人民文学出版社，1998。
［清］袁枚著，顾学颉校点《随园诗话》，北京：人民文学出版社，1999。
舒芜、陈迩冬、周绍良、王利器编《中国近代文论选》，北京：人民文学出版社，1981。

［宋］晏殊、晏几道著，张草纫笺注《二晏词笺注》，上海：上海古籍出版社，2008。
［宋］朱敦儒著，邓子勉校注《樵歌校注》，上海：上海古籍出版社，2010。
［清］周济撰，顾学颉校点《介存斋论词杂著》，北京：人民文学出版社，1998。
谢伯阳编《全明散曲》，济南：齐鲁书社，1994。

［元］钟嗣成等《录鬼簿（外四种）》，上海：上海古籍出版社，1978。
［明］吕天成撰，吴书荫校注《曲品校注》，北京：中华书局，1990。
［明］王骥德《曲律》，俞为民、孙蓉蓉编《历代曲话汇编·明代编》第二集，合肥：黄山书社，2009。
［清］焦循《剧说》，中国戏曲研究院编校《中国古典戏曲论著集成》第八册，北京：中国戏剧出版社，1959。
［清］梁廷枬《曲话》，中国戏曲研究院编校《中国古典戏曲论著集成》第八册，北京：中国戏剧出版社，1959。
中国戏曲研究院编校《中国古典戏曲论著集成》，北京：中国戏剧出版社，1959。
［元］吴昌龄《西游记》，王季思主编《全元戏曲》第三卷，北京：人民文学出版社，1999。
《古本戏曲丛刊》编辑委员会编《古本戏曲丛刊初集》，北京：文学古籍刊行社，1954。
《古本戏曲丛刊》编辑委员会编《古本戏曲丛刊四集》，上海：商务印书馆，1958。
王季思主编《全元戏曲》，北京：人民文学出版社，1999。
蔡毅编《中国古典戏曲序跋汇编》，济南：齐鲁书社，1989。
吴毓华编《中国古代戏曲序跋集》，北京：中国戏剧出版社，1990。

三、专著

阿英《小说三谈》,上海:上海古籍出版社,1985。
卞孝萱《卞孝萱文集》,南京:凤凰出版社,2010。
曹道衡、沈玉成编著《中国文学家大辞典·先秦汉魏晋南北朝卷》,北京:中华书局,1996。
曾枣庄主编《中国文学家大辞典·宋代卷》,北京:中华书局,2004。
昌彼得《说郛考》,台北:文史哲出版社,1979。
陈大康《明代小说史》,北京:人民文学出版社,2007。
陈国军《明代志怪传奇小说叙录》,北京:商务印书馆国际有限公司,2015。
陈美林、冯保善、李忠明《章回小说史》,杭州:浙江古籍出版社,1998。
陈平原、夏晓虹编《二十世纪中国小说理论资料(第一卷)1897—1916》,北京:北京大学出版社,1989。
陈文新《文言小说审美发展史》,武汉:武汉大学出版社,2002。
陈益源《从〈娇红记〉到〈红楼梦〉》,沈阳:辽宁古籍出版社,1996。
陈益源《小说与艳情》,上海:学林出版社,2000。
陈益源《元明中篇传奇小说研究》,北京:华文出版社,2002。
陈垣《陈垣全集》,合肥:安徽大学出版社,2009。
陈垣《校勘学释例》,北京:中华书局,2004。
程相占《中国古代叙事诗研究》,桂林:广西师范大学出版社,2002。
程毅中《古小说简目》,北京:中华书局,1981。
程毅中《唐代小说史》,北京:人民文学出版社,2003。
程毅中《宋元小说研究》,南京:江苏古籍出版社,1999。
程毅中《程毅中文存续编》,北京:中华书局,2010。
程毅中《古体小说论要》,北京:北京出版社,2016。
邓绍基、杨镰主编《中国文学家大辞典·辽金元卷》,北京:中华书局,2006。
丁锡根编著《中国历代小说序跋集》,北京:人民文学出版社,1996。
董乃斌《中国古典小说的文体独立》,北京:中国社会科学出版社,1994。
杜产明、朱亚夫编《中华名人书斋大观》,上海:汉语大词典出版社,1997。
杜贵晨《传统文化与古典小说》,保定:河北大学出版社,2001。
范存忠《英国文学论集》,北京:外国文学出版社,1981。
方诗铭《方诗铭文集》,上海:上海社会科学院出版社,2010。
冯至等主编:《中国大百科全书·外国文学》,北京:中国大百科全书出版社,1982。
顾随《顾随全集》,石家庄:河北教育出版社,2000。

过常宝《先秦散文研究——早期文体及话语方式的生成》，北京：人民出版社，2009。

郭英德《明清传奇综录》，石家庄：河北教育出版社，1997。

郭英德《中国古代文体学论稿》，北京：北京大学出版社，2005。

郭英德、于雪棠《中国古典文献学的理论与方法》，北京：北京师范大学出版社，2008。

郭英德主编《多维视角：中国古代文学史的立体建构》，北京：北京师范大学出版社，2011。

郭英德《探寻中国趣味——中国古代文学之历史文化思考》，北京：商务印书馆，2017。

何晓明《姓名与中国文化》，北京：人民出版社，2001。

侯忠义《中国文言小说史稿》，北京：北京大学出版社，1990。

胡士莹《话本小说概论》，北京：商务印书馆，2011。

胡适《胡适文集》，北京：北京大学出版社，1998。

胡适《胡适学术文集·中国文学史》，北京：中华书局，1998。

黄霖、韩同文选注《中国历代小说论著选》（上），南昌：江西人民出版社，1982。

黄霖、韩同文选注《中国历代小说论著选》（下），南昌：江西人民出版社，1985。

黄梅《推敲"自我"：小说在18世纪的英国》，北京：生活·读书·新知三联书店，2003。

黄永年《唐史史料学》，上海：上海书店出版社，2002。

黄永年《黄永年古籍序跋论述集》，北京：中华书局，2007。

黄永年《黄永年文史论文集》，北京：中华书局，2015。

江苏社科院明清小说研究中心等编《中国通俗小说总目提要》，北京：中国文联出版公司，1997。

蒋瑞藻编，江竹虚标校《小说考证》，上海：上海古籍出版社，1984。

井玉贵《陆人龙、陆云龙小说创作研究》，北京：中国社会科学出版社，2008。

黎运汉《汉语风格学》，广州：广东教育出版社，2000。

李国庆编纂《明代刊工姓名索引》，上海：上海古籍出版社，1998。

李国庆编《明代刊工姓名全录》，上海：上海古籍出版社，2014。

李剑国、陈洪主编《中国小说通史》，北京：高等教育出版社，2007。

李剑国《宋代志怪传奇叙录》，天津：南开大学出版社，1997。

李剑国《唐前志怪小说史》，北京：人民文学出版社，2011。

李剑国《唐五代志怪传奇叙录》，天津：南开大学出版社，1998。

李剑国《唐五代志怪传奇叙录》（增订本），北京：中华书局，2017。

李梦生《中国禁毁小说百话》，上海：上海古籍出版社，1994。
李时人编著《中国文学家大辞典·明代卷》，北京：中华书局，2018。
李小龙《中国古典小说回目研究》，北京：北京大学出版社，2012。
李宗为《唐人传奇》，北京：中华书局，1985。
梁淑安主编《中国文学家大辞典·近代卷》，北京：中华书局，1997。
刘海燕《明清〈三国志演义〉文本演变与评点研究》，福州：福建人民出版社，2010。
刘世德等主编《中国古代小说百科全书》，北京：中国大百科全书出版社，1993。
刘勇强《中国神话与小说》，郑州：大象出版社，1997。
刘勇强《中国古代小说史叙论》，北京：北京大学出版社，2007。
鲁迅《鲁迅全集》，北京：人民文学出版社，2005。
陆谷孙主编《英汉大词典》，上海：上海译文出版社，2007。
罗尔纲《水浒传原本和著者研究》，南京：江苏古籍出版社，1992。
马蹄疾编著《水浒书录》，上海：上海古籍出版社，1986。
宁稼雨《中国志人小说史》，沈阳：辽宁人民出版社，1991。
宁稼雨《中国文言小说总目提要》，济南：齐鲁书社，1996。
宁宗一主编《中国小说学通论》，合肥：安徽教育出版社，1995。
钱锺书《谈艺录》，北京：中华书局，1996。
钱锺书《管锥编》，北京：中华书局，1996。
钱锺书《钱锺书集·七缀集》，北京：生活·读书·新知三联书店，2011。
钱仲联主编《中国文学家大辞典·清代卷》，北京：中华书局，1996。
钱仲联主编《历代别集序跋综录》，南京：江苏教育出版社，2005。
卿希泰主编《中国道教史》，成都：四川人民出版社，1996。
饶宗颐《文辙》，台北：学生书局，1991。
饶宗颐《饶宗颐二十世纪学术文集》，台北：新文丰出版公司，2003。
任继愈主编《中国道教史》，上海：上海人民出版社，1990。
邵曾祺编著《元明北杂剧总目考略》，郑州：中州古籍出版社，1985。
沈从文《中国古代服饰研究》，北京：商务印书馆，2013。
施蛰存主编《中国近代文学大系·翻译文学集1》，上海：上海书店，1990。
石昌渝《中国小说源流论》，北京：生活·读书·新知三联书店，1994。
石昌渝主编《中国古代小说总目》，太原：山西教育出版社，2004。
苏兴《苏兴学术文选》，上海：上海古籍出版社，2011。
孙楷第《沧州集》，北京：中华书局，2009。
孙楷第《戏曲小说书录解题》，北京：人民文学出版社，1990。

孙楷第《中国通俗小说书目》，北京：中华书局，2012。
王国维撰，彭林整理《观堂集林》，石家庄：河北教育出版社，2003。
王力《汉语诗律学》（《王力全集》第十七卷），北京：中华书局，2015。
王丽娜《中国古典小说戏曲名著在国外》，上海：学林出版社，1988。
王利器《耐雪堂集》，北京：中国社会科学出版社，1986。
王庆华《话本小说文体研究》，上海：华东师范大学出版社，2006。
王寿兰编《当代文学翻译百家谈》，北京：北京大学出版社，1989。
王晓平《佛典·志怪·物语》，南昌：江西人民出版社，1990。
王燕《晚清小说期刊史论》，长春：吉林人民出版社，2002。
王意如《解码金瓶梅》，上海：上海辞书出版社，2009。
王佐良主编《英语文体学引论》，北京：外语教学与研究出版社，1987。
吴存存《明清社会性爱风气》，北京：人民文学出版社，2000。
吴礼权《中国笔记小说史》，北京：商务印书馆，1997。
吴晓铃《吴晓铃集》，石家庄：河北教育出版社，2006。
吴志达《中国文言小说史》，济南：齐鲁书社，1994。
萧相恺《珍本禁毁小说大观——稗海访书录》，郑州：中州古籍出版社，1992。
萧相恺主编《中国文言小说家评传》，郑州：中州古籍出版社，2004。
向志柱《胡文焕〈胡氏粹编〉研究》，北京：中华书局，2008。
谢天振《译介学》，上海：上海外语教育出版社，2000。
辛德勇《困学书城》，北京：生活·读书·新知三联书店，2009。
徐复观《两汉思想史》，上海：华东师范大学出版社，2001。
严敦易《水浒传的演变》，北京：作家出版社，1957。
严绍璗编著《日藏汉籍善本书录》，北京：中华书局，2007。
杨联陞《国史探微》，沈阳：辽宁教育出版社，2009。
杨牧之主编《新中国古籍图书整理出版总目录》，长沙：岳麓书社，2007。
杨义《中国古典小说史论》，北京：中国社会科学出版社，1997。
杨义《中国叙事学》，北京：人民出版社，1997。
姚名达撰，严佐之导读《中国目录学史》，上海：上海古籍出版社，2002。
一粟编《红楼梦书录》，上海：上海古籍出版社，1981。
余嘉锡《目录学发微 古书通例》，北京：中华书局，2014。
余嘉锡《四库提要辨证》，北京：中华书局，2007。
余嘉锡《余嘉锡论学杂著》，北京：中华书局，1997。
俞晓红《佛教与唐五代白话小说研究》，北京：人民出版社，2006。
袁行霈、侯忠义编《中国文言小说书目》，北京：北京大学出版社，1981。

袁行霈主编《中国文学史》，北京：高等教育出版社，1999。
袁进《中国小说的近代变革》，北京：中国社会科学出版社，1992。
袁世硕《蒲松龄事迹著述新考》，济南：齐鲁书社，1988。
查明建、谢天振《中国 20 世纪外国文学翻译史》，武汉：湖北教育出版社，2007。
张安祖《唐代文学散论》，北京：生活·读书·新知三联书店，2004。
张锦池《西游记考论》，哈尔滨：黑龙江教育出版社，2003。
张俊《清代小说史》，杭州：浙江古籍出版社，1997。
张梦新《茅坤研究》，北京：中华书局，2001。
张勇先《英语发展史》，北京：外语教学与研究出版社，2014。
张政烺《文史丛考》，北京：中华书局，2012。
郑逸梅《南社丛谈：历史与人物》，北京：中华书局，2006。
郑振铎《郑振铎全集》，石家庄：花山文艺出版社，1998。
周绍良《唐传奇笺证》，北京：人民文学出版社，2000。
周芜《徽派版画史论集》，合肥：安徽人民出版社，1984。
周勋初《周勋初文集》，南京：江苏古籍出版社，2000。
周兆新主编《三国演义丛考》，北京：北京大学出版社，1995。
周祖譔主编《中国文学家大辞典·唐五代卷》，北京：中华书局，1992。
朱一玄、刘毓忱编《三国演义资料汇编》，天津：百花文艺出版社，1983。
朱一玄、刘毓忱编《西游记资料汇编》，郑州：中州书画社，1983。
朱一玄、刘毓忱编《水浒传资料汇编》，天津：南开大学出版社，2002。
朱一玄编《红楼梦资料汇编》，天津：南开大学出版社，2001。
朱一玄编《金瓶梅资料汇编》，天津：南开大学出版社，2002。
朱一玄编《聊斋志异资料汇编》，天津：南开大学出版社，2012。
朱一玄、宁稼雨、陈桂声编著《中国古代小说总目提要》，北京：人民文学出版社，2005。
祝尚书《宋人别集叙录》，北京：中华书局，1999。

〔澳〕柳存仁《和风堂文集》，上海：上海古籍出版社，1991。
〔法〕皮埃尔·蓬塞纳主编，余中先、余宁译《理想藏书》，上海：上海人民出版社，2012。
〔韩〕金文京《三国志演义の世界》，东京：东方书店，1993。
〔韩〕金文京著，邱岭、吴芳玲译《三国演义的世界》，北京：商务印书馆，2010。
〔美〕韩南著，徐侠译《中国近代小说的兴起》，上海：上海教育出版社，2004。
〔美〕韩南著，王秋桂等译《韩南中国小说论集》，北京：北京大学出版社，2008。

〔美〕P. 韩南著，尹慧珉译《中国白话小说史》，杭州：浙江古籍出版社，1989。
〔美〕浦安迪教授讲演《中国叙事学》，北京：北京大学出版社，1998。
〔美〕浦安迪著，沈亨寿译《明代小说四大奇书》，北京：生活·读书·新知三联书店，2006。
〔美〕瓦特著，高原、董红钧译《小说的兴起》，北京：生活·读书·新知三联书店，1992。
〔日〕大塚秀高《增补中国通俗小说书目》，东京：汲古书院，1987。
〔日〕米田祐太郎译《绘图玉娇梨》，东京：支那文献刊行会，1927。
〔日〕秋水园主人辑《画引小说字汇》，宽政三年（1791）本。
〔日〕伊藤漱平《娇红记解说》，《娇红记》日译本，东京：平凡社，1973。
〔日〕中川谕著，林妙燕译《〈三国志演义〉版本研究》，上海：上海古籍出版社，2010。
〔英〕戴维·洛奇著，卢丽安译《小说的艺术》，上海：上海译文出版社，2010。
〔英〕福斯特著，冯涛译《小说面面观》，《福斯特读本》，北京：人民文学出版社，2011。
〔英〕魏安《三国演义版本考》，上海：上海古籍出版社，1996。

四、外国作品

〔阿拉伯〕佚名著，奚若译，叶绍钧校注《天方夜谭》，上海：上海大学出版社，2014。
〔埃及〕纳吉布·马哈福兹著，谢秩荣等译《续天方夜谭》，北京：中国文联出版公司，1991。
〔法〕马塞尔·普鲁斯特著，李恒基等译《追忆似水年华》，南京：译林出版社，1992。
〔法〕小仲马著，林纾、王寿昌译《巴黎茶花女遗事》，北京：商务印书馆，1981。
〔古希腊〕荷马著，罗念生、王焕生译《荷马史诗·伊利亚特》，北京：人民文学出版社，2015。
〔古希腊〕荷马著，王焕生译《荷马史诗·奥德赛》，北京：人民文学出版社，2015。
〔荷兰〕高罗佩著，陈来元译《大唐狄公案·迷宫案》，海口：海南出版社，2015。
〔荷兰〕高罗佩著，王筱云校点《狄仁杰奇案》，《狄梁公四大奇案　狄仁杰奇案》北京：群众出版社，2000。
〔美〕舍伍德·安德森著，吴岩译《小城畸人》，上海：上海译文出版社，1999。
〔美〕米切尔著，戴侃、李野光、庄绎传译《飘》，北京：外国文学出版社，1995。

〔美〕斯土活著，林纾、魏易译《黑奴吁天录》，北京：商务印书馆，1981。

〔秘鲁〕巴尔加斯·略萨著，韦平、韦拓译《青楼》，昆明：云南人民出版社，1982。

〔葡萄牙〕若泽·萨拉马戈著，范维信译《修道院纪事》，石家庄：花山文艺出版社，1996。

〔葡萄牙〕乔赛·萨拉马戈著，彭玲娴译《盲目》，台北：时报文化出版公司，2002。

〔葡萄牙〕萨拉马戈著，范维信译《失明症漫记》，海口：南海出版公司，2014。

〔葡萄牙〕萨拉马戈著，范维信译《复明症漫记》，海口：南海出版公司，2014。

〔英〕狄更斯著，杜南星、徐文绮译《尼古拉斯·尼克尔贝》，上海：上海译文出版社，1998。

〔英〕狄更斯著，黄雨石译《雾都孤儿》，北京：人民文学出版社，2015。

〔英〕狄更斯著，荣如德译《奥立弗·退斯特》，上海：上海译文出版社，1998。

〔英〕迭更司著，林纾、魏易译《块肉余生述》，北京：商务印书馆，1981。

〔英〕笛福著，黄杲炘译《鲁滨孙历险记》，上海：上海译文出版社，2010。

〔英〕笛福著，徐霞村译《鲁滨孙飘流记》，北京：人民文学出版社，1986。

〔英〕亨利·菲尔丁著，萧乾、李从弼译《弃儿汤姆·琼斯的历史》，北京：人民文学出版社，1984。

〔英〕约翰·高尔斯华绥著，周煦良译《福尔赛世家》，上海：上海译文出版社，1995。

〔英〕W.萨姆塞特·毛姆著，李珏译《啼笑皆非》，长沙：湖南人民出版社，1983。

〔英〕威·萨·毛姆著，章含之、洪晃译《寻欢作乐》，杭州：浙江文艺出版社，1984。

〔英〕毛姆著，高健译《笔花钗影录》，上海：上海译文出版社，2016。

〔英〕莎士比亚著，梁实秋译《莎士比亚全集》，北京：中国广播电视出版社，2002。

〔英〕莎士比亚著，朱生豪等译《莎士比亚全集》，北京：人民文学出版社，1992。

〔英〕莎士比亚著，方平主编，方平等译《莎士比亚全集》，上海：上海译文出版社，2017。

〔英〕司各特著，石永礼译《威弗莱》，北京：人民文学出版社，1987。

〔英〕斯威夫特著，张健译《格列佛游记》，北京：人民文学出版社，2000。

Henry Fielding, *The History of Tom Jones, A Foundling*, London: Penguin Group, 2005.

Jonathan Swift, *Gulliver's Travels*, New York: Bantam Dell, 2005.

飞白主编《世界诗库》，广州：花城出版社，1994。

索引

《百川书志》 42，206，331，335，469
《笔记小说大观》 20，21，93，138，139，395，464

曹雪芹 39，46，268，351，357-371，389，458，465
陈益源 227，228，230，233，236，245，310，320，321，332，333，476
程毅中 13，14，21，22，24，25，36，88，89，163，167，169，170，180，182，185，188，189，195，198，202，209，210，232，331，332，333，462，463，464，476

冯梦龙 8，30，38，39，45，193，229，244，320，331，339，390，402，404，463，464

《古本小说集成》 40，93，142，229，232，244，249，250，252，320，346，349，350，463，464，465
《古今小说》 30，45，46，327，340，390，464
《古小说钩沉》 22，53，120，462
郭英德 32，83，85，86，87，250，289，337，388，477

《韩非子》 53，70-72，470
韩南 29，35，36，86，312，314，421，422，480，481

《汉书》 5, 7, 17, 18, 21, 41, 45, 46, 50-53, 55, 56, 60-62, 66, 73, 100, 102, 103, 104, 105, 115, 154, 158, 163, 164, 168, 171, 216, 235, 250, 336, 381, 467

《红楼梦》 4, 9, 30, 39, 40, 46, 58, 268, 298, 315, 324, 344, 349, 350, 351, 354, 356-372, 389, 391, 393, 414, 419, 456-459, 465

胡适 29, 93, 369, 423, 452, 453, 477

胡应麟 16, 23, 24, 44, 45, 53, 110, 121, 167, 197, 199, 381, 471

《娇红记》 236, 244, 321, 331-336, 338, 339, 351, 481

《金瓶梅》 9, 38, 39, 40, 58, 83, 231, 259, 310, 311, 314, 315, 323, 324-355, 360, 365, 366-368, 371, 372, 388, 393, 410, 414, 419, 451, 454-455, 458, 464

金圣叹 38, 39, 205, 253, 262, 270, 276, 277

《晋书》 56, 59, 70, 75, 102, 112, 382, 467

《郡斋读书志》 80, 110, 186, 232, 469

《浪史》 232, 245, 310, 314, 319-320, 321, 366

《类说》 79, 80, 179-204, 214, 386, 399, 463

李剑国 13, 16, 17, 24, 25, 26, 36, 51, 71, 72, 77, 79, 80, 88, 89, 157, 161, 162, 180, 183, 185, 186, 188-199, 203, 206, 208, 211, 212, 214, 216, 221, 378, 381, 462, 463, 477

《礼记》 67-69, 230, 244, 258, 466

梁启超 29, 30, 86, 96, 312, 354, 424, 430

林纾 95, 154, 423, 424-431, 434, 435, 440, 442, 443, 444, 448, 456, 481, 482

《聊斋志异》 42, 81, 123-143, 148, 149, 150, 151, 152, 153, 156, 158, 159, 349, 463

刘世德 13, 20, 78, 157, 225, 250, 264, 313, 398, 403, 464, 478

刘勇强 16, 17, 24, 25, 26, 478

刘向 18, 50, 51, 101, 102-107, 110-113, 115, 118, 119, 164, 165, 168, 467, 469, 470

刘义庆 46, 62, 73, 74, 101-122, 132, 462

刘知几 11, 14, 23, 26, 59, 60, 61, 68, 90, 115, 116, 266, 468

鲁迅 10, 16, 17, 22, 23, 24, 25, 33, 49, 50, 52, 53, 55, 73, 88, 89, 96, 97, 101, 107, 111, 114, 115, 120, 121, 122, 143, 145, 149, 167, 180, 194, 195, 197, 198, 199, 210, 211, 307, 308, 330, 347, 354, 360, 361, 462, 478

毛宗岗 38, 39, 253, 260-262, 263, 264, 267, 464

《梦粱录》 34, 44, 395-397, 471

宁稼雨 13, 24, 32, 72, 73, 157, 225, 261, 313, 374, 396, 398, 401, 478, 480

潘建国　18，19，25，34，50，116，117，118，121

浦安迪　16，28，30，31，39，481

钱锺书　26，377，378，379，424，426，428，431，440，442，459，478

《虬髯客传》　78，180，193，205-223

《儒林外史》　30，38，58，311，367，403，410，414，465

《三国演义》　22，39，46，81，82，83，123，217，226，248-268，269，275，277，279，280，281，282，284，290，297，303，307，315，324，357，367，371，388，410，414，464

《三国志》　11，30，32，33，45，56，82，217，249，250，254，255，265，266，267，268，281，382，388，467

石昌渝　12，13，16，25，31，37，46，93，94，139，157，225，237，255，257，277，302，310，311，316，319，320，345，346，348，349，353，374，391，396，398，464，478

《石头记》　40，132，268，298，357-359，361-364，367，368-371，456，457，465

《史记》　5，38，55-60，65-67，69，70，76，90，94，115，118，130，136，164-177，215，220-222，266，276，281，336，381，417，419，467

《史通》　11，23，57，59，60，68，90，115，116，266，267，468

《世说新语》　25，43，46，72，73，74，101-122，132，162，387，462

《水浒传》　9，35，37，38，40，45，46，58，81，82，83，84，93，123，253，255，256，257，258，259，262，269-283，284，290，297，303，305，307，315，324，325，327，332，367，371，388，390，410，414，451-453，464

《四库全书总目》　26，41，113，167，191，203，204，378，397，469

孙楷第　29，31，42，224，225，232，236，254，255，257，290-293，300，304，313，314，315，320，349，402，478，479

《唐国史补》　88，89，162，183，184，199，201，202

《唐五代志怪传奇叙录》　13，25，79，88，89，180，183，185，186，188，189，192，193，194，196，198，203，206，208，212，214，216，221，378，381，477

《太平广记》　36，79，106，179-198，202，205，206，207，213，216，220，375，376，377-380，462

《西游记》　35，38，44，82-86，91，92，121，123，132，198，253，262，284-306，307，315，324，367，371，385，388，410，414，423，451，453-454，464

《小说的艺术》　8，411，413，437，444，481

谢肇淛　16，38，303，305，345，397-401，471

《绣榻野史》 232，237，245，310，314，315，317，320，321

《燕居笔记》 227，228，229，232，233，244，321，331，463

杨义 17，50，105，169，173，174，175，177，389，436，479

姚振宗 18，51，52，105，107，110，111，112，113，168，469

《异闻集》 162，179-204，208，378，462

《莺莺传》 78，181，186，188-190，197，202，203，244，306，332，334-336

《酉阳杂俎》 33，106，214，215，220，221，378，400，401，462

余嘉锡 18，43，46，47，52，73，74，99，107，109，110，120，132，167，387，462，479

《玉娇梨》 39，277，328，345-348，352，353，354，366，388，393，450，451，465，481

袁行霈 15，18，52，53，54，57，60，62，64，76，133，152，156，158，398，479，480

《中国古代小说百科全书》 13，20，77，78，156，157，198，225，313，398，402，403，478

《中国古代小说总目》 13，31，46，93，139，157，225，237，252，255，257，277，310，311，316，319，320，345，346，348，349，353，374，391，396，398，403，478

《中国历代小说序跋集》 9，30，94，227，259，268，273，322，346，352，354，378，392，476

《中国通俗小说书目》 31，42，224，225，236，254，255，257，313，314，315，320，349，402，479

《中国通俗小说总目提要》 32，225，255，310，356，357，394，402，403，477

《中国小说史略》 16，17，23，25，49，50，52，73，101，111，114，115，122，198，347，360

朱一玄 32，38，137，138，140，142，157，225，249，270，273，274，280，303，310，313，314，325，328，329，330，332，345，367，374，375，388，396，398，480

《庄子》 11-12，38，39，51，53，61，153，154，158，172，276，289，470

《左传》 67-69，176，234，255，387，466

跋

　　这本书的萌芽，始于博士学位论文定题之时。当时郭英德师鼓励我们不要把博士学位论文做成一锤子买卖，而要设计成有拓展性的富矿。我按照自己选择博士学位论文题目的思路，继续在此题周边列出来一堆悬拟的题目，书名研究便是其中之一。但当时也只是列出来，还不敢确定这个题目是否可做。刘勇强老师在参加我的博士学位论文答辩时说，既然做了回目，以后也可以继续再做小说的书名。这给了我很大的勇气。于是，在进行了一段时间的准备之后，于2010年申报了国家社科基金青年项目。感谢相关的评委专家，给了我承担这一课题的机会。

　　接下来本打算用几年时间一鼓作气完成书稿的，没想到工作以后的时间使用与读博士时完全不同：做这样一项研究，就好像要剪裁一条裙子，没有大块的面料是不行的，但青椒生活却将时间纵横交错地剪开了，仿佛《红楼梦》中赵姨娘炕上堆着的"零碎绸缎湾角"，虽然也努力"札札弄机杼"，但仍然是

"终日不成章"。2012年，我又被派往日本京都外国语大学执教，当时以为"跳出三界外，不在五行中"，两年时间应该可以将此课题完成的。但计划永远赶不上变化。主要是到了日本才发现，日本的网络上几乎什么资料也没有，我又不可能把书房也搬到日本——当然，后来才发现，在日本也可以凭借VPN技术利用母校资源，但那时我已经快要回国了，这个惨痛的经验再次告诉我，认知盲点对人类的影响有多大！不过，那几年我的学术兴趣又转向了和刻本，所以时间又全部投入到新的领域，倒也未教一日闲过也。

2014年年初回国，又重回"三界"之内，便全力投入这个课题，2015年年底终于完成初稿，并提交结项。至2016年10月，结项通过。其实，在刚刚提交结项之后，我便又开始对书稿的打磨，用了近三年的时间，对很多章节进行了较大程度的修改，虽然仍有不太满意的地方，但还是该放她出来见公婆了。

感谢郭英德师一直关注这个小课题，并早早惠赐了美序（惭愧的是，郭师的序写出后，我还在不断修改论文，没能及时出版）。另外，这个课题虽然研究书名，但轮到自己为这本小书命名的时候，却有些捉襟见肘，拟出不少名字都觉得不够恰当，最后只好直陈其事，就叫《中国古代小说书名研究》。但在拜读郭师赐序后，忽然发现孔子所云"必也正名"四字如此切题，于是便直接袭用郭师提法，将此四字移用为正题了。所以也要感谢郭师赐名。感谢刘勇强老师对这个课题的支持与鼓励，他不但拨冗为我申请课题撰写了专家推荐意见，还对书中多篇文章给予了指正。

感谢《文学遗产》、《北京师范大学学报》、《学术研究》、《北京社会科学》、《读书》、《明清小说研究》、《红楼梦学刊》、《励耘学刊》、日本京都外国语大学《研究论丛》、《中国古代小说戏剧研究》、《扬州大学学报》、《文史知识》、《陕西理工学院学报》、《西华师范大学学报》等刊物为小文的发表提供机会；感谢中国人民大学书报资料中心复印报刊资料《中国古代、近代文学研究》、《外国文学研究》与《文学研究文摘》转载我不成熟的习作。在论文揭载的过程中，我得到很多的指正与帮助，在此表示深深的谢意。

感谢三联书店接受拙稿。我是三联书店的忠实读者，能厕身于三联作者之列，是我最大的荣幸。感谢责任编辑王海燕老师的细心、负责与宽容、温和。

感谢我的父母。在我告诉他们我申请到一个国家社科基金项目的时候，他们并没有感到喜悦，因为他们一听到这个，首先便想到要是完不成怎么办？所以，他们虽然并不了解规则，却也总是催我赶快干活。这倒符合我从小得到的农家教育：种地时先不要臆想丰收时的回报，而要时刻想着如何松土、除草和施肥——对我小小的研究来说，这似乎也是一个启示吧。同时，也要感谢我的岳父母：这本小书的孕育、诞生与成长几乎与小女苏苏同步，幸亏有岳父母的帮助，使我可以看到她们两个同时成长。

感谢妻子赵锐，对于这个课题，她可能比社科基金办公室还要着急，之所以能有上述的进度，还要归功于她的督促。只是这几年她越来越忙，自顾不暇，这部书中的文章不像上一部那样多经她的仔细审读，我只好文责自负了。

相比上一部书，这部书还要多感谢一个人，那就是与这部小书同龄的小女苏苏。这部书的一些章节是在她爬上我的椅背（为了方便她爬，我只好更换了被我靠坏椅背的几把椅子）搂着或骑着我的脖子时写的——万一行文中有挥汗如雨的地方，相信大家可以原谅，因为那是我在肩负数万克重量的情形下敲出的。

李小龙
2018年11月于凉雨轩
2020年春节前二日校